雪の階《きざはし》

Hikaru Okuizumi

奥泉光

中央公論新社

目次

雪の階

一章

一

夕暮れの、一面が濃紫《こむらさき》に染まった空の下、焔《ほのお》に炙《あぶ》られ焼け焦げたものか、それとも何かの疾病《しっぺい》なのか、どれも一様に黒変した、ひょろ長い灌木とも棒杭ともつかぬものの点在する荒野を独り彷徨《さまよ》い歩きながら、寒草疎《まば》らに散るこの冷たい地面の下には、獣や鳥や虫の死骸が折り重なり堆積して居るのだと考えた惟佐子《いさこ》は、ふいに湧き起こって耳に溢れた音響に夢から現《うつつ》へと引き戻され、すると突然の驟雨《しゅうう》のごとき響きは人々の拍手であり、高さのない舞台では演奏を終えたピアニストが椅子から立ち上がるところだった。

縮緬《ちりめん》の幔幕《まんまく》を背に、薄くなった半白の髪を後ろにきつく撫でつけたせいで額が異様に突き出して見える、ドイツ人にしては小柄な男が赤茶のグランドピアノに手を添え会釈すると、拍手の音は一段と高く天井に反響し、それを遮るように、脇に立つ黒背広が声をあげて休憩を告知すれば、前列中央の椅子に座を占めた、今日のサロン演奏会の女主人である松平《まつだいら》侯爵夫人が立ち上がり、ピアニストを伴い歩み去ったところで、客らはいっせいに動き出した。

明治神宮外苑にほど近い、五万余坪の敷地に建つ松平侯爵邸の、無釉板片《スクラッチタイル》の衣を纏《まと》ったチューダー様式洋館一階、硝子《ガラス》戸越しに春の陽《ひ》が存分に差し込む、客間と呼ぶには宏壮にすぎる室からは、隈なく躑躅《つつじ》の植えられた斜面手前に、垂水《たるみ》から絶え間なく流れ落ちる清水に緋鯉の群れる池が望まれ、築《つき》山《やま》の奥には、満開の桜が、一団となって、淡く、漾《ただよ》うように水色の空に浮かぶ。先刻の夢の余韻を反《はん》翳《すう》しながら、鏡となって光を反射する池の水面をしばらく眺めたあと、惟佐子は手にした薄緑色の小冊子に眼を落とした。

演奏者の名前は Friedrich《フリードリッヒ》 Kaltstein《カルトシュタイン》。一八八二年ミュンヘン生まれの五十三歳。六歳でピアノをはじめ、ライプチッヒ音楽院で学んだあとウィーンで Ferrucio Busoni に師事、十八歳で楽壇デビューを果たし云々と、経歴の記された文章は読み飛ばして、演奏曲目に眼を落とせば、前半が Ludwig van Beethoven:Klaviersonate Nr.14 cis-moll op.27,2『月光』。後半が二曲、Johannes Brahms:3 Intermezzi op.117 と、もう一曲、見慣れぬ外国人名前の活字を眼で追っているところへ、惟佐子さんと、声をかけられて眼をあげれば、季節にふさわしい鴇《とき》色の振り袖姿の大柄な娘が脇に立ち、濃い眉の下の、大粒の黒飴みたいな眼で惟佐子の顔を覗き込んでいる。

「惟佐子さんもお紅茶、向こうで召し上がりません？」

誘ったのは津島《つしま》侯爵家の孫娘で、惟佐子がちょっと驚いたふうに眸《ひとみ》を揺らめかせたのは、女子学習院で四学年下の津島華子《はなこ》とは、顔見知りではあるけれど、さほど親しい間柄ではなかったからで、それでも、ええ、と頷いた惟佐子は椅子から離れた。

「だって若い人が来てないんですもの」

客間に繋がる食堂へ向かって歩き出した華子が口にした言葉には、他に選択肢がないので仕方なくあなたに声をかけたのだとの含意《がんい》があったけれど、惟佐子は気を悪くすることもなく、月に二度、茶の湯の稽古で顔を合わせる大名華族の娘の、天真爛漫《てんしんらんまん》な寛闊《かんかつ》ぶりをむしろ好ましく思った。仲良しの松平侯爵家の姉妹に誘われて演奏会に来たのに、姉妹揃って腸カタルに罹《かか》って「討ち死に」してしまったのだと華子はつまらなそうに報告した。

こちらは陽が差さぬせいかひやり湿った空気が滞留する、西向きの窓から竹林が望まれる大食堂には、先祖が武功をあげた小牧《こまき》・長久手《ながくて》の戦を題材に西陣の工匠に織らせたと云う、鎧兜の騎馬武者が縦横に交錯する見事な装飾織物《タペストリー》が飾られて、その直下の長卓に葡萄酒、焼菓子、サンドイッチなどが並べられ、軽食が供されている。制服の給仕から注文の品を銀盆に載せて貰うあいだにピアニストの評判を口にした華子が、「おでこのところに脳みそがぎゅうぎゅうにつまっているのかしら。粽《ちまき》のおこわみたいに」と云うのに惟佐子は笑った。たしかにあの額の出っ張り具合は尋常ではない。そこへ眼が行くのは無理もないが、喩《たと》えは、帯を背負った令嬢が口にするにはだいぶ失礼で、だからなおさら可笑《おか》しい。

「トウケンビタイよね」と惟佐子も評した。

「なんですか、それ?」

「だからトウケンビタイ。唐の犬の額」

「カラノイヌの額?」

「江戸の侠客《きょうかく》がやっていた頭のこと。額を目一杯に広々させるの」

「それがトウケンビタイ?」

「そう」

「可笑しい」華子は口を押さえて笑いながら、いつもながら変梃《へんてこ》なことを云う人だなと、むしろそのことに笑の蟲《むし》は刺激を受けていた。欧州から遥々《はるばる》来日した初老の芸術家と江戸の町奴《まちやっこ》を結びつける人がほかにあるだろうか? 粽のおこわは棚に上げて華子は考える。それにしても、今日の惟佐子の、薄藍の色留袖に鉄黒の袋帯を締めた姿は、思わず見とれてしまうほどに艶《あで》やかで美しかった。細身の絵姿が近代的《モダーン》な印象を与えるのに対して、玉結び風の黒髪の下に、低い頬骨のうえの瞼が厚く眼の細い古風な美人顔が置かれているのが、不思議な魅力となって結晶している。黙っていれば集蛾灯さながら異性を惹き寄せるのは間違いなく、実際惟佐子は無口なのであるけれど、稀《まれ》にその口から発せられる言葉はどこか妙ちくりんで、理解を超える場合が多々ある。変な人――と云うのが、同窓生のあいだでの、とはつまり上層階級に属する女性たちのあいだでの評判であり、さる宮家の跡継ぎが器量好みで嫁にと求めたところが、あまりの変哲ぶりに這々《ほうほう》の体で退散したとの噂も囁《ささや》かれていた。じつに惜しい人だ、との云い方で、おためごかしに揶揄《やゆ》する人もあったけれど、華子はむしろ個性的で頭のよい先輩として惟佐子を評価していた。

いまも惟佐子は、紅茶に砂糖を入れるかと尋ねられて、溶解度の限界までお願いします、などと惚《とぼ》けた挨拶をして、黒いボウタイをした初老の給仕を面喰らわせている。甘味に限らず、ものの味について惟佐子が規格外の感覚を有しているのも、御茶の稽古のあと何度か一緒に食事をした華子の密かな観察であった。

客間と同じ寄木細工の床張りの食堂には、白布に薔薇の飾られた大小の卓《テーブル》が散って、思い思いに席に着いた客らが談笑している。たしかに若い娘が少ないのは、春休み中の、花の時節の好天の土曜日、行楽へ出かけた人が多いからかもしれず、演奏会のあと、松平家の令嬢たちと花見をする心づもりだった華子の不満は無理もなかった。

注文の品の載った盆を手にすると、窓際の席から顔見知りが手で招くので、そちらへ向かいかけたそのとき、惟佐子は不意に視線を感じ、とたんに先刻見た夢の、満目《まんもく》荒涼たる焼け野原の風景が脳裏に甦って、淋しく、恐ろしく、しかしどこか魅惑的でもある幻視像《イメージ》を打ち払うようにして顔を振り向けると、燕尾服のピアニストが眼に飛び込んで来た。

黒御影《くろみかげ》の装飾暖炉《マントルピース》前の主卓《メインテーブル》で、侯爵夫人の取り巻きとともに席についた男の、庇《ひさし》めいた額の陰の、一対の眼玉から放たれた凝光が真っすぐにこちらへ伸びてくるのを見れば、視線の正体はこれに違いなく、しかし数瞬前、神経を刺し貫いた眼の矢はまた別物かとも思われて、不可解な思いに捉えられたまま惟佐子は、異国の音楽家の視線には気づかぬふりで、前を行く華子の丸帯に乱舞する金色の胡蝶を追った。

二

惟佐子と華子が並んで席に着くと、向かいの森岡夫人が二人の装いを褒め、続いて隣の岸井夫人が同じくし、すると今度は華子と惟佐子が順番に返礼の賞詞を述べ、一連の儀式が終わったところで惟佐子は甘い紅茶に口をつけた。内務省大臣官房秘書官夫人であり、惟佐子より五歳ほど年長の森岡多恵子は茶会席での顔馴染み、岸井夫人の方は接点がなかったけれど、学年で十いくつ上の、惟佐子と同じ公家華族の家から実業家に嫁いだ人だ、くらいの知識はあった。

松平姉妹の腸カタルの件を早速報告してから、今日は本当は庭球《テニス》のあと友達と花見に行きたかったのだと、華子は不満を漏らし、明日の日曜日も母親のお供で能見物だから観花はできない、来週まで花は保つだろうかと問うたのへ、それは無理ね、完全に葉桜ねと、洋装の森岡夫人は、大きめの口を開いて意地悪く云い、ああ、そんなのないわと、華子が大袈裟に嘆いてみせれば、花の命は短いのよと、黒絹の胴衣《ブラウス》から伸び出た長い頸《くび》に真珠の首飾りを二重に巻いた、麝香《じゃこう》の匂いを振りまく夫人は年下の従妹をからかった。

「それにハッちゃん、花はいいけど、テニスばかりしていると、真っ黒けの炭団《たどん》みたいになっちゃうわよ」

華子の実家の津島侯爵邸には庭球場が二面あって、暇さえあればラケットを振り回し、夏は大磯の別荘で終日泳いだり短艇《カッター》を漕いだりしているから、陽焼けするのは必然、しかし華子は太陽の力を借りるまでもなく、元来が色黒なので、炭団は云い過ぎにしても、愛嬌のある丸顔と相俟って小狸《こだぬき》くらいな資格は十分にあった。

「でも、骨を強くするには陽にあたった方がいいって、高橋先生がおっしゃってたわ。喘息《ぜんそく》にもいいって」

「ハッちゃんの骨は十分頑丈よ。きっと内臓なんかもね。だから次はもう少し外身に関心を払ったがいいわ。惟佐子さんをご覧なさい。宍道湖《しんじ》の白魚《しらうお》みたいでしょう」

惟佐子の肌が雪白なのはたしかで、しかし白魚の比喩が好意的なものなのかどうか、惟佐子がわからないでいるところへ、鮮やかな萌黄《もえぎ》色のお召しを着た岸井夫人が口を出して、

「たしかに惟佐子さん、おきれいだわ」と云った言葉には、お世辞だけではない真率な感嘆の響きがあり、実際岸井夫人は、はじめて間近に接した、自分と同じ堂上《どうじょう》華族出の娘の不思議な美しさに感嘆して、さらに言葉を加えようとしたところへ、

「だって惟佐子さんは全然お日様にあたらないんですもの。家のなかで勉強ばっかり」と華子が飛び込んで、これを受けた森岡夫人の、惟佐子さんは本当に勉強がお好きよね、との文句には、ごく薄められてはいるものの、明らかな批評の毒が含まれていると、整った眼鼻立ちにあって唯一均衡を欠いた、見ようによっては蛙を想わせなくもない、内務官僚夫人のよく動く口を眺めた惟佐子は感得した。

数えの二十歳、来年の正月に二十一歳になる惟佐子は、女子学習院の高等科に通い、たしかに成績は優良だけれど、勉強が好きかと問われれば、必ずしもそうではない。いわゆる学業にはほとんど関

心がない。ただ二、三の事柄につき格別の興味を抱き、時間を費やしてはいるので、それが森岡夫人の「勉強好き」の批評に繋がったと考えられた。

華族の娘たちは学校の勉強とはべつに、茶の湯、活け花、ピアノ、謡《うたい》、仏語等を必須の教養科目として習わされるが、あくまで良妻たるに必要な限りのことであって、文雅《ぶんが》の嗜《たしな》みは必須にしても一芸に秀でることは滑らかな鏡面に歪みを生み、輿入《こしいれ》の邪魔になるとの考え方が一般的である。女子学習院もまた歪みのない滑らかな鏡面を磨き上げることを目標に置いている点において、華族の学校たる実を示しているとすれば、惟佐子の鏡はすでにはなはだしく歪んでいると云えた。

良家の子女たる者、二十歳の声を聞くならば、婿《むこ》選びが主たる関心事でなければならない。なんであれ他は余事であり、嫁入りの邪魔になる一切は断じて杜絶すべきである。交際社会の常識の軌道に沿って平凡に考える森岡夫人は、しかし人を見る感性には非凡なものがあって、具体的なことはほとんど知らぬままに、目の前に座った適齢期の娘の、鏡の歪みを的確に摑んでいた。

「惟佐子さんは、卒業したらどうなさるの？」

続いて発せられた質問は無意味であった。卒業したら、いや卒業を待たなくともよいのだが、結婚以外の選択肢はありえない。いまのところ結婚する気持ちがなく、持ち込まれた二、三の縁談を高等科の卒業だけはしたいからと理由をつけて断った惟佐子にしても、いずれどこかに嫁《か》すことになるのだろうと漠然と考えてはいた。したがって森岡夫人の問いには、今度こそ毒、とまでは云わずとも微細な棘《とげ》が含まれていたのだけれど、惟佐子はそれに気づかぬまま「とくにどうもしませんわ」と簡明に答えた。

将来したいこと、なすべきことがことさらに見当たらぬ惟佐子にとってこれはごく自然な応答であったが、森岡夫人は相手の典雅に整った白面を憎らしく思った。結婚いたしますの言葉を欲したのではない。もしそんなふうに平然と云われたら、かえって癪《しゃく》に障っただろう。森岡夫人が望んだのは心に波紋を引き起こすことであり、ところが惟佐子が些《いささ》かの動揺も心理の翳《かげ》りも見せなかったものだから、投げ込んだ小石の手応えのなさに夫人は苛立《いらだ》ち、粉砂糖をまぶした焼菓子をさも嬉し気に前歯でぱりりと音をたてて齧《かじ》る娘が、こちらの苛立に気づいていない事実になお苛立った。

滑《なめ》らかな新雪の肌に汚く足跡をつけるべき言葉。森岡夫人が修辞集を繰りはじめたとき、ハッちゃんと横から声をかける人があった。見れば先刻休憩を案内した黒背広の青年で、すぐに華子が木島柾之《きじままさゆき》さんだと紹介し、母方の叔父で、京都帝大を卒業して宮内省に勤めている人だと加えたけれど、森岡夫人とは学習院の幼稚園で一緒、岸井夫人も親戚筋とのことだったから、あらためての紹介が必要なのは惟佐子ひとりで、その惟佐子にしても顔と名前くらいは、狭い交際社会のこと、知るともなく知っていた。

「来年の春に結婚の予定。新婚旅行はヨーロッパ一周。そうよね?」と華子が云うのへ、まあ、時間があればの話ですけどねと応じた青年が、余計なことを喋るなと云うように姪に目配せすると、ちょっとおかけになったらと森岡夫人が誘って、別珍《べっちん》の黒背広に臙脂《えんじ》のタイを締めただけの軽装の青年は隣卓から椅子を引き寄せた。

「今日の演奏はいかが?」

華子が問うのへ、カルトシュタインと云えば、バックハウスと並んで現代ドイツを代表するピアニストなのであって、悪いはずがないと応じた木島は、これほどの大物を呼べたのは、陸軍省の肝煎りによる日独文化交流事業の一環であればこそなのだと説明した。カルトシュタインは半年間日本に滞在して、各地で演奏会を開くほか、上野の音楽学校その他で教鞭をとる予定だと云う。頷いた惟佐子が装飾暖炉《マントルピース》の方へ眼を遣れば、唐犬額の音楽家の姿はすでになかった。

「さすがは当代一流の芸術家です。彼は単なる演奏家ではなく、美学哲学にも通じた思想家ですからね。プログラムも到底サロンコンサートのものじゃない。最初のベートーベンは、まあ、日本の聴衆へのちょっとした挨拶と云った感じなんでしょうがね」

『月光』が通俗だっていうこと？」森岡夫人が遠慮のない調子で訊くのへ、

「ええ。まあ、有名ですからね。ハッちゃんでも弾くくらいだしね」と木島は華子をからかってから、しかし『月光』はじつは通俗とは遠く離れた高い精神性を有する作品なのであって、今回の選曲には曲の真価を知らしめるべき教育的な意図があるのだろうと加えた。

「最初のアダージオ・ソステヌートはともかく、二楽章、三楽章までちゃんと知っている人はあまりいませんからね。ハッちゃんも知らなかっただろう？」

「知ってたわ」華子はやや憤然となって応じた。「さらったことはないけれど。多恵子さんは？」

華子が話を森岡夫人に向けたのは彼女がピアノの名手で通っていたからである。

「弾いたけれど、三楽章は難しくって。惟佐子さんはいかが？」と森岡夫人は何気なく問いを渡したが、これは小さな意地悪で、夫人は惟佐子がピアノを弾かぬのを知っていたし、先ほどの演奏のあいだも彼女が居眠りをしているのを観察していた。

音楽には嗜みがありませんのでと、惟佐子が云うのへ、惟佐子さんのお家はジャズよねと、森岡夫人が重ねた言葉には、今度こそたっぷりの毒が含まれていた。と云うのは、一昨年、赤坂溜池《ためいけ》町のダンスホールの不良教師が複数の上流婦人と姦淫したとして醜聞になった際、惟佐子の母親である笹宮《ささみや》伯爵夫人も同じホールへ足繁く通っていたと新聞に書かれ、華族を監督する宗秩寮《そうちつりょう》から注意を受けていたからである。

「ジャズに限らず、音曲の類は父が許しませんから。蓄音機も棄《す》てられてしまいました」惟佐子が応

じると、

「笹宮さん、よくやったわね」と森岡夫人が云ったのは、惟佐子の父、笹宮惟重《これしげ》伯爵が、神戸の資産家の娘である妻に頭があがらぬことを知っていたからである。

「でも、母はすぐにまた買い直して、父のいないとき、こっそりレコードを聴いています。ダンスも、お相手がないので、女中に相手をさせて嫌がられてますわ」と微笑《ほほえ》んで云う惟佐子を眺めた森岡夫人は、その返しの手際のよさに舌を巻き、そもそも若い娘の少ない今日の会、注目の的になるのを知りながら平然と居眠りをする神経は並みではないと、勝負師が好敵手を認めるような仕方で惟佐子を見直す横で、木島柾之もまた、なるほど評判どおり頭のいい娘だと観察していた。森岡夫人の口から吹きつけられた毒針をさらり躱《かわ》す身のこなしはなかなかのものだ。眉目秀麗と云うのではない、のっぺりしていながら何とも云えぬ陰花の色香を放つ顔立ちの女には、少々のことには動じぬ図太い芯があると感じられ、眼を惹き付けてやまぬ、華奢な首筋から胸に流れ落ちる曲線の、着物の襟に隠れる際の薄暗がりからは、蠱惑《こわく》的でありながら決然たる力が放たれるようで、こいつは相当に手強《てごわ》いぞと考えた木島は、背広の胸の内袋《ポケット》に手を差し入れながら、では、果たしてこれはどうかなと、密かな興味とともに、そこに仕舞われていたものを、手品師の手さばきを真似て、どうぞの言葉とともに差し出した。

鼻梁の細い貴公子顔の男の仕草に引き込まれて、惟佐子が白い手にそれを受け取ると、卓《テーブル》を囲む人々の視線が深山の湖水を想わせる色彩の和服を着た女へと向けられる。

「さきほど預かったんです」と木島が云ったのは鑞《ろう》で封印された白い洋封筒だ。

「なんでしょう？」

惟佐子がさすがに戸惑いを眉根に漂わせて問えば、木島は眼尻に笑いを浮かべて、しかし強く射る眼で云った。

「手紙でしょうね。カルトシュタインから、笹宮惟佐子さん、貴女宛です」

三

サロン演奏会は三時に終わり、惟佐子は松平侯爵邸の、青銅の飾り洋灯《ランプ》の載った古雅な煉瓦《れんが》作りの門を一人で出た。自動車のお迎えが来ていた華子が家まで送ると云ってくれたが、遠慮したのは、芝《しば》白金台町《しろかねだいまち》の津島侯爵邸とは方角が反対なこともあったけれど、匂やかな春の午後、少し歩きたいと考えたからで、信濃町《しなのまち》から電車に乗らずに、寺院の甍《いらか》の連なる須賀町《すがちょう》を抜けて、裏通りを四谷《よつや》へ向かった。惟佐子の自宅は麹町《こうじまち》三番町だから、歩いてもさしたる距離ではないし、今日の牛革の草履《ぞうり》は足に馴染んでいた。

夕暮れの気配はまだ忍び込まなかったけれど、午《ひる》から時を置くにつれて、空は霞み、吹きはじめた風が、公園や寺の敷地に咲く桜花を遠慮がちに散らし、鮮やかな黄の花をつけた連翹《れんぎょう》の細枝をふるふると揺らした。少し寒くなったので、菱文様を編み込んだキリムの手鞄《バッグ》から肩掛《ショール》を出した惟佐子は、寒さのせいでなく頰がひりり冷えるのを覚えて、興奮の冷火がいまだ軀《からだ》の芯に燃え残るのを知った。

興奮をもたらしたのは、先刻の演奏だ。後半の演目《プログラム》、最初のブラームスも悪くなかった。だが、二曲目がはじまったとたん、ぞっと頰が凍えるのを惟佐子は覚え、あとは夢中でピアノの響きに軀を晒すばかりとなった。終演後に小冊子を見れば、Günter Schultz:Ein Stück von "Die Gestirne von

Pythagoras"となっていて、ギュンター・シュルツと云う作曲家は聴いたことがなかったけれど、破砕された音の断片を、にわかには捉え難い、けれども堅固な論理の鋼《はがね》の糸で繋ぎ合わせたかのような響きは、いままで聴いた音楽のどれとも似ていなかった。覚醒の扉の奥にまた新たな扉を見つけたとでも云えばよいか、普段の自分は生温かい褥《しとね》のまどろみのなかにあって、そこからふいに揺り起こされて、冷厳たる気韻に満たされた世界の真の姿を垣間見た——と、そのような感覚の到来に惟佐子の神経は氷晶の焔に焼かれ、演奏会が終わってもしばらく立ち上がれなかったほどだ。

現代音楽と云うのか、耳慣れぬ音の響きに聴衆らはやや戸惑うふうであったけれど（前頭葉に脳みそのぎっちりつまった人のやることはやはり違うと、華子はあとで評論していた）、ピアニストが鍵盤から手を離して立ち上がれば、精一杯の拍手でもって、二十世紀音楽を主導する芸術家であり、西欧の伝統に通暁する指導者でもある、ゲルマン民族に劣らぬ偉大な文化を有する日本を賞するがゆえに、日独の絆を深めるべく海を渡った文化使節を遇した。

聴衆はアンコールを求めたが、防御的な笑顔で二度三度と会釈したピアニストはそのまま控えの間へ去った。いま聴いた音の余韻に捉えられた惟佐子には、別の曲が奏されぬのは有り難く、一人で歩きたいと考えたのも、演奏から得た感覚、清冽な大気の下、謎めいた幾何《きか》学図形が次々と軀を通過するがごとき感覚をたしかめたかったからだったが、一度消えた音楽を呼び戻すのは無理な話で、寺の梵鐘《ぼんしょう》の錆びた音色や、路地を駆け回る子供らの、小鳥が囀《さえず》り交わすような声が耳に流れ込めば、日頃馴染みの生温かく淀んだ空気が四方から押し寄せて、気がつけば埃っぽい春の東京の風景のなかに自分はいるのだった。

一度そうなってしまえば、さしあたっての気がかりを惟佐子は胸奥の戸棚から出してみぬわけにはいかなかった。ひとつは手紙だ。ドイツ人音楽家が寄越した手紙。木島から手渡された封筒の表には、蒼《あお》い洋墨《インク》で記されたFräulein Isako Sasamiyaの文字がたしかにあって、しかし惟佐子に心当たりはなく、まわりから妙に詮索されるのも嫌なので、その場で開封した。興味津々の眼が見つめるなか、印鑞を爪で剝がせば封筒は容易に開いて、出てきた帝国ホテルのロゴタイプのついた便箋には同じ洋墨《インク》の文字が連ねてある。

惟佐子は少しだけドイツ語が読めたけれど、その場で木島に翻訳を依頼した。いいんですかと、惟佐子の顔色を窺い念を押してから、木島は便箋を受け取って眼を通し、それから口を開いた。

「貴女と一度ぜひお話がしたいので、帝国ホテルで食事でも一緒にいかがでしょうか」と訳した木島は、もし招待を受けていただけるなら、木島氏に（つまり僕ですねと木島は微笑んだ）伝えていただければ、日時など追って報せたいと書いてあります、と続けてから便箋を惟佐子の手に戻した。

「それだけ？」

森岡夫人が問い、ええと木島が頷いたあとは誰も言葉を発せず、場を支配しかけたぎこちない沈黙を華子が明朗に破った。

「つまりラブレターってことね。きっと惟佐子さんを見初めたんだわ。あの方、独身？」

そうだと木島が頷くのを受けて、華子は、でも、おいくつなの？　と問うて、五十三歳の返事を貰うと、それじゃあ惟佐子さんが可哀想だわ、もしかしてとんでもないドンファンかもしれないし、そう云う人は西洋の芸術家には多いと聞くし、だから惟佐子さん、気をつけたがいいわと、真顔で助言するのを聞きながら、手紙に眼を落とした惟佐子は、木島が訳さなかった一文がそこにあるのを発見していた。

——貴女のことは我が尊敬すべき友であるHerr Hiromitu Hakutiから聞いています。

Hiromitu Hakuti——白雉博允《はくちひろみつ》は惟佐子の伯父の名だ。惟佐子には母親が二人いる。実の母は、和歌山の日佐《ひさ》神社の宮司である白雉男爵家の娘で、四人の子を産んだが、末の惟佐子を出産した直後に産褥熱から敗血症を患い死んだ。いまの母の瀧子《たきこ》は後添えで、すなわち継母であり、こちらは男児を一人産んで、つまり惟佐子には兄弟姉妹が四人いるわけだが、うちの二人は幼時に死んだから、残っているのは兄惟秀《これひで》と、異母弟の惟浩《これひろ》の二人だけである。白雉博允は生母である崇子《たかこ》の兄であり、惟佐子にとってはだから母方の伯父にあたる。

手紙にその名があるのは、意外ではあったけれど、伯父は十年ほど前にドイツへ渡り、ベルリンにいると聞いていたから、ドイツ人音楽家となにかしら繋がりが生じたのだろうとの推測はでき、それと同時に、木島が白雉博允の名を含む一文を訳さなかった理由も察知できた。その名前は惟佐子にとって、ないしは笹宮伯爵家にとって、ある種の汚点だからである。

白雉博允は東京帝大を卒業後、外務省に入り、駐米大使館に勤務するなど順風の外交官人生を送っていたが、三十歳を過ぎてポーランドへ書記官として赴任したあたりからおかしくなった。下宿に閉じ籠って公使館に姿を見せず、ほどなく行方知れずとなって、そのまま免職になった。いかがわしい娼館に出入りして阿片中毒になったあげく変死したとも、赤く染まって共産主義者の群れに身を投じたとも云われ、ところが大震災の直後にひょっこり日本へ戻ってきて人々を驚かせたときには、すっかり狂を発しており、二年ばかり奈良の野田病院に入院した後、再び欧州へ渡って、一年ほど経った頃に、ベルリンで妻を得て暮らしているとの手紙が一度だけ来て、あとは音信はないまま十年が過ぎていた。

近い血筋にかような狂逸の人物があることは、年頃の娘にとっては決定的な疵《きず》となりかねぬ。宮家からの縁談もこれが障害となった可能性はあり、人々の前で白雉博允の名前を出すことを木島が憚《はばか》ったのもそれ故であった。白雉男爵家の災禍は狭い交際社会ではよく知られていた。家督相続人たる博允がワルシャワで行方不明となっている間に、養子縁組等の法的手段をとる暇もなく父男爵が他界したために、白雉家は断絶、先祖代々受け継いできた日佐神社の宮司職も別家に移された。

堂上大名を問わず、華族にとって家系の継続こそがなにより優先事項であり、だから家を杜絶させかねぬ不運不徳は業病並みに恐れられ、白雉家の滅亡を一種の恐怖譚として人々は噂したのだった。物語に後日談を付すかのように、博允がひょっこり日本へ戻ってきた際には、和歌山に住む縁者が面倒をみたのを尻目に、惟佐子の父の笹宮伯爵は、先妻の兄である博允とは、それこそ疫病を恐れる人のように、一切のかかわりを持たなかった。

笹宮の家では白雉博允は死んだ者として扱われ、惟佐子自身にも記憶はなかったから、名前だけとは云え、この突然の出現には虚を衝《つ》かれた。mein achtungswürdiger Freund——「我が尊敬すべき友」の字句を見れば、とりあえず欧州楽壇で重きをなす人物と親しく交際する程度には、彼の地で地位を獲得しているとは考えられて、しかし伯父の紹介でドイツ人ピアニストが自分に会いたいとは、全体いかなる意図と脈絡があるのか？　まるで見当がつかない。

惟佐子さん、どうするの？　森岡夫人の問いには、父に相談して決めますと惟佐子は答え、実際にそうした場合、手紙に白雉博允の名前がある以上、父伯爵が許可を与えぬのは明らかだったけれど、ほかに選択肢はなく、謎への興味をべつにすれば、そもそもカルトシュタインに会って話したいとも、ましてや伯父の消息について知りたいとの気持ちも格別には抱かなかった。森岡夫人はなお問いた気であったけれど、そろそろ後半の演奏がはじまる時刻ですと、木島が注意を促したので、惟佐子は詮索の視線から逃れることを得たのだった。

謎は残った。が、それ以上考えても埒があかぬのは間違いなく、手紙の件をいったん胸の整理棚に仕舞った惟佐子は、もうひとつの気がかりを抽斗《ひきだし》から取り出した。今日のサロン演奏会で会う約束だった「我が尊敬すべき友」――宇田川寿子《うだがわひさこ》が姿を見せなかったのだ。

四

惟佐子には友達と呼べるような者はほとんどない。幼時より孤独を好む性質だったせいもあるけれど、婿選びと同様、子供の交際範囲は親が決めるのが一般の華族の流儀で、学校で仲良くなった人でも家に呼んだり呼ばれたりすることはめったになく、代わりに「おあいてさん」と呼ばれる子供があてがわれる。「おあいてさん」は家令や女中などの娘で、惟佐子も子供の頃はその人たちと遊び、思春期を過ぎたいまも連絡を取り合う人はある。けれども、どれほど親しみを覚えようとも、「おあいてさん」が義務から友達役を演じていたのは間違いなく、そのあたりを惟佐子は早くから察知していた。だから学校の同級であり、本科後期にあがって急速に親密になった宇田川寿子は、親の意向の圏域外にあると云う意味において、惟佐子の唯一人の友と云ってよかった。

寿子の実家の宇田川家は法曹一家で、一昨年亡くなった祖父は貴族院勅撰議員や枢密顧問官などを歴任した法学者、父親は東京帝大の法学教授、兄も法務官僚である。寿子は女子学習院本科を卒業したあと目白の日本女子大に進んで英文学を学び、学校が別々になってかえって交際は深まったが、これにはやや皮肉な面があった。とは、近頃世上を賑わす天皇機関説問題で、惟佐子の父、笹宮惟重伯爵は機関説排撃の急先鋒に立ち、かたや寿子の父、宇田川利隆《としたか》教授は学界における機関説の主唱者だったからである。二月の貴族院議会で演壇に立った笹宮伯は、宇田川教授を美濃部達吉《みのべたつきち》博士らと並べて名指しし、国体《こくたい》を汚す学匪《がくひ》、国家への謀反人と、激越な調子で攻撃していた。

父親が仇敵《きゅうてき》同士であるからと云って、惟佐子と寿子の友情にはいささかの干渉もなかった。そもそも二人が親しくなったのは共通の趣味があったからで、趣味とは、囲碁である。惟佐子は子供の頃に祖母から手ほどきをうけ、「おあいてさん」にも碁の打てる子がいた。興味を覚えた惟佐子は、祖父の遺品の碁盤と碁石を譲り受け、家にあった棋書を読み、新聞碁を切り抜き、本因坊秀策《ほんいんぼうしゅうさく》集を並べたりしていたところ、十四歳の正月に腕自慢の出入りの呉服屋と打つことになり、三局打って三局とも惟佐子が勝ったのには祖母も仰天し、即座に祖母は碁を禁じて碁盤碁石は捨てられてしまったが、十五歳になった春に祖母が亡くなり、再び碁石を握るようになったちょうどその頃、同級の宇田川寿子が碁が打てると知った。

主人が囲碁好きの宇田川邸では、月に一度、棋士を呼んでの稽古会が行われていて、惟佐子も参加させてもらうようになり、それがきっかけで互いの家を訪れる間柄になった。もともと寿子のところは自由な家風であり、惟佐子の笹宮家もその頃には祖母の専制から脱して、娘が他家の娘と行き来するのを禁じる体制にはなかった。

ほかにも共にする嗜好はあった。と云うより寿子は囲碁にはさほど熱心ではなく、むしろ彼女の一番の関心事は英語の小説で、ブロンテ姉妹やらオスカー・ワイルドやら、英文学を広く渉猟《しょうりょう》し、一方の惟佐子も探偵小説《ミステリー》限定ではあったけれど、英米の小説に親しんでいた。宇田川家では子供らが書物を自由に買うことが許されていたから、そうでない惟佐子は寿子に頼んで、ヴァン・ダインやエラリー・クイーンの新作を丸善で手に入れてもらい、借りて読んだ。

文学好きの同級生はほかにもいたけれど、たいがいは吉屋信子など少女小説の愛読者で、中原淳一の挿絵がつくような感傷的な物語が嫌いな惟佐子からしたら、早々に少女趣味からは脱していた寿子しか相手にならなかった。学校では、精神の貴族たる自分らの趣味を周囲に披瀝する愚を二人が避けたのは当然で、密室殺人の新手法や呉清源《ごせいげん》の新布石の魅力につき論じ合う女学生は、高級花嫁学校が磨くべき鏡としては乱反射がひどすぎた。

もっとも、惟佐子からしたら、聡明で、伸びやかな心身を持つ寿子は良妻たるに十分な素質と資格を備えていた。寿子は翻訳家になる志望を抱いていたが、平衡感覚のよい寿子ならば、妻のつとめを十全に果たしながら仕事もやれるだろうと、そうなるのが既定であるかのように惟佐子は考えていた。寿子は無駄口は叩かぬ質《たち》ではあったけれど、友人には胸襟を開いてなんでも打ち明けてみせ、それは樹木が空へ向かって枝を伸ばしていく姿を想わせた。悩み事や心裏に潜む汚物の吐露でさえ、惟佐子には健康なものに感じられた。

一方で普段無口な惟佐子は、寿子の前だと言葉数が多くなる傾向はあったけれど、心の秘密はもちろん、自身について話すことはほとんどなくて、しかし寿子は、頑《かたく》なに簾《すだれ》を下ろして陽の差さぬ暗所に真情を仕舞ったままでいる、同い年の友人の水臭さに気がつかず、あるいは気づいても咎めず、こうした不均衡を受け入れてなお泰然たる、法学一家の娘の健やかな鈍さを惟佐子は愛した。

昨春に寿子が専門学校へ進んでからは、毎日のように顔を合わせることはなくなったが、学校の休日には、女子学習院から遠くない高樹《たかぎ》町の寿子の家に惟佐子は遊びに行き、あるいは連れ立って芝居や展覧会に出向き、夏には誘われて軽井沢の宇田川家の別荘に十日余り滞在した。昨年末に帝劇で一緒に芝居を観てからしばらく会っていなかったのは、寿子の母親が腸の手術を受けたせいで、しかしその間も手紙のやりとりは途絶えず、疎遠の印象はなかった。幸い手術は成功して、母親は順調に回復していると報じる手紙に、久しぶりに会いたいので、松平侯爵邸のサロン演奏会に一緒に赴き、天候が許せばそのあと外苑で花を観ないかとの誘いが認《したた》めてあった。惟佐子が応諾の返事を出すと、折り返し招待状が届いたのだった。

　ところが寿子は姿を見せなかった。終演後、受付に立っていた執事に連絡が入っていないか尋ねたが、ないとの返事で、これは少々奇妙であった。森岡夫人も寿子が来るはずだったのを知っていたらしく、やっぱり機関説のことがあるのかしらね、などと半畳《はんじょう》を口にしていたが、とにかくなにかしら急用が突発したのだと考えられ、しかし寿子の性格からして連絡を寄越さぬのはおかしかった。電話をかけたくともかけられぬ場所にいるのか、それとも急病か、などとあれこれ考えた惟佐子は、高樹町まで行ってみようかとも思ったが、家に連絡がきている可能性を考え思いとどまった。

　斎藤前総理邸の前を通って、学習院初等科に至れば、塀越しに見る校庭の桜も満開だった。そこから線路際を進み、四谷駅へ抜ける赤坂記念公園に入って、砂利道に沿って並木になった桜の下を歩んだ惟佐子は、右手の松林、と呼ぶほどでもない松柏の群れのなかに、一樹孤立してある染井吉野に眼をとめた。

　一片の花弁も散らさずに、凍り付いたかのごとく屹立した、松林の幽暗に溶け込む孤樹の佇まいに惟佐子は惹かれた。たっぷりと陽の差す並木道に列をなす桜とは違い、ひっそりと目立たぬが、しばらく眼を据えていると、外界との交通を拒絶するかのごとき凝固ぶりがかえって存在への激烈な主張を秘めるかのように見えてくる。白髪の猩々《しょうじょう》が力を溜めに溜めて息をひそめ、いましも白金の焔に変じて燃え上がる寸前にとどまっている、とそのような連想も働く。美しかった。これこそ、昭和十年の春、自分が観る最高の桜なのだ、とそのように思った惟佐子は、砂利道に足をとめて、なお花を見つめた。

　寿子のことは心配するには及ばなかった。彼女はなんであれ自力で始末のできる人だ。だから大丈夫と、あえて気に留めぬようにして、春の気に誘われるまま歩き出したのだったが、自分が努めて気安く考えようとしていること自体、変事の出来《しゅったい》を証していると思わぬわけにはいかなかった。暗がりに立ち尽くし、蒼褪《あおざ》め思案する人のような姿の桜が、そう囁く気がした。

そんなわけはない、なんでもないと、妄念《もうねん》を振り払うように惟佐子は再び歩き出した。が、この時点で彼女は凶事をたしかに直感していたのであり、しかもその凶事はドイツ人音楽家からの手紙、キリムの手鞄《バッグ》の底にいまは収められた、謎の手紙と密かに連動しているのだとの、脈絡を欠いた、まるでありそうにない洞見もまた、不穏な雲の垂れ籠めはじめた脳中に浮かんで消えなかった。

五

詰所を兼ねた黒瓦の長屋門の脇窓を覗くと、書生の御法川《みのりかわ》がすぐに気づいて、樫材の門扉を開きながら、おかえりなさいませと、惟佐子に挨拶した。父上様は？　と聞けば、二位様はおでましですと、死んだ祖母の遠縁にあたる小柄な青年は、官位名を使って答えてから、腰の手拭をはためかせ、下駄を鳴らして大谷石の敷石を跳ねるように渉《わた》り、お姫《ひい》様がおかえりですと、母屋の仄暗《ほのぐら》い玄関に向かって声を張りあげた。

週日ならばこの時刻、詰所にはやはり祖母の縁者である家令の町伏《まちぶせ》氏が控えているのだけれど、土曜は午《ひる》で帰宅し、他の家従や家僕の姿もいまはなく、事務所風にしつらえられた板敷きの室には、長屋門の主とも云うべき御法川ひとりだったらしい。早稲田の雄弁会に所属する御法川は長屋門内に住み込み部屋が与えられている。

「最高の花見日和《びより》ですな。東京の花はまことにきれいです。浅茅生《あさじお》うる武蔵野の桜、これほど花が美しいのは、ミノリカワもかつて見たことがありませんです」

御法川は、暇つぶしに読んでいたのだろう、講談本を手にしたまま惟佐子を眩しそうに見て挨拶した。笹宮邸に桜樹はなく、石塀の外、眼の届く範囲にも花はない。御法川がどこの桜のことを云っているのかわからぬまま、ほんとうにね、と返事をすると、ひとつ頭をさげた御法川はすぐにまた気楽そうに長屋門へ跳ね戻った。なぜあの人はあんなふうに蚤《のみ》みたいにぴょんぴょん跳ねるのかと、惟佐子は妙に思い、御法川が身につけた、「書生」を画に描いたような小倉袴《こくらばかま》と白鼻緒の高下駄も可笑しくて、三和土《たたき》で草履を脱ぎながら小さく笑った。

出迎えた女中の菊枝《きくえ》に寿子から電話がなかったか訊き、ないとの返事を受けた惟佐子が、母屋二階の自室へは向かわず、玄関からすぐに左へ折れ、縁側を進んで渡り廊下から洋館へ向かったのは、義母の瀧子に帰参の挨拶をするためである。

義母の宿願であった洋館が完成したのが一昨年の春。御一新から間もない頃、西国の雄藩の家から輿入してきた惟佐子の祖母藤乃《ふじの》は、笹宮の公家風を武家風に改めることに執念を燃やしつつ「奥」を支配し、公家でも武家でもない家から後添えの嫁として迎えられた瀧子は隠忍を余儀なくされていたが、藤乃が死んで重石が除かれたとたん、神戸で海運や造船などの事業を展開する実家から巨額の資金を引き寄せて、爆発的に活動を開始し、規模こそ大きくないものの、二つの尖塔と広い張出床《テラス》を持つコロニアル様式の洋館こそは、昭和の新イデオロギーの下で運営されるべき家政の象徴であった。

量感のある瓦屋根を戴せた書院造りの母屋と、蔓薔薇《つる》の生垣に囲まれた薄桃色の洋館が並び建つ景色は、和洋が折衷せぬ、どころか矛盾激突したまま接続された感が否めず、しかも両者が無理に渡り廊下で結ばれた姿は、フロックコートの人が袴を穿くがごとき奇観を呈した。設計家は二棟を繋ぐ必要はいささかもないと再三進言したが、瀧子は「一つの家」に拘《こだわ》った。工事の際の、滋賀の名人左官に塗らせたと云う漆喰《しっくい》壁に穴をあける所業を目の当たりにしたなら、祖母が卒倒したことは疑えず、槌を振るった職工が壁を破砕した瞬間の、積年の鬱憤を一遍に晴らしたかのごとき義母の笑みは印象的であった。

洋館には、瀧子と瀧子の息子——惟佐子の異母弟の惟浩が住み、惟佐子の部屋も用意されていたけれど、子供の頃から寝起きしてきた、北窓から楠《くすのき》の大木を望む母屋の二階から離れる気がせず、洋館への引っ越しは父伯爵とともに遠慮申し上げた。祖母の藤乃は、大名家の伝統である、子供を母親から引き離し育てる方針を貫いて、ことに男児である惟浩は、兄の惟秀もそうであったが、七歳になると家から出され、祖母と同郷の肘岡《ひじおか》陸軍中将の家で訓育されていたから、十三歳になっていた一人子を手元に取り戻し得たことで、とりあえず瀧子は満足した様子だった。

祖母の支配時代、祭礼でもない限り家族が揃って食事を摂る習慣はなかったが、主婦となった瀧子は旧陋《きゅうろう》の蛮習を革新すべく、洋館の食堂の、スワロフスキー硝子《ガラス》の装飾灯《シャンデリア》の下で家族全員が食卓を囲むことを提唱した。洋館に厨房はあり、専属料理人《コック》はいないものの、二人の女中が調理を担当して、瀧子の号令の下、麺麭《パン》が焼かれ、香料を利かせた腸詰が作られ、マンゴーやキウイといった珍しい熱帯果実の液汁《ジュース》が作製された。

家族全員、と云っても、陸軍士官である惟秀は宇都宮の聯隊に赴任していたから、家に常住するのは四名、惟佐子は、朝は瀧子と学習院に通う惟浩と食卓を共にし、午の弁当は母屋で作られたものを鞄に入れ、夕食は洋館に出向くこともあったけれど、自室に膳を運ばせすますことも多かった。父伯爵は紅茶とスープではなく、番茶とおみおつけでなければすまなかったから、朝食は母屋で摂り、夕食時は外出がちで、来客も多く、たまに一人でいるときは、真竹《まだけ》の藪を望む母屋の座敷で晩酌を楽しんだが、それでも若い後妻の家政方針に敬意を表する意味で、月に一、二度は夕食の席に新聞を抱えて姿を見せた。

渡り廊下を抜けると、抱一《ほういつ》の襖絵からラトゥールの静物画へ、厚織の黒縁畳から楢《オーク》の無垢材の張床へ、透かし彫りの欄間から色硝子の天窓へと、別世界へと身を移す感じになり、惟佐子はいつでも軽い目眩《めまい》を覚える。新築の板材の塗料なのか、空気に肌をぴりりと刺す酸味のあるのが不快で、惟佐子が洋館に馴染めぬのはその所為《せい》もあった。奥様は温室にいらっしゃいますと女中から教えられて、色彩々《とりどり》のパンジーが賑やかに咲く花壇に面した張出床《テラス》から、庭下駄を履いて、洋館裏手に建つ温室へ向かった。

洋蘭を中心に集められた温室もまた、家庭解放の証、昭和維新の記念物《モニュメント》であった。月に一度、新橋の輸入商社の人間が目録冊子《カタログ》を持って訪れ、瀧子は異国の珍奇な動植物を次々と購入して、憧れを抱きながら船酔いがひどくて島国から離れられぬ不満の代償を得た。温室には小型の猿や原色の鳥の飼われる檻もあった。

義母の姿を硝子越しに認めた惟佐子が扉を開けると、青甘い湿熱がむっと鼻先に押し寄せ、キツネザルや九官鳥の喚き騒ぐ声が耳に飛び込んで、熱帯雨林へ彷徨い込んだ気分になる。もっとも熱帯鳥は一時期に較べるとずいぶん減ったので、これはメジロやウグイスなど、すり餌の鳥の飼育の流行に即応した瀧子が別棟の鳥小屋を建てたからである。

惟佐子は大小の鉢が並ぶ棚の前にいる義母に向かって、ただいま帰りましたと挨拶した。洋装の上に白いエプロンをかけた瀧子は、血のつながらぬ娘の、美麗に粧《よそお》った外出着姿を頭の天辺から足下まで検《けみ》するように眺めながら、おかえりなさいと応じて、花はどうだったかと問い、惟佐子は、ええ、きれいでしたわ、とだけ簡明に答えて、手紙の件はもちろん、寿子のことも口にしなかった。

「松平さんのところにはどなたがいらしてたの？」と瀧子が訊いたのは、年頃の娘を持つ母親としては自然な問いである。とは云え、瀧子に興味があったわけではなく、母親らしい態度をとろうと思いそうしただけの話で、だから薄く微笑んだ惟佐子が、いろいろな方がいらしてましたわと、おざなりな返答を寄越してもとくに気を悪くしなかった。

「あら、そう。でも、それはまたあとで伺うわ」と瀧子は云って娘の外出の話はあっさり打ち切って、「それより、惟佐子さん、これ見て」と云って示して見せたのは板棚に載った大振りの青い鉢植である。

「今朝届いたの。ぜひ見てちょうだい」

顔を寄せると、広鉢の土に、開いた蛤《はまぐり》を思わせる、棘のある肉厚の葉のついた草がある。惟佐子が覗き込んでいるのへ、これ、面白いのよと笑った瀧子は、山室さん、お願い、と声をあげたのは庭師を呼んだので、反対側の通路で脚立を使い作業をしていた、紺股引に地下足袋姿の、鉄縁の眼鏡をかけた男が、へいと返事をした。

「もう一回お願い。惟佐子さんに見せてあげて」瀧子から云われて、ようがすと返答した庭師は、一度温室から出て、すぐにまた戻ってくると、黒くひび割れた掌に握ったものを、牛蒡《ごぼう》みたいな指でつまんで棘のある葉に置いたのは、小型の蜘蛛だ。生きた蜘蛛は脚を蠢《うごめ》かせて逃れようとするが、葉の粘液に捕らえられては動けない。と見たとたん、棘のある二枚の葉がそれこそ貝のごとくに閉じたから驚いた。その速さと容赦のなさはまるで機械だ。

「すごいでしょう。ハエトリソウって云うのよ」

「すごいですね」と応じて、鼻先が草に触れるほどに顔を寄せて鉢植を覗き込む惟佐子を横から眺めた瀧子は、女学生時代に読んだ『堤中納言物語』の「虫愛づる姫君」を連想しながら、素直な賞賛の言葉が娘の口から漏れ出たことに満足した。先刻同じ演目を見せた惟浩にはただ気持ち悪がられたのだ。食虫植物については、すでにウツボカズラやランチュウソウなどの蒐集があって、温室の目玉である蘭にはほとんど関心を示さぬ惟佐子が、肉食の草にはなぜか興味を抱いているのを瀧子は知っていた。

「食べたのかしら」惟佐子が鉢から眼を離さずに云った。

「食べたんでしょうね」

「食べたんですね」

「ええ」

「おいしいのかしら」

「どうかしら。でも、おいしいのかもしれないわ」

「きっとおいしいんですね」

後妻として笹宮の家に入ったとき、惟佐子は四歳で、接触する機会はほとんどなかったが、姑が亡くなってからは、信奉する近代的家族の理念の下、仲の良い母娘関係を構築したいと願い、瀧子なりに努力をしてきた。その甲斐あって、ときに三越や歌舞伎座に揃って出向いたりするようにはなったものの、夫の笹宮伯爵には感じることのない、連綿する公卿貴族の血を惟佐子にはなぜだか感じてしまい、気後れするようなところがあった。瀧子は先妻が遺した娘が何を考えているのか、食虫植物が好きだと云うこと以外、ほとんどわからなかった。

こんなに喜んでくれるのなら、もう一回やってみせようと、作業に戻った庭師を瀧子がまた呼ぼうとしたとき、惟佐子が地面にしゃがみこんでいるのに気がついた。たしかに気持ちのいい見世物ではないから、深窓の令嬢が気分を悪くするのは無理もないと、慌てて手を差し伸べようとすると、惟佐子がすいと立ち上がって、もう一度いいですか？　と顔を覗いてきた。

何が？　と問うた瀧子の目の前に、惟佐子が蠟のように白い、作りものめいて体温の感じられぬ手を差し出した。人差し指と親指でつまんだのは、ダンゴムシだ。地面に置かれた鉢の下から探し出したらしい。いいわよ、と瀧子が云うと、鮮やかな薄藍に流水文様をあしらった色留袖姿の娘は、薄く化粧した顔をハエトリソウに寄せて、二枚の赤い葉の間に、微細な脚をばたつかせる虫を落とした。

六

夕食の席には伯爵がおでましになる予定だから、必ず出るようにとの義母瀧子からの下達をうけて、午後の六時に、惟佐子は瀧子、惟浩とともに洋館食堂の桃花心木《マホガニー》の卓《テーブル》についたが、結局、父伯爵は急な来客があるとかで、墺太利《オーストリア》製装飾灯《シャンデリア》の燭光のなかには姿を見せなかった。夫の不参に瀧子は落胆するふうもなく、洋風魚介煮込《ブイヤベース》を口に運び、ちぎった白麵麭《パン》にバタを塗った。

惟佐子も黙って匙で汁を掬い、野菜サラダをフォークに載せたが、彼女の使う食器に楓《かえで》を図案化した模様があるのは、それが惟佐子の「おしるし」だからである。武家にも同じ習慣はあるが、皇族や公卿の家では家族めいめいに徽章《きしょう》が与えられ、持ち物に記されたり、ときにはその名で呼ばれたりする。華族の出でない瀧子は「おしるし」を持たなかったが、嫁入りしてきた際に、亀印を頂戴した。これが瀧子は気に入らず、姑の死後、「おしるし」を鈴蘭に変えたのも、彼女の改革施策のひとつであったが、母屋に棲息する古い女中たちはいまなお瀧子を「亀印様」と陰で呼んだ。

自分の印である若竹の絵柄の皿から、育ち盛りの彼だけに供された牛ステーキを切り分けて口へ運ぶ合間に惟浩は、先月死んだ忠犬ハチ公が剝製になると新聞に出ていたと云う話から、新宿に忠猫キュウ介と云う二番煎じの猫がいるらしいとの話を披露しつつ、母親の機嫌を観測していたが、瀧子が声を出して笑った時機を捉え、じつは母上様にお願いしたいことがあるんですけれど、と、交渉を開始したのは、ギターを買って欲しいと云うのであった。

頰をきゅっと引き締めた瀧子が、ギターならもうあるではないかと押し返すと、あれはガットギターであって、自分が欲しいのはスチール弦のギターで、今度学校の仲間で組む楽団《バンド》ではどうしてもそれが必要なのだと陳述した。瀧子の財力——とはつまり実家の財力のことだが——からしたら、ギターの五本や十本買うくらいわけはなかったが、普段息子に甘い瀧子が渋ったのは、夫の伯爵に気兼ねをしたからである。

惟佐子が森岡夫人に語った通り、「不良華族」の見出しの躍った新聞沙汰の醜聞以来、笹宮家では音曲は禁止となった。宗秩寮《そうちつりょう》から注意を受け狼狽した伯爵の命令で、瀧子所有の米国《アメリカ》製高級電気蓄音機は録音盤《レコード》もろとも捨てられてしまった。もっとも廃棄したのではなく、業者に引き取らせたので、だからほとぼりが冷めるのを見計らって瀧子は密かに買い戻し、このことを知った伯爵が見て見ぬふりをしたあたりの、夫婦間の権力関係にはすこぶる微妙なものがあるのであった。

総じて云うなら、資本制が幅を利かす昭和の御代、父親から爵位とともに受け継いだ資産を食い潰しつつあった笹宮氏が、妻の実家が経営する企業に重役の地位を与えられる形で援助を受け、どうにか華族の体面を保っている以上、妻の側に分があるのは致し方なかった。妻の軽挙は夫の権力伸張の好機であり、笹宮伯爵も一度は強気に出たものの、強権を押し通すだけの胆力に欠けた。と云うより、母親の独裁下、笹宮氏自身もまた圧政には苦しめられてきたので、瀧子の気儘な統治はむしろ歓迎で、そもそも母親や妻女に牛耳を執られるまま、おとなしく従う以外の家政方針を笹宮氏は持たなかったのである。笹宮氏が蓄音機を処分したのも、世間に向けての演技の意味あいが濃厚であった。

とは云え、瀧子の方もいちおうは謹慎の姿勢を示していた。ダンスホール通いはきっぱりやめ、蓄音機に録音盤《レコード》を載せるのは夫の不在時に限られた。惟浩のギターも音曲禁止令の対象とならざるをえず、瀧子のピアノとともに「廃棄」となったが、蓄音機同様、旬日《じゅんじつ》を経ずして無事に回復された。禁圧されて惟浩の洋楽熱はむしろいよいよ熾《さか》んとなったが、ギターを弾《ひ》けるのは父親の不在時に限られ、これが惟浩には癪《しゃく》で、しかし妻に対するのとは違って、息子には伯爵も厳しく接したから、瀧子はいつもはらはらした。

「スチール弦て、あれなの」サラダの林檎《りんご》をしゃくしゃく嚙んで瀧子は聞いた。「鉄なの？」

「そう。ガットは羊の腸。スチールは鉄」母親の斜向《はすむか》いに座った制服姿の惟浩は応じた。

「でも、鉄じゃ、指が血だらけにならない？」

「ならないよ。と云うか、なりません」

「銹《さ》びたら大変。破傷風になっちゃうわ」

「銹びないよ。と云うか、銹びません」

「でも、痛いでしょ？」

「少しはね」

「ほら。痛いのは駄目よ」

「慣れれば平気さ。乗馬だって最初はお尻が痛いけど、慣れれば平気じゃない」

「それに鉄だと、音が大きいでしょう？」

「もちろんさ。だから必要なんだ」と勢い込んだ惟浩は、喇叭《ラッパ》や太鼓《ドラムス》に負けない音量を得るにはどうしてもそれでなければならぬのだと重ねて力説した。聞き流しつつ食後菓子《デザート》を女中にいいつけた瀧子は、とにかく父上様にきいてみないとねと、結論ふうに云ったが、これでは惟浩が不満なのは当然で、ヴァニラ・アイスクリームを前になお請願を継続し、のらりくらり躱《かわ》す瀧子にも、しかし弱みはあった。惟浩の洋楽熱に火をつけたのは彼女なのだ。

瀧子が息子をダンスホールへ連れていったのが、皇室の藩屏《はんぺい》たるべき華族の子弟の順路から惟浩が逸れ出た一因であった。いくら親同伴でもこれは疑いもなく校則違反で、しかし神戸の女学校で奔放《ほんぽう》活発《かっぱつ》に青春を謳歌した瀧子からしたら、親が責任を持つなら校則違反くらいは全然かまわないのであった。溜池の『フロリダ』に親子で出向いたのは、惟浩にせがまれたこともあったけれど、整った顔立ちの惟浩がきれいな少年だと周りから賞賛されるのが嬉しく、紫煙《しえん》や化粧の蠱惑《こわく》の香り漂う悪徳の園に美しい息子を連れ出すことは、どんな衣装や宝石を纏《まと》うよりも人々の注目の的となり、虚栄心の満足が得られるのだった。

一方の惟浩は舞台の音楽に夢中となった。店専属のジャズバンドは素晴らしく、なかでも南里文雄《なんりふみお》のトランペットには痺《しび》れた。「南京豆売り《ピーナッツベンダー》」と云う曲での、天馬翔《かけ》るがごとき自在な楽句《フレーズ》には脳みそが吹き飛ぶような衝撃を受けた。惟浩は来年の海軍兵学校の受験を父親から命じられ、家庭教師がつけられていたけれど、濃紺の天井に無数の豆電球を散らした南国の空の下、南里文雄の吹くトランペットの高らかな響きを聴いたそのときこそ、惟浩のなかで江田島《えたじま》の兵学校が跡形もなく霧消した瞬間であった。惟浩は古切手の蒐集《しゅうしゅう》と交換にコルネットを入手し、さすがに家では吹けぬので、学校や友人宅で密かに練習していた。

「惟佐子さんは、どうお思いになる?」

瀧子が云い、惟浩が期待のまなざしを向けてきたのは、姉の応援をあてにできると考えたからである。瀧子にしても、惟佐子が息子に味方してくれるなら、夫から論難された場合、盾にできるとの計算があった。父親の命令には決して逆らわず、従順に振舞いながら我を通す惟佐子には、父伯爵に対する眼に見えぬ影響力があると瀧子は信じており、おかしな話ではあるが、伯爵家の当主である夫こそが、惟佐子に流れる貴種の血に気圧《けお》されているようにも感じられていた。

スチール弦のギターがどんなものかわからなかったが、瀧子がそれを惟浩に買い与えることに反対すべき理由は惟佐子にはなかった。アイスクリームが口のなかで溶けるのを待ってから、発言しようとしたとき、菊枝が室の戸口に現れて、お姫《ひい》様にお電話でございます、と用件を伝えた。

「どなたから？」惟佐子に代わって瀧子が問うと、菊枝は答えた。

「宇田川様からでございます」

七

夜の八時に入浴をすませ、自室に引き取った惟佐子は、普段着の銘仙《めいせん》に着替えて椅子に座り、机に置かれていた郵便物に眼を通した。学校の茶話会の報知や、日本橋の宝飾店の広告に混じって、中型の茶封筒があるのは『数学世界』——修明社と云う京都の出版社が隔月発行する雑誌である。卓上灯《スタンド》の光のなか、象牙の綴り切り《ペーパーナイフ》を使って封を開け、薄墨《うすずみ》色の冊子を取り出した惟佐子は、まずは「懸賞問題」の頁《ページ》を開いて前号の優等解答者の欄にざっと眼を走らせてから、北窓の障子を開け放ち、窓明かりに葉裏《はうら》が暗銀色に光る楠の大木を眺めた。

菊枝から呼ばれて母屋へ向かい、階段下にある電話室で耳にあてた受話器から漏れ出たのは、予期した寿子の声ではなかった。出たのは宇田川家の女中で、寿子が来ていないかとの問い合わせなのであった。午後の松平邸にも姿を見せなかったと惟佐子が応じると、寿子が朝出かけたきりまだ戻っていないのだと、顔なじみの女中は気遣わし気に報告した。寿子が家を出た時間を問えば、朝の八時過ぎだと云う。

「寿子さんはどちらへ行かれると仰《おっしゃ》っていたのかしら？」

「教会に行って、それから松平様へ回られると。そう云われて出かけられました」

寿子は渋谷の基督《キリスト》教会に通っている。土曜日に礼拝はないはずだけれど、なにかしら用事があっても不思議ではない。

「寿子さん、教会へは？」

「牧師様に伺いましたら、行かれなかったようなのです。惟佐子様には連絡がございませんでしょうか？」

ないと、惟佐子は答えるほかなかった。

この電話を受けたのが午後の六時半。朝に出た寿子がその時間まで帰らぬのはおかしく、いや、遅いこと自体はともかく、連絡がないのが気がかりであり、なにより寿子が、教会へ行くと、家の者に云って出たのが不審だった。夜の十時頃までなら起きているので、寿子が帰ったら電話をくれるよう頼んでおいたが、あれから一時間半、階段下で呼鈴《ベル》は鳴らなかった。

事故、と断じるのは早計に思われたが、変事が出来《しゅったい》したことは否定しようがなく、と云って惟佐子にできることはひとつもなかった。とりあえず十時までは電話を待つしかない。

開け放った窓の外に、黒い影の塊となった楠は、子供のときと同じ姿でそこにあった。姑亡きあと新体制を布《し》いた瀧子が真っ先に標的にしたのがこの楠で、日当りを害し家の陰気の元凶である木は伐《き》るべしと主張したのへ、笹宮伯爵も古手の女中もこぞって反対し、瀧子はこれを蹴散らす勢いであったが、惟佐子が反対していると知って兵を引いた経緯がある。惟佐子は子供の頃から見続けてきた楠に、愛着と云うほどではないけれど、それのない窓の景色を寂しがるくらいの馴染みはあった。

風がないのに、ざわり黒い葉叢《はむら》が揺れたのは、枝に猫か鼠が潜んでいるせいなのだろう。なにが隠れ居るのか、しばし眼を凝らしてみたが、わからぬままに枝葉は静まった。窓から流れ込む空気は甘い湿気を帯びていた。月は雲に霞んで、明日は雨になるのかもしれなかった。夜気を一度深く吸い込んだ惟佐子は、雨戸を引き、障子を閉めた。それから机に戻って、『数学世界』を再度開いた。

惟佐子には決まった小遣いと云うものはなく、今日のように一人で出かける場合には、その都度必要な金額を家令の町伏氏が取り仕切る「表」から貰い、欲しい品があれば、出入りの業者にそう云って、支払いはやはり「表」がする。書籍も同様で、云えばなんでも手に入ったけれど、もちろん無限ではない。雑誌は子供の頃から二冊だけとってよいと決まっていた。学校の前期までは、年相応に『少女画報』などとっていたが、いまは『数学世界』、それともう一冊は、海外探偵小説《ミステリー》の情報のある『新青年』が本当はよかったのだけれど、煽情的猟奇的内容を含む青年雑誌は良家の子女が読むべきではなく、頼みづらかったところが、弟の惟浩がとり出したので、借りて読めるようになった。あとのもう一冊は、ここ六、七年はずっと囲碁誌の『棋道《きどう》』で一貫している。

じつのところは、惟浩がそうしているように、瀧子が実家から敷設した水道の蛇口をひねれば、「表」に気兼ねする必要のない金銭がいくらも流れ出てくるのだったが、惟佐子は義母に自分からなにかをねだったことは一度もない。一緒に百貨店《デパート》へ出かければ、瀧子はじつに気前よくものを買ってくれたけれど、惟佐子から欲しいと口にしたことはやはりなかった。

いま惟佐子が頁を繰りつつある『数学世界』は、米国のシカゴに本拠を置く出版協会が発行する雑誌の日本版で、世界十七の国で出版されていると、冊子の裏表紙には記されている。数学の最先端の主題《テーマ》を取りあげる毎号の特集は惟佐子には難しすぎたが、デカルトやガロアなど天才たちの伝記的な紹介や、ちょっとした問題を扱った記事が面白い。そうして惟佐子が一番楽しみにしているのが「懸賞問題」である。これは毎号、ABC三水準の問題が出題されて、解答を寄せた読者のなかから選ばれた優等者にはメダルが与えられる。が、賞品以上に読者が欲するのは自分の解答の誌面への掲載で、なにより凄いのは、とりわけ見事《エレガント》だと評価された解答はシカゴに送られ、世界中に紹介される可能性があるのだ。惟佐子はこれまでA水準で二度、「優秀者」として名前が載り、しかし「優等」は一度もなく、一番難しいC水準の問題は解けたことすらなかった。

寿子のことは心配だったけれど、ひとりであれこれ思案しても仕方がないと思い定め、数学の問題でも解いて落ち着かぬ時間をやりすごそうと考えたわけで、だから最新号が届いていたのは具合がよかった。今号の「懸賞問題」は、Cが解析で、微積分の初歩を終えたばかりの惟佐子には手が出せそうになかった。Aは大きさの異なる二つの円が共有する接線のなす角度をめぐる幾何《きか》の問題、Bは整数の倍数に現れる性質についての問題で、Aは図示して考えれば見通しが立ちそうだったけれど、惟佐子がB問題からとりかかったのは、幾何よりも代数が、また代数のなかでもことに整数論が好きだからである。

惟佐子が数学に興味を抱いた最初は、学校の図書室の本で読んだ、素数の無限性についてのユークリッドの証明であった。無限に続く自然数列のなかに素数は点々と現れるが、数が大きくなればなるほど出現頻度が小さくなっていくことは見当がつく。だが、それは果たして無限にあるのか、それともやがてどこかで途切れるのか。無限にあるものは数え尽くすことができない。とすれば、それが無限であることをいったいどうやって示すのだろうか、と考えたとき、ほんの数行の文章で素数の無限性を証明してみせたユークリッドの手際に感心した。そこから進んで、素数出現の法則性をめぐるフェルマー、ガウス、オイラーと云った天才たちの仕事を、理解は届かぬままに覗き見たとき、眼前に浮び出た数学の宇宙の宏大さ、清冽さに息を呑んだ。自分が青白く燃える小遊星に変じ、宇宙空間にふわり浮んで、星々を過《よぎ》り猛烈な速度で飛びすぎて行く、そのような感覚に惟佐子は恍惚《こうこつ》となった。

学校の授業では物足らぬのは当然だったが、物理の山畑《やまはた》師が惟佐子のために図書室に参考書を入れてくれて、そのうち自分でも本屋に頼むようになった。祖母が健在であれば、数学書などは禁圧の対象であっただろうが、瀧子の治世下に検閲はなく、家令の町伏氏から報告を受けた父伯爵から、もう少し女らしい方面に関心を持つ方がいいのではとの、さして熱のない注意を受ける程度ですんだ。初歩の参考書からはじめて高木貞治《たかぎていじ》『代数学講義』、ミハエル・グラッスス『高等数学入門』、竹内《たけのうち》端三《たんぞう》『函数論《かんすうろん》』と云った著作を惟佐子は独習し、いまは山畑師から借りた解説書で解析学も少しずつ勉強をはじめていた。

山畑師は、ドイツにはアインシュタインから認められたエミー・ネーターのような女性数学者もいると紹介して、大学か専門学校に進んで勉強を続けたらどうかと勧めてくれたが、そこまでの熱意を惟佐子は持ち合わせなかった。数学への興味はあったけれど、多勢の男性に混ざって女一人（と考えざるをえなかった）、好奇のまなざしを受けつつ大学構内を歩くのは億劫に思え、そもそも自分にはそれほどの天資も情熱もないと冷静に判断もしていた。

まずは全体の見通しを立てようと思い、ざら紙に鉛筆でいくつか数字を書き付けたとき、菊枝が襖の向こうから声をかけてきた。階下で電話の呼鈴《ベル》は鳴らなかったから、あるいは寿子が訪ねてきたのかと思い、胸がはっとなったが、そうではなかった。襖を開けて畳に膝をついた菊枝が、二位様がお呼びですと、用件を伝えた。惟佐子は椅子から立ち、菊枝について階下へ向かった。

八

笹宮伯爵邸は、中庭のある母屋と洋館のほかに、離れ家が母屋の北側に楠の大木を挟んで建つ。これはかつて惟佐子の産みの母の崇子が住み、継母の瀧子が長らく逼塞《ひっそく》を余儀なくされた平屋の日本家屋で、瀧子が洋館に移って「空き家」になったものを、笹宮伯爵が「執務室」に使うことを思い立ち、近頃では接客もだいたいそこで行う。震災にも倒れなかった離れ家は、母屋と渡り廊下で結ばれておらず、外線電話も厨房もなかったから、なにかと不便ではあったけれど、瀧子の趣味で畳の上に波斯《ペルシャ》絨毯を敷いた和風モダンの内装を伯爵は気に入って、と云うより、絨毯に合わせ誂えた紫檀《したん》の食卓やら黒皮革の応接組椅子やらの北欧製家具類を、コロニアル様式の洋館には向かぬと、瀧子はすべて置き去りにしたから、使わねば惜しいとの気持ちが生じたのに加えて、南面に傲然立ちはだかる楠の陰になって昼日中でも仄昏《ほのぐら》い隠れ家ふうの佇まいが密談に相応《ふさわ》しく思われ、このことも伯爵の気に入っていた。むろん瀧子がここを牢獄に思いなし、嫌ったことは云うまでもない。

母屋の勝手口から下駄を履いて離れ家まで歩いた惟佐子が、かつて瀧子が居間にしていた、十畳間二つを打ち抜いた「執務室」へ入っていくと、和服姿の笹宮伯爵は、十脚の椅子が楽に並べられる紫檀の食卓ではなく、硝子《ガラス》戸縁側の応接椅子で独りウィスキーを飲んでいた。女中が一人、卓《テーブル》の食器や灰皿を片付けているところからして、ついいままで来客があったらしい。十年前に貴族院議員に選出されて以来、ことに満洲事変からこちら、笹宮伯爵が家にいて来客のない日はほとんどなく、その大半が政治的野心を抱く伯爵の下に蝟集《いしゅう》する同志や情報通との密謀――は云い過ぎにしても、ただの気楽な酒食でないのは少なくとも間違いなかった。

当年五十三歳になる笹宮伯爵の夢は、内閣首班の大命を受けた自分がこの「執務室」で組閣名簿を作成する、これである。母屋の座敷や庭に張られた天幕《テント》の下、大勢の新聞記者らが待機し、あるいは慌ただしく出入りするなか、この奥まった場所で、腹心の者らと鳩首《きゅうしゅ》して名前を書き出しては消し、消しては書き入れる。そのときここは、屋敷内の、ではなく、帝国政治の深奥《しんおう》の地となる――と、もちろんこれは文字通りの夢、ただの夢想にすぎなかった。

笹宮惟重に大命が降下するなどは、日本の政体がいかに変転をとげようとも、万に一つもありえず、そんなことになったら日本はおしまいだと考える程度の分別は笹宮氏にもあった。けれども「執務室」で組閣を行うこと、すなわち自らが主導して閣僚人事を吟味すること自体は、現実的《リアル》な野望の射程に入っており、このところの密談はこの目標に沿うものであった。振り付けるべき人物のめあては早くからあった。目まぐるしく変転する政治外交の賽《さい》の目に翻弄されながらも、粘り強く企謀《きぼう》の荒れ地を開墾した結果、苗から育てた樹木が枝を張りつつあるのを眺めれば、千年を超える永きにわたり、京にあって皇室を守護奉ってきた血筋の末裔《まつえい》たる自分には、表に立たぬ黒子的振舞こそが相応しいのだと得心できるものがあった。

笹宮家は公家のなかでは中位に属する羽林《うりん》家の家格で、笹宮氏の祖父が明治十七年に子爵を叙爵《じょしゃく》した。香道を伝える家と云うことで、御一新後も京にとどまっていたが、二代目子爵の笹宮惟治《これはる》が軍人となって、日清戦役で武勲をあげて退役した後、山県有朋《やまがたありとも》公の懐刀として京都府知事や内務省次官、枢密院《すうみついん》書記官長などを歴任した功あって、明治四十年、同い年の乃木希典《のぎまれすけ》将軍が男爵から伯爵へ陞《しょう》爵《しゃく》したのと同じときに、子爵から伯爵へ陞爵した。

しかし笹宮家にとっては、家格の上昇より以上に、当主が権力の中枢近くにあることのもたらす利得が大きく、北海道の採炭や信州の山林開発など、複数の国家事業への投資でもって、京都時代は六百石の家禄にすぎなかった家産の数百倍の財を得るに至った。現在の当主、笹宮惟重が大正の初めに襲爵《しゅうしゃく》したときには、大名華族には及ばぬものの、総じて貧乏な堂上華族のなかで笹宮家は抜きん出た資産家となっていたものを、大正から昭和、華族三代目たる笹宮惟重伯爵がこれを徐々に食い潰し今日に至るわけである。

笹宮氏の母親、すなわち惟佐子の祖母であり瀧子の仇敵であった藤乃は、家内を峻厳《しゅんげん》に支配したが、統制の及ぶ範囲は「奥」に限られ、「表」向きには口を出さなかったから、惣領息子が資産をすり減らすのを放置する結果となったのは手ぬかりであった。その一方で、崇子が惟佐子を産んで死んだ後、神戸の資産家の末娘である瀧子との縁談を主導したのは藤乃であり、同じ関西出の公家からみたらほとんど匹夫下郎《ひっぷげろう》とも云うべき、格では問題にならぬ家から、しかも不良の評判のある娘を後妻として迎えるに躊躇しなかったあたりの眼力は、さすがは戦国下剋上の世にのし上がった大名家の末裔だけのことはあると人々は噂した。実際、瀧子はいまや笹宮家の「生命線」であった。もしそれがなかったなら、昭和初年の金融恐慌で打撃を受けた笹宮伯爵家は、先代が麴町に構えた家屋敷を失うまでの凋落《ちょうらく》に陥る可能性すらあったのである。

促されて惟佐子が斜向《はすむか》いの椅子に腰を下ろすと、父伯爵はウイスキーのあてにスルメを嚙みながら用件を伝えた。

「わざわざすまないんだが、惟佐子さんに、またちょっと筆記をお願いしたいんだよ。少し時間はありますかね？」

父親が娘を呼ぶのにさん付けするのは一種の冗談なわけだが、数年前、生まれて以来ほとんど接触することのなかった女の子が、幼虫から蝶に変態して目の前に現れたとき、美しい娘になったものだとの感嘆に加え驚愕したのは、姿形が死んだ先妻と瓜二つだったからで、照れくさいような不安なような心持ちになった笹宮氏は、思わず冗談めかして「惟佐子さん」と娘に呼びかけて、それ以来ほかの呼び方ができなくなった。叱ったり（の機会はほとんどなかったが）意見をしたりするときは、呼び捨てにすべきなのは承知していたけれど、娘と二人、面と向かい合うと、気圧《けお》される具合となって、自分の存在そのものが冗談であるかのような、落ちつかぬ気分に笹宮氏はなるのだった。

「いやね、さっきまで井崎たちがいたんだが、私が火をつけた例の問題がね、首尾よく燃え上がりそうなんだよ。燎原《りょうげん》の火と云うやつだ。もう誰にもとめられん。うまくすれば倒閣まで持っていけるって連中は云うんだがね。だとすれば、これはあれですよ、なかなかすごいことですよ。この私が火をつけたんだしね」

父伯爵はいつになく興奮していると惟佐子は観察した。声の調子が高いこともあるけれど、持病の通風にいけないからと、医者からとめられた好物の焼きスルメが皿の笹葉に載っているのがその証拠だ。笹宮氏は嬉しいことがあるとスルメを食する性質がある。子供の頃の笹宮氏は、歯を丈夫にするからと、おやつにスルメ以外を与えられず、いつもねちねち嚙んでいた。こうした場合、長じてのち嫌いになると相場が決まったものだが、逆の目が出た。肝心の歯についても逆目が出て、笹宮氏の歯は質が悪い。

「このところの一連を、ここはやはり記録しておかないとね。後世にきちんと残しておく必要がある。だからお願いしたい。時間は大丈夫ですかな」

時間はあると惟佐子が云うと、うんうんと餌を啄《ついば》む鳥みたいに首を頷かせた笹宮伯爵は、痩せた腰をふわり浮かせて立ち上がり、脇の書棚の抽斗《ひきだし》から大学ノートと鉛筆を出してきたのは、惟佐子に口述筆記を頼もうと云うのであった。

政治家たる者、のちのち回想録を執筆して、後世の歴史家に嘘偽りない材料を提供する責任があるわけだが、それには日々の活動の備忘録をつける必要があるので、しかし自分は多忙の身、いちいち筆を走らせる暇はない、だから口述筆記が適当で、もちろんこれは書生にさせることもできるし、実際にやらせてみたのだが、彼らはどうしても私見や私情を文章に挟む傾向があり、また話はときに政治社会の裏面にまで及ぶのであって、だからこうした仕事は政治には無縁の女がするのが穏当であり、かつ身内にやってもらうのがなにかと便利がよいのであると、笹宮伯爵は云うのであった。

去年の夏頃から惟佐子は「執務室」でときおり口述筆記役をつとめてきた。聞いたところでは、西園《さいおんじ》寺公の秘書の原田《はらだ》男爵が近衛泰子《このえやすこ》さんに口述筆記を頼んでいるとの話で、これを知った父伯爵が負けじとやる気になったのだろうと惟佐子が推察したのは、口述に原田氏が政敵としてしばしば登場するからである。大雑把に整頓して、現内閣を支えているのは西園寺公を中核とする重臣らと民政党であり、これに対抗するのが陸軍と政友会およびその周辺集団《グループ》、とするならば、前者の黒子役が原田男爵であり、後者がこの自分であると、父伯爵は考えている様子だった。英米流の自由主義を信奉する勢力と、皇謨《こうぼ》に基づく国家主義を標榜する陣営が角逐《かくちく》する、昭和政治の急流に舟を浮かべる者としては、敵が記録をものすならば、こちらも断じて負けてはいられぬのであった。

惟佐子も数度会ったことのある近衛泰子さんは、実家の父親が速記法の開発者として有名で、だから速記ができる。しかし惟佐子はそんなものは知らぬから、はじめはだいぶ戸惑ったが、話の要点だけを覚書《メモ》にして、あとから文章化する方法を採ったところ、父伯爵は出来映えに大いに満足した。はじめの頃は三日に一度は筆記を云われたが、しだいに間遠になったのは、飽きっぽい伯爵の性質からして自然であり、惟佐子にはもちろん有り難かった。

父伯爵が娘のためにミルクココアを用意するよう女中に命じ、それを待つあいだに惟佐子は、ドイツ人の音楽家から貰った手紙の件を報告した。予想に違《たが》わず、白雉博允の名前を出したとたん、笹宮伯爵は血相を変えて、どうしてそんな手紙を受け取ったのだと、あたかも惟佐子の落ち度であるかのように追及したが、惟佐子にはどうとも答えようがなかった。

手紙を見せるよう命じられたので、惟佐子は「執務室」戸口脇の内線電話を使って、キリムの手鞄《バッグ》のなかの洋封筒を持ってきてくれるよう菊枝に頼んだ。手紙を貰った際の詳しい状況を尋問した笹宮伯爵は、木島柾之が媒介になったと聞いて、だいたいあの男がいかんのだと、怒りの矛先を音楽趣味の青年貴族に向けた。

「木島柾之だろう？　ありゃ碌《ろく》でもない男だよ。牧野《まきの》内府の親戚だってことで羽振りを利かせているが、皇室を尊崇《そんすう》するところが欠片《かけら》もない、皇国の大精神を腐らせる一種の国賊ですよ、あれは。宮内省が退嬰《たいえい》主義の毒に汚染されているのは、ああ云う柔弱で芯を欠いた人物が跳梁跋扈《ちょうりょうばっこ》するからに他ならない。維新の暁には真っ先に断頭台だ」

「真っ先に断頭台」は笹宮伯爵得意の文句である。木島柾之をこっぴどくやっつけた勢いをかって笹宮伯爵は矛先を転じた。

「そもそも牧野内府にしてからが、日本を駄目にしている一番の元凶ですからね。陛下を輔弼《ほひつ》すべき内大臣が皇国の根太《ねだ》を腐らせているのだから呆れますよ。ここだけの話だが、いまね、血気盛んな陸軍の連中が一番に狙っているのが牧野内府ですよ。そのことだけでも牧野の癌的性質が証明されると云うものだ。しかし日本を駄目にしているのは牧野だけじゃない」と笹宮伯爵が批判の焔《ほのお》をさらに広域にまで拡張しようとしたとき、女中が飲み物を運んできたので、笹宮伯爵の憂国の火はいったん鎮火した。

冷めないうちに飲んだ方がいいとの父親の勧めにしたがって、惟佐子は茶碗を掌《てのひら》に包んで口へ運び、ふうふうと吹いて飲み、これを斜向いから眺めた笹宮伯爵は、この娘はなんて美味そうにミルクココアを飲むのだろうと観察し、嫉妬に似た感情が胸に生じて、果たして自分はウィスキーをこんなふうに美味く飲めているのだろうかと、妙なことが気になり出し、Rare Old の瓶から硝子盃《グラス》へ新たに酒を注いで、絶対においしく飲んでやるとの決意の下、丁寧に口へ流し入れたところが、灼《や》かれた舌がぴりり痺れて顔を顰《しか》めたところへ菊枝が現れ、これでございましょうか、と云って手紙を運んできた。女中たちが下がるのを待ってから笹宮伯爵は封筒を手にした。

鼈甲《べっこう》の老眼鏡をかけた伯爵は、まずは封筒の表書きを検《けみ》し、それから便箋を取り出して、じっくりと目を落とした。政界では反英米、親ドイツの最右翼であり、偉大なる革命家にして民族指導者の理想像、ヒトラー総統への敬愛を表明してやまぬ笹宮伯爵は、しかしドイツ語が読めなかった。勉強はした。勉強はしたが、語学に根っから才能を欠いて、学生時代の成績は劣悪であった。学習院に通っていた笹宮氏は、父親から海軍兵学校の受験を命じられ、いまの惟浩同様、家庭教師がつけられ勉強させられたが、受験は語学の成績(だけではないが)ゆえに失敗した。あのとき藤乃は切腹せよと息子に迫った。自分も死ぬからお前も死ねと、白鞘《しらさや》の小刀を押しつけてきた母親の顔を笹宮伯爵はいまも忘れていない。外国語の文字を目にすると、潔く切腹して果てなされと、風呂に入れと云うのと変わらぬ落ち着いた声色で発せられた母親の言葉と、表情のない般若《はんにゃ》とも云うべき顔が浮かんで、肝がひやりとなる。

しばらくの後、便箋を畳んで封筒に仕舞った伯爵は、しかるべき手段を講じる必要があるので、これは私が預かると云い渡し、硝子盃《グラス》のウィスキーを一口飲んでから、娘の顔にちらり視線を投げて云った。

「これは、あれだ、なかなか大変なことですよ。全体、けしからん話じゃないか」

惟佐子は父伯爵のドイツ語の読めぬことを知っていた。同時に自分がそれを知っていることを彼が知らぬことも知っていたので、そうですわねと同意を示して、甘いココアをまた口へ運んだ。

九

カルトシュタインの手紙に出端《でばな》を挫《くじ》かれたせいか、笹宮伯爵の口述は十五分ほどで終了した。母屋の自室へ戻って、桐簞笥《きりだんす》の置き時計を見れば、時刻は十時を過ぎて、寿子が戻るにせよ戻らぬにせよ、今夜中の連絡はなくなったかと思うと、かえって落ち着かぬ気分になり、こちらから宇田川家に電話をして、何時になってもよいから連絡をしてくれるよう頼もうかとも考えたけれど、それもしにくくてやめにした。宇田川家の女中から他言無用を頼まれたこともあり、義母にも父伯爵にも寿子の件は話さず、電話の様子から事情を察したらしい菊枝には口止めした。

いまごろ寿子は高樹町の家に戻っていて、窓から花水木を望む二階の洋室、卓上灯《スタンド》の光のなかで洋筆《ペン》をかりかり鳴らして日記を書いている、あるいは辞書と睨《にら》めっこをしながら小説を読んでいるのではあるまいかと、想像すればするほど、何度か訪れた寿子の部屋の、楢材《オーク》の書棚に置かれた、知り合いの美術家が製作したと云う石膏像の寿子だけが暗がりをひっそり見つめている、そのような像《イメージ》が頭に浮かんで離れなかった。

すぐには眠れそうになく、数学に戻る気にもなれなかったので、記憶の新鮮ならちに口述の清書をしてしまうことにした。惟佐子は大学ノートを机に広げ、横に先刻とった鉛筆の覚書《メモ》を置いて、ペリカンの黒洋墨《インク》に筆先《ペン》を浸した。

「午後七時、来客あり。井崎、菊池、黒河の各氏。」とまずは記す。「井崎」は政友会所属の衆議院議員、「菊池」は『皇道日本』なる週刊新聞の発行人、「黒河」は生業《なりわい》はわからぬが、国粋主義団体、国《こく》本社《ほんしゃ》に関係する人間だとは、これまでの口述から惟佐子は知っていた。三氏はそれぞれ、笹宮伯爵が貴族院で火をつけた天皇機関説問題は、新聞各紙が大きく扱い、在郷軍人会に機関説糾弾の文書が配布されるなど、順調に燃え広がりつつあると述べ、陸軍省に続いて文部省も大臣が機関説否定の諭告を各学校へ下す予定で、さらに警保局《けいほきょく》が美濃部達吉博士の告発に踏み切って、美濃部氏に任意出頭を求めたと報告した――と、笹宮伯爵の談話のとおりに惟佐子は記していく。

「警保局が動くとならば、火消しはまず困難となり、内閣にとつて致命傷になるべしと、三氏は口を揃ふ。林陸相はすでに機関説排撃を答弁してをり、岡田首相がこれを否定するやうな事あらば、閣内不一致となるは必定《ひつじよう》なり。倒閣まであり得るとして、政友会は次期政権に食ひ入るべく、動き出してゐるとも述ぶ。まずは近来になき朗報なり。秘密報告はいま一つありて、これは陸軍の動向に関聯《かんれん》しての事なり。」

昨年の十一月、陸軍の青年将校数名がクーデタ未遂で逮捕された事件が起こったのだが、「事」とはその後始末についてである。

「三月末、第一師団軍事法廷にて、証拠不十分で逮捕者全員に不起訴の判決が下されたは既報のごとし。然《しか》して、被告らの停職処分が陸軍省より下され、これが大なる波紋を呼べりとは、黒河氏の報告なり。」

惟佐子は詳しく知らぬが、「黒河」はもと陸軍士官らしく、口述で知られる限り、父伯爵に陸軍方面の情報をもたらすのは主に彼であった。革新派の青年将校らは、十一月の事件を革新派弾圧を目論《もくろ》む軍上層部の捏造《ねつぞう》だとして糾弾しており、これに味方する将軍もあると、「黒河」が報告したと父伯爵は述べた。

「状況は極めて錯綜《さくそう》し居り、予断を許さぬと、黒河氏は憂慮を隠さずに述ぶ。多くの将官に革新運動への同情ありといへども、永田軍務局長をはじめ省部幕僚は、士官の横断的連携を容認せぬ方針であり、他方、永田に対抗する一派（真崎教育総監を筆頭とする）は、十一月の事件を、当時士官学校生徒隊中隊長を務む辻政信大尉による陰謀と見做し、さやうに喧伝《けんでん》しつつありと云ふ。

隊付将校らの『暴発』はあり得るやと問へば、黒河氏は『あるやもしれぬが、ないやもしれぬ。まあ、多分ないだらう』といさゝか曖昧な返答を寄越し、これには困惑す。機関説問題が順調に運び居る現今、彼等に『暴発』されては甚だ具合が悪い。情報蒐集を黒河氏に依頼す。この際は大川氏、亀川氏等、民間の事情通との面談の要ありと思ひ、この件をも依頼す。加へて革新派青年将校の代表者（大岸氏や西田氏？）とも直接会談の要があらうとも思ふ。さやうな意見要望を述べ、工作費として黒河氏に金四百円を手渡す。酒食後、三氏ともに辞す。時刻は二一時一五分……」

筆記を終えて愛用の硝子筆《ガラスペン》を置いたときには、すでに十一時を過ぎていた。寝支度の前に、書いたばかりの文章を読み返した惟佐子が、ふっと片頬にえくぼを穿《うが》って笑みを漏らしたのは、そこに記された言葉の列がひどく滑稽《こっけい》に思えたからで、しかし何が具体的に滑稽なのかは、惟佐子にも判然とはしなかった。

口述筆記者をつとめたお陰で、惟佐子は父伯爵云うところの「政治社会の裏面」の一端に触れることとなり、親譲りの資産を食い潰し、妻の実家から補給を受けつつ邁進《まいしん》する、笹宮惟重伯爵の政治活動の中身も目の当たりにしたのだけれど、内実を知るにつれて不可解の念が抑え難くなった。
政界で一頭地《いっとうち》を抜きんずるには、余程の異能異才がない限り、力の基盤をどこかに持たねばならぬのは当然だ。笹宮伯爵の場合、一つには貴族院内の派閥があった。これは山県有朋系の議員の集まりで、父伯爵時代の繋がりから、笹宮氏は世話人をつとめていた。

もう一つは国本社である。もとの司法相で枢密院副議長の平沼騏一郎《ひらぬまきいちろう》氏を主宰とする国粋主義的団体に、大正末年の創設時から笹宮伯爵は係わりを持ち、一種の事務局長のごとき役割を果たしてきた。国本社は会員数二十余万人、昨年亡くなった東郷平八郎《とうごうへいはちろう》元帥をはじめ、政官財軍の大物を会員に揃えて、西園寺公を中核とする親英米派重臣集団《グループ》に対抗する一大勢力に成長していた。笹宮伯爵が頼みとするのがこの国本社であり、閣僚名簿を掌《たなごころ》に弄する可能性があると考えるのも、結社の操縦席に己が座していると信じるがゆえである。平沼騏一郎を総理大臣にすること。これこそが笹宮伯爵の近年の活動の主目標であった。

その一方で、笹宮伯爵は陸軍の動静にも注意を払っていた。満洲事変以来、新聞に煽《あお》られ沸騰《ふっとう》する世論を栄養に怪物的政治勢力となりつつある陸軍が、自由主義も国粋主義もなにもかも一遍に吹き飛ばし、政権を奪取する可能性――いや、すでに可能性にとどまらぬ鳴動の気配があった。満洲事変以来、噴火の予兆となるべき微動は連続し、事実陸軍省は昨秋、『国防の本義と其《その》強化の提唱』なる冊子を頒布して、政党政治を打破し、軍が国政を主導する体制を打ち立つべしとの主張を、すでに広言していた。

軍が動いた場合、大命が降下するのは国本社に名を連ねる大物将官の誰かと予想され、そうなったときに備えて、権力の髄に食い込むべく、笹宮伯爵は陰々と策謀《さくぼう》を巡らせていた。具体的には、名前の挙がる将官に接近するとともに、陸軍省や参謀本部で実務を取り仕切る佐官級の人間と接触し、さらにはクーデタによる軍事政権樹立の発動機となるべき隊付き青年将校、彼らに近い民間の右翼紳士と連絡をとり、情報を蒐集するとともに、革新勢力への同情者としての自分を売り込んでいた。

　父親がどんな仕事をしているのか知らず、また知る必要もなかった惟佐子は、この一年ばかりの口述筆記を通じて右のごとき内容を理解するようになったわけだが、だからと云って同情は育たず、むしろ理解すればするほど、父伯爵が何をしたいのかわからなくなった。清書を眺めた惟佐子が滑稽を覚えたのも、結局のところ、一所懸命の人がいったいなんのために一所懸命なのか、不明である点に由来すると云うべきだろう。功名営利《こうみょうえいり》ならばわかりやすい。憂国の至誠《しせい》と云うなら共感もできよう。だが、父伯爵の活動を他所から眺めたとき、金銭を撒《ま》き餌《え》に人を呼び寄せては、ひそひそと密談すること自体がやりたいとしか思えなかった。そこに深望《しんぼう》や素志《そし》があるとは見えなかった。口述に登場する「黒河」や「井崎」は、雇われて陰謀の相手役を演じる俳優のようにすら思えた。政治道楽の言葉に出会ったとき、なるほどそれであるかと一度は得心したものの、道楽と云うにはだいぶ深刻で、恥辱や嫉妬や憎悪を黒い瀝青《タール》のように軀《からだ》に纏《まと》い付かせる営みは、道楽の語義からは外れると思えた。

　実際のところ、かりに平沼男爵に首班指名があったとして、政権の中枢に笹宮惟重が置かれるとは到底思えなかった。これは端的な惟佐子の観察であった。貴族院の派閥に結集力がなく、政治勢力たりえぬことは父伯爵も認めていた。国本社は、なるほど力はありそうだったが、本人が思うほどには、彼がそこで枢要の地位を占めているとは見えなかった。会員名簿を綺羅星《きらぼし》のごとくに飾る有力者が花であり実であるなら、自分は樹の幹だ、くらいの自負を伯爵は持っていたけれど、惟佐子の見るところ、彼は枝だった。葉っぱだった。顕官《けんかん》らが太陽を巡る惑星ならば、彼は隕石《いんせき》であった。もちろん惟佐子は父伯爵の活動を直接には知らない。口述を通じて知られる限りしかわからない。しかし、だからこそと云うべきか、他人への嫌味と批評を基調に、怨嗟《えんさ》や弱気や妬みを虚勢で鍍金《ときん》した語り口そのものが、伯爵の政治的矮弱《わいじゃく》性を証しているると思えた。昭和政治の海を泳ぐ妖鯨《ようげい》。おそらくこれが笹宮伯爵の自己像であったが、再び比喩を用いるならば、惟佐子の眼に映る父は小判鮫《こばんざめ》だった。あるいは、お先棒担ぎ、これが的確な表現だった。

彼が担ぐ棒は二本、平沼男爵と陸軍の棒である。そうしていまや、「『暴発』されては甚だ具合が悪い」の言葉とは裏腹に、むしろ後者に力点を移しつつあると惟佐子は観察していた。これは去年、帝人《ていじん》事件の渦に巻かれて斎藤《さいとう》実《まこと》内閣が瓦解した際、次期首班に平沼騏一郎の名前が浮上したことがあって、現実にそうなってみれば、新政権の中枢に自分の居場所はなさそうだと、笹宮伯爵がうすうす感じたせいだろうと、惟佐子は推察していた。平沼男爵の日本主義は、あくまで官僚中心に進められるべきものであって、すなわち高等文官試験の合格者だけに同志たる資格があるのであった。そもそも帝人事件自体、平沼男爵の息のかかった検事らが仕組んだ謀略であると、笹宮伯爵が知らされたのは事件が進捗《しんちょく》したのちのことで、つまり彼は陰謀の局外に置かれていたのであった。

陰謀と云えば自分だ、くらいの自負を持っていた父伯爵にこれは衝撃だったようで、腸炎に罹《かか》って寝込んでしまい、ほどなく、平沼男爵ではなく、まったくのダークホースであった岡田啓介《けいすけ》海軍大将に大命が降下したと知って、ようやく寝床から這い出し、またも懲りずに蠢《うごめ》き出したのは、偉いと云えば偉かった。

父伯爵が陸軍に心を寄せ出した理由は、陸軍が政権を担った場合の、具体的な形姿がいまだ判然としていない、その点にあった。そうした混沌未分《こんとんみぶん》の土壌になら自分が根を張る余地があるのではないかと、父伯爵は期待を抱いている様子だった。古くからの沃地《よくち》には空き地がないけれど、未開墾地にならば、我が作物を育てる、意外に肥沃な地面が残されているのではあるまいか。

だから笹宮伯爵は、一口に陸軍と云っても、やがては爵位を得るに違いない、軍服を勲章で飾り立てた将軍らではなく、情況に大いなる混沌をもたらすであろう青年将校に期待を寄せていた。彼らに近い革新集団《グループ》に接触し、運動の用に立てて欲しいと云って金銭を惜しみなくばら撒いているのもそのためだった。

しかし、ここそが、惟佐子が一番不思議で、また滑稽を覚えるところなのであった。なぜならば、かりに青年将校らが政治革新をなしたとして、真っ先に処断される――それこそ「断頭台に送られる」のは、笹宮伯爵のような人間だからである。惟佐子がそう断じられるのは、新聞雑誌から得られる情報、あるいは父伯爵の口述から知られるものとは別に、青年将校の革新運動なるものの一端に直接に触れる機会が――ほんの微《かす》か袖に触れただけであるが――あったからだ。

机から離れ、寝支度をはじめた惟佐子は、あのときの寿子の、そして、あのとき寿子の傍らにいた人物の表情や言葉を想起した。ひょっとすると、あの人物こそ、寿子の「失踪」に係わりを持つのかもしれぬ。不意にそのような想念が――いや、これはじつのところ、今日の午後、松平侯爵邸に寿子が現れなかった時点で、すでに胸奥に芽生えていた直感であった。それをこれまで逃げ出そうする小鳥を押さえ込むように籠《かご》に閉じ込めてあったのだ。

だが、父伯爵の口から出て、ペリカンの洋墨《インク》で記すことになった「青年将校」の文字が、惟佐子に回想の鳥籠を開け放つことを促したのである。

十

昨秋のことだ。明治節翌日の日曜日、惟佐子は寿子に誘われて、渋谷南平台《なんぺいだい》の基督《キリスト》教会を訪れた。母親が熱心な基督者《クリスチャン》で、子供の頃から教会へ通う寿子は、それまでにも何度か惟佐子を日曜礼拝に誘い、しかし基督教に、と云うより宗教全般に関心の薄い惟佐子には、会衆の祈りの言葉はどこか空々しく、固い木の長椅子で聴く牧師の説教も退屈に思えて、進んで通いたいと思うまでには至らなかったものの、礼拝の後、教会の裏庭で、牧師夫人が淹《い》れてくれる香草入りのお茶を飲んだり、焼菓子をつまんだりするのは楽しく、寿子への友情を示したい気持ちもあって、ときおりは誘いに応じていたのである。

その日は、寿子の母親は知り合いの慶事で教会へは来られず、白い鍔広《つばひろ》の帽子を被った寿子ひとりが、籐のバスケットを抱えて渋谷の坂を上ってきた。教会の裏庭からは隣接する邸宅の見事な楓《かえで》が望まれ、近所には銀杏《いちょう》の美しい公園もあるので、礼拝のあと紅葉狩《もみじが》りをする約束で、惟佐子も家人にそう云って用意した重箱を風呂敷に包んで持参していた。

正午に礼拝が終わって、午食をとろうとなったとき、寿子がほかの人を誘ってもいいかと訊いてきた。たしかに寿子のバスケットと惟佐子の重箱は二人で食べるには量が余った。寿子が誘ったのは、二人の老婦人と、二人の青年であった。婦人らは古株の教会員である槇岡《まきおか》子爵夫人とその妹、青年の一人は槇岡夫人の孫の槇岡貴之《たかゆき》陸軍中尉、もう一人はその同僚の、久慈《くじ》と云う名の、やはり陸軍士官だった。近衛聯隊《このえれんたい》に勤務する槇岡中尉は基督者で、惟佐子は前にも礼拝所の椅子に座る軍服の短髪を見かけていた。

教会堂裏庭の白梅紅梅は早春には見事な花をつけ、採れた実は教会員の手で梅干しやジャムになるが、いまは梅木は葉を落としかけ、黒くくすんだ常緑の低木に囲まれた枯芝が秋陽を浴びている。惟佐子たち六人は、隣家の庭から山茶花《さざんか》の生垣越しに伸び出た、赫々《かっかく》と陽に輝く葉をつけた楓の枝下に据えられた木卓《テーブル》を囲んで、午餐を共にした。木卓《テーブル》には三人ずつが向かい合わせになり、礼服めいた黒服の槇岡老婦人と妹が対角をなし、もう一つの対角に惟佐子と寿子が位置した結果、二人の坊主頭の軍人が老若の女性にそれぞれ挟まれる形になれば、板椅子に並び座った人々の顔に、楓の枝葉を透かし差し込む陽が淡い斑《まだら》模様を作った。

寿子のバスケットにはサンドイッチと焼菓子と果物が、惟佐子の重箱には巻寿司やいなり寿司が詰め込まれ、礼拝に来ていた米国人《アメリカ》夫妻が胡桃《くるみ》入りの自家製パウンドケーキを参会者に配ったこともあり、牧師夫人が淹れてくれた紅茶がそれぞれに配られれば、食卓はとても豊かなものになった。

座の話題は槇岡夫人と寿子が主導した。はじめは礼拝での牧師の説教が話題になり、キリストの死と復活に立ち会ったマグダラのマリアが罪深い女だとされたのは、旧教《カトリック》の伝統であり、新教《プロテスタント》ではそう云うことはないのではないかと、ひっつめ髪に白いものが目立つ槇岡夫人が話したのへ、十三世紀の『黄金伝説』と云う書物にそう書かれたからではないかと、寿子が英文学を学ぶ者らしく応えたりしていたが、ほどなく時候へと話題は移って、立ち並ぶ梅の木を指した槇岡夫人が、今春は梅と桜が同時に咲いたのが珍しかったが、これはときにあることで、明治大帝が崩御した年がそうだったと回想すると、それまで夫人らの話に礼儀正しく頷くだけだった槇岡中尉が口を開いて、桜の開花は温度の累積——積算温度と云うのだが、それが一定量に達した時点で起こるので、今年の春は三月中は寒い日が続き、四月になって急激に気温が上昇したために、梅と桜の開花期が重なったのだと解説した調子がひどく生真面目で、髪型服装を含め双子かと疑われるほど姉と瓜二つの槇岡夫人の妹が、貴之さんはまるで学校の先生みたいねと評を入れたので、一同は声をあげて笑った。

近衛聯隊の士官には、家柄が良く見栄えのする者が選ばれると聞いたことがあるが、紅い襟章のついた軍服がすらり伸びた長身に似合う槇岡中尉は、なるほどいかにも育ちのよさそうな青年で、鳥の翼めいて張り出した裸の耳がいくぶん均衡を壊してはいるものの、他の造作は均斉がとれて、笑うと真白い歯が零《こぼ》れ子供っぽい輪郭が浮かび出るのが好ましかった。話し方もも柔らかく慎ましやかで、これで兵隊に号令をかけたりできるのだろうかと、惟佐子は心配になったほどだ。

花芽《かが》が膨らむには一定時間低温に晒《さら》される必要があり、花は冬の寒さが厳しければ厳しいほど美しく咲くのですと、大叔母のからかいを気にとめず槇岡中尉は蘊蓄《うんちく》を傾け、これは人間も同じことですがと、説教じみたことを口にして、照れたように微笑んだ中尉は、秋空を背景に血の色に染まった楓に一度眼を遣《や》り、それから惟佐子にまっすぐ顔を向けて言葉をかけた。

「笹宮さんの御実家は、香道《こうどう》の家とお聞きしたのですが、楓の葉にも香りはあるのでしょうか？」

「あるとは思いますけれど」いなり寿司を頰張っていた惟佐子は、口のなかのものを飲み込んでから応じた。

「でも、わたくしは、鼻が利きませんので」

これを一同はおかしな冗談と思い、慎ましく笑ったが、まったくの事実なのであった。鼻が利かぬのは父伯爵も同じで、祖父もそうだったらしい。香道の家の当主としてはじつに困ったことであった。軍人から官吏となった祖父は家芸を顧みることなく、香道は四人の姉妹が受け継いで、なかでも京都の豪商に嫁《か》した長姉は犬も顔負けの嗅覚の持ち主で、家元として一派をなすまでになった。父伯爵は麻布に住むべつの伯母から習ったが、父親同様、早々に撤退し、惟佐子の兄の惟秀は早くから軍人の道へ進んだこともあって、家業とは無縁なままに過ごしたから、笹宮本家の血筋を継ぐ者として、一人娘の惟佐子に期待が集まったところが、これまた残念なことに鼻が馬鹿だった。この子は肥えと伽《きゃ》羅《ら》の区別がつかしまへんと、頼まれて京都から出張してきた大伯母は匙を投げた。

「前に学校で化学の実験があったときなんですけれど」と寿子が話し出したのは、惟佐子の鼻が利かぬことを示す一挿話である。教師の失策からアンモニア水が零れてしまい、教室中に悪臭が充満して、生徒はみな大慌てで逃げ出したのに、惟佐子ひとりが平気で机で本を読んでいたのだと寿子は語った。「大丈夫でしたの、と訊いたら、惟佐子さん、なにかあったのと、きょとんとして仰《おっしゃ》るのよ。わたし、可笑《おか》しくって」

一同は遠慮がちに笑い声をあげ、惟佐子も明朗な気分に同調して笑みを漏らしたけれど、いくぶんの違和感を覚えていたのは、寿子の話しぶりに微かな毒があると感じたからで、普段は決して見せぬ意地悪の濁《にご》りが言葉に混ざり込んだのは、斜向《はすむか》いに座した軍服の青年が原因ではないかと、そのとき惟佐子は直感した。花の美しさを語った彼が、まなざしを惟佐子に真っすぐ向けて声をかけたことが、寿子の心の湖面に波紋を生んだに違いなかった。惟佐子は女友達の槇岡中尉への「特別な関心」を察知した。そしてこの観察の正しさは、ほどなく老婦人らが牧師夫妻と古参教会員が集う卓《テーブル》へ移って、若い者らだけが残された楓樹の陰の木卓《テーブル》において、いよいよ確信されることになったのだった。

久慈と云うもう一人の士官は、槇岡中尉とは陸軍士官学校の同期、弘前《ひろさき》の聯隊に所属する中尉だったが、出張で東京へ来ているとの紹介があった。黒い背広に深緑のネクタイを締めた久慈中尉は軍人とは見えず、先刻礼拝所の椅子に槇岡中尉と並んで座る小柄な坊主頭を見かけたときには、仏教の修行僧が基督教会へ偵察に来ているのではないかと、頓珍漢《とんちんかん》な観察を惟佐子はしたのだった。もっとも修行僧はまったくの的外れでもなくて、久慈中尉の実家は佐賀の禅宗の寺だとあとで教えられた。惟佐子同様友人から誘われた久慈中尉は、基督教会へ足を踏み入れるのは生まれてはじめてとのことで、だいぶ居心地が悪そうに見え、食卓でもむっつり黙って食べ物飲み物を口へ運ぶだけだったが、老婦人らが去って若い者らだけになると、少しずつ喋るようになった。

これもあとでわかったことなのだけれど、同じ教会に通う槇岡中尉と寿子は顔見知りではあったものの、それまでは軽く挨拶を交わす程度で、だからこのときがまともに会話をするはじめての機会なのであった。ところが二人はそれぞれの連れに気を遣い、寿子が惟佐子を、槇岡中尉が久慈中尉を紹介する形で談話が進行した結果、二人の紹介者のあいだに古くからの知己《ちき》であるかのごとき雰囲気が醸成されたのは、寿子にとっては歓迎すべき展開だったろうと、惟佐子はのちに考えた。

惟佐子の数学が得意なことや、職業棋士《プロ》からその道に進んだらどうかと勧められるくらい囲碁が強いことや、そしてなにより、女子学習院の同級では抜群の美人であることなどを寿子は紹介し、槇岡中尉は、久慈中尉が同期中の俊才であり、なにより兵らの信頼が篤く、彼の命令なら進んで死地へ飛び込んで悔いるところはないと告白する下士官兵が大勢いるのだと賞賛したところで、惟佐子が口を開き、なんだかお仲人さんの釣書《つりがき》みたいですわねと、半畳《はんじょう》を入れて、座はだいぶほぐれた。

気分がいくぶん軽くなったらしい久慈中尉は、そこで実家が寺だと明かし、だから自分は基督教会などへは来るべき人間では本来ないのだと冗談めかした。

「こいつがあんまりしつこく云うもんだから。一度くらいは行っておかんと、義理が悪いと思ったもんだから」

「無理に誘った覚えはないぜ」槇岡中尉が笑うと、

「うまいものが喰えると云うから、来たんだ」と小柄な中尉は応酬した。

「実際喰えたじゃないか」

「それがなけりゃ、来やしないさ。しかし、こんなハイカラなものは、貧乏寺の倅《せがれ》の口にあわんがな」

そう云って、寿子が作ってきた油漬鮪《ツナ》とマヨネーズにパセリや西洋玉葱をあしらったサンドイッチを半分まで齧《かじ》り、残り半分をしげしげと眺める久慈中尉を観察するでもなく見た惟佐子は、「貧乏寺の倅」の文句に露呈した感情の地層を自然と眼にすることになった。

皇族ともなればまたべつだが、華族の子弟は軍隊では一切特別扱いされぬ事実を、兄が陸軍にいる惟佐子も知っている。士官と下士官兵の差別が峻厳をきわめる一方で、士官仲間は子爵の孫も貧乏寺の倅も区別なく平等であり、そこに連帯が育まれる土壌はあるに違いなかった。事実、目の前の二人の士官を繋ぐ信頼の絆は、言葉にされずとも十二分に感得できた。だが、一歩兵営《へいえい》から出れば事情は異なる。広壮な邸宅の建ち並ぶ街の、景色よい教会の庭で、特権階級の娘らと食卓を共にして、久慈中尉が平常心を保ちかねる心境は想像ができた。

球体のなかに一つだけ紛れ込んだ多面体。球体と多面体が一個ずつならば、うまく結びつくこともあるだろう。むしろ強く惹かれ合うことだってあるかもしれぬ。だが、多面体が多数の球体のなかに置かれたらどうか。球体同士は滑らかに触れ合い、接点を共有する。しかしごつごつと周囲にぶつかって窮屈を強いられる多面体は、なんとか居場所を得ようと、ときに縮こまり、あるいは逆に角を尖らせる。

久慈中尉が軍服ではなく仕立ての良くない背広を着てきたのも、いやにぶっきら棒な調子で喋るのも、バスケットを荒らすように食物に手を伸ばすのも、自身が多面体であることを自覚するがゆえに違いなかった。仲のよい同僚を埃臭《ほこりくさ》い兵営から高台の基督教会へ誘い出した槇岡中尉の育ちのよい鈍さ、麗々《れいれい》しく軍服を着て聖書を手にし、牧師夫人のオルガンにあわせテノールの声を響かせ賛美歌を歌う槇岡中尉の、素直な傲岸《ごうがん》さについても惟佐子は観察していた。

球体と多面体が接点を持ちうる話題と云うならば、槇岡中尉たちの五期上になる、惟佐子の兄の笹宮惟秀大尉は格好のはずで、寿子がその名前を出したものの、士官仲間の話を避けたがる様子が久慈中尉には明らかにあって、父伯爵の口述から陸軍内部の権力闘争の一端を知る惟佐子は、青年将校間にも対立や抗争が様々あって、語りにくい事情があるのかもしれぬと考えた。

同じく思ったらしい寿子は、数日前に来日した米国《アメリカ》野球チームの話をはじめ、そこから米国映画の話になり、次に生物学に関心のあるらしい槇岡中尉が、落葉樹の紅葉の機構《メカニズム》や陸上植物の起源を語り、その間、黒背広の士官は驚くほどの食欲を示して大量の食物を平らげつつ聞き役に回っていたが、槇岡中尉は自分だけが話しすぎたと思ったのか、またも正面の友人に話を戻して、同期中でも一、二を争う秀才である久慈中尉は、来年中には陸軍大学校へ進み、やがては軍全体を率いていくべき要職に就くことになるはずだと紹介したとき、

「おれは、陸大へは行かんよ」と卓《テーブル》へ頬杖《ほおづえ》をついた黒背広の中尉が口を開き、座の気分は一変した。

十一

「陸大を出て、天保銭《てんぽうせん》をくっつけて歩く。それになんの意味がある？　おれはそんなことのために軍人になったわけじゃない」

久慈中尉は云い、言葉が急調子になったのを恥じるかのように、頬を笑みに歪めた。

「だいいち、おれは、そんなに秀才じゃない」

久慈中尉はバスケットの林檎《りんご》を楊枝《ようじ》で刺して口へ運び、しゃくしゃくと音をたてて嚙み、この話はこれで終わりだと云う無言の信号《サイン》を出した。

天保銭とは陸軍大学校卒業者の徽章《きしょう》の通称で、陸軍省や参謀本部の中枢に据わるにはこれが必須であるとは惟佐子も耳にしていた。陸大へ進む云々は、職業軍人にとっては経歴を左右する問題であり、素人《しろうと》の娘らの前でするには少々生臭い話題であるには違いなかった。「仲人口」は辟易《へきえき》だと云う格好で放たれた言葉の裏に、強烈な自負の焰《ほのお》が燃えさかるのを感じながら、惟佐子は久慈中尉の判断を支持した。

ところが隣に座る軍服の近衛士官は、友人の信号を受け取るには受信装置《アンテナ》の感度が鈍すぎた。

「久慈が陸大へ行かなくて、いったい誰が行くんだ？　つまらん謙遜はよせよ」

「謙遜じゃないさ」

困惑の視線を惟佐子に一瞬寄越して久慈中尉が応じると、楓の色を白面に映した槇岡中尉が言葉を重ねた。

「軍だって組織である以上、組織を正しく運営して行く人間は絶対に必要だ」

こちらはただ葉陰にあって暗く沈み込んで見える陽焼け顔に、皮肉な笑みを貼り付かせた久慈中尉はいなすような調子で、

「世論に惑わず、政治に拘《かか》わらずさ」と云い、これは『軍人勅諭《ぐんじんちょくゆ》』にある文句だと二人の女性に解説した。それを待って華族出の士官はまた口を開いた。

「政治に拘わらずは、むろん正しいが、しかし、それは政治に無知であっていいと云うことじゃない

はずだ。大所高所《たいしょこうしょ》から正しい判断をすることはどうしたって必要だ」

久慈中尉は顔を顰《しか》め、これは林檎の酸っぱさのせいのようにも見えたが、すぐにいくぶん改まった調子で発言した。

「その大所高所に上りたいと願うのが、どんな連中か、貴様も知っているだろう？」

「知っている。隊務を疎《おろそ》かにして受験勉強に汲々《きゅうきゅう》とするような連中には、たしかに上に立って欲しくない」

軍服の士官は一律の歩調で前へ前へと進軍する。

「しかし、だからこそ、下士官兵から人望があって、彼らの気持ちを理解できる人間がそうする必要があるんだ。粛軍《しゅくぐん》が掛け声にとどまらず、実をあげるには、受験秀才ではなく、兵や国民一般を理解し、その痛みや苦しみを汲み上げることのできる人間が軍を率いるのでなければならない。かりにも粛軍と云うなら、それが一番の早道なのであって」と続ける槇岡中尉の言葉を遮《さえぎ》って、

「そんな悠長なことを云っている情勢じゃない」と黒背広の士官が鋭く割り込んだ。

「地方がどんなことになっているか、貴様だって少しは知っているだろう？　地方の疲弊はもはや悲惨を通り越している」

「それは知っている」

「知っちゃいないさ」再び遮った久慈中尉の、斜視気味の左目が樹葉の隙間に差した陽光を反射して黒く光った。

「貴様にわかるはずがない」

そう云った中尉は黙り込んで俯《うつむ》く。貴様にわかるはずがない――帝都東京の、品のよい基督教会で、輸入の高価な菓子を、肌や髪を磨き上げた教養ある娘らに囲まれて味わうような人間にわかるはずが

ないと、無言裡に語られた言葉を惟佐子は聞き、下を向いたせいで翳《かげ》りを濃くした黒服の中尉の顔に追いつめられた獣に似た表情が迫《せ》り出すのを眼にすれば、次に開かれたその口からは、矯激《きょうげき》な糾弾《きゅうだん》と黒々熱した呪詛《じゅそ》の礫《つぶて》が飛び出てくるだろうと予感した。が、惟佐子の予感は外れ、久慈中尉はしごく穏やかな調子で言葉を吐《は》いた。

「おれは三十一聯隊だからな。あそこの兵はぜんぶ東北だ。農家のことには自然と詳しくなるさ」と云った中尉は、今年の東北地方の冷害はとくに深刻だったのだと話し出した。

「凶作は三年前も酷かったんだが、あのときおれは、休みの日に中隊の兵の出身地を少し回ってみたんだ。欠食児童とか娘の身売りとかなんとか、新聞にはいろいろ出たが、実際はそんなもんじゃない。食糧を作っているところで人が餓《う》えているんだからな。この場合、餓えているは、比喩じゃない。文字どおり餓えているんだ」

小柄な士官は一度切って、敷地北側の、枝を撓《たわ》めるほどたわわに実った、青空に照り輝く柿に眼を遣《や》った。柿の木の向こうは芝生の斜面になって、薄青い靄《もや》がかかったような渋谷の街が眼下に見える。蒸気のごとくに立ちのぼる街の喧噪《けんそう》は、秋の大気に濾《こ》され、清涼な風となって上空を舞い流れた。鳥の囀《さえず》りがふいに大きく聞こえ、すると何かを思い出したように薄く笑った士官はまた話し出した。

「餓えるってのは、なかなか大変なことだ。子供なんかみんな痩せて眼がぎらぎら光ってるのさ。おれが酒保《しゅほ》から持ち出した菓子を見せると、大勢集まってきて、遠巻きに見てるんだが、全員が何かをしゃぶってる。なんだと思ったら、木の根をしゃぶってるんだ。洗った木の根だ。白い根だ。おれは実際、弱ったよ。子供の数に比して、持っていた菓子はあまりに少なかったからな。おれは往生した。どうしようもなくて、棒杭《ぼうくい》みたいに立ち竦《すく》んだ」

ふいに言葉を失ったように話を断ち切った久慈中尉は、冷たくなった紅茶茶碗を口へ運び、喉の渇きを癒《いや》すように飲み干した。お紅茶を淹れ替えますね、と云って寿子が席を立ち、教会堂の裏戸へ紺白の縞のスカートが消えるのを見送ってから、中尉は再開した。

「去年、一昨年は凶作は回避できたんだが、今年はまた酷かったらしい。いまごろまた子供が木の根をしゃぶってるかと思うとね。しかし農村の窮乏は凶作だけが原因じゃない。むしろ自然のことは付随的な現象にすぎない」と云った語り手は、結局のところ、農家の病弊は社会の構造の問題なのだと論じた。それが証拠に、豊作ならば豊かになるかと云えば、むしろ逆で、米価が下落して農家は苦しくなり、主要な現金収入源である生糸も、不況下では売れず、売れるときには安く買い叩かれる。そして不作ともなれば、貧にあえぐ農家は青田を金融資本に二束三文で買い叩かれ、そうなったが最後、あとは永らく隷従《れいじゅう》下に置かれて何もかも搾《しぼ》りとられる。

「まさに生き血を吸われると云うやつさ。江戸時代の小作の方がまだましなくらいだ。地主や資本家は容赦なく百姓を痛めつけ、それで得た金で外貨を買い漁り、贅沢三昧をすると云うわけさ。そこのところの仕組みを変えなければどうにもならない」

そこまで云った久慈中尉は、己の饒舌《じょうぜつ》を恥じるかのように笑いに頬を歪めて口を閉じ、林檎に楊枝を突き刺して、しかし口へは運ばずバスケットに放置した。沈黙が支配するなか、槇岡中尉は教師の前の生徒のように背筋を伸ばし、組んだ手を膝に正しく置き、同僚の話が再開されるのを待つ格好でいたが、木卓《テーブル》に近づいてきた祖母から、肩の痛い牧師に代わって物置から荷物を出してほしいと声をかけられて、ちょっと失礼しますと断り、席を立ったので、葉陰から差す陽が光の斑《まだら》模様を作る木卓《テーブル》には、惟佐子と久慈中尉の二人が取り残された。

憂国の士官は顔をそっぽに向けつつ、最前の長口舌が目の前の華族の娘——間違いなく「贅沢三昧をする」階級に属する娘にいかなる作用を与えたのか、いくぶん残酷な、期待と不安と興味の入り交じった眼で窺ったが、惟佐子の方は、三十一聯隊のあたりからほとんど話を聞いていないのが実情であった。これはここ数日来考えて解けずにいる幾何《きか》の問題につき、前に座る中尉の頭部の、まるくて頂《いただき》が僅かに尖った形状と、サイン曲線《カーブ》を思わせる生え際を眺めているうちに、閃《ひらめ》いたことがあったからである。惟佐子はすぐにも発想《アイデア》を紙に書き付けたかったけれど、そうもいかず、と見れば、向かいのサイン曲線がこちらの発話を待つ様子があるのに気がついて、少しばかり狼狽《ろうばい》しつつ、耳に残っていた文言から穂《ほ》を継いだ。

「仕組みを変えるとは、具体的にどう変えるんですの？」

図らずも正面攻撃となったこの質問には、農村の窮乏を憂える士官も虚を衝かれたらしい。久慈中尉は木卓《テーブル》を挟んで斜向いに座る、薄茶《うすちゃ》の地に萩の絵柄をあしらった訪問着に銀鼠《ぎんねず》の袋帯を締めた娘に、今日会ってからはじめての、まっすぐ伸びて絡み付く視線を投げかけ、一度は笑う形に唇を歪めかけたが、しかし即座に堅く頰を引き締め言葉を放った。

「まずは特権階級をなくします」

行儀よく両手を膝に重ねた娘は、三日月型の眼のなかで黒目をするりと横へ動かし、それから問うた。

「どうやって？」

「国の制度を変えて、まずは華族と云うものを廃止します」

部下の下士官や同僚にはよくするものの、まさかこんなところで披露《ひろう》することになるとは予想していなかった演説の余熱のなか、久慈中尉はむしろ相手の魅力に誘い込まれるようにして挑発の言葉を吐いた。しかしこれだけでは不親切かと思えて、すぐに言葉を足した。

「あなたにこんなことを云うのはなんなのですが、いま皇国《こうこく》が置かれた情況を考えたら、国民はいろいろと覚悟しなければならない。当然あなたがたにも覚悟して頂くしかない」

「何を、です？」

「だから、たとえば、華族制度の廃止です」と今度はやや遠慮がちに云われた言葉を華族の娘はふわりと受け止めた。

「それはわたくしも賛成ですけれど、華族を廃したくらいで、特権階級がなくなるものでしょうか？」

「それはむろんそうです」久慈中尉は議論に慣れた者に特有の俊敏な身のこなしで応じた。

「華族制度を廃したくらいじゃ仕方がない。あらゆる特権階級の根絶が必要なのは当然です」

「でも、どうやって？」と間を置かず質問したときには、議論への興味が本格的に惟佐子の心に兆《きざ》していた。


父伯爵の口述に登場する青年将校は、形のない秩序破壊の物理力であり、権力の保持者から操縦されるべき器械でしかなかった。使う者次第の武器であり、大砲や鉄砲のごときものであった。しかし若きエリートである彼らが意思を欠いた道具であるはずがない。その当然の事実に、実物に遭逢《そうほう》して、あらためて意識を向けると同時に、父伯爵の口述中、久慈中尉が所属する弘前の聯隊が、過激思想を抱く士官の一つの拠点になっているとの話も惟佐子は思い出していた。

「方法は、まあ、様々ありえます」久慈中尉はややはぐらかすように応答した。するとすかさず、

「具体的には？」と直截《ちょくせつ》な追及の矢がまさか飛んできたのには革新派将校も驚き、しかしすぐさま態勢を整えて、

「それはあなたには云えない」と笑ってみせた。


なぜならあなたが根絶《ねだ》やしにさるべき階級の人間、敵側の人間だからだとの、半ば冗談、半ば本気の含意があるのを惟佐子は感知し、父伯爵の云う「断頭台」の像《イメージ》が頭に浮かんだのはこのときであ

る。

しばし黙った惟佐子に向かって、笑いを消し、謹直《きんちょく》な顔を作り直した久慈中尉は言葉を足した。

「方法はともかく、大切なのは、肇国《ちょうこく》以来の、一君万民の国体に立ち帰ることです。陛下の大御心《おおみこころ》の下で万民が平等に暮らす。農家について云えば、口分田《くぶんでん》がそれぞれに与えられた律令《りつりょう》の昔に戻ることです。もちろんそんな単純な話ではないが、しかし、単純なところから仕組みを考え直す必要があるのです」

教え諭す調子で述べた黒服の中尉は、言葉が届いたかどうか確かめるように、いったん黙って向かいの貴族の娘の顔を窺ったものの、ともすればぎゅうと心臓を鷲摑《わしづか》みにされてしまい、意志力の発揮なしには視線が吸い寄せられて虜《とりこ》とならざるをえぬ魅惑を蔵した面差しからは、しかしどのような心の動きも捉えられず、一方で、なにか質問はあるかと、問いかけられていると感じた惟佐子は声を出した。

「つまり、久慈さんは、私有財産を否定されるんでしょうか？」

「そうなりますね」

久慈中尉は即答したが、予期せぬ問いに虚を衝かれ、動揺させられたがゆえに、間髪を入れぬ返答となったのだった。久慈中尉は他の多くの士官と同様、陸軍が主導する「維新」の構想を抱いていたが、じつのところ私有財産の廃絶にまで踏み込んで「維新」を考えてはいなかった。隊付き士官のあいだで密かに回読され、一部革新派将校の聖書《バイブル》となった観のある北一輝《きたいっき》の『日本改造法案大綱』、そこでは華族制度の廃止が明確に主張される一方で、私有財産に関しては、全廃ではなく、一定の制限を設けるとなっていたはずで、しかし後者の問題につき、久慈中尉自身はあまり関心を払ってこなかった。一君万民の像《イメージ》、天皇陛下の鴻大《こうだい》なる羽翼の下で国民が等しく結び合う像《イメージ》が、あくまで思考の中心にあって皇道絶対の精神の中核をなし、これはほとんど空疎と云ってよいほど抽象的ではあるけれど、抽象であるがゆえにこそ、幾重にも折り畳まれて、小函《こばこ》に収まる現実の容量となって掌《てのひら》のなかにあった。

一君万民の像《イメージ》を実際に細思《さいし》すれば、私有財産の廃止は、なるほどそうなるのが論理的帰結であった。しかしそれは制度の形で、作為でそうなってはならない。私有財産が廃されるならば、自然にそうなるのでなければならない。おのずとなりゆくのでなければならない。でなければ、共産主義と変わらない。その意味で、この私が私有財産を否定するのではない。自然が否定するのである。瞬時にそこまで思考した久慈中尉は言葉を接続した。

「しかし、私有財産を否定するのは、私たちではない。私たちが否定するわけではない」

小首を傾け問う姿勢になった惟佐子の、すべらかな襟元に向かって中尉は続けた。

「おのずとそうなるのです。一君万民の理想が訪れたとき、それはおのずとそうなる」

惟佐子が形のよい顎を頷かせるのを見た久慈中尉は、そこに宵空の星に似て黒子《ほくろ》がぽつんと一つあるのに気がついた。すると黒子が小さく動いて、ならばと、娘の口から再び問いが放たれた。

「一君万民の理想は、どうやって訪れるのでしょうか?」

久慈中尉の矜持《きょうじ》の草叢《くさむら》から一匹の獣が現れ、低く唸りはじめた。一君万民の理想はいかに訪れるのか? そんな抜き差しならぬ問いを、果実の種を吐き出すみたいに口にする貴族の娘を中尉は睨みつけた。

「だから華族の廃止です。その場合、制度の廃止にとどまらず、家財産の没収にまで至るかもしれません。場合によれば、フランス革命のようなことが起こるかもしれない」

断頭台のマリー・アントワネットは貴族の娘を十分に脅かしたはずだと思い、顎の黒子を眼で追えば、自分はただ論理の糸に引かれているだけだと云わんばかりの落ち着きぶりで娘は云った。

「華族を撲滅したあと、華族以外の特権を持つ人たちからも特権を取り上げて、国を均《なら》していくわけですね」

「そうなりますね」

「つまり、一君万民の理想に向かって、段々と国を変革して行こうと云うことなんですね？」

違う！　草叢の獣が吠えた。段々と変革して行く？　そんなことでは断じてない。光を覆う妖雲《よううん》を一気に打ち払い、奸害《かんがい》を除くならば、清高に輝ける国体は直ちに姿を現すはずなのだ。維新断行の具体的な策戦《さくせん》や手筈《てはず》は、むさ苦しい下宿の一室で、寒い兵営の士官室で、術科の演習室で、居酒屋や飯屋で、さまざまな口からさまざまな声色で語られていた。しかし枝葉は異なれども根はひとつであって、すなわち武力による蹶起《けっき》が先行すべきであるとする一点において、同志らは企図《きと》を共有していた。

電光石火の行動が世界を一新する――として、一新された世界とは、すなわち一君万民の御親政であるわけだが、しかしその具体的な形姿となると、見解は分かれた。行動後の国の形を云々し、あげつらうこと自体、動機の純潔を汚すものだとする者もあった。蹶起後は大罪を謝して死すのみ。この濁りのない淳朴《じゅんぼく》な存念《ぞんねん》こそが、銃や刀の破壊力に見合うのだとの感覚は、久慈中尉のなかにもあった。だが一方では、闇の器に孔《あな》を穿《うが》ち、一条の光を差し入れたとして、孔を塞がれてしまっては困る、犬死になってしまうと考えるのも自然の人情だった。孔を拡張して、皇謨《こうぼ》の清光で世を満たすには、蹶起前後の工作がどうしても必要となる。革新派将校に近い将軍を首班とする暫定政権を経て、政党でも官僚でも政治的軍人でもない、既成の政治勢力をきれいに拭い去った、蹶起軍と民間有志からなる政権樹立を具体的に構想する同志もあって、これの放つ権力欲の俗臭《ぞくしゅう》に久慈中尉は嫌悪を覚えながら、しかしそうした手続きがなくては済まぬのもたしかであった。

久慈中尉は矛盾に引き裂かれていた。引き裂かれながら、手にした武器の充実を思考の代替えにするようなところがあって、その密かな怠慢を目の前の娘から的確に探り当てられた感覚に、久慈中尉は神経を乱されるままに言葉を吐いた。

「一君万民の理想は、おのずと実現するのです。それはおのずと実現しないではいないのです」

「おのずと？」

「そうです。おのずとです」

なるほどと云うように頷いた娘は、でも、そうなりますと、と微笑んだまま唇をまた動かした。

「おのずとそうなるのでしたら、何もしなくてもいいことになりません？」

「そんなことはない」久慈中尉はたちまち否定した。「そんなことはありません」

雪白《せっぱく》の面との対照でいっそう黒々とした髪色の娘が真正面から顔を覗き込んでいた。三日月型の眼のなかで、黒目が浅瀬のおたまじゃくしのごとくにくるり動くのが、人を揶揄《からか》うようにも見えて、癇癪に似た感情が喉元に迫《せ》り上がるのを覚えながら久慈中尉は言葉を放った。

「われわれがなすべきことはある。たとえば、死ぬことです。むしろわれわれは死ななければならない」

なんたる狂愚《きょうぐ》の言葉！　自嘲《じちょう》の蟲《むし》が胃の腑に蟠《わだかま》り、こうなったら徹底して的外れな言辞を弄したあげく、高歌放吟《こうかほうぎん》と吶喊《とっかん》の蛮勇だけが取り柄の空頭を演じきってやると決意したとき、向かいの娘が形のよい唇を動かした。

「おのずとなることのために死ぬのですね？」

「その通りです」

久慈中尉は救われたような気持ちで首肯《しゅこう》し、おのずとなることのためにおれは死ぬのだ、と言葉を反芻《はんすう》すれば、これこそがずっと心の奥の院に仕舞われていた霊石であるとさえ思えて、相手の言葉を鸚鵡《おうむ》に返して声に出そうとしたとき、教会堂の裏戸が開かれて、そちらへ視線を移せば、喪服めいた黒服を着た牧師夫人が、奇妙な物体を両手に抱えて建物から出てきた。脚を引き摺り歩く牧師夫人が重そうに持つのは、矢の上に立つ鶏――風見鶏だ。黒く塗られた金属の風見鶏。黒い牧師夫人がそれとともに教会堂の右手へ廻り込んで消えれば、戸が開け放たれたままにされたせいで、建物のなかが覗かれ、そこは水色の陶片《タイル》が床に貼られた烹炊所《ほうすいじょ》であり、流しの横の、赤い薬罐《やかん》の載った瓦斯《ガス》台を背に、紺のスエーターの寿子が立っているのが見えた。彼女に正対し見下ろす形で立つ軍服は槇岡中尉だ。二人のあいだには半間ばかりの距離があって、表情までは窺えぬものの、談笑するふうではなく、かと云って深刻な話がされている様子もなくて、たまたま電車に乗り合わせた人たちのように見える。寿子は左手で右腕の肘《ひじ》を摑んでいた。これは所在なく佇《たたず》むときの寿子の癖で、待ち合わせ場所に立つ友達がそうしているのを惟佐子は何度か見ていた。

　すると寿子は、左手に摑まれた右腕を徐々に差し上げて、顔の前まで持っていくと、手の甲を前に差し向ける格好になった。制服の士官は見ているのかいないのか、蠟人形に変じたかのように動かない。寿子は手の甲を風に震える木の葉のように揺らめかせ、その意味するところを知らぬ惟佐子がなんの合図だろうかと訝《いぶか》しく思ったとき、「人はおのずとなることのために死ぬのです」と傍らの人が嗄《か》れた声で云うのが聞こえた。その刹那、二人が立つ烹炊所の奥、菱形の磨硝子《すりガラス》の嵌《はま》る扉一枚を隔てた向こうに広がる荒野を惟佐子は見た。枯木と荒草のあいだに、黒焦げた棒杭や、晒《さら》された骨のごとき鉄骨や、崩石の瓦礫《がれき》が秩序なく散らばった地面の上方、煤煙とも霧ともつかぬ靄《もや》の漂う空に歪《いび》つな赤い月があって、土中で沈黙する死者らを見つめている。死者のなかにはサイン曲線の生え際を持つ饒舌な士官もいた。彼はいまは言葉を語ることをやめて、大勢の死者と一緒に――いや、人だけではない、堅く眼をつむった鳥、血塗《ちまみ》れの舌を牙の陰から伸ばした獣、脚を失くし乾涸《ひから》びた木の実みたいになった虫たちと一緒に、四肢をあらぬ方へ捩《ね》じ曲げた姿勢で、地下の暗所でおとなしくしているのだ。

蒼い寿子が、ふと動いて、視線を寄越した。が、電車の窓から見えた人のように、すぐにこちらへは関心をなくして、顔を他所へ向けたまま、ことりと音をたてて裏戸を閉じた。

十二

夜半から雨になった。楠《くすのき》の葉をうつ雨音の囁《ささや》きが、寝つけぬまま蒲団《ふとん》を輾転《てんてん》する惟佐子をようやく夢路へと誘った。明け方に一度眼を覚ましたとき、昼間聴いたピアノの音楽が耳の奥に甦って、これをしっかりと摑み直したいと願い神経の触手を伸ばしたものの、届かぬうちに音像は遠ざかり、石垣の隙間に逃げ込む蛇のようにするり暗がりへ消えてしまった。

休日でも六時半には惟佐子は起きる。いくぶん寝不足を覚えながら蒲団に起き上がり、いつもなら朝方に見た夢を反芻するのだけれど、まどろみの淡雲を押しのけて、昨日来の気がかりが意識の器を占領するならば、寿子の「失踪」は胸の巌《いわお》にいよいよかたく根を張り、制服の近衛士官が係わりを持つのかもしれぬ、との直感も、木質の蔓となって確信の樹に絡みついていた。

雨戸を開けると、雨はあがって、濡れた地面が吐き出す呼気に草木は生色を増し加え、水滴を弾き留める楠の葉の蠟質が、陽とともに霽《は》れつつある空の光に燦《きら》めいている。

着替えをすませて、髪をしてもらい、八時まで待って宇田川邸に電話をかけたときには、電話口に寿子が出てきて、健《すこ》やかな声に昏《くら》い憶測はあっけなく覆《くつがえ》され、なにもかもが平明な秩序の配列に収まるのではないか、とそう予感したのは、短い雨のあと再帰した春の陽気のせいもあっただろう。電話をかけに階下へ降りた縁側から見る庭では、修竹が天に向かい伸びる勢いを増し、池の亀たちが仲良く甲羅を干して、柘植《つげ》の生垣の下には蒲公英《たんぽぽ》が花をつけていた。春の日曜日、寿子と教会で待ち合わせ、礼拝に出たあと、二人で花を観ることになるのではないか——。しかし、この予感は外れた。

電話に出た女中に寿子を呼んでもらうと、だいぶ待たされたあと、声の低い男性が出てきて、寿子は留守だと、少々ぶっきら棒な調子で云う。どちらへ行かれたのかと問えば、倉敷の親戚へ行ってしばらく帰らないとの返事なので、連絡先を教えて欲しいと請うたところ、いま手元に住所録がないから云々と、要領を得ぬ返答で、とにかく数日で戻るはずだから、それからまた電話して欲しいとだけ云って、通話は切れた。

寿子と名を呼んだことから推して、いまのは親類の誰かだろう。そう見当をつけると、日曜の朝から家族でない縁者が留守番をしていること自体、変事の出来《しゅったい》を告げている気がした。宇田川家の先祖は倉敷の出で、当地に親戚があるのは知っていたけれど、この時期に寿子が出向く理由がない——いや、一つありうるかもしれぬと惟佐子が考えたのは、寿子から前に貰った手紙だ。

正月に見合いをしたと手紙には書かれていた。もっとも形を整えた見合いと云うわけではなく、年始の挨拶に来た人にさりげなく紹介され、あとから父親から、あの男を婿《むこ》にどうだろうと、いきなり訊かれて驚いた話がおもしろ可笑《おか》しく記されていた。文中で「かしこまったハニワの馬みたいな」と評された男性は、大阪地方裁判所の判事で、決して悪い人ではないけれど、専門学校を卒業するまでは、あるいはいま取りかかっているヴァージニア・ウルフの短編の翻訳が完成するまでは結婚はしないつもりだと、几帳面な字で記された文面を読んだ惟佐子は、「ハニワの馬」に一年か二年待つ用意があるなら、結婚もありうるのではないかとの感触を得た。惟佐子の接した限りの宇田川教授は、翻訳家として立ちたいと願う娘の志を理解している印象で、その彼が推薦する人物ならば悪かろうはずはないと、友人のために思ったりもした。

その後届いた手紙には「見合い」の続報はなく、惟佐子もあえて問わなかった。年頃の娘にとって恋愛や結婚は人生最大の関心事でなければならない。寿子とて例外ではないはずで、しかし彼女がその方面の話を綴ってこないのは、あるいは書いたとしても滑稽譚《こっけいたん》ふうの潤色を施すのは、友人が珍しい例外に属すのを理解しているからに違いなかった。いずれは寿子も自分も誰かのところへ嫁《か》すことになるのだろうと、格別の感慨なく考える惟佐子は、友人の見合い話をさして気に留めてはいなかったのだけれど、電話室を出たところでこの件にあらためて注意が向いたのは、「ハニワの馬」が倉敷出身だと手紙にあったのを思い出したからである。

つまりは同郷の青年と云うわけで、縁談に倉敷の親戚が関与していることは十分に考えられた。話がとんとんと進んで、婚約者の実家へ挨拶すべく寿子は倉敷へ急遽赴いたのではあるまいか——いや、それはありえない。かりにそうなら、自分に連絡がないはずがないし、教会へ行くなどと嘘をついて家を出る理由がない。と、そこまで考えれば、一つの仮説を——制服の近衛士官と云う補助線を引いてみて、一遍に明瞭な形をとった仮説を、机上に引き出してみないわけにはいかなかった。

寿子は槇岡中尉とともに出奔したのではあるまいか？　仮説とはすなわちこれである。秋の教会での会食のあと、二人が急速に接近したと想像することは無理なくできた。寿子の手紙に一度もその名前がない——影すらもない事実が、かえってその証拠のように思われた。あれから寿子は惟佐子を二度と教会へ誘わなかった。これもまた恋する女の情思を推し量らせるものがあった。かりにそうだとすれば、濃《こま》やかな気配りを大らかな掌に包んだ、寿子の人となりにはそぐわぬ、水臭い仕打ちにも思えたが、恋が人を狡猾《こうかつ》にし、ときに猜疑《さいぎ》の虜《とりこ》にすることは、探偵小説しか読まぬ惟佐子にも理解できた。

「ハニワの馬」との縁談が進むなかで、許されぬ恋を成就すべく手に手をとって出奔する——。新聞の三面に載るような通俗物語の主人公に寿子はふさわしいとはとても思えなかったけれど、恋と云うものが一種の狂気であって、人をして不体裁を身に引き寄せさせ、ときに生死さえも超出させてしまうだけの熱力を有することを、紫薫《しくん》香る宮廷から場末の私娼窟《ししょうくつ》に至るまで、恋の物語の蔓延《まんえん》する大正昭和の空気を吐呑《とどん》する以上、恋愛経験のない惟佐子にも想像はできた。

この仮説の弱点は、寿子と槇岡中尉の結ばれがさほど困難とは思えぬ事実である。宇田川家は爵位こそないけれど、家格《かかく》では槇岡子爵家に劣らない。それこそ通俗ドラマにさんざん描かれてきた、身分違いの恋の要素はここにはない。とすれば、二人が結ばれてはならぬ事情が他になければならない。たとえば、二人は実の兄妹であったのだ、と云った類の、これまた手垢のつきすぎた物語のごとき——。とにかく補助線がもう一本、どうしても必要だった。

かりに寿子と槇岡中尉の結婚に障害があるとして、それは槇岡中尉の側の事情だろうと惟佐子は考えたが、これは単純に槇岡中尉および槇岡家をよく知らぬゆえであった。槇岡中尉が妻帯していないのはたしかだったが、じつはすでに許嫁《いいなずけ》があって、それは破棄が容易でない筋の女性である、と云った状況が漠然と想定された。

恋は人を狂わせる。とは云え、「駆け落ち」のごとき無鉄砲に身を任せる寿子の姿は、どれほど奔放に想像力の翼を羽撃《はばた》かせても焦点を結ばなかった。もし本当にそうだとしたら、自分は宇田川寿子と云う人を全然知らなかったと認めねばならないだろう。それは惟佐子の自恃《じじ》が許さなかった。となると、最も蓋然性が高いのは、槇岡中尉から引き離すべく寿子が倉敷へ送られたと云う、第二の仮説である。

寿子と槇岡中尉の仲が抜き差しならぬ地点にまで到達して、これを懸念した親族が二人を物理的に引き離す――。たしかにこれならば、惟佐子に連絡がないのは、娘の友人が道ならぬ恋の仲介役を果たすのを警戒して、親族が寿子を拘束しているからだとすれば説明がつく。同じ理由からして、寿子の「腹心」の女中には真相が知らされなかったとすることもできる。家を出て渋谷の教会へ向かった寿子は、待ちうけていた誰かから自動車に押込められ、東京駅から特急列車に乗せられた――。

寿子は倉敷に幽閉されたのである。この仮説はいくつかの疑問点を矛盾なく説明した。惟佐子は満足した、と云うわけにはいかなかったのは、しかし、この仮説を彼女自身が全然信じなかったからである。それでも電話口の男性が口にした「倉敷に居る」の言葉に、僅かながら安堵を覚えたのもたしかだった。倉敷に居るのなら無事は間違いない。すなわち惟佐子は、昨日の昼間よりさらに密なる危懼《きく》の菌糸を胸中にはびこらせていたのである。

午前中は学校の課題をしたり、数学の問題を解いたりして過ごしていたが、支度をして十一時過ぎに瀧子と家を出たのは、花見がてら三越に買い物に行く約束をしていたからである。義母のお供は億劫に思うのが常なのだけれど、今日に限っては、部屋にいても落ち着かなかったから、外出は有り難かった。

契約している飯田橋の雇い《ハイヤー》自動車会社から来た自動車に、瀧子と惟佐子、それから瀧子付きの女中の三人で乗って、まずは新橋の鰻屋へ向かった。途中、瀧子の指示で内濠通りを抜けて御濠を一周したのは、つまりこれが花見で、日本古来の伝統行事はきわめて簡便に終了した。なんであれそのときどきの関心事以外には冷淡なのが、移り気な義母の特徴なのであった。

「うな徳」の二階座敷でうな重と肝吸いを食べてから、三越の呉服売り場へ向かったのは、秋の観菊会に着ていく瀧子の着物を誂《あつら》えるためで、もちろん電話一本で外商の担当者が家まで飛んでくるのだけれど、瀧子は込み合う百貨店で、エスカレータに乗ったり、商品棚を見て回ったり、大きな買い物をして人に驚かれたりするのが好きなのである。瀧子は洋装が好みで、そちらの趣味には自信を持っていたが、和服の見立てとなると、義理の娘を頼りにした。実際、惟佐子の見るところ、義母の趣味はお世辞にも良いとは云えなかった。賑やかで華麗なものを、と選べば、けばけばしい派手さに行きあたり、渋く落ち着いたものを求めれば、うらぶれた地味に必ず辿り着いた。

三越ではこれと云うのが見つからず、銀座の「志の田」へ回り、そこでも結局は決まらずに、しかし何か買わずにはいられぬ瀧子は、唐織の帯を一筋求め、惟佐子には桔梗《ききょう》柄の絽《ろ》の浴衣《ゆかた》を、お付きには光絹の半襟を買ってくれた。そのあと資生堂パーラーに寄って、珈琲《コーヒー》やソーダ水をそれぞれ飲み、家に戻ったのは四時過ぎ。洋館へ向かう義母らを見送ってから、母屋の玄関に入ろうとすると、書生の御法川が声をかけてきて、戻り次第、離れ家の「執務室」へ来るようにとの、父伯爵の伝言を惟佐子に伝えた。

また口述筆記かしらねと惟佐子が云うと、御法川は重大な秘密を明かす調子で声を潜めた。

「じつはさっき、来客がありましてな」

惟佐子がすっと血の気が退くように顔色を変えたのは、寿子の変事を伝える使者ではないかと思ったからである。だが、御法川が口にしたのは意外な人物の名前だった。

「来客と申しますは、宮内省の人間でして。お姫《ひい》様は、木島柾之と云うのをご存知ですかな？」

木島柾之が父伯爵を訪問した？　意外だったが、これは御法川も同じであったらしい。

「木島柾之が午過《ひるす》ぎに来ましたです。しかし、どう云う用件で来たんでしょうかな」と訝し気に云った御法川は、急に惟佐子に向かって敬礼するような格好になった。

「とにかく、この御法川、お姫様にはひとつ申し上げておきたいことがありまする」

「なんでしょう？」

「もしも、あくまでも、もしもの話ですが、木島柾之が、お姫様を、あれです、つまり、嫁に欲しいと、そのような大それた、身のほど知らずの、神をも恐れぬ申し入れがあった場合には」と紺絣の袴に白鼻緒の高下駄を履いた書生は吃《ども》り気味に云い、惟佐子が問い返す暇もなく宣言した。

「御法川は反対です。断じて反対です。そのことだけは、御法川、衷心にかけて、申し上げておきます」

それだけ云うと、絣袴の書生は刈り込んだ頭をふり、腰の手拭を揺らして、敷石を下駄で鳴らして長屋門の方へ走り去った。見送った惟佐子は、可笑しいような馬鹿馬鹿しいような気持ちになりながら、母屋へは上がらずそのまま離れ家に向かった。

玄関戸を開いて、沓脱ぎ石で草履《ぞうり》を脱ぎ、廊下を進んで、参りましたと声をかけて「執務室」へ入ると、ラジオの時局鼎談を聞きながら長卓で書き物中だった父伯爵は、娘に硝子《ガラス》戸縁側の応接椅子を勧めて、自分も斜向いに腰を下ろした。

「惟佐子さんは、あれですね、やはり和服が似合いますね」

笹宮伯爵は娘の艶やかな外出着姿を褒め、それから花見はどうだったかと訊くので、千鳥ヶ淵の桜が散りかけて美しかったと答えると、それはよかったと頷いた伯爵は、一度立って、脇棚《サイドボード》からハバナ産の葉巻を出し、鉄製の莨切《カッター》りを使って吸い口を切った。これは通称ギロチンと呼ぶのだと、前に教えられた惟佐子が断頭台の王侯貴族を想っていると、燐寸《マッチ》の火を葉巻に移した笹宮伯爵が煙の向こうで口を開いた。

「先に聞きますが、惟佐子さんは、明々後日《しあさって》の水曜日は何か予定がありますか？」

朝から学校だと答えると、帰宅は何時になるのかと訊くので、夕方には戻れるはずだと云うと、それじゃあちょっと遅いなと、父伯爵は思案顔になる。

「じつは、五時から、一緒に出て欲しい会合があるんですよ。会合と云うか、会食なんだけどね」

父伯爵の調子に気後れのようなものがあると感じた惟佐子は、ひょっとして見合いではないかと思い、御法川の推測は案外的を射ていたのかもしれぬと考えたが、今回は勘が外れた。躊躇《ためら》いを振り払うように煙をぷうと吐いて父伯爵が云った。

「惟佐子さんが昨日聴いたドイツ人のピアニストは、なんと云う人でしたっけね？」

「カルトシュタインさん、ですか？」

「そう。その人の歓迎会が水曜日に、築地の『岡村』であるんですが、惟佐子さんの意向はどうですかね？」

意表を衝かれて、父親の心裏を忖度《そんたく》した惟佐子がすぐに返事をしないでいると、笹宮伯爵は論理の綻《ほころ》びを弥縫《びほう》するかのように語を継いだ。

「木島柾之がさっき来ましてね、招待状を持って来たんです。招待状と云うか、口頭ですがね。私と惟佐子さんにぜひ出て欲しいと云うんですね」

書棚に置かれたラジオからは、鼎談が終わって軽快なポルカの音楽が流れ出していた。惟佐子の顔色を窺った伯爵は、曲のリズムに合わせるように葉巻を忙しく吹かし、盛大に煙を吐き出した。

「木島柾之は、あれで、なかなか話せる人物です。ドイツの政治文化の事情に非常に通じている。ああ云う人物が宮内省に居るのは、我が国にとって非常によいことです」

訪れてきた木島柾之としばし交流した結果、昨日とは正反対の評価を下すに至ったらしいと観察した惟佐子が、でも、どうして私が？　と云いかけたのを遮って、父伯爵はまた続けた。

「水曜日の会は日独文化交流協会の主催なんですが、木島柾之が事務局を取り仕切っているんです。それで招待をしに来たんですが、いろいろな人が来るらしい。火曜会や陸軍からも来ると云う話です」

これを聴いて惟佐子は、父伯爵が会合へ出る気になった理由を理解した。依然わからぬのは、なぜ自分にカルトシュタインが会いたがるかで、伯父の白雉博允に係わりがあることだけは間違いなかったが、だとすれば、昨夜そうしたように、断じて唾棄《だき》すべきところを、父伯爵がころりと態度を変えたのは、出席者に余程の吸引力があるからに違いなかった。惟佐子の思考の筋を察したらしい父伯爵は言葉を重ねた。

「惟佐子さんの伯父さんは、ドイツではなかなかの有力者になっているようです」

なるほどと惟佐子は頷いた。有力者！　この言葉くらい、父伯爵が愛好するものは他にないのであった。惟佐子の口から拒絶の言葉が飛び出るのを恐れるかのように伯爵は素早く続けた。

「惟佐子さんは、すき焼きは好きだったよね。『岡村』のすき焼きは絶品だ。東京であれだけ良い肉を出す店はほかにない。割下が甘過ぎないのもよろしい。だから水曜は学校は早引けするといい」と云った笹宮伯爵は、顔の前の煙を手で払い、何事かを思い出したように急いで付け加えた。

「惟佐子さんは甘いのが好きだったね。惟佐子さんのだけは砂糖を増やすよう、私から店に云いますよ」

十三

早退して午過ぎに学校から戻った惟佐子は、風呂で肌を磨き、出入りの美容師から髪と顔をしてもらい、御所車模様の友禅の振り袖に緞子《どんす》の丸帯を高く背負った姿になって、午後の四時半、迎えの自動車に父伯爵と並び収まった。

惟佐子は肉が、ことにすき焼きが好物で、だから『岡村』は嬉しくないこともなかったけれど、この格好では食事を楽しむと云う具合にはいきそうもなく、普通の訪問着で、との願いはしかし、瀧子の強い意向で却下され、令嬢風のこしらえになったのは、やむをえぬとは云うものの、気は重く、ほかに若い娘が今日の会にくる予定はなさそうで、であればなおさら窮屈に息が詰まることが予想された。

寿子からの連絡は依然なかった。学校の帰りに高樹町に寄って、顔馴染みの女中を呼び出し事情を聞いてみようかとも思ったけれど、早引けしての寄り道はしにくく、午後の四時過ぎには迎えの車がくると云われていたから、時間を気にせざるをえなかった。

染抜き五つ紋の羽織に仙台平《せんだいひら》の袴を穿き、黄楊《つげ》の杖で威儀を整えた父伯爵は、何事かに気を奪われている様子で中空に視線を漂わせ、惟佐子は惟佐子で自分から話す方ではなかったから、衣装の麗々しさにそぐわぬ、神経の痛む場所へ出頭する人たちの重い空気が黒塗りのキャデラックを押し包んで、馴染みの運転手は訝《いぶか》し気な視線を室内鏡《ルームミラー》に送った。

父伯爵が今日の会食に期待しているのは、「有力者」と席を同じくして、縁の糸口を摑むことにあると惟佐子は理解していたが、これは大筋で正しく、車中の笹宮伯爵が寛《くつろ》がぬのは、向かう先で自分が一定の存在感を発揮しうるか、不安に思うがゆえであった。

カルトシュタインを招聘した日独文化交流協会については笹宮伯爵も耳にしていた。省をまたぐ少壮官僚らが中心となって、文化人中のドイツ通を集めた親睦団体で、会長は近衛文麿《このえふみまろ》。五摂家筆頭の家柄を誇る青年貴族、近衛公爵は未来の総理の椅子を約束された有力者中の有力者であり、できうることなら知己を得て接近を図りたいと、笹宮伯爵がかねてより熱望する人物の一人であった。近衛公爵は同じ貴族院議員ではあるが、公爵侯爵の議員で作る火曜会に属して、これは笹宮氏の派閥とは対抗関係にあり、そもそも近衛氏は重臣集団《グループ》に近く、この点でも距離があった。

それでも全然接点がないのではなかった。とは、近衛氏が大のドイツ贔屓《びいき》、ナチス贔屓だとの話が伝わってきたからだ。日独文化交流協会の話を耳にしたとき、自分のところに勧誘があるものと笹宮氏は信じて疑わなかった。ヒトラー総統登場の世界史的意義を本邦で最初に評価し、世論を啓沃《けいよく》したのはこの私であると、自負を抱く笹宮氏なのである。ところが音沙汰はなかった。結果、あんな会は屁の突っ張りにもなりはしないと、少々下品な言い回しでもって誹謗《ひぼう》することになったが、実際、有名大学教授や文筆家を並べた会員名簿は、政治勢力の観点からしたら取るに足らず、近衛文麿は飾り物にすぎなかった。

それが今年に入って、親英米派に対抗して日独の提携を推し進めんとする陸軍省や外務省の有力官僚が会に加わり、影響力を発揮し出したと仄聞《そくぶん》して、焦燥の毒素が血流に回りはじめた矢先だったから、木島柾之のもたらした歓迎会への招待は小躍りするほど嬉しかったが、一夜明けて、いざ会場へ向かう段になると、ひょっとして自分はまるで場違いではないかと、気後れの虫が肝の陰で鳴き出した。

　ある所に在って、どうしたわけでこの人はここに居るのかと、周りから不審がられていると、そう感じることが笹宮伯爵にはある。夢も見る。自分がジグソーパズルで遊んでいる。パズルは洋行した親戚がくれた倫敦塔《ロンドン》の絵柄である。順番に小片《ピース》を嵌《は》めて行き、とうとう絵が完成して、ところが一つ小片《ピース》が余ってしまう。おかしいなと思うが、嵌めるべき場所はもうどこにもない。そのことが非常に後ろめたく、発覚する前にどこかに隠さねばと、焦燥に駆られているところへ誰かが来て、「なんだ、その手にしたものは？」と論難したあげく、「その余った小片《ピース》はおまえだ！」と決めつける、そんな夢だ。周りの誰もが顔見知りの、馴染みに馴染んだ場所に居てさえ、自分が嵌りようのないパズルの一片《ピース》ではないかと思うことが笹宮伯爵はたまにあった。

　けれども車中の笹宮伯爵の不安は、心裏に巣食う歪《いび》つな影の所為《せい》だけではなかった。木島柾之の口上によれば、ベルリンの白雉博允から姪の話を聞いたカルトシュタインが、ぜひともその娘に会ってみたいと熱望したとの話で、明日の歓迎会はちょうどよい機会だから、ぜひ父娘で招待に応じて欲しいと云うのだった。たしかに若い娘がひとりで参加するわけにはいかない。付き添い、との云い方を木島柾之はしなかったけれど、話の筋からして自分が添え物なのは明白であり、煎じ詰めれば刺身のつま、トンカツのキャベツである、とそう考えると、馬鹿にされているような気分になった。自分は嗤い者になるべく築地へ向かっているのではあるまいか。そう思うととても怖くなる。そもそもどうしてドイツ人の音楽家が自分の娘に会いたがるのか？　まさか嫁にくれと云うのではなかろうが、不可解きわまりない。白雉博允は全体どんなことを云ったのか？

　白雉博允――あの疫病神が、こんな形で視野に現れ、運命の糸を操る歯車の一つになるとは、まったく想像もしていなかった。笹宮伯爵は不安の薄闇のなかで考える。木島柾之によれば、白雉博允はベルリンに本部のある Gottes seelischer Musikverein——心霊音楽協会なる組織に属していると云う。これはギュンター・シュルツと云う作曲家が主宰する、アーリア＝ゲルマン人種優越の理念から国家社会の「純化」を押し進めるナチ党の意向に沿い、芸術文化の再構築を目的とする団体であり、退廃芸術の排斥を唱導実践するアルフレート・ローゼンベルクの闘争同盟などと軌を一にするものだと、京都帝大で美学を専攻した、牧野内府に連なる宮内省の役人は教えた。

笹宮伯爵が白雉家の末娘、崇子と結婚したとき、崇子の兄の博允はまだ東京帝大の学生だった。白雉の家は和歌山だったから、博允は西片町《にしかた》の下宿屋に住んで、麴町の笹宮邸にもときおり遊びに来た。博允は美男子で、背丈もあり、若い女中たちが騒いだ。笹宮氏は年下の義兄とは反りが合わず、と云うより、端的に嫌っていた。卒業して外務省に入った白雉博允が、見栄えといい頭脳といい品格といい、外交官になるべくして生まれてきたような人物だと、周囲が嘱望と賞賛の声をあげるのを耳にして、ますます嫌いになった。それを嫉妬だとは笹宮氏は思わなかった。義兄ののっぺり白い美男顔には、どこか軽浮で我がままな、奇才子然としたものがあると感じていたからである。

それでも白雉博允が米国《アメリカ》赴任から戻り、ポーランドへ行くまでの数年間、しばしば会って酒食や遊興をともにしたのは、彼が国家権力の山岳に登攀《とうはん》することが予想されたからである。当時の笹宮氏は——いや、いまも同じなのであるが、手を伸ばしうる限りの「有力者」と繫がりを築き養分を吸収することに腐心していた。どんな小魚も逃さぬ磯巾着《いそぎんちゃく》よろしく、毒のある触手をぬるぬると伸ばした。外務官僚として国家の要職につく見込みある身内の人間を見逃す磯巾着ではなかった。

ワルシャワで白雉博允が行方知れずとなったと聞いたときには、ああ、やはり信用できぬ人間であったのだな、との感懐を抱き、英俊の佇まいに孕《はら》まれた狂激を自分ひとりが洞見していたのだと、我が観察眼を誇りに思いさえした。ところが狂を発した白雉博允が日本へ舞い戻るに及んで、厄災の火の粉がこちらの頭にまで降りかかる気配に怖気《おぞけ》を震《ふる》った。墓から蘇った全身包帯の死人が襲いくる。映画で見た恐怖場面が思い出されて、くわばら、くわばらと呪文を唱えつつ、麴町の屋敷はもちろん、自らの棲息域の出入口と云う出入口に物の怪を避けるべき封印を十重二十重に施して、それでも白雉博允が奈良の病院に入院しているあいだは不安は去らず、だから彼がドイツへ旅立ったと聞いたときは心底ほっとした。

欧州から戻った白雉博允には一度だけ会った。会おうとして会ったのではない。東京駅で偶然出くわしたので、義兄がドイツへ向かう直前だったから、おそらく渡航手続きその他の必要があって東京へ出てきていたのだろう。笹宮伯爵はその夕方、さる宮家夫妻の関西旅行の見送りで東京駅を訪れていた。用件が終わって、丸ビルで輸入莨《たばこ》を買って帰ろうと思い、駅構内を歩いて待合室をふと覗いたら、大時計の下にその男がいたのである。

真冬のことで、暗灰色の毛外套に身を包み、耳当てのついたロシア帽を被った白雉博允は、長椅子《ベンチ》で独り新聞を読んでいた。あとから考えると、顔を伏せていたにもかかわらず、多数の旅客のなかから見分けられたのは不思議だが、膝に広げた新聞に目を落とした男は、首を深く折り曲げる姿勢でいるせいか、首の生え場所が異様に低く見え、甲羅から首を伸ばした亀を思わせるその姿を眼にしたとたん、ああ、あの男だと、出し抜けの理解が訪れた。笹宮伯爵は待合室の入口に立ち止まっただろう。

立ち止まって、即座に立ち去ろうとしただろう。だが、彼が歩みをとめた数瞬のうちに、男がつと顔をあげ、あたかも待ち人が現れたかのように右手を差し上げて、白い掌《てのひら》を旗めいて閃《ひらめ》かせた。笹宮伯爵はつり込まれたように手を振り返し、すぐにその場を離れ丸の内口から外へ出た。くわばら。くわばら。くわばら。気がつけば、木枯らしの舗道を小走りに行く伯爵は繰り返し唱えているのだった。

顔が不可解だった。それは昔、白雉博允が学生だったときの顔に似ていた、と云うより、学生の彼がそこにふいに出現したように感じられた。髭がないせいだと、あとから気がついたけれど、義兄は異様に若返って見えた。待合室の薄暗がりに浮かんだ顔は、燐光を放つ深海の水母《くらげ》のように輝き、不気味なほどに整っていた。薄く微笑んだ面貌に狂気の影は見えなかった。いや、あの場面の全体が狂気の燭光に包まれていたとも思える。生身の人の顔が、それも白粉《おしろい》を塗らぬ男の顔が、あんなに皓《こう》として空間に浮かんで見えるものだろうか。と、そう疑念を覚えるとき、あれは仮面だったのではないかとも思えてくる。かりに仮面であるなら、別人が義兄に扮していたと考えることができるかもしれぬが（何のために？）、しかし断じてそうではなかった。あれは白雉博允その人に違いなかった。

己の貌《かお》を象《かたど》った石膏の仮面――。その奇怪な像《イメージ》が忘れられぬ印象となって心に刻まれ、いまでも白雉博允を回想すれば、密に付き合った時代の、髭を蓄えた若手外交官の彼ではなく、東京駅の待合室で見かけた、石灰をまぶしたみたいな真白い顔が真っ先に思い出されるのだった。

笹宮伯爵は隣に座る惟佐子を盗み見た。着飾った娘は両手を行儀よく膝へ置き、自動車の窓に化粧した顔を向けて、過ぎ行く風景を沈然と眼に映している。顔立ち自体は全然違っている。造作ひとつひとつをとればなおさら違う。母親の崇子も兄とは似ていなかった。だが、ふとした瞬間に閃く表情が、見るともなく見た顔つきが、待合室の男の面差しと瓜二つに思えてぎょっとさせられることがある。いまも高く結い上げた髪の下で、普段より厚く化粧の施された、窓の光と影が交錯して柄模様を描く面貌に、白い仮面の輪郭が肌奥から滲み出てくるように思えて、笹宮伯爵は慌てて眼を逸らした。

ドイツ人音楽家は、白雉博允の姪がどれほど彼に似ているのか、実地にたしかめようとしているのではないか？　などと、まるで理に適わぬことを笹宮伯爵が思ったとき、自動車が急停車して、後部座席の父娘は前のめりになった。

有楽町の高架を潜ってまもなく、数寄屋橋《すきやばし》にさしかかったところだった。人が道路へ飛び出したのだ。どうした？　笹宮伯爵が声をあげると、蒼い制帽の運転手は脇窓から顔を出して、あぶねえぞ、と怒鳴るほどでもなく云い、それから、捕り物みたいです、と報告し、すぐにあれれれれと頓狂な声をあげたのは、頭に鶏冠《とさか》めいた極彩色の羽根飾りをつけた三人の女が自動車の前を横切り駆け抜けたからだ。三人とも太腿まで露《あらわ》にした素足で、紅を塗った口から罵声を放ちながら、はしゃいだふうに走り行く。

「ありゃ、たぶんダンサーです」運転手が報告した。

「ダンサー？」

「日劇のダンサーです」

「ダンサーがなぜ走っている？」

「泥棒を追いかけているようです」と中年の運転手は笑いを滲ませた声で云った。数寄屋橋の左手には日本劇場がある。状況を理解した笹宮伯爵は座席に背中を戻して訊いた。

「捕まりそうかね？」

「どうですかね」

運転手が応じたとき、後ろから警笛が鳴らされ、自動車を発進させた運転手は、なお笑いながら続けた。

「なにしろ逃げたのが黄金仮面ですからな」

「なんだい、そりゃ？」

「御存知ないですか？　黄金の仮面を被った盗賊です」と云った運転手が、泥棒は仮面を被って楽屋に紛れ込んだのだろうと、愉快そうに解説するのを聞いた惟佐子は、「黄金仮面」は江戸川乱歩の小説だと考えながら、先刻見た女たちの、熱帯の鳥を想わせる羽根飾りと逞しく充実した太腿の躍動を思い、まるでゴーギャンの画に出てくる南洋の女のようだったと、黒目をぴかり光らせ、ふううとひとつ溜め息をついた。

十四

歓迎会は、五時二十分に始まった。

案内では五時開始予定で、五時少し前には、『岡村』の中庭に面した座敷の、「コ」の字形に並べられた座椅子に客のほぼ全員が揃ったのだけれど、肝心の主賓がまだだった。ほどなく世話役の文部省の人間がカルトシュタインの体調不良を伝えて、しかし遅れても必ず出向くつもりであるから、先にはじめて貰いたい旨の伝言を披露した。それならばと云うことで、炭火の焜炉《こんろ》にかけられた鉄鍋がめいめいの前に運ばれ、仲居がすき焼きの世話をはじめると、日本主義の鼓吹で名を馳せる文芸評論家が、とりあえず本会の発展を祈念して乾杯いたしましょうと音頭をとり、主役を欠いたまま酒食は開始された。

菖蒲《しょうぶ》を活けた九谷焼の花壺の置かれた床間を背に、座椅子と脇息《きょうそく》が五組、ここが主賓席を含む上席で、あとは庭側の障子を背にして十組、向い側にやはり十組。笹宮伯爵と惟佐子が案内されたのは、「コ」の字の角、庭を背にした列の、上席に一番近い位置で、まずまずの席次であると笹宮伯爵は満足し、安堵した。着くまでは、自分たちは末席のさらに端、誰の声も届かぬ僻遠の地に追いやられるのではないかと心配していたのである。

上席の中央が主賓の席で、右に松平侯爵夫妻、左に京都帝大の哲学教授と、元駐独大使の子爵が座を占める。近衛文麿が来ないことは、木島柾之から聞いていた。笹宮父娘は松平侯爵夫妻に近い側で、これが笹宮氏にとってやや気詰まりだったのは、火曜会に属する松平侯爵が美濃部達吉博士を擁護していたからである。笹宮氏が機関説問題に火を点けたとき、ああいうペテン師が議会の権威を貶めるのだと、松平侯爵が云ったとか云わぬとかの噂も耳に届いていた。実際、夫人を挟んで斜向いになった、鶴めいて痩身の大名華族は、笹宮氏に声をかけぬどころか、一切視線を寄越さず、嫌悪と侮蔑の冷波を送ってきた。そこで笹宮氏も負けじと、世論が沸騰したいまとなってはどんな者も機関説賛成を表明することはできぬはずだ、やれるものならやってみよと、優越の憫笑《びんしょう》でもってこれを遇することとなった。

惟佐子を挟んだ右隣はオペラ協会理事長でもある私立の音楽学校の学長、その次は陸軍省の現役武官、新聞社の編集局長、と云う具合に並んだ顔ぶれを眺めたところ、案外と若い人間が多いのは、近衛文麿の私的諮問機関に属する者が参加しているからのようであった。人々は盃《さかずき》に口をつけ、煮えた鍋に箸を伸ばしながら、各所で談笑をはじめたが、笹宮伯爵の顔見知りはほとんどなくて、予想されたこととは云え、居心地良好とは参らず、とりあえず主賓が登場して参会者の紹介があるまでは我慢するしかなかった。

女性は惟佐子と松平侯爵夫人のほかは、天竺会病院の院長夫人であるオペラ歌手がいるだけだった。だから、場違いと云うなら、水色の花簪《はなかんざし》に品よく飾られたモダンな日本髪に、鮮やかな薄萌葱《うすもえぎ》の振り袖を着、銀糸の織り込まれた黒緑の丸帯を背負った娘こそがそれに違いなかった。座の人々は順番に、あれは誰だと問う眼で、窮屈そうに座布団に座る娘を盗み見した。さぞや気詰まりなことだろうと思い、笹宮伯爵が娘を気遣えば、惟佐子は元来が無口なせいもあって、普段ととくに変わらぬ様子で三ツ矢サイダーの注がれたコップを端然と口へ運んだ。

するとそこへ小さな陶の壺が運ばれてきた。座の人々は不思議に見たが、これは砂糖の壺で、惟佐子に云われて仲居が運んできたのだった。『岡村』のすき焼きは、関東風を基本にしながら、北大路《きたおおじ》魯山人《ろさんじん》の流を汲んで、砂糖を一切使わぬところに特長があったから、鍋に割下を注いだ中年の仲居が、砂糖はどれほど入れるかと訊ねた調子が、ややぶっきら棒な、責める調子になるのは致し方なかった。惟佐子はたじろぐことなく、山盛り三匙お願いしますと答え恬然《てんぜん》としている。

店にあがったとき、案内の仲居に、娘の割下を甘めにして欲しいと頼んだところ、うちでは砂糖は使いませんのでと、やんわり応じられては、笹宮氏もそれ以上は云えなかった。このやり取りを惟佐子は聞いていたはずで、でありながら砂糖を持ってくるよう、自分が小用で席を外している間に云いつけたものらしく、山盛り三匙でもって老舗の自尊心《プライド》を破砕して平然たる度胸と、自然な仕方で我を通す手際に舌を巻いた笹宮伯爵は、自分が魯鈍な驢馬《ろば》にでもなった気分に襲われた。

やがて肉が煮えると惟佐子は食べはじめ、尻の据わりの悪いまま盃を干す笹宮伯爵は、とにかく娘がすき焼きをおいしく食べただけでも、今日は来た甲斐があったと考えたりした。

先日のサロン演奏会の洋装とは変わって、年齢にしては派手な薄紅色の和服を着た松平侯爵夫人は、夫侯爵と帝大教授の話に加わる形でしばらくはいたが、社交家らしい気配りから、右手にいる笹宮父娘に話しかけてきた。

「お嬢様は、碁がお強いそうですわね。わたくしの父も碁は好きでした」

「さようでございますか」笹宮伯爵は畏まって返答する。「しかし若い娘が碁が強いなどは、自慢になりません」

「そんなことはないですよ。平安の昔は、宮中の女性はみな碁をたしなんだのですから」

「しかし、いまは昭和ですからな」笹宮伯爵が笑って云うと、

「これからは女性が色々な分野に進出する時代ですからね。碁だって例外ではないはずです」と日本版ガールスカウトの総裁を務める夫人は応じた。

「お嬢様は、本職の碁打ちの方と、新聞紙上で試合をしないかと誘われたそうですね。聞きましたわ」

杉板天井から下がった傘電球に白粉をてからせた夫人は続けたが、これは事実で、半年ほど前、本因坊秀哉《しゅうさい》名人と打たないかと、ある新聞社が持ちかけてきたことがあった。話が持ち上がったのは、宇田川邸囲碁会に来ていた誰かの差し金であり、松平侯爵夫人がこの話を知ったのも宇田川家を通じてなのは間違いなかった。松平侯爵と宇田川教授は学生時代からの付き合いで、寿子も侯爵夫妻から可愛がられていた。先日のサロン演奏会に寿子が惟佐子を誘ったのは、その繋がりがあるからで、じつは先刻席に着いたときから、演奏会に寿子が来なかったことを夫人がどう考えているのか、宇田川家から寿子についての情報が届いているのかと、惟佐子は気になっていたが、急に切り出せる話題ではなかった。

「それで、実際に打ったのですか？」

惟佐子の右隣の、大島紬をゆったり纏った、大店《おおだな》の主人ふう拵《こしら》えの音楽学校学長がそこで口を挟んできた。お断りしましたと、笹宮伯爵が応じると、碁好きらしい学長が、相手の棋士は誰だったのかと訊いてきたので、父伯爵に促されて、牛肉を呑み込んで惟佐子は答えた。

「本因坊秀哉名人でございます」

「ほう。そりゃ凄い」

学長はゴルフ焼けした顔のなかであくまで存在を主張する太い眉を盛大に動かし驚きを表明した。

「いくつ置くんです？」

「五子《し》で、と云うお話でした」

「五子？　そりゃ、凄い」

学長がまた眉を動かし、これに連動するように団栗眼《どんぐりまなこ》が見開かれたのを受けて、それはそんなに大変なことですの？　と松平侯爵夫人が質問すると、本因坊秀哉に五子と云ったら、素人《アマチュア》では最上級、いや、それ以上かもしれないと、学長は熱をこめて解説した。しかし、どうしてそんなに強くなったのかと、学長のさらなる問いに答えて、囲碁は子供の頃に祖母から教わり、棋書を読んだり詰め碁を解いたりしていたが、そのうち宇田川様のところで打たせてもらうようになったと、惟佐子が棋歴を簡単に披露すると、それは凄いなと、何度目かの「凄い」を口にしてから、紙巻き莨《たばこ》を剛毛の生えた指に挟んだ学長は、娘とばかり話すのもどうかと思ったのだろう、だとすると、あなたもずいぶんとお打ちになるんでしょうねと、問いかけ先を父親に変えた。

「私は全然だめです。せいぜいアマ初段といったところですか」

笹宮伯爵も昔、養い親から手ほどきをうけた。しかしさして興味が持てず、だから打つには打てたが、初段はまったくの虚偽であった。藤乃が死んで間もない頃、惟佐子さんは碁が強いと云うが、どれくらいか見てやろうと、機嫌のよい父伯爵が云い出したことがあって、父娘で一局だけ打ったことがあった。惟佐子は宇田川邸に通うようになって急速に棋力を伸ばしたので、だからこの頃はいまよりだいぶ弱かったが、それでも父伯爵は問題外であった。惟佐子が黒を持ち、白の大石《たいせき》が死んでいるところを何度か助け起こして、どうにか三目《もく》差に持ち込んだ。三目負けだが、こっちは白だからね、まあいい勝負と云うところかな、と父親が納得したように述べたのを覚えている惟佐子の見るところ、彼の棋力は級位の、それもだいぶ下の方であった。

初段あれば大したものです。おざなりな世辞と、手慣れた仕草で徳利から猪口《ちょこ》に酒を注《さ》すことで、父親を脇へ片付けた音楽学校学長は再び惟佐子に顔を向けた。

「どうです、今度プロと一局打ちませんか？　木谷實《きたにみのる》はどうです。彼なら、私から頼めます」

木谷六段は贔屓の棋士のひとりだったから、惟佐子は胸をときめかせたけれど、父伯爵が許すとはとても思えなかった。それは願ってもないですけれど、と惟佐子が言葉を濁していると、莨を灰皿でもみ消した学長は言葉を足した。

「いや、ぜひともお願いしたい。あなたが碁を打つ姿をぜひ拝見したいものです」

惟佐子が父親に視線を向けると、箸を置いて紙巻き莨に口をつけた父伯爵は、どう断るべきか思案する様子である。すると盃を手に取った学長がまた口を開いた。

「それともうひとつ、あなたにお願いがあるんです」

「なんでしょう？」

惟佐子が問い、父伯爵が顔を堅くして、専門だと云うチェロよりむしろ三味線が似合いそうな男の様子を窺えば、学長はすぐには返答を寄越さず、悠然と盃を口へ運ぶ。まださほど飲んではいないはずなのに、醺然《くんぜん》としてたゆたう風情を豊かな体軀から溢れさせた男は云った。

「砂糖を、私にもいただけますか？」

微笑して、惟佐子は砂糖壺を自分の膳から横へ移した。

「すき焼きは甘いのが私も好きでしてね。なにより『岡村』のすき焼きに砂糖を投げ入れると云う、この冒瀆《ぼうとく》的な感じがたまらない」

甘党の男が匙に砂糖を掬って鍋へ投入したとき、襖が開いて、本日の主役が入来した。

十五

ドイツ人音楽家は、事実、体調が芳しからぬ様子だった。慣れぬ座布団で脚を畳むのが苦しそうで、庇状に突き出した額に紫色の斑紋が浮き出ているのが怪しく、襟の妙に高い、道服めいた衣装を着ているのも病者の印であるかのように見えた。これはドイツ人が用いる病衣ではないのか。惟佐子はそんなふうに観察したが、よく見れば黒い布地には蓮華の刺繡が入って、裏地はぎょっとするほどに派手な緋色なのだった。

結局のところ彼は乾杯の盃を捧げ持っただけで、すき焼きにも酒にも口をつけることなく、待機していた芸妓の歌や踊りを見物することもなく、ほんの三十分ほどで席を立った。

その短い時間のうちに、松平侯爵と京都帝大教授の歓迎の挨拶、司会による参会者の紹介、主賓の返礼が順次行われた。最初の二つの挨拶と参会者紹介のあいだ、カルトシュタインは背後に座して逐次通訳を務める木島柾之の言葉に黙って頷く格好でいたが、一度だけ急な発言をして人々を驚かせた。それはきわめて唐突な印象を与えたこともさることながら、発話の時機が、振り袖の娘が紹介されたときだったから、座の人々は意外の感に打たれざるをえなかった。

司会者は、まずは笹宮惟重伯爵を、ドイツの政治文化の理解者であり、政界随一のヒトラー総統の賛美者であると紹介して、これは他の参会者に比して薄くも厚くもなくて、伯爵にとってはまずまず満足のいく内容だった。続いて惟佐子の番になり、笹宮氏の娘で、女子学習院の高等科に通っていると、ほとんど付け足しのように司会者が述べて先へ進もうとしたとき、ドイツ人音楽家がふいに口を開いたのだった。それははじめ、どこか遠方から響いてくる声に思えて、松林と水鳥の描かれた鬱金《うこん》色の襖前に居並ぶ者らは、風に遭った草の葉のように一斉に頭を揺らめかせ、不審気に辺りを見回した。

　カルトシュタインは、狷介《けんかい》な風貌に似合わぬ、いくぶん甲高い、女性的な声をしていた。息遣いが安定せず、弱っているふうはあったものの、声は末席にまで届いた。音楽家は少し喋って、通訳を待ち、それからまた喋り出すと云う具合に、何度かに分けて話をしたが、ドイツ語を解さぬ者にも、途中差し挟まれたヒロミツ・ハクチの名前は聞き取ることができた。

　――自分は心霊音楽協会《GSMV》なる組織に所属しているのだが、そこで知り合った日本人、白雉博允氏と交わりを持つに至った。彼は我が敬愛する友であると同時に、社会芸術革新運動の同伴者でもあるのだけれど、彼に惟佐子さんと云う姪がいることを知って、日本へ来たらぜひとも会いたいと願っていた。自分には子供はないが、白雉氏と親しく付き合ううち、惟佐子さんを我が娘のように思うようになったのである。今回の日本招聘に応じるに際しても、日本に娘がいると思うと心強く、恐怖や不安を振り払う力の源となった。だから先日の松平邸の演奏会に、惟佐子さんが来てくれたことは大いなる喜びであった。自分が日本にいるあいだに、あるいは迷惑かもしれぬが、東京案内などしていただけたら有り難い。

　右の内容をカルトシュタインは木島柾之の通訳を経て述べた。これは彼が去り際になした型通りの挨拶――日独両国の友好の架け橋となりたいとの趣旨の挨拶に較べ、はるかに熱と真情が籠り、一座の者に強い印象を残した。だが、一番面喰らったのは惟佐子本人である。知らぬドイツ人からいきなり「我が娘」と云われても当惑するしかない。そもそも伯父の白雉博允氏すらよく知らないのである。

笹宮伯爵も同じく驚いた。が、白雉博允が姪を可愛がっていたことについては、なるほど思い当たる節がなくもなかった、と云うより、いま話を聞いて、突然のように思い出した、とするのが正しいだろう。崇子が惟佐子を産んだとき、外務省の欧州局にいた白雉博允は頻繁に麴町三番町に姿を現した。崇子は産褥の床から離れぬまま二ヶ月ほどで死んだから、妹の見舞いに訪れていたのだとばかり思っていたが、あらためて想起してみるならば、葬儀の後も始終家にやってきては姪の顔を見ていった姿が浮かんでくる。その度に白雉博允は、人形だとか絵本だとか、子供の喜びそうな土産を持参して、それは惟佐子が四歳を過ぎる頃、白雉博允がポーランドへ赴任するまで続いた。

白雉博允と崇子はそれほど仲のよい兄妹とは見えなかったが、やはり妹の忘れ形見が不憫なのだろうと、笹宮氏は漠然と観測していた——いや、当時政界の海に泳ぎ出したばかりの彼には、死んだ妻も遺された娘も眼中になく、訪れてくる白雉博允は、その将来性を見越して、権勢の棘手《きょくしゅ》を伸ばすべき対象でしかなかった。だが、大身旗本の屋敷を改装して店舗にしていたものを、震災で焼けた後、そっくりもとの通りに再現した『岡村』の座敷にて、傘電球の橙色の光を浴びて語るドイツ人音楽家の話を聞くに及んで、外務省の逸材と呼ばれた男の、幼い姪への愛情の深さをいまさらながら感取したのだった。

しかし、それは何故だったのだろう？　ドイツ人音楽家が惟佐子を「我が娘」と呼ぶのは、白雉博允の愛情が感染した（それも不思議に思えるが）からなのであろうが、その過剰なまでの熱はどこに由来するのか。あるとしたら、白雉の血にしかないだろう。笹宮伯爵は考える。たしかに白雉家の血筋を直に受け継ぐ者は、博允を除けば惟佐子と惟秀の兄妹しかこの世に残っていない。しかし、同じ血を分かち持つ惟秀に対しても、白雉博允は惟佐子と同様の可愛がり方をしていただろうか——いまひとつ思い出せない。

どちらにしても、ドイツ芸術界の重鎮とも云うべき人物が、自分の娘に対して「我が娘」と呼ぶまでの親愛と好意を示したことは、慶賀すべき出来事と云うべきであった。実際のところ、本日の会合は惟佐子のために、ひいては笹宮伯爵のためにもたれた感があって、笹宮氏は自尊心をいたく満足させ、酒精のもたらす上げ潮の気分のなか、目下の状況を与えてくれた白雉博允を疫病神と見做してきた時間を忘れた。白雉博允と云う人物の存在の痕跡を、くわばら、くわばらの呪文とともに滅菌するかのように消し去った過去を忘れた。

私の娘でよろしければいつでも御案内させましょう、できれば拙宅にも御招待申し上げたいと、笹宮伯爵は口上を述べ、父伯爵からの合図を受けて、申し付けてくだされば、いつでも御案内いたしますと、申し述べた惟佐子は、通訳の言葉に深く頷いた道服のドイツ人が、「我が娘」と呼ぶまでの愛顧を示しながら、一度も自分に直截な視線を寄越していないことに気がついていた。にもかかわらず惟佐子は、何者かに見られていると、『岡村』の座敷に彼が現れたときから強く感じていた。それは予想外の形で主賓の寵《ちょう》を得た娘に対する参会者らの好奇の視線とはまた違う、どこから飛来するのかわからぬ眼の矢で、意味がないと知りながら、杉板の天井や背後の障子に眼を遣《や》ることを惟佐子は余儀なくされた。

カルトシュタインが退出した後も酒食はしばらく続いたが、拍子抜けの感は否めず、芸妓らの歌舞は取りやめになり、七時前には散会となった。笹宮伯爵が座椅子から立ったところへ、陸軍で機関説排撃の先頭に立つ軍務局員が話しかけてきて、二人が畳で立ち話をするあいだ、独りになった惟佐子の傍へ、松平侯爵夫人がすいと近寄ってきた。

白葡萄酒をけっこうな量飲んだにもかかわらず、酔った気色のない夫人は、惟佐子の耳元に口を寄せる格好になり、寿子さんのこと、なにか御聞きになっている？　と囁《ささや》き声で訊いてきた。夫人もまた寿子の「失踪」を気にかけているのだ。そのことを知った惟佐子が、何気ない会話の装いに孕まれた緊迫の波動を受けとめながら、詳しくは存じませんが、倉敷の方へ行かれたと御聞きしました、とそう答えると、他所へ視線を散らした夫人は、そうらしいですわね、とだけ云い、では、ごきげんようと、作り笑いになって挨拶し、先に廊下に出ていた夫の後を追った。見送った惟佐子は、寿子の件について、松平侯爵夫人も自分と同程度の情報しか持っていないと推察した。しかし、松平夫人が知らないとなると、家族のほかに知る者はないと考えるしかなく、それはやはりどうにも不自然であった。

父伯爵の立ち話は長引いて、惟佐子は所在なく、障子を開けて縁側に出た。部屋から漏れる明かりが、植木に埋もれた石灯籠《いしどうろう》や、朱塗りの太鼓橋の架かる池を暗く照らしている。瓦屋根で四角く切られた空に月は見えなかった。吹き込む風が池辺の柳を揺らし、遠い三味線の響きを運んだ。

惟佐子は帯の圧迫にもめげず、すき焼きを余さず平らげたうえに、ごはんを貰って、勧められるままに二膳食べたのが少々苦しかった。後悔しながら、襟から風を入れて、ふううと溜息をついたら足下で何かがぴかりと光る。

はっとなって見やると、自然石の沓脱ぎの脇、斑入《ふい》り青木の陰に猫がいた。黒猫だ。猫は瞳孔の開いた翠《みどり》色の眼を光らせ惟佐子を見つめる。猫の不躾《ぶしつけ》な視線に遭って、翠の光線の照射を受けて己が魂が地下の鉱物みたいに光ったように惟佐子は感じた。

「さっきからわたしを見ていたのは、あなたなの?」

先刻の不可解な視線を思いながら声をかけると、猫は、問いかけに頷くように、にゃとひとつ鳴くと、闇に消えた。

十六

笹宮父娘が麴町の家に戻ったのは夜の八時半過ぎであった。築地から麴町までは自動車なら十五分ほどしかかからない。であるのに、こんな時刻になったのは、『岡村』で新聞記者に捕まったからである。

参会の人々が廊下に立つと、店内に待機していた記者らが、談話をとろうと現れた。笹宮伯爵は六、七人に取り囲まれ、気を利かせた店の者が取材用の小座敷を用意してくれたので、ほかにそこまでの待遇を受けた参会者がなかったせいもあり、笹宮伯爵はまた気分を良くした。

笹宮父娘が座布団に並んで座ると、記者らは座卓を挟んで半円を描く形に畳に腰を下ろした。まずはひとりが美濃部博士が召喚を受けた件の感想を問い、何人《なんぴと》であれ不埒《ふらち》な説をなす輩への司法の裁きは必要であると笹宮伯爵は述べ、あらためて機関説撲滅の気炎を吐いた。悠久の国体を土芥《どかい》たらしめかねぬ邪説の撃破粉砕に突き進まざるをえぬ、魂の根底に存して火と燃える憂国の至誠については、記者たちはとうに聞き飽きていたけれど、とりあえずうんうんと頷きながら覚書《メモ》をとる格好にはなって、とこうなると、皇謨《こうぼ》の闡明《せんめい》に邁進《まいしん》する貴族政治家が調子づくのは必然であったが、運ばれた茶が喫せられた時機を捉えて、ひとりが白雉博允の名前を素早く挟み込んだ。記者らはカルトシュタインに付き添って退出した木島柾之から歓迎会の模様を取材し、ドイツ人音楽家がその名を口にしたのを聞いていたのである。

白雉博允氏はカルトシュタイン氏の刎頸《ふんけい》の友だそうだが、そのあたりの事情を伺いたい。そもそも白雉氏はドイツで如何なる職に就いて居るのか、白雉氏が日本へ戻る予定はあるのだろうか、それも教えて頂きたい――。これらの問いに答える用意が笹宮伯爵にはなかった。ではあるけれど、笹宮氏とてだてに政界の濁流を泳いではいない。与《あずか》り知らぬ事柄につき滔々《とうとう》と語りうるだけの図々しさはある。話術もある。かつて交際のあった時代の義兄の思い出を語りつつ、彼が当時からドイツ文化へ並々ならぬ興味を抱いていた事実――は、記憶になかったから、即興で虚構を編んで述べ、もっとも記者たちの方もそのあたりは察するから、さっさと見切りをつけて、横に端座した振り袖の娘に質問先を変えた。

カルトシュタイン氏は貴女を自分の娘のように思うと語ったそうですが、御感想は？　訊かれて惟佐子は困った。そもそも惟佐子は父親への取材が終わるのを待つだけのつもりでいたから、会見のやりとりは耳に流したまま、詰め碁を考えていた。外出時に小さな詰め碁の本を鞄や巾着に惟佐子は必ず忍ばせる。歓迎会の退屈と無聊《ぶりょう》を予想した惟佐子は、来がけの自動車のなかで、難しめの問題をひとつ覚えて、先刻の宴席でも断続的に考えていたのである。

自分が質問されていると知った惟佐子は、質問を繰り返してもらってから、大変光栄に存じますと、無難な応答をしたまではよかったが、長らく異国に離れ住む伯父についてどんな思いを抱いているかと訊かれてまた弱った。幼時には会ったらしいが、父伯爵の「消毒」が効いて、記憶が全然ないのである。

「御元気で御活躍の御様子で、大変嬉しゅうございます」

仕方なしに無内容な答えをしたところ、記者らは続く言葉を待つ様子である。餌を貰う鯉のごとき顔の陳列に惟佐子は言葉を探して黙り込み、そうなるといよいよ何か云わぬわけにはいかぬ。窮したところへ、襖が開いたままの戸口に人が顔を覗かせ、記者らは一斉に眼を転じた。現れたのは木島柾之であった。魯山人の揮毫《きごう》の下に並ぶ紋付袴と振り袖、その図は薄汚れた背広に囲まれたせいか、遠い異国からの賓客のように眼に映り、見慣れているはずの和装に異国趣味《エキゾチシズム》を発見して、木島柾之は美意識が攪乱されるのを覚えながら、カルトシュタインの伝言を届けに戻ってきたのだけれど、取材が終わるまで待つと云うと、右端にいた薄茶の上衣の髪の汚い記者が、差し支えなければ伝言の中身を教えてもらえないだろうかと声をかけ、隠すような内容ではないが、と応じながら、躊躇《ためら》う素振りを見せる木島柾之を笹宮伯爵が招じ入れたのは、白雉博允関連の質問には自分と惟佐子だけでは応じきれぬと判断したからである。木島柾之は遠慮がちに戸口の傍らに座した。

近日中に笹宮惟佐子さんに観光案内をお願いしたい。これが伝言の内容であった。その際には日独文化交流協会の人間が同行するので、貴女が特別な準備をする必要はありませんと、木島柾之が付け加えた様子からして、伝言と云うよりむしろ、協会が決めた行動予定《スケジュール》と呼ぶべきであった。喜んでお引き受けいたしますと、惟佐子の都合を問うことなく笹宮伯爵が応じると、先刻から質問を一手に引き受けていた、中央に座す一番年嵩らしい髭の記者がまた口を開いて、カルトシュタイン氏はよっぽど笹宮惟佐子さんにご執心のようですねと軽口を叩き、しかし木島柾之はこれに取り合わずに、晴れ着の娘の膝の手が白猫みたいにむくむく動くのを眺めながら、伝言はもう一つありますと言葉を継いだ。

「先日の演奏会で、カルトシュタイン氏が一番最後に演奏した曲を覚えていますか?」とまずは木島柾之は惟佐子に質問した。覚えていると答えると、頷いた男は続けた。

「カルトシュタイン氏は、あの曲を貴女がどう思ったか、ぜひとも知りたいとのことでした」

質問の意図を捉えられぬままに惟佐子は、大変深い感銘を受けましたと答えて、しかし、この紋切り型の返答では自分が受けた感動を伝えられぬと思い、すぐに言葉を足した。

「とても不思議な音楽でございました」と述べてみて、これではよくわからなかったと申告しているようなものだと思い、言葉を探しはじめたが、しかし考えてみれば、あの音楽を自分が理解できていたとは到底云えぬ気がして、結局は、とても不思議でございましたと、同じ文言を繰り返すにとどまった。

　先日の演奏会のとき以上に華美に装った娘を観察の眼差しで見つめた木島柾之は、そうですか、と素っ気なく、しかし得心したように頷いて、すると先ほどの記者が、それはどんな曲なのかと質問した。

「ギュンター・シュルツの『ピタゴラスの天体』と云う曲です」と応じた木島柾之は、自分もさほど詳しいわけではないと断ったうえで、心霊音楽協会《GSMV》の代表をつとめるシュルツの『ピタゴラスの天体』は、元来はオペラ曲だが、ピアノ編曲版もあって、これはきわめて長大な曲であり、サロン演奏会で弾かれたのは、そのごく一部の断片であると、音楽通らしく解説した。

　すると今度はべつの記者が、心霊音楽協会《GSMV》とは何かと質問して、これは惟佐子にも笹宮伯爵にも興味のあるところで、二人は記者たちと一緒になって、今日は黒子役だからなのか、先日よりいっそう地味な色合いの濃紺の背広に銀鼠色のネクタイを締めた青年の言葉を待った。

　笹宮父娘への取材なのに自分が出しゃばっていいのだろうか、と云った思い入れでもって笹宮伯爵に会釈した木島柾之は、品のよい口調で語りはじめ、しかし心霊音楽協会《GSMV》についての解説は、三日前麹町の屋敷で笹宮氏相手にした以上には出なかった。だが、続いてなされた白雉博允氏についての紹介——神智《しんち》学の研究家であり、心霊音楽協会《GSMV》の理念を主導する者の一人であるとの紹介は、笹宮伯爵にも耳新しかった。

神智学とはどのようなものか？　この質問に木島柾之は、神智学全般はよくは知らぬが、白雉氏の研究は、数秘術と音楽を結びつける、古エジプトの智慧に淵源《えんげん》するもので、深奥なる秘儀でもって人間の魂に秘められた霊能力を引き出し、宇宙の真の姿を観照せんとするものらしいと述べた。

「ゴットメンシュ。訳せば、神人となりますか、そうした神に近い人種が、アーリア人種と日本人種の共通の祖先だと云う説を白雉氏は唱えているようです。単純に要約すればの話ですが。ゴットメンシュの説は、やや突飛にも聞こえますが、ナチスの指導者をはじめ信奉者がかなりあるようです。御存知かもしれませんが、十数年前、当時外務省におられた白雉氏はワルシャワに行かれたんですが」と云って、木島柾之は遠慮がちな視線を笹宮父娘に遣ってから、白雉氏は当地で有名な霊能者と出会い、神智学に魅かれたのだと続けた。

「その後、一度日本に戻られて、寺社を巡って古文書を漁って研究を重ね、再度欧州に渡って研究を深めていたとき、ドイツでギュンター・シュルツと知り合い、神人に関する知識が高く評価されたと云う話です」

木島柾之が述べると、一番左端で写真機を膝に置いていたベレー帽の記者が、解説者が周到に避けたところへ土足で踏み込んだ。

「しかし、白雉氏は野田病院に入院していたんじゃないですか」

そのようですがねと、木島柾之が言葉を濁すふうになると、笹宮伯爵が素早く発言した。

「天才と云うのは紙一重のところがありますからな。ベートーベンなどもそうだが、神経に変調をきたす、と云いますか、頭脳が激しく回転するあまり、神経が過熱することもあるんでしょう。私などもね、忙しすぎると眠れなくなって、おかしくなることもあるからね。医者から精神安定剤を貰ったりね」

父親の医者嫌いを知る惟佐子は可笑しく、浪曲しか聞かぬ彼がベートーベンの名前を出したことにも笑いを誘われたが、傍らの笹宮伯爵は素知らぬ顔で続けた。

「そもそも野田病院は白雉くんの知り合い、と云いますか、身内みたいなものですからね。入院と云うふうに云うのが正しいかどうか」

野田病院の名前を聞いただけで総毛立ち、一度奈良まで様子を見に来て欲しいと云う、親類の手紙を焼却したことなどなかったかのように笹宮伯爵は述べ、これを木島柾之がすぐに受けた。

「近畿方面の寺社を回られたようだから、たしかに奈良は便利がよかったんでしょうね」

「まず、そんなところだろうね」

決済の押印をするかのように笹宮伯爵は云い、記者たちもなんとなく頷いている。一瞬間、父伯爵と木島柾之は視線を交錯させ、二人の「共謀」を察した惟佐子はまた可笑しくなった。と、話は戻りますがとベレー帽の記者が再度発言した。

「カルトシュタイン氏はどうして、『ピタゴラスの天体』でしたか、その曲を笹宮惟佐子さんに聴いて欲しかったんですかね？」

記者は球根みたいな丸い顔をまっすぐ惟佐子に向けてきたが、カルトシュタインでない惟佐子に答えようのあるはずがない。馬鹿な質問をするものだなと、惟佐子は蟷螂《カマキリ》を狙う猫みたいな記者の顔が可笑しく、今度こそ小さく笑いの雫《しずく》を零《こぼ》した。一方の記者らは、取材に慣れぬ娘がさぞや緊張しているることだろうと考え、気の毒に思うところがあったから、笑いに綻《ほころ》んだ娘の顔を見て嬉しくなり、一座には朗らかな暖気が広がった。

「それは御本人に訊いてください」

軽くなった空気に乗って、惟佐子に代わって云った木島柾之は、惟佐子の白い手がいつの間にか組み合わされて、飛び立つ鳩を想わせる形になっているのを眼に入れながらまた云った。

「しかし、カルトシュタイン氏は、笹宮さんが聴きにこられると知って、急遽あの曲をやることにしたんです。急だったんで、プログラムを印刷し直すのが大変でしたからね」

「しかし、どうしてなんだろうな？」

ベレー帽が自問するように云うと、彼とは親しい仲であるらしく、だから本人に訊けよ、と木島柾之はぶっきら棒な調子で答えてから、口調をあらためて、カルトシュタイン氏によれば、『ピタゴラスの天体』は単なる一楽曲ではなく、幽玄の神秘を開示する秘曲なのだと解説した。

「Geistermacht。霊能力と訳せますが、神人に遡る人間の潜在的な霊能力を引き出す音楽だと云う話です」

ほほうと頷いたベレー帽は、木島柾之から惟佐子に顔を向け変え、眼の辺りに笑いの油液を滲ませて訊ねた。

「それで、笹宮さんは、霊能力を引き出されましたか？」

十七

青草の密に繁る斜面に、樹が、垂直に立ち並ぶ。森は深く、眼を向けたどちらの方角も、手前には何抱えもある大樹が迫り、樹と樹の隙間にいくぶん細い樹が置かれ、さらに透いた空間を、縮尺のより小さな、しかし全く同型の樹が埋めつくすのは、近くが大きく遠くが小さい、遠近法に則る空間把握のもたらす視像だとわかっているのに、奥行きのない画布に森を描いた書割《かきわり》に囲まれているように思えて、試しに視線を僅かずつずらしてみれば、樹列は遅速のある動きを見せて、しかしそれは空間の広がりの印象を結ばず、大小の歯車や撥条《ぜんまい》が連動する機械装置に彷徨《さまよ》い込んだかのごとき感覚が生じた。眼の動きにしたがい、音にならぬ音をたてて樹は押し合い、折り重なり、互いを互いに埋め込み、また分離して溢れ出す様は、あるいは無数の傷口が蠢《うごめ》くようであり、貪婪《どんらん》に獲物を喰らう軟体の生き物の棘口《きょくこう》を覗き込むようでもある。

　少し寒かった。湿潤の冷気が周囲に充満しているのは、雨が降るせいではなく、山霧のせいでもなく、天を蓋する葉叢《はむら》が蒸気を森から逃さぬからに違いなく、微細な水蒸気さえ逃れられぬなら、たとえば人間のごとき嵩《かさ》積のある物はこの仄暗《ほのぐら》い場所から抜け出るのは無理だろう、とそう思われて、しかし恐怖はなく、不安もなく、孤独の淋しさはあるけれど、それも泣き出すほどではない。

　自分が立つのは羊歯《しだ》と笹に埋もれた崩れかけの石段であった。急な斜面を、草間に見え隠れする石段が下方へ延び、眼を転じた上方向に石はなく、代わりに注連縄《しめなわ》のゆるく張られた、群を抜き天に聳《そび》える杉の巨木がある。青苔の鱗《うろこ》に覆われた杉の板根《ばんこん》が黒い土から迫《せ》り出して、樹は地面から生えるのではなく、むしろ天空から来たって斜面を鷲摑《わしづか》みにすると見える。幹の陰に、人の背丈ほどの、腐壊しかかった鳥居と社《やしろ》があって、ここがすなわち石段の終点であった。石段は神域を訪れる者のために敷設されたに疑いなく、しかし長い時間、訪れる者がないこともまた明らかだった。杉に巻かれた注連縄は紙垂《しで》とともに朽ち黒ずみ、草に埋もれた社は青苔に覆われて、森の胃袋に呑まれ消化されつつあると見える。

　見捨てられ、忘れられた地――であるにしても、自分がここにいるのは、この仄暗い森が神域であるがゆえであることは疑いえなかった。

朽ちた社の前に、大小の石が置かれていた。滑らかな肌を持つ卵形の石が七つ、大きいものから小さいものへ、順に並べられている。それが不思議で眺めていると、頭上から落ち来た水滴が首筋にあたって、鋭く凍えた痛みが生まれ消えれば、かえって灸《きゆう》のように熱くなった。

ここがどこであるか、の疑問は浮かばず、しかし、いまがいつであるのか、の問いが心に纏《まと》わったのは、暮れる前には家に帰らなければならぬとの命令に縛られていたからだ。人工の明かりなしに風景が眼に捉えられるのは夜ではないからだろう。だが樹葉のあいだから陽が差すようでもない。羊歯の葉に蝸牛《かたつむり》がいた。蝸牛は動くとも見えぬ速度で蠟質の葉を這う。殻の文様は螺旋《らせん》。螺旋は時計、永遠の時を示す時計である、とそのように想念が動けば、昼でも夜でも、夕方でも朝でもない、名前のない時間のなかに自分は滑り込んだのだ、との理解が訪れて、蝸牛の載る葉を揺らせば、時計を背負う虫は葉とともに揺れる。名前がない以上、好きな時間に帰ればそれが正しい時間となる。だから大丈夫だ。路を知らぬ不安は肝に応えなかった。

手を伸ばし、杉の幹に触れてみる。ひやり濡れた樹肌の、鉱物の手触り、その内奥に生命の鼓動を聴き取ろうとすれば、言葉が――音声でも文字でもない、氷海の潮のような言葉が届いてくる気がして、意味を聞き分けようと神経を集中させて瞑《つむ》った眼の裏に無数の天体が一遍に広がり瞬《また》いた。

――霊能力を引き出されましたか？

ベレー帽の冗談に惟佐子は微笑で報い、しかし帰りの自動車のなかでは、霊能力――Geistermachtの言葉が脳裏に明滅して、それがしばらく忘れていた杉森の「神域」体験を呼び起こしたのだった。あれを自分は現実に体験したと、惟佐子は固く信じていた。四歳か五歳の頃――いや、あの場所で自分がそう感じていたように、あれはまるで質の違う時間の出来事だったのであり、通常の時間の流れには収め得ない、ジグソーパズルに喩えるならどこにも嵌《は》めどころのない一片《ピース》なのだ。子供の自分がどうやってあそこへ行き、また戻ってきたのか、まるでわからず、そもそもあの森がどこなのか、地図上のどこに措定《そてい》できるか、見当もつかぬのである以上、平凡に夢とするのが理に適《かな》うだろう。しかし、あれは夢ではない。根拠のない確信が果実の固い芯のように心にあった。

杉森の「神域」に限らず、惟佐子は幻を、ふとしたおりに視《み》る。死骸の堆積する焼け原の風景、たとえばそれがそうだ。八歳のときに遭った震災、その記憶を材料に作り出された像《イメージ》――地震の当日は東京に居なかったから、あとから人伝《ひとづて》に聞いた話から再構成した像《イメージ》が意識の統御を逃れ飛び出てくるのだろうと、惟佐子は冷静に判定する一方で、それとは違う、幻像の素となるべき実体、風景の詰まった種子のごときものがどこかにあると、強く感じられる事実を否定できない。あれはある。あれはいまこのときにある。この「いま」とは異なる「いま」にある。しかしそうだとして、白昼の幻は遠い場所から刹那に望見できるにすぎない。切り取られた時空の断片が一種の波動となって軀《からだ》を過《よぎ》る、あるいは見慣れた風景の滑らかな肌が切り裂かれ、傷口が塞がれるまでのほんの僅かな時間、覗かれる何かにすぎない。だが、杉森の「神域」体験は質が違っていた、と思う。望観するにとどまらず、自分があの場所に、生身の軀でそのまま入り込む、希有《けう》な体験をしたのだと、惟佐子にはどうしても思えるのだった。

そうして音楽だ。『ピタゴラスの天体』――四日前、春の陽が硝子《ガラス》戸を透し差す室で聴いた曲、もはや想起できぬピアノの音楽を聴いたときの鮮烈な驚き、あれは耳慣れぬ響きに遭遇したがゆえだと思っていたのだけれど、そうではなくて、むしろ自分がよく知る、懐かしい音楽に偶会したからなのではあるまいか。いや、じつはそのような思いが、聴いた直後からしてならなかったのだ。むろんそんなことはありえなかった。耳慣れぬもなにも、そもそも自分は西洋音楽には嗜《たしな》みがない。『月光』にしても全曲を聴いたのはあのときがはじめてだったのだ。

言葉となった問いの小石、それが意識の湖面に波紋を作り出せば、自分はあの杉森の神域で、あの謎めいた場所で、「音楽」を耳にしていたのではないかと思えてくる。どれだけ首を折り曲げても天辺《てっぺん》まで眼の届かぬ杉の樹の、鉱物の肌に掌で触れ、瞑《つむ》った眼の奥の虚空に反響させるようにして、自分が懸命に聴き取ろうとしていたのは、『ピタゴラスの天体』の名前を持つ、あの不思議な音楽ではなかったか——。

『岡村』での取材は、写真をとの要求に応じて、畳に立った惟佐子がマグネシウムの閃光を浴びて終わった。振り袖のときはなるべく水分を摂らぬよう心がけるのだけれど、ついサイダーを美味しく飲んでしまった惟佐子は、仲居の手を借りて厠《かわや》で小用をすませてから、帰路の自動車に乗った。父伯爵は上機嫌で、往路とは打って変わり、参会者についての人物評を喋り続けていたが、惟佐子は頷く格好をするだけで、なにひとつ聞かぬまま、白雉博允、ギュンター・シュルツ、Geistermacht、ピタゴラスの天体——星座のごとくに連なり微光を放つ言葉の周りに浮かび消える思惟や像《イメージ》の断片をとりとめもなく追った。

もうまもなく麴町へ着くと云う頃、気がつくと、父伯爵の饒舌が已《や》んでいた。横を窺えば、座席に深く沈み込む様子なので、眠ったのかと思えば、惟佐子さんはどう思いますと、ふいに錆びた声がした。

「何がです？」

「惟秀が何か知っているんじゃなかろうか」

父伯爵の口から出たコレヒデの音の連なりを、なにか不思議なものに感じた惟佐子は、それが血を分けた兄の名であると気づくまでに少々時間がかかった。

「お兄様が？　何を？」

「いや、惟秀があちらにいたとき白雉博允に会ったんじゃないかと思ってね」

中尉に任官してまもなく陸軍大学校に進んだ惟秀は、卒業してから二年間、駐在武官補佐官としてイタリアに赴任し、去年帰国して地方聯隊《れんたい》に出た。欧州にいた兄が伯父に会った可能性を父伯爵が示唆しているのを惟佐子は理解した。

「木島柾之から聞いたんだが、心霊なんとかと云う団体はヴェネチアに別荘を持っているらしい。カルトシュタインもそこによく行くと云う話だから、惟秀が会ってもおかしくない」

「かもしれませんね」と応じた惟佐子は続く言葉を待ったが、父伯爵はそれきり黙ってしまう。

兄の惟秀は惟佐子より十二歳上で、あいだに二人のきょうだいがあったが、いずれも幼時に亡くなったから、歳の離れた兄妹が薄暮の離星のように残された。惟佐子がもの心ついた頃、陸軍士官学校にいた兄が麴町に帰ることはめったになく、陸軍大学校時代も麻布に下宿してほとんど家には近寄らなかったから、惟佐子はあまり馴染みがない。これは笹宮伯爵も同様で、七歳で家を出された惟秀が肘岡《ひじおか》陸軍中将の下で訓育されたせいもあり、父子の交わりはごく淡く、それから較べたら、弟の惟浩とは互いに反発を生むまでの関係の濃度はあった。

惟秀が陸軍大学校に合格し、省部の中枢に据わるべき選良《エリート》の軌道を進み出したとき、父伯爵が息子への再接近を図ったのは自然である。ところが父親の放った投網を息子はするり躱《かわ》して、しかし一度や二度の拒絶にめげる笹宮氏ではなく、唾を吐きかけられた相手にさえ、しぶとく接触を試みるだけの泥臭い粘りが普段はあるのだが、それをしなかったのは、息子に向かって腰を屈めるのはさすがに自恃が許さなかったのだろうと、周囲は観察したけれど、じつは息子に対していかに振る舞えばよいか、笹宮伯爵はよくわからなかったのである。たとえば白雉博允に欧州で会ったかどうかと問うにしても、会うか、手紙を書くか、電話をするか、どれもしにくく思える。どうして実の息子にこれほどの疎隔《そかく》感を覚えねばならぬのかと、笹宮伯爵は不審に思い、しかしそれは惟佐子に対しても同様なのだ。自分が云ったりしたりすることへ、相手が思いもかけぬ言葉や行為を返してくるのではないかと、絶えず不安に感じてしまうのは、やはり兄妹に流れる白雉の血の所為《せい》なのだろうかと、笹宮氏が闇夜に咲く蓮花の顔を暗がりに浮かべた振り袖の娘を盗み見たとき、屋敷の門前の砂利を弾き飛ばしてキャデラックが停車した。

玄関で、母屋の奥へ進む父伯爵と別れた惟佐子は、義母に帰参の挨拶をしておこうと思い、洋館へ向かった。本当はすぐに二階へ上がって普段着か寝間着に着替えたかったのだけれど、夕方に家を出たとき、瀧子は芝居見物に出かけていたから、めったにない娘の振り袖姿が見られぬのを残念がるのは明らかだった。

しかし廊下を歩き出したところで、瀧子はまだ戻っていないと菊枝から教えられて、戻ろうとしたところ、廊下の反対側から弟の惟浩が顔を見せて、おかえりなさいと挨拶した。

「『岡村』のすき焼きはどうでした?」壁に片手をついて、軀を斜めに傾けた惟浩は云った。

「とてもおいしかったわ」

「そうですか。それはよかった」頷いた惟浩はやや気遣わし気な顔になる。

「二位様は?」

「一緒よ。奥にいらっしゃるわ」

「そうですか」

俯いた惟浩は壁についた腕を屈伸させ、それにつれて青竹みたいに細い軀が斜め上下に動いた。面と向かっては惟浩は惟佐子同様、「父上様」の呼称を用いるが、そうでないときには「二位様」を使う。家令の町伏氏以下の屋敷の者にとって敬称であるこの呼び名は、惟浩の口から出ると異なる陰影《ニュアンス》を帯びる。

「じつはお姉様に、ちょっとお頼み事があるんです」

鼠色の細身洋袴《ズボン》を穿き、白襦袢《シャツ》の上に青い胴着《チョッキ》を着た惟浩は、腕の運動をやめて云った。惟浩は普段から「惟佐子さん」と「お姉様」を併用するが、「お姉様」が使われる場合、やや軽浮《けいふ》で甘えた気分があるのを惟佐子は知っていた。

「なにかしら？」惟佐子が問い返すと、立ち話では無理だから部屋まで来て欲しいと云うので、着替えるから少し待って欲しいと、去りかけたところで、ふと思いついて惟佐子は質問した。

「惟浩さんは『ピタゴラスの天体』という音楽を知っている？　ギュンター・シュルツと云う人が作曲したらしいんだけれど」

ギュンター・シュルツ？　口のなかで復唱してから、聞いたことがある気がするなと応じて、壁についた腕をまた屈伸させはじめた弟を後に残して惟佐子は自室へ向かった。めったに視られぬ姉の振り袖が廊下を進んで階段に消えるのを、上下する視界のなかで惟浩は見つめた。

十八

三十分後、菊枝の手を借りて振り袖を脱ぎ、普段着の銘仙に着替えた惟佐子は、再度洋館に向かった。

二階東南角にある惟浩の部屋は、南に張り出し《ベランダ》に通じる仏蘭西窓《フランス》、東側の窓は円形で、扉脇に屋根裏部屋《ロフト》に通じる梯子段がついて、床や壁が白木材のせいもあり、全体に船室を想わせる意匠《デザイン》である。高い天井で旋回する三枚羽根の天井扇《シーリングファン》と、梯子段の裏に置かれた観葉植物の鉢が、南国のホテルの雰囲気をも醸す。

寝台《ベッド》は屋根裏部屋《ロフト》に置かれて眼の届く範囲にはなく、勉強机は円窓の脇にあって、机横の書棚には、以前の『少年倶楽部』に代わって『新青年』が、冒険小説に代わって映画や音楽の本が並び、さらに横には飴色のギターと、惟佐子には名前のわからぬ異国の太鼓（コンガと云うのだと教えられた）が置かれている。円窓の反対側にも棚が作り付けになって、帆船の模型やら、木彫の梟《ふくろう》やら、登山用の洋灯《ランプ》やら、野球のグラブやら、外国の古銭やら、ヴェネチアの仮面やら、大理石のチェス盤やら、貝殻を入れた硝子《ガラス》瓶やら、昆虫採集の木箱やら、一青年の「歴史遺物」が雑然と詰め込まれて、棚の上方に貼られた、白百合の花束を抱えた短髪の美少女が婉然と微笑む写真が眼を惹く。これは明日待子《あしたまつこ》と云う少女スターだと前に教えられた。可愛い娘《こ》ね、と惟佐子が云うと、惟浩は顔を少し赭《あか》くして、彼女は僕の偶像《マイアイドル》だと云い、惟佐子さんは明日待子に似ていると学校で評判なのだと、照れたように付け加えたが、どう見ても自分とは似ていないと思い、なおも眺めていると、お姉様に偶像《アイドル》はいないの？　と訊かれ、呉清源と答えて笑われた。

もちろん惟佐子は自室に碁打ちの写真は貼っていない。それどころか、桐簞笥に置かれた硝子《ガラス》箱の博多人形のほかは、装飾と云うものが一切ない。砂色の本鳥《ほんとり》の子《こ》の襖も無地、真白い窓障子が冷然と畳を見つめる。震災で屋根が一部崩れ、修繕の際、地震に備え屋根を軽くすべしとの助言が各方面からあったにもかかわらず、結局は重量のある黒瓦の鬘《かつら》をそのまま載せることになった母屋の二階、六畳の続間の付いた、障子窓から楠《くすのき》の老木を望む北西向きの十畳間は、あらゆる点で惟浩の南洋船室部屋とは対照的であった。

弟の部屋に足を踏み入れるのは半年ぶりだったが、新式のラジオが脚付きの箱棚に置かれているのと、縁なし眼鏡に蝶ネクタイの西洋人の写真が明日待子の隣に貼られて、電灯の光を浴びているのが眼を惹いた。自分は机前の椅子に腰を掛けた惟浩から籐の揺り椅子《ロッキングチェア》を勧められた惟佐子が、あれはどなたなの？　と訊けば、ベニー・グッドマンと云う米国《アメリカ》のジャズ演奏家であり、自分が尊崇し目標にしている人だと紹介があった。なるほど眼鏡の男は楽器を腕に抱えている。クラリネットだと惟浩から解説があった。

ラジオを買ったのね、と云うと、惟浩は、よくぞ訊いてくれましたとばかりに白い歯を見せて立ち上がる。母親似で、顔立ちは異なるものの、得意になったときの表情が父伯爵にそっくりだと惟佐子が観察していると、惟浩がスイッチを入れ、円いつまみをいじれば、切れ切れな雑音の渦が漏れ流れ、渦中から男の太い声が浮かび上がった。喋る言葉は日本語ではない。

「これはスパアトンと云う米国《アメリカ》の会社のラジオなんだけれど、短波が入るんです」

子供らしい自慢を隠さず云った惟浩は、ラジオのつまみをなお調整しながら、米国《アメリカ》の音楽番組がどうしても聴きたくて、この前の誕生日に瀧子の実家の祖父から買って貰ったのだと解説した。

「外国放送の受信は禁止されているんだけれど、短波の入るラジオを輸入して売っているくらいだからね。こっそり聴くぶんには構わないんじゃないかな。実際聴いている人は多いしね」

「父上様は知っているの？」

「知らないと思う」惟浩はやや極《きま》り悪そうに答えた。「知られたら確実に捨てられちまう。お姉様も内緒でお願いしますね。これがなくなったら、僕はとても生きていけないよ」

大袈裟に云った惟浩は、日本の放送局は碌《ろく》な曲を流さないので、最新の音楽情報に接するには米国《アメリカ》の局に頼るしかない、このラジオこそは地下牢に閉じ込められた自分にとって唯一光の差し込む窓なのだと、ラジオ受信機の仮漆《ニス》塗りされた木目を惟造は手で撫で、父親が来たときの用心だと云う天鵞絨《ビロード》の覆い布を見せて、嘲るように笑った。

しかしいま流れ出ているのは音楽ではなく、男の低い声で、これは何かと問うと、よくはわからないけれど宗教の説教か何かだろうと惟造は云い、またつまみをいじって雑音を渦巻かせながら、いまのはたぶんカルフォルニアの放送局だから、時差で向こうは早朝、この時間に音楽番組はやらないのだと解説して、聴診器を扱う医者に似た思案顔でつまみを調整する。地下牢の比喩は陽当たりのよすぎるほどによい部屋にはそぐわなかったけれど、ラジオに耳を寄せる鹿爪《しかつめ》らしい顔を眺めれば、「唯一光の差し込む窓」の文句には僅かながら現実味があった。適当な番組が探せなかったらしく、惟造は諦めてスイッチを切り、すると半鐘《はんしょう》の鳴る音が聞こえた。

火事は遠い。半鐘に注意した姉弟は思い、しかしそのことは口に出さず、そのまま二人して黙り込んだところへ、扉を打つ音がして、洋館付きの女中がミルクココアの碗を盆に載せて運んできた。母上様は？　惟造が問うと、白い前掛《エプロン》けの若い女中は、まだお帰りになりませんと答えて、揺り椅子《ロッキングチェア》で上履《スリッパ》きの両足を空に浮かせた、蓮っ葉な風情の惟佐子が物珍しいのか、盗み見る視線を幾度も寄越してから退出した。

「母上様はあいかわらず不良だね」

茶碗の糸底を掌に載せた惟造は笑い、微笑でもってこれに応じた惟佐子が、それで頼みというのは？　と切り出すと、あ、そうだと惟造は呟いて、机の上の冊子を手にした。

「さっき惟佐子さんが云ってたシュルツって、もしかしてこれじゃないかな」

そう云って惟造が栞を挟んだ頁《ページ》を開いて手渡したのは、The World Music Journal と表紙に書かれた大判の雑誌である。開かれた頁には、Arnold Schönberg and his rivals と表題のついた記事があって、文中の Günter Schultz のところに赤鉛筆で線が引いてある。

「ちょうど一昨日読んだところだったんだけど、ドイツではちょっと有名な人なんじゃないかな」と云った惟浩は、題にあるシェーンベルクと云う作曲家が、dodecaphony――「十二音技法」なる作曲法を発明し、欧州の音楽界に影響を及ぼしているのだが、これに対抗する作曲法を発明し提唱する人たち（つまりライヴァルズですねと惟浩は註釈を入れた）があって、シュルツはその一人だと教えた。

猿臂《えんぴ》を伸ばして惟佐子から雑誌を取り戻した惟浩は記事に眼を落として云った。

「オルペウスの音階と云うのが、シュルツの作曲法の基礎になるもので、『ピタゴラスの天体』がその音階を使った作品。神話時代の終わりと歴史時代のはじまりを告げる曲だって云うんだけど、この辺は意味がよくわからない。シュルツは一曲しか作品を発表していないって云うから、変人は変人だよね。オルペウスの音階は門外不出の秘密で、一部の選ばれた人間しか知らないって、それじゃしょうがないと思うんだけど、でも、ナチの人たちからは大いに買われていると書いてある」

雑誌から眼をあげた惟浩の顔には、好きな事柄について語る人に特有の昂揚と自信の輝きがあって、惟佐子は喫驚《きっきょう》した。惟浩がこれほど英文が読めるとは思っていなかったからだ。惟佐子がそのことを云うと、惟浩は照れながらも、必死で読んでいるからねと、満更でもない調子で応じ、この雑誌は、数学と物理の家庭教師で来ている帝大生の榊《さかき》氏から借りたもので、バッハを崇敬する榊氏は現代音楽にも造詣が深いのだと教えた。

「僕がジャズが好きだって云ったら、それなら現代音楽を勉強した方がいいって、榊先生がいろいろ教えてくれたんです。先生はシェーンベルクが重要だって、この雑誌を貸してくれたんだけど」と云って惟浩は雑誌を持ち上げて見せた。The World Music Journal は米国《アメリカ》の季刊誌で、この号はシェーンベルクの特集なのだが、ブロードウェイ・ミュージカルやジャズについての記事もあって、別の号も貸して欲しいとお願いしたところ、シェーンベルクの記事をきちんと読んだら貸してもよいと云われ、それで必死になって読んだのだと、惟浩は整った顔立ちに照れ笑いの皮膜を貼りつけ語った。

「ちょうど読んだところだったんで、シュルツの名前を覚えていたんです」

惟佐子がざっと眺めたところ、記事の英文は決して易しくなく、「必死で読んだ」は誇張でなかった。それが証拠に多くの単語に辞書を引いた鉛筆の跡がある。一日だけ貸して貰えないかと訊くと、来週、榊先生が来るまでに返してくれればかまわないと応じた惟浩は、そのときに家庭教師は、知り合いから借りたシェーンベルクの管弦楽曲と、ジョージ・ガーシュインの「ラプソディー・イン・ブルー」の録音盤《レコード》を持ってきてくれることになっているのだと語り、これが本当に凄い曲らしいのだと顔を輝かせた。

弟はよい教師についたらしい。知識への憧憬《しょうけい》と渇望に共感した惟佐子が、よく勉強していて偉いわ、と褒めたのは率直な感想であった。

「英文がそれだけ読めればたいしたものよ」

姉の言葉に惟浩は子供らしい笑顔になったが、すぐさま皮肉の雲に顔色は翳《かげ》った。

「その代わり、数学や物理は全然だめさ。でも、もういいんだ」

海軍兵学校の入学試験に数学や物理が必須であるのは惟佐子も知っていたが、なにも云わずにいると、惟浩が先に口を開いた。

「海兵はやめたんだ。と云うか、最初からそんな気はなかったんだけど、もう決めた。僕は海兵へは行かない」

口調こそ決然としてはいるが、どこか甘えの糖蜜が滲む調子を変えぬままに惟浩は、だいたい軍隊くらい下らないところはないと断じた。

「そう思うようになったのは学校にきた配属将校のせいさ。本当に下らない奴でね。物事の本質を見る頭がからきしないくせに、やたらと高圧的なんだ。教練じゃ、なにかというと大元帥陛下の軍隊を持ち出してきて威張ってる。中身のない低能じじいさ。あんなのが大佐だって云うんだから呆れるよ。大佐って云ったら聯隊長だろう？　あんな馬鹿に命令される兵隊は救われないや」

人の悪口を云うときの雰囲気が父伯爵とそっくりなのを惟佐子は面白く思いつつ、でも、と口を挟んだ。

「それは陸軍でしょう？　海軍はまた違うんじゃない？」

「まあね」惟浩は頷いて、しかしすぐに続けた。「でも、似たようなものさ。軍隊は軍隊だ。それに」とそこで惟浩が黙ったので、どうしたの？　と惟佐子が間《あい》の手を入れると、言葉が繋がれた。

「僕は船酔いするから、船には乗れない」

惟佐子がふっと笑いを零《こぼ》すと、笑い事じゃないよと、惟浩は頬を膨らませて、三半規管を強くするために首をぐらぐらさせる運動を毎日やらされているのだと報告した。おかげで首がおかしくなっちゃった、と云って惟浩は首をぐるぐると回してみせてから、憤然となった勢いのまま、陸軍だろうが海軍だろうが軍隊なんてものはない方が世のためなのだと再び断じた。

「偉そうなこと云ったって、要するに人殺しの団体じゃないか。なくなった方がいいに決まっている。軍縮は世界の流れだしね。そう遠くない将来、軍隊なんてものは地球上からなくなっている」

惟佐子がもの心ついてからこちら、軍縮の掛け声が絶えず耳に届いてきたのは事実だった。

「海軍が仮想敵にしているのがどこだか惟佐子さんは知ってる？　米国《アメリカ》だよ。どうして日本が米国と戦争しなくちゃならないわけ？」

デューク・エリントンの写真に眼を遣《や》った惟浩は、さも呆れたように云った。

「これは榊先生から聞いたんだけど、海軍は予算が欲しいだけなんだよ。戦争の危機を煽って、自分たちの必要性を宣伝しようと云う、姑息な考えがあるだけの役所さ。配属将校だって、余った人間をどうにか喰わせるための仕組みにすぎない。つまり役所なんだよ。八八艦隊だスマート海軍だなんて自慢してても、要するに自分たちの利益しか考えない、ただの役所にすぎないんだよ。あんなのは即刻なくなった方が世のためだ」

軍隊とは金を喰うばかりの無用の長物なりとする空気が漂い、軍人とは既得権益の防衛に汲々とする人たちだとの印象が一頃あったのはたしかである。が、満洲事変を経て、去年あたりから空気が変化したのもまた事実で、街中で軍服を見かける頻度が明らかに高くなっていることに惟浩が気づかぬはずはなかった。

「海兵をやめて、どうなさるの？」惟佐子が訊いたのは、話を迅速に先へ進めようと思ったからである。

「米国《アメリカ》へ行こうと思うんです」惟浩は思い切るように答えた。「向こうの学校に入るつもりです」

音楽学校だとジュリアード音楽院と云うのがニューヨークにあるが、試験が難しそうで、でも、できれば目指したいところだが、本音を云えば、学校はどこでもよく、場合によっては学校には行かなくてもかまわず、むしろベニー・グッドマンみたいな人に弟子入りして音楽を習うのが一番いいのだけれど、世間体からして許されそうにないから、とりあえず学校へは入るつもりだが、もし反対されたときは、片道の船賃だけ工面して、あとは向こうで皿洗いでもなんでもして、本場の音楽に、本格のジャズに自分はどうしても触れたいのだと、惟浩はやや吃《ども》りがちに素志を表明した。

聞いた惟佐子は頷きながら、学習院を出た惟浩は京都帝大あたりに入学することになるのだろうと、端的に考えた。米国《アメリカ》行きが父伯爵から許される可能性は微塵《みじん》もなく、惟浩に音楽への熱情はなるほどあるのだろうが、皿洗いをして云々が修辞《レトリック》の域を出ぬのは明らかだった。だから惟佐子は、海兵受験をやめて音楽に邁進することを父伯爵が認めてくれるよう説得して欲しい、それが無理でも援護射撃をして欲しいと云う惟浩の頼みを聞いて、可笑《おか》しく思わざるをえなかった。

父伯爵が息子をどれほど海兵に入れたくても、また首の運動の甲斐あって船酔いが克服されたとしても、数学物理が駄目では試験合格は覚束《おぼつか》ない。海兵はやめたと惟浩は云うが、この際はやめなくても結果は同じであった。であれば、無試験で入れる学校へ惟浩が進むことは、雨水が道路の側溝に流れるがごとく、秋に枯れ葉が地面に落つるがごとく、当事者の思惑を超えた必然であった。海兵の受験に失敗した惟浩は高等科から一般大学へ進み、そうなってなお、辛苦を舐めてでも米国《アメリカ》で音楽修業したいと願うだけの情熱が持続するかどうかは不明であった。惟佐子は助言した。

「とりあえず日本の学校に進んでおいて、機会をみて、留学を考えたらどうかしら」

短く整頓された言葉に惟浩は絶句した。ひどく驚いた。これ以外の選択肢がない事実に突如として気づいたからである。自然に高等学校から大学へ進み、それから留学する。渓水《けいすい》は地形に沿うままに流れ、不意に滝の瀑布となって沸騰する。我が運命の転がり落ちる先は、たしかにそこしかありえなかった。

しかもである。じつに決定的なことには、それは自分の願いに完全に合致していた。最初から自分はそれしか願っていなかったのだと、そのようにさえ思われて、隧道《トンネル》を抜けてふいに広々した場所へ出たがごとき感覚を味わった。それでいい。いや、それがいい！　ほかに選択の余地はない。一度そのように思い定めると、自分がいままで何を悩んでいたのかわからなくなった。眠れぬ悶々の夜が不可解であった。食卓の塩壺でも回すように姉から手渡された結論、その簡明さに思わず笑い出しそうになりながらも、逡巡の末に吐露した赤心をいまさら引っ込めるのでは格好がつかず、惟浩はかえって顔に深刻の皺を刻んで、でも、海兵受験をやめることを父上様が認めてくれるかどうか、と言葉を吐くと、今度は姉は微笑むだけである。

認めるも認めぬも、受けて落ちる、ただそれだけの話ではないか。そのように姉の微笑が語っているのを惟浩は理解した。なるほど、理屈だ。受けて落ちる。そうなってしまえば父伯爵とていかんともしがたい。無い袖は振れぬ。真理は迅速に腑に落ちた。と云うより、真理が腑の底に沈澱していたのを惟浩は発見した。また笑いたくなり、しかし一方では、姉が海兵に落ちると決めつけているのが悔しく、しかもそれが紛れもない事実だと思えば自尊心の傷が疼いて、覚えず顔を赭らめたとき、枝の小鳥のように揺り椅子《ロッキングチェア》に腰を下ろした姉が、微笑を崩さぬまままた口を開いた。

「父上様だって海軍兵学校に落ちていらっしゃるしね」

姉の言葉を聞いて惟浩の羞恥の火は却《かえ》って燃え上がった。すると焔《ほのお》に炙《あぶ》られた頑迷の虫が騒ぎ出して、ようし、こうなったらなにがなんでも海兵に合格してやる、そのうえでやめてやると、無理なことを癇癪《かんしゃく》気味に考えているところへさらに言葉が届いた。

「受験して落ちるのではなくて、落ちるために受験する、そう考えたらどうかしら？」

正しかった。これ以上に正しく、急所を衝《つ》いた言葉はなかった。これが真理と云うものだ。惟浩は知った。羞恥も癇癪も遅疑《ちぎ》も一掃されて、清爽な風の吹く場所に立ったかのごとき心地を覚え、今度こそ笑いながら、いまこの瞬間に、自分は子供から大人に脱皮したと信じた。同時に、子供のときから繰り返し聞かされてきた、連綿する貴族の血、それが身内に湧き出すのを感じた。眼の前にいるのはたしかに血の繋がった姉であった。紛れもない肉親であった。おそらくこれからの人生、海兵受験のごとき些細な問題（といまや思えた）ではなく、より重大な危機に直面したとき、姉は血中に溶け込んだ智慧の薬剤を惜しみなく自分に与えてくれるだろうと、惟浩が頼もしく仰ぎ見れば、五つ年上の異母姉は、不安定な椅子の上で、美濃焼の茶碗を両掌で包み込むようにしてミルクココアを飲んでいる。

花色の襟から伸び出た透き徹るように白い頸が玲瓏《れいろう》の形姿を空にとどめる傍らで、陶器の縁につけた薄桃の唇が貪婪《どんらん》に蠢いて茶色い汁を啜る様は、吻《ふん》を花弁に刺して花蜜を吸う蝶を想わせた。姉は顔を仰向け加減にして、器に残った液を口へ余さず流し込み、こう云う仕方は普通の女はしない、南島の女酋長か満洲馬賊の情婦のやり方だと惟浩は思い、しかし姉がやると作法に則った優雅な仕草に見えるのが不思議で、そう云うところもいまや頼もしかった。

かくて、にわかに根を張った信頼の大樹、その陰に緩々《ゆるゆる》としてやすらった惟浩は、もうひとつの相談事――持ち出し方がより難しく、言葉にするのが躊躇《ためら》われる問題につき、姉の前で吐露する勇気を得た。じつは頼み事はもうひとつあるんですと、惟浩が口を開いたとき、扉を叩く音がして、惟浩が、はいと返事をすると、菊枝が顔を覗かせた。なにかしらと惟佐子が問うと、一瞬躊躇うようにしてから惟佐子付きの女中は云った。

「寿子様からお葉書がきております」

「いつきたの？」

「今日でございます」

なぜそれをさっき教えなかったのだと叱ろうとして、思いとどまったのは、寿子からの葉書を菊枝が失念するはずがないと思い直したからである。惟佐子が生まれる前から笹宮家で女中をつとめ、一度は横浜の商家に嫁入りしたものの、離縁になり、復帰して惟佐子付きになった菊枝が、寿子に対して顔馴染み以上の親しみを感じているのを惟佐子は知っていた。

葉書はどこにあるかと問えば、部屋の机の上に置いてあるとの返事を聞いて、惟佐子は椅子からすいと席を立ち、話の中途で抛《ほう》り出されてしまった惟浩は、いまこのときにそれを話せぬことが取り返しのつかぬ痛恨事と思えて、焦燥にかられ、しかし椅子から離れて少思するように中空に眼を遣る姉の立ち姿には、もはやここには居ない人の印象、触れることのできぬ古代絵画の婦人のごとき印象が纏い付き、引き止めることはできなかった。

ごめんなさい、またにしてちょうだいと、挨拶して扉へ向かう姉を見送って立ち上がると、半鐘の音がまた遠くに聞こえた。

十九

「楓《かえで》様。今日のコンサアト、ごめんなさい、行けなくなつてしまひました。電話でおしらせできるとよかつたのだけれど、いまはできそうもないので、ハガキで。急な、ほんたうに急なことが生じてしまひ、だうしても出かけなければならなくなつたの。くはしいことは、かへつたら話します。心配なさらないで。ハガキでは意味がないのかもしれないけれど、気がすまないので、書いて居ます。できるだけはやく電話をしますね。寿」

葉書の消印は月曜日の午前十時。葉書が届いたのが今日の午後、「表」で郵便の仕分けをする役目の御法川が連絡を疎《おろそ》かにしたまま出かけたせいで、「奥」に届くのが遅くなり、恐縮した御法川から受け取った菊枝が、「寿」の字を見てはっとなり、洋館まで急ぎ注進に及んだのだった。

葉書は平凡な官製品で、字がひどく乱れているのが不穏だった。「おしるし」で呼ぶ「楓様」や文面からして、寿子の手になったと思うしかなかったけれど、これを寿子が机に向かって書いたのだとしたら、すなわち心の乱れが文字の乱れとなって表れたのだとしたら、錯乱は疑いえなかった。鉛筆の文字は踊り跳ねていた。「寿」の字は「寸」が異様に肥大して畸形となり、宛名の「笹宮惟佐子様」などは狂笑する女のようであった。

心配そうについてきた菊枝には、とりあえず大丈夫そうだから、もうやすんで、と云ったが、字の姿は大丈夫からはほど遠く、心を激しく掻き乱されながら、机の手元明かりのなか身じろぎもせずに葉書を検《けみ》した惟佐子が、やがてふううと長い溜め息を漏らし、首筋の強張りをほぐす格好になったのは、字の乱れの原因が狂気以外にありうると気づいたからである。

揺れる乗り物のなかで書かれたのではないか。一度そう心づけば、ほかに考えようがないと思われ、胸の波乱はやや鎮《しず》まった。事実、文字に較べて文章はまず尋常である。最初の衝撃は消え、すると今度は疑問の細かな気泡が心の湖面に沸き立つのを避けられない。惟佐子は消印を再度見た。四月八日午前十時。文中にある「コンサアト」が六日の午後、それを「今日の」と呼んでいる点からして、寿子が葉書を書いたのは六日の土曜日で間違いない。それがどうして八日の月曜日なのか、と云うならば、投函が土曜日の午後以降だったからで、郵便局の業務が再開された月曜日の消印が葉書に残ることになったわけだ。

朝、家を出た寿子は、「急なこと」が生じた結果、どこかへ出かけることになり、乗り物に乗り、葉書を書いた――と、ここまでは間違いない。乗り物は、自動車か、電車か、列車――。列車だろうと惟佐子が推理したのは、自動車なら、郵便局に停めるなりして、落ち着いて葉書を書くことができただろうからだ。電車の場合でも降りてから書けばいい。つまり長距離の列車だからこそ車中で葉書を書いたのだ。

しかし葉書はどこで入手したのか？　惟佐子は考える。寿子は葉書を持ち歩いてはいないはずだ。いや、そもそもどうして寿子は電話をできなかったのだろうか？　車中で葉書を書いたとして、どのみち駅に着かなければ投函はできない。だったらなぜ駅で電話をしなかったのか？　あるいは電報と云う手段だってある。

謎の渦に巻かれながら、葉書の文章を何遍か読んだ惟佐子は、そのときふいに消印の文字に気がついた。「仙台中央」。最初に見たときなぜ気づかなかったのかと呆れつつ、消印を指でなぞってみれば間違いない。葉書は仙台で投函されたのだ！

六日に書かれた葉書が八日の消印になったのは、午後遅く着いた仙台で投函されたとすれば説明がつく。しかしこれで倉敷に寿子がいるとの、親戚と思しき男性が与えた情報は、がぜん怪しくなったと云わざるをえない。倉敷へ向かう人間が仙台で葉書を投函する道理がない。寿子は東北本線に、おそらくは上野から、乗ったのだ。しかしなんのために？

机を離れた惟佐子は、閉められていた雨戸を半ばまで開けた。視野に入らぬ月の光を浴びた楠が黒い艶を帯び、葉叢に濾された夜気が室に流れ込んで、熱の籠った首筋から胸を冷やした。窓明かりが漏れ出たのに呼応するかのように、砂利を踏む音がたったのは、誰かが母屋から離れ家へ向かったからで、まもなく玄関戸を引く音がして、樹葉を透かし光が漏れ出たのは、離れ家の電灯が点ったのである。

背後から淡く光を浴びた楠の荒れ肌が陰影を濃くし、根の近くにある樹洞《うろ》が、縁が仄白く光るせいで、濃い闇を溜め、地中深くまで続くかのように見えてくる。子供の頃から惟佐子は、部屋から楠を眺めて、あの樹洞は様々な地境へ接続しているのだと空想してきた。峨峨《がが》たる山稜を望む平原、黄砂が河をなして流れる砂漠、尾の長い猿の潜む密林、灼熱の溶岩を吐き出す火口、氷山の浮かぶ海、谷底で鏡となって光る沼、矮屋《わいおく》が軒を並べる裏路地、都会の摩天楼、火星の赤い運河、象のいる中庭を持つ黄金の寺院——数えきれぬほどの幻影をそこに見てきた。幻はときに空想とは呼べぬ現実感《リアリティー》をともない身に迫って、例の、幼時に遭遇した杉森の「神域」の神秘体験について、子供時代の惟佐子に——いや、いまも同じなのだけれど、考えうる限り唯一「合理的」と思える説明は、樹洞の穴からあの場所へ抜けて戻ったと云うものであった。

樹洞に奥行きがないことは、昼の光のなかでは瞭然だった。どこにでもある古木に生じた窪みにすぎなかった。にもかかわらず、夜、窓から闇中を凝視するとき、それはにわかに生色を帯びて、魅惑の霊雰《れいふん》を放ち、夢幻の境に人を誘い込むかのように感じられるのだった。いまも樹洞の闇は、鉱物の黒い結晶が鎔けたかのごとくに、蠢き、漲《みなぎ》り、溢れ出しそうに見える。

そのとき惟佐子がはっと胸を撃たれ、全身に鳥肌の立つのを覚えたのは、楠の陰に人がいることに気づいたからだ。惟佐子は闇に眼を凝らした。たしかに人影があると見える。だが砂利を踏む音はたたなかった。樹に近づいた者はない。とすれば、人は樹洞の抜け穴から出てきたのだろうと、惟佐子は当然のように思い、ひょっとして寿子ではないか、寿子が別れの挨拶にきたのではないかと刹那考えて、慌てて打ち消したのは、幽冥界に身を移した寿子の像《イメージ》は断じて否定すべきだからだ。奥行きのない樹洞から人が出てくるわけがないではないか。平明な常識を作動させて夜闇の魔を祓《はら》えば、人影は消えて、代わりに人声が聞こえてきたのは離れ家のラジオである。三味線の音が混じるのは父伯爵が浪曲の番組を聴いているのだろう。

ラジオの音声を背景に楠が平凡な表情を取り戻しても、しかし不吉の思いは消えなかった。寿子が倉敷に居らず、「できるだけはやく電話をしますね」と葉書に記しながら、いまだ電話がないとすれば、「異変」は決定的になったとせざるをえない。葉書を書いた時点では、寿子が遠からず戻るつもりだったことは、「ハガキでは意味がない」としている点からして明らかであり、少なくとも彼女は葉書が惟佐子に届く前に東京へ帰れると考えていたと考えられる。だとしたら、仙台で葉書を投函して、それから何があったのだろうか？

制服の士官――。補助線を惟佐子はあらためて引いてみる。朝、家を出た寿子は、制服の士官と密かに待ち合わせ、上野から東北本線に乗って仙台へ向かった。いや、仙台が目的地とは限らない。そこからさらに北へ向かった可能性もあるだろう。二人はどこを目指したのか？

二等車の座席に向かい合う男女の姿を惟佐子は想像した。白い鍔広《つばひろ》の帽子を頭に載せ、紺色のスカートの膝に籐のバスケットを置いた寿子は、車窓を移ろい行く景色に眼を遣り、反対側では、目深に軍帽を被った士官が背筋を伸ばし端座する。窓から差し入る光に応じて明度を変える構図のなか、バスケットを抱え込む女の、肩から腕に流れ落ちる滑らかな曲線、行儀よく斜めに揃えられすんなりと靴に収まる形のよい脚、男の膝に置いた大きな拳、寒そうに張り出した裸の耳、それらは直接肉視するかのように脳裏に描かれる。であるのに制服の士官の顔だけがなぜだか思い出せなかった。庇の陰になったそこだけが空白のままだ。秋陽の差す教会の裏庭で楓の紅を映した貌《かお》――もどかしく記憶を探るうちに、それがいつのまにか兄の惟秀の顔になって、惟佐子は驟雨《しゅうう》に慌てた人のように雨戸を閉じた。

出奔する――。その意味するところが惟佐子にはいまひとつ呑み込めない。ためしに辞書を引き出してみれば、「住所を去ってあとをくらますこと。かけおち。逐電。逃亡」とある。なにもかも捨てて、見知らぬ土地で生活する。そのことに現実性《リアリティー》は感じられなかった。浪漫を排して考えるなら、二人が本当に出奔したのだとすれば、それは既成事実を作るのが目的と云うことになるだろう。肉体の事実において二人を引き離せぬとなれば、親たちも交際を認めざるをえない。そうした計算は紺色のスカートの女にも、草色の軍服の男にもあるだろう。思い切った行動が膠着した状況を破砕し、一時は波乱を引き起こしはしても、結局は落ち着くべきところに落ち着く。かりに妥協がなされず、既成事実を作ってなお許されぬときは、二人は遠い地で慎ましく暮らすことになるのだろう。あるいは情死する、と考えて惟佐子は笑った。そんな三文小説のごとき出来事が起こるはずがない。机に座った惟佐子は声を漏らして笑い、自分の笑い声に脅かされたのは、それがいかにもわざとらしい、違和の塊となって頭蓋に響いたからだ。すなわち惟佐子はこのとき、身動きがままならぬほどに、悪しき予感の群雲に胸を塞がれていたのである。そうして、この予感は的中した。

宇田川寿子の死体が富士の樹海で発見されたと報道されたのは、翌日の夕刊であった。紙面に「情死」の文字が「?」の記号とともに刻印されていたのは、寿子の傍らに男の死体があったからだ。その身元も新聞には書かれていた。男は陸軍士官。だが、それは惟佐子の想像裡に登場した制服の士官ではなかった。彼ではなく、サイン曲線《カーブ》の生え際を持つ、実家が寺の、小柄な士官。紅葉する楓の下で、林檎《りんご》を嚙みながら昭和維新を語った男——久慈中尉であった。

二章

二十

白檀《びゃくだん》の香り漂う、桃や葡萄が供えられた仏壇の傍《そば》で、薄桃色の着物の女の子がジグソーパズルで遊んでいる。紫色のリボンをおさげ髪につけた女の子が迷いなく小片《ピース》を嵌《は》めていくので、どうしてそんなに早くできるのかと驚いて訊くと、昔、ここにいたことがあるからと、白百合の蕾《つぼみ》みたいな手で示したのはパズルの絵柄で、見れば絵は倫敦塔《ロンドン》であり、不思議に思って、こんなところに住んでいたの？　と訊いたとき、ふいに鉄が軋み擦れる音が聞こえて、あれは足枷《あしかせ》を嵌められた囚人が牢獄をうろついているのだ、だから捕まらぬうちに早く逃げた方がよいと誰かに教えられ、焦燥に背中を突かれて眼を開いたとき、電車が停止装置《ブレーキ》を軋ませ減速した。

座席で軀《からだ》をびくりとさせた牧村千代子《まきむらちよこ》は首をねじって視線を窓へ向けた。服部《はっとり》時計店の時計台が見える停車場は銀座四丁目、あぶない、あぶないと千代子が小さく唱えたのは、いつのまにか睡魔に攫《さら》われ電車を乗り過ごしそうになったこともあるけれど、膝に抱えた機材入りの鞄を床に落としたら大変だからである。眠気を払い、座席から立ち上がった千代子は鞄を座席に置いて、吊革に摑まり窓に眼を遣《や》った。

上野公園で市電に乗った頃から雲行きは怪しかったが、銀座の空は余すところなく暗色の寒天で埋め尽くされ、襤褸布《ぼろきれ》みたいな雨雲が百貨店の屋上に垂れかかっていた。七丁目の停車場で降り、歩き出したとたんにぽつりぽつりときて、履物を鳴らす人の群れに混じり、鞄と脚立を抱えて資生堂裏の街路から「清風ビルヂング」に駆け込んだときにはすっかり本降りとなった。天長節の休日、午前中は初夏の陽気で、銀座には大勢の人が出ていたから、文字通り賑わいに水を差された格好であるけれど、仕事で出ていた千代子は、日差しのあるうちに写真を撮れたのは幸運だったと考えるのみで、天を恨むこともなく、四階建てビルの二階にある「東洋映像研究所」の扉を開けた。

普段なら十数人の所員が屯《たむろ》する事務室には、休日当番の山本和浩氏がひとり、作業机の島から離れた応接椅子《ソファ》に寝そべり英字雑誌を眺めていた。ただいま戻りましたと挨拶して、とうとう降ってきましたよと千代子が云うと、みたいだねと起き上がった山本氏はぱりりと音をたてて塩煎餅を齧《かじ》り、牧村さんも食べる？　と紙袋を差し出しながら、犀《さい》は元気だったかな？　と訊いたのは、千代子が動物園に撮影に行ったのを知っているからである。

「犀どころじゃありません。人間を撮るのに必死です」

煎餅は遠慮して、机に機材の鞄を置き、脚立を箱棚《ロッカー》に仕舞った千代子は応じた。

「犀はいいよ。面白いし、画《え》になる。うちの子供たちも犀が一番好きだと云ってたな」

子供が四人ある中年の写真家《カメラマン》は云って、また前歯で煎餅を齧る。

「そもそも犀は外に出ていませんでした」

「厩舎で昼寝かな。犀の場合も、厩舎でいいの？」

「さあ、どうでしょう」

「とにかくそいつは残念。で、何を撮ったの？」

「キリンです」

「ライオンは？」

「いちおう撮りましたけど。自信ないです。あとは象ですね」

「キリンと象ね。まあ、新米写真家《カメラマン》としては、そうなるしかないかな」

山本氏は笑ったが、千代子には笑いごとではなく、「天長節に賑わう上野動物園」の趣旨に沿う写真を限られた枚数のフィルムで撮るのは、考える以上に容易ではなかった。動物、顔を輝かせる子供、見守る親、これらをうまく構図に収めようと企図《きと》するのだけれど、動物と子供がよくても親がそっぽを向いていたり、親子がいい雰囲気だと思ったら肝心の動物が尻を向けてしまったりで、悪戦苦闘の末、キリンの柵の前にいた家族にお願いして、「自然」な姿勢《ポーズ》をとってもらい辻褄を合わせた。動物がキリンや象になったのは覗き窓《ファインダー》に収まりやすいからで、それを知っているからこそ山本氏は笑ったのである。

昨秋に「東洋映像研究所」で働き出してから、千代子が単独で撮影に出るのはこれが三度目、女学校を卒業して女子美術学校へ通っていたとき、知り合いの雑誌編集社でアルバイトをしていた千代子は、新聞聯合社の写真部にいた兼子泰治《かねこやすはる》氏の知遇を得て、兼子氏が写真事務所をはじめたとき、来ないかと誘われた。学校を出てからも絵は続けていたけれど、「家事手伝い」の身で時間はあったから、お茶汲みくらいの軽い気持ちで銀座の事務所へ顔を出したところ、写真撮影および現像の技術を一通り習得するように云われて面喰らった。写真などとても無理だと千代子は尻込みしたものの、各方面で女性の進出が目覚ましい昨今、女性の感覚から撮られた写真が欲しいのだと口説かれて心が動いた。はじめは先輩の後について機材を運んだり、マグネシウムの「ポン焚き」をやったり、暗室仕事を手伝ったりしていたが、この春から一人の仕事を任されるようになった。

最初が如水《じょすい》会館の活け花展、二度目が上野の美術館の浮世絵展。ともにまずまずの写真が撮れたので、閃光球《フラッシュバルブ》を使わなくてすむ昼間の動物園などは簡単だと考えたのが大間違い。活け花は動かない。浮世絵も同じ。動物がどうして「動く物」なのか、千代子はつくづく思い知ったのだった。

活け花展も浮世絵展も天長節の動物園も、政府の海外向け広報誌用の写真で、「豊かで文化的な日本」の宣伝と云うことなんだろう。政府系の財団から資金が醵出《きょしゅつ》された「東洋映像研究所」は、国の仕事のほかにも一般の新聞雑誌や広告会社に写真を提供しているが、千代子は経営の深部までは知らない。

現像までしてしまおうと思い、暗室に入ると、山本氏が手伝いにきてくれて、お陰で迅速にすんだ。例のキリンの柵前の写真をはじめ、何枚か使えそうなものがあってほっとしていると、だいぶ腕をあげたんじゃないのと褒められて嬉しかった。ネガを干すところまでやって、給湯室で湯を沸かし、焙じ茶を飲んでいると、一局どうかなと山本氏が碁盤を持ち出してきた。

研究所には腕自慢が何人かいて、出入りする職業写真家《プロカメラマン》や記者のなかにも好きな人はあって、子供の頃に父親から教わった千代子の腕前は大したことはなかったけれど、若い女性が碁を打つのが珍しいのか、ときどき相手をさせられる。山本氏とはいい勝負で、駄洒落《だじゃれ》やら地口《じぐち》やらを連発しながら石を持つ風情が可笑《おか》しく、嫌ではなかったけれど、今日は時間がなかった。

「なんだ、デートか。手伝って損したな」

「すみません。でも、デートじゃないです」

「そんなはずはなかろう。むしろデートであるべきだ」

学者風の黒縁眼鏡を指で持ち上げ、妙に強い調子で云う山本氏が可笑しく、千代子が笑うと、もしもデートならと、応接椅子《ソファ》に戻った山本氏は生真面目な調子で言葉を継いだ。

「なんですか？」

「スカートを穿きかえた方がいい」

どうして？　と応じながら、軀をねじって見れば、灰色のスカートの尻が土で汚れていた。動物園で夢中になるうちについたらしい。慌てて手で泥をはたいていると、山本氏は莨《たばこ》に火をつけて弁解した。

「帰ってきたときに注意しようと思ったんだけどね、上野から銀座までそうしてきた以上は、もはや云わなくても同じかなと思ってね」

苦笑した千代子は茶碗を廊下の給湯室で洗い、では、デートに行って参りますと挨拶して、事務所のこうもり傘を借りてビルを出、神保町《じんぼうちょう》へ向かったのは、たしかに人と待ち合わせをしていたからである。人とは、独身の男性で、しかし逢い引きではなく、相談事があると伝えて千代子が面会を請うたもので、もっとも相談可能な人類中から当の人物を選んだ以上、千代子が嫌っていないのは間違いなく、その意味では、山本氏が口にしたデートの呼称はまったくの的外れではなかった。

午後の三時過ぎ、休日の銀座通りに自動車の通行は少なく、舗道には雨傘が動くものの、街並は冷雨に煙って、服部時計店も三越も灰色の石塊に変じて不機嫌に黙り込んでいる。いち早く白熱灯を点《とも》した洋品店や果物屋の店先には行楽の名残りの活気があって、陳列硝子《ショーウインドウ》を覗き込む人の影を絵画中の人物のように眼に映し残したが、運河を越えて京橋に着く頃には、雨脚が強まったせいもあって、あたり一面が紗幕に閉ざされた具合になり、鯰《なまず》みたいな自動車が沼底から飛び出しては飛沫《しぶき》を撥ね上げた。明治屋の手前、東京駅へ通じる路に羽織袴の男らが屯して、傘もささぬまま体操でもするように両手を雨天に突き上げているのが眼に入り、一体何をするものか、不審に思ったが、たしかめる間もなく視界から消えた。

市電に空いた座席はあったけれど、立って外を眺める千代子は、これから会う人物——蔵原誠治《くらはらせいじ》の面影を想い、彼に相談事を持ちかけることが果たして正しいのかと、遅疑《ちぎ》する気分が肝のあたりに蟠《わだかま》るのを覚えた。蔵原は『都朝報』の記者で、「東洋映像研究所」が写真を提供した際、千代子が西銀座まで「お使い」に行き、向こうの窓口になったのが蔵原だった。それからまもなく、満洲国皇帝の靖国神社参拝の取材現場で出くわし、上野の浮世絵展でも一緒になった。このときはシャッターが降りず千代子が困っていたら、蔵原が写真機のフィルムの巻き送りを直してくれ、やや親しく言葉を交わした。と、こう考えてみると、さほど密な係わりがあったわけではなく、だから新聞社にいきなり電話をかけて相談があると持ちかけたのは、客観から眺めれば唐突の感は否めず、しかし千代子の主観においてはごく自然なことに思えて、これが不思議ではあった。蔵原はどんなふうに思っただろうと、あらためて考えると、身の縮む思いがしたが、それでは神保町の『エルム』で会うのはどうでしょうと、電話口で蔵原が云ってくれた以上、いまさら愚図愚図考えても仕方がないと思い定めた千代子は、話をどう切り出したらよいか、頭の整理に専念し出した。

蔵原には新聞記者に特有の臭みがない。そこに千代子は好感を持ったのだけれど、彼も記者である以上、自分の話にきっと興味を持つはずだと、千代子に確信があったのは、彼女自身、或る人からその話を聞いたとき、好奇の血が騒ぐのを覚えたからだ。すなわち千代子の相談事とは、他所《よそ》から持ち込まれたものであり、手にした謎の葛籠《つづら》を一人では持ちきれぬと判断して、蔵原に声をかけたのである。

吊革を摑んだ千代子は、先刻上野から戻る電車で見た夢を思った。仏壇の横でジグソーパズルをする紫色のリボンをつけた女の子。彼女が夢に現れたのには必然性がある。先週久しぶりに会った笹宮《ささみや》惟佐子《いさこ》――彼女こそが相談事を持ち込んだ人物だったからである。

二十一

　神田三省堂の裏手に『エルム』はある。近頃市内に増えてきた珈琲《コーヒー》専門の店で、二階に据えられた新式の電気蓄音機からは西洋古典音楽《クラシック》が常時流れて、学生などに愛好者が多い。開店のとき取材に来た蔵原誠治は、山小屋ふうの内装と骨董品《アンティーク》の卓や椅子が気に入り、古書店街を訪れた際によく利用している。約束の時間よりだいぶ早く、念のため二階へ上がって、待ち合わせ相手がいないのをたしかめてから、一階の舞台ふうになった一画に席をとり、注文をとりにきた女給仕《ウェイトレス》に名物のウインナ珈琲《コーヒー》を注文したとき、樫の扉が開いて、白と紺の縞のブラウスを着た牧村千代子が店に入ってきた。傘立てに濡れた傘を差し、短く切り揃えて軽く波《ウェーブ》をかけた髪を揺らして店内を見回した女の、時代の先端を行く装いとは裏腹な、幼い児のようなよるべない表情に印象を受けつつ、卓《テーブル》から小手を振って合図すれば、すぐに気づいた千代子は小さく頭をさげて、前髪を手で整えながら舞台へあがる段に足をかけた。

　休日にわざわざすみません。焦茶色の小卓を挟んで腰を下ろした千代子は挨拶したが、いえ、かえってすみませんでしたと蔵原が返したのは、この日を指定したのが彼の方だったからである。珈琲の飲めぬ千代子が檸檬紅茶《レモンティー》を注文して、品が来るまでのあいだ、どのみち今日は朝から仕事だったのだと、午前中の撮影話を披露した千代子は、向かいに座った男の、休日だからなのだろう、ネクタイを締めぬ開襟シャツから親密な気分が漂い出るのを感じると、どう距離をとったらよいやら急にわからなくなり、舌が粘土みたいに固くなるのを覚えた。

「天長節に賑わう動物園」が与えられた主題《テーマ》だったのですと、いくぶんぎこちなく話し出した千代子が、でも、犀がいなかったのですよ、と云うと、不満げな表情に注意を向けた蔵原が、どうしていなかったんです？　と紙巻に燐寸《マッチ》で火をつけ質問した。

「たぶん昼寝でもしてたんでしょうね。厩舎で。犀の場合も厩舎でいいんですよね」

「たぶんいいでしょう」

「犀は庭に出ていなかったんです」

「それは残念でしたね」

「残念です」

「なかなかに残念ですね」

「残念でした」

「つまり貴女は犀が撮りたかったんですね？」

「はい、と云いますか、どうしても、と云うわけではなかったのですが、犀は子供に人気がありますから」

「人気なら、しかし、象の方がありませんか？」

「あります」

「象も撮れなかった？」

「象は撮れました」

「それはよかった」

「よかったです」

「うん、大変によかった」

千代子の固さが伝染《うつ》った蔵原も、いまここに知り合いが来て自分たちの姿を目撃したら、恋人同士と判定するかもしれぬと思うと、肝が根から離れて若布《わかめ》みたいにふらつくのが困った。象のあとは話題が途切れて、居心地の悪い時間が頭上に落ちかけたとき、女給仕《ウェイトレス》が時機よく飲み物を運んできてくれたので助かった。茶碗《カップ》に檸檬《レモン》と砂糖を投入して、甘酸っぱくなった紅茶に口をつけた千代子が、それで相談なのですが、と切り出せば、そう、そのことですと、唇を生クリームで汚した蔵原が勢い込んで言葉を被せ、凝固しかかった空気を打ち砕いた。

「宇田川《うだがわ》教授のお嬢さんの事件は、蔵原さんもご存知だと思いますが」と千代子は切り出した。帝大教授令嬢と陸軍士官の心中事件は、連日のように新聞報道されて、大いに世間を賑わし、二週間が過ぎてようやく下火になりつつあるところだった。

「先週、わたくしのところへ、或る方が相談に見えられて、それが宇田川教授のお嬢さんのことなんです」と千代子が云うのを聞いて蔵原が意外に感じたのは、千代子が情痴事件に係わる相談を持ちかけてくるとは思わなかったからである。『都朝報』は小所帯だから、一人の記者の守備範囲は広いけれど、蔵原は株式市況等の経済記事のほか、学術文化方面を主に担当して、犯罪事件の類は職掌外の感があり、しかし、であればこそ千代子は蔵原に相談を持ち込んだので、猟奇趣味を煽るがごとき記事を書き散らす新聞屋とは異なる感触を、僅かな交流の時間のなかで千代子は、目の前で紙巻を燻《くゆ》らす、飄然《ひょうぜん》とした佇まいのある男から得ていた。莨《たばこ》を灰皿でもみ消した蔵原は、ほうとひとつ頷いて、あとは黙って続く言葉を待った。

「或る方と云うのは、笹宮伯爵のお嬢様なんですが」と云った千代子は、笹宮伯爵はご存知ですよね、貴族院議員で天皇機関説問題で有名なと、確認を入れてから、惟佐子と自分との関係をまずは説明した。「惟佐子さん、と云うのがお嬢様のお名前なんですが、わたしは昔、惟佐子さんの『おあいてさん』をしていたんです」

千代子の祖父は、笹宮惟重《これしげ》伯爵の母親、藤乃《ふじの》の実家の旧藩で江戸家老職を務めた人物で、その縁で千代子は惟佐子の「おあいてさん」に選ばれ、七歳から十三歳まで、週に二、三度、麴町の屋敷へ通い、学校の長期休暇には大磯の別荘にも同行した。震災前、千代子の実家は牛込《うしごめ》の弁天町《べんてんちょう》にあったから、麴町までは近く、日曜日ならば朝の十時に、週日なら学校の終わった二時か三時頃、迎えの人力車に千代子は乗った。震災後、父親が大森に家を買ったので、遠くなったけれど、請われて麴町まで出向いた。

惟佐子は千代子より三つ下で、はじめて会ったときは四歳だった。女学校ではお転婆で鳴らした千代子も少女時代は内気で、近所や学校で仲良く遊ぶ友達はなく、兄弟も男ばかりだったから、麴町へ行くのは、珍しい外国の菓子が貰えることもあって、嫌ではなかった。「おあいてさん」はほかにも女中や家令の娘が二、三いたが、千代子が一番年上だったせいもあるのか、惟佐子は千代子と一番遊びたがった。もっとも言葉数の少ない惟佐子がそのような要求を口にしたのではない。惟佐子は常にわがままの対極にあって、しかしいつの間にか周囲を自分の意志に従わせてしまうのが、子供の眼からしても不思議だった。

惟佐子はたしかに不思議な子供だった。はじめて麴町へ上がった日のことを千代子は鮮明に記憶している。女中に連れられて、寺院を想わせる、陽《ひ》の光を余すことなく吸い込むような、漆黒の瓦屋根を載せた屋敷の、奥座敷へ案内された千代子は、障子戸から薄く明かりの射し入る、ひやり暗い日本間で、床間を背に畳へ正座した少女を見た瞬間、決して誇張でなく、造り物の人形かと思った。だから千代子が同じく座って、女中の引き合わせの言葉に正面の少女がこくりとお辞儀をしたとき、とても吃驚《びっくり》したのを覚えている。何をして遊びましょう？　千代子が云うと、おさげ髪に紫のリボンをつけた着物の少女がすいと立って持ち出してきたのは、外国製のジグソーパズルだった。ダンスホールらしい場所に大勢の人物が描かれた絵柄は、ルノワールの『ムーラン・ド・ラ・ギャレット』の絵柄であると、のちに千代子は知ったが、黒と青と緑が巧みに配色された構図は美しく清麗で、自分が絵画に興味を持った最初が、惟佐子と一緒に繰り返しやった、あのパズルであったかもしれないと千代子は思うことがある。

　ほかの子供や女中と一緒に隠れ鬼や目隠し鬼をすることもあったけれど、惟佐子は折り紙やお絵描きを好み、一方で人形を使うごっこ遊びには関心がなかった。一番好きなのはパズルで、ジグソーパズルのほかにもペグ・ソリテールや組み木のパズルを一緒に解き、ダイヤモンドゲームやトランプの七並べなどもよくしたが、二人が一番熱心にやるようになったのは囲碁である。手ほどきを受けたのが先だったこともあり、はじめは千代子が強かったが、ほどなく逆転した。惟佐子はパズルやゲームの類が恐ろしく上手だった。ジグソーパズルなどはほとんど迷いなく小片《ピース》を嵌めていくので、一人で繰り返し遊んでいるのだろうと千代子は推測していたが、あるとき新品のパズルが持ち込まれて、惟佐子はさすがに少考はするものの、考えられぬほどの速度で絵を完成させた。そうして二度目からは、よどみなく小片《ピース》を嵌めていくのだった。

　女学校の二年目になって、千代子は「おあいてさん」の任を解かれた。笹宮家からの要請でその後もときどきは麴町へ足を運んだが、千代子自身の世界が広がるにしたがい間遠になるのは仕方がなかった。千代子は無口で美しい惟佐子が好きだったし、惟佐子も「千代ねえさま」と呼んで千代子に親しんだ。けれども「おあいてさん」に主従関係の匂いがまったくないのではなく、それを惟佐子が意識していることを千代子は感じとらざるをえず、結果、姉妹とも友達とも親戚とも違う、不思議な距離感が二人の間には生じていた。千代子が美術学校へ進んで、ともすれば不良と呼ばれかねぬほどに行動範囲を広げるに及んで、両者の距離はいよいよ大きくなったけれど、交情は冷却し切ることなく、惟佐子はたまに近況を伝える葉書をくれて、千代子も返事を書き、旅先からは絵葉書を出した。封書ではなく絵葉書、それが二人の距離にふさわしく感じられていた。

二人が最後に直に会ったのは、藤乃の葬儀の際で、だから先週、惟佐子から葉書を貰い、相談事があるので会って話せないかと書かれているのを見て、電話で約束したうえで千代子が麴町まで出向き、母屋の二階北側の、楠《くすのき》を窓に眺める部屋で惟佐子と二人向かい合ったのは、じつに五年ぶりであった。

相談事が何であるか、すでに懐かしいものになった、黒瓦の屋敷の玄関に立った千代子には見当がつかなかった。年頃の娘が「姉」に相談があるとすれば、恋愛、結婚方面と相場は決まっている。が、惟佐子の相談事はそれではないとの確信が千代子にはあった。そしてこれは正しかったのである。

二十二

笹宮惟佐子。その名が千代子の口から出たことに、いくぶんの不思議を蔵原誠治が感じたのは、しばらく前、築地『岡村』の日独文化交流協会主催の会で、彼女の取材をしたからである。ドイツ芸術界の重鎮であるカルトシュタインが我が娘と観じていると述べた華族の娘、それに興味を持った記者のなかに蔵原もいた。

職業柄、女優などに会う機会があって美女を見慣れている蔵原も、父親と並んだ娘の、錦絵から抜け出したような美麗な装いと、決して現代的な美人顔ではないのに、眼を惹き付けてやまぬ艶味のある佇まいには感嘆させられた。質問は他社の記者に任せて覚書《メモ》だけをとりつつ、記事になるとしても小さな囲みだと考えた蔵原は、写真を撮る必要はないと判断したけれど、このとき限りかもしれぬ女性美を乾板に捉えておきたくなり、ほかの記者らに紛れて撮影したところ、社に帰って現像した写真は、焦点《ピント》は正しいのに娘の立ち姿はどこかぼやけて、表情を欠いた顔も白粉《おしろい》ばかりがのっぺり目立つようで、『岡村』の座敷にいたあの娘は魔法の粉のごときものを辺りに撒き散らし、人の眼を眩《くら》ませていたのではないか、などと妙なことを考えたりした。

紙巻を煙らせながら、千代子の話を耳に入れた蔵原は、笹宮惟佐子の面影をとりとめなく追ったりしていたが、やがて話が要点にまで到達すると、がぜん興味の火を掻き立てられて、向かいに座る洋装の女の言葉に神経を集中させた。

「宇田川寿子《ひさこ》さんが亡くなったのが富士山の裾野の、青木ヶ原の樹海。その宇田川寿子さんが、出奔した当日の午後、仙台から笹宮さんに葉書を出している、と云うわけですね？」

一通り聞いた蔵原が整頓した。ぬるくなった紅茶を一口飲んでから千代子は頷いた。

「富士山と仙台では、東京からだと方向が反対じゃないかと、惟佐子さんは云うんです。たしかにそれはそうで、疑問はもっともに思えます」

「笹宮さんは警察には？」

「云っていないと思います」と応じた千代子は、それでなくとも事件の扇情的な報道の火に油を注ぐことになるのを彼女は嫌がったのだと補足した。

「惟佐子さんは、心中そのものにも疑問を感じているみたいでした」

「心中じゃない。とすると？」

「わかりません。しかし心中ではないと云う確信が、惟佐子さんにはあるんだと思います」

先週の日曜日、午後に麴町の屋敷を訪ね、久しぶりに面会した惟佐子は、裾に杜若《かきつばた》を散らした砂色のお召しに、銀糸の入った鶯色の名古屋帯を締めた姿で客を迎え、学生服を見慣れていた娘の、すっかり大人びた容子《ようす》に、予想していたこととは云え、千代子は驚いた。千代子の方は胸に非対称の飾りのついたやや奇抜な意匠のつなぎ服《ワンピース》で、波《ウェーブ》をかけた短髪や艶のある朱色の口紅を含め、流行《モード》の先端を行く装いであったが、惟佐子の素朴《シンプル》で古風な束髪と清爽な召し物の組み合わせは、いっそ近代的《モダーン》な印象を与えた。いや、むしろ超近代的と云うべきかもしれぬと考えた千代子は、時代を超越した貴人の血を思い、惟佐子を自分とは隔絶した世界の住人、幾重にもなった御簾《みす》の奥に在る人のように観じたりしたのだけれど、運ばれた茶菓を食べながら話すうちには、さしたる努力なく子供時代の親密さが回復されるのが不思議だった。やや寛《くつろ》いだ千代子は座布団の上で脚を崩し、千代子の正座の苦手を知る惟佐子はくすりと笑いを漏らした。

「惟佐子さんが心中を疑ったのは、列車のなかで書いたと思われる葉書の文面です」と云った千代子は手鞄《バッグ》から、女性が持つにはいかつい黒革の手帳を取り出し、葉書の文章を引き写した頁《ページ》を蔵原に見せた。紙巻を煙らせながら、高い鼻梁の上から見下ろした蔵原は、なるほどと呟いて、なおも手帳を見つめたまま云った。

「たしかに宇田川さんは用事がすんだら東京へ帰るつもりだったと読めますね。葉書が届く頃には自分も東京へ戻っていると」

「そうなんです。葉書には心中の影は見えません」と千代子は同意した。煙幕の向こうで煙たそうに眼を細めた蔵原は考え込む。祭日の遅い午後、雨を避ける人が多いのか、喫茶店は満員で、人いきれと莨《たばこ》の煙で靄がかかって、光量を抑えた電灯の明かりのなか、女給仕《ウェイトレス》の白い前掛け《エプロン》が沼底を泳ぐ魚のように見える。

「新聞で読んだだけですが」と蔵原が話し出した。「宇田川さんと久慈《くじ》と云う陸軍中尉と見られる男女が、富士吉田駅で目撃されたのがたしか、七日、日曜日の午頃《ひる》でしたよね」

千代子は頷いた。六日土曜日の朝、渋谷の基督《キリスト》教会へ行くと告げて家を出た宇田川寿子は、教会へは姿を現さず、そのまま行方がわからなくなる一方、今年の一月より、弘前《ひろさき》の聯隊《れんたい》からの派遣で、千葉県の都賀《つが》村にある陸軍歩兵学校に通っていた久慈亮二《りょうじ》中尉は、金曜日から病欠しており、しかし千葉市内の下宿には、金曜日の朝以降、久慈中尉は不在だったと下宿屋の主人が証言した。

宇田川家では、七日になって警察に捜索を願い出、警視庁では宇田川教授の社会的地位を勘案して、非公開で捜査を進めた。もちろん陸軍でも、週が明けても連絡のない久慈中尉の行方を追って憲兵隊が探索を開始していたところ、十日水曜日の夜になって、山梨県警から青木ヶ原でそれらしい男女の遺体を発見したとの連絡が警視庁にあり、木曜日の朝に身元が確認された。

宇田川寿子の死因は青酸カリによる中毒死。久慈中尉は拳銃で心臓を撃ち抜いていた。検視の結果、死亡推定時刻は、両者とも発見の三日から四日前。その後の捜査で、両名と思しき男女が七日、日曜日の午頃に、富士山麓電気鉄道線の終点、富士吉田駅に降り立ち、駅前から乗合自動車に乗って終点の本栖《もとす》湖で降りたとの、駅員および運転手の証言が得られた。さらに同じ男女が帰りの自動車には乗らず、本栖湖から身延《みのぶ》線方面へ繋がる乗合自動車にも姿がなかったことが確認されると同時に、本栖湖の停留所で降りた男女が青木ヶ原樹海の方へ歩いていく姿を目撃したとの証言も得られた。と云う次第で、七日の午後から夜にかけての、どこかの時間帯で二人は死亡したものと推定された。

情死者らが横たわっていたのは、本栖湖から東へ一粁《キロメートル》ほど入った樹林を流れる沢の辺で、遺体は寄り添う形ではなく、互いに五間ばかり離れて、心中にしては妙だと思われたが、月曜の夜から火曜にかけてまとまった雨が降ったせいで沢水が溢れ、遺体を押し流したせいだと判明した。久慈中尉が使用した拳銃は死体の手にあり、毒薬の瓶は沢沿いの離れた場所で、寿子のバスケットとともに発見された。中尉の心臓を貫通した銃弾は近くから見つかったが、遺書は見つからなかった。これは最初からなかったのか、水に流され失われたのか、いずれとも判断はつかなかった。

遺書がない点にすっきりしない部分を残しながらも、警察が自殺、つまり情死と判断する根拠になったと新聞各紙が報じたのは、死体検案で判明した宇田川寿子の妊娠であった。彼女は妊娠二ヶ月の軀だった。

隠密の交際をしていた男女は、女の妊娠を知って切羽詰まり、情死を選ぶに至った、と云うのが新聞三面が描く物語の主筋であった。自殺の方法が毒と拳銃だったことから、痴情の果て、狂乱した女が発作的に毒を含み、それを知った男が絶望して後を追ったのだとする物語をはじめ、遺体が沢水に流されたことが連想を生んだものか、宇田川寿子をオフィーリアになぞらえたり、久慈中尉が革新派青年将校である事実が明かされるや、恋と革命に引き裂かれ苦悩する男の物語など、さまざまな変奏《ヴァリエーション》が読者の欲望に沿う形で提供された。

「宇田川寿子さんが失踪したのが六日。久慈中尉は五日から姿が消えていた」蔵原が語り出した。

「つまり二人は六日にどこかで待ち合わせて、一晩を過ごして、七日の昼に富士へ行ったことになる。新聞各紙は東京市内のホテルか旅館に泊まったんだろうと推測していますが、じつは仙台へ行っていたわけですね」

「仙台が目的地とは限りませんけれど」

「そうか。もっと先へ行った可能性もあるな。その辺は時刻表を調べてみる必要がありますね」

そう云った蔵原は、千代子が持つのと同じような黒革の手帳を胸の内袋《ポケット》から取り出し、付属の短い鉛筆で覚書《メモ》をとった。

「問題は、何のために二人が仙台方面へ行ったかです」

千代子が云うと、久慈中尉の実家は九州でしたね、と確認した蔵原は、鉛筆を細かく走らせる。それからまた口を開いた。

「六日の朝に待ち合わせた二人は、仙台方面へ行った。そうして翌日、青木ヶ原へ向かった。かりに仙台近辺に泊まったのだとして、次の日の午に富士吉田へ着けるかどうか、これも調べる必要がありますね」

「病院へ行った、と云うのはどうでしょう?」とそこで千代子はひとつの仮説を口にした。

「といいますと?」

「仙台の病院へ行った可能性はあるんじゃないかと」

妊娠していた宇田川寿子は、軀の異変に気づき、信頼できる医師に診察を受けに行ったのではないかとの説を千代子は述べた。

「そこで宇田川さんは妊娠を知った」と蔵原が受けた。「結果、絶望して心中するに至った」

千代子は頷き、しかし内心では首を傾げざるをえなかった。不慮の妊娠を知ったがゆえに自殺する――これにどれほどの現実性《リアリティー》があるだろうか? すでに先週の日曜日、千代子と惟佐子のあいだでこの問題は論じられていた。かりに寿子が妊娠を知ったのだとして、自殺する理由がないと惟佐子は主張した。

処置をしてしまえばいいわけですし。惟佐子はそのように云ったのだった。「処置」の言葉の露骨さに、しかもそれが惟佐子の口からするり飛び出たことに千代子は動揺させられたものの、密かに堕胎をしてくれる医師があるとの話を耳にするのはたしかだった。妊娠二ヶ月なら堕胎は可能だ。仙台までわざわざ出かけたのは、隠密裡に事を運ぶためだったと考えれば、なるほど筋は通る。だが、実際には、宇田川寿子は「処置」を受けていなかった。

絶望する前に妊娠中絶の手段がとれたはずだと、直接の言葉を避けつつ千代子が示唆すると、なるほどと頷いた蔵原は顎をつまんで思案する格好になる。それからまた口を開いた。

「宇田川さんは子供を産みたかった。それには久慈中尉と結婚するしかない。しかしそれが許されなかった」

必ずしも自身で信じているのではなさそうな調子で云った蔵原の言葉に、でも、どうでしょうか？と千代子はまた疑問を提出した。

「そもそも二人がおつきあいをしていて、結婚を望んだとして、それほどの障害はないはずだと、惟佐子さんは云うんです」

たしかに帝大教授の娘と陸軍士官ならば釣り合いがまったくとれないわけではない。

「なにか事情があったのではないですかね」

「たとえば、どんな？」

「わかりませんが、久慈中尉は革新派将校のなかでも、かなり過激な主張を持っていたようですから、そのあたりを宇田川家では気にしたのかもしれない」

間断なく灰になる莨《たばこ》の煙が、蔵原の枯れ芝みたいな髪にまとわりつくのを眼にした千代子は、二人の結びつきに宇田川家が反対したのだとして、寿子が妊娠したことはむしろ二人にとって有利だとする惟佐子の主張を想起していた。この問題もまた楠を窓から望む室ですでに論じられていたのである。

二十三

「どうしてです？」千代子は質問した。

「既成事実を作ってしまえば、寿子さんの家の方たちだって、強くは反対できないでしょう？　すぐにお式を挙げてしまえば、少しくらい早く子供が産まれたって、気にする人はないはずです」

紫の座布団に静坐《せいざ》した娘は云い、世俗の智慧を淡然と掌《てのひら》に弄する惟佐子にやや気圧《けお》されつつ、一部を三つ編みにした髪を紫色の手絡《てがら》ふうの布を使って結いあげた頭を見つめて、千代子は議論を先へ進めるべく言葉を口にした。

「既成事実を作ってなお許されない事情があったのかも」

「どのような？」

「それはわからないけれど」と応じて、千代子が思考を巡らせる前に惟佐子は言葉を発した。

「もしもそう云う事情があったとして、それは久慈中尉の側の事情だと思います」

「どうして？」

「かりに妊娠していることがわかって、寿子さんが自殺したんだとすると、あり得るのは久慈中尉から結婚はできないと告げられた場合でしょう？　寿子さんの家の人たちが反対しているだけだったら、既成事実を盾に寿子さんは反対を押しのけることができたはずだから」

なるほどと頷いた千代子は惟佐子に代わって整理した。妊娠を疑った宇田川寿子は、土曜日の朝、待ち合わせた久慈中尉に付き添われて、仙台の医師の診察を受け、妊娠を告げられる。宇田川寿子は結婚を求める。久慈中尉はこれを受け入れない。

「二人は一晩中議論した。けれども出口は見つからず、死を選ぶ決心をして富士へ向かった」千代子がまとめると、

「信じられません」と惟佐子は首を振った。「そんなことで人は死ぬものでしょうか?」

妊娠までさせられながら男に捨てられる。それは女に死を選ばせるに十分な理由ではないか。千代子は考えたが、しかしこれはあくまで具体性を欠いた一般論、世間に流通する物語の雑駁《ざっぱく》な引用にすぎないとも反省されてくる。それでも凡庸な一般論を述べるのがいまの自分の役割だと観じた千代子は云った。

「かりに男性が結婚を拒否して、赤ちゃんを処置するように申し渡して、それを強要するような態度に出たら、女性が絶望するのは当然じゃないかしら」

「寿子さんが処置を拒んだ可能性はあると思います」と惟佐子が応じたのへ、

「それでも男性側があくまで結婚を拒否したら、女としてはどう仕様もないことになってしまいます」と付け加えると、

「そんなことはないと思います」と首を横へ振った惟佐子は、子供を密かに産むことは可能であるし、子供を育ててくれる家を見つけることもできるはずだと述べた。

「実際にそう云うふうなことは、いろいろなところで起こっていることですし」

穏やかながら固い芯のある調子で云う惟佐子を見つめた千代子は、学校と家を往復するだけの娘が、自分よりずっと大人びた雰囲気を纏《まと》っていることに驚かされながら、先年新聞紙上を賑わした、輿入れ前に密かに子供を産んでいたK伯爵夫人の事例を想起していた。極道社会に足を踏み入れた子供が

K伯爵を脅迫して、社交界の花形である夫人の淫欲にまみれた過去が暴かれた一件である。離縁されたK伯爵夫人は、望まぬ結婚を強要されて、子供も手放さねばならなかった苦渋を吐露する手記を発表して、むしろ世間の同情を買ったが、そうした図太い神経が宇田川寿子にあるかどうか、本人を知らぬ千代子には判断できなかった。

「でも、二人が青木ヶ原へ向かったことは、情死が念頭にあったと考える根拠にはなりますよね」と新しい莨に燐寸《マッチ》で火をつけた蔵原が意見を述べた。「そうでなければ、あそこへ行く理由がない」

自殺の名所と云うと、三原山や錦ヶ浦が有名だが、青木ヶ原も自殺者の多いことで知られている。東京から比較的近い懐深い森が自殺者を惹き付けるのだと云われる。

「でも、それだったら、二人の死に方が違うのがおかしいと惟佐子さんは云うんです」

恋人たちが覚悟を決めて森を彷徨《さまよ》ったのだとしたら、一方が毒で一方が拳銃と云うのが不自然だと惟佐子は云うのだった。青酸カリを久慈中尉が所持していたことは警察の調べで明らかにされていた。自決用の毒薬は陸海の士官に出回り、久慈中尉は知り合いの海軍大尉からこれを譲り受けていた。自殺に使われたモーゼルの自動拳銃が久慈中尉の私物であることも判明していた。

「心中なら、二人で毒をのむべきでしょう？」

千代子が云うと、ぼくは心中をしたことがないからわからないなと蔵原は笑って、しかし、そのあたりの事情は、新聞が憶測しているような、いくつかの場合があるのではないかと応じた。

「たとえば女が発作的に毒をのんで、男が後追いする」

「でも、発作的に、と云うのと、樹海へ二人で入っていくのは矛盾しませんか」

「たしかにね」と蔵原は頷いて、少考ののち云った。

「だからなにかべつの事情があったのかもしれない。たとえば毒が一人分しかないとかね。あるいは、量は十分だったのに、うっかりこぼしてしまったとかね。ちょっと変かな」

莨を燻《くゆ》らす男はまた小さく笑い、千代子は同意の印に微笑して見せたが、惟佐子からの指摘を受けて、沢辺の出来事につき、あれこれと想像を巡らせてきた千代子にしても、しっくりくる筋《ストーリー》はいまだ描けていなかった。

「拳銃のことなんですけど」とそこで千代子は論点を転じた。軍隊経験のある研究所の人間が云うには、心臓を自分で撃ち抜いて自殺するのは簡単ではないらしい。こめかみや額を狙うのも弾が逸れやすく、銃身を口へ突っ込み引き金を引くのが一番確実だと云う。

「陸軍士官なら、そのことは当然知っていたはずだって、事務所の人は云うんです」

「しかし、実際には久慈中尉は一発で心臓を撃ち抜かれていた」と蔵原が話を引き継いだ。「つまり、自殺ではなく、久慈中尉が誰かに撃たれたって云うことですか？」

もしそうだとすれば撃ったのは寿子以外にはありえない。そう云ったのは惟佐子だ。

「寿子さんがピストルで久慈中尉を撃ち、それから服毒自殺したんだとすれば、少しわかる気はします」

顎の黒子《ほくろ》がついと動いて、膝に白い手を行儀よく並べた惟佐子は、葉裏を銀色に光らせる楠に眼を遣った。子供の頃、碁盤を挟んで向かい合った惟佐子がそうするのをしばしば見た千代子は、それがなにかしら感情が動いたときの仕草だと知っていた。薄く光の差す窓へ向けられた、表情を殺した白面の、形のよい顎についた黒子、それだけが後悔や悦びや不安や、さまざまな感情を表情豊かに表出しているように見え、むくむく蠢《うごめ》く黒子が勝利の凱歌を歌うようで、悔しく思ったことも一再ではなかった。

寿子が久慈中尉を射殺した。実際には考えにくく、惟佐子は必ずしも信じる様子ではなかったけれど、それが彼女に納得のゆく唯一の筋《ストーリー》であるとは推測できた。男の不実を詰《なじ》った女は、拳銃を奪い、銃口を男の胸に向け引き金を引く。そのとき銃声は樹林に谺《こだま》し、驚いた鳥たちが羽撃《はばた》いただろう。男が草叢に倒れ、鳥たちの騒ぎが収まれば、沢の水音が強く耳を撃っただろう。千代子の空想のなかで女は惟佐子であり、拳銃を投げ捨てた惟佐子は、真白い顔を光の射し込む樹の梢につと向けて、そのとき顎の黒子が冷たく驕慢《きょうまん》に男の遺骸を見つめただろう。

「しかし、ピストルは久慈中尉が握っていたわけだし。そもそもピストルの扱いは女性には難しいんじゃないですかね」と蔵原が疑念を呈したのへ、

「でも、女子学習院でも、近衛士官の方がいらして、銃の撃ち方を教えたと思います」と千代子は応じたものの、宇田川寿子が銃を撃ったとはやはり考えにくかった。

「貴女も撃てますか？」

「歩兵銃なら使えると思います。女学校のとき習いましたから。うまいって褒められました」と千代子は笑ってみせた。

「でも、知らない拳銃だとどうかしら」

「そうじゃなくて」莨をすぱりと吹かし、紙巻の先を赤くした蔵原が遮った。

「貴女は男性の胸に向かって銃を撃てますか？」

煙に霞む蔵原の濃い眉の下の眼に笑いの漣《さざなみ》が浮かんで、揶揄《からか》われていると感じた千代子は、もちろん撃てますと返答をしたものの、実際にそのような場面に遭遇したらどうかと思えばわからず、しかし惟佐子ならきっと撃てるだろうと考えた。

時刻は午後の五時に近づいて、店はいっそう込み合い、樫扉を開けて雨傘を畳みながら、席がなく諦めて帰る客も多くあった。莨の煙が蒼《あお》く濛々《もうもう》として、灯りが暗いせいもあって隣卓の人の顔立ちさ

え判然としなくなり、そこへ二階から甘やかな弦楽の響きが届いてくれば、魔窟へ彷徨い込んだかのような気分にさせられる。都会に棲息する者の陶酔が幽《かす》かながら客たちの暗い顔に滲み出る。

かりに心中でないとするなら、どうして二人が青木ヶ原樹海へ行ったのか。それが明らかにされなければならない。論は結局そこへ行き着かざるをえなかった。

「笹宮惟佐子さんは、そこのところはどう考えているんです？」

「惟佐子さんもそれはわからないようでした」と応えた千代子は言葉を継いだ。「でも、ちょっと調べてみたんですが、現場周辺の精進《しょうじん》湖や本栖湖にはいろいろと別荘があるみたいなんです。そこのどこかへ向かうつもりだったと云う可能性はあるかなと」

なるほどと頷いた蔵原は、干し草みたいな髪を掻きあげ思案する格好になる。僅かに胸毛の覗ける開襟シャツに向かって千代子はさらに言葉を放った。

「惟佐子さんは、そもそも宇田川寿子さんと久慈中尉がおつきあいしていたこと自体、信じられないと云うんです」

「根拠は？」と蔵原が簡明に訊く。

「根拠は、ありません」と惟佐子は答えた。「でも、それだけは間違いないことだと思います」

顎の黒子がつと動いて、惟佐子は窓の楠の木に眼を向けた。

二十四

牧村千代子が蔵原誠治と待ち合わせ、上野駅十時零分発、青森行き急行の二等車に乗り込んだのは、同じ週の土曜日であった。

目的地は仙台。当地の産婦人科医院の情報を仕入れた蔵原が、とにかく一度行ってみると電話で云うので、勇躍同行を申し出たのは、自分で預けたとは云え、蔵原に事件を独占されるのが悔しいと思ったからである。まして産科医院の仮説を提出したのは自分なのだ。向こうで一泊することになりますがと、蔵原は戸惑うふうであったが、同じ部屋に泊まるわけでもなし、全然かまわないと千代子は嘯《うそぶ》いたものの、仕事で仙台へ一泊すると家族には伝える一方で、「東洋映像研究所」からは土曜半休を貰ったから、内心では後ろめたく、朝、母親と朝食の支度をしながら、弟二人と自分のをあわせ三つの弁当を作った際、仕事仲間のぶんだと云えば、蔵原のために握り飯を余計に作るくらいは不自然ではないのに、できなかったのはやはり疾《やま》しさのせいであった。

千代子は四人きょうだい、兄が一人、弟が二人いる。商社に勤める兄は満洲に赴任中だから、家にいるのは大学予科と中学へ通う弟二人、それぞれ漕艇《ボート》と蹴球《サッカー》の倶楽部に属する彼らは朝早く家を飛び出し、通信機器会社に技術者として勤務する父親は、いつものようにゆったり楊枝《ようじ》を使ってから、行ってくるよと、気軽く声をかけて玄関で靴を履いたが、妻と並んで見送りに出た娘を肩越しに見遣《みや》った笑顔が何もかも見透かすようで、澄まし顔の千代子は肋骨のなかで心臓が兎みたいに跳ねるのを覚えた。

休みの許可を貰った際にも、伊太利亜《イタリー》製の縞の背広に焦茶のボウタイを締め、チャップリン髭を奇麗に刈り揃えた所長の兼子氏は、書類に判子を捺しながら、彼氏と一泊でランデヴーですか、若い人はいいですなあ、と軽口を叩き、このときも心臓がびくり震えるのを覚えて、親戚の法事があるものですからと、余計な嘘をつく破目に陥ったのだった。

千代子が大森区新井宿二丁目の自宅を出て、大森駅から京浜東北線に乗って上野に着いたのが九時五十分過ぎ、ぎりぎりになってしまったのは、町内の神社清掃に女中と一緒に出た母親から、彼女が丹精する仏蘭西《フランス》種の蔓薔薇への水遣りを命じられたせいもあるが、なによりは服装に迷ったからで、簞笥からあれこれ出してはみたものの、結局は仕事で出るときの衣装に落ち着いて、地味な紺のスカートに同色の上着《ジャケツ》、素朴《シンプル》な白胴衣《ブラウス》、帽子だけはややお洒落な緑色の婦人帽を被り、鞄は父親のお古の茶の皮革鞄、これは女性が持つには無骨すぎたが、研究所から借り出したライカを持参したこともあって、ほかの選択肢はなかった。

上野駅に着いて結構屋根《トラス》の広場を駆け、発車直前の列車に乗り込んで、二等車まで歩いて姿を探せば、四席が向かい合わせになった座席で悠然と莨《たばこ》を吹かしていた蔵原は、息を切らして挨拶した千代子に、貴女はいつでも走っていますねと笑い、二つあった土瓶のお茶の一つを、どうぞと千代子に渡したとき、列車がそろり動いて歩廊《プラットホーム》を滑り出た。

蔵原は『エルム』のときとは違い、鼠色《グレー》の三つ揃いに無地の紺ネクタイの仕事仕様、髪がぱさぱさなのは相変わらずにしても、口の周りに無精髭が蒼く浮いて、四人がけの席の、斜向《はすむか》いに座った千代子の視線を受けた記者は、朝までに仕上げねばならぬ仕事があって、徹夜のまま会社から出てきたのだと弁解した。朝飯もまだだと云うので、お茶を買ったときどうして弁当を買わなかったのかと訊けば、その段階では腹が空かない感じが強かったからだと答えて情けない顔になる。それならばと、千代子が鞄から弁当を出して渡すと、いいんですかと、嬉しそうに竹皮をほどいて、海苔を巻いた握り飯に食らいついた。

「ほほう、鮭ですね。とてもよい塩加減だ。これは貴女が？」

自分のぶんの弁当は自分で作ったから、答は、はいであるべきだったけれど、千代子は否定した。

「母が作ってもたせてくれました」

「お母さんが。なるほどそうですか」と頷いた蔵原は、二個目の梅干に手を伸ばし、今度は感想を述べずに訊ねた。

「貴女は料理はしないのですか？」

「しません」

「お母さんが？」

「ええ。母がします」

「貴女は手伝わない？」

「ええ。わたしは食べるだけです」

「ほう、そうですか」

じつのところは、千代子は家事のなかでは料理が一番好きで、時間があれば台所に立ったし、休日には雑誌で見た洋風の献立を試して好評を得ていた。ことにカレーライスは骨付きの鶏肉を使い、コリアンダー、クミンをはじめ、手に入りにくい香辛料を塩梅した本格のもので、家族や招いた客を感嘆させていたにもかかわらず、料理はしないと思わず言葉が出たのは、自分でも不可解であった。

食べ終えた蔵原は、ごちそうさまでしたと挨拶して一服つけ、それから少し寝ますと断って、眼を瞑《つむ》った。千代子は布張りの背凭れに首を預けた男を憎らしく思い、嘘をついてまで出てきたことを後悔したけれど、せっかくの旅行なのだからと、心の窓へ爽清な空気を導き入れるべく車窓に眼を向けた。

東北本線で仙台方面へ向かうのは千代子にははじめてであった。列車は大宮を過ぎ、春の薄雲の下、モザイクを描く畑地の広がりに、まだ緑稚《わか》い雑木林に埋もれた黒瓦や茅葺きの屋根が点在する田園風景は、都会にはない長閑《のどか》さであり、それなりの情緒があるものの、ときおり出現する絵看板が景色を台無しにするのを見れば、先頃雑誌で読んだ文章――西欧の汽車旅との比較で日本の景観の俗悪を嘆じた作家の文章に千代子は同意した。

急行の二等車は空いていた。少し離れた座席で、商売人らしい男らが満洲での馬匹《ばひつ》取引の話を声高にしているのが目立つのを除けば、数の少ない乗客は背凭れの陰にひっそりと沈んでいる。仙台着は午後の四時三十四分。午頃《ひる》に宇都宮に着くから、そこで弁当を買おうと算段して、千代子は大森駅で買った新聞を膝に広げた。

政治面社会面に大きな事件がないのを確認してから、数日前、宇田川利隆《としたか》氏が帝大教授を辞し故郷の倉敷に隠居したとの報を最後に、紙面から消えていた宇田川家令嬢情死事件関連の記事を探したところ、一つだけ見つかったのは、宇田川教授の引退は天皇機関説擁護陣営にとって痛打であろうとの論説記事で、しかしこれは千代子の求めるものではなかった。

普段新聞は小説と囲碁欄くらいしか読まない千代子は、あらためて眺め渡してみて、医院や病院の広告がずいぶんとあることに気づかされた。ことに目立つのが「花柳病」の医院で、これに淋疾の薬だとか回春精力剤だとかを加えると、「性」に関連する広告はじつに多くて、なかには「早○男子への急告」などと伏せ字混じりの記事があってぎょっとさせられる。産婦人科医院病院の広告もあって、胡乱《うろん》の匂いがこれが「花柳病」と並んでいたりすると、隠密裏の「処置」を宣伝するように思えて、活字から立ち上るのを避けられない。

囲碁欄は、「懸賞金三千円三番勝抜試合」で橋本宇太郎《はしもとうたろう》五段と木谷實《きたにみのる》六段が対局しており、「覆面子」の観戦記をざっと読んでから、社会面に戻ったとき、「足立の幼女　神隠しに遭ふ?」の小さな見出しが眼に入った。足立区舎人《とねり》町に住む農家の、六歳になる幼女が行方知れずとなり、警察消防を動員しても見つからずにいたところが、五日を経た昨日になってひょっこり戻ってきたので、どこでどうしていたのかと問うたところが、御山へ行ッテイタと、不思議なことを云うばかりで、やはり天狗ノ仕業デアルカと、親も近所の者も揃って首を傾げていると云うのだった。

記事に千代子が注意を惹かれ、読むにつれ神経の弦が震えたのには理由がある。ときに世間を賑わす怪異現象に千代子はことさらな興味はなく、そうしたことも案外あるやもしれぬと思う程度の者であるが、こと神隠しに限っては、あれがそうだったのかもしれぬと、後に考えるようになった出来事をひとつだけ体験していた。とは、千代子が麴町の笹宮伯爵邸に通いはじめて間もない頃、一緒に遊んでいた惟佐子が急にいなくなることがあったのである。

午食をすませて、午前中に集めておいた朝顔の花弁で色水を作って遊んでいるときだったから、夏のことであるが、ふと気がつくと、いままで傍にいた惟佐子がいなかった。二人で遊んでいたのは北庭、日差しを遮って枝を張る楠《くすのき》の木陰で、悪戯《いたずら》心を起こした惟佐子が樹の向こうに隠れたのだろうと思い、回り込んでみても姿がない。楠の幹には大人が嵌《はま》れるくらいの樹洞《うろ》があって、子供が隠れるには絶好だったが、そこにもいない。責任の重圧に貧血しながら千代子は屋敷中を探し回り、それでも発見できず、一人で泣いている千代子に女中が気がついて、書生や庭師ら家の者が総出で捜索したから、大騒ぎになったのだろうと思うのだけれど、その辺りはよく覚えていない。

惟佐子の姿が見えなくなっていたのは数時間、陽が斜めになり蜩《ひぐらし》が鳴き出した時刻、楠の陰にひょっこり姿があるのが発見された。どこへ行っていたのかと問われて、四歳の惟佐子は「御山の森」と答えたのを千代子は覚えている。足立の神隠しの記事に彼女が反応したのは、幼女が口にしたと云う「御山へ行っていた」の文句のせいでもあった。

どこの御山かと、足立の幼女も惟佐子も訊かれただろう。惟佐子が何と答えたのか、千代子は知らない、あるいは覚えていないが、決して人に喋ってはならぬと命令されたこともあり、この件を千代子は誰かに話すことはなく、惟佐子本人に問うこともなく、やがて忘却の靄《もや》に紛れ沈み、夢の中の出来事のように思いなすに至ったけれども、一緒に遊んでいて、惟佐子がまた消えてしまうかもしれぬ、だから注意を怠ってはならぬと、頭の隅で囁く声はずっとあり続けたように思う。

大きくなってから一度だけ、千代子はこの件を惟佐子の前に持ち出してみたことがあった。が、惟佐子は覚えていない様子だった。真相はどうだったのだろうか？　千代子はまれに考えることがあり、すると幾重にもなった樹下に独り佇む、髪に紫色のリボンをつけた着物の幼女の像《イメージ》が瞼裏に浮かんで、それがさほど不自然に感じられぬ事実にむしろ驚かされる。あのとき惟佐子は「御山の森」を本当に訪れていたのかもしれぬ。と、そのように思えば、馬鹿馬鹿しいと一笑するほかないのだけれど、暗緑の木下闇《こしたやみ》に紛れるようにしてある惟佐子、樹と一つになり、森の精であるかのような幼女の像に、否定し難い現実感《リアリティー》の手触りがあるのは間違いなく、それがまた不思議なのであった。

停車時間のある宇都宮で歩廊《ホーム》へ売りにきた弁当とお茶を買い、寝惚けた様子で黙ったままこれを食べた蔵原は、一服しただけですぐにまた眠り、あんな格好でよくも寝られるものだなと、千代子は呆れ笑いながら自分も弁当を片付けて、弁当とはべつに買った麦焦がしを食後菓子《デザート》代わりに齧《かじ》りながら、雲間から陽が射し込み清新な生気を放ち出した那須の山々が車窓に流れ行くのを眺めた。郡山《こおりやま》で胡桃《くるみ》入りの餅菓子を買い、福島では蒸饅頭がおいしそうなので買って食べ、その間、蔵原は何度か眼を覚ましたが、よほど寝不足なのか、千代子と二言三言、言葉を交わしただけでまた固く眼を瞑《つむ》った。

千代子もいつの間にか眠ったらしく、誰かに呼ばれた気がして眼を覚ましたときには、白石を過ぎて仙台に近づく頃だった。すでに起きて、時刻表を開き手帳に何事か鹿爪らしく書き込んでいた蔵原は、よく寝ていましたね、よほど疲れていたんですねと云い、それはこっちの台詞だと千代子は思いながら、洗面所に立って漱《うがい》をし、鏡に向かえば、口の端に涎《よだれ》の跡があって顔を赤くしたが、化粧を直し素知らぬ顔で席に戻った。

千代子は水辺の鳥のように背筋を伸ばす格好で窓を眺めて、それを横目で窺った蔵原は、自分が眼を覚ますたびにこの女性は子供みたいに何か食べていたなと思い、食べているとき、寝ているときと、いまみたいに澄まし顔でいるときでは年齢が四つも五つも違うようだと観察して可笑《おか》しくなった。

「なにを笑っているんです？」

「いえ、べつになにも」

「でも、いま笑ってらしたでしょう」

「笑ってましたか」

「笑ってました」

「ちょっと思い出したことがあったものですから」

「思い出し笑いですか。嫌な人。で、どんなことを思い出して？」

「どんなこと、と云われましても、つまり、人間の根源的欲求と年齢の相関についての考察です」

「それがそんなに可笑しいんですの？」

「いえ、普遍の真理としては別段可笑しくないのですが、個別の存在者に即して考察した場合、なかなかに可笑しくなりますね」

「蔵原さんは哲学者なんですね」

千代子が皮肉に評したとき、仙台到着の告知《アナウンス》が車中に流れた。

二十五

牧村千代子の乗った東北本線急行が福島駅を過ぎた頃、麴町の笹宮伯爵邸を三人の人物が訪問していた。

一人は日独文化交流協会の事務局を取り仕切る文部省の役人、もうひとりは新聞記者、それから木《き》島柾之《じままさゆき》である。宇佐見と云う、ロイド眼鏡をかけた背広の役人は先日の歓迎会で司会役をつとめていた男で、園田と名乗るベレー帽は『岡村』で笹宮父娘を取材した記者たちのなかにいたから、三人とも惟佐子にはまったくの初対面ではなかった。

用件は例のカルトシュタインを案内する件の打ち合わせで、御自宅へ伺ってよろしいかと、数日前に電話を貰ったときには、笹宮伯爵が同席する予定であったが、大阪で開催された帝国在郷軍人会主催の天皇機関説排撃国民大会に呼ばれたために不在となり、代理で同席するように云われた家令の町《まち》伏《ぶせ》氏は、朝から母屋の座敷に席を設《しつら》えて来客を待ったが、到着した客を瀧子《たきこ》が洋館へ拉致したために、掛軸や花瓶を吟味し、供すべき茶菓子につき細かな指示を勝手方に出した町伏氏の労力は無駄になった。惟佐子が普段着ではなく、青藤の御召に佐賀錦の帯を締め、髪を高くあげた準正装で客を迎えたのも義母の指示であった。

洋館の客間へ案内された客らは、上辺が凸曲線《アーチ》になった仏蘭西《フランス》窓前に据えられた卓《テーブル》——薔薇の切り花で飾られた大円の硝子卓《ガラステーブル》の周囲に、緩やかな楕円をなして置かれた、十人は楽に掛けられる応接椅子《ソファ》をすすめられ、瀧子と惟佐子、それから町伏氏が座を占めたところへ、二人の女中がブランデー入りの紅茶と林檎《りんご》のパイをそれぞれに運んで、まずは木島が如才なく、窓から見える賑やかな花壇や室の装飾を褒め、瀧子の自慢を中心にひとしきり雑談が交わされた後、眼鏡面が古川緑波《ふるかわろっぱ》に似た文部官僚宇佐見が書類を鞄から出して予定の説明をはじめた。

日程はすでに、五月十九日、二十日の両日に決定していた。行き先は日光。てっきり東京見物だと、惟佐子をはじめ笹宮の家の者らは思っていたから、やや意外であったが、なるほどそれなら日程が二日間にまたがるのは理解できた。十九日の朝、七時五十五分浅草雷門発の東武特急電車で日光へ行き、東照宮、二荒山《ふたらさん》神社、輪王寺《りんのうじ》等を見学してから、料理屋で昼食、午後、自動車で明智平まで上がり、ロープウェイで展望台へ、そのあと中禅寺湖へ向かい、華厳の滝、戦場ヶ原、中宮祠を回って、その日は『奥日光湖畔ホテル』に宿泊。翌二十日は『東京アングリング・エンド・カンツリー倶楽部』を訪れ、午餐と、時間が許せばフライフィッシングを楽しんで、東武日光発午後四時十五分の特急で浅草へ戻る——これが宇佐見が示した旅程であった。

「でも、どうして日光になさったの？　その頃だと日光はまだ寒いんじゃないかしら」

瀧子が行き先を暗に批評すると、我々も東京案内ないし箱根を考えていたのだが、日光はカルトシュタイン氏のたっての希望なのだと、硝子《ガラス》の分厚い丸眼鏡をかけた宇佐見は説明した。

「白雉《はくち》氏からぜひ日光へ行くといいと聞かされたようです」

「そうでしたの」

白雉氏が云うのなら是非はない。との思い入れで瀧子は頷いたが、じつのところ彼女は白雉博允《ひろみつ》を知らなかった。笹宮家に輿入してきてからこちら、そのような人物が存在すると聞いた試しが一度もない、あるいは聞いたかもしれぬが忘れてしまっていて、だから惟佐子の伯父に白雉博允なる人物があって、ドイツ学芸界で活躍中と聞いて、住み慣れた家の目立たぬ扉を開けたら未知の部屋が見つかったような、不思議な驚きを覚えた。不意に涌《わ》いて出たその名前が笹宮の家に晴れがましい幸運をもたらすだろうとの確信は、『岡村』でのカルトシュタイン歓迎会の模様を伝える新聞記事——惟佐子の写真が小さく掲載された記事を見て以来、瀧子の心に強く抱かれて、西洋の小説にときおり登場する、成功した「米国《アメリカ》の伯父さん」の像《イメージ》がその名前に重ねられた。

「でも、この季節の日光だと、着るものが難しいわね」

あたかも自分がお供するかのように云った瀧子は、今回はぜひとも洋装にすべきだと主張した。自分は洋服の外出着を持っていないと惟佐子が云うと、だから作ればいいのよと瀧子は勢い込んだ。

「まだ旅行まで二週間あるでしょう。特急で頼めばなんとか間に合うわ」

自分は洋服は似合わないからと、惟佐子がやんわりいなせば、そんなことはないと瀧子は押し返した。

「惟佐子さんに合う洋装はわたしが考えます。もちろんずっとお洋服でいる必要はないわ。たとえば、そうね、二日目にフィッシングをするときとかに、お洋服に着替えるといいんじゃないかしら。お淑《しと》やかな女性が急に活発になって現れるのが効果的なのよ」

効果的とはいったい何に対して効果的なのかと、義母の美的感覚《センス》に不信を抱く惟佐子が疑念を浮かべていると、立って応接椅子《ソファ》の人物を写真に収めていた新聞記者園田が席に戻って口を出した。

「今度の旅行は日本の新聞はもちろん、ドイツの通信社なども取材に同行しますからね。お嬢さんは日本婦人の代表として写真に写るとも云えるわけですから、伝統的な着物姿はもちろん必須ですが、近代的《モダーン》な装いもあるんだってところを見せるのは、記者の立場からしても、大変によろしかろうと思いますね」

「そのとおりですわ」瀧子は我が意を得たりとばかりに、小熊めいて小太り丸顔の新聞記者に笑顔を向け、それから惟佐子に付けるべき女中の数とか、荷物の運び方だとか、細々したことを宇佐見を相手に話しはじめ、その間、応接椅子《ソファ》の端に置物のごとく控えていた町伏氏は、なにかあるかと訊かれて、朝は何時にお迎えが参りましょうかと質問し、七時に自動車を寄越すとの返事があるや、まあ、大変と、瀧子が声をあげた。

「お支度があるから、朝の四時には起きないといけないわ。ちゃんと起きられるかしら」

　朝の弱い瀧子はここでも自分が旅行へ行くかのように云ったが、実際彼女は今度の件を我がことのごとくに思いなし、興奮していた。異国の王侯貴族から「我が娘」と呼ばれるまでの寵愛を受け、世界中を旅する——。これこそ彼女が少女時代から持ちきたったひとつの夢の形に違いなかった。ドイツ人音楽家が王侯貴族でない以上、シンデレラ物語とまではいかぬにせよ、しかし二十世紀においては、一流芸術家は世俗を超出した貴族だとも云えて、カルトシュタインが若くなく、美貌の持ち主でもないことを勘案しても、思いがけぬ宝を格別に与えられた日本娘は有頂天になって然《しか》るべきなのであり、また実際に惟佐子が有頂天になっていると瀧子は考えていたが、これはむろん誤りで、惟佐子は全体を億劫に感じていた。

　ドイツ人音楽家に対して悪い印象があるのではない。けれども言葉の通じぬ異相の外国人の傍らで二日もの時間を過ごすのかと思えば気が重く、しかも寿子の事件があってからと云うもの、惟佐子は人と会うのが嫌で、引きこもりがちになっていた。と云うより、もともと社交家でない惟佐子が、義務や必要以外に外出するのは寿子と出かける場合にほぼ限られていたので、寿子を失ったことが彼女の行動範囲を著しく狭める結果になったのだった。それまでも喜んで通っていたわけではないけれど、学校はいよいよ無意味に思えて、なにかと理由をつけては休むことになったが、学級《クラス》の半数が輿入を理由に中途退学する高級花嫁学校が惟佐子の欠席を咎める理由はなかった。瀧子はもちろん学校など端《はな》から眼中になく、惟佐子が家にいて一緒にお茶を飲んでくれたり、温室の草花を愛でてくれたりするのが嬉しく、父伯爵もまた口述筆記をつとめる惟佐子が家で「秘書」のごとくに控えているのをよしとしたから、惟佐子の足は学校からますます遠のいた。一日の僅かな時間を父母のために費やせば、あとは自室で数学の問題を解いたり、棋譜を並べたりして過ごすことができるのだった。

事件を報じる新聞は丹念に読んだ。そうして読めば読むほどに、蟻のごとく寿子の遺骸に群がる黒い活字、そこに浮かび上がる「宇田川寿子」は自分の知る宇田川寿子とは違う人物としか思えず、馴染みの場所にふいと出現した道化の貌《かお》から冷嘲されるようで、白絹に染み広がる墨汁のごとき不安と、後悔とも憤怒ともつかぬ、取り返しのつかなさの感覚に脅かされた。久慈中尉と寿子の心中――。これが数学の証明問題だとしたら、証明すべき命題そのものに矛盾があるとしか考えられなかった。

平行線はどこまで行っても交わらない。これは日常に接合した平明な常識であるが、数学の世界には平行線が交わる幾何《きか》学のあることを惟佐子は知っている。久慈中尉と寿子の心中と云う難問を解くには、非ユークリッド幾何学の、常識から離れた歪んだ空間へ進んで身を投げ入れなければならぬのだろう。だが、そうするには、いかにも情報が不足していた。真実、久慈中尉と寿子には男女の関係があり、その果てに情死したのであるか？　事実が確定されねばならなかった。が、活動範囲の限られる惟佐子にできることは、渋谷の教会へ赴いてみることくらいしかなく、しかし証明に必要な条件は得られず、ふと思いついて牧村千代子に連絡をとり、相談をしたことで、僅かながら窒息性の瓦斯《ガス》を心の窓から表へ逃がすことができたようには感じていた。

しかしもう一つ、自分にできること、すべきことがあった。とは、すなわち、男女の関係についての研究である。解析学を学ぶに微積分の知識が不可欠であるのと同じように、寿子の事件を理解するには、男女をめぐる諸問題の考察が必要だった。すなわち惟佐子は、男女のことの研究、それも書物や耳学問ではなく、実地の研究をなすべき機会を窃かに窺いはじめていたのであり、その点からするならば、家から離れ、日光へ一泊する今回は好機かもしれず、気詰まりや億劫さはありながら、惟佐子が旅行への同行を積極的に引き受けたのには、じつはそう云う理由もあった。あるいは惟佐子が嫌がるかもしれぬと父伯爵は思い、一度拒否の態勢に入ったなら、娘を翻意させることは容易でないと考えていたから、惟佐子の素直な同意には胸を撫で下ろしたのだった。

少し質問してもよろしいでしょうかと、紅茶に口をつけた園田が云い、瀧子が許可を与えると、宇佐見と木島に丸顔を向けた。

「惟佐子さんのお兄さん、笹宮大尉を日光までお呼びする予定はありますか？」

質問の意味を捉えかねた二人の役人は訝《いぶか》し気な視線を若い新聞記者に向けて、どう云うことだろう？　と木島が友達口調で質《ただ》したのへ、園田は答えた。

「笹宮大尉は宇都宮の十四聯隊《れんたい》におられますからね」

一同がなお不可解な面持ちでいるなか、上下衣《スーツ》にボウタイで身を固めた町伏氏だけが大きく頷き、問いかける瀧子の視線を受けて口を開いた。

「宇都宮と日光は近こうございますし、十九日は日曜日でございますから、お呼びすれば惟秀《これひで》様もこられるかと」

地理には疎く、そもそも兄がどこに勤務しているのかさえ気に留めていなかった惟佐子を尻目に瀧子が飛び出した。

「それはいいわね。白雉さんからしたら、惟秀さんは甥にあたるわけだから、惟佐子さんを娘と呼ぶからには、惟秀さんを息子と呼んでもおかしくないはずでしょう。そうね、それがいいわ。惟秀さんが来てくだされば、お召し替えのあいだにお相手もしてもらえるし、惟佐子さんの負担も軽くなるわ。ぜひそうして下さる？」

惟佐子を娘と呼んだのはカルトシュタインであるが、そのことは指摘せぬままに、宇佐見は検討してみますと頷いて、硝子卓《ガラステーブル》に置いた書類に何か書き込み、余計な事を云うなとの木島の視線を素知らぬ顔でやり過ごして園田はまた口を開いた。

「笹宮大尉は去年まで補佐官として欧州におられましたね」

「イタリーでございます」

町伏氏が差し挟んだ註釈に一つ頷いて新聞記者は続けた。

「笹宮大尉は向こうで、白雉博允氏とお会いになることはなかったのでしょうか？」

すぐには誰も返答をしないなかにあって、襟ぐりの深い水色のつなぎ服《ワンピース》を着た瀧子ひとりが婉然《えんぜん》たる笑みで応じた。

「会ったんだと思います。ドイツとイタリアなんて、ほんの目と鼻の先ですもの。甥伯父が会わない理由がないですわ」

義母がどうしてここまで断じられるのか、惟佐子には不可解であったけれど、じつのところ瀧子は数度顔を合わせただけの惟秀とは、義理の親子の法的な関係を除いて接点はなく、義息についてほとんど知らぬも同然だった。陸軍大学校を出て欧州勤務を経験した惟秀が、短期の聯隊勤務のあと、陸軍省や参謀本部の中枢に根を張ることになるだろうとの観測は、夫伯爵から聞かされてはいたけれど、その人となりについてはなにも知らず、宇都宮に居ることも初耳だった。にもかかわらず、笹宮惟秀が白雉惟允と欧州で会っていたと断言できたのは、ぜひともそうであるべきだからであった。ドイツ学芸界で重きをなす伯父に、同じ欧州にありながら甥が会いに行かぬなどと云うことは、瀧子の常識では考えられぬことなのであった。

「それでちょっと違う質問なのですが」とそこで園田が云った。「笹宮大尉は久慈中尉とはお知り合いだったんでしょうか？」

久慈中尉——。その名前が室の空気を震わせたとたん、木島が鋭い視線の矢を友人の新聞記者へ飛ばしたが、言葉は発せぬまま、ほかの誰もが質問の唐突さに口を開かずにいるところへ瀧子が不思議そうに質問した。

「久慈中尉って、どなた？」

例の、宇田川家の令嬢となににした士官だと、町伏氏が瀧子に耳打ちする一方で、どうしてそう思うのかと、咎める眼の木島が園田に訊いた。

「期は違っても、同じ陸軍士官なら面識くらいはあっても不思議じゃないだろう」と木島が云うのへ、「いえ、じつは、宇田川寿子さんと、こちらの惟佐子さんが仲がよいと聞いたものですから」と若い新聞記者は友人の語気を軽く躱《かわ》すように応じてから、惟佐子へ丸顔を真っすぐに向けた。

「もしかしたら、惟佐子さんとお兄さんを通して、二人が知り合ったのではないかと思いまして」

園田の問いに、「そんなことはございません」と瀧子が毅然となって割り込んだ。

「宇田川さんのお嬢さんとは同級生と云うだけです。ですわよね？」

促されて、惟佐子が、ええと答えると、明朗に頷いた園田は、とくに詮索するふうもなく快活な調子で続けた。

「いや、妙なことを云って申し訳ありません。しかし、二人がどうして知り合ったのかが、どうにもわからないものですから」

たしかに家で見た新聞には、宇田川寿子と久慈中尉が槇岡《まきおか》中尉の仲介で渋谷の教会で出会ったとの情報はどこにもなく、これが惟佐子にはいささか不可解だった。失踪の朝、寿子が基督《キリスト》教会へ行くと告げて家を出たことは報道されていたから、警察も新聞記者も教会の人間に話を聞いたに違いなく、そこからどうして話が漏れなかったのか。寿子に同情的な牧師夫妻や槇岡子爵夫人をはじめ、教会員の人たちが興味本位であれこれ書き立てられることを嫌って口に箝《かん》すれば、案外と話は漏れぬものなのかもしれず、事実、斜向いで応接椅子《ソファ》に浅く腰かけた新聞記者は知らぬ様子で――いや、と、惟佐子は、屈託なく振る舞う、蒸焼売《シュウマイ》みたいにつるりとした童顔を持つ男が、教会での出会いに見当をつけていて、たしかな証言を惟佐子から引き出すべく鎌をかけているのではないかと、ふと疑いを抱いたとき、木島が、今日は違う話だからと釘を刺し、しかし園田は臆面なく質問を心太《トコロテン》のごとくするりと口にした。

「惟佐子さんには、二人の出会いについて、何か心当たりはありませんか？」

ないと惟佐子が答える前に木島が何か云いかけ、しかしそれより早く瀧子が新聞記者に向かって口を開いた。

「あなたは、あれね」

云われた男は、瀧子の方に姿勢よく向き直り、なんでしょう？　と訊く。

「あなた、のらくろに似ているわね」

出し抜けの評言に若い新聞記者が頓狂《とんきょう》な顔になると、瀧子は冗談を云うふうでもなく、自分の発見にさも感心したように繰り返した。

「何かに似てると、ずっと思っていたんだけれど、あなた、のらくろに似てるわ」

「漫画の、のらくろですか？」

「そう」

「そんなに似てますか？」

「似てるわね。そっくりよ」

「いや、まさか犬に似ていると云われるとは思わなかったな」園田が苦笑するのへ、瀧子は言葉を被せた。

「犬じゃないわ。のらくろよ」

「のらくろは犬ですから」

「違うわ。のらくろは、のらくろよ」

園田が仕方なさそうにまた歯を見せると、相手の笑いに同調せず、園田の顔をまじまじと見て瀧子は三度云った。

「あなた、のらくろに似てる」

二人のやりとりを人々が不思議に見守るなか、くうううと、妙に尾の長い男の笑いが高い天井に反響した。

二十六

仙台で千代子と蔵原は着いた土曜日のうちに三軒、一泊した日曜日に二軒、合計五軒の医院病院を回った。

思ったほどはかが行かなかったのは、入院患者のある病院には夜間や日曜でも人はいたが、そうでないところはどこも閉まって、電話で連絡して医師の自宅を訪れるなど、手間がかかったからである。週末にきたのはまずかったですねえと、蔵原は反省したが、そんなことは端《はな》から織り込み済みだと思っていた千代子は気勢を削がれ、蔵原は頭脳は悪くないけれど、ちょっと抜けたところがあるのかもしれぬと観察した。

そもそも非合法な「処置」をなす医師が、そのことを新聞記者に漏らす道理がなく、ただ宇田川寿子は「処置」を受けていなかったのであるから、医師に疚《やま》しいところはないはずで、情報隠匿の垣根は低くなるに相違ないと蔵原は云うのだったが、それもなんだか甘いように千代子には思えた。情死者らの写真を蔵原は用意していたが、久慈中尉のそれはもう少しましなのがなかったのかと、文句をつけたくなるくらい不鮮明で、医師や看護婦への質問も突っ込み不足の感が否めず、蔵原誠治と云う人間につき、実践に疎い思弁哲学者の像《イメージ》を千代子は濃くした。

仙台で収穫はなかった。市内に限っても産婦人科医院病院は一日二日で回りきれる数ではなく、そもそも情死者たちが診察を求めた医者が仙台にいるとは限らず、さらに云えば、本当に医師の診察を受けたかどうかさえあやふやなのだから、最初から頼りない話ではあった。電話で話したときは、仙台まで行ってくると宣言した蔵原にはめあてがありそうな雰囲気だったのだが、これは千代子の思い込みにすぎず、よくよく聞いてみればあっけないくらい無策なのであった。

これでは蔵原とただ旅行しただけだと、千代子は呆れたが、最初から旅行にきたと思えばいいと気持ちを切り替えて、しかし観光の時間はなく、せめて夕食くらいはおいしいものを食べたいと願ったけれど、遅くなったせいでなにもなく、宿をとった駅近くの旅館で嫌な顔をされながら膳を用意してもらうにとどまったのは、踏んだり蹴ったり、とまで行かぬが、千代子はだいぶ悄気《しょげ》た。萎《しお》れた菖蒲《しょうぶ》の安磁器が置かれた八畳間で、冷えた煮汁の底に沈んだ鰈《かれい》、色の悪い大根や里芋の煮しめ、ぬるい吸い物と云う献立の膳に旅装のまま二人は向かったが、蔵原が燗酒の銚子を頼んで、いける口の千代子は付き合って飲み、これでようやく少し寛ぐ感じにはなって、煤けた天井、罅《ひび》の入った土壁、汚染《しみ》だらけの襖、床間の陽焼けした掛軸等を順番に眺めやれば、まあ、これはこれで趣き深いかもしれぬと、可笑しく思うだけの余裕が出た。

煮しめも鰈も見た目を裏切らず、しかし古漬けの沢庵だけは驚くほど味がよくて、これを噛みつつ明日の予定を千代子が訊ねると、手帳を開いた蔵原は、朝から病院を回れるだけ回って、午の十二時四十五分発の急行で東京へ帰る予定だと答えた。

「夜行で月曜の朝に着く汽車でもいいんですが、それでは貴女が困るでしょう?」

あたかも自分が足手まといであるかのような物云いに千代子はむっとなったが、明日中に家に戻りたいのは事実だった。

「わたしは十二時四十五分で帰りますから、蔵原さんは残ったらどうですか」

「しかし明日は日曜ですからね。医者は休みだろうし」と云って銚子を差し出した蔵原の口から、週末にきたのはまずかったですねえ、の言葉が漏れ出たのはこのときである。千代子は蔵原の迂闊《うかつ》に呆れ、しかしいまさら云っても詮ないので話題を変えた。

「宇田川寿子さんたちが仙台にきていたとして、帰りに乗った汽車はどれだったのかしら」

「そこは少し調べてみたんですが」

蔵原はすいと立ち上がり、背広と胴着《チョッキ》を脱いで衣紋掛けにかけ、代わりに宿のメリヤスの半纏を羽織ると、畳に置いた鞄から時刻表を持ち出してきた。

「四月七日の日曜、午頃に二人は富士吉田の駅で目撃されている。富士山麓電気鉄道線の富士吉田へは、十一時五十五分着と云うのがありますから、二人が乗ったのはたぶんこれでしょう」

電車は大月発十一時二分。これに間に合うには、中央本線を新宿発八時三十六分の列車に乗る必要があり、それには朝の八時までに上野に着かねばならぬ理屈になる。箸を持ったまま卓袱台《ちゃぶだい》の手帳を覗いた蔵原が説明した。

「そのためには、仙台をなるべく遅く出るとしても、土曜の夜、十時五十分発の汽車に乗る必要がある。それなら日曜の朝、六時四十七分に上野に着ける」

「つまり、仙台に一泊したわけじゃないと云うことですか？」

「そうなりますね。午後の四時三十四分に仙台に着いて、夜の十時五十分に戻りの汽車に乗る。時間は十分でしょう」

診察してもらうに十分と云う意味だろうが、このときすでに千代子は、自分が云い出したことながら、二人が医者へ行ったとの仮説が湿気《しけ》た砂糖菓子のごとく崩れかけているのを感じていた。が、千代子はそれとはべつのことを云った。

「上野に朝の六時台に着いたんだったら、もっと早く富士まで行けたんじゃありません？」

蔵原は煮しめの焼き竹輪をくわえて齧り、時刻表を繰った。

「たしかにその気なら、大月に九時二十六分に着けますね。それだと大月発九時二十九分に乗れるから、十時二十分に富士吉田に着く」

「どうして遅くなったのかしら？」

「そこなんです」勢い込んだように云った蔵原が、新宿発八時三十六分の中央本線に乗った場合でも、大月で一本早い電車に乗れたはずであると示唆した。

「つまり上野から真っすぐ富士へは行かず、ちょこちょこと時間を潰していることになる。どうも辻褄が合わないな」

蔵原が注《さ》してくれた猪口《ちょこ》の酒を一口飲んでから千代子は云った。

「仙台にきたんじゃないのかもしれませんね」

「そうかもしれません」と蔵原が難しい顔で頷いて、と、そうなると、こんなところでこうしているのは何故なんだろう、との疑問が心裏に浮上するのを避けられず、旅の宿で男女が差しつ差されつする目下の状況がにわかに不道徳なものに思えてくるのが困る。考えてみれば、蔵原と私的《プライベート》な形で会ったのは『エルム』の一度きりなのだ。一線さえ越えなければ男と酒を飲もうがどうしようが疚しいところはいささかもないと千代子は考える者だが、宿の者をはじめ世間の見方が違うのは当然で、跳ね返りの札貼《レッテル》りには慣れているとは云え、やはり少々軽率だったかもしれぬと、後悔の虫が身内で騒ぎ出す一方、この流れのまま蔵原と「既成事実」を作ってしまうならそれでもいいかもしれぬとの、臆面ない考えが脳裏の草叢《くさむら》に図太い蛇のごとくとぐろを巻くのを発見して千代子は驚いた。蔵原が信頼できる人物に思えるのはたしかだけれど、自分が恋愛感情を抱いているのかと自問すれば、直ちには首肯できず、見合いして結婚した夫婦が新婚旅行に出るとこんな感じなのかもしれぬと考えた千代子は、酔いのせいばかりでなく火照った頬の色を誤摩化すべく、俯いて鰈の身をほじりながら卓《テーブル》の向こうを密かに窺えば、ネクタイに半纏と云う珍妙な格好《スタイル》の男は箸でつまんだ煮しめの蒟蒻《こんにゃく》を真面目な顔で齧っている。

「明日は病院へは行かないで帰りますか？」

千代子の溜息混じりの提案に、そうですねと、半端に応じた蔵原は、つと席を立つと、襖を開けて出て行ってしまう。手洗いにでも行ったのだろうが、なかなか帰ってこない。桜は散ったが、新緑が瑞々《みずみず》しく萌える季節だからか、泊まり客はけっこうあるようで、個々の声は聞き取れぬものの、思い思いに過ごす旅客の息づかいが一塊のざわめきとなって襖越しに漂い込んでくる。蒸気の警笛が吃驚《びっくり》するほど近くで鳴って、鉄路を踏む車輌が天井をかたかたと揺らした。

もし蔵原との「一泊旅行」が家族や会社に知られた場合、どんな展開があるだろうかと千代子は想像してみた。誰に何を云われてもかまわないと思う一方で、写真事務所で働きたいと云い出したとき、世間体が悪いからと母親が反対したのを退け許可してくれた父親は裏切られたと思うに違いなく、それを思うと心苦しくて、今回はなにがなんでも秘密にしておかなければならぬと決心した。

しかし蔵原はどう思っているのだろう？　職業婦人に対する軽浮な侮蔑を蔵原もまた腹蔵しているのだろうか？　以前に読んだ作家の文章にこんな趣旨のものがあったのを千代子は覚えている。すなわち、男にとって女なる者は、母親、妻、娼婦の三種類しかありえず、この三者を一身に備えた女性こそが理想の女性であるが、世のいわゆる職業婦人は娼婦に分類されるべきである――。千代子は作家の旧弊ぶりに憤然となったが、しかし仕事の現場では右のごとき感覚の持ち主に遭遇することはままあって、職業婦人になるような女はやはり尻軽だ、どんな男とでも平気で一泊するんだろうと、蔵原が自分を軽蔑したのではないかと千代子が心配になったのは、右の文章が載ったのが『都朝報』だったせいもある。だからと云って同じ意見を蔵原が持っているわけではないとは思うのだけれど、後悔の虫がうるさく身内で鳴いて、居たたまれぬ心持ちになったところへ戻ってきた蔵原を見れば、盆に銚子を二本と皿に山盛りの沢庵を載せている。

「勝手でちょっと頼みました。貴女はいける口のようだから、まあ少し飲みましょう。冷やでいいですよね」

酔わせて何かするつもりなのではないのか。通俗な猜疑《さいぎ》に捉えられた千代子の顔色を察したものか、近代旅館の番頭然としたネクタイ半纏姿の男は苦笑する顔になり、二階に鍵のかかる部屋があるので、そちらに千代子の部屋を変えてもらった旨を伝えた。旅館が用意した千代子の部屋は、いま二人がいる蔵原の八畳間と襖一枚隔てただけで、そのことが神経に圧迫を与えていた事実に千代子は気づくと同時に、蔵原もまた気詰まりだったのを理解した。そうして思えば、蔵原がネクタイを窮屈に外さぬのも、親密すぎる空気が室に漂うのを避けるための用心に違いなかった。

気遣いに感謝しつつ、千代子は早速沢庵を箸でつまみ、これほどいい音をさせて沢庵を齧る人を自分はかつて知らぬと、先刻から観察していた蔵原はかりかり鳴る音を耳にして、この人は歯が頑丈であり、かつ口腔がギターの胴のごとく音を反響させる構造になっているんだろうと分析し、そんなこととはつゆ知らぬ千代子は三切れ連続して沢庵を口に放り込んで、線路際に建つ商人宿の、焼け畳もうら淋しい客室に小気味好い音を響かせたのだった。

翌日は朝からまた医院を回ったが、めあての医院が閉まっていたりして、たった二軒にとどまったのは、純然たる素人探偵ならともかく、蔵原が新聞記者である点を鑑みた場合、あまりの低調ぶりで、これなら青葉城址でも観光した方がよかったと千代子は思いつつ、蔵原とともに上り急行の二等車に収まった。収穫はひとつもなく、旅に出る前日、麹町へ電話をかけて、仙台で何か摑めるかもしれませんと惟佐子に報告したこともあり、旅の同伴者としてはともかく、蔵原の探偵的才における盆暗《ぼんくら》ぶりには落胆した。

だが、この日の二人にはつきがあった。いや、幸運を呼び込んだのは蔵原ではなく、自分だと千代子が信じたのは、愛読するモード雑誌の十二星座占いで、今月の魚座の運勢は最高と出ていたからだ。ちなみに何気なく誕生日を聞いた蔵原は蠍座で、魚座とは相性抜群、千代子は密かに嬉しく思ったことだった。

魚座に与えられるべき幸運は、仙台を汽車が発してまもなく、検札に回ってきた車掌がもたらした。蒼い制服制帽の彼こそが鉄路に出現した利運の神であった。往路の車掌にしたのと同じく、写真を示して見覚えはないかと、期待せぬまま聞いたところ、男の方はわからぬが、この女性なら記憶があると返事があったのである！

色めき立った素人探偵たちが、それはいつのことかと追及したのは当然だ。一ヶ月くらい前に汽車に乗った客だと車掌は云い、どの汽車かの問いには、上野発十時の急行、その二等車だと答えた。正確な日時がわかるだろうかとさらに問いを重ねれば、勤務表を調べればわかると応じた車掌は、検札を終えてからまた座席まできてくれて、四月六日であると日付を明言した。

「本当にこの人でしたか？」

蔵原が再度宇田川寿子の写真を見せると、手に取ってじっくり眺めた中年の車掌は、間違いないと請け合った。

「間違いないですよ。この人に葉書をさしあげましたから」

「葉書を？」

「ええ。切手か葉書がないかと云われまして。そう云うこともときどきあるんで用意してあるんです」

葉書！――矢が的の中心を射た手応えを千代子が全身に覚えているうちにも蔵原と車掌の問答は続いて、彼女の目的地は仙台だったのだろうかとの質問に車掌は答えた。

「違います。この女性は宇都宮で降りました」

「宇都宮？　一人で？」

「ええ」

「連れの男性はいませんでしたか？」

「お一人でしたよ」答えた車掌は、ただしと、云い淀むふうになる。

「なんです？」

「同じ車輛にもう一人、宇都宮までの方があって、列車を降りて歩きながら女の方と歩廊《ホーム》で話していたんで、ひょっとしてお連れさんなのかなとは思いましたが」

それはこの人ではないかと、蔵原が再び久慈中尉の写真を示して見せたのへ、よくわからないと首を傾げる車掌に、黒い背広に焦茶の帽子ではなかったかと、死んだときの久慈中尉の服装を蔵原が口にした。

「帽子を脱げば坊主頭なんですが」

「帽子は被っていたと思いますが、色までは」と車掌は写真を手にして答えた。「顔はちょっと思い出せませんね。帽子を深く被ってらしたかもしれません」

「顔を隠していた？」

「べつに隠していたわけじゃないと思いますが。ちょっと覚えていませんね」

「二人は離れた席に座っていたんですか？」と今度は千代子が質問した。首肯する車掌に、二人が車中で話をしたりする様子はなかったかと訊けば、ずっと見張っていたわけではないからと車掌は笑い、しかしもし二人が連れだとしたら、それほど親しい間柄ではないだろうと意見を述べ、長年汽車の車掌などやっていると人間模様には自然通暁《つうぎょう》するようになるのだと、いらざる自慢をした中年車掌は、それほど混んでいない二等車で別々に席をとっていたからだと説明した。

「親しい男女なら一緒に座るでしょう?」

「しかし二人は一緒に宇都宮で降りたんですね?」とそこでまた蔵原が問うたのへ、二枚の写真へ視線を落としつつ頷いた車掌は、写真の男女が世上を賑わす情死者たちだとは気づいていない様子だった。

「一緒かどうかはわかりませんが」

「とにかく二人で宇都宮で降りたんですね?」

「ええ。しかし目的地は宇都宮ではないと思いますよ」

なぜかの問いに車掌は答えた。

「日光線への接続を訊かれましたから」

「誰から?」

「男の方です。たぶん日光方面へ向かったんだと思います」

二十七

十二時四十五分に仙台を出た上野行急行は、定刻の十七時二十一分に数分遅れて宇都宮に着いた。

情死者らの足跡を追う牧村千代子と蔵原誠治は躊躇なく下車して、駅員に写真を示したのは、急行の車掌が、問題の男女の持つ切符は宇都宮までだったと証言したからで、彼らが日光方面へ向かったならば、宇都宮駅で乗継ぎ切符を買った可能性があった。新聞社の名刺が効いたのか、助役が出てきて、居合わせた職員全員に訊ねてくれたが、しかし記憶のある者はなかった。窓口で切符を買った久慈中尉が死んだときと同じ黒っぽい背広に帽子を被った格好だったとすれば、目立ちにくく、そもそも蔵原の用意した不鮮明な写真では判定が難しいのも無理はなかった。洋装の若い女性が一緒だったはずで、そうした男女二人連れに覚えはないかとさらに訊いてみたが、上野ほどではないにしろ、宇都宮も北関東の枢要をなす繁華な町だから、駅員らが首を傾げたのもやむをえなかった。

実際には、二人が改札を抜けなかった可能性もあった。青森行急行から日光線の列車に乗り換える場合、接続は十二時三十八分発の日光行、通常なら待ち時間が一時間近くある。ところが四月は週末に限り臨時列車が運行されて、十分の待ち合わせで日光行に接続していたのだった。しかも車掌の話では、その日の青森行は五分程度の遅延が生じていたと云うから、臨時列車に乗るなら改札を出ている暇はなかっただろう。

それでも念のため、千代子と蔵原は赤帽や売店の売子に、待合室の辺りにこう云う男女がいなかったかと訊いて回ったが、四週間の時間を隔てて覚えのある人間は発見できなかった。そのまま駅を出た可能性を考えて、駅前の乗合自動車やハイヤーの会社を訪ね、さらに食堂やカフェでも同じ質問をしてみたが、有意の情報はなく、魚座の幸運もここまでであった。

しかし、収穫はすでに十分あがっていた。少なくとも二人が仙台ではなく、宇都宮から日光までのどこかへ向かった事実が判明したのは大きな進展であった。笹宮惟佐子宛の葉書の消印が仙台局だった謎もすでに解かれていた。とは、つまり、葉書を提供した車掌が宇田川寿子から頼まれ、仙台で勤務交替した際に投函したとの証言が得られていたからである。葉書をめぐるやりとりが印象に残ったおかげで、車掌は宇田川寿子の写真をその人だと同定できたのだった。

車掌は証言した。二等車の端にある車掌室へ写真の女性が来て、切手か葉書がないかと問うので、葉書を無料《サービス》で提供した。女性はそのまま便所《トイレット》へ入り、しばらくして出てくると投函を依頼した。つまり宇田川寿子は便所《トイレット》で葉書を書いたわけで、ここに新たに生じたのは、どうして彼女はそのような不自由な状態で葉書を認《したた》めたのか、の謎である。

宇田川寿子は葉書を書いたことを人に知られたくなかった。とりあえずはそう考えられるわけだが、行きずりの乗客の眼を気にする理由はないだろうから、誰か知り合いが同じ車輛に乗り合わせていたと考えるべきで、その誰かとは、車掌の云う離れた席に座る連れの男性——久慈中尉以外には考えられなかった。しかし、なぜ宇田川寿子は久慈中尉に葉書のことを知られたくなかったのだろうか。

「久慈中尉は宇田川寿子さんとの関係をあくまで秘密にしておきたかったんでしょうね。だから彼女が家族や友人に連絡をとることを許さなかった」

車掌の証言を得てから宇都宮に着くまで、千代子と蔵原が議論をする時間はたっぷりあった。眠ってばかりの往路とは違い、立て続けに紙巻莨《たばこ》を灰にする蔵原は、右のように述べたのに続けて、かりに自宅に電話をしたりすれば、根掘り葉掘り訊かれた宇田川寿子がすべてを告白してしまうことを久慈中尉は虞《おそ》れ、だから一切の連絡を禁じた、それでも宇田川寿子は笹宮惟佐子との約束だけは気にしていて、こっそり葉書を書いて投函を依頼したのだと整理した。

「でも、どうして惟佐子さんにだけ葉書を書いたのかしら」

車窓から差す夕陽を横顔に浴びた千代子が問うた。曇天の西の空だけが霽《は》れて金色の西日が輝いていた。同じく陽に顔を赤く染めた蔵原は答えた。

「どのみち家族には心配をかけてしまう、と云いますか、家族には書きようがなかったのかもしれませんね。笹宮さん宛の葉書にも具体的な情報はなにもない。しかも宇田川さんは葉書がすぐに届かないこともわかっていたわけで、つまり一種のアリバイ作りなんでしょう」

「アリバイ作り？」

「自分が友達との約束を忘れていたわけじゃないと、証拠を残しておきたかったんだと思います」

なるほどと頷いた千代子は、しかしこう云うものをアリバイと呼ぶのだろうかと語義に疑問を抱いたが、そのことは云わずに、どうして二人は離れて座ったんでしょうと、べつの疑問を口にした。

「恋人同士なら一緒の席に座りますよね。それほど混んでいなかったと車掌さんも云ってましたし」

「誰か知り合いに見られるのを気にしたのかもしれませんね」

蔵原が云うのへ頷きながら、二等車の別々の席に座る男女の姿を千代子は想像裏に描いたが、惟佐子宛の葉書の文章を考え合わせ、情死行に向かうべく列車に乗った人たちとはどうしても思えない。

「二人はどこへ行ったんでしょうか？」

問題は結局ここだ。青木ヶ原で「情死」した男女は、前日、なんのために日光線の列車に乗ったのか？　日光線は宇都宮から日光までの七駅。二人はそのどこかで降りたに違いなく、車掌の話を信じるならば、宇都宮を除く六駅に絞られる。

「駅はどれもそれほど大きくないはずだから、二人を駅員が覚えている可能性はありますね」と云った蔵原は、車輛の揺れに難儀しながら時刻表を調べて、朝の五時三十五分の上野発で出発すれば、乗り継ぎを繰り返して夜までに全ての駅に降り立つことは可能である、だから丸一日で捜査は完了できると報告し、しかし今日はもう無理なので、とりあえず宇都宮駅だけでも降りて調べたいと云うので、千代子も同じくしたのは、次の普通列車に乗れば、どうにか今日のうちに家に帰れると判断したからである。


乗るべき列車は宇都宮駅二十一時九分発。宇都宮駅および駅周辺の聞き込みの後、だいぶ時間が余ったので、千代子と蔵原は駅前の食堂で夕食を摂った。焼魚の定食を注文した蔵原は酒を頼み、千代子が今度は遠慮したのは人の眼を意識したからである。半ばが畳座敷、半ばが土間になった広い店は、席の八割方が埋まり、銚子を何本も並べた組もあって、眩《まばゆ》い電灯の下、談笑や注文の声が飛び交うなかを割烹着が忙しく動いて、なかなかに賑やかであるが、女性客は千代子以外になく、洋装の短髪女に不躾な視線が投げかけられるのは避けられなかった。千代子たちと同じ汽車待ちらしい者もあったが、大半は地元の人間で、軍服が目立った。畳座敷に十人ほどが座を占めた組のほかにも、土間の椅子卓に三人、四人と陣取った軍服坊主頭がある。街中で見かける機会が近頃は増えたとは云え、これほど大勢の軍服に囲まれた経験が千代子にはなかった。

「兵隊さんが多いですね」千代子が云わずもがなの事柄を小声で口にしたのは、男女が黙して向かい合っていては、酔客の好奇の眼をよりいっそう引き寄せてしまうと思ったからである。それこそ情死に向かう者らだと思われかねない。

「宇都宮は師団のある軍都ですからね」手帳に眼を落とし沈思していた蔵原は我に返って返事をした。

「蔵原さん、軍隊は？」と訊いた千代子は、蔵原が金沢の出身で、四高から早大に進んだことくらいしか、その身上を知らなかった。

「大学を出た年に検査を受けて、いちおう合格しましたが、籤逃《くじのが》れでした」

蔵原は周りの軍服を意識してか、声を抑えて答え、それは幸運でしたねとは、同じ理由から千代子も云わなかった。ものごころついた頃から、国際協調と軍縮の掛け声を聞いて育ち、基督《キリスト》教系の女学校で平和主義を唱導する校長の薫陶を受けた千代子は、視界にちらつくようになったカーキ色には違和感があったが、軍服の蝟集《いしゅう》したこの場所では、自分こそが違和の種に違いないとの自覚はあった。

「満洲では陸軍はわりとうまくやってますからね。存在感を増すのは自然かもしれません」周囲の軍服を見るでもなく見た蔵原が声を低めて云った。

「と云うより、存在感を増すためにやったわけでしょう？」と千代子が発言したのへ蔵原は頷いた。

「そうとも云えますね」

「軍隊が存在感を増すために戦争をされちゃかなわないわ」

声を抑えたつもりだったのに、左前方の卓《テーブル》を四人で囲んだ制服の一人がこちらに棘のある視線を寄越した気がして、即座に千代子は話題を変えて、二人はなんのために日光線に乗ったんでしょうかと、運ばれた月見うどんに箸をつけながら、車中での話を蒸し返した。

沿線のどこかに産婦人科医院があるのかもしれないが、だとしても数は多くないはずで、調べるのは難しくないだろうと、手酌した酒を飲みながら、列車でしたのと同じ返答を蔵原は繰り返したうえで、もう一度最初から整頓してみましょうかと云ってはじめた。

情死者たちは、四月六日の午前、上野から十時ちょうど発の急行に乗った。大宮を過ぎたあたりで車掌が検札に回り、二等車の中程、進行右側の席の宇田川寿子、通路を挟んでやや離れた左側の久慈中尉、それぞれの切符が宇都宮までであるのを車掌は確認し、その際、久慈中尉が日光線への接続を訊ねた。

「車掌はこの場で乗り継ぎ切符を用意できると云ったが、久慈中尉は断った。どのみち宇田川寿子のぶんも買わなくてはならないから、あとでまとめてやろうと考えたんでしょう」と註を差し挟んでから蔵原は続けた。

十一時すぎ、小山《おやま》に停車した前後、宇田川寿子が車掌室を訪れて葉書を請い、便所《トイレット》で笹宮惟佐子宛の通信を書き、車掌に託し、仙台で車掌が投函した。十二時五十分、定刻より少し遅れて急行は宇都宮に着く。待ち合わせ時間は五分、二人は改札を抜けずに日光線の歩廊《ホーム》で待つ臨時列車に乗った。そうして翌日の午《ひる》、正確には十一時五十五分に富士吉田の駅に二人は現れる。

整理を終えた蔵原は、しかしどうして日光なんだろうと、猪口の酒を口へ放り込んでまたも自問し、産婦人科医院の仮説が蔵原のなかでも影を薄くしているのを千代子は察した。

「まさか華厳の滝へ身投げしようと思ったわけじゃないだろうし。華厳の滝はいまどき流行らない」

笑う蔵原へ千代子は、日光なら一泊できるかと質問した。それはさっき調べましたと答えた黒背広の新聞記者は、手帳の頁《ページ》を繰って、泊まれませんねと、端的に答えた。

「午に富士吉田へ着くには、日光発、夜の九時四十分に乗らないとならない。これだと朝の五時前に上野に着いてしまいますけどね」

「東武線を使ったら？」と千代子が云うと、吃驚《びっくり》したように眼を瞠《みひら》いた蔵原は、そうだ、それがありましたねと、脇の椅子に置いた、書類やら下着やらで混雑する鞄から時刻表を引っ張り出した。日光へは浅草から東武電車が走り、たしか東武線は宇都宮へも通っていたはずだと千代子は思い出し、そう云うと、蔵原は餌を啄《ついば》む鶏のごとくに頷いて時刻表の頁を捲《めく》る。

「東武があるのに気づかなかったのは迂闊でした」

蔵原の自省に心から同意しながら、そもそもどうして往きに東武を使わなかったんでしょう？　と問いを発した千代子は、そうかと、すぐに自答した。

「つまり日光線の沿線の駅に用があったんですね。日光ではなく」

「そうかもしれません。宇都宮駅と東武宇都宮駅は少し離れていますから、日光線に乗り換えるのには不便です」と蔵原は顔をあげて応じた。「もっとも宇都宮から二つ目の鹿沼《かぬま》から、国鉄と東武はほぼ並行して走っていますから、そのあたりが目的なら東武線でもいいいかもしれない」

「つまり鹿沼より手前の駅が目的だった？」

「それは鶴田《つるた》と云う駅ですが、可能性はありますね」と云って時刻表にまた眼を落とした蔵原は、あるいは、と付け加えた。

「知り合いに出くわすのを嫌がったのかもしれません」

利便性からして、宇都宮の師団の士官、下士官には東武線を利用する人間が多いのかもしれず、彼らとの遭遇を避けようとしたのではないかと、時刻表から眼を離さずに蔵原は述べた。

「急行で離れた席をとったのも、万が一顔見知りに会ったときの用心だったんでしょう」

話を聞いた千代子はそのとき、宇都宮で降りてからずっと、いや、急行の車掌から情死者たちが宇都宮で降りたと聞いたときから頭に巣食い出した気掛かり、と云うほどでもない、画布に付いた、画家の筆に由来しない僅かな染みのごとき記憶が、混濁した思惟の澱のなかから浮かび上がるのを覚えた。惟佐子の兄、陸軍士官である笹宮惟秀氏が、たしか宇都宮の聯隊《れんたい》にいたのではなかったか？

千代子が麴町へ通い出した頃、惟秀氏は陸軍幼年学校にいて、週末には家に戻っていたのだろうが、千代子は数度、それもほんの僅か見かける程度しか接触はなかった。それでも、すらり丈の高い、惟佐子によく似た整った顔立ちの印象はあって、ところがいまそれを呼び戻そうとすると、寺院めいた黒瓦の屋敷の縁側廊下、張り出した庇下《ひか》の暗がりに佇んで、陽射しの光幕の向こうの、楠《くすのき》の大樹の傍で「おあいてさん」と遊ぶ妹を見つめる制服の少年――その絵姿にあって、帽子の陰の貌《かお》だけが空白になってしまう。

「東武線を使えばたしかに日光に一泊することも可能ですね」

時刻表を繰る蔵原が、細かな時刻をあげて解説するあいだ、千代子は笹宮惟秀の面影をもどかしく追った。

二十八

惟佐子がカルトシュタインのお供で日光へ向かう日は、早朝こそ薄雲が天に紗をかけていたものの、太陽が軌道を進むにつれて空は青い塗料を塗り付けたようになり、盛夏の熱粒を孕《はら》んだ陽射しが樹の緑に烈々と照りつけた。

まだ薄暗い、東天の雲が濃紫《こむらさき》の輪郭を明らかにする時刻に起き出した惟佐子は、湯浴みのあと、髪をしてもらい、塩昆布の茶漬けで朝食を済ませてから、外出着に着替えて、予定の午前七時、迎えの自動車に収まった。一緒に乗り込んだのは、旅に同行する女中の菊枝《きくえ》、および見送りの町伏氏の二人で、瀧子は、女中は最低三人はつくべきだし、荷物運びの人員がべつに必要だと主張したが、なるべく簡素にしてもらいたいとの協会側の意向を受けて、着替えその他は鉄道便でホテルに送ることになり、付き添いが菊枝一人に絞り込まれたことは、大名行列でもあるまいしと、義母のはしゃぎぶりに辟易《へきえき》していた惟佐子に安堵の息を吐《つ》かせた。

長屋門の事務所に暫時待機した後、車寄せのない笹宮伯爵邸の、表門前の道路に停まった黒塗り自動車に乗った惟佐子は、町伏氏が書生の御法川《みのりかわ》に大型の旅行鞄を荷物室に積ませているのを見て、あの荷物はなんなのと、隣に座った菊枝に問うと、奥様が用意されましたと困惑気に笑うので、あんなに大きいものは自分と菊枝ではとても運べない、着替えはすでに別便で送ったのではないのかと、助手席に乗り込んできた町伏氏に文句をつけると、私もさように思ったのですが、同行する協会の人間に運んで貰えばよいと奥様がおっしゃいますので、後ほど私からそのようにお願いいたしておきますと、暗色のボウタイで縮緬皺《ちりめんじわ》の浮いた喉仏を締めつけた家令は、真白い手布巾《ハンカチ》を取り出し額を拭った。

そもそもあれには何が入っているのかと問うと、贈り物だと、今度は菊枝が教えた。

「贈り物って、カルトシュタインさんに？」

「はい」

「中身は？」

「さあ。存じません」

「でも、見たのでしょう？」

「木箱に入っていましたから。箱は三越でしたから、お人形か、陶磁器ではないかと。晩餐《ばんさん》のときに差し上げるようにとのことでした」

旅先で荷物になる壊れ物を貰う迷惑は、カルトシュタイン本人が持ち運ぶわけでもないだろうから、まずはいいとして、この種の品の選定眼につき義母の趣味を疑う惟佐子は、出立早々、不吉の思いに囚われざるをえなかった。

「それにしても大きすぎない？」

「衣装も入っていますから」と応じる菊枝に、衣装なら別便で運んだはずだとまた問えば、あの者は粋筋の出ではないかと、屋敷を訪れた客からときに問われる、薄桃色の半襟から伸び出た頸《くび》や目元に艶味を漂わせた年増の女中は云いにくそうに答えた。

「あれはわたくしの衣装です」

「あなたの？」

「はい。お嬢様が着替えるときに、あなたも合わせて着替えなさいと奥様が仰《おっしゃ》られて。お寝間着とはべつに合計四回は着替えなさいとのことでした」菊枝は弱り果てましたと云うように、普段より濃く化粧した顔で笑ってみせた。

その瀧子は、朝に弱い体質ゆえ、出発までに洋館から這い出てくることなく、このところ国体明徴《こくたいめいちょう》運動の先頭に立って忙しく活動する笹宮伯爵も名古屋方面への講演旅行で不在だったから、黒塗りの自動車は一斉に頭を下げる女中と家僕らに見送られて、築地塀《ついじべい》から伸び出た常磐《ときわ》松の下を出発した。

父親の命令下、海外の賓客のお供をして一泊旅行する。元来が出好きではなく、社交的でもない惟佐子の心が弾む道理はなかったが、行き先が日光である一点において、自分がそこへ向かうべき密かな理由——天慮のごときものがあると思いなされて、興味とも関心ともまた違う、不思議な心ばえが生じていたのは、宇田川寿子が日光方面へ行っていた可能性があると、牧村千代子から報告を受けていたからである。

どうして日光に？　惟佐子が問うたのは当然で、理由はまだわからないと千代子は答えたが、自分が日光へ向かうことになったがゆえに、寿子の影が同じ場所に湧出したのではあるまいかと、まるで論理の通らぬことを考えた惟佐子は、しかしこの暗合には未知の意味が秘められているのだとの思いが消し難かった。「日光」なる地名の唐突な出現と連続は、解析の定理中に忽然《こつぜん》現れる円周率πのごとき神秘を惟佐子に想わせた。

いずれにしても、失踪のあげく富士の樹海で死んだ寿子が、前日に日光に行っていたことは、意想外の事実であるには違いなく、その重みはにわかには測りかねたけれど、惟佐子宛の葉書が車掌に預けられ仙台で投函された件を含め、寿子の足跡を追求した千代子の調査力、行動力は大したものだと、惟佐子は感嘆を込めて讃辞を述べたが、その惟佐子にしても、楠の暗い緑を窓に望む居室に閉じこもりきりだったのでは決してなかった。

惟佐子が渋谷南平台《なんぺいだい》の基督教会を訪れたのは、事件の報道のあった翌々週の日曜日、目的は云うまでもなく槇岡中尉であった。あの折目正しい制服の近衛《このえ》士官が同僚の死をいかに考えているのか、友人の寿子との「情死」をいかに捉えたのか、寿子と久慈中尉が男女の交情を持つに至った経緯を彼はどこまで知っていたのか、知っていたなら、どのような眼で二人の交際を眺めていたのか、二人が「情死」する、その可能性につき予期するところはあったのかなかったのか？——問いはどこまでも連鎖した。

槇岡中尉と言葉を交わしたのは、あの、楓《かえで》の紅に染められた陽が木卓に差し込んだ秋の一日限りで、その後は接点がなかったけれど、一度は会って話を聞かずにはすまぬとの思いに駆られ、半年ぶりに坂を上った教会堂に、陸軍士官の制服姿は、しかし見えなかった。槇岡子爵夫人の顔もなく、牧師も若い人に代わっていて、裏庭を覗くと、隣家から張り出していた楓の枝は伐られ、畸形となった樹の、新しい切口の疵《きず》が白々と光っていた。

翌週の日曜日——これは千代子が蔵原と共に仙台にいた日であるが、惟佐子が再び南平台へ足を運ぶと、今度は槇岡子爵夫人の妹の姿があった。礼拝のあと、こちらから声をかけ、思い切って寿子の件を持ち出せば、あんなことになってしまってねえと、黒い服の老嬢は涙を拭った。槇岡子爵夫人はお元気かと訊ねれば、昨年末、出先で転んで足首の骨を折ってしまい、まだ歩けるようになっていないと教え、あの人が悪魔だったのよと、顔の皺を、自身こそが魔女であるかのように深く刻んで呪詛《じゅそ》の言葉を吐きかけたあの人とは、むろんサイン曲線《カーブ》の生え際を持つ小柄な陸軍士官であった。

「一緒にお茶を飲んだでしょう？　あのときから、わたしは嫌な感じを持っていたんだけれど、あの人が教会へ来てから、なにもかもだめになったの。姉のこともそうだけれど、ほかにも亡くなったり病気になった方があってね。牧師様も急に満洲の方へ行くことになってしまって。本当にいい方だったのにねえ。今度来た人は全然だめ」

槇岡子爵夫人の妹は新任牧師の悪口をはじめて、二人が話をしていたのは教会堂を出てすぐの、花壇脇の小径だったから、牧師の耳に届くのではないかと惟佐子は気になったけれど、目の前の老嬢は声を低めることもなく、義歯らしい白い歯を陽に閃《ひらめ》かせて毒のある言葉を吐き、忍耐強く聞き役を務めた惟佐子が、時機を捉えて、槇岡中尉の名前を出せば、ひっつめ髪の老嬢はまた涙を見せた。

「貴之《たかゆき》さんも可哀想でね。貴之さんは寿子さんが好きだったの。それをあの人が横からとったのよ」

横からとった――。この端的な表現が、なにかしらの根拠に基づくものなのか、彼女の想像にすぎぬのか、惟佐子にはどちらとも判断がつかなかった。

「槇岡中尉はどうなさっているんでしょうか？」惟佐子は少々不躾かとも思いながら質問してみた。

「そりゃあショックですよ。でもね、いまはもう立ち直ってね、誠心に御奉公なさっているそうよ。一時は貴之さんもね、革新派と云うのかしら、そう云う人たちに混じっていろいろしていたらしいんだけど、いまはすっかりよしにして、武人の正しい道を進んでいると云うから、ああ云うことがあったのは、結果から見ればかえってよかったと云えるかもしれませんね。近衛の士官は、陛下を御護りするのが、一番の使命ですからね」

近衛聯隊の将校団にも維新運動の蠢動《しゅんどう》があることを、父伯爵の口述筆記を通じて知る惟佐子は、秋に言葉を交わした印象から、槇岡中尉が久慈中尉とともに革新派と気脈を通じていると見当をつけていたが、寿子と久慈中尉の事件を経て彼が「足を洗った」との証言が、どこまで信憑性があるのか、やはり判定がつかぬまま、槇岡中尉は教会へ通ってきているのだろうかと質問を変えた。

「いらしてないわね。やっぱりショックだったんでしょう。牧師さんも代わってしまいましたしね」と応じた老婦人が、新任牧師への批評を再開するのを、過度にならぬ程度の同情の色を顔に浮かべて受け止めながら、教会へ来ていない以上、槇岡中尉から話を聞く機会は当面なさそうだと惟佐子は考え、手がかりがあるとすれば、目の前の、賑やかに花弁をつけたポピーの花壇の横に立つ、感情を容れる樽の箍《たが》が緩んだ印象の老嬢しかなく、しかしうまい糸口が見つからずにいるところへ、寿子の名が放射状の皺に囲まれた口から飛び出た。

「寿子さんは悪魔に魅入られたのよ。あの人にも油断はあったんでしょうけれど、奸智《かんち》に長けた悪魔に魂をとられたのね。わたしはね、神様がどうして悪魔の活動をお許しになっているのか、昔から疑問でしょうがないの。いつも牧師さんに尋ねるんだけれど、今度の人はだめ。御祈りしましょうと云うばかりで、なんにも答えてくれないんですからね。貴女《あなた》はどうお思いになる？」

不意の質問の意味が捉えられず、なんでしょう？　と訊き返せば、萎《しな》びた果実を想わせる手で、ポピーの花を茎から折り取った老婦人は、摑んだ花の蕊《しべ》に鼻を擦り付け、それから胸の前で赤い花をゆらゆらと揺らせば、それがあたかも合図であったかのように、十字架の付いた教会堂の屋根から斑《まだら》の蝶が飛来して、頭上をひらひら旋回するのを二人はしばし眼で追った。

「日本では悪魔がどんどん増えているでしょう。そうお思いにならない？」

「そうなんでしょうか？」

「ええ。そうよ。寿子さんを滅ぼしたあの人なぞは、悪魔は悪魔でも小物にすぎないわ。もっと大物がどこかに隠れてるのよ」

久慈中尉が悪魔である、との論説には、比喩の水準でも惟佐子は同意できなかった。秋の午後、楓の枝下で対峙した、サイン曲線の生え際を持つ小柄な士官が、かりに寿子を誘惑し、子を孕ませ、あげく情死に導いたのだとしても、それは悪魔ではなく、人間の、弱い人間の仕業であると惟佐子は考える者である。にもかかわらず、黒服の老嬢の口から出た悪魔の言葉が、ざらりとした実在の手触りをともない、しこりとなって胸の底に残存して、その所為《せい》なのか、先週の土曜日、雨中を訪れてきた牧村千代子の報告を聴くうち、思わず同じ言葉が口をついて出たのだった。

「寿子さん、悪魔に魅入られたのかしら？」

そう呟いて惟佐子が顔を向けた先には、庇の雨垂れの向こう、濡れて暗色に染まった楠がある。同じく樹を見た千代子は、塵一つなく拭き清められた畳の上に漂い出た「悪魔」の言葉の、場にそぐわぬ異類の響きを追い、それから惟佐子に視線を戻して問うた。

「悪魔に魅入られて宇田川寿子さんが日光へ行った、と？　それはつまり、どういうことなのかしら？」

いいえ、なんでもありませんと、珍しく心の動揺を面に表した惟佐子は、香を散らしながら座布団から立ち、窓の雨戸を引いた。午後遅く、雨外套《レインコート》の千代子が麴町の屋敷を訪れてからずっと耳を打ち続けていた雨音は遠ざかり、惟佐子が紐を引いて天井の傘電球を点《とも》せば、襖を閉め切った室は突然の「夜」を迎えた。

一度部屋を出て、茶の淹《い》れ替えを女中に命じて、再び座布団へ戻ったときには、惟佐子はいつもの平淡な表情を取り戻していた。

傘電灯の橙色の光のなかで、話を再開するよう、惟佐子は座卓を挟んで座る千代子を促した。

二十九

仙台一泊旅行から戻った週の金曜日、日光線沿線に宇田川寿子と久慈中尉の足跡を探るべく、千代子は前週末に続き、再び上野から東北本線に乗ったのだった。

週日を使えたのは、天長節に出勤した代休を貰ったからで、蔵原も同行する予定だったのだけれど、出張が急に入ったとのことで、延期を云ってきた蔵原に対し、千代子が一人で向かうことを主張したのは、時間の経過が目撃者の記憶を劣化させてしまうのを恐れたこともあるけれど、なによりは、仙台捜査旅行を経て、警察からは情死と判定された二人の死への疑念が激しく渦巻き出したからで、つまりは謎の磁力に引き寄せられた結果だった。

なぜ宇田川寿子は日光線方面へ向かったあげく、富士の樹海で死なねばならなかったのか？　日光線に何があるのか？　仙台から戻っての数日は、外仕事がなく、兼子所長から写真の整理と索引作りを命じられた千代子は、黙々と作業をしながら心ここになく、そのせいか、牧村さんはこの頃女らしくなったなと、先輩から揶揄《からか》われてどきりとなった。

汽車は早朝の五時三十五分上野発。千代子は目覚まし時計に急かされる前に蒲団から這い出し、家の者を起こさぬよう支度をして家を出た。日帰りで日光へ写生旅行に行く、と云うのが家族への報知で、美術学校時代にはそうした機会がたまにあったから、不自然ではなく、日光方面へ行くこと自体は嘘ではなかった。しかも蔵原が不参となった以上、気の咎める要素は消えて、にもかかわらず前夜に夕卓を囲んだ父親の顔がまともに見られなかったのは、仙台隠密旅行が尾を曳いていたので、今回も蔵原が一緒だったら、罪悪感に耐えきれぬ千代子がすべてを告白していたのは疑いえなかった。

蔵原の出張は、だから良い時宜《ナイスタイミング》であったけれど、三等車の木座席に収まってみれば、少々淋しく物足りない気持ちになる、その一方で、前週末の延長で蔵原と長時間向かい合わせに過ごすのは気詰まりだったとも思えて、今回は一人でよかったのだと納得しながら、歩廊《ホーム》で買ったお茶をふうふう吹いて飲み、旅行鞄から紙片を取り出したのは、昨日の夕刻、『エルム』で会った蔵原が寄越した旅程の覚書《メモ》である。

日光線の六つの駅を一日で回れるよう、列車の乗り継ぎ時刻が細かい文字で記してあるほか、それぞれの駅に近い産婦人科医院病院が覚書《メモ》には列記されて、千代子は珈琲《コーヒー》店の薄暗い灯りの下、蔵原から解説されつつ確認したのだけれど、電車でも乗合自動車でもなんでも、「来たのに乗る」を処世の基本方針とする千代子の顔を莨の煙越しに眺めた蔵原は、なんだか猫が時刻表を眺めるみたいだなと感想を抱いたが、千代子自身にも不安はあって、それであらためて予習をはじめたのである。

日光線は宇都宮を除いて、鶴田、鹿沼、文挟《ふばさみ》、下野大沢《しもずけおおさわ》、今市《いまいち》、日光の六駅。このうち徒歩圏内に産婦人科医院病院があるのは、鶴田、鹿沼、今市の三つ。ただし鶴田は宇都宮駅から三粁《キロメートル》しか離れておらず、近隣に医院はあるものの、どれも宇都宮の方が近く、また便利もよいので、まずは除外してよさそうだと蔵原の覚書《メモ》にはあった。すると残るは、鹿沼に三軒、今市に二軒、一日で回りきるには都合のよい数である。

いま千代子が発車を待つ普通列車は盛岡行と日光行の両方が連結されて、車輛さえ間違わなければ乗り換えなしに鶴田に着く。それが七時五十六分。次の列車が鶴田に来るのが九時十一分だから、それに乗って鹿沼へ向かい、鹿沼からまた二時五十一分発で文挟へ――と云う具合に動いて、最後は日光に午後六時五十三分着、そこからは東武線の急行で浅草へ戻る、と云うのが覚書《メモ》に記された計画で、蔵原は前回の盆暗《ぼんくら》の汚名を雪《そそ》ぐ決意らしいと千代子が考えたとき、発車鐘《ベル》が鳴り終えて、汽車がごとり動きだした。「うえの」の看板のついた柱がそろそろと後方に流れ去ると思うや、帽子を飛ばして歩廊《ホーム》を駆ける男がある。なんだと見れば、その蔵原ではないか！　千代子が急ぎ窓を引き上げれば、列車と並走した黒い背広の蔵原は、この車輛なら日光線にそのまま乗り入れますから大丈夫ですと叫び、茶封筒と折箱を窓越しに千代子に手渡してから、じゃ、お願いしましたよと、白い歯の目立つ笑顔で挨拶して、右腕を差し上げた姿は歩廊《ホーム》にみるみる小さくなった。

突然の出来事に驚き跳ねた心臓兎が落ち着くのを待って開いた茶封筒には、電話で事前の約束が取れた医院病院の名前を記した紙と、蔵原の名刺が五枚ほど入って、裏には「牧村千代子が都朝報の通信員を務めます」と手書きで記されている。いよいよ蔵原は盆暗脱出を図る気なのだなと千代子は微笑み、折箱の中身が蒸焼売《シュウマイ》だと知るに及んで、蔵原はなかなかにできる男であると、全面的に評価を改めたのだった。

鶴田には定刻に着いた。土埃の舞う畑地にぽつんと建つ駅舎で、新聞社の人間だと断ってから、改札の駅員に宇田川寿子と久慈中尉の写真を示して、一月ほど前にこの男女が降りなかったかと訊ねると、少年の面影を残す小柄な駅員は上役を呼びに行き、出て来た中年の駅長が警戒する鼬《いたち》みたいな顔になるので、千代子はさりげなく鞄からライカを取り出してみせ、名刺を渡せば、容子を改めた駅長は写真をていねいに眺めて、ちょっと覚えがないですねえと、気の毒そうに云うあたり、根は善良な人物なのであった。改札の駅員ともう一人も駅長から云われて写真をそれぞれ検《けみ》したが、同じ返答で、頭を下げて駅舎を出れば、次の列車まですることがない。

どこかで朝食を、と思ったが、近くに店はなく、駅に弁当もない。空腹になるとたちまち活動力を失い、世を儚《はかな》む性質が千代子にはあるのだが、差入れの焼売《シュウマイ》のおかげでいまはそれほどでもないので、駅舎に戻って長椅子《ベンチ》で待とうと思ったら、駅の斜向《はすむか》いの松の木陰に雇い自動車《ハイヤー》が一台停まっている。鹿沼まで行ってもらえるかと訊ねると、ちょうど戻りだから七十銭で行くと云うので、雇ったのは時間が稼げると考えたからだ。鹿沼では三軒の医院を回らねばならぬから忙しい。蔵原の計画に自動車利用はなかったから、一人で大丈夫なのかと、『エルム』では一貫して心配そうな顔付きで莨《たばこ》を燻《くゆ》らせた蔵原を出し抜いた感じになって、千代子は気分をよくした。

自動車は砂利を盛大に跳ね飛ばしつつ田舎道を走って、がた揺れが酷いのには参ったが、それ以上に、若い運転手の隣に座った、斜に被った制帽から髪のはみ出た初老の運転助手が口の軽い男で、一人旅の若い女が物珍しいのか、どこからきたんかね、などと不躾な言葉であれこれ訊いてくるのには閉口した。心中事件の捜査などと云うと、根掘り葉掘りされてしまいそうなので、沿線の観光案内を雑誌に載せる取材をしているのだと、適当な応対をしたところ、鹿沼観光だったら千手観音のある廣《こう》済《さい》寺や、庭園の立派な古峯《ふるみね》神社は絶対に外せないが、紅玉院《こうぎょくいん》と云う尼寺に藤の大木があり、ここは知る人ぞ知る名所で、ぜひとも行くべきだと、懇切に教授してくれたあたり、この崩れた感じの男もやはり根は好人物なのであった。駅から離れた医院に自動車を乗りつけるのが便利がよかったが、産院へ行ってくれなどと云うと、またあれこれ詮索されそうなので、格安料金で名所を巡ることもできるとの勧めを断って、鹿沼の駅前で降りた。

鶴田でしたのと同じように駅員に質問して、覚えがないとの返事を貰った千代子は、まずは駅舎の横にある食堂で、泥から掘り出した蓮根《れんこん》みたいな老翁の作る、黒い汁に沈んだうどんをねちねちと啜《すす》り、それから陽射しのなかをぽくぽくと歩き出した。最初の生稲産婦人科医院は、駅から東へ河岸の坂道を下り、橋を渡ってなお真っすぐいけばよいと、蔵原の手書き地図入りの覚書《メモ》には指示があった。仙台旅行を共にして、蔵原は千代子が方向音痴だと看取したらしく、これは正鵠《せいこく》を得た洞見ではあったけれど、覚書《メモ》には事細かに道順が記されて、「わからぬ場合、この角の交番にて道をたずねるべし」などと書いてあるのが、子供のお使いでもあるまいし、笑止千万であった。

十五分ほど歩くと、やや繁華な道と交差して、そこを左へ折れて少し行けば目的の医院は難なく見つかった。ほれみなさいと、蔵原の心配顔に向かって呟いた千代子が受付で案内を請うと、明るく彩色された待合室に十分ほど待たされただけで、医者が診察室で会ってくれたのは蔵原の事前連絡のお陰であった。聴診器を胸にかけたまま宇田川寿子の写真を手にとった眼鏡の中年医師は、ほほう、奇麗な人ですなと感想を述べ、どこかで見たことがあると云うので、千代子は胸がときめくのを覚えたが、診察した患者と云うわけではなく、雑誌かどこかで見た気がすると云った医師は、映画女優かなにかですかと逆に訊いてきて、千代子を落胆させた。とは云え、大きな腹を抱えた女たちが賑やかに談笑する、硝子《ガラス》窓から陽の射し込む待合室に、久慈中尉に付き添われ佇む宇田川寿子の像《イメージ》ははじめから焦点を結ばなかった。

二軒目の鹿沼病院は、生稲産婦人科医院から東武線新鹿沼駅の方へ少し行ったところにあって、内科外科のある総合病院だったから、これもすぐに見つけられた。ここにも蔵原から連絡は入っていて、産婦人科の看護婦長と云う人が消毒液の匂いのする待合室で会ってくれた。いかにも元気のよい、ころころと肥えた白衣の女は、電話で蔵原と話して千代子の訪問の趣旨を理解していたから、四月六日は自分は早番で出ていた、だから婦人科で受診した人は記録と照らせばすべてわかると、要領のよい、信頼できる口ぶりで云いながら写真を見て、覚えがないと返答を寄越した。七日の日曜日に来た可能性もあるのだがと、念のため千代子が云うと、日曜日は急患でもない限り診療は行われず、その日は急患はなかったと応じた。

三軒目の外山《とやま》医院は、中心部から北へ外れた、市街を南北に貫く黒川に沿う、鹿沼駅から一里ほどの、古い街道集落にあると蔵原の覚書《メモ》には書かれて、乗合自動車は走っているものの、朝夕しか便がないと但し書きにはあったから、覚悟はしていたけれど、歩けばかなりあって、やはり自動車を使えばよかったと千代子は後悔した。一時間近く歩き、川筋と並行した道路に家屋が貼付くように集合する一画まできて、さて、この辺りのはずだがと、見渡したときにはもう十一時を過ぎていて、千代子はやや焦った。

朝方は涼しい風が畑地や家々の屋根を渡って気持ちがよかったが、午に近づくにつれて陽は盛んとなり、湿度もあがって、立ち止まったとたんに汗が噴き出し、手布巾《ハンカチ》で首筋や額を繰り返し拭うことを余儀なくされた。

進む右手は、川と道路に挟まれた長細い地面に、上からぎゅうと押し潰されて半ば地面に埋まったような矮屋《わいおく》が並び、段丘を下った川原には、いっそう細かい掘建て小屋が藪に埋もれ蝟集しているのが殺風景きわまりない。道路は舗装のない砂利道で、ときおり自転車やオート三輪がぱたぱた通って土埃を巻き上げ、路傍の草の葉を白く汚した。道路の左側は商店が連なるが、幅員拡張で敷地が削られたのか、店舗は道路にはみ出すようにして連なり、家屋の列の向こうは緩やかな丘陵をなす畑地が広がって、斜面の奥には常緑樹の小暗い森が見える。青い空から陽は燦々《さんさん》と差すのに、淀みの底に沈んだように見えるこの一画に、目指す医院はあるはずだった。

道沿いの店は、煙草屋、酒屋、雑貨屋と続き、ひとつだけ図抜けて大きな木造の建物には運送店の看板が掲げられて、油臭い暗がりに荷台車《トラック》やオート三輪が置かれた間口の広い車庫を横目に進めば、木工所、駄菓子屋、床屋と、店々が住宅を挟んで続く。集落が終わっても医院らしきものは見当たらず、また覚書《メモ》を見ると、「この辺りの商店にて道を尋ぬべし」とあるので、仰せにしたがい、煙草屋まで戻って、店番の主婦に外山医院の場所を問うと、運送店と木工所のあいだの路を教えられて行けば、運送店のものらしい倉庫の裏手に黒御影《くろみかげ》の門柱のある屋敷があって、沈丁花《じんちょうげ》の陰になった玄関扉の磨硝子《すりガラス》に書かれた「外山醫院」の黒い文字を見た瞬間、ここだと、直感の電気が背筋に走るのを千代子は覚えた。

　松や楓の植木に囲まれた瓦屋根の平屋は、構えはまず立派であるけれど、だいぶ時代がかり、忘却の穴ぼこに沈み込んだ印象があって、隠密の「処置」がなされるにはいかにも相応《ふさわ》しい佇まいと思えた。蔵原の覚書《メモ》でも、連絡のつかない医院は外山医院一軒だけとなっていて、それも怪しむには十分だった。もしここが「正解」ならば、医者が本当のところを明かすはずはなく、そう思うとにわかに心細くなったが、とにかく医者の顔だけでも見ておこうと、敷石を踏んで磨硝子《すりガラス》の観音扉に向かって声をかけたところが返事がない。二度三度と声を出して、扉を押し引きしてみれば錠が掛かっている。池のある荒れ庭を右手に回って、住居の玄関があったので、こちらは引き戸になった磨硝子に向かって声をかけ、手をかければやはり動かない。

　道路まで戻って思案していると、木工所の向かいの家から人が出てきた。手拭で頭を包み、直角に曲がった腰を杖で支えた老婆は、日本全国どこにでもいるような人物であったけれど、地面にできた濃い影を見た千代子が一瞬間、異国の者のように思いなしたのは、都会の一部分を切り取って田舎の風景に貼付けたような近辺の佇まいが、足を踏み入れたときから異形なものに思えていたからで、古くからの街道集落だとは云え、運送店をはじめ、こんなに多くの店に需要があるほど人が棲むようにはとても見えなかった。

　道傍の草叢《くさむら》を杖でばさばさ叩いている老婆に声をかけると、何かぶつぶつ云うのは、蛇がいたら剣呑《けんのん》だと云っているらしいと理解した千代子が、ちょっと訊ねたいことがあるのだがと続けると、老婆はほとんど振り向きもせずに、紅玉院ならばそこの路を行ったところだと、先刻千代子が出てきた路を杖で指して云う。紅玉院？　と訊き直したとき、髪の汚い運転助手が教えてくれた藤が名物の尼寺だと思い出した。先刻、外山医院のある路の先に、丘陵の森に埋もれ黒く光る甍《いらか》が見えたのがそれであるらしいと理解した千代子は、寺には遠方から訪れる人がけっこうあって、しばしば路を訊かれるのだろうと推測しつつ、紅玉院ではなく外山医院について訊きたいのだと云うと、老婆は雑草を杖でかき混ぜつつ、あそこは無住で、近所の者が頼まれて風を入れ、庭の草を毟《むし》っていると云うので、いつから空家なのかと問えば、外山先生が脳卒中で倒れた二年前からで、九州の病院にいる娘婿が跡を継ぐと云う話なのだが、一向に来る様子がなく、近在の者は困っているのだと、歯のない口から訛《なまり》の強い言葉を吐いて教えた。ひと月前の四月初頭に医院は開いていなかったかと念を押せば、医者がいないのに開く道理がないと老婆は断じ、ここにおいて先刻の直感の結晶はあっけなく溶解した。

　千代子は鞄からライカを取り出し、外山医院や集落の景色を数枚撮ったのは、やるべきことはちゃんとやったのだと、あとで蔵原に示すためでもあったが、この辺りの家々の、砂土に埋もれ朽ちつつあるような、寂れた風情に感興を覚えたからで、近頃ようやく千代子には、仕事とはべつに、これこれをこの構図で映像に収めたいと思う、写真家《カメラマン》の欲望が芽生えつつあるのだった。

「医院はあと二軒、今市でも行って、そこでも何もなくて、宇田川寿子さんがお医者へ掛かったと云う説は怪しくなりました」と千代子が云ったところで、黙って顎の黒子《ほくろ》を頷かせていた惟佐子は、たしかにお医者様なら、と口を開いた。

「お医者様なら東京にもたくさんあるから、人目を忍ぶのだとしても、わざわざ栃木まで行く理由がないですものね」

「そうですね。仮説自体に無理があったんだと思います。でも、鹿沼の外山医院を見たときは、ここだと思ったんですけどね」

結局のところ、産婦人科医院病院への捜査は成果を何一つもたらさなかったのであると語る千代子の口吻《こうふん》が――いや、仙台への捜査の報告からずっと、どこか熱を帯び潤むようであるのを惟佐子は感じていた。千代子は口にせぬが、仙台行には「同行者」があったのではないか。惟佐子は直覚し、それが熱の原因ではないかと憶測したが、これは半ば正しく、半ば誤っていた。と云うのは、日光線方面への単独捜査で千代子はひとつの収穫を得、発見の興奮の熾火《おきび》がいまだ軀《からだ》のなかで燃え残っていたからである。熱はその所為だった。千代子は、自分の得た成果と、それがもたらす新たな謎を誰かに話したくて堪《たま》らず、蔵原が日曜日まで出張から戻らぬとすれば、話すべき相手は惟佐子しかありえなかった。

日光線沿線への単独捜査を敢行した翌日、篠突《しのつ》く雨のなかを麴町へ足を向けたのはそれゆえであった。最後に残された日光駅で、千代子は宇田川寿子の姿をたしかに捉えたのである。

三十

外山医院が二年前から閉まっていた事実を煙草屋でも確認して、すると時刻はちょうど正午、蔵原の予定表だと、二時五十一分発の下り列車に乗ればよいとなっているから、時間に余裕はあるけれど、盛夏と変わらぬ暑熱のなか、埃舞いたつ田舎路を一時間近く歩くことを思うとげんなりした。雇い自動車《ハイヤー》を呼べたらと思い、運送店ならば電話があるだろうと、薄暗い車庫の奥の、「護れ満蒙／帝国の生命線」と書かれた絵宣伝《ポスター》のある事務所の木戸に声をかけると、鼠色の作業衣を着た坊主頭が出てきたので、名刺を見せ、電話を貸してもらえないかと頼むと、梅の実みたいな青頭の側部に、ぎょっとするほど大きな、百足《むかで》が這うがごとき疵《きず》を貼り付けた男は、いま電話は使えないと、けんもほろろの挨拶を寄越した。運送屋の不親切に憤然となりながら炎天下を歩き出せば、砂煙をあげる自動車が一台、川沿いの道路を来て、外山医院のある路へ入っていく。戻って覗くと、丘陵の砂利道を進んだ自動車が林の縁で停まったのは、藤のある尼寺――紅玉院の門前らしく、すれ違う刹那に見たところでは、車には和装の上流夫人ふうが二人後部座席に並んで、先刻の杖の老婆の反応といい、なるほど寺は隠れた観光名所のようであった。

　客を降ろした車が後ろから来ないものかと、期待して歩いたが、音沙汰ないまま炎天に帽子をじりじり灼かれたあげく、午後一時過ぎに鹿沼駅に着いて、「カフエー」と妙な絵看板を掲げた喫茶食堂に避難し、ラムネを飲んで一息つき、炒った鶏肉と玉葱を載せたどんぶり飯を食べれば、これが洋風香料を使った鄙《ひな》には稀なる一品で、とても旨く、だいぶ元気を取り戻した。店を出て、竹林を背負う駅舎や、線路際に咲いた七竈《ナナカマド》を写生帖に描いて時間を潰し、定刻に来た列車に乗った。

　それから文挟、下野大沢、今市と、予定通りに回って、終点の日光駅に降りたのが、六時五十三分。順調と云えば順調だが、これすなわち成果なしを意味するから、灯《とも》を点した歩廊《ホーム》から改札を出たときには、元気は削殺されて、徒労感の澱《おり》が腰の辺りに重たく堆積していた。思えば宇田川寿子と久慈中尉が日光線に乗り換えたと云うのは、乗継ぎを訊ねられたとの車掌の証言にしか根拠がないのだ。二人が宇都宮で青森行急行から下車したのは事実としても、そもそもが雲を摑むような話と云わざるをえず、週日で閑散とする駅舎に立てば、自分がまるで見当外れなことをしているように思えて、一刻も早く汗と埃に汚れた軀《からだ》を洗い、蒲団に長くなりたい、それだけが願いとなった。が、はじめての魚信《あたり》があったのはこのとき、なんの期待もなく、ただノルマをこなすように駅員に写真を示したときであった。駅事務所で蕎麦《そば》を啜《すす》っていた若い駅員が宇田川寿子の写真に反応を示したのだ。

写真を見せつつ、四月六日の土曜日、宇都宮十一時五十二分発の臨時列車に乗っていた可能性があるのだと千代子が云ったのへ、最初は首を傾げる具合だった駅員は、ああ、と鼻の奥で声をあげ、この人なら覚えていますよ、きれいな人でしたからねと、照れ笑いを浮かべつつ葱臭い口で云い、駅舎待合室の一画にある旅行案内所へ千代子を導いたのは、応接机の向こうに立った同年代の係員に声をかけるためで、軀が細長いばかりでなく、青々と刈り上げた頭の形が円筒形になって鉛筆を想わせる駅員とは対照的に、肥えた短軀に茶饅頭みたいな球体顔を載せた係員は、写真を見て頷いた。

この女性ならば、十二時四十三分に着いた臨時列車から降り、改札を出た後、待合室の長椅子《ベンチ》に座っていたと、駅員と案内所の男はそれぞれの口で述べ、それはここであると、コの字になった長椅子《ベンチ》の端、〈台湾名勝巡り〉の絵宣伝《ポスター》の真下の位置を示した。

「女性は一人だったんでしょうか?」千代子が問うと、一人だったと二人は口を揃えた。

「一人でただ座っているんで、ちょっと気になって」と云った鉛筆駅員は、あのときは茶饅頭係員と一緒に、あれは全体どう云う人なんだろうと噂話を交わし、そのせいで覚えていたのだと、いくぶん極《きま》りが悪そうに証言した。

「一人でずっと座っていましたね」と言葉を重ねた茶饅頭に、

「連れはいませんでしたか?」と千代子が念を押すと、観光地図や案内冊子が並べ置かれた高机の向こうに立つ男は簡単に応じた。

「それはありました」

「一人じゃなかったんですね？」

「いえ、一人だったんですが」

「でも、いま連れがあると云いませんでした？」とつい論難する調子になると、いや、そうではなくてですねと、茶饅頭がやたらと狼狽して額の汗を太い指で拭う横から、

「待ち合わせの人があったんですよ」と鉛筆駅員が助け舟を出し、そうだよなと、友達に向かって念を押せば、茶饅頭は、そうです、そうですと、つんのめり気味に応じて、待ち合わせだったのですよと、鉛筆駅員の言葉を復唱した。

「待ち合わせと云いますと？」

意外な証言に虚を衝《つ》かれた千代子は、こちらの方が頼りになりそうだとの判断から、横に立つ鉛筆駅員に真っすぐ顔を向けて訊ねると、千代子の視線の圧力にのけぞるようになりながら、

「だから待ち合わせです」と答えた鉛筆が、だよなあ？　と友人をまた促せば、

「待ち合わせでした」と茶饅頭は得たりとばかりに重々しく頷いてみせる。

「どんな人でした？」

「女でした」

「女？」

「ええ、女です」

「待ち合わせの人が？」

「ええと、それは、どっちですか？」

「だから、あれです、待たれていた方です」

「待たれていた方というと？」茶饅頭はだいぶ混乱気味である。ですからね、と千代子がまた言葉を継ごうとすると、鉛筆駅員が見かねて口を出した。

「だから両方とも女だったんですよ」

「写真の女性が待つところへ、べつの女性が来た？」

「そうです」

「それはどんな人ですか？　つまりあとから来た方ですけど」

これにには鉛筆駅員から眼で促されて、茶饅頭が再度困惑気味となりながら返答を寄越した。

「どんな、と云われても、だから、その、つまり女でした」

茶饅頭は見捨てて、同じ問いを鉛筆駅員に投げると、自分は改札で忙しかったからちゃんとは見ていないと応じ、それから言葉を足した。

「でも、たぶんその人は、午後一時四十分に着く普通列車で来たんだと思います」

「どうしてわかるんです？」

「それはあれです」と応じた駅員は、一時四十分に列車が着いて、改札を出た客の群れのなかに当の女がいたからだと続け、なあ？　とまた友達を促すと、盛大に頷いた茶饅頭は、列車が着くと案内所も忙しくなるのだけれど、待合室の女のことが気になって見ていたら、一人の女が近づいて、二言三言言葉を交わした後、二人で外へ出て行ったと、整理すれば整理できる形で報告した。

こんな訥弁《とつべん》で果たして案内係が勤まるのだろうかと、余計な心配をしながら、それはどんな女だったのかと訊けば、どんなと云われてもと、また滞《とどこお》る。

「だから、若いとか、年寄りだとか、そう云うのがあるじゃねえか。服装とかさ」と鉛筆駅員に介助されて、茶饅頭は中空に真剣な眼を据えて答えた。

「着物でした」

「どんな着物だった？」と鉛筆が問う。

「どんなって、洋服でない、ふつうの着物だ」

「それじゃ仕様がねえ。年は？」

「年は若くなかった」

「じゃあ、年寄りだ」

「いや、年寄りでもない。中間だ」

「中間てのはなんだい」と駅員は笑い出し、千代子もつられて笑ったものの、内心は笑うどころではなかった。

宇田川寿子は日光へ来たのだ！ ついに摑まれた彼女の影が、しかし新たな謎の澱を事件の沼底に舞いたてたのも間違いなかった。そもそも久慈中尉はどうしたのか？ 写真の女性に男性の連れはなかったかとの問いに凸凹二人組は首を横へ振った。十二時四十三分に臨時列車で駅に着いてから、一時四十分の普通列車で待ち人が来るまでの約一時間、写真の女性はずっと一人で〈台湾名勝巡り〉の絵宣伝《ポスター》の下に座っていたと、これだけは譲れないとばかりに二人は口を揃えた。女性は何をするでもなく、膝にバスケットを置いて、考え事でもするようにじっとしていた。それがどこか普通でないように思えたので、つい気になったのだと、鉛筆駅員は云い訳するように証言した。

宇田川寿子は日光駅で人を待っていた。そうして来たのは女——。二人は親しい様子だったか、それとも初対面の感じだったか、後から来た女は写真の女を敬うふうだったか、それとも仲のよい友達のようだったか、千代子は両者の接触を直に目撃した茶饅頭に向かって質問を重ねたけれど、要領を得ず、女が若くはなく、着物姿だったと云うこと以外、有意な情報は得られなかった。

駅舎を出た二人の姿を目撃した者があるかもしれぬと思ったが、時刻は七時を回って、近辺の店はどこも閉まっていた。数分の距離の東武日光駅まで歩いて、そこでも駅員や売店の人間に写真を見せて回ったが、反応はなく、捜査はここまでだと判断した千代子は、弁当が売り切れだったので、蜜柑ジュースとコッペパン、それから味噌煎餅を売店で買い、八時発の東武線急行に乗って東京へ戻ったのだった。

「まずは全体を整理してみましょう」

千代子の話が一段落したところで蔵原が云った。麹町で笹宮惟佐子に報告をした翌日の日曜日、新聞社へ電話が欲しいとの蔵原の電報を自宅で受け取った千代子が、大森駅の公衆電話から電話をかけると、昨夜遅く出張から戻って社で原稿を書いているのだが、いまから『エルム』まで出てこられないかと云うので、単独捜査の輝かしい成果を引っさげて千代子は勇躍神保町へ向かったのだった。

「宇田川寿子と久慈中尉は、十一時四十七分頃、定刻より数分遅れて宇都宮へ着いた」

千代子の報告が一通り済んだところで蔵原は手帳を睨みはじめたが、宇田川寿子の姿を日光駅にて捉えると云う、自分の手柄に対しての賛辞なり感嘆なりがもう少しあってもよいのではないかと、昨日の惟佐子の手放しの高評価と比較して、千代子は不満を抱き、一方の蔵原は蔵原で、炎天下を歩いて大変な目に遭った件《くだり》や、ああ云う際の一瓶のラムネは天上の霊酒《ネクタール》さながらであるとの感想や、藤が名所の尼寺を見つけたので花の盛りに一度行ってみたいと思ったことや、鶏肉と玉葱のどんぶりが絶品だったなどは余計で、もう少し簡潔に話して貰えないものかと、やや苛々したものの、我慢して耳を傾ける姿勢はどうにか保ち得た。

「宇田川寿子は十二時四十三分に日光駅に着いて、待合室に一人で座っていた。それから約一時間後の、一時四十分、普通列車が着いて、それに乗っていた女が宇田川寿子に話しかけ、二人は連れ立って駅から出た」

いまさら整理されなくたってわかり切っていると、片腹痛く思った千代子は黙ったまま、ほとんど残っていない硝子《グラス》盃の檸檬《レモン》スカッシュをストローでずずずと吸った。

「問題は三つ。第一は、宇田川寿子と一緒に宇都宮で降りたはずの久慈中尉の行方。第二は、女の正体。第三は、日光駅を出た宇田川寿子の行き先」

ストローから口を離した千代子は頷いてみせたが、これも前日、惟佐子との間で同じような形で話され、今後とりうる捜査の方針についても相談されていた。すなわち、四月六日の日光行臨時列車の車掌を探し出し、車中の寿子と久慈中尉の行動を探る、日光駅周辺の店や旅館で聞き込みを行い、寿子と謎の女の行方を追う、この二つだろうとなったとき、来週の日曜日から一泊でカルトシュタインのお供をするのだと、惟佐子がふと思い出したように云い、彼女があたかも宇田川寿子の後ろ姿を追うかのごとくに日光へ向かうことに、惟佐子自身が感じたのと同じ不思議な暗合を千代子は覚えたのだった。

日光——日の光と云う、あらためて思えば平凡ならざる名を持つ土地には、先刻惟佐子が口にした悪魔が、それがどんなものであるか、像《イメージ》は空白ではあったけれど、古来霊場として祭られた山岳の奥の、岩窟や樹林や滝裏、たとえばそんな所に魔的な何者かが隠れ潜み、その放つ魔力に宇田川寿子は牽《ひ》かれ、さらにまた惟佐子が誘引されつつあるのではあるまいかと、妄念《もうねん》が軀を過《よぎ》った一瞬間、千代子が嫌な寒気に襲われたのは間違いなく、とにかくもう一度日光へ足を向ける必要があるとは考えていて、そのことを蔵原に告げようとしたとき、卓《テーブル》の向かいで莨《たばこ》を吹かす男が云った。

「じつは来週、ぼくは日光へ行きます。カルトシュタイン氏に同行取材することになったんです」

「そうなんですか？」驚いて目を瞠《みは》る千代子に蔵原は笑ってみせた。

「おたくの所長さんに会ったら、研究所からも人を出すと云うから、貴女が笹宮惟佐子さんの遊び相手だったと教えておきました。だからきっとご指名があると思いますよ」

出張から戻ってまだ下宿へ帰っていないと云う男の、無精髭の伸びた顔を千代子は憎らしく見た。

三十一

定刻の七時五十五分、浅草雷門駅を発車した東武日光行特急の、最後尾に連結された貴賓車の楽椅子《ソファー》に惟佐子は座っていた。

贅を尽くした貴賓車には、緞子《どんす》の緞帳《カーテン》のついた展望窓を背に、四基ずつが向かいあわせになった八席の楽椅子《ソファー》がゆったりと据えられて、ここには惟佐子とカルトシュタインのほか、通訳担当の木島柾之ら数名が座る予定であったが、いまはどれも空席のまま、惟佐子ひとりが車窓を過る光と影の筋模様を白面に映しているのは、カルトシュタインが時間に遅れたからである。

惟佐子を乗せた自動車は滞りなく、朝の七時半に浅草雷門駅に到着した。駅ビル二階の喫茶食堂で、同行する日独文化交流協会の人間や新聞記者らとともに待機しているところへ、カルトシュタインが遅れるとの連絡が入って、関係者が右往左往するうちにも発車時刻は迫り、とりあえず惟佐子だけを先に行かせるとの決定がなされて、歩廊《ホーム》に発車鐘《ベル》が長鳴りするなか、列車と改札を行ったり来たりする駅長の、お早く、お早くの言葉に急かされて、小走りで惟佐子は車輛に乗り込んだ。

カルトシュタインは日本へ来てから持病の喘息《ぜんそく》が出て、今回も医師が同行すると聞いていたから、あるいはこのまま旅行は流れて、浅草と日光をただ往復するだけになるかもしれぬと惟佐子は考えたが、随行者のひとりである山崎達夫と云う外務省の役人が、カルトシュタインはとくに具合が悪いわけではなく、支度に手間取っているだけで、後発の急行で追いかけてくると報告し、向こうでの予定はいくぶんの変更はあるものの基本線は変わらないと伝えた。

この日のために惟佐子は、東照宮や二荒山神社の由来、および西洋人による日光の開発の歴史について泥縄式で勉強し、ドイツ語も家庭教師に来てもらい、挨拶や簡単な会話程度はできるよう準備してきた。伯父の白雉博允や心霊音楽協会《GSMV》、ことに先日の演奏会で弾かれた『ピタゴラスの天体』など、惟佐子にも質問してみたいことは二、三あったけれど、額の突き出た異相の芸術家の間近で過ごす車中の二時間半は気が重く、しかしこれは惟佐子ばかりではなく、ひょっとするとカルトシュタインも同じく思い、わざと遅れたのではあるまいかと、先日の『岡村』で接した、社交家からはほど遠い人好きのしない風貌を思って惟佐子は想像したが、どちらにしても、仮漆《ニス》塗りの木目美しい豪勢な貴賓車の、座り心地のよい布張りの椅子に独りでつくことには、義務から逃れ得た気楽な悦びがあった。

貴賓車の後尾には展望デッキがあり、反対側は壁で仕切られた随員室と給仕室《ボーイ》、および料理室があって、浅草を出てまもなく、惟佐子には紅茶とサンドイッチが供された。展望室にはほかに、欧州留学時代にカルトシュタインと親交のあった作曲家の草柳《くさやなぎ》太郎《たろう》と、カルトシュタインの日本での主治医である、麻布《あざぶ》川北《かわきた》医院の川北英嗣《えいじ》医師が乗り込む手筈であったが、草柳、川北両氏は駅に残り、随員室にも、先日笹宮邸に打合わせにきた、古川緑波《ふるかわろっぱ》似の役人宇佐見ら数名が乗る予定だったが、先発隊として山崎だけが乗り込むこととなった。

取材の記者らは二等ないし三等車で移動し、車中での取材および写真撮影は時間を限って許可されることになっていたが、主役を欠いて取りやめになり、それも惟佐子には有り難かった。退屈じゃありませんかと、随員室の扉から出てきた山崎が気遣ってくれたが、一人で居て退屈すると云うことは惟佐子に限ってはなく、実際、窓を過ぎ行く、浅茅生《あさじお》うる武蔵野の景色を眼で追えば、寿子の事件以来鬱しがちだった気分がいくぶん晴れる気がした。

杉戸駅に停車してまもなく、山崎がまたきて、この人がお会いしたいと申しておりますがと名刺を渡し、取材は駄目だと断ったのですが、御本人に直接訊いてみて欲しいと云うのでと、山崎が伝えるのを聞きながら名刺を見れば、「東洋映像研究所　牧村千代子」の文字がある。驚きつつ、この人なら通して下さいと答えると、山崎の黒背広と入れ替わりに紺色のスカートと上着《ジャケツ》を着た千代子が扉から現れた。どうしたの？　と惟佐子が思わず訊けば、仕事だと云った千代子は、よろしくお願いしますねと、悪戯っぽく笑った。

「でも、浅草ではお見かけしなかったけれど」

驚いたままの惟佐子が云うと、膨らんだ鞄を提げて通路に立つ千代子は、寝坊して遅れてしまい、大慌てで駅に駆け込んで発車寸前の列車に飛び乗ったのだと教えた。惟佐子から促されて惟佐子の隣座席に腰を下ろした千代子は上下左右に視線を向けて、

「すごく豪勢ね。椅子も絨毯もふかふか」と腰を子供みたいにぴょんぴょんさせるのが可笑《おか》しい。跳ねるのをやめた千代子が、カルトシュタインさん、ご病気で遅れるそうですねと云ったところを見ると、取材記者にはそのような発表があったらしく、惟佐子もあえて訂正はしなかった。記者の大半はカルトシュタインを待って駅に残ったようだと教えた千代子が、

「もし惟佐子さんも乗らなかったら、わたしだけ馬鹿みたいに乗っちゃうところだったわ」と笑うと、惟佐子は笑いに同調する仕草を見せてから、千代子が足下に置いた、方々に疵のある無骨な革鞄を眺

めて問うた。

「ずいぶんと大きな鞄ね、写真機が入っているの？」

「ええ。ほかにも色々とね。今日は脚立がないからいいけれど、いつも大荷物でうろうろしているわ」とまた笑ってみせた千代子は、大切な機材の入った鞄は手から決して離してはならぬと教わったのだと解説しながら、麹町の屋敷で見るのとは違う、惟佐子の艶美な外出着姿に感嘆していた。菫《すみれ》色の地に大輪のダリアと卯木《うつぎ》の白い花を染め抜いた絵羽《えば》模様の手描き友禅と、鉄色を基調にした唐織の袋帯の対照が斬新で、よく見ると、帯の柄は球や立方体からなるキュービズムふうの奇抜な模様で、菜の花色の帯揚と水色の帯締についた、黒真珠を五芒星《ごぼうせい》にあしらった帯留や、同じく黒真珠と蒔絵を組みあわせた髪留のついた古風な髪型とあいまって、古雅でありながら現代的な、近代的《モダーン》日本の像《イメージ》を絵姿に体現するかのような洗練の印象を与えた。なんと美しく、魅力ある女性になったことか！いや、子供の頃からこの人は変わっていない。芋虫が蝶に変身するのではなく、はじめから小さな蝶であったものが、そのまま容積《サイズ》を増やして翅《はね》に蠱惑《こわく》の鱗粉《りんぷん》を溜めたのだ、と、そのような印象を千代子は得て、もうまもなく、ほんの些細なきっかけが訪れれば、鱗粉は舞い散り、人を幻惑するに違いないと思えば、美麗な和装の奥から滲み出る妖美さに空恐ろしささえ抱いた。

「いち枚いいかしら？」と断って、千代子が鞄から写真機を出すと、惟佐子は照れたように笑ったが、窓の風景を眺める姿勢《ポーズ》をさりげなくとり、被写体となることに慣れぬ素人とは思えぬ自然な仕草に驚きつつ、千代子は引き込まれるように遮光器《シャッター》を切った。

　そこへ給仕《ボーイ》が二人分の紅茶と焼菓子を運んできて、砂糖とミルクはいかがいたしましょうと訊かれた惟佐子が、砂糖を匙に山盛り三杯入れてくれと云うのを、相変わらずだなと可笑《おか》しく思いながら、千代子が香りのよい紅茶をジノリの茶碗から啜《すす》っているところへ、その後はどうかしら、何かありまして？　と惟佐子が訊いてきたのは、「事件」のことであったが、雨の土曜日に麴町で報告した以上の進展はなかった。ただひとつ、惟佐子に相談したいことはあって、すなわち死の前日に宇田川寿子が日光に姿を現していた件を警察に通知すべきか否かの判断である。警察は「情死」の判定を下している模様だが、新情報があれば捜査はやり直されるのかもしれず、組織力のある警察ならば宇田川寿子と久慈中尉の行動の謎を容易に解明できるのではあるまいか。逆に云うなら、素人の調査には限界がある。このことを千代子は蔵原に提案して、しかし『エルム』の卓《テーブル》で莨《たばこ》を吹かす男は、そうですねえと思案顔になるばかりで、はっきりした考えを示さなかった。千代子にも判断はつかず、そもそもの「依頼人」である惟佐子の意向を聞いてみようと考えていたのだが、例の件は日光で時間があったら少し調べてみるつもりだとだけ云って話を変えたのは、展望窓から存分に差し入る陽に羽目板の仮漆《ニス》塗りが艶やかに輝く、貴賓車輛でするには相応しくないと思ったからである。

惟佐子もすぐにそれは察した。けれども千代子が発見した日光駅に現れた女――謎の女が頭から離れぬのは間違いなく、千代子の顔を見たとたん、しばし忘れていた気がかりの水が胸中に溢れるのを抑えられなかった。和服を着た若くない女とは誰なのか？　どうして寿子と待ち合わせたのか？　二人はどこへ向かったのか？　条件の足りぬ数学の問題と同様、情報のないところでいくら考えても虚しいとわかってはいるのに、互いに絡まり縺《もつ》れ合う疑問の絹糸が脳中に渦巻いた。

千代子は惟佐子と一緒に大磯へ行った子供時分の話をはじめた。思えば、惟佐子と一緒に列車に乗るのは、十二歳の夏に東海道線で品川と大磯を往復して以来なのであった。

「毎日お昼寝の時間があるんだけれど、あれが嫌で、女中さんの眼を盗んで、こっそりあやとりして遊んだりしましたね」

「ええ。でも千代ねえさまは、嫌だ嫌だって云いながら、いつも先に寝てしまうのよ」

「そうだったかしら」

「たしかにそう」

惟佐子が七歳から九歳までの三年間、すなわち千代子も小学生だった三年間、夏休みごとに、大磯の別荘で二人は十日から二週間を過ごしたのだった。盛夏のことだから、惟佐子は簡便な綿のつなぎ服《ワンピース》を着ていたはずだけれど、回想の水絵具に描かれる彼女は、はじめて麴町の屋敷で会ったときと同様、着物姿だったように思えて、こうして列車の座席で隣合えば、惟佐子の印象が子供の頃とほとんど変わらぬことにあらためて千代子は驚かされる。

お互い仕事と義務であるとは云え、車輛の揺れに身を任せ、移ろう車窓の景色を眺めやれば、旅につきものの解放感が自然生じて、夏休みの愉快な記憶に心が共鳴するなか、寿子の件はいったん脇へ退《の》けて、二人はしばし昔話に興じた。

笹宮家の別荘は海辺から離れた高台にあって、海で遊ぶときには出入りの漁師の老爺が付き添って、舟に乗せてくれたり、魚を釣らせてくれたりしたのだが、ときどきお爺さんに代わって来る、灰色の髪となめし革みたいな陽焼け肌を持つ孫息子が千代子は好きで、将来自分は漁師のお嫁さんになるのだと、小学生の千代子が宣言していたと云う思い出話の流れのなか、手にした菓子をすいと分け与えるような調子で惟佐子が質問した。

「千代ねえさまは、結婚なさらないの？」

直截《ちょくせつ》な問いに千代子は眼を瞠《みは》った。千代子の年齢になれば、これに類した問いは嫌と云うほど聞かされる。そのことを惟佐子が知らぬはずはなく、だからさような陳腐な文句が、彼女の薄く紅を刷《は》いた唇から飛び出たことに驚かされたのである。が、すぐに千代子は、惟佐子の身にも当然迫るべき問題が迫って、真剣に考えざるをえぬ瀬戸際に差しかかりつつあるのだろうと推察した。

「当面はしないと思うわ。恋人は何人かいますけれどね」と冗談めかした千代子が、惟佐子さんは？　と何気ないふうに問い返せば、わたくし？　と呟いた惟佐子は思案するようなしないような顔になったが、千代子の憶測はほぼ正しく、この正月明けから、笹宮家では一人娘の縁談につき活発な運動が開始されていた。ことに四月になって惟佐子の足が学校から遠のいて、そろそろ嫁いでもいい頃合いではないかとの仄《ほの》めかしに、学校を卒業するまではと、以前のように首を横へ振らぬのを周囲が見てとった時点で、婿探しは本格化し、笹宮の家格に見合う、笹宮の利害に適う、笹宮の自尊心を満足させる結婚相手を求めねばならぬと云う一点において、必ずしもそりの合わぬ伯爵夫妻は一致団結していた。今度の日光行きが終わったら、縁談は具体的な人名とともに眼前に現れてくるのだろうと惟佐子は観測していた。

華族の婚姻において家同士の結びつきが優先されるのは旧来と変わらぬものの、当人の意向が尊重され、見合いが必ずしも形式だけではなくなりつつある昭和のいま、笹宮伯爵夫妻が娘への相談なしに話を進めていることは、見る人によっては不可解とも思えたが、これは笹宮家がことさらに旧弊だからではなく、そうする必要がないと伯爵夫妻が考えているせいで、自分らが整えた縁談に惟佐子が首を横へ振る可能性を二人がつゆも勘案していないのは、娘が結婚に対し特別な感情を欠く事実を自然に理解していたからであった。女にとって結婚以上の重大問題はないと平凡に信じ、義娘の冷淡さを事あるごとに嘆じる瀧子にしても、このことはいつのまにか了解していたので、訪問先で供された水菓子をすいと口へ運ぶように、艫綱《ともづな》の解かれた舟に惟佐子が乗り、流れのままに進むであろうことを、惟佐子自身を含め誰もが疑っていなかった。

だが、結婚の言葉をいま惟佐子が口にしたのは、自らに発したことではなかった。むしろ予想外の場所で出会った千代子から、見慣れぬ職業婦人の装いで現れた千代子から、先週の土曜日にも感じた或る種の気配が濃厚に発散されていたからであった。女学校から美術学校へ進むに及んで活発な娘に変じた、かつての「おあいてさん」のお転婆ぶりの噂は耳に届いてはいたけれど、葉書を通じた淡い交わりしか持たぬ惟佐子には変化を実感する機会はなかった。だから寿子の事件があって、久々に麴町で会うとなったときには、別人となった千代子が眼前に現れることを予想していたのだけれど、実際に会って話せば、容子《ようす》は違えど昔と変わらぬ「千代ねえさま」だとむしろ感じた。ところが、それからほんの二週間を経て、先週再び麴町の居室で、雨音のなか向かい合ったときには、彼女が変わりつつある、少々大袈裟に云えば、身体組織の成り立ちからして変わりつつある、陽射しのなか萌え出た若草が、朝露にしっとりと濡れて、旺盛な呼気を大気中に吐き出している——と、そのような印象を得たのだった。そうしていま、結婚は当面しないとの返事に、かえって千代子の身辺に生じつつある「出来事」の手触りを得て、しかし、こと恋愛あるいは結婚の問題に係わって、自分のことより千代子が気がかりなのはどうしてだろうと、我ながら不思議に思っているところへ、ちょっとよろしいですかと、随員室の扉を開けて声をかけてきた男があった。

よいとも悪いとも返事のないうちに、通路を進んできた男が、先日はありがとうございました、と云ってベレー帽を被った頭を惟佐子に向かって下げたのは、たしか園田と云う名の、のらくろ似だと瀧子から決めつけられた新聞記者であった。首から写真機を下げた園田は、断りもなく惟佐子の向かいの席に尻をつけ、斜向《はすむか》いの千代子に向かって、お邪魔してもよろしいですかねと、いまさらながら挨拶してきたとき、ああと思い出して、千代子がたちまち嫌な気持ちになったのは、男の図々しさもあったけれど、このベレー帽とは前に一度、接触を持つ機会があったからである。

そうして、千代子の記憶の映写幕《スクリーン》に、一つの場面《シーン》が忽然浮かび上がったのはこのときであった。構図の中心は、ネフェルティティのトルソに載ったベレー帽、美術学校の、窓から楡《にれ》の緑が零《こぼ》れる共同作業場《アトリエ》の石膏像に載った芥子色のベレー帽だ。帽子は首のない像の、首の位置に据えられて、それがためにトルソの四肢と頭部を欠いた畸形性が際立って見えていた。数年来抱かれてきた疑問が氷解したのは、この記憶像の浮上と同時であった。とは、すなわち、美術学校の講師のことで、日本のフォービズム絵画の牽引者である彼は、千代子に目をかけてくれ、自宅で個人指導するなど、一時は師弟の枠を超えた距離の近接がありながら、千代子は親しめぬまま学校を卒業したのだけれど、背丈こそないものの、熱をあげる同級生が多数ある眉目よい顔立ちと、芸術雑誌にしばしば呼ばれるほど巧みな弁舌を持ち、人柄にも狷介《けんかい》なところがない人物であるのに、どうして好きになれなかったのか、なぜ懐に飛び込めなかったのか、千代子はずっと疑問だったのであるが、いまこの瞬間に電撃的に答えが与えられたのだった。

ネフェルティティ——古エジプトの王妃の石膏像に帽子を置いたのは彼であった。窓下の作業机の前に立ち、楡の緑を映して蒼褪《あおざ》めて見える顔をトルソに向け、これを凝視する男の頭部は、長い髪のなかで頭頂部の地肌が覗けていた。共同作業場《アトリエ》の戸口に立つ千代子の眼に、地肌の赤銅色が見たことのない強い色彩となって突き刺さった。

ああ、そうなのだ、自分に嫌いなものは多々あるけれど、なにが嫌いと云って、男の被るベレー帽くらい嫌いなものはないのだ！　美術学校の講師は芥子色のベレー帽が商標《トレードマーク》であった。

なるほどねと、独り呟くと、斜向いの男は、なんですか？　と不思議そうに問い、いいえ、なんでもと、素っ気なく答えた千代子は、深緑色のベレー帽を睨みつけた。

三十二

千代子が園田――その時点では名前は知らなかったが――の顔を見たのは、山本和浩氏の撮影助手として同行した、満洲国皇帝溥儀《ふぎ》の靖国神社参拝の取材時、霞ヶ関の内務省庁舎に記者らが集合させられた際、しばらく待機するよう案内があったのを受けて、地下の食堂に降りた山本氏に千代子はついていったのだけれど、一緒に卓についた十人ほどの記者のなかにベレー帽の園田もいたのである。

少し遅れて千代子が降りていくと、天井を太い柱が支えた食堂の、中央の長卓《テーブル》を記者らは我が者顔に占領して、片膝を持ち上げたり、椅子に胡座《あぐら》をかいたり、頬杖をついたりと、思い思いの姿勢でいる彼らの話し声は石牢のごとき空間に反響して、意味をなさぬ音塊となって耳に届いてきた。千代子が石の床に靴を鳴らし近づくと、卓の人々はいっせいに視線を寄越し、しばし沈黙した後、すぐにまた談話に戻った。

洞窟蝙蝠《こうもり》のような黒背広の給仕人が運んできた珈琲《コーヒー》や麦酒《ビール》を前にした記者らは、花見の賑わいなど、まずはあたりさわりのない話題を舌に載せていたが、やがてひとりの記者が満洲情勢の話をはじめて、すると同じ流れで別の記者が、先年の満洲事変が関東軍の謀略である事実を暴露しようとして閑職に飛ばされた同僚の話を披露し、一同がうっそりと笑う一幕があって、卓の隅で焙じ茶を飲んでいた千代子は喫驚《きっきょう》した。

満洲事変は張学良《ちょうがくりょう》の挑発にはじまったと一般には公表されているが、そうではなくて、じつは陸軍の謀略である――との噂は、「東洋映像研究所」でも自然と耳に入ってきて、しかしこの種の噂と云うものはまことしやかに語られる傾向があるから、真偽のほどはわからず、事が事だけに人に正面切って問うこともできないでいたのだけれど、記者たちの話を聞く限りでは、陸軍の謀略は自明とされている様子なのであった。

「うちでも似たようなことはありましたよ」とそこで話し出したのがベレー帽の園田であった。

「政治部でもなんでもない、それこそ閑職の人間だったんですが、懇親会で一席ぶちましてね。新聞人の使命がどうの、責任がどうのこうので、もう総スカンですよ」

「大新聞の変なプライドがあるんじゃねえの」と先刻同僚の話をした口髭の中年記者が、給仕人を呼んで燗酒を注文して云うと、園田がまた話を引き取った。

「それはあるんですよね、うちの場合。しかし、いまはもう大新聞も小新聞もないわけで」

「いや、まだあるぜ」

「ありますかね」

「まだあるね」と決めつけた口髭がブリキの小水筒に口をつけたのは、これも酒であるらしい。

大新聞、小新聞なる言葉は千代子も耳にしていて、しかしその語義は判然とは摑んでおらず、この日、取材の帰路に山本氏から講義してもらったところによれば、明治初期、新聞は知識人向けの高級紙と、庶民向けの大衆紙に区分され、前者が大新聞、後者が小新聞。大新聞は政論や国際問題を主に扱い、小新聞は絵入りの読み物や巷の話題が紙面の中心で、しかし両者の区分が次第に消失するとともに、旧大新聞が衰亡して今日に至るのである――と教えられ、現在大部数を誇る『朝日』や『読売』がもとは小新聞であることや、蔵原誠治のいる『都朝報』が衰滅しつつある大新聞であることも知った。

「しかし全体の状況は変わってきていますからね」と音をたてて珈琲《コーヒー》を啜った園田が話し出した。「事変からこっち、非常時の認識が浸透した結果、阿吽《あうん》の呼吸のうちに各社の足並みは揃ってきている」

「とかなんとか云いながら、出し抜こうって腹だから、まったく油断がならねえ」と口髭が茶々を入れると、一同は笑い、冷たい石の床や壁に反響した所為《せい》で悪意の成分が増幅されたような人々の笑いを、園田は自身も目一杯の笑顔になって受け止めた。

「新聞も企業である以上は、多少の競争は仕方がないですがね。しかしいまや私企業の競争原理を越えて、新聞各社は国益の下に連帯しつつある。と云いますか、国益の見地に立つならば、連帯するのが当然なんですよ。その意味からすると、大新聞だ小新聞だとやかましく云っていた時代は、国益を無視して勝手放題やっていたんだから呆れます」

「そんなこともあるめえ。大新聞は大新聞で国益だと思ってやってたんだろうよ」

口髭が運ばれた徳利の酒を洋盃《コップ》にどぶどぶ注いで云うのへ、ふざけたような笑みを一貫して童顔に浮かべたベレー帽は反論した。

「たしかに彼らは正義とか理想とか、立派なことを云っていましたよ。自由と平等を高く掲げたりね。普遍的真理、と云うふうに彼らはそれを考えていたんだと思いますが、あんなのはべつに普遍でもなんでもない。文明世界の一地方領域たる、近代西洋が発明した原理にすぎない。偏頗《へんぱ》な因襲、は云いすぎにしても、いずれ限定的な何かである。にもかかわらず、これを真理と頭から信じ切って、普遍普遍と云うがあまり、日本の国益には眼がまるで向かわなかった」

「まあ、それはあるかな」と洋盃《コップ》の酒の半分余りを一息に飲んだ口髭が同意すると、園田は勢い込んだ。

「天下の秀傑が集ったはいいが、国論を二分三分するのが使命と心得ていたわけですからね。驚怪の極みです。たしかにいまとは時代が違っていたとは云えます。ことに日露戦の前はね。あんな四分五裂の状態でよくロシアに勝てたもんですが、しかしその結果、世界史の表舞台に日本が躍り出たいまや、列強からの圧迫干渉は昔とは較べ物になりませんからね。非常時下では国益は自ずと定まらざるをえない」

「しかし、いまの政府は必ずしも定まっちゃいないぜ」

口髭の言葉に間髪を入れずベレー帽園田が語を重ねた。

「たしかにこのままじゃ山に船頭が集いかねぬ状態です」

「集えやまだいいが、山で遭難だ」

「だからこそ、我々が輿論《よろん》を造成して、国論を淳化していく必要があるんじゃないですか」

「そう云うが、俺たちだって、一枚岩ってわけでもあるめえ」頬杖をついた口髭はつまらなそうに云い、徳利を傾けて洋盃《コップ》に酒を注いだ。

「それは然りです。だが、国益の旗の下では連携できる。いや、しなければならない。互いを仇視《きゅうし》するがごとき態度は根本から改めなければならない」

口髭がふんと鼻を鳴らすと、しかしだね、とそこで別の、口髭の隣で珈琲《コーヒー》を飲んでいた丸眼鏡が発言した。

「さっきおたくも云っていたが、新聞は私企業だからね。資本主義の原理からは自由になれない。喰うか喰われるか、弱肉強食の鉄則からは逃れられないと思うがね」

「そうとも云えないと思いますよ」ベレー帽は笑顔のまま、しかしやや熱くなって反論した。「さっきも出ましたが、たとえば事変にしたって、謀略のことはどこも書かないでしょう？　一昔前ならきっとどこかが書いていたはずです。陸軍の専横を糾《ただ》す、とかなんとかね。しかし、いまは違う。書いたって誰の得にもならない、と云うにとどまらず、利敵行為になりかねないと、みなが弁《わきま》えているからですよ。つまり何が国益に適うかの共通理解が我々のあいだにはすでにあるんです」

「だったらこの際、新聞は一個にしちまうか」口髭が頬杖のまま冗談めかすと、

「それは、ある意味、必然だと思いますね」とベレー帽園田はかえって真剣な顔になって言葉を継いだ。「新聞を大衆伝達《マスコミュニケーション》と云う機能を果たすべき国家社会の一器官と考えたら、複数は要らない、と云うか、複数あるのはおかしいと見ることもできる。陸軍が複数あったらおかしいのと同じです」

「じゃあラジオが海軍か？」とまた口髭が茶化したのへ、ベレー帽は笑わずに応じた。

「まさにそうです。総力戦体制下では、そうなるのが必然だ」

「そうなった暁には、おたくが軍務局長をやろうってわけだ」

「いや、わたしはそんなに偉くありません」とベレー帽は急に笑顔を童顔に貼付けた。「わたしは小隊長くらいでやらせてもらいます」

一同の笑いが小さな雷となって石壁に響いたところへ、内務省の係員が呼びにきて、一同は席を立ち、「足並みを揃えて」靖国神社へ向かったのであるが、記者らが集う場にはじめて同席した千代子は、傷みのある食品を口へ入れたような、後を引く不快感を覚えざるをえなかった。

撮影取材を終えて市電で研究所へ戻る途次、新聞の歴史につき山本氏から教示を貰いながら、事変の件についての疑問をぶつけると、もとは「大新聞」にいたと云う山本氏は、陸軍の謀略はおそらく事実であり、真実がないがしろにされるのは遺憾であるが、非常時の現在ならば仕方のない面はあると、いなすように解説し、それからだいぶ真剣な調子になって、記者が書く記事に較べ写真は真実をそのまま写し出すかのように思えるかもしれないが、それはまったくの間違いで、写真くらい「意

味」が撮る者の企図に左右されるものはない、たとえば同じ戦場を撮るにしても、悲惨な敗北にも歓喜の大勝利にもなり得るので、真実なるものが屈折なく伝え得るものではない点は肝に銘じた方がよいと語り、千代子は先輩の助言に生真面目に頷いたものの、釈然とせぬ気分は残存して、油汚れのように心に貼付く不愉快の中心に、深緑色のベレー帽があったのである。

三十三

「抜け駆けは困りますな」

楽椅子《ソファー》に尻を据えたベレー帽は笑いながら千代子に名刺を渡した。仕方なく千代子が自分の名刺を出すと、一度お会いしましたねと云ったところを見ると、園田——とたったいま名前を知った男も満洲国皇帝の取材時のことを覚えていたらしいが、そもそも東洋映像研究所の女写真家《カメラマン》は業界では有名なのであった。

「女同士、どんな話をなさっていたんです?」

園田はつるんとした童顔に笑みを絶やさずに云い、いえ、ちょっとご挨拶をと思いまして、と千代子は返答して、ちらりと視線を交わした惟佐子が余計なことを口にする心配はなさそうだった。

「私もちょっとご挨拶がてら、お話をうかがわせてください」と云った園田に、惟佐子はいいとも悪いとも返事をせず、一方の園田は当然の権利のように手帳を取り出した。勝手な取材は困ると、千代子は咎める立場になく、どうして随員室の人間が展望室への通行を許したのかわからなかったが、黒背広の外務官僚はすっかり眠り込んでいたと、あとで惟佐子付きの女中の菊枝から教えられた。

先日の笹宮邸でのことがあったから、寿子との交流について訊かれるのだろうと思い、惟佐子はいくぶん身構える感じになったけれど、園田の質問はそれではなかった。

「御父上の笹宮伯爵はドイツ贔屓で有名ですし、伯父にあたられる白雉博允氏がやはりドイツ学芸界で活躍されているわけで、その意味で惟佐子さんはドイツ文化の花籠のなかで育ったと云って過言でないと思うのですが、惟佐子さんご自身は、ドイツ文化あるいは芸術についてどのような思いを抱いてらっしゃいますか?」

うっすらと紗がかかる程度にまで笑顔を抑えた園田は、いやに折目正しい調子で質問し、それが嫌みにしか見えぬ千代子は、この男はラジオの音量つまみを捻るように笑顔の度合いを自在に変えられるらしいと観察して、いよいよ嫌悪の虫が腹中で啼き出すのを聞いた。

ドイツ文化には深い尊敬の念を抱いておりますと、惟佐子があたりさわりのない返事をすると、うんうんと頷いた園田は質問を重ねた。

「具体的には、どのような芸術家に関心がおありでしょうか?」

ドイツ芸術と云えばやはり音楽、カルトシュタインの相手をするのにあまり無知では困ると惟佐子は思い、セバスチャン・バッハから新ウィーン学派に至るまでの音楽史を、丸善から参考書を取り寄せ予習してきた。なかで平均律の発明を含む調律法の話には興味を惹かれたものの、音楽である以上、実際に音を聴かぬのでは関心もなにもないから、芸術には不調法ですのでと惟佐子が答えたとき、園田の顔に軽侮の色が浮かぶのを見た千代子は、広く学術ならどうでしょうか? と横から口を出した。

「芸術家に限らなければ、興味をもたれている文化人はおありなのではないですか?」

「それでしたら」と千代子と視線を交わした惟佐子は頷いた。「ライプニッツには少し興味を抱いております」

「ライプニッツ、といいますと？」

園田が訊くのへ惟佐子は答えた。

「解析学や数理の分野で大きな業績を残した天才です。数学だけでなく、哲学や歴史学でも足跡を残した人物のようですが、そちらの方は詳しくは存じません」

なるほどと鹿爪《しかつめ》らしく頷いて覚書《メモ》をとる園田の顔に戸惑いの影が浮かぶのを小気味好く思った千代子が、ほかにはいかがでしょうと促すと、ちょっと可笑しそうな顔になった惟佐子がまた口を開いた。

「ドイツ人では、ヒルベルト教授のお仕事にも感銘を受けております」

「ははあ。ヒルベルト？」

「帝大の高木貞治《たかぎていじ》博士の先生です。整数論でも幾何《きか》公理でも微分方程式でも、数学のあらゆる分野で業績を残された方で、あまりに大きすぎて、わたくしなどではとても理解は及びませんが」

はあと応じた園田は、虚を衝かれた心裏の空隙を隠すためか、笑顔の濃度をやや大きくして質問した。

「惟佐子さんは、数学に興味が？」

「それほどではありませんが、少し興味をもっております」

数学だけでなく、囲碁も有段者なのだと、千代子は云ってやりたかったが、あまり口を出すのもどうかと思い黙っていると、

「では、アインシュタインはいかがです？」と園田が訊いたところを見ると、さすがにアインシュタインくらいは知っていると見えた。

「アインシュタイン博士はもちろん尊敬申し上げております」惟佐子が答えると、

「しかし、アインシュタインはドイツを捨てた、と云いますか、ドイツから追放された人ですからね。ドイツ文化を代表するとはとても云えない」

笑顔をいっそう濃くした園田は皮肉るように云ったが、アインシュタインの名前を出したのは園田の方なのであるから、惟佐子も二の句が継ぎにくい。園田が下から覗き込むような格好になって質問した。

「アインシュタインがユダヤ人なのはご存知ですよね？」

ええと惟佐子が頷くと、純粋に科学の見地に立つならば、と園田は自分から話し出した。

「ユダヤ人かどうかなどは、どうでもいい問題に思えるかもしれません。そうは思われませんか？」

惟佐子が頷くのを確認してから園田は先を続けた。

「しかし、それがそうではないのですよ。いまドイツは、ドイツと云う国の国体、云うならばその明徴を何より優先しているのです。アインシュタイン博士のごとき頭脳が流出するのを惜しむより、民族の血を浄め、民族国家としての使命を闡明《せんめい》することをなによりの課題としている。贅肉を削ぐことで頑健な軀が得られるように、強く健康な国家の建設に邁進している。我々はそこを理解しなければならないのです」

この人はなんで急に演説をはじめたんだろうと、惟佐子は不審に思い、顔色を察した園田が言葉を足した。

「なぜわたしがこんなことを申し上げるかと云えば、ドイツ理解、あるいはドイツとの連携には、この辺りの理解が絶対に欠かせないからなんです。惟佐子さんにもそこのところはぜひ知っておいて頂きたいと思うのです。ドイツがどうしてユダヤ人を排除しなければならないか、それはおわかりですよね？」

「どうしてなんですの？」と惟佐子が答えたのへ、やはり女だな、とでも云うかのごとき優越の皺が男の鼻に寄ったのを見た千代子が密かに嗤《わら》ったのは、相手の望む答えをわざとしてみせた惟佐子の皮肉を了察したからである。微笑で表情を消した惟佐子の化粧顔にあって、顎の黒子《ほくろ》が嘲るように相手の顔を見ていた。

「ユダヤ人排斥は、民族の血の浄化と云うことももちろんあるでしょうが」

黒子から嗤われているとも知らず、園田は演説を再開した。

「それ以上に問題なのは、ユダヤ人が英米の金融資本を牛耳る点にあります。世界の資本主義を動かしているのはユダヤ人であって、彼らが伝統的、体質的に持つ拝金主義が毒となって世界中を汚している。たとえば満洲国を巡って日本を攻撃している勢力の背後から糸を引くのが彼らです。ユダヤ人は世界中に散らばって、互いに連絡を取り合い、金融資本の力でもって世界を支配しようと目論んでいる。表舞台には出てきませんよ。幕の向こうに座して指示を出し、あるいは列強国の支配層に食い込んで、政治、軍事を思うままに動かそうとしている、いや、現に動かしつつある。彼らがやっかいなのは、格別の理念を持っていない点にあります。拝金主義。あるとすればそれしかない。ただ金儲けをしたい、そのために支配をしたい。そうした動物的な欲求しかない。たとえば八紘一宇《はっこういちう》のごとき理念、あるいは理想、そのようなものをまったく欠いている。彼らは金儲けのために戦争を起こすことなどなんとも思わぬわけで、実際前の欧州大戦はユダヤ資本が引き起こしたとも云われている。極端な話、人類が滅亡しても彼らは平気なんです。そこが彼らの強みとも云えるわけなんですが、とにかく彼らを排除しない限り、人類社会に未来はない。世界史の進化発展はありえない。もちろん理想の実現もありえない」

そこまで一気に話した園田は、惟佐子から捗々《はかばか》しい反応がないことに気づいたのか、丸顔に笑いを浮かべ直して云った。

「こうした話は、釈迦に説法と申しますか、惟佐子さんはお父様の笹宮伯爵からすでにお聞きになっているとは思いますが」

「父は政治向きのことは家では申しませんので」

そうですかと頷いた園田は安堵したような顔になったが、惟佐子の返事はまったくの嘘で、例の口述筆記に反ユダヤ主義の言説は再三登場していたから、馴染みがある、どころか、眼の前の記者がたったいま述べた内容と父伯爵の話がそっくりであることにむしろ驚いたくらいで、しかしすぐに彼の話が九州帝大の某教授の論文の受け売りだと推測できたのは、父伯爵がそうだったからである。口述の清書の参考にと、父伯爵の書棚から御法川に持ってこさせた雑誌に、「ドイツ民族浄化の現状を論ず」と題された論文があって、傍線や書き込みがあるので読んでみたところ、父伯爵の反ユダヤ主義の言説そのままであることを知ったのだった。

「しかし、日本にはユダヤ人はいない。だからドイツのことは対岸の火事にすぎぬと思うかもしれませんが」と園田が再開したとき、惟佐子がふっと笑みを漏らしたのは、「対岸の火事」の文句が、九州帝大の教授の論文中にあり、父伯爵も口述の際、同じ言葉を使ったのを思い出したからである。

園田は惟佐子の笑みを悪くはとらなかったようで、むしろ励まされたように声を張り、英米の背後にあってこれを動かしているのはユダヤ人なのだと断じてから、

「その意味で、いまの政府の英米派は、間接的にユダヤ支配を受け入れていると云って過言ではない」と続けた園田は、だからこそ彼らは日独提携を阻止しようとやっきとなっているのであり、日本が国体を明徴すると云うのなら、ドイツと同じく、ユダヤ金融資本による汚染を祓《はら》わねばならぬ、それには英米の支配から脱し、資本主義を打破した新世界創造の先鋒に立つドイツと提携して、それぞ

れ欧州と亜細亜において世界秩序の再構築に邁進すべきであると論じ、だから今回のカルトシュタイン氏の招聘は、両国の行く末にとって、世界史の運命にとって、意義は決して小さくないのであって、そこのところを惟佐子さんのような人は深く肝に銘じる必要があるのであると、語った内容もまた父伯爵が一昨日の口述の際に惟佐子に与えた訓話と瓜二つなのであった。

ベレー帽の話をただ耳に流し込むまま、惟佐子は何気なく車窓に眼を遣《や》り、すると眼に映る景色が一変した。明朗な初夏の陽射しは消えて、屠《ほふ》られた動物の臓物のごとき赤黒い色の雲が空を覆い、そこから血とも膿汁《うみ》ともつかぬ液が降り注ぐ地面——遠くに黒い屏風のごとき岩山が連なる、石や鉄の瓦礫《がれき》の隙間から捩《ね》じくれた刺草《イラクサ》が不機嫌に伸び出た不毛の平地には、人や獣や虫の死骸が折り重なって埋められ、互いに区別のない一塊に変じて漏らす腐汁が地層の底へ染み出している。

あっと惟佐子は声をあげ、どうしました？　と園田と千代子が同時に問うたときには、風景は体裁を変じていて、今度は谷底のような場所に裸体の人間が大勢蝟集《いしゅう》し、蛙や蜥蜴《とかげ》や犬や山羊の怪物たちと絡みあう異形の図柄となって、しかしこれは知った風景、寿子の部屋にあったヒエロニムス・ボッシュの画集で見た絵であると、理解が訪れたとたんに、白雲のふわり浮かぶ空の下、畑地と樹林の交錯のなかに黒い瓦屋根が点在する初夏の平野の景色が帰ってきた。

「なんでもありません」と云った惟佐子は、でも、と園田に向かって言葉を投げた。

「わたくしはアインシュタイン博士は敵に回さないのが得策だと思いますけれど」

「なぜです？」訝し気な顔で園田が訊いた。

問われた惟佐子が驚いたのは、なぜ自分がそんなことを口にしたのかわからなかったからで、ついいましがた怪異の風景を見た際、何者かが傍らに立ち、耳元で囁《ささや》いてきた感触はあって、もちろん囁かれたからと云って復唱する必要はいささかもなく、そこがまったく不思議であったけれど、言葉そのものは確信の根を心の岩盤に張っていて、そう考えると、誰かに教えられたのではなく、自分の軀の深奥から湧いて出たもののようにも思えた。

「理由はありません。ただなんとなくそんな気がしただけです。とくに意味はありません」

いくぶん狼狽して応じた惟佐子は、隣座席の千代子に顔を向けて、牧村さんは、と名字で呼びかけてきたのは、園田の耳を気にしたからに違いなかった。

「なんでしょうか？」

「ヒエロニムス・ボッシュをご存知かしら？」

「ええ。知っていますが」

「そうですか」と云って惟佐子は黙る。

「それが何か？」

「いえ、なんでもありません」と云って惟佐子は車窓に眼をむけてしまう。はぐらかされた千代子は、ああ、そうだった、こんなふうに話の途中で半端な姿勢のまま放り出されることが、「おあいてさん」時代には幾度もあったのだと思い出し、その度に戸惑いはするのだけれど、言外に惟佐子の云わんとするところが心に流れ入るようにも思えて、気分を害することにはならなかったのだと、懐かしく思い出し、いまもヒエロニムス・ボッシュの名前が、それとは示し得ぬ脈絡を引き連れて心の収まるべき所へ収まる不思議な感覚があった。

ボッシュと云うのは？　園田が不審気に訊くのへ、画家ですと千代子が教えると、なるほど、それが惟佐子さんが好まれるドイツの芸術家なのですね、と園田が云ったのへ惟佐子は答えた。

「ボッシュはネーデルランドの画家です。そうですわよね？」と問われて、千代子はそうですと頷いた。

「ボッシュはネーデルランド、つまりオランダです」
「オランダ？」と呟いた園田は、妙な顔になって、二人の女の顔を交互に眺めた。

三十四

同じ時刻、東武日光駅に近い商人旅館の、玄関先の応接椅子《ソファー》に座って莨《たばこ》を吸う蔵原誠治は、ラジオから流れる、以前に取材をしたことのある老書家の講話を聴くでもなく聴いて時を過ごしていた。

蔵原が日光へ来たのは昨日の土曜日、本当ならば牧村千代子と同じく、日曜の朝に浅草雷門駅からカルトシュタインに同行するつもりでいたのだが、土曜日の午前中、思いのほか仕事が早く片付いて、映画でも観ようか、それとも喫茶店で小説でも読もうかと考えるうち、一足先に日光へ向かうことを思いたった。

会社を出て、浅草ではなく上野から列車に乗ったのは、宇田川寿子と久慈中尉が乗ったと思われる日光行臨時列車の車掌を探せるかもしれないと考えたからである。車掌を探して証言を得ると云うのは、牧村千代子との「捜査会議」で出た方針だから、一人でするのは抜け駆けになると思い、せめて事前に報告だけはしておこうと、出がけに「東洋映像研究所」に電話をかけたところ、牧村は撮影に出ていて戻りは午後になると聞いて諦めた。

十二時五分上野発に飛び乗って、宇都宮で降り、駅助役に面会を求め調べてもらったところ、四月六日の臨時列車の車掌の氏名はわかったものの、非番とのことで話は聞けぬまま、蕎麦で腹ごしらえをしてから日光行の普通列車に乗り、日光駅に着いたのは三時半。まずは牧村千代子の報告に登場した二人の証言者を探した。話を疑ったわけではないけれど、自分の眼と耳で確認したいと思ったからで、すると駅員は不在だったが、旅行案内所の男の方は掴まえられて、先週女性記者が話を聞きにきたと思うが、もう一度詳しく聞きたいと云うと、どこか薄ぼんやりした感じの男は素直に質問に応じてくれ、千代子の話した内容は、宇田川寿子が座っていたと云う〈台湾名勝巡り〉の絵宣伝《ポスター》下の長椅子《ベンチ》を含め、ほぼそのままに確認できた。

駅舎で待ち合わせた二人の女——洋装の若い女と着物姿の若くない女。二人は駅を出てどこへ向かったのだろうか？　これについては情報が得られなかったと千代子は云っていたが、念のため訊いてみれば、川の方へ行ったみたいですと、意外な返答が戻ってきた。川とはどこの川かと問うと、そこの川だと云うから、そこの川とはどこだと訊けば、駅の裏手の川だと教える。

地図で確認すると、今市から並行して走る国鉄線と東武線の北に、両線とやはり並行して川が流れ、これが大谷《だいや》川。中禅寺湖を源流にする大谷川は、今市の近辺で線路から離れて東へ進み、やがて鬼怒《きぬ》川に合流する。この大谷川、すなわち日光駅の裏手を流れる川の方へ宇田川寿子は着物の女と共に向かったと云うことなのであるが、しかし案内所の男はどうしてそれを知ったのか？　蔵原が追及したのは当然で、ところがなんだかはっきりしない。時節のよい土曜日とあって案内所は忙しく、隙を見つけては質問を繰り返してようやく、駅近くの団子屋がそう話していたのだとの理解が得られた。団子屋とは今市にある和菓子屋の出店で、週末だけ日光駅前に屋台店を出すのだが、四月六日の土曜日も店を出していて、この団子屋の売り子が駅から出てくる二人の女を目撃したと云うのだった。

団子屋はこの日も店を出していた。店番の男は話し好きで、みたらし団子を三串も買えば、話を聞くのは容易だった。妙にけばけばしい青色の喇叭《ラッパ》洋袴《ズボン》を穿き、伸ばした髪をポマードで固めた団子屋は、案内所の男と年の変わらぬ若い男で、しかしこちらは案内所とは違って要領がよく、四月六日の午後、駅舎から出た和装と洋装の二人の女が駅東側にある跨線橋を渡り、そこからさらに東武線の下を潜る隧道《トンネル》へ歩いて消えたのだと教えた。

宇田川寿子の写真を見せると、この人に間違いないと、やけに断言するのがかえって怪しく、不審の色が蔵原の表情に浮かんだのを察したらしい男は、自分はイサミとケンゾウとは小学校の同級であり——と説明したイサミとは旅行案内所の男、ケンゾウは千代子が話を聞いた日光駅の駅員のことであったが、暇なときに自分は駅に油を売りに行くのだけれど、あの日はイサミとケンゾウがひそひそ話をする様子で、なんだと問えば、奇麗な女の人がずっと待合室にいる、あれはどう云う人なんだろうと噂をするので、見れば〈台湾名勝巡り〉の絵宣伝《ポスター》の下に洋装の若い女がなるほど座って、自分も話に加わったので覚えていたのだと解説した。

団子屋は語った。自分が屋台店に戻っていたところ、一時四十分の普通列車が着いてまもなく、台湾名勝巡りの女が、着物の女と一緒に駅舎から出てきた。屋台を舎弟に任せて休憩しようとしていた自分は、いきつけの飯屋へ向かったのだが、それがたまたま二人の後を追う形になり、と云うか、正直に告白すれば、興味を覚えて後をつけたところもあって、すると女たちは今市方向へ少し戻った所にある跨線橋を渡り、自分も上ってみれば、橋を降りた二人は路なりに進んで、東武線を潜る通路隧道《トンネル》に消えていった。隧道を出たところは川だから、川になんの用があるんだろうと不審に思ったものの、それ以上の関心は抱かず、腹も減っていたので、そのまま飯屋へ向かったのだけれど、先週イサミとケンゾウが新聞社の人から話を聞かれたと知って、それならもっとちゃんと後をつければよかったと、悔しく思っていたのだが、ところで、あの女は何者で、どんな事件に係わりがあるのだろうかと、団子屋が好奇の眼を光らせるのには参ったが、幸い青木ヶ原情死事件の当事者とはわからぬ様子なので、詳しくは教えられぬけれど、失踪したさる令嬢の行方を追っているのであると誤魔化した蔵原は逆に、着物の女とはどんな女だったのかと質問したのへ、地味ではあるがきちんとした装いからみて、ふつうの家の主婦か良家の女中と云ったふうだったと返事があった。

愛想がよく人好きのする団子屋は、蔵原から貰った紙巻莨を吸いながら、自分は今市駅の近くにある和菓子屋の跡取り息子なのであるが、博打《ばくち》で失敗《しくじ》り勘当になり、親から許しが出るまで屋台を真面目にやらねばならぬのだと、訊かれもしない身の上話をしたあげく、蔵原の顔を下から覗いて、「オレを旦那の助手にしてくれねえですかね。オレは探偵とか、そう云ったのに昔からなりたかったんですよね」と狐顔を歪めて笑った。

蔵原は勘当息子の教えた跨線橋に上ってみた。鉄橋を降りた向こう側は赤錆びた鉄路や枕木が雨ざらしになった空地で、草間に一筋の小径《こみち》が東武線を潜る隧道《トンネル》まで続いている。跨線橋を渡って、径を歩き、短い隧道を抜けると、なるほど川に突き当たった。さほど深さのなさそうな流水の両側に、ごろ石の隙間から草の覗ける川原が寥々《りょうりょう》と広がり、川向こうは段々になった畑地で、さらに先の、黒い山森に続く丘陵の裾に人家が疎《まば》らに点在する。

隧道《トンネル》を出たところで蔵原は莨に火をつけ、同じ場所に立ったはずの女たちの姿を想った。ここから二人はどこへ行ったのか。東照宮方面に向かうにしろ、今市方面に戻るにしろ、わざわざ川端へ出る必要はないから、ここへきた以上は、いま眼にする風景のどこかへ消えたのでなければならないだろう。川には簡便な白木の橋がかかっていた。二人はこれを渡ったのだろうか。眼に見える範囲の人家に、あるいは森陰に消える小径に、神経に働きかけてくるようなものは何もなく、とすればあとは一帯を虱潰《しらみつぶ》しに探索するほかなく、それには警察のごとき組織力が必要だ。

蔵原が木橋を渡らずに、川沿いを今市方向へ歩き出したのは、川原が大きく広がった右手に建物が見えたからで、近づいてみれば、地面に矩形《くけい》の穴が幾つも穿《うが》たれているのは採石場らしく、建物は道具を仕舞う小屋のようで、なかへ入り切らぬ大八車や手押し一輪車が脇に置かれている。土曜の午後だからか、人はおらず、穴の一つを覗くと、石の四角い切り跡に乳色の水が溜まっていた。また萱に火をつければ、鴉《からす》が小屋の板屋根から飛び立ち、人影の見えぬ夕景のなかを東武電車が鉄路を鳴らして通過した。夕陽が日光連山の山嶺《さんれい》に没して、にわかに翳《かげ》を濃くした空から吹きつける風に、倉庫小屋の傍で群落をなすキスゲの黄色い花が揺れた。

萱を捨て、駅で宿を探そうと、もときた路を戻ろうとしたとき、発動機《エンジン》の音とともに草陰から自動車が現れた。路でもなさそうな所から車が出てきたことに驚いていると、深緑色の車体を小刻みに揺らしたオート三輪は、轍《わだち》の泥水を跳ね飛ばして物置小屋の脇に停まると、頭に手拭を巻いた繋ぎ作業服の男が降りて、小豆《あずき》色のもんぺを穿いた小柄な老婆を荷台から抱き下ろした。蔵原に嫌な視線を寄越した男は、小屋の南京錠を解いてなかへ入って行き、老婆は手にした鋏《はさみ》でキスゲを茎から伐りとって新聞紙に包みはじめる。

蔵原は老婆に近づき、きれいな花ですねと、挨拶をすると、腰の曲がった老婆は蔵原とは眼をあわせずに、これは自分のではなく、人から頼まれたもの、それも偉い人から頼まれたもので、そもそも川原に生えた花は誰が採ってもいいはずだとの趣旨のことを、拒絶的な口調で述べて、花の採取を咎められたと思ったらしいと理解した蔵原は、もちろんかまわないですよ、どんどん採っていいと思いますと、少々大袈裟に応じて、老婆が安心したのを見計らい、宇田川寿子の写真を内袋《ポケット》から取り出して、この人を見かけたことはないかと問うと、鼻先に差し出された勢いに釣られて写真を覗いた老婆は、おれは眼が悪いからよく見えねえと、嫌なものでも見せられたかのように眼を背け、そこへ頭手拭の作業服が物置小屋からのっそり出てきて、蔵原には視線を向けずに、どうした？　と老婆に鋭く問うたので、蔵原は名刺を出し、じつはちょっとした事件を追っているのだが、この女性を見かけなかっただろうかと写真とともに問うと、頭から外した手拭で首筋を拭った男は、意外に素直に油汚れした手に写真を持って、白目部分の多い眼で眺め、見たことはないですかね？　の再度の問いに、知らねえなと、ぶっきら棒に答えた。

　坊主頭の側部に何針も縫った疵痕《きずあと》があるのに眼を牽《ひ》かれながら、採石場は土曜日は休みなのだろうかと質問を変えると、小屋から抱え出した木箱を車の荷台に置いた男は、ここはたまにしかやってねえと云い、小屋に錠をかけると、ほら、行くぜと、蔵原などはじめから存在しなかったかのような調子で、老婆を荷台に押し上げて運転席に座った。キスゲの花束を抱えた老婆を積んだオート三輪が砂《じゃ》利《り》を跳ね飛ばし丈高い草陰に消えるのを見送って、蔵原はもう一本莨を吸ってから、急速に冷えてきた夕風を顔に浴びつつ駅へ戻ったのだった。

　駅近くの旅館に宿をとった蔵原は、あらためて地図を調べ、旅館の主人からも話を聞いてみたところ、大谷川の向こうは農家の小集落があるだけで、目立った古刹《こさつ》も神祠《しんし》もない山岳だとすれば、宇田川寿子が向かうべき何かがあるようには思えなかった。一段と深まった謎をあれこれ弄しつつ、風呂に浸かり、飯を喰った蔵原は、明日は早く起きて、カルトシュタイン一行が東武日光に着く十時過ぎまで、川向こうの辺りを歩いてみようと考えたのであるが、このところ徹夜続きだったせいか寝坊してしまい、探索の時間はなかった。

　宿から東武日光駅まではものの一分もかからない。特急列車到着までの二十分ほどの時間を蔵原は、旅館の玄関先で新聞でも読んで過ごそうと考えたのであるが、新聞がなかったので、所在なくラジオを聴いていたわけである。ラジオ講話の書家は、嘉永《かえい》年間の生まれ、子供の頃に吉田松陰の薫陶《くんとう》を受けたことが自慢で、いまも甲高い声で吉田寅次郎先生を連発しているのが可笑《おか》しく、応接椅子《ソファー》の肘掛けに寄りかかった蔵原は、書家とちょっと似た感じのある、靴箱の上に置かれた陶製の亀を眺めながら、ふふふふと声を漏らした。

時間を見計らい、靴を履いた蔵原が駅へ歩き出したとき、特急列車が昨日渡った跨線橋を潜って駅舎に滑り込むのが見えた。改札口には地域の有力者なのだろう、羽織袴の男らが待機して、改札から出てくる人たちと小腰をかがめ挨拶を交わしていたが、まもなく鮮やかな色彩の和装の女が出てくると、男らはこれを一段と鄭重《ていちょう》に迎えた。野鯉の群れ中に泳ぎ入る錦鯉を想いながら、駅舎の外に立ってドイツ人音楽家の姿を求めた蔵原の眼は、大きな革鞄を抱えて歩廊《プラットホーム》を来た紺色上着《ジャケツ》の女が改札口の手前にしゃがんで、ひどく慌てた様子で鞄を開けるのを捉えた。写真機を出そうとしているのだろうが、駅到着の写真を撮りたいのなら、事前に準備をしておくべきで、あれではいかにもまずいなと苦笑していたところ、黒塗りの自動車に和装の女が乗り込んでも写真機が取り出される様子はなく、すると短髪の女は今度は勢いよく立ち上がって、軀《からだ》にたかられた虫をはたくような格好になり、続いて服の内袋《ポケット》を手で探る姿を見て蔵原はついに理解した。

切符が見つからないのだ。そう知ると、思わず頬が緩んで、自動車が東照宮の方へ走り去るのを見送ってから、千代子しか残っていない改札口に向かって歩き出した。

三十五

カルトシュタインが日光へ到着したのは午後の二時過ぎであった。それまでの時間、食事会場になる予定だった『清心亭』に近い、『ホテル清雅苑』の一室で惟佐子は待機し、気を遣った随行員の山崎が、どこか行きたいところがあれば自動車で案内してもよいと申し出てくれたが、惟佐子は持参した囲碁雑誌を読んで過ごすことを選び、昼食も『清心亭』から部屋へ膳を運ばせた。部屋に落ち着いてまもなく、カルトシュタインの到着は午後になると教えられ、浴衣《ゆかた》になって寛《くつろ》げたのは有り難かった。

ベレー帽の邪魔が入りはしたものの、貴賓車での二時間半は、思いのほか惟佐子に寛ぎを与え、こびりついた湯垢を洗い流したような清々しさがあった。ホテルの客室も心を鎮める静穏に沈んで、樹草の緑に埋もれた硝子《ガラス》戸を開け放てば、庭園の、植物に濾《こ》され甘く冷えた空気が胸に流れ込んだ。亀の泳ぐ池を中心に、青苔の付いた岩と植込を按配した庭の一画に藤棚があって、日光はいまがちょうど満開、ひしめき垂れる花房のあいだを熊蜂が飛んで、樹葉を透かした翠《みどり》の陽射しのなか、ぶうんと鳴る羽音が眠気を誘った。

湯にゆったり浸かって時間を過ごし、そのまま東京へ戻ることができたらどんなにいいだろうと思ったけれど、さすがにそこまでの僥倖《ぎょうこう》は与えられず、午後の二時、菊枝の手を借りて外出着に着替え、ロビーへ下りて行くと、カルトシュタイン一行が玄関に現れて、惟佐子は事前に用意してあったドイツ語の挨拶を述べ、カルトシュタインは顰《しか》めっ面《つら》で、と見えたのは笑顔なのであったが、遅れて申し訳なかったとの旨を、木島柾之の通訳を経て伝えたあと、惟佐子の装いの美しさを、まるで花の精のようだと、少々陳腐な比喩を使って褒め、その間、写真撮影の閃光が断続して、紳士帽と背広に埋もれるようにして四角い写真機を構える千代子の姿を惟佐子は確認した。

今日のカルトシュタインは、臙脂《えんじ》の襦袢《シャツ》に縞のボウタイを締め、鼈甲《べっこう》色の洋袴《ズボン》に淡茶《ベージュ》の上着《ジャケツ》、同色の中折帽を頭に載せた出立ちで、衣服の明色を映すせいか、突き出た額の陰に地鼠の眼が潜む異相からは先日の病の臭いは消え、打ち水された敷石のごとき清新の気が発散されて、全体に小粋な感じもあって、ドイツ人は一般に野暮ったいと聞くけれど、遊び着の洋装が似合うところはやはり西洋人だと惟佐子は感心した。

木島柾之も灰白の洋袴《ズボン》、紺地に焦茶の縞の上着《ジャケツ》、梭魚《かます》を意匠化した模様のネクタイに白の中折帽と云う、観光旅行に相応《ふさわ》しい洒落た装いである一方、カルトシュタインと留学中に親しく交際したと云う作曲家、草柳《くさやなぎ》太郎《たろう》は、基督《キリスト》教会の神父が被るような鍔広《つばひろ》の黒帽子に仕立てのよくない薄黒い上下衣《スーツ》を着、何色とも形容し難い、泥炭みたいにくすんだネクタイを糊《のり》の利かぬ白襦袢《シャツ》の首からぶら下げると云う、およそ行楽に相応しからざる格好なのが際立った。ベルギー人の祖父を持ち、先年のベルリン国際音楽祭で初演された自作の交響曲が評判をとった、上野の音楽学校で教鞭をとる独身男の年齢は四十三歳と聞いていたが、ひょろり細長い軀に黒縁眼鏡の四角い顔を載せた姿が三十歳そこそこに見えるのは、若々しいと云うのではしかしなくて、無髭でありながら顔の下半分が黴《かび》が生えたかのように蒼い、蜥蜴《とかげ》を連想させる白面が、年相応の貫禄を欠くがゆえであった。

惟佐子もカルトシュタインも無口な質《たち》であったから、著名な音楽家でありドイツ語が堪能な草柳太郎には会話を取持つ役割が期待されていたのだろうが、的外れな人選と云わざるをえず、人々が一団となって動く際には、日本人作曲家はカルトシュタインと惟佐子から二歩下がったところを俯きがちに歩み、晩餐の席でも牛のごとく咀嚼を繰り返すばかりで、どうしてあの人を呼んだのだと、訝《いぶか》しむ声が随行者のあいだからも聞こえた。

結果、木島柾之の負担はなかなかのものであった。東照宮や華厳の滝では案内人が説明に立ったから、これを通訳しておればよかったけれど、そうでない場合には、少しでも油断すると沈黙の糊に空気が凝着してしまい、そのたびに宮内省の若い役人は言葉を投じて空気を攪拌《かくはん》することを余儀なくされた。ことに自動車では、カルトシュタイン、惟佐子、草柳太郎、木島柾之の四人で乗ったから、助手席の木島柾之は身を捻って後部席に話しかけざるをえず、しかし何度か乗り降りをするうちに、草柳太郎が黙って助手席に座るようになったので、木島の労働はだいぶ軽減された。

東照宮では、石鳥居を潜って参道を歩き、三神庫と「三猿」で有名な神厩舎《しんきゅうしゃ》を見てから、極彩色の彫刻や錺《かざり》で飾られた陽明門を眺め、さらに唐門の奥へ進んで、拝殿、本殿、さらに御本社を拝した。一行は狩衣《かりぎぬ》を着た禰宜《ねぎ》に案内された主賓を先頭に、菊枝や川北医師を含む随行者と記者が続く短い蛇の形をなし、写真担当者たちは列の先へ出て待ち伏せたり、参道の石灯籠《いしどうろう》に攀《よ》じ登って写真機を構えた。そうして禰宜が立ち止まって説明をするたびに、記者らが主賓を取り囲んで蛇の形は崩れた。

日曜日だけに観光客はけっこうあって、行き合う人々は一行を物珍し気に眺め、なかには記者に交じって、水色袴に烏帽子《えぼし》をつけた禰宜と並ぶ惟佐子の写真を撮る者もあった。午後から空は曇ってきてはいたけれど、降る気配はなく、澄んだ風が心地よく吹いて、神域の樹の葉を紙垂《しで》とともに柔らかく揺らした。

御本社を出て、回廊の花鳥の透かし彫りを鑑賞してから、奥宮へ通じる門にある「眠り猫」の下まできたとき、カルトシュタインがはじめて自分から口を開いた。

——なぜここに猫がいるのだろう?

木島柾之の通訳を経て質問された初老の禰宜が、眠る猫は平和を象徴するのであり、戦国の争乱を治め太平の世をもたらした徳川家康公の願いがこめられている云々と説明し、通訳がなされたところで、カルトシュタインがまた、あの猫は眠っているにもかかわらず、どうして鳴くのだろう? と問い、これはいささか奇妙な問いであった。

木島柾之が訊き直すと、ソフト帽のドイツ人音楽家は同じ質問を同じ調子で繰り返して、通訳を待つ記者たちの視線が木島柾之に集中したとき、横に立った黒帽子の草柳太郎が、こちらも東照宮へきてからはじめて口を開いた。それは異様に音程の低い、よく響く声で、神域に棲む妖異《ようい》が声を放つように思いなした者らは、社殿の暗い縁下から瓦屋根の奥に聳《そび》える杉の大樹へ覚えず眼を遣《や》った。発話はドイツ語だったので、一同がまた通訳を待つ態勢になると、木島柾之はいよいよ戸惑うふうで、すると草柳太郎が自ら報告した。

「眠る猫がなぜ鳴くのかと質問がございましたので、眠る猫は鳴きません、まして彫刻では、と申し上げました」

　裁判官が判決を申し渡すような、権威の鉄錆の浮いた太い声に、ははあと一同が頷いていると、カルトシュタインがさらになにか云い、木島柾之が応じ、二、三のやりとりがあって、しかし通訳がなされぬので、記者の一人から、なんと云われたのです？　と訊ねられた木島柾之が、どうやら「鳴き龍」と勘違いされていたみたいですと応じると、草柳太郎が今度はドイツ語でカルトシュタインに話しかけ、すぐにまた自ら日本語に通訳した。

「作り物の動物が鳴くと云う話を、なにかで読まれたようです。しかしここ日光において、鳴くのはあくまでドラゴンであって、決して猫ではないと、さよう申し上げました。御納得していただけたようです」

　なるほどと、大いに頷いた記者たちは、一斉に手帳に何事かを記した。

　禰宜が「眠り猫」の解説を再開し、するとまたすかさずカルトシュタインが口を開き、どうやら異相のドイツ人音楽家は行楽の空気に軀が馴染んで、気分が軽快になっている様子であった。

　一同が謹聴の態勢をとるなか、古来左利きには天才が多いのです、音楽家に限っても、セバスチャン・バッハ然り、モーツァルト然り、ベートーベン然りと、木島柾之の通訳を通じてカルトシュタインが語ったのは、禰宜から左甚五郎《ひだりじんごろう》の紹介があった流れに違いなく、通訳が終わる時機《タイミング》を見計らったドイツ人が左腕を高く差し上げ、前方へ差し向けた手のひらを小刻みに揺らして見せたので、次に彼が口にした言葉はドイツ語を知らぬ人間にも理解できた。

——かく云う私も左利きなのです。

そう云った男が続いて惟佐子に顔を向けて質問した言葉も、通訳を介さずして惟佐子は理解した。

——貴女《あなた》も左利きですね？

念のため木島柾之の通訳を待ってから惟佐子は首肯した。しかしどうしてカルトシュタインはそれを知ったのか。不思議に思ったのは、子供の頃に矯正を受けて箸も筆も右を使い、はっきり左を使うのは碁石を持つときだけだからである。もっともふとした動作で左手を使ってしまうことはあるから、『岡村』で食事をした際に観察されていたのかもしれなかった。松平侯爵邸のサロン演奏会以来、異国の音楽家が自分を密かに注視しているのを惟佐子は察していた。が、視線の意味は捉えられず、いまもごく近い距離にありながら、盗み見るように向けられる視線に潜むある種の熱は感じとることができても、その熱源は不明のままで、しかしなにより不思議なのは、ときに狡《ずる》く動いて自分を捉える眼が決して不快ではない事実だった。

カルトシュタインが惟佐子にもそうせよと唆《そそのか》すかのように左手を陽に翳《かざ》していると、草柳太郎がドイツ語で何事か云い、手を下ろしたカルトシュタインがうんうんと深く頷いて応答し、音楽芸術に係わる深い洞察が語られた印象に一同が通訳を待っていると、木島柾之から譲られた黒服の日本人作曲家は云った。

「私は右利きであると、さよう申し上げると、それは君の打ち消し難い運命だと、御返事がありました」

ほほうと頷いた記者たちはまた一斉に手帳に何事か記した。

奥宮に通じる山道まで来て、奥宮は家康公の墓所云々と禰宜が説明したところで、一同が困惑したのは、カルトシュタインがいきなり石段を登りはじめたからである。川北医師の顔を人々が一斉に見たのは、喘息《ぜんそく》の持病のあるカルトシュタインには勾配のある階段は上らせない方がいいと彼が助言をしていたせいで、自身が医者にかかった方がいいのではと思えるほど顔色の悪い、地味な背広に鉄縁の丸眼鏡をかけた中年の医師は、人々の視線を受けて困惑気味に笑いながら、大丈夫でしょうとの印に首を頷かせた。

奥宮へ通じる山腹の石段はなるほど急だった。草履《ぞうり》の惟佐子も息を切らしながらカルトシュタインの横を登って、すると坂の中程で手摺に掴まったカルトシュタインがへたり込む格好になって、惟佐子に顔を向け、ふううと声をあげたのは、ふざけて見せたのであった。狷介《けんかい》な顔に似合わぬ剽軽《ひょうきん》な仕草は精一杯の交歓の合図に相違なく、惟佐子は手を差し伸べることでこれに応じ、するとソフト帽のドイツ人音楽家は恭《うやうや》しく惟佐子の手をとって、そこからは娘に手を引かれる老父の役を演じながら進み、絶好の撮影機会を得た記者たちは慌てて写真機を構えたものの、石段の路は狭く、うまい構図の得られなかった記者の求めに応じて、奥宮へ上がったところで、離した手を娘と老父はいま一度繋ぎ直した。

予定では東照宮のあと輪王寺と二荒山神社を見学して、馬返《うまかえし》まで自動車で行き、鋼索鉄道車《ケーブルカー》で明智平へ進み、ロープウェイを使って展望台へ登るはずであったが、時間の関係上、東照宮から真っすぐいろは坂を中禅寺湖まで上って、華厳の滝だけを見て、湖の北岸にある宿に自動車が着いたときにはすでに午後の六時を回っていた。晩餐は一時間遅らせて七時からとなったが、着替えや化粧直しに時間をとられた惟佐子に休む暇はなかった。

『奥日光湖畔ホテル』は、大正末年に日本人建築家が設計した和洋折衷の行楽《リゾート》ホテルで、男体《なんたい》山まで続く山森の、林縁の樹々に半ば埋もれるようにして、屋根庇が鳥の翼のごとくに張り出した燻《いぶ》し瓦の三階建てが佇む。惟佐子のために用意された部屋は二階、道路を挟んで湖を望む浴室付きの双子寝台部屋《ツインルーム》で、控間はなかったけれど、同じ階《フロア》に菊枝の部屋があって、いつでも内線電話で呼び出せたので不便はなかった。他の随行者らも二階および三階に部屋をとって、主賓のカルトシュタインだけが、敷地に二つある離れ家のひとつに落ち着いたのは、是非ともそこへ泊まるべきだと、白雉博允氏から勧められたからとのことであった。湖畔に建つ離れ家は、茶室ふうの外観を持つ古雅な作りで、畳座敷に寝台《ベッド》や楽椅子《ソファー》を置いた設《しつら》えは、異国趣味《エキゾチシズム》と快適性をともに満たすと云う意味で、なるほど外国人が泊まるには最適であった。

ホテルに待機していた髪結いに頭をしてもらい、化粧を直し、露草色の地に華やかな古典模様のある友禅の振り袖に着替えて、惟佐子が部屋を出たときには七時を二十分過ぎていた。葦原《あしはら》の白鷺《しらさぎ》を描いた壁画の飾られた大食堂は、二層吹き抜けになった一階にあって、天井に渡された太い梁から鎖で吊られた装飾灯《シャンデリア》の光を金細工の簪《かんざし》に飾られた束髪に浴びた惟佐子が、緩やかな曲線を描く絨毯階段を菊枝の手を借り降りて行くと、銀食器が煌めく白布の長卓《テーブル》についていた人々のあいだから声にならぬどよめきがあがった。

三十六

高い天井の食堂で、蛇使いの業めいた手捌きで菊枝が結んだ錦織の帯に胴を圧迫された惟佐子がナイフとフォークを使いはじめた頃、牧村千代子は昨夜蔵原誠治が泊まったのと同じ、東武日光駅近くの旅館の一室で、その蔵原と差し向かいで夕食を摂っていた。

ほとんどの記者が東照宮でいったん取材を終え、明日の夕刻、浅草雷門へカルトシュタインが戻ったところで談話をとる手筈をつけて東京へ戻ったのだけれど、随行者の自動車に乗せてもらい華厳の滝まで同行した者が数名あり、大鞄を抱えた千代子の姿もなかにあった。翌日も朝から同行して写真撮影するつもりだったから、そのまま中禅寺湖畔に泊まるのが便利がよかったけれど、適当な旅荘が見つからず、乗合自動車で日光へいったん戻って、明朝再び中禅寺湖へ向かう算段をしたのだった。

蔵原も今日のうちに帰るつもりだったが、千代子が中禅寺湖から戻るのを待って最終の急行の時間まで付き合うことにしたのは、自分が得た捜査情報――日光駅を出た宇田川寿子が謎の女とともに川へ向かったとの情報を、「探偵仲間」である彼女に伝える義理があると考えたからで、しかも当の情報は千代子が華厳の滝で閃光球《フラッシュバルブ》を光らせている間に一段と厚みを加えていた。と云うのは、昨日の団子屋の勘当息子から重ねての情報提供があったからで、なにより蔵原は自分の得たものを誰かに――と、この場合、千代子以外に相手は考えられないわけだけれど、話したくて堪《たま》らなかったのである。

カルトシュタイン一行が中禅寺湖へ去って、日光で時間の空いた蔵原は、朝行きそびれた川向こうの辺りを少し歩いてみようと考え、跨線橋へ向かう途中、すでに馴染みの団子屋から声をかけられたのだった。二人の女の行方について少し考えてみたと云うので、期待せぬまま、半分残っていた『光』を箱ごと渡して話を聴く格好になると、すいませんねと口を歪めて笑った男は、昨日は着ていなかった和菓子店の名入りの半被《はっぴ》を脱いで自嘲した。

「こんなの着たくねえんだが、親がうるさいもんで。ときどき見張りにくるから陰険だ」

脱いでもいいのかと訊くと、もう店じまいだからと云って屋台を離れた男は、道ばたで紙巻に燐寸《マッチ》で火をつけると、盛大に煙を吐き出してから、蔵原の顔を覗くようにして云った。

「結論を云いますが」

いきなり結論とは畏れ入ったと、可笑しく思いながら、こちらも莨をくわえて言葉を待てば、喇叭《ラッパ》洋袴《ズボン》の団子屋は云った。

「二人の女がどんな人たちかは知らねえが、二人は川で心中したんじゃねえかと思います」

的外れには違いないが、心中の言葉が的を過《よぎ》る印象がなくもないと思えて、どうしてそう結論されるのかと蔵原は訊いた。

「東武の線路を潜ってすぐ橋があるんですが」と云った団子屋は、あそこへ行った以上、普通なら橋を渡った向こう岸に用があったと考えられるがと、得々としてはじめた。団子屋の云う場所に木橋があるのを昨夕見た蔵原は頷いて、あれを渡って女たちはどこへ向かったのだろうかと、あらためて川原から丘陵の山森へと続く風景を想っているところへ、意外な言葉が届いてきた。

「ですが、あの日に限っては、二人の女が橋を渡った可能性はねえんですよ」

「なぜだい？」得意を押し隠すような顔を眺めて蔵原が問うと、

「簡単なことです。橋がなかったからです」と答えた男は、大水で橋が流されていたのだと種を明かした。

「あの時分、やたらと雨が降りやがって、水が出てたんですよ。四月六日頃だと、川はまだどんどん水が流れていたから、心中にはうってつけだったはずだ」

橋が流されたのはいつかと、あらためて問えば、正確な日付はわからぬが、たしか四月の二日か三日、少なくとも六日にはもうなかったはずだと返事がある。橋が再建されたのは五月に入ってからだと加えた団子屋が云うには、流された橋を使わずに対岸へ渡るには、東武日光駅の先にある道路橋を使うしかないが、川原沿いを橋まで歩くのは、できなくはないが、路は悪く、もときた路を駅の方へ戻るのが自然で、しかし自分は跨線橋の向かいの飯屋から見ていたのだが、二人の女が戻ってくることはなかった。

「橋がなきゃ、あそこからはどこにも行けねえ。とすれば心中ぐらいしか考えられねえでしょう。だから鬼怒川を攫《さら》うべきだと思いますね。流された死体は鬼怒川まで流れたはずだからね。まずそれに間違いねえですよ」

なるほどと頷きながら、しかし川原には採石場があって、自動車が走れる路はあるようだったがと蔵原が云うと、採石場はしばらくやっておらず、石材を運ぶ日光駅の引き込み線へ通じる路があったのはたしかだが、氾濫で砂利が流されたあとは放置されて、さっきも云ったように泥草だらけで使えないと男が答えるので、日光駅の方ではなく、川沿いを反対方向へ行く路があったがと、キスゲを摘んだ老婆を運んだオート三輪を思い出して云った。

「ありゃ路なんてもんじゃねえですよ」

「しかし、倉庫の建物があって、自動車が来ていたぜ」

「あそこにですか？」意外そうに云う男へ、オート三輪が来ていたと蔵原は教えると、団子屋はすぐに答えた。

「まあ、トラックがこれねえことはねえ。あの辺は川原が広くなっているから、水には浸かったが倉庫は流されなかったんで、荷物かなにかを運んだんだろうね」

「あれはどこへ通じているのかな。オート三輪は下流の方から来たんだが？」

「あそこの川っ縁《べり》を行くと、今市へ通じる道路に出られねえこともねえです。こいつは立派な自動車道路だが、しかし、自動車を使って今市の方へ行くんだったら、わざわざ川っ縁に出る必要はねえからね。となると、やっぱりあれですぜ、心中しか考えられねえ」

心中はともかく、四月六日に橋がなかったと云うのは重大な情報であった。蔵原は昨日見た川原の風景から木橋を取り除き、増水した泥水が滔々《とうとう》と流れる絵柄を想像してみた。なるほど、団子屋が云うように、あそこからどこへ向かうのであれ、いったん隧道《トンネル》から跨線橋を戻るしかないと思える。しかし跨線橋を降りてくる二人の女を向かいの飯屋にいた団子屋は見なかったと云う。

妙に目端の利く小利口な感じのする団子屋に蔵原は、また何かわかったら教えて欲しい、これで莨でも買ってくれと云って、名刺と小額の金を渡してから、昨日の旅館へ戻って橋の件を訊ねれば、団子屋の言葉は裏付けられた。たしかにその時期に季節外れの雨が降り、水は多く、橋が流されるほどではなかったが、あそこの橋は橋桁が低く老朽化していたために破損し、危ないので取り壊して新しくしたのだと旅館の主人は説明した。間違いなく四月六日に橋はなかったのだ。

「でも、その団子屋さん、どこまで信用できるのかしら」

中禅寺湖から戻って、旅館で待ち受けていた蔵原から一通りの話を聞いた千代子は疑念を呈した。

「宇田川寿子さんが国鉄日光駅にいるところへ着物の女がきて、二人で駅を出ていったことは、複数の証言があるから間違いない。でも二人が跨線橋を渡って川の方へ行ったと云うのは、その団子屋さんの証言しかないわけでしょう」

団子屋の勘当息子が興味を喚起するために作り話をした可能性はある。客室の十畳間に相対する形で置かれた朱塗りの膳に、床間を背にして向かった蔵原は頷いた。

「ほかに目撃者を探して、裏付けをとる必要がありますね。今日はもう無理ですが、近いうちにまたきて調べる必要があるな。今度は一緒にきましょう」

千代子が団子屋の証言に疑念を呈したのは、蔵原が自分に相談なく捜査を進めたことに腹が膨《ふく》れたせいもあって、だから「今度は一緒に」の言葉で機嫌はいくぶん持ち直した。

夜になると冷え込んで、陶の火鉢には炭が入り、五徳の鉄瓶が静かに湯気を吐いていた。今日は酒を飲まずにいる蔵原が、あとはお願いしますねと云って仲居が置き去った櫃《ひつ》から飯を碗によそい、千代子の碗にもよそって渡してくれる。すみませんと千代子が云って受け取ると、蔵原はなんでもないと云う顔で、鉄瓶の湯を急須に注ぐ。

「もし団子屋さんの証言が本当だとして」と千代子は飯に茶をかける男に向かって話し出した。「川で入水《じゅすい》したってことはないわけだから、とすると、宇田川さんたちはどこへ行ったんでしょう?」

問題は結局ここだ。

「団子屋の男が云うように、歩いてどこかへ行ったとはたしかに考えにくい。しかし」

「しかし、なんです?」千代子の間《あい》の手に、自動車に乗った可能性があるのではないかと続けた蔵原は、昨日川原の採石場でオート三輪を見た話を披露した。

「川原に自動車が迎えにきたと云うことですか?」

頷いた蔵原は、駅前に自動車が迎えにこなかったのは、人に見られるのを嫌ったからだろうと加えた。

「このあたりで自動車はけっこう目立ちますからね」

「でも、川原に自動車がきたらかえって目立たないかしら？」

「あまり人のいない場所ですからね。しかし、それはたしかにそうだな」と譲った蔵原はすぐに語を継いだ。

「トラックならいいかもしれない」

「宇田川寿子さんがトラックにですか？」と千代子が意外そうに云ったのは、帝大教授令嬢と採石場のトラックの組み合わせが意外だったからである。

「トラックに幌《ほろ》がかけてあれば、誰が乗っているかは外からは見えないですからね」と蔵原は手探りするように話し出した。

「乗り込むところさえ見られなければ、隠密裡に人を運ぶことができる。しかも採石場にトラックが来ることは不自然ではない」

だとしたらトラックはどこへ行ったのだろうかと、茶漬を啜りながら蔵原が自問するのを耳に入れた千代子が、「探偵的」興味を掻き立てられながらも、注意が他所《よそ》に流れていたのは、早朝からの活動で疲れ果て、脳中にふわり浮かぶ放心の気泡に思考が一所に集中するのを妨げられたせいで、ぼんやりする心にしきりと流れ込んでくるのは、午後、覗き窓《ファインダー》越しに見つめた惟佐子の姿であった。

自分の撮る写真は日独の提携を推進する行政府、ことに陸軍省の意向を受けて、両国の友好関係を図示し宣伝すべきものであることを千代子は諒察していて、要はドイツの有名芸術家が日本を代表する観光地で休日を楽しむ姿を捉えればよいのだ、とそのように考えたとき、賓客の御相手を務める和装の麗人が、日光の風物と等しい装飾品として画面に登場するのはやむをえなかった。しかし千代子は撮影にあたって、惟佐子を美しく撮ることはもちろん、彼女の人柄の魅力を最大限フィルムに焼き付けたいとの野心を抱いていた。置物の人形ならざる、多彩な表情を備えた女性像を捉えようと企図《きと》していた。ところが、じつに驚怪《きょうかい》の極みであったことには、覗き窓《ファインダー》の惟佐子はおよそ表情と云うものを欠いていたのだった。

生身の惟佐子には表情がある。人の眼を惹きつけてやまぬ表情の魅力がある。感情の漏出を堰《せ》き止める防御壁とも云うべき微笑──幼女の頃と変わらぬ、暁《あかつき》の光に開きそめた白百合の、いまだ蜜を溜めぬ花弁のような微笑は、さまざまな仕草のなかで、動きのなかで、憤怒や歓喜や不安や驚愕とともに陰影を刻んで変転した。

ところがレンズ越しに見る惟佐子の顔は、なにをしても、なにに遇しても、微笑の定点に固着して動かなかった。能面のような、との比喩はよく口にされるけれど、惟佐子の顔がまさしくそれで、いつもより厚塗りされた白粉《おしろい》のせいもあるのだろうが、被写体となった惟佐子の顔はどんな感情も表出することなく風景のなかに突出し、意思なく海中を浮遊する水母《くらげ》のごとく空中に浮かんでいた。

なにを考えているのかわからない。その印象は昔からあった。けれども間近に接していれば、彼女の心がここにないにしても、魂がどこか遠い、夢幻の地境で活発に跳ね回る気配は強く迫った。子供の頃一緒に遊んでいて、いましていることに惟佐子がまるで興味を抱いていないと感じる瞬間はしばしばあって、しかしそれは飽きてしまったと云うようなことではなく、ふいに魂が拉《らっ》し去られて、べつの遠い場所──彼女だけが識《し》る秘密の仙境で遊び出したふうで、置き去りにされた淋しさはありながら、そうしたときの惟佐子の微笑がなにより魅惑的であったのを千代子は覚えている。東照宮でも、華厳の滝でも、案内人の言葉にしたがい首と視線を動かしながら、眼に映るものを彼女が見ておらぬ印象、ここにはない何物かを見透し、内なる眼の見つめる空間で他人には窺い知れぬ出来事が生じているとの印象があって、それは不思議ではあるけれど魅力的であった。

ところが覗き窓《ファインダー》の枠のなかの惟佐子は、思考も感情も欠いた作り物の人形でしかなかった。生々しく白い仮面の質感に千代子は脅かされた。自分の貌《かお》を象《かたど》った肉質の仮面を被っているのではないか。そのような奇怪きわまる想念が心裏に浮かんでは不安を増幅した。それから較べたら、一見は狷介で近寄り難いカルトシュタインははるかに表情豊かだった。奇妙だったのは、旅装のドイツ人音楽家が、傍らの惟佐子に対して、千代子が感じているのと同じ恐怖――と呼ぶほどには輪郭のはっきりしない、しかしほかに呼びようのない神経の震えを感じている印象があった事実である。

華厳の滝に着いたのは夕刻であった。陽が滝の背後に沈みかかり、瀑布のある崖は陰に沈んで、樹草の濃緑をうち割って空へ飛び出た落水の飛沫《しぶき》だけが白く光っていた。人々は手摺のある展望台から、奥白根《おくしらね》を最高峰とする日光連山の、幾重にもなった磐根から湧出する霊水、これを練り集めたかのような飛瀑を見物した。滝の雄渾を強調する形で人物を構図に収めたいと考えた千代子は、展望台からやや離れた高所から、遠景での撮影を試みた。撚《よ》り合わせた絹糸の太い垂水《たるみ》を背景にした、赤松や檜《ひのき》や楡《にれ》の樹葉に覆われた展望台は、廃城の張り出し《バルコニー》のようで、罅《ひび》の入った暗灰色の混凝土《コンクリート》に立つ人々は、滝壺に落ちかかる水の、渓の岩に反響する音響に凝《じ》っと耳を傾けるかのように見える。

ライカの絞りと露光時間を急ぎ調節し、閃光球《フラッシュバルブ》を忙しく準備したあと、覗き窓《ファインダー》に眼をつけた千代子はそのとき、ドイツ人音楽家が惟佐子の手を摑むのを見た。突風が滝壺の渓を吹き抜けて、飛ばされそうになった帽子を音楽家は右手で押さえ、左手で女の手をとった姿は、あたかも傍らの木偶《でく》が展望台から落下するのを懼《おそ》れたかのごとくで、なによりその印象が強く瞼裏に刻印されたのは、ふいに手をとられた惟佐子が驚く様子もなく、動揺することもなく、白濁の瀑布から眼を逸らさぬまま立ち続けたせいであった。男はひどく慌てた様子で手を離した。それはいま触れたものが、生きて血の通う人の手ではないと知って愕然となった人の反応と見え、千代子の位置から人物の表情まではわからなかったけれど、初老のドイツ人の仕草から表出されていたのは、畏怖《いふ》であり、そして嫌悪であった。突風が吹いた瞬間、陽は崖線に没し切り、瀑布に暗幕が引かれたそのとき、千代子の押した遮光器《シャッター》に連動する閃光が闇をするどく引き裂いた。

「今日はお疲れのようですね」蔵原から云われて、千代子ははっとなって、手にした茶碗から飯を箸で掬って云った。

「そうでもないです」

「しかし、朝早くからでしょう？　疲れますよ」

箸を膳に置いた蔵原が笑顔で云って、莨《たばこ》に火をつけた。たいしたことはないですと答えながら、たしかに疲労の糊《のり》が腰から背中に貼り付いているのを覚えてはいた。

「食欲がないときには、お茶漬にするといいですよ」

ええと応じた千代子は、しかし茶漬は嫌いだった。

「蔵原さんはいつもお茶漬ですか？」

「そう云うわけじゃないですが、早く食べられますからね。ぼくは昔から早飯が特技なんです」

それはそうなんだろうが、そんなに自慢するようなことではないだろうと批評した千代子の思念は、自分の知る限り、ことに女性では最も食事の早い人物へとまた一挙に突き戻された。惟佐子くらい食べるのが早い人を千代子は知らなかった。あの人は、何を供されても、味わうふうのないまま、桑の葉を食《は》む蚕《かいこ》よろしく胃袋に片付けてしまうのだ。蚕は桑の葉しか食べない。一方の惟佐子はなんでも好き嫌いなく食べるけれど、彼女にとってあらゆる食べ物が桑の葉であって、彼女の舌には一種類の味わいしかないのではあるまいかと、観察したことがあるのを千代子は思い出した。

「かりに川原にトラックがきたのだとして」と話をもとへ戻した蔵原が、腕時計で時間を確認して云った。

「その場合、謎はいくつかあります」と蔵原が続けたとき、謎？　謎と云うなら、自分にとって最大の謎は、笹宮惟佐子その人ではないのか、との思いに千代子は突然捉えられた。

惟佐子の何が謎であるのか。それは言葉にならなかった。しかし、何が謎であるかわからぬ謎――これこそが一番の謎に違いないと千代子は考え、この意見には誰より惟佐子が同意してくれるだろうと、微笑の花影に沈む白い顔を想ったとき、それと重なるようにして、もう一つの顔が、暗がりを過《よぎ》る影のごとくに、記憶の感光板に浮かび上がるのを覚えた。

それは事実、暗がりに現れたので、先刻、日光へ戻るべく、中禅寺湖畔の中宮祠の停車場で乗合自動車を待っていた千代子は、日光駅から到着した車を降りるまばらな乗客のなかに、その顔を見たのだった。黄昏《たそがれ》の余韻が覆い被さる檜や杉の枝葉に掻き消された闇、そこに見た白い顔は、自動車の乗降口から出たとたん帽子の陰に隠れ、湖へ向かう小径へと消えた。顔の主は男だった。一緒に降りた乗客がどれも小さく縮んだ老女だったこともあって、黒い服の男の背丈が際立った。しかしそれも刹那の印象にすぎず、折り返し日光駅へ向かう乗合自動車の座席についた千代子は、宿をとった旅館の、なめらかな湯と、同じ場所で待つはずの新聞記者の面影にたちまち意識を向かわせたのだったが、いま惟佐子を巡って自ら持ち出した「謎」の言葉に導かれて、その顔がふいに想起されたのだった。とは云え、残存するのはそこに顔があったと云う記憶だけで、顔立ちを具体的に思い描くことはできない。

あれは誰なのか？　あらためて問うてみれば、カルトシュタインを取材にきた記者か、遅れて着いた随行者と考えるのが理に適っていた。が、それは自分が求める答えではないと思えた。あれは何者なのか？　再度、何を求めているのか自分でもよくわからぬままに問うた千代子は、問いにならぬ謎こそが一番の謎なのであると、堂々巡りするようにまたも考えながら、二つの顔の像《イメージ》を煮魚の匂いのする座敷に追った。

三十七

夜になって奥日光は冷え込み、食堂や広間《ロビー》の暖炉には火が入り、客室の蒸気管《スチームパイプ》が熱を帯びた。九時三十分に晩餐が終わって、早く寝《やす》むカルトシュタインを川北医師と一緒に離れ家まで送ってから、吹抜けの食堂の一画にある飲酒台《バーカウンター》に居残った人々に合流した木島柾之が、ホテル二階の自室へ戻ったのは午前零時に近い時刻だった。

食事の席で葡萄酒を飲み、飲酒台《バーカウンター》でもウイスキー・ソーダを幾杯か喉に流し込んだせいで、薄暗い曲線階段《カーブ》から客室扉の並ぶ絨毯廊下を歩く木島は僅かに酔いを自覚していたけれど、後ろ首から頭頂にかけてが重たく熱を帯びているのは、酒精ではなく、いままでしていた議論が原因であった。

先刻まで吹抜けを煌々と照らしていた装飾灯《シャンデリア》は消えて、石組暖炉の焰《ほのお》が薄暗がりに赤い光を散らすほかは、壁に付いた間接照明の灯りがゆるやかに漂い流れる空間の一画、白鷺《しらさぎ》の画の下に設置された飲酒台《バーカウンター》に居残ったのは、外務省の山崎達夫と文部省の飯島稔、それから陸軍省の軍務局員である藤岡忠利と云う名の少佐である。純然たる親睦団体として発足した日独文化交流協会が、満洲事変よりこちら、近衛公爵を中核にする権力の磁場のなかで、別種の色合いを帯びるとともに事務局へ参入してきた彼らは、ある程度の政治的着色をやむをえぬとしながら快く思わぬ木島とは懸隔《けんかく》がある者らだった。

他にもう一人、作曲家の草柳太郎が、談話に加わるでもなく、一番端の高椅子《スツール》に長身を載せ上げているのが不思議で、両肘を卓《テーブル》につき、二本の親指で顎を支える格好が思索に耽る宗教家めいた雰囲気を放つ男を眺めた木島は、この人は自分への悪口が話されるのを心配して、監視の眼を光らせるべくこの場に居残っているのではないかと、妙なことを考えたりした。

勧められて山崎と藤岡の間の高椅子《スツール》に晩餐の燕尾服のまま木島が尻を載せたのは、少し飲んで話さないかと誘われていたからで、気は進まぬながら、各省各部局の意を受けているはずの彼らと情報を交換しておくのは必要なことでもあった。最初は訊ねられるまま、欧州芸術界におけるカルトシュタインの業績を紹介して、しかし山崎、飯島の両名は美学芸術には関心が薄く、硝子盃《グラス》を手に、ほほうと、犬のように頷くだけなのに対して、藤岡少佐だけは違って、カルトシュタインの著した『ドイツ音楽の歴史と精神』を読んでいたのには木島も驚かされた。

訊けば藤岡はこの一月まで、駐在武官付でベルリンに赴任していたとのことで、第三帝国建設に邁《まい》進《しん》するナチ党の威勢を目の当たりにしつつ、暇があればベルンブルガー通りのフィルハーモニーへ通ったと云うから本格だった。しばらくは木島、藤岡、両者の間で音楽談義が交わされて、木島が専門家である草柳太郎の耳を気にする一方で、「自分はずぶの素人ですから」の文句をしばしば厭味に差し挟む藤岡は、フルトベングラーの指揮するブラームス交響曲の「堅固な構築性の背後に存する驚くべき浪漫的叙情性」や、ギーゼキングの弾くクロード・ドビュッシーの「技巧を超えた感覚の素晴らしさ」を語ったりして、その音楽趣味はなかなかに高尚であった。

「ところで、こう云う場所だから、木島さんにちょっと端的にうかがうのですが」

ミュンヘンで観たワグナーの楽劇『パルジファル』に感心した話をいままでしていた藤岡が、ふと調子を変えて云い、なんです？　と木島が相づちを打てば、軍人らしからぬギャバジンの上下衣《スーツ》の陸軍少佐はさらりと問うた。

「荻窪《おぎくぼ》が常任指揮者に就かれるのはいつ頃になりますかね？」

近衛公爵の別邸は荻窪にある。公爵がいずれ常任指揮者――首相となるだろうことは衆目の一致するところで、非常時「新体制」の早期実現を目論む陸軍中央が近衛政権に冀望《きぼう》を抱いているのを木島はむろん知っていた。

「どうですかね。本人にはその気はあまりないようですよ」と木島ははぐらかしたが、近衛文麿とは母方の従兄弟同士で、親しい付き合いのある木島は、近衛に総理の座への意欲のあることを密かに察していた。もっともそれは野心と云うようなものではなく、そもそも五摂家《ごせっけ》筆頭の家に長男として生まれた者には野心などは持ちようがないのだ。

「そう云うことでは困るな」

半ばふざけたような顔で硝子盃《グラス》の酒を飲み干した藤岡は、飲酒台《バーカウンター》の奥に立つ胴着《チョッキ》にボウタイの給仕人《バーテンダー》にスコッチのおかわりを注文した。

「あの方には立場を弁《わきま》えて頂かないと」

「しかし彼には拠《よ》って立つべき基盤がありませんからね。指揮棒を執ってもオーケストラがいなくては振りようがない」

「そんなことはないでしょう。準備は着々と進んでいるはずです。昭和研究会には木島さんも顔を出されているんでしょう？」

「単なる下働きですよ。譜面係みたいなものかな。まあ、こっちの協会でも同じですけどね」と応じて自嘲の笑みを浮かべた唇へ硝子盃《グラス》を運んだ木島は、藤岡の云うとおり、近衛文麿の私的諮問機関とも云うべき政策研究団体の手伝いをしていた。

「下働きは自分も同じですよ。しかし、いずれは自分らの世代が国家社会を牛耳ることになる」同じく硝子盃《グラス》を動かした藤岡が坊主頭を木島の方へ振り向けた。

「昭和研究会が既成政党反対を打ち出しているのは頼もしい限りです。憲法の枠内の国家改造を主張している点も評価できる」

「しかし、そちらはいつでも憲法を停止する用意があるんじゃないですか?」

「一部にそう云う意見があるのは事実ですが」木島の皮肉を藤岡はやんわり受け止めた。「基本はあくまで合法的な改造です。その意味では昭和研究会とはよいアンサンブルがとれるはずだ」

「昭和研究会は、名前の通りで、私的な研究会の域を出るものじゃありませんよ」

「いまはね。しかし将来は、近衛政権の中核を担うことになる。かりにそうでないにしても、近衛公爵がいったん指揮台に立てば、大勢の人間が馳せ参じることは間違いない」

「ただ人が集まってもね。アンサンブルがばらばらでは仕様がない」

「だから新党と云うわけですね?」と云って藤岡は木島の眼を真っすぐに覗き込み、そのとき木島は、坊主頭の軍務局員の軀《からだ》から軍人には似つかわしからぬ薔薇の香が匂うのを鼻に感じた。少し前に給仕人《バーテンダー》が薪を継ぎ足した暖炉の火が男の背後で揺れて、波状に到来する熱が揮発する甘い匂いを運んできたようにも思えた。

　木島は炭酸の泡を舌に感じて黙った。広く国民的基盤を備えた新党の結成はたしかに近衛文麿が目論むところで、木島もこれに賛同していたが、古株の政党人が蟠踞《ばんきょ》する衆議院はもちろんのこと、貴族院、枢密院、陸海軍、宮中、財界、官僚と、権力の枝葉が錯綜《さくそう》し絡み合う森のなかで見通しは必ずしも良好ではなかった。

「ナチスのごとき党ができるのは、悪くないと自分も考えます」と先に口を開いた藤岡は、近衛文麿が目指す新党の雛形《モデル》がナチ党である点を的確に摑むと同時に、自由主義の薫香《くんこう》から脱しきれぬ重臣集団《グループ》をはじめ、反対者が多い事実もまた当然ながら理解していた。

「しかし、うまくいくかどうか。宮中の反対を押し切ってできますかね。果たして近衛公爵に朝野の抵抗を撃破するだけの力、ヒトラー総統に匹敵するだけの器があるかどうか」と云った陸軍少佐はすぐに言葉を足した。「いや、失礼。器と云うのは、つまり、生まれながらの貴族である近衛公爵には、下層から這い上がったヒトラーのような泥臭さがないと云う意味です」

これについては木島も同感であった。平安の昔から貴族の最上位にある近衛家に生まれついた文麿は、政治外交の狂濤《きょうとう》下で舵を執るだけの胆力と粘りを欠く、いや、そもそも政治と云うものに根本において冷淡であると、大学は東京でなく京都を選び、法学でなく美学を専攻した自身がそうである木島は観察していた。

「それにナチズムのような政体は、日本の国体にはそぐわない」と少壮の陸軍士官は続けた。

「かりにナチスのごとき強力な政権ができたとしたら、これはどうしても幕府的なものになってしまいますからね。それは許されることではないでしょう」

新党構想を懐疑する者の利害や思想はさまざまでありながら、新党による独裁は新たな幕府の開設に他ならぬとは、左右を問わずあらゆる政治勢力が持ち出してくる論点で、一陸軍士官からいまさら指摘されるまでもなかった。

「しかし幕府と云うなら、そちらこそ三宅坂《みやけざか》に本丸を建てようとしているんじゃないですか？　武家による支配は、我が国の伝統とも云えますからね」木島が皮肉を云うと、はははと藤岡は高椅子《スツール》で明朗に笑った。

「陸軍にそんな力はありませんよ。皇謨《こうぼ》を扶翼《ふよく》すべき一行政機関にすぎません。政治は政治屋に任せるしかない。だから新党でいいと思いますよ。それは結局、ナチスのようなものにはなりませんからね。我が国体下においてはね」

「弱体な政治勢力が新たにできても仕方がない」

「そんなことはないです」と藤岡はやや熱を帯びた調子になった。「近衛公爵が立てば、既成政党とは違う形になる。さきほど近衛公爵には泥臭さがないと申しあげましたが、しかし、そこが近衛公爵の強みでもある」と陸軍士官は続けた。

「近衛公爵には薄汚い政治闘争が要らない。粛正もだまし討ちも要らない。公爵が摑む権力は、ひとりでになりいずる権力であって、自然に一番近いんです。だから近衛公爵がひとたび立つならば、上は皇族華族から、下は物乞いに至るまで、広範な支持をたちまちにして得られる」

「自然はいいが、広範な支持と云うのは、薄くて脆《もろ》い支持と同義ですからね」と木島が云うのへ、藤岡は言葉を被せた。

「陸軍が支えますよ。陸軍がきちんと支える。陸軍が自然を自然たらしめる。それがあれば、必ずしも新党は必要ない」

つまり近衛公爵を陸軍の傀儡《かいらい》に据えると云うことだと直ちに理解した木島が、

「近衛を神輿《みこし》に担ぐと云うわけですか」と言葉を換えて云うと、

「そのとおりです」と藤岡は抜け抜けと肯定した。それからまた言葉を足した。

「事実、我々は近衛公爵の露払いをすでにつとめている。たとえば機関説です」

天皇機関説問題の背後に陸軍があることは知っていたが、素知らぬ顔で、どう云うことだろうかと問うと、藤岡は上着《ジャケツ》の内袋《ポケット》から莨《たばこ》の箱を出し、一本を口にくわえて燐寸《マッチ》の火を移した。見慣れぬ箱の意匠《デザイン》は外国莨らしい。ふううと鼻から煙を吐いてから陸軍少佐は口を開いた。

「機関説問題の標的は美濃部《みのべ》博士ではない。直接にはそうなっていますが、むしろ狙いは背後に控える、ないしは地下茎で繋がる親英米派の重臣たちです。これに既成政党の跋扈《ばっこ》する議会を含めてもいい。いわゆる君側《くんそく》の奸《かん》と云うやつですが、国体明徴《こくたいめいちょう》とは、早い話が、国家権力に無駄に巣食う連中の大掃除と云ってよい。そう云う意味からすると、議会はいまや機関説をやかましく云いたてて、自分で自分を掃除してくれているのだからじつに面白い」

藤岡は本当に面白そうな顔になって煙を吐き、また云った。

「それはともかく、かくて我々は近衛公爵のために参道を奇麗に掃き清めているわけです。高殿に上がって頂くためにね」

「そうして陸軍が国政を牛耳ると云うわけだ」急激な憤怒《ふんぬ》の熱に突き上げられて木島は言葉を投げた。

「近衛を傀儡にして」

「傀儡と云うと言葉は少々あれですが」薄笑いを浮かべて藤岡は応じる。「祭政一体を原則とする我が国体においては、貴族が神輿として担がれるのは仕方がない。それが貴族の役割と云っていい。つまり歴史の必然性がある」

「陛下も神輿に担ぐわけですか」

木島は感情を瞬時に凍らせ、冷笑の毒でまぶした言葉を吐いた。黒い釦《ボタン》みたいな眼で木島の顔を眺めた藤岡少佐は何も答えぬまま、口から吐かれた煙の向こうですいと坊主頭を横へ振り向けて、新たな酒を黒胴着《チョッキ》の給仕人《バーテンダー》に注文した。

政党と官僚の対立を軸に、両者の妥協や連合を含むせめぎ合いを推力とする旧来の政治、それとは異なる「新体制」が是非とも必要であるとの認識に、多くの若手官僚たちとともに木島は到達していた。「新体制」の言葉は、さまざまな場で、さまざまな機に、さまざまな声色と口調で発音されていた。だが、問題は中身である。広範な国民的基盤に支えられた新党こそが体制の中核とならねばならぬとの構想は、木島を含む多くの者らに分かち持たれて、党首は近衛文麿以外にはないだろうとの洞見もまた同然だったけれども、新党なるものの形姿や如何《いかん》となると、錯雑として模糊《もこ》たる霞のなかに言葉だけが浮遊した。

近衛文麿が立てば人気は博すだろう。拍手と歓呼で迎えられるだろう。だが人気がそのまま国民的基盤を伴う新党の結成に繋がるわけではない。確固たる足場がなければ、闇弱《あんじゃく》ではないにせよ、必ずしも果断に富むとは云えぬ近衛文麿は、真の威望を得られぬまま、祭儀のあとで燃やされる藁《わら》人形のごときものになり果てるだろう。

「とにかく新党を作るなら、早くした方がいい」酒を唇に含んだ藤岡が口を開いた。「早くしないと、まずいことになる」

「どうまずいんです？」

「過激な連中が暴れ出しかねない」

五・一五事件は海軍士官が中心であったが、むしろ陸軍にこそ禍乱の因ともなるべき矯激《きょうげき》な動きがあることは木島も承知していた。

「いまのところ妄動は押さえつけていますが、いつまで押さえきれるか。いつ暴発してもおかしくない状況です」

「それは脅迫ですか？」

木島が壁画の下の酒棚に視線を据えたまま云うと、まさかと、高椅子《スツール》で上体を反らした藤岡は歯を見せて笑った。

「そもそも脅迫などという、或る意味、悠長なことでは、もはやまったくないんですよ」と云った藤岡は即座に真顔になって続けた。

「状況は切迫している。視野の狭い隊付の連中だけならまだしも、佐官将官レベルでも要人暗殺を唱えて回るような者がありますからね。唱導しないまでも、隊付将校の動きに虎視眈々、同調する構えでいる将軍連があるわけで、まったく油断がならない。近衛新党でもなんでもいいから、先手を打って『新体制』の実をあげる必要があるんです。なにより大事なことは、一刻も早く重臣や旧政党を一掃することだ」

「そのうえで陸軍が神輿を担いで国政を主導する」

「陸軍だけがやるわけじゃない」

「ほかに誰がやるんです？」

「『新体制』に賛同する者らです」

「賛同だけなら誰でもできますからね。しかし重要なことは国民的な基盤を造成することだ。いまの政党が国民から離反しているのは間違いないが、いちおう選挙を経てはいるわけで、それとは違う方法で国民大衆の支持を集める必要がある」

木島の口から漏らされた真率の色を帯びた発言に陸軍士官はふっと笑みを漏らし、それが水準の違う議論の高みにある者の憫笑《びんしょう》のごとくに思えて、木島は先刻は抑え込んだ憤怒の熱がまた喉元まで迫《せ》り上がるのを覚えた。

「なるほど国民ですか」と藤岡は云って、硝子盃《グラス》に残る生《き》のウイスキーを口へ放り込み、給仕人《バーテンダー》が瓶から新たに酒を注ぐのを待って発話した。

「しかし、この国に国民なんて者が存在しますかね?」

国民がいない――。虚を衝《つ》かれた木島が、応接の言葉を探る時間を得るべく、酒のおかわりを注文するのを横目に陸軍少佐は語を加えた。

「人はいますよ。日本人はいる。あるいは民衆や大衆はいる。皇民もいるでしょう。しかし、果たして国民などと云う者がこの国に棲息《せいそく》しているかどうかとなると、はなはだ疑問とせざるをえない」

「それは定義の問題でしょう」

「違いますね。日本に国民はいない」と断じて、新しい莨に火をつけた藤岡は、それは少々暴論だと云いかけた木島を制した。

「少なくともいまはいない。しかし、今後は違います」

「どう云うことです?」

「戦争が国民を創成していくからです。戦争が人民大衆をして国民に鍛え上げていく。その点からすると、日清日露の戦は、国民と云う作物の種を植え、芽を育てたと云いうる。しかし、まだ十分でない。むしろこれからですよ。最後最終的には、英米との戦いのなかで、日本人は鍛えられ、国民となっていく」

「米国《アメリカ》と戦争なんてできやしないですよ」

「いまはたしかにそうです。いや、違うな」

「なにが違うんです?」

「つまり」と一度切った藤岡は酒を口へ運んで続けた。「すでに戦争ははじまっていると云うことです」

「満洲ですか」

「あんなものは戦争のうちに入らない」とさも軽蔑するように陸軍少佐は鼻を鳴らした。「あんなものはただの討匪《とうひ》戦にすぎない。そうではなくて、つまりドンパチやるだけが戦争ではないと云うことです。現代の国家総力戦においては、政治外交はもちろんのこと、経済、文化、あらゆる領域で戦争が行われる。まあこんなことは子供でも知る常識に属するでしょうが、しかしこの観点からするならば、英米との戦争はすでにはじまっているわけで、だから木島さん、あなたが心配することはないんですよ」

木島さんと云う親しい呼びかけに軽侮《けいぶ》の響きを聴いた木島が黙っていると、間《あい》の手を待つかのようにしばし黙って、しかし自分から藤岡はまたはじめた。

「戦争のなかで国民は自然にできあがっていく。錬成されていく。特別な作為は何も要らない。日本人は総力戦を全身全霊をかけて戦うなかで、いまは未熟であるとしても、やがては立派に国民となって、赫々《かっかく》として世界史の舞台に躍り出ることになる。戦争はね、木島さん、国家に存する人間にとっては、修行であり、供犠《くぎ》なんですよ。戦争を通じて人間は魂を磨き、新たな精神の階梯《かいてい》へと進化する。苦難のただなかで日本人は進化を遂げ、選ばれた国民となる」

どうして日本人が選ばれるとわかるのです？

ふいに声が聴こえた。声は太古の楽器が鳴り出したかのような響きでもって吹抜けの飲酒台《バーカウンター》の人々を驚かせた。藤岡の言葉が呪文となって闇に棲む幽鬼《ゆうき》の一族を呼び寄せたのではあるまいかと、瞬時幻想した木島は脅かされかかったが、すぐに声の出所が一番端の高椅子《スツール》の男、背筋の長い蝙蝠《こうもり》みたいな姿で飲酒台《バーカウンター》にとまった作曲家であるのを知った。

「日本人が選ばれるとどうしてわかります？」

麦酒《ビール》の瓶を前にした作曲家は軀は正面に向けたまま、蜥蜴《とかげ》めいた四角い顔だけをこちらへ捩《ね》じ曲げて質問を繰り返した。

「そもそも、誰が、選ぶのです？」

「選ぶのは、世界史ですよ」

先端から煙をあげる紙巻莨を手にした藤岡は、用心深く観察するように、しかし面白がるようでもありながら応答した。

「世界史の原理が選ぶことになる」

「世界史が日本を選ぶとどうしてわかります。あなたは世界史に訊いてみたのですか？」

藤岡はぐふふふと低い笑い声をあげ、どこか揶揄《やゆ》の色を溶き混ぜた声で応答した。

「訊いてはみませんが、天壌無窮《てんじょうむきゅう》の皇室を奉戴する我が国が負ける道理がない。違いますかね？」

「つまりあなたは、西洋の神と日本の神が戦えば、日本の神が勝つと考えるのですね？」

「まあそう云うことになりますかね」と藤岡が警戒の棘《とげ》を軀に生やして応じると、黒い男は大きく頷いた。

「私も同感です」

「それはよかった」藤岡が棘を収めてまた低く笑うところへ、地下の鉱水のような低音が吹抜けの暗がりに響いた。

「日本の神は必ず勝つと思います。たとえ日本人がことごとく死滅したとしても。いやむしろ、日本人がことごとく死滅したときにこそ日本の神が勝利するのです」

そう云うと、黒い人は席を立ち、四角い頭を斜めに傾けて挨拶してから、靴音を響かせて食堂の床を歩き、そのまま灯りのない吹き抜けの階段に消えて行った。なんですかね、あの人は？　呟く声があがって、これに気を削がれた具合になり、小宴はほどなく解散になった。

人々と別れて自室へ向かった木島は悪酔いに似たむかつきが胃のあたりに蟠《わだかま》って、しかしそれは酒を過ごしたからではなく、短髪に不似合いな薔薇の香を撒き散らす陸軍士官のせいであったが、しかしそれ以上に、手足が木杭《ぼっくい》で出来ているような、木偶《でく》の悪魔めいた男の言葉が軀に残存したからでもあった。日本人がことごとく死滅したときにこそ日本の神が勝利する——意味をなす言葉ではとてもなかったけれど、日本人がすべて死滅した日本、死骸が堆積し腐臭を放つ豊葦原《とよあしはら》の瑞穂《みずほ》の国、その像《イメージ》が頭から離れなかった。

背後で扉の開く音がして、木島様、と声をかけられたのは、二階の絨毯廊下を歩いて自室の前に立ち、扉の錠に鍵を差したときであった。振り向けば、女が立っていて、笹宮惟佐子付きの女中だと認識する前に、これをお渡しするようお嬢様から申しつかりましたと云って、女が封筒を手渡した。これとそっくり同じ場面を自分はかつて体験したことがある、それはいつであったかと記憶を探りながら、手のなかの白い洋封筒を見た木島柾之が言葉を発するその前に、菖蒲《しょうぶ》色の着物姿の女は一度もこちらへ視線を寄越さぬまま、溝穴に吸い込まれる水のように自室へ消えた。

客室へ入った木島は書机の手元灯を点じた。封筒はホテル備え付けのもので、表書には「木島柾之様」と洋墨《インク》の文字がある。封はなく、取り出した便箋には封筒と同じ女文字があった。

「夜、部屋（二〇一号）までお越し願へないでせうか。折り入つて御相談したい事がございます。どんなに遅くともかまひません。なには江のあしのかりねにつかまつて、月のかたぶくまでお待ちして居ります。ゐさこ」

三十八

U字形の蒸気管《スチームパイプ》が地虫が鳴くような音をたてていた。先刻緞帳《カーテン》を開けて暗い湖を見たとき、硝子《ガラス》窓が曇っていたから、外気はずいぶんと冷えているようだったけれど、十分に暖房された双子寝台部屋《ツインルーム》は浴衣一枚でも寒さは感じなかった。

晩餐から戻って、菊枝の手を借り衣装を脱いだ惟佐子は、部屋に付属の浴室で身を清めたあと、松屋百貨店専属の女性服飾作家が意匠《デザイン》造型したと云う、藍鉄《あいてつ》の地に亜麻色の、さまざまな大きさの、さまざまな形の鳥の散る綿絽《めんろ》の浴衣に、独鈷《とっこ》模様の青色の名古屋帯を締めた姿になって、手元灯の下でひとり、書机に向かっていた。

『数学世界』の懸賞問題応募締め切りは、寿子の事件に取り紛れるうちに過ぎてしまっていたが、ホテルの便箋に鉛筆で数字や図を書きはじめたのは、幾何と整数の問題には見通しがつきそうだったのが惜しかったこともあるけれど、晩餐会の窮屈から逃れて、心の空気を入れ換えたいと考えたからであった。

厚織りの白布のうえに、銀の燭台と造花の赤薔薇が飾られた食卓では、カルトシュタインの向かいに草柳太郎、隣に惟佐子、惟佐子の正面に木島柾之がつく席次で、黙りがちな人たちのなかで、昼間と同様、木島柾之は空気の攪拌《かくはん》に追われた。会話が途切れることは苦にならなかったけれど、帯の圧迫は辟易で、解放されるや全身に血の巡る心地して、数学の問題に取り組む意欲が突発的に飛び出した。もっとも旅先ではさして集中できはしないだろうと思ったのだけれど、密な樹林に囲まれた湖畔のホテルの、鎮として落ち着いた雰囲気のせいなのか、A水準の、二円の共通接線をめぐる問題は机に座って二十分ほどで証明にまで辿り着き、勢いをかってB水準の整数問題に移った。

振り袖を脱いで風呂を使う前、惟佐子は同じ楢材《オーク》の書机で、やはり同じくホテルの便箋を使って木島柾之への文を書き、渡すよう菊枝に命じていた。現笹宮伯爵の母親、藤乃の実家の近在から笹宮伯爵家に奉公にあがり、一度は結婚して子をなしたものの、離縁されて麴町の屋敷に戻った菊枝が惟佐子付きになったのは、惟佐子が七歳のときで、それからは途切れることなく身近にあったから、記憶のない産みの母より、もちろん義母の瀧子より母親に近い存在と云ってよかったけれど、惟佐子は誰であれ愛情を余分に求めたり甘えたりする質《たち》からはほど遠く、菊枝もまた過剰な感情を「姫君」に投入することなく、余計を云わずにさばさば仕事をこなす方であったから、この主従はうまが合っていた。

十三歳で惟佐子が初潮を迎えたときにも、性交から妊娠に至る女性の軀の仕組みにつき、生理具の使用法とともに菊枝はごく事務的に教示したし、これまで何度か貰った付け文を惟佐子から見せられた菊枝は淡々とこれを読み、なんの感想も漏らさぬまま、二位様には報告するまでもないですね、とだけ云って処分した。

華族に限らず上層の家では、「虫」がつかぬよう見張る、あるいはついた「虫」を人知れず駆除することは、年頃の娘の傍に侍る女中の大事な役目であると菊枝は心得ていたが、こと惟佐子については、貰った恋文を封を切らぬまま自分に手渡すくらいだから、艶書《えんしょ》を認《したた》めた慶大生や商大生に同情しこそすれ、当該方面についての心配とは一切無縁だった。だからこの晩、惟佐子手ずからの付け文を託されたことに菊枝は驚いた——いや、驚くべきであると思ったのだけれど、じつのところはあまり驚かなかった。

　惟佐子は封をしておらず、つまりこれは読んでよいと云うことだと判断した菊枝は、惟佐子の入浴中に文面に目を通し、紛うかたなき付け文だと判定したのだけれど、驚きよりむしろ不審が勝ったのは、付け文でもって男性を誘惑する、そのような事業を惟佐子がなしうるとはとても思えなかったからで、たとえば惟佐子が木島柾之に恋心を抱き、やむにやまれず文を認《したた》めた、と云った物語はありえそうになかった。事実、自分が振り袖を衣裳函に仕舞う傍らで、繻袢《じゅばん》姿の惟佐子が書机に向かい、ちょっとした覚書《メモ》でもするようにして文を書き、これを木島さんに渡して頂戴と云って手渡した調子の軽便さは、平坦な日常の続きでしかなく、もしこの手紙が恋文であるとしたら、これ以上に情熱を欠いた恋文は世界になかった。

　風呂からあがった惟佐子の着替えを手伝い、もう下がっていいと云われて自室へ戻った菊枝は、惟佐子の便箋の文字――父親の笹宮伯爵から高等科への入学時に贈られた万年筆の、見慣れた青黒《ブルーブラック》の洋墨《インク》の文字をあらためて眼にして、文の書き手の心根を怪しむ、その一方で彼女がしようとしていることをすっかり呑み込んでいる自分に気づいてもいた。惟佐子は木島柾之を褥《しとね》に誘い込もうとしていた。だが、それは恋情からではなく、純然たる興味から――と云うのも妙な云い草であるが、そこに年頃の娘にふさわしい恋の熱がなく、知性の底に潜む貪婪《どんらん》な獣の冷眼が光ることは疑いえなかった。

　惟佐子が処女であるのは間違いなかった。未知なる性の領野への、乙女らしいそれとはどこか異なる好奇心が、偏頗《へんぱ》と云わざるをえない探究心が、彼女を動かしているのだった。そうしてそれは惟佐子の血に潜む淫蕩《いんとう》の水路に直接繋がっていた。そのこともまた菊枝は疑わなかった。艶《あで》やかな振り袖を脱ぎ、真白い繻袢姿となって、かりかりと固い筆先《ペン》を鳴らして文字を記す惟佐子からは、処女のみだりがわしさが息苦しいまでに発散されていたと、菊枝はあらためて思い、ここに至ってはじめて驚いたのは、惟佐子がそのようにすることがごく自然な振舞であると、自分が考えているのを知ったときである。

植物が芽を出し、茎を伸ばし花をつけるように、惟佐子はそのことをしようとしているのであった。さように考えたとき、木島柾之と云う選択はじつに理に適っていた。着付けやら化粧やら、身辺の世話を普段するのと同じく、自分は木島に手紙を渡せばよいので、格別な感情の波動を呼ぶことのない、日々の延長にある事業にすぎないと菊枝は考え、そしてそのことを、すなわち七歳から傍にある女中がそのように考えるだろうことを、惟佐子はよく知っていたのである。

B水準の整数問題は、数値を列挙してしまえば簡単に解けそうに思えたのだけれど、やってみればやはり難問だった。筋道が見えそうでなかなか判然としない。規則性の樹陰に獲物を見つけたと思い、勇んで攫まえようとしたとたん、果てのない数の森へ逃げ込んでしまう。方法を変えて、勘を頼りに獲物が出没しそうな場所に罠を仕掛け追い込んでみても、やはりするりとすり抜ける。それでも逃げ回る動きの型《パターン》を記号の列のなかに捉え得たと思う瞬間はあり、なお罠張りに熱中するうちに時間を忘れてしまい、扉をこつこつと叩く音にはっとなって置時計を見れば、時刻はもう零時を過ぎようとしていた。

こんな時間に誰だろうと、机から離れた瞬間には、惟佐子は文を忘れていた。木島柾之を忘れていた。中禅寺湖畔のホテルに在ることを忘れていた。だが、扉把手《ノブ》の冷たい真鍮《しんちゅう》に触れたとたん一遍に思い出されて、扉を開ければ、晩餐のときと同じ燕尾服に白いボウタイをつけた男が、何か御用でしょうか？　と堅苦しい調子で挨拶し、どうぞ、お入りになってと促され、部屋へ足を踏み入れる際、廊下に素早く眼を走らせる男の仕草を見た惟佐子は、そうなのである、これすなわち「逢瀬」なのであると、いまはじめて発見したかのごとくに思い、と、ここから先どうしたらよいのか、にわかには筋道が見えなくて、これはB水準以上に難問であるかもしれぬと考えつつ、深夜の来客を窓際の応接椅子《ソファー》へ導いた。

三十九

「お茶でもお出しできるとよいのですが」

向かいの椅子に腰を下ろした惟佐子が云い、おかまいなくと応じた木島柾之は、この時間でも受付《フロント》に電話をすれば茶菓を運んで貰えるはずだと考えたが、そのことは云わずに、今夜はだいぶ過ごしてしまいましてねと、笑って見せた。

「明日に差し支えるほどではないですが」

「木島さんはお酒はお強いんですの?」

「いえ、まあ平均ですね。貴女《あなた》はどうです?」

「あまり飲んだことがないので、わかりません」

「先ほどもあまり飲まれていませんでしたね?」

「ええ」

「しかし貴女は、飲めば飲めそうだ」

「さようでしょうか?」

「そう見えますね。いくらでも飲めそうな感じがある。それでなお酔わずに平然としていそうだ」

「そんなふうに見えます?」

「ええ、見えますね」

二人掛けの応接椅子《ソファー》に座って、微醺《びくん》を帯びた人らしく、肘掛けに凭れ脚をいくぶん投げ出す格好で他愛のない会話を交わしながら、向かいに座った娘の様子を神経の棘を鋭く尖らせ観察した木島柾之は、晩餐の艶雅な振り袖から現代的《モダーン》な浴衣姿になった女が文を寄越した意図をむろん諒察していた。


難波江《なにはえ》の芦《あし》のかりねのひとよゆゑ　みをつくしてや恋ひわたるべき

引用された皇嘉門院別当《こうかもんいんべっとう》作歌の「芦のかりね」は云うまでもなく「一夜の契り」の意であり、だとすれば、文中の「折り入つて御相談したい事」の内容には誤解の余地がなかった。「月のかたぶくまで」の語句を含め、百人一首を持ち出すなどは、だいぶ俗で、逢瀬の誘いとしては直截《ちょくせつ》に過ぎると思えたが、「あしのかりねにつかまつて」の、意図された稚拙な表現が、女の手にしては角張った洋墨《インク》の字体とあいまって諧謔《ユーモア》を醸し、軽味を与えているところが感覚《センス》を示していなくもないと、美学の観点から評価を下した木島柾之に人並みの女性経験はあった。京都の学生時代には祇園で遊び、深間になりかけた芸妓もあったし、東京へ戻ってからも玄人と付き合う傍ら、軽井沢の一夏限定で、男爵家から財閥家に嫁した遠縁の夫人と秘密の逢瀬をなしたことなどもあったから、女性の扱いについては一定程度の「教養」を身につけているとの自負——と云うほどではないにせよ、経験の少ない娘を扱うだけの自信と余裕は持ち合わせていた。

だから惟佐子からの文を読んで、まずは一驚を喫したあと、単純に嬉しい気持ちになった。あれだけの美女から慕われて喜ばぬ男があろうか。木島は考え、自然と頬が緩むのを覚えたものの、素直に誘いに乗るべきか否かについては迷った。好色の心は逸《はや》っていた。しかし、このまま用意された軌道に沿って易々と事を運んでよいものか、文を読んだあと洗面所で顔を洗い、薄荷《ハッカ》入りの歯磨粉で歯を磨いたときも、部屋を出て廊下を歩いたときも、扉を叩いたときも、そして布張りの応接椅子《ソファー》に腰をかけたいまも、なお迷いがあった。いや、むしろ避けるのが無難ではあるまいかと、しきりに囁く声が耳の奥にあって、避けるべき理由は判然とはしなかったけれど、強いて云うなら、危険の予感が冷たい液になって血中を巡る感覚があった。

木島柾之には婚約者がいた。相手は北陸の大名華族の一人娘で、来春には婚儀を執り行い、木島は婿養子となって子爵家を継ぐ段取りができあがっていた。今夜、婚約者より女子学習院で二学年上の、堂上《どうじょう》華族の娘と契りを結ぶことが、婚約を危険に晒し、信用を台無しにしてしまう、と云った懼《おそ》れは、しかし感じなかった。惟佐子が「関係」を盾に結婚を迫る、と、そのようなことはまずありそうになかった。かりにあったとして、そうなったらそうなったで構わぬと、図太く笑う獣も腹中に踞《うずくま》って、であるならば据え膳を喰わぬ法はないと思えるので、つまり血中を巡る危険の予感とは、そうした世事とは次元の異なる、生理の根幹に潜む暗所から発生しているもののように思えた。

深夜の湖畔のホテルは静かだった。応接椅子《ソファー》の脇の窓には、床や梁《はり》と同色の、焦茶の緞帳《カーテン》が分厚くかかって、それでも日光連山から吹き下ろす風にざわめく樹林の響きが幽《かす》かに届いて、窓下の蒸気管《スチームパイプ》の囁きに呼応した。広さのある双子寝台部屋《ツインルーム》には、書机の手元灯のほかに、円形台座からすらり茎を伸ばした床置灯《フロアスタンドライト》が点って、清潔に白い塗壁を淡く光らせている。

「来るときの列車では、園田が迷惑をかけたようですね」

しばしの沈黙を破って燕尾服の木島柾之が話し出した。

「あの方はお友達？」深緑色のベレー帽を想った惟佐子が云うと、木島柾之は頷いて脚を組む格好になった。

「高等学校の後輩です。一緒に同人誌などを出したりしていましてね。あれで、けっこうな文学青年で、昔はだいぶアカかったんですがね」

「木島さんは？」

「私ですか？」戸惑うように応じてから、木島は小さく声を出して笑ってみせた。

「私もまあ、人並みに思想の洗礼は受けました。世代ですからね。ナップ、と云うのはご存知かどうか、その前身にあたる芸術団体に係わったりしていました。部屋住み学生の気楽な立場でしたからね」

「転向なさったんですね？」

惟佐子の直截な質問に木島は眼を見張り、すぐに相好《そうごう》を崩して声をあげた。

「まあそう云うことになりますかね。高校を出て京都へ行ったこともあって、しだいに離れてしまった」と云った木崎は笑いを消して語を継いだ。

「いや、離れるために京都へ逃げたと云うのが正しいな」

自分で口にして木島柾之が驚いたのは、「京都へ逃げた」との云い方を彼はかつて一度もしたことがなかったからで、しかし言葉にしてみれば、概略としてはそれ以外の評言はありえぬと、神経の疼《うず》きとともに認めた。

「もっとも、あの頃と、思想的には大きくは変わってはいないんですがね」と続けた木島柾之は、嘘だと、強く叫ぶ声を聴き、左翼運動の昏《くら》い渦中に消えて行った同級生の顔が浮かべば、出身階級ゆえに仲間から距離を置かれた淋しさや、己の「階級性」を克服しようと足搔《あが》いた苦しさなどが一遍に蘇って、しかしどうして十歳も年下の娘の前で言い訳がましい台詞を並べねばならぬのかと、不審に思いながらなお語を継いだ。

「社会変革を目指す点では同じです。園田の方はだいぶ変わったようですがね。彼は学生時代、私が特権階級の座に安閑《あんかん》としていると、さんざん批判してきて、そのくせ私の傍からは離れないんですからね。妙な男です」

「たしかに少々奇妙でいらっしゃいますね」とそこで惟佐子は口を出した。「けれど、あの方も根本ではそんなには変わってらっしゃらないんじゃないかしら」

「何がです？」

「思想がです」と云う惟佐子の返答に木島が驚いたのは、そのような評言が二十歳の娘の口から飛び出すとは思わなかったからであり、なによりはその批評が正しかったからである。

「貴女は思想方面に詳しいのですか？」と訊いた木島の調子は真面目だった。まさかと、惟佐子は微笑んで見せたが、かつていくぶんの興味を抱いたのは事実だった。いわゆる左翼思想の飛沫《しぶき》をまともに浴びた世代と惟佐子は隔たって、にもかかわらず関心を寄せたのは、一昨年、帝大で集団《グループ》を作り活動していた華族の子弟が治安維持法違反の容疑で検挙される、いわゆる「赤化華族事件」の際、学習院で二学年上の岩倉公爵家の娘が逮捕され、大抵の者が反省文を書いて赦《ゆる》されたなかにあって、節を曲げずに収監されたあげく自殺を遂げたとの報に接したのに驚いたからで、なんでもよいからマルクス主義を解説する文献を持ってくるよう御法川に頼んだことがあった。御法川は青くなりながら、どこからか書物や冊子を入手してきて、生硬に過ぎる文章に馴染めぬなかにあって、河上肇《かわかみはじめ》の『貧乏物語』を惟佐子は興味深く読んだが、しかし思想とはつまり言葉であって、人に死を賭させるまでの力が言葉に宿る、その仕組みや機微には見当がつかなかった。

ホテルは静かだった。湖畔の夜は刻々と更けつつあった。「折り入つて御相談したい事」とは何でしょうか？　質問を口にする頃合いだと木島柾之は考えたが、内容がわかっているだけに云い出しにくく、密かに窺えば、床置灯《フロアスタンドライト》の光を背後から浴びた女の、仄白い若女の能面が月夜の桜花のごとく影に沈んでいる。膝に揃えた指の爪が桜貝のように奇麗だった。清冽な青色の帯を結んだ娘は、野に咲く花が蝶の到来を迎えるかのごとく、こちらが行動を起こすのを待つと見える。花は美しく弁を延べて虫を誘い、蜜を吸わせる代価に花粉を運ばせる。しかしなかには甘い蜜中に虫を捉え込み、そのまま溶かして栄養に換えてしまう毒花もあるのではないかと、妙なことを思った木島は、誘いには乗ってはならぬと、瞬時に決断し、明日もあるのでそろそろ寝みたいと口を開こうとしたとき、浴衣の亜麻色の鳥たちが一斉に羽撃いて、背後から光を浴びた女がすいと動くや、二人掛けの応接椅子《ソファー》の、木島の隣へ腰を移した。

突然の行動の意味を捉えられぬまま、鼻孔に広がる甘苦い香の匂いのなかにいまだ触れぬ肌の温みを感じた木島柾之は、糊の利いた浴衣の肩に手をかけて、女の細い軀を引き寄せた。

四十

カルトシュタインが死んだのは、その夜の終わり、午前四時前後のことであった。

午前七時に川北医師が離れ家を訪れたところ、返事がなく、扉は施錠されて、内線電話にも応答がない。川北医師は随行者らに変事の出来《しゅったい》を伝え、ホテル従業員が合鍵で扉を開けたところ、寝間着姿で洗面所に倒れている音楽家が発見された。すぐに寝台《ベッド》に運び手当をしたものの、手遅れは明らかで、すでに死後三時間あまりが経過していた。

死因は心停止。就寝中に喘息の発作を起こし、常備薬を飲むべく向かった洗面所で倒れたものと推測された。カルトシュタインの遺骸は乗用車で今市の梅崎胃腸病院へ運ばれて、地元警察の要請で川北医師が検案を行い、喘息発作中に心不全を起こしたものと最終的に判定された。遺骸は氷詰めされて東京へ運ばれ、葬儀の段取りがつくまで、虎ノ門病院の冷凍霊安室に収められた。

妻子のないカルトシュタインの遺骸は、ドレスデンに住む妹の要望を容れ、防腐処理を施したうえで船でドイツへ運び、当地で埋葬すると決まったのは、死去から十日の後であった。新聞ラジオはこの件を大きく扱い、日独双方にとって大変な損失であるとして、偉大な芸術家の死を悼み惜しんだ。

「生涯独身を通し、音楽の美神を伴侶としたマイスター・カルトシユタインは、楽の神々の寄り集ふ、不滅の万神殿へ列す事と相成つた」と松平侯爵は新聞の追悼文に書き、「喘息の持病を抱へて居られたカルトシユタイン師にとり、寒湿の北ドイツより日本の温暖な気候は好適と思はれ、転地の意もあつて来日を決断されたのだらうが、長旅と環境の変化に老齢の御体が随《つ》いて行かれなかつたとすれば、真に無念であり、担当の医師としては慚愧《ざんき》に堪へない」と川北医師は談話を載せた。

当日、牧村千代子が事件を知ったのは、朝七時二十八分発の乗合自動車で中宮祠へ向かい、奥日光湖畔ホテルに着いた八時半頃で、カルトシュタインが倒れて病院へ運ばれたと受付《フロント》で報《し》らされた千代子は、病院へ向かおうかとも思ったけれど、すぐには足がないので、まずは惟佐子を見舞うことにして、受付《フロント》にそう告げると、部屋へと云われ、鞄を抱えて二階の客室へ向かえば、すでに外出着に着替え化粧も済ませた惟佐子が窓前の応接椅子《ソファー》に千代子を迎えた。

大変なことでしたわねと、なんと云うべきかわからぬまま千代子が言葉をかけたのへ、ええと、表情を動かさず答えた惟佐子の、顔色は心なしか蒼褪めているようにも見えたが、水色の地に羽撃く鶴の絵柄のお召しに鬱金《うこん》の名古屋帯を締めた姿は昨日と変わらず鮮麗で、若い娘の命の息吹を潑剌と感じさせる、その一方では、音楽家の事故のことを聞いたせいか、雅やかな絢爛の奥から昏い「死」が匂い立つような心地がして、じわり滲み出た不吉の印象を千代子は慌てて打ち消した。

若い給仕人《ボーイ》が焙じ茶と求肥飴《ぎゅうひあめ》を運んで、去るのと入れ替わりに菊枝が入室して、千代子に挨拶したあと、今日の予定は中止となり、帰りの列車を早める段取りをいましているので部屋で待機して欲しいと協会側から連絡があったと伝えた。この時点では病気で倒れたとだけ聞いていた千代子がカルトシュタインの容態を訊ねると、お亡くなりになったようですと菊枝は教え、千代子が言葉を失っているると、頬色がいつになく生き生きとして見える女中は、荷物の手配があるので自分は部屋か広間《ロビー》にいる、用があるときは電話をしてくれるようにと惟佐子に伝え、慌ただしく部屋から去った。

「昨日はあんなにお元気そうだったのに」

千代子が信じられぬ思いのまま言葉を発し、そうですわねと、惟佐子が感情のこもらぬ調子で応じたとき、扉を叩く音がして、どうぞ、鍵は開いております、の声に入来してきたのは、意外な人物――鼈甲《べっこう》の黒縁眼鏡をかけた日本人作曲家であった。

少しよろしいでしょうか？　挨拶した草柳太郎は、千代子がいるとは思わなかったのか、蜘蛛めいて長い手足を持て余すように立ったまま戸惑う顔になるので、わたくしは失礼しますと、腰を浮かせかけた千代子に、居て頂戴と惟佐子が云い、この人なら遠慮は要りません、どうぞお座りになってと勧められて、千代子の隣に腰を下ろした作曲家は、昨日の羽子板のことなのですがと口を開いた。

「あれはどこにありますでしょうか？」

羽子板ですか、と意外そうに応じた惟佐子が、協会の方がホテルに預けたのではないでしょうかと云うと、訊いてみたのですが、ホテルでは預かっていないと申すので、と草柳太郎は云い、ならばカルトシュタイン氏の部屋にまだあるのではないかとの惟佐子の言葉には、あそこにはもうなかったのですと応じた。二人の遣り取りを黙って聞いていた千代子に惟佐子が説明した。

「昨日のお夕食のときに、羽子板を贈り物に差し上げたのです。義母《はは》が持たせてくれまして」

「フリッツはあれを大変気に入っていたようなので、ドイツへ送ってやりたいと思いまして」

草柳太郎が続けて云い、カルトシュタインの名前がフリードリッヒであり、フリッツが愛称であると千代子が認識するまでには多少時間がかかった。昨日はそうも見えなかったが、ドイツ人音楽家とはずいぶん親しい間柄だったらしいと観察した千代子は、椅子に浅くかけた男の、黒洋袴《ズボン》の膝が尖っているのを見て、彼の悲愁を感得した気がした。

向かいの男とは対照的に笑みの霞を顔に纏《まと》わせながら、そんなに気に入られてましたの？と惟佐子が面白そうに問うたのは、昨日の晩餐中、給仕人《ボーイ》が運び込んだ木箱から出てきた品物に対して、カルトシュタインが最大の賛辞をもって礼を述べた一方で、会席の一同にはなかなかの波紋を呼んだからである。

桐の羽子板は二枚。一つは塗傘を手に藤の枝を担いだ日本髪の娘、すなわち「藤娘」で、錦の押絵が美麗な一品は贈答に相応《ふさわ》しかったが、問題はもう一枚の方で、これは「変り羽子板」と云うやつなのだろう、筋雲を曳く航空機の飛ぶ青空を背景に、鉤《かぎ》十字の旗の下で右腕を突き上げる軍服口髭の男はヒトラー総統であった。虚空を睨みつける押絵のヒトラーは、日独の提携を推進する者らのあいだにも不謹慎な忍び笑いを呼ばぬわけにはいかなかった。台座に並べ置かれた藤娘と軍服のヒトラーの取り合わせには、見る者の心の膚を掻き毟《むし》るような異形性《グロテイシズム》があった。

ちょっとお待ちになってと断った惟佐子は、寝台棚脇《ベッドサイド》の内線電話で菊枝を呼び出し、短く話して応接椅子《ソファー》へ戻ると、離れ家から運び出された羽子板は、いったん預かって欲しいと頼まれた菊枝の部屋にいまはあり、カルトシュタイン氏が寄留していた松平侯爵邸に他の私物と一緒に運ばれる手筈《てはず》になっていると報告した。

「ドイツへ運んでどうなさいます？」惟佐子が問うと、

「記念館のようなものがいずれできるでしょうから、できればそこへ収めたいと思います」と作曲家は沈鬱な顔で答えた。

それで用件は終わりと思えた。が、作曲家は動き方を忘れてしまったかのように椅子にとどまっている。緞帳《カーテン》の開かれた窓からは、ヒマラヤ杉の枝を透かして陽光に煌めく湖面が見え、対岸奥の山並は蒼く霞んでいる。結んだ両手を載せた膝に視線を落とした男が異国の芸術家の死を共に悼むことを欲しているように思えて、三人でしばし黙禱するように俯いたのち、本当に信じられませんわと千代子が呟いたのは、哀悼の辞の一種であったが、言葉自体は嘘ではなく、昨日の午後の数時間、覗き窓《ファインダー》越しに凝視したドイツ人がいまは白玉楼中《はくぎょくろうちゅう》の人である事実がなかなか腑に落ちてこない。千代子の言葉には誰も応ぜず、そのまま中空に立ち消えたとき、思い出したように草柳太郎が口を開いた。

「フリッツが気に入ったのは、藤娘の方でした」

「そうですか」

「ヒトラー総統の方ではありません」

「そうですか」と惟佐子が再度相づちを打ったのへ言葉が重なった。

「あの羽子板の娘は、貴女に似ています」

「そうでしょうか？」

「ええ。フリッツがそう云っていました」

「さようですか」

惟佐子がとくに感興なく応じると、ベルギー人の血を引く日本人作曲家はすいと顔を上げ、胸を張る形になった。それから云った。

「笹宮惟秀氏は、こちらへ来ることになっていましたか？」

ササミヤコレヒデ――が誰であるかすぐにはわからぬ千代子には、質問の意味が捉えられなかったが、兄が来るとは聞いておりませんが、と惟佐子が応じたので、それが惟佐子の兄、笹宮惟秀陸軍大尉のことであると理解された。

「兄をご存知なのですか？」惟佐子が逆に問うたのへ作曲家は頷いた。

「ヴェネチアでお会いしました」

「兄はカルトシュタインさんとも？」

「ええ」

「やはり伯父の白雉博允が？」

「さようです。ヴェネチアにさる方の別荘がありまして、夏に人が集まった際に連れてこられて」

兄の惟秀がカルトシュタインと接点を持つとしたら、伯父の白雉博允の媒介以外には考えられぬわけで、イタリアに赴任した兄がドイツ学芸界で重きをなす伯父に会わぬ道理がないとする瀧子の断定が正しかったことに惟佐子は驚くとともに、前から自分はそのことを知っていたような不思議な気分に捉えられた。

「心霊音楽協会《GSMV》の関係でしょうか？」

惟佐子のさらなる問いに、ええと頷いた草柳太郎は、やや気色を改めるふうになって云った。

「しかし、あんなものはペテンです。人を惑わせるまやかしにすぎません」

「心霊音楽協会《GSMV》がですか？」語気に驚いたふうに惟佐子が問い返すと、作曲家はすぐにまた調子を変えた。

「いや、云い過ぎでした。ペテンは訂正いたします。お赦しください」

作曲家が謝罪したのは、心霊音楽協会《GSMV》で活動する白雉博允が惟佐子の伯父である点を勘案したからに違いなかったが、刹那に噴出した激高の暗い熱は惟佐子にも千代子にも強い印象を残した。

惟佐子は心霊音楽協会《GSMV》にはそれ以上触れず、宇都宮にいる兄を呼ぶ話は打ち合わせの席で出て、協会の方で声をかけたと思うが、その後は話がなかったから、都合がつかなかったのだろうと説明した。草柳太郎は自分の膝を見つめ、小刻みに頷きはするものの、こちらの言葉が相手に届いていないとの感触を惟佐子が得たとき、兄が昨夜中禅寺湖畔へ来たのだ、との直感が一閃し、贋《にせ》の記憶が脳中に湧き出たのは、自動車道路から湖畔への小径を下っていく男の像《イメージ》で、それを贋と断じられるのは、昨日は暮れて以降、ホテルから一歩も出なかったからであり、そもそも離れ家の正確な位置も佇まいも知らないからに他ならぬが、にもかかわらず、小径の入口の常夜灯に照らされ、帽子の陰に一瞬間浮かび上がった顔の印象が瞼裏に打刻されてあるのを不可解に思う惟佐子の傍らで、千代子もまた樹葉に埋もれた中宮祠の停車場、小さな老女たちに立ち混じり乗合自動車から降りた男の、帽子の陰の顔を想い、あなたは笹宮惟秀氏に会ったのかと、尖り膝の作曲家に向かって云おうとしたとき、惟佐子が同じ問いを先に口にした。

「兄をお見かけになったのですか？」

懼《おそ》れていたことをとうとう訊かれた、とでも云うように狼狽を眼鏡面に露《あらわ》にした作曲家は、問いには答えぬまま逆に質問した。

「あなたは昨夜、離れ家へ行きませんでしたか？　カルトシュタインのところへ」

「参りません」

「午前零時過ぎなのですが」

午前零時過ぎは木島柾之と密会していた時刻である、と考えるまでもなく惟佐子は答えを重ねた。

「離れ家には一度も参りませんが」

「昨日の夜中なのですが」と作曲家は惟佐子の返事に被せるように言葉を吐いた。

「散歩に出たんです。湖畔を歩いて、月はあってもだいぶ暗かったのですが、路には街灯がありますから」

深夜の湖畔散歩――酔狂な振舞をなすに、ひょろ長い軀と蜥蜴に似た造作の四角い顔を持つこの人は相応しいと考えた千代子が、湖面に映る月星の灯りに葉裏を銀色に光らせる樹の陰を進む、歩行する案山子《かかし》のごとき幽怪な姿を想ったとき、その人が云った。

「誰かが離れ家を訪れていたんです。玄関ではなく、湖に面した縁側の硝子《ガラス》戸から、誰かが部屋へ入って行ったんです」

それが惟佐子さんのお兄さんだったのですか？　と千代子が問う前にその人は語を継いだ。

「藤娘だったんです」

「藤娘？」

「姿格好は全然違う。顔です。羽子板の娘の顔が、硝子《ガラス》戸からなかへ入って行ったんです。むろんそんな馬鹿な話があるわけない。と云うことは、理屈からして、わたしは夢を見たに違いない」

作曲家の口からすすすすと歯が擦れるような音が漏れ、それははじめて聞く彼の笑い声なのであった。苦いものを食して苦しむ人のように顔を強張《こわば》らせた男の、口中にすだく虫の鳴くがごとき気味の悪い笑い声を耳にした惟佐子はそのとき、仄暗い小電球の明かりに浮かび上がる兄の顔――白粉《おしろい》を塗ったように白い顔が、離れ家へ続く小径を進んで縁側の硝子戸から室中へ漂い込む、影絵のごとき場面を、打ち消し難い現実性《リアリティー》の手触りとともに脳裏に明滅させた。

三章

四十一

蒸し暑い講堂で荒木《あらき》院長の訓話を聴いた後、教室で通知簿を渡された笹宮惟浩《ささみやこれひろ》は、友達に摑まらぬよう素早く校門を出て、目白駅から山手線で新宿へ向かった。明日から夏休み、去年までなら解放感に飛び跳ねたいほどだったのに、白布をかけた帽子を目深に被り、鞄を手に提げて吊革に摑まる惟浩の心は錆《さ》びた弦のごとく弾まず、車窓を過ぎ行く夏の明光に溢れた街路も炒り鍋の塵屑みたいで、ただ暑苦しく、背中を濡らす汗が不快で堪《たま》らなかった。

五月頃には、夏休みは軽井沢の鴫岡《しぎおか》子爵の別荘に滞在して「勉強」する計画を心愉しく立てていた。貴族院議員を務める鴫岡子爵の次男、鴫岡雅晴《まさはる》が同級の楽団《バンド》仲間で、縦型ピアノと米国《アメリカ》製の電気蓄音機が備えられた鴫岡家の別荘ならば、持ち込んだ録音盤《レコード》は自由に聴け、コルネットは吹き放題、乗馬も庭球《テニス》も、今年になって凝り出した撞球《ビリヤード》も好きなだけやれて、夏休みが待ち遠しくてならないでいたところ、事態が暗転したのは六月のはじめ、父伯爵が学校へ呼び出されて、惟浩の素行に厳重注意が与えられたのが運の尽きであった。

素行が悪いのは事実であった。禁止されている映画やレビューを学校の友達とこっそり観に行く程度なら問題はなかったが、去年の秋頃から、ジャズ喫茶で顔なじみになった府立中学の連中が仲間に加わるようになり、彼らが連れてくる女学生や喫茶店の女給仕《ウェイトレス》と一緒に遊ぶようになったあたりから品行の雲行きは怪しくなった。最初は新宿の武蔵野館や四谷見附《よつやみつけ》の喫茶店に屯《たむろ》して莨《たばこ》を吸う程度だったが、仲間に磯田孝史《いそだたかし》と云う麻布の眼科医院の一人息子がいて、肺を病んだ母親から隔離される形で一人住まいする磯田の離れ家に不良仲間が集まり、鍋を囲んで酒を飲んだり、花札やトランプをしているうちはまだしも、規範の檻から飛び出たくてたまらぬ若い男女が入り交じる状況が惹起《じゃっき》すべき事態がやがて生じた。

　マキ代と云う、丸の内の輸入雑貨屋で売り子をする、歌手志望だと云う娘が正月頃から磯田の離れ家に出入りするようになり、十七歳とは思えぬほどに大人びた、顔立ちは淋し気だけれど四肢の発育したこの娘から、惟浩は松竹少女歌劇団《SSK》のレビューに誘われて、新宿第一劇場からの帰り道、叔母がやっていると云う荒木町の立ち呑み居酒屋に寄り、開店前の店でマキ代の出してくれた麦酒《ビール》を飲んでいる最中、どちらからともなく誘い合い、狭く暗い階段を二人で上ったのだった。三月の末だったが、曇天からいまにも雪片が落ちてきそうな寒い日で、火の気のない四畳半で裸の尻は冷たくなった。

　数日後、学校を終えて目白駅から電車に乗ろうとすると、改札口で待っていたマキ代の親戚だと云う男が声をかけてきて、マキ代が妊娠したと告げ、堕胎の手筈はこちらでつけるから四十円を支払えと云ってきた。これぞ世に聞く美人局《つつもたせ》と云うものだと感づきはしたけれど、警察に云えば学校に知られるのは避けられず、蒼《あお》くなった惟浩は支払うしかないと考え、しかし四十円もの大金、おいそれとは調達できない。いかにもチンピラ然とした前歯の欠けた男にそう云うと、二週間なら待つと云うので、持ち物を質に入れることを考えたが、ギターを持ち込んだ茅場《かやば》町の店では、足下を見られたか思ったほどの額は借りられず、次に暖簾《のれん》を潜った神田では、学生証を見せて欲しいと云われて退散した。こうなれば母親を騙してカネを引き出すしかなかったが、うまい策が浮かばず、切羽詰まった惟浩は姉の惟佐子《いさこ》に相談することを考えた。自分でも不思議だったのであるが、異母姉の惟佐子になら、自分のだらしなさも愚劣さ加減も、なんでも告白できる気がしたし、家の者に知られぬ形で助けて貰えそうに思えたのである。

それでもなかなかふんぎりがつかず、ようやく声をかけたのが、姉が『岡村』へ出かけて戻った夜、しかし本題に入る前に席を立たれてしまい、目的は果たせなかった。惟浩は弱り切り、やはり楽器や録音盤《レコード》を売るほかないと思い、遅まきながら友人らにもちかけたところ、磯田が勘よく事情を察して、オレに任せておけと、四十円を貸してくれたばかりか、カネを手渡す場にも立ち会うと云うので頼むと、磯田は学校の仲間を三、四人、約束の新宿ムーラン・ルージュ裏手の物陰に潜ませて、惟浩がカネを渡したところで全員が飛び出し、歯欠け男を取り囲んだところへ向こうの仲間が出てきて乱闘になったあげく、磯田は匕首《あいくち》で腹を刺されて入院した。

事情を訊かれた磯田は、ささいなことから口論になり喧嘩しただけだと答え、仲間も口裏をあわせたおかげで、惟浩はひとまず難を逃れたものの、怪しんだ磯田の父親が家の金庫からカネがたびたび抜かれていたのを知り、惟浩の書いた借用書も見つかって、父親から鑑別所送りにするぞと脅されて磯田は降参し、府立中学から学習院へ連絡が回って万事は休した。

本来なら放校となるべきところを、平身低頭してどうにか回避した笹宮伯爵は激怒し、惟浩を真藤《しんどう》栄《さかえ》の『鶏頭塾《けいとうじゅく》』へ叩き込む決定をした。常陸《ひたち》の瀧根神社の神官でもある真藤栄は、黒龍会の流れを汲む国粋思想家で、五年ほど前から目黒で私塾を開き、通学生とはべつに九歳から十六歳くらいの生徒二十人ほどを寄宿させて、皇国精神を柱に据えた教育を施していた。笹宮伯爵が『鶏頭塾』を選んだのは、真藤栄とは面識があり、信条に共鳴していたこともあるけれど、なにより『鶏頭塾』が高い進学実績を誇っていたからで、昨年度は海兵に一人、陸士に二人、幼年学校に二人、合格者を輩出していた。新宿の乱闘では惟浩も巻き込まれ死んでいたかもしれぬと云われると、今度ばかりは瀧子《たきこ》も反対はできなかった。

六月末から惟浩は寄宿生として『鶏頭塾』に入塾した。朝は六時に起床、寝床を片付け風呂場で顔と軀《からだ》を清めたあと、寄宿舎の隣にある稲荷神社に集合、宮城と伊勢社を遥拝し、気合い声とともに木剣の素振りを二百回してから、麦飯の朝食をとって学校へ。戻った夕方からは夕食と入浴を挟んで最低でも五時間の勉学。各自が温習するのを大学生が面倒をみてくれ、ときには塾頭や師範による講話がある。午後十時からがようやく自由時間で、十一時には消灯されるが、その一時間を、大半の者は灯火下でなお勉学を継続し、あるいは反省日記を書いた。日曜日は外出が許され、親元に戻ってもよかったが、市内および近郊の名跡遺址を訪れて、歴史を実地に学ぶとともに魂を涵養《かんよう》することが推奨され、午後五時の門限で塾へ戻ると、一日で己が得た意義深き経験を作文することが課された。

目黒不動尊に近い桑畑の一画に建つ、内田良平翁の揮毫《きごう》になる〈鶏頭塾〉の木看板が玄関戸になければ倉庫としか見えぬ建物の、二段寝台《ベッド》の薄敷に寝泊まりするようになってから一月近く、惟浩の魂は、少なくとも彼の主観からしたら、涵養の正反対、完全に枯死していた。飯は持たされる弁当もすべて麦飯、もっとも食こそ人性の根本なりとする真藤栄の哲学から、栄養価は量を含めて十分ではあったけれど、カルシウムが特別に肝要視されて、毎日のように鰯や鰊が出ては、骨まで丹念に咀嚼し胃に収めることを強要され、おやつに一本ずつ与えられた鰹節をみなでしゃぶった。

周囲が低湿地のせいか、夜は蚊遣りをむせるほど焚いても蚊が唸って眠れず、なにより映画や芝居はもちろんのこと、小説も音楽も一部の例外を除いて禁止なのが辛かった。ちなみに一部の例外とは、小説ならば勉強室の書棚に置かれた『護国の神・肉弾三勇士』だとか『忠烈南朝義士伝』と云った類であり、音楽は軍歌および御詠歌であった。

それでも夏休みまでは学校があったから、帰宅途中に友達と買い食いをしたりするくらいの自由はあった。ところが夏期休暇は真藤栄の故郷である鹿島《かしま》の禅寺に合宿し、境内には立派な武道場、裏山には修行に格好の滝があるので、一月余り、誘惑のない山中で蝦蟇《がま》の声を友に、朝から晩まで思うさま心身の鍛錬に取り組まん、と云うのが『鶏頭塾』の企画なのであった。惟浩は絶望した。

合宿は明日から、午前九時に上野駅集合であるが、昨日と今日は支度のために実家に泊まることを許されていたから、云ってみればこの二日間は、向こう五週間は続くはずの収容所生活の、直前に与えられた束の間の夏休みなのであった。久しぶりに家に帰った惟浩は、あれもしたい、これもしたいと目移りして、焦りに背中を灼かれるあまりなにも手につかぬまま、木片を小刀で削って蛙を作っていたらもう朝になっていた。

二日目のこの日、新宿で省線を降りた惟浩は、東口から武蔵野館の脇を抜け、電車通りに出て、まずは中村屋で牛乳とカレー麵麭《パン》、クリーム麵麭《パン》を買った。それから角筈《つのはず》の停車場を横目に電車通りを歩き、追分《おいわけ》派出所の角を左へ曲がって、そのまま真っすぐ靖国通りを渡ってすぐ左の大鳥居を潜った。

夏休みは今日一日、貴重な時間を割いて惟浩が新宿へ来たのは、昨日学校で鳴岡雅晴から、明日の終業式のあと、奈緒美《なおみ》が花園神社で待っているとの伝言を貰ったからだ。鈴木奈緒美は花園神社に近い府立第五高女の五年生、磯田の離れ家に出入りしていた仲間の一人で、マキ代と同様、年齢より大人びて見える細身の娘に惟浩は密かな恋心を抱き、惟浩より一歳年上の奈緒美にも気のある素振りがないでもなく、ところがマキ代とああいうことになってしまい、マキ代とは親友だと云う奈緒美とは顔をあわせにくいと、ことさらに考えるまでもなく、惟浩が離れ家の仲間と会う機会はなくなっていたから、奈緒美の誘いには戸惑わざるをえなかった。

最初惟浩は新宿へは行かぬつもりだった。マキ代との一件以来はじめて会う奈緒美が自分に何を云うのか、どう振る舞うのか、想像のつかぬことが懼《おそ》れとなった。自分は磯田のところで出会った連中とは金輪際縁を切ったのだ、とそう考える必要もあった。しかも「終業式のあと花園神社」ではあまりに漠然としすぎていて、すっぽかされる可能性が高いと考えざるをえず、しかし昨日の午後から夜、ひとりの時間を持て余した惟浩は同じような時間を家で過ごすのが苦痛だった。すっぽかされるのだとしても、一時期よく遊んだ新宿の空気を最後に吸っておくのも悪くないと思えて、これは惟浩自身は認めたくなかったけれど、伝言を寄越した鴫岡が奈緒美とまだ会っていることに嫉妬心が疼《うず》いたこともあった。

時刻はちょうど正午。大鳥居を潜った惟浩は蟬の声が頭上から降り落ちる境内の敷石を踏んで、社殿前に立ち、鈴を鳴らし賽銭を投げて礼拝をすると、鳥居近くの小広場まで戻って、樹陰の木椅子《ベンチ》に腰を下ろした。枝葉に陽が遮られれば、風が渡って、暑熱は僅かながら払われる。他にいくつか並ぶ木椅子《ベンチ》では、勤め人ふうや作業衣の工員ふうが黙々と弁当を使い、おこぼれに与《あずか》ろうと、鳩が小さな頭をくんくん突き出しながら周囲を徘徊している。

手布巾《ハンカチ》で首筋の汗を拭った惟浩は、帽子を深く被り直し、紙袋から出した麺麭《パン》を齧《かじ》った。

四十二

「なに食べてんの？」

ふいに声をかけられ、驚いて顔をあげると、女学校の制服に紺色の布鞄を提げた奈緒美が目の前に立っている。麺麭《パン》を食べるうちにいつの間にか物思いに耽っていたらしく、人が近づくのに気がつかぬほど深く思考の沼に沈み込んでいたことに惟浩は狼狽《ろうばい》し、ああ、とはっきりしない返事をしながら、自分がいまのいままで何を考えていたのか、思い出そうとしたけれど、思考の水は砂地につと吸い込まれ、取り戻すことができなかった。

「ずいぶん早いのね。まだ午《ひる》だぜ」

からかうように云いながら奈緒美は木椅子《ベンチ》の隣に腰を下ろした。

「そっちこそ」

「あたしは学校の帰りだもの。ただの通り道」

奈緒美の家は大久保の百人町だから、方向は反対のはずだけれど、それは云わずに惟浩は別のことを口にした。

「やっぱりセーラー服を着るんだね」

「そりゃ着るさ。制服だもの」

惟浩が会う奈緒美はいつでも女事務員《オフィスガール》ふうの大人びた洋装で、たいがい帽子を被っていたから、夏用のセーラー服とヘアピンで留めた七三分けの髪が珍しかった。袖から伸び出た植物の茎のようにほっそりした腕も、黒い髪との対照で一段と白く映る顔も、形の良い脚に穿いた群青色の靴下も、胸に結んだ襟巻《スカーフ》の花の形も、いちいちが子供じみて見えはしたものの、お仕着せの枠に嵌《は》められて細身の軀はむしろ寛《くつろ》いでいるようにも感じられて、軀が服に沈み込むのではなく、服の殻から外へ外へと弾け出ようとする潑剌《はつらつ》の勢いがあって、セーラー服の純白が眼に眩しかった。

惟浩が瓶に残った牛乳を飲み干すのを待って奈緒美が口を開いた。

「明日から刑務所なんだろ？　聞いたよ」

「鳴岡から？」

小さく尖った顎が頷くのを横目で見た惟浩は、嫉妬の虫を地中に埋め込むようにして訊いた。

「鴫岡とはよく会うの？」

「一昨日《おとつい》たまたま『千草《ちぐさ》』で会って、伝言を頼んだんだ。タカシにも会って、いろいろ聞いたよ」

何を？　と問おうとして惟浩は言葉を呑み込んだ。タカシ――磯田孝史から話を聞いたと云うことは自分とマキ代との顚末はすべて耳にしたはずで、奈緒美がどこまで知っているのかがわからず、自分の口から報告するのを苦痛に思っていた惟浩は、肩の荷を降ろした気分になると同時に、あらためて忸怩《じくじ》の油が心の地表に滲み出すのを覚えた。

頭上を覆う樹では蟬がやかましく鳴いていた。木椅子《ベンチ》の者らはいつのまにか去って、斜向《はすむか》いの葉桜の下、麦藁《むぎわら》帽子の男が一人、両手で顔を覆う格好で座り、一匹の痩せた黒犬が下駄の足をしきりに舐めている。俯いた顔を掌《てのひら》に埋めた男は、犬を追い払う素振りもなく、同じ姿勢のまま動かない。

「マキ代のことなんだけど」

奈緒美が話し出した。シャツの背中に汗玉がころりころがるのを覚えて、惟浩は身を硬くする。

「マキ代のこと、悪く思わないでやってほしいんだ」

意外な言葉に横顔を窺うと、奈緒美は細い鼻を前へ向けたまま唇を動かした。

「マキ代は可哀想なやつなんだよ。少しは知ってるだろ？」

本所区の貧民窟に生まれ育ったマキ代の父親は、陸軍士官学校から出る残飯を回収して売る商《あきない》で生計をたて、マキ代も残飯を食べて大きくなったのだとの話は惟浩も聞いたことがあった。しかし残飯で生計と云うのが想像を絶したこともあって、半信半疑でいたところが、あの寒い春の日、荒木町の居酒屋の板台《カウンター》でマキ代本人の口からその話を聞いたのだった。いま考えると、どうしてあのときマキ代がそんな告白をしたのか、不思議であったけれど、旗日がね、とても嬉しかったんだよ、旗日には残飯に甘い餡子《あんこ》が入るからねと、挑むように云って笑ったマキ代の眼の光が強く印象に残って、そのあと彼女に手をとられて自分が狭い階段を上ったのは、あの、どこか羞《は》ずかしそうでもあった笑顔の所為《せい》ではないかとさえ思えた。

残飯屋の父親が亡くなり、母親が次に一緒になった植木職人の伝《つて》で女中奉公にあがったものの長くは続かず、映画館の菓子売りをしたり、飲食店の女給仕《ウェイトレス》をしたりしながら流行歌手を目指していたところ、録音盤《レコード》会社の社長から丸の内の輸入雑貨屋を紹介されて雇われるようになったと云う話も、奈緒美の父親が幼稚園を経営する僧侶で、不良娘に手を焼いた父親から奈緒美がしょっちゅう殴られると云う話とともに、惟浩の耳には入ってきていた。

「マキ代は、あんただけじゃなくて、いろんな友達からお金を借りたりして、エスケープしたんだ」

「エスケープって、どこ行ったんだい？」

「わからない。どこかへ消えっちまった。親も知らないらしい。でも、たぶん北の方。そっちに親戚かなにかがいるって話、してたから」

「でも、どうして？」

「わからない。でも、きっと何かまずいことがあったんだと思う」

「まずいことって？」

「わからないけど、悪い奴とマキ代は付き合ってたみたいだから、そっちの関係でなんかあったんだと思う」

「なんかって？」惟浩が問いを重ねると、奈緒美はきゅっと細い眉を寄せて云った。

「訊いてばかりいないで、少しは自分で考えろよ」

ごめんと惟浩が俯くと、奈緒美は苛立ちを鎮めるように、ふううと息を吐いて長い睫毛をしばたたくと、それからまた云った。

「あたしもよくわからないんだけど、丸ビルで変なことをしてる話は、あんたも聞いたことがあるだろ？」

頷いた惟浩が耳にしたのは、丸ビルに売春組織があるとの話で、昼間は澄まし顔でタイプライターを叩く女事務員《オフィスガール》が夜になると娼婦に変じて客をとると云う噂は、学校の教室でも語られて、しかし話の出所は桃色雑誌の類だから信憑性は疑わしく、どちらにせよ真偽をたしかめる術《すべ》は中学生にはなかった。だが、丸ビル内にそれに類した組織が存在するのは事実であり、組織を仕切るのは銀座近辺を根城にする組で、そこのヤクザ者とマキ代は付き合っていたのだと奈緒美は続けた。

「そいつなら、知ってるよ。歯の欠けたやつだろう？　タカシを刺したやつ」惟浩が云うと、あんなのじゃないよと、奈緒美は即座に否定した。

「あいつはマキ代の幼なじみで、弟分みたいなもんさ。丸ビルの仕切りは坂田組って云う組がやってるらしいんだけど、付き合ってたのはそこの人だと思う」

「マキ代もあれかな、組織に入っていたのかな？」惟浩が遠慮がちに問うと、横顔の奈緒美は頷いた。

「たぶんね。それで何かあって、マキ代は逃げたんだと思う」

「何があったのかな？」と惟浩はまた問いを連続したが、今度は奈緒美は怒らず、睫毛を微かに震わせて云った。

「わからないけど、きっとなんかあったんだよ。それでお金をかき集めて逃げたんだ」

マキ代の親たちはしばらく前に別れて、マキ代は母親と一緒に住んでいたが、母親が男を家に呼び込んだので、居づらくなったマキ代は知り合いのところを転々としていて、だから娘が消えたことを母親はなんとも思っていないのだと奈緒美は語った。

「可哀想なやつなんだよ。消えてから、あたしには一回だけ連絡をくれて、葉書だったんだけど、ごめんね、借りたお金はきっと返すからって、書いてあった」

「君もお金を持ってかれたんだ」

「マキ代はそんなやつじゃないよ」と奈緒美は怒気を孕《はら》んだ声で断じた。「マキ代は駄目なやつだけど、友達を裏切ったりはしないよ」

であるならば、美人局の標的になった自分は友達には勘定されてはいなかったんだろう。と、そう思うと、淋しいような自嘲するような濁った気分に惟浩は浸される。奈緒美は続けた。

「逃げる前の頃、いま思うとなんだけど、マキ代は怖がってた」

「怖がるって、何を？」

「たぶんヤクザの組だと思う」

「足抜けしようとしたのかな？」

「かもね。でも、違う理由があるのかもしれない。宇田川寿子《うだがわひさこ》って人、知ってるだろ？」

突然に飛び出したその名に意表を衝《つ》かれ、知ってるけど、とだけ答えて黙った惟浩が、にわかにたちこめた不穏の空気に蟬声が凝固するように思う横で、セーラー服の女学生もまた少し首を傾《かし》げ、長い睫毛に縁取られた眼を中空へ遣《や》っている。

陸軍士官と情死した宇田川寿子が姉の親友だったことを惟浩はもちろん知っていたし、家に遊びに来た寿子本人にも会ったことがあって、女子学習院では、姉の惟佐子と寿子の二人だけ同級生より年齢が二つ三つ上ではないかと、陰口を叩かれていると云う噂も耳にしていたが、実際に会った宇田川寿子は、なるほど聡明で落ち着いた雰囲気のある大人の女性だとの印象を得ていたから、情死の報には単純に驚くと同時に、ああいう人が案外激しい情熱を秘め隠しているのかもしれぬ、などと利いたふうなことを考えたりした。

事件からまもなく、宇田川寿子と惟佐子が友達同士だったことは絶対に外で云ってはならぬと、瀧子と父伯爵から厳命されたのは、まあ仕方がないとは思ったが、姉の惟佐子までもが唯々《いい》諾々《だくだく》命に従い、宇田川寿子など知りませんと云う顔をしているのが不快で、しかし、じつは密かに情死に疑問を持った惟佐子が昔の「おあいてさん」を呼んで調べさせていると云う話を女中の菊枝《きくえ》から聞いて、そうでなくちゃなと、大いに頷き、微力ながら手助けしたいと考えていた矢先、四十円の件が発覚してそれどころではなくなった。

しかしなぜ宇田川寿子の名前が奈緒美の口から出たのか。その人がどうしたの？　と訊くべきなのに、すぐに言葉が出ぬのは、宇田川寿子の名前を禁句だとした親の命令ゆえではないかと思った惟浩は、顔を熱くして口を開き、宇田川寿子さんなら会ったことがあるよ、姉の友達だからと云うと、それ、ほんと？　と奈緒美から大きな反応があったのを受けて、友達の死に疑問を持った姉が昔なじみの「女記者」に相談していることを明かすと、顔をこちらへ向けた奈緒美が飴玉みたいな黒目をくるり動かして云った。

「その人の名前、教えてくれないかな？　その新聞記者の人の」

「いいけど、でも、どうして？」

「マキ代のこと相談できないかと思って」

「できるとは思うけど。だけど」と惟浩が云いかけたのへ奈緒美は言葉を被せた。

「マキ代が宇田川寿子さんの心中事件のことを気にしてたんだ。エスケープする少し前のことなんだけど。新聞にどんなふうに書かれているか教えてくれって」

「どうして自分で読まないのかな？」

「マキ代は仮名しか読めないもの。それであたしに頼んできたんだけど、どうしてあの事件をそんなに気にするのか、なんだか様子が変だったんだ。あの娘は新聞に出る事件なんて関係ないはずだから」と云った奈緒美は、マキ代が逃げたのはその直後であり、だから宇田川寿子の心中事件が何かしら係わりがあるのではないかと思うと推測を述べ、だから新聞記者を紹介して欲しいのだと重ねて依頼した。

「いいけど、どんな関係があるのかな?」と問うた惟浩は耳で鳴り続ける蟬声が急に遠くなった気がした。

「全然わからない。でも、何か関連があると思う。じゃなかったらマキ代があんなに気にするはずないもの。ねえ、だから教えて」

頷いた惟浩は、いますぐは教えられないけれど、調べて伝えると応じ、しかし明日から合宿だと思い出して、そう云うと、手紙で知らせて欲しいと云った奈緒美が鞄から筆箱と帳面を出し、住所を書いた頁《ページ》を破いて寄越した。切れたはずの奈緒美との繫がりがかろうじて残されて、暗夜に灯火を見る思いに惟浩が捉えられていると、奈緒美が椅子から立って、おじさん! と声をあげたのは、大鳥居の下を通りかかったアイスキャンディー屋の自転車を呼び止めたのだった。その声は少し掠れて、でも伸びやかな、とてもよく透る声で、魅了された惟浩は奈緒美がマキ代と同じく歌手志望だったことを思い、揃いの衣裳を着た楽団を背に、照明を浴び、繻子《サテン》の支那服に身を包んだ奈緒美が舞台に立つ姿を想像すると、なぜだか急に悲しくなり、涙が出そうになった。

スカートの裾を翻し小走りで大鳥居へ向かった奈緒美は、顔なじみらしく、ステテコに襦袢《じゅばん》の親父と笑顔で言葉を交わしながらアイスキャンディーを二本買い、木椅子《ベンチ》まで戻って一本を惟浩に渡した。

「これはあたしがおごるよ。お餞別のかわり」

ありがとうと礼を云って、割り箸に付いた甘い氷を食べていると、隣に座った奈緒美が云った。

「これ食べたら、あたし、行くね」

「行くって、どこへ？」

「学校」

「なんかあるの？」

「女学校じゃなくて、簿記の学校」と答えた奈緒美は、夏休みのあいだ飯田橋《いいだばし》の会計専門学校に通うのだと説明した。

「親父さんの命令？」

「それもあるけど、自分でもね。卒業したら、自分ひとりでやっていけるようにしたいんだ」

「歌手は？」惟浩が問うと、奈緒美は明朗な笑い声をあげた。

「無理に決まってるでしょ、そんなの」

「そんなことないと思うけど」

「だって、あたし、音痴だもの。音痴に歌手は無理だぜ」

奈緒美はまた笑い、惟浩も同調して笑おうとしたが、鼻の奥がつんと酸っぱくなってうまくいかず、顔の湿り気を誤魔化すように、学校まで送ってやるよと云うと、それはいいと奈緒美は返答した。

「制服で男と女がうろうろしてると、いろいろ云われるからね。うるさいのが一杯いるから。さっきもキャンディー屋のおじさんから冷やかされた」

頷いた惟浩は手に残った割り箸を木椅子《ベンチ》脇の芥箱《ごみばこ》に投げ入れると、脇に置いた鞄をあけた。

「これ、やるよ」と云って惟浩が取り出したのは、『ハリウッド俳優名鑑』と題された米国《アメリカ》の映画誌の翻訳本で、前にその話が出たとき、奈緒美が欲しがったのを覚えていて、今朝出がけに鞄に入れた。そのときは接吻《キス》してくれたらやってもいいと、惟浩が冗談で云ったのへ、だったらいらねえよと、奈緒美は憤然となったのだった。

「いいの？」と問うて正面から見つめてくる奈緒美の視線から眼を逸らして、惟浩は椅子から立ち上がった。

「じゃ、先に行くよ」と云って見ると、うんと返事をした制服の女学生は、蟬声の驟雨《しゅうう》のなか、膝の雑誌に眼を落としている。たまたま頁《ページ》が開かれたのか、それとも短い時間に撰《えら》んだのか、彼女が覗いているのはグレタ・ガルボの写真だ。セーラー服の襟から伸びたうなじの線が美しく、少しだけ陽焼けした額が汗で慎ましく光っていた。短く細い髪が可憐だった。凝視する眼の気配を察した奈緒美が、グレタ・ガルボから顔を上げるのと同時に惟浩は木椅子《ベンチ》から離れた。

どこ行くの？　後ろから奈緒美が声をかけてくる。僅かに顔を振り向かせた惟浩は、自分は一体どこへ行くのだろうと自問しながら、とりあえず駅、そのあとはわからないと答え、夏の光のなか、社殿裏の出口に向かって砂利を踏んだ。

四十三

遺骸を収めた棺の到着を待って、カルトシュタインの葬儀がベルリンのヴィルヘルム皇帝記念教会で執り行われたのは七月中旬、日本からは全権大使の武者小路公共子爵《むしゃのこうじきんともししゃく》をはじめとする在ドイツ公館員と、遺骸の運搬に付き添った文部省の官員のほか、草柳太郎《くさやなぎたろう》を含むカルトシュタインゆかりの音楽家評論家三名および木島柾之《きじままさゆき》がシベリア鉄道経由でベルリンへ向かい、葬儀に参列した。

笹宮伯爵夫人の瀧子は、夫伯爵が惟佐子を連れてベルリンへ行くべしと主張したが、そこまでの義理はないし、政治情勢の緊迫する日本からは離れることはできぬと、これを退けた笹宮伯爵は、哀悼の書翰《しょかん》を二通、遺族と白雉博允宛《はくちひろみつ》に認《したた》め、木島柾之に託した。実際のところ、年初に火のついた天皇機関説問題は、夏を迎えて、点火者の一人である笹宮伯爵の思惑を遥かに超えた、国民運動と呼んで差し支えない裾野の広がりを見せ、倒閣へあと一歩のところまで火勢は強まって、この夏は笹宮伯爵にとってとりわけ暑い夏となっていたのである。

八月三日、岡田内閣は攻勢に抗しきれず、閣議決定を経て、天皇機関説を公に否定する国体明徴《こくたいめいちょう》声明を発した。勝利を得た「維新派」は、これ位の戦利品ではしかし満足せず、官民一丸、政府攻撃の姿勢を強めた。笹宮伯爵は祝杯の酒がまだ抜けぬ四日には早くも、「政府発表は欺瞞《ぎまん》に他ならず」との談話を新聞紙上に載せた。天皇機関説を国体の本義に悖《もと》るとして退けたことは評価しつつも、声明と同時に発表された首相談話において、機関説を頑強に捧持《ほうじ》する一木枢相《いちき》と金森《かなもり》法制局長官を擁護するかのごとき態度が示されたのは、国体明徴貫徹への信念と誠意を疑わせ、声明の信用を損なうものである——との趣旨であったが、賛同し追従する論説が各所で噴出した。

八月七日には、笹宮伯爵が世話人を務める「国体明徴達成聯盟」が会合を開き、政府の誠意は信用できぬゆえ、なおいっそう国体明徴の徹底を期すべしと申し合わせ、こちらもまた笹宮伯爵が一枚嚙む在郷軍人組織「三六倶楽部」は、声明の欺瞞性を糾弾し、昭和維新の遂行を檄する文書を配布する一方、機関誌には「国体破壊者たる極悪人美濃部達吉《みのべたつきち》氏への極刑を求む」との論説が掲載されて、議会政友会でも、政府攻撃の材として機関説問題を振りかざす一派が牛耳を執って、政府声明はまさしく火に油を注ぐ結果となった感があった。

燃え盛る争論の渦中を火龍のごとく飛び回る笹宮伯爵が、軽井沢へ向かったのは、八月十一日の日曜日であった。

思えば伯爵が最後に軽井沢を訪れたのは震災前、親戚の別荘に短期間滞在したとき以来で、伯爵は避暑地に特有の、ざっくばらんな社交がどちらかと云えば苦手であり、保養先が大磯ばかりとなったのは、大磯が東京に比較的近いとの理由があった。夏の政界は軽井沢へ場所を移すと称されはするものの、これは比喩にすぎず、一寸先は闇の世界で呼吸する伯爵は東京から長期離れるのが不安なのであった。避暑地の開放的な空気を好む瀧子も軽井沢には関心を示さなかった。少女時代の思い出の詰まった六甲山に格別の愛着を抱く瀧子は、毎夏に三週間ほど、里帰りを兼ねて実家の所有する六甲山の別荘に滞在するのが恒例で、今夏も瀧子は、例年ならば同行して一週間ほどは傍らに在ってくれる惟浩の不在を悲しみつつ、先週末から神戸に滞在していた。

十数年ぶりに笹宮伯爵が軽井沢へ足を向けたのは、もちろん避暑が目的ではなかった。蟬みたいな人だと、家の者から密かに囁《ささや》かれる笹宮氏は、避暑なるものの必要性をそもそも認めておらず、大磯の別荘に滞在する場合でも、長くて三泊、すぐにまた東京の熱鍋に舞い戻るのが常だった。では、どうして軽井沢かと云うならば、年初より機関説問題と並行して進めてきた娘惟佐子の縁談、その仕上げとも云うべき会食——世間的には見合いと称される行事が当地で行われるからで、惟佐子はすでに一昨日から軽井沢のホテルに滞在していた。

惟佐子の相手は伊知地幸平《いちじこうへい》の長男。群馬県出身の伊知地幸平は、地方の鉄道事業からはじめて、観光開発や瓦斯《ガス》事業に手を伸ばして成功し、炭鉱、製薬会社、映画会社と、次々傘下に収める一方、昭和五年の衆議院議員選挙で立憲政友会から立候補して当選し、潤沢な資金にものをいわせて派閥の領袖《りょうしゅう》にまでのしあがった一代の傑物と呼んでよい人物で、政友会における機関説糾弾の先鋒でもある関係から、笹宮伯爵とは急速に接近した。

娘さんを息子の嫁に貰えないだろうかと、伊知地幸平がいきなり切り出したのは六月のはじめ、築地の待合で酒食を共にした際であった。笹宮伯爵は、考えておきましょうと、そのときは笑っていなしたが、家に帰り着く頃には、悪くない話かもしれぬと考えるようになり、三日後に正式な申し出があった時点ではすでにその気になっていた。伊知地幸平の生家は、本人の言によれば、「稗《ひえ》や粟《あわ》を豚と一緒に喰らう」ような貧農家であり、家格の点では論外であった。では、何が笹宮伯爵の心を掘り起こしたかと云うならば、伊知地の桁外れの資産は当然として、なによりは伊知地と云う男の野心の豪壮さにあった。いずれ首相になると伊知地は公言して、しかも瞠目《どうもく》すべきことには、それはまったく本気だった。無尽蔵の資金と、一見は茫洋としていながら斬れ味鋭い頭脳、そして人の懐にするり潜り込んで心臓を鷲摑《わしづか》みにしてしまう人柄の魅力が、衒気《げんき》溢るる大言壮語をそのまま実現させてしまいそうな気配を、俊敏な熊のごとき堅太りの軀から漂わせた。事実、政治履歴《キャリア》はほんの数年にしかならぬのに、長らく政界の濁沼に棲息してきた笹宮伯爵を遥かに凌ぐ人脈を、伊知地幸平は政界、官界、ことに軍関係に築いているのだった。

「笹宮さん以上に、政治思想の点で一致できる政治家を、自分は知らんのですよ。自分が総理となった暁には、笹宮さん、あんたには必ず重要閣僚として入閣して貰うつもりです」

猪口《ちょこ》へ酒を注しつつ、煮染《にし》めた油揚げみたいな陽焼け顔でぐいと迫られて、笹宮伯爵は口臭に辟易しながらも、感動を覚えぬわけにはいかなかった。思えば、冗談や景気づけでなく、明確に入閣を約束されたのは生まれてはじめての経験なのであった。

「はっきり云わせていただくが、カネをつぎ込むことを自分は躊躇しません。これからも必要とあらばどんどんばら撒くつもりです。しかし出自が卑しいと云うのは悲しいものでしてね、自分が撒くとどうしても下品になる。カネが臭ってしまう。それはおそらく、カネが我が臓物と繫がっているからなんでしょうな。そこでです、笹宮さん、自分に代わってあんたに配ってもらいたいんですよ。あんたなら、きっと品よく撒ける。同じカネでも、あんたが配ると匂いがしない。むしろいい匂いになるくらいだ。ははは。しかし、そんな自分の腸《はらわた》をさらけ出すような大事なことは他人には任せられん。兄弟盃程度の信頼関係でできるもんじゃないでしょう？」

だから姻戚関係の構築が必要だと伊知地は云うのであった。嚙み砕いてしまえば、使い走りをしてくれと云うことに他ならず、失礼千万な話なのであったが、笹宮伯爵に悪い気がしなかったのは、伊知地の人を吸引してやまぬ魅力の所為《せい》もあったが、元来が陰謀好きの笹宮氏は、その種の仕事は自分の本領だとの自負があったからである。伊知地が正しく指摘したとおり、汚れ仕事を品よく遂行するについて自分の右に出る者はない、たとえば天皇機関説糾弾にしても、並みの人間がやれば山犬の叫喚となるところが、国士の憂惧《ゆうぐ》の響きとなるあたりは、笹宮伯爵の密かに誇るところであった。

陰謀家、の字義通り、自分は陰性の人間であると、笹宮伯爵は正しく自認していた。ところが、伊知地は同じく陰謀家であるにしても、根が陽性であり、老荘が説くがごとく、陰と陽の組み合わせは悪くないのかもしれぬ、自分が平沼騏一郎《ひらぬまきいちろう》の旗の下で働きながら評価が得られなかったのは、平沼もまた陰性の陰謀家で、ぶつかり合う陰と陰とが青い火花を散らしたからではないかと分析した笹宮氏は、こう云う男は危ないぞ、天性の詐欺漢かもしれないぞと、臆病な小獣が耳元で囁くのを聞きながらも、伊知地に賭ける気になった、と云うより、貴族院でも平沼の国本社《こくほんしゃ》でも、奸計や権謀にうつつを抜かす蛇行の果て、いつのまにか権力の主流から外れて三日月湖のように孤立した笹宮氏には、賭けるべき対象がほかに残っていなかったのである。

惟佐子の夫となるべき男――伊知地春彦《はるひこ》は二十六歳、国学院大学を出て父親の経営傘下の土地開発会社で専務を務めていると、笹宮伯爵が知ったのは、父親同士で婚姻の内諾がなった後であった。学生時代は剣道部で活躍し、若いに似合わぬ敬神家であるくらいが特色で、まずは凡庸な人物であるとの情報も得られ、惟佐子の夫としては不足の感が否めなかったけれど、他に正嫡《せいてき》の男児のいない伊知地幸平の後継者である娘婿の凡庸さは自分にとって損にはならぬだろうとの、根拠の判然とせぬ計算も働いた。

瀧子は反対した。伊知地の出自について外聞を憚《はばか》るほど品のない言葉で批評した瀧子は、惟佐子さんほどの器量ならどんな縁談だって可能だと主張したが、運動したわりには具体的な物件を提供できないのが弱みだった。家格の点では申し分ない華族の子弟に適齢の人物は複数あったものの、いずれも家の内証が苦しく、いくら本人が有能で将来を嘱望されていても、家が貧困では端《はな》から瀧子の視野には入らぬのであった。娘が嫁き遅《おく》れてもよいのかとの脅迫的言辞に、いまが盛りの花の価格が年々減額していくことを理解する瀧子は押され気味となりながら、しかしなお反対の旗を掲げ、醜男《ぶおとこ》ではないものの、とくに美男子と云うわけでもない伊知地春彦の写真と経歴を検《けみ》したときには、家中に響き渡るほど大きく鼻を鳴らしたが、あるとき伊知地幸平がふいに麴町の屋敷を訪れて、洋館で瀧子と二人、二時間ばかり膝を突き合わせた後では、案外悪くない縁談かもしれないと、瀧子があっさり開城したのを目の当たりにした笹宮伯爵は、伊知地の人誑《ひとたら》しの手腕にあらためて舌を巻き、我が夙《しゅく》志《し》の実現の手応えを得て大いなる頼もしさを覚えたのだった。

惟佐子は意見を口にしなかった。瀧子は、媒酌人も決まらぬうちに婚儀は来春に執り行うと、夫と伊知地で勝手に話を進めたことに不満で、とにかく一度は見合いの席を設け、惟佐子さんが気に入るかどうか、最終判定を仰がねばならぬと強く主張した口吻《こうふん》には、土壇場で惟佐子が特有の意固地さを発揮して、夫主導の縁談を破壊してくれはしまいかとの気分があからさまに滲んだ。

形式だけでも見合いは必要だと笹宮伯爵も考えてはいたが、伊知地春彦は新京《しんきょう》に勤務していたので、いますぐにと云うわけにはいかず、盆休みに入る八月の十二日と日取りが決まった。新京勤務も瀧子の攻撃材料で、結婚してすぐに寒くて埃っぽい満洲では惟佐子さんが可哀想だと云うのだったが、これについては伊知地幸平が結婚後は息子を東京へ戻すと約束した。媒酌人は在郷軍人会顧問の柳《やなぎ》沢啓作《さわけいさく》陸軍予備役大将に頼み、軽井沢に滞在している柳沢大将にわざわざ帰京して貰うのも申し訳ないと云うことで、当地での見合いと相成ったわけである。となれば、瀧子が大張り切りであれこれ取り仕切るだろうことが予想されたが、今度の話は夫の管轄、伊知地程度では自分が出るまでもないと思ったか、母親が見合いに同席しないのはいかがなものかとの論難を躱《かわ》して、夫伯爵にすべてを任せて神戸へ行ってしまった。笹宮伯爵は弱ったが、伊知地幸平も二年前に妻を亡くしていたから、釣合いはとれると思い直し、妻は病気で失礼すると通知してすませた。

午前十時五分に上野を出、高崎で信越本線に乗り換えて、松井田《まついだ》を過ぎたあたりまで来ると、車窓に黒々とした岩山が現れた。ちょうど来かかった車掌に、あれはなんと云う山かと訊ねると、妙義《みょうぎ》山だと返答があった。なるほどあれが妙義山デアルカと、さも感心したように頷く羽織袴の男を車掌は不思議な顔で眺めたが、こと地理と云うことについて笹宮氏くらい関心の薄い人間も珍しく、中央本線から見る富士山を指して、あれはなんと云う山かと訊いたことがあって、東海道側からしか見たことがなかったからだとの言い訳が付いたとは云え、山は山、川は川、海は海とだけ認識して恬然《てんぜん》憚らぬ非常識ぶりを、彼の異能の証と見做す一群の人々もないわけではないのだった。

降り注ぐ夏の陽射しが、峨々《がが》たる岩山を黒く燃え上がらせ、光の粒子の散乱する空を明朗な熱気で満たしていた。柘植《つげ》の杖を突いて車窓に眼を遣る笹宮伯爵は、しかしすでに風景は見てはおらず、これからの予定につきあれこれ思案しはじめていたが、そこには明日の見合いのことはなく、政界の動きが本格化する盆明けから秋口、致命傷を負った現内閣をいかにして追いつめるべきか、そうしてまた伊知地幸平への支持を党内外でいかに拡大していくべきか、何本かが釣り竿みたいに長くなって揺れる眉毛、その下にある黒目を忙《せわ》しく動かし考え続けた。

四十四

七月中は梅雨が長引き天気は愚図《ぐず》ついたが、八月に入って夏らしい晴天が続き、入道雲の下で蟬がやかましく鳴いた。いまだ卵の殻から脱しきらぬとは云え、東洋映像研究所で一人前の仕事を任されるようになった牧村千代子《まきむらちよこ》は、六月一杯で先輩写真家《カメラマン》が二人一遍に辞めたこともあって、仕事に追われる日々を過ごしていた。遠方への出張こそなかったものの、連日帰宅は夜になり、休日もほぼ返上して汗まみれ埃まみれ、脚立を抱え現場を駆け回っては閃光球《フラッシュバルブ》を光らせた。多いのは、スペイン経済使節団など海外からの客人の撮影のほか、作家や画家、俳優、企業経営者と云った著名人の近影《ポートレイト》を撮る仕事で、一流の人物に接して話を聞くのは楽しくもあり、写真術の習得に意欲が生じたこともあって、忙しさが苦にならぬ一方で、心にぽっかり空洞が生じていたのは、蔵原誠治《くらはらせいじ》と会えなくなったことが原因である。

蔵原に満洲国への長期出張が下命されたのが、日光取材から戻った直後の五月下旬、単身者の気楽さを新聞社が見越したか、一週間後には慌ただしく新京へ旅発《たびだ》って行った。しかもその間に蔵原は金沢の実家へ帰って墓参をしたから、千代子は電話で話をしただけで直接会う機会がなく、下関へ向かう「櫻」に乗りこむ蔵原を東京駅に見送ることもできないでしまった。

ほどなく任地へ落ち着いた蔵原から手紙が届き、新京の目抜通りに近い日本料理屋の三階に下宿したことや、特派員の仕事はわりと気楽で半ば休暇気分でいることや、当地は気候がからりとして過ごしやすいことなどが簡単に報告されたあと、例の事件については、外地にいる自分はもはや動くことができぬので、警察に情報を伝える件を含め貴女《あなた》に任せるほかないと書かれているのを読んだ千代子は、思う以上に心細く感じた自分に驚いた。二人で担っていた荷が一遍に肩へのしかかる感覚に衝撃を受けた。蔵原はいつ戻るのだろうかと、不安に駆られたとき、「赴任の期間は二年程になるのではないかと思ひます」の文字が飛び込んで眼が眩《くら》んだ。二年後に自分は二十五歳、と計算した千代子は、しかし蔵原とは約束のごときものがあるわけではない、と云うもおろか、恋愛のとば口で様子を窺う程度でしかなかったのだと考えれば、あれこれ思い悩むのは無意味であり、馬鹿気てさえいたが、喪失感は避けられなかった。千代子は便箋の文字を紙の裏まで透かし見るかのごとくに熟読したが、平凡な挨拶と事務的な連絡から食《は》み出た熱や色を発見することはできなかった。

手紙を貰った夜、蒲団で輾転煩悶《てんてんはんもん》したあげく、青木ヶ原樹海で心中する前日、宇田川寿子が日光へ現れていたとの情報は警察にそのまま渡そうと、障子に差す黎明《れいめい》の光のなかで千代子は決心した。結局のところ蔵原と自分を結びつけていたのはこの一件であって、仙台へ旅行したのも、『エルム』で何度か会ったのも、事件について話すためであったと考えたとき、これを警察に預けた時点で自分と蔵原の紐帯《ちゅうたい》は消える理屈で、いっそそうなった方が清々《せいせい》するだろうと苦しく決断した。

ところが惟佐子が反対した。彼女には一言断る義理があると思い、電話をかけると、警察の件は少し待って欲しい、とりあえず会って話がしたいと云うので、同じ週の日曜日、瀧子のお供で帝劇で映画を観て買い物をすると云う惟佐子と、美術学校時代にアルバイトをしたことのある銀座の山西画廊で待ち合わせ、展示室に隣接する喫茶室で向かい合ったところで、惟佐子はあらためて警察に持ち込むことへの反対を表明した。理由が明示されたのではなかったけれど、宇田川寿子が重ねて扇情的興味の好餌《こうじ》にされるのを避けたいとの気持ちがあり、仙台中央局消印の葉書の件で警察から話を訊かれるのも嫌なのだろうと千代子は忖度《そんたく》した。たしかに、どうしていままで報せなかったのかと追及された場合、うまく返答できる自信は千代子にもなかった。

一方で惟佐子は、寿子がなぜ死なねばならなかったのか、ぜひとも解明したい、自分でも出来うる範囲で調べてみるつもりであるし、千代子に時間がなく、手に余るのであれば、探偵を雇うようなことをしてもよい、そのための資金くらいは用意できると思うと述べて千代子を驚かせた。千代子にしても、富士の樹海で死んだ宇田川寿子がなぜ前日に日光へ行ったのか、日光駅に姿を捉えたのが自分であるだけに、謎解明への意欲の火はなお消えてはいなかったけれど、蔵原が去って火勢は衰え、しかしであればこそ、そのことを惟佐子に悟られたくなくて、仕事の合間を見て捜査を継続することを力強く約束した。

とは云うものの、六月から七月、惟佐子との約束は果たせないでいた。唯一なした捜査らしい事業は、蔵原が調べた四月六日の日光線臨時列車に乗った車掌宛に手紙を書いたことくらいで、かくかくの男女に覚えがないかとの問い合わせに、しかし返事はなかった。私立探偵の件もどうしてよいかわからず、研究所の先輩にそれとなく訊いてみると、小説に出てくるような探偵は現実世界には存在せず、なかには破落戸《ごろつき》と変わらぬ質《たち》の悪いものもあると聞いて困惑した。誰かに相談しようにも適当な人物は見当たらず、なんの気なしに話を持ちかけたようで、自分のなかで蔵原がいかに重い場所を占めていたのか、いまさらながらに千代子は思い知らされ、喪失感の穴にあらためて落ち込んだ気がした。

警察に報知せぬとなった件だけは蔵原に知らせるべきで、ついでに私立探偵のことを相談すれば助言が貰えるかもしれなかったが、千代子が躊躇《ためら》ったのは文章に苦しんだからで、最初に貰った手紙に返信した際には、文面の素っ気なさはともかく、結びの「では、お元気で。あらあらかしこ」の文句に別れの含意《ニュアンス》が過剰に滲んでしまったかもしれぬと、投函した直後には後悔が残り、しかし、別れがどうのと云うほど密な関係があったわけではないと思えば馬鹿馬鹿しく、事実その後は蔵原から音沙汰はなくて、ひどく落胆しながら、いや、あれでよかったのだ、あれですっきりしたのだと、潔く割り切って納得の心根を育みつつある最中だったから、いまさら何をどう書いてよいやらわからなかった。やむなく千代子は前の手紙に輪をかけて事務的な文面を、書き直し書き直しして認め、私立探偵の件についても、選択肢としてありえるかどうかとの態《てい》で問い合わせたところ、十日後に返信が届いた。

最初に近況が綴られて、高粱《コーリャン》から作る白酒は最初は口に合わなかったが、飲み慣れるうちに好きになったのはいいけれど、宴席ではこの強い酒で以て延々と乾杯が繰り返され、しかも宴会は年がら年中あってなかなかに難儀であり、すでに何度かひっくり返って地獄の責苦を味わった、このまま修練を積めば、強靭無比の内臓の持ち主となって日本へ戻れること疑いなしです、などと書かれてあって、蔵原の呑気さに千代子は呆れ返り、再読可笑《おか》しくなり、最後には腹が立った。

警察の件については、笹宮惟佐子さんがそう云うのであれば是非もない、私立探偵については心当たりがなくもないので、少し待って欲しいと書かれているのを読んで、「少し待つ」あいだは少なくとも関係が継続するのだと思うと、悲しくなるほど千代子の心はときめいた。しかし続く文面は意外な方向へ進んで、ある種の緊張とともに、しばし忘れていた中禅寺湖畔の出来事へ千代子を引き戻したのだった。

「当地は内地より人物、情報が自由に往来する故か、二、三の興味ある情報を（真実かどうかは慥《たし》かではありませんが）耳にする機会がありました」と書いた蔵原は、カルトシュタインが所属していた心霊音楽協会《GSMV》の会員が、間諜《スパイ》容疑で捕縛された事件が近頃ミュンヘンであり、カルトシュタインもじつは間諜《スパイ》であり、彼が日本招聘を進んで引き受けたのは、ソビエトの指示であったと云う噂があるのだと述べて、不慮の客死についてもさまざまな憶測が語られているのだと続けていた。

　カルトシュタインの死に不審な点があるとの話は、無責任な噂の類を含め日本では全然聞かれぬなか、微かな疑念の薄闇が千代子の心中に広がり消えずにいたのは、ホテルの惟佐子の部屋で会った陰気な日本人作曲家の所為《せい》であった。深夜零時に離れ家を訪れた人物がいたと云う彼の証言は、聞いたときは重大に思え、何かしら奇怪な出来事が湖畔で起こったのだとの印象を惹起した。あの日、千代子がホテル支配人に頼んで離れ家を見せて貰い、川北《かわきた》医師らと一緒に部屋へ入ってカルトシュタインの死体を発見した従業員の話を聞き、遺体発見時に浴室や便所を含めすべての窓や戸が内側から施錠されていたのを確認したのも、胸に植え付けられた疑惑ゆえで、探偵小説で云うところの「密室殺人」の幻像が脳中をしばし舞ったのだった。

　ところが、同じ日の午後、今市《いまいち》の梅崎胃腸病院で開かれた川北医師と梅崎病院長による記者発表の場で、死体の状況と死因とが、沈鬱ではありながら職業的な単直さで発表されるのを、写真を撮りつつ聞くうちには、出来事は平凡な相貌を取り戻した。

　喘息《ぜんそく》の持病を持つ初老の男が発作中に心不全となった。白壁が清潔に光る、消毒液の臭いのする病院の広間《ロビー》で、医師らの口からそう説明されてしまえば、妙に穿鑿《せんさく》するのは猟奇趣味にすぎぬと思えた。かりに深夜、誰かが離れ家を訪れたのだとして、そのこととカルトシュタインの死とは直接の係わりはない、夜中に随行者か従業員が用事で呼ばれたとしてもおかしくないし、そもそもあの蜥蜴《とかげ》顔をした作曲家の証言にどこまでの信憑性があるのかもわからぬ、とそう考えて、闇は霽《は》れていたのだけれど、蔵原の手紙が疑念の霧を再びたちこめさせたのだった。

そうして霧の奥には、ずっと記憶に貼り付いて離れぬ像《イメージ》――中宮祠の乗合自動車停留所で見かけた男の像《イメージ》があった。笹宮惟秀《これひで》――あれは惟佐子の兄だったのだろうか？　かりにそうだとして、そのことは何を意味するのだろうか？　もっとも人物の顔を見た瞬間に、惟佐子の兄だとの直感を得たわけではなかった、と思う。いや、たしかにそうではなかったので、事実、いまこのときも自分は惟佐子の兄の顔を思い出せないのだ。とすれば、これもまた日本人作曲家の仄《ほの》めかしが生んだ幻影にすぎず、と、そう考えると、妙に骨張った腕と脚を持つ、蜥蜴顔の男の狂った想念が、自分を、そしておそらくは惟佐子を、妖異の穴蔵へ捉え込もうとしているのだと思えた。

どちらにしても、梅雨から夏、何斗もの汗を流す忙しい毎日を、変化に富んだ日々を過ごすなかで、中禅寺湖畔の出来事は遠くなった。宇田川寿子の事件についても、惟佐子には申し訳ないと思いながら、かつての熱意は失《う》せて、ただ蔵原の残した虚ろな穴だけがなかなか埋まらなかった。千代子が研究所で電話を受けたのは、そんな夏の週日、兼子《かねこ》所長から、「よく頑張りましたね」の褒め言葉と一緒に、「氷代」と書かれた封筒を手渡されて、ほくほく顔で席へ戻ったときであった。

同僚から電話だと云われて、卓上電話機の置かれた机前に立って受話器を耳に当てると、聞き覚えのない男の声がして、相手が「牧村千代子」だと確認した声の主は、自分は山口と云う者だと名乗り、日光で蔵原さんの手伝いをしていると云うので、不審に思って問い返すうちに、蔵原が話を聞いた日光駅前の団子屋だと気がついた。

それで団子屋が云うには、「消えた女たち」に関する重大な情報を自分は摑み、蔵原に報せようとしたところ、転勤で日本にいないと新聞社の人から云われ、そこで友達の駅員が貰った名刺の人――すなわち千代子に連絡を寄越したとのことなのであった。それはどんな情報なのかと問えば、電話では話せない、会って話したいと答えた男は、自分は東京までは行けないので、そちらが来て欲しいが、宇都宮くらいまでだったら出向いてもかまわないと云う。本人を知らぬ千代子は団子屋をどこまで信用していいのかわからず、いまの話だけでは日光までは行けないと応じると、事件にはコーギョクインと云う寺と、トーエー運送と云う会社が絡んでいるのは間違いない、ただしどう絡んでいるのかは、鋭意調査中であり、会うまでにはさらに詳しい情報が得られていると思うと返事があった。

コーギョクインが紅玉院に結びつくまでにはやや時間がかかったものの、それは鹿沼《かぬま》にある寺だろうかと問うと、そうだと返事があって、日光線沿線を調べた際に耳にした、藤が名物の尼寺だと確認できた。その紅玉院がどうかしたのかと、さらに問いを重ねると、あそこは宗教みたいなことをやっているらしいと答えた男は、急に慌てた調子になって、公衆電話からかけていてもうカネがないと云うので、こちらからかけ直すと云うと、それより会って欲しい、自分は週末は日光駅前で団子屋台を出している、週末以外は今市駅前通りにある〈かめや本舗〉で聞いてもらえばわかる、自分は山口清《せい》太郎《たろう》だと再度名乗って通話は切れた。

受話器を置いて、男の話が信用できぬ気がしたのは、彼が直接の面会を求めるのは、電話では報酬が貰えぬと考えたからだろうとの邪推が働いたからで、それにしても出し抜けに登場した紅玉院には虚を衝かれた。ひょっとして団子屋は自分があの近くまで行ったのを知って、おびき寄せるべくその名前を出したのではないかと、千代子は妙な妄想を抱いたりしたが、そんなはずはなく、だとすれば、この偶然には何かしら意味の彩色が施されているようにも思えて、時間があれば日光まで行ってみてもよいとは思ったものの、盆休みまでは時間がとれそうになく、日々の忙しさにとり紛れ念頭から消えかかっていた団子屋を再度思い出すことになったのは、八月十日の朝、母親が用意してくれた朝食を摂りながら新聞を眺めたときで、洋墨《インク》が手を汚す印刷文字中に千代子はその名前を見いだしたのである。

九日午前、栃木県宇都宮市上小倉町、鬼怒川河川敷の採石場にて、男性が死体で発見された。地元警察の調べで、男性の身元は同県今市町在住の山口清太郎氏（二十四歳）。河岸の崖より転落したものと見られるが、頭部の打撃痕に不審の点ありとして、警察は捜査を継続してゐる——。

四十五

軽井沢の柳沢啓作陸軍予備役大将の別荘で行われた見合い会食は、月曜日の午前十一時にはじまり、午後の一時半には終了した。

旧軽井沢から追分方向に少し外れた樹林に建つ柳沢家別荘から、雇い自動車《ハイヤー》でホテル『ヴィラ軽井沢』に戻った惟佐子が、盛装を解き浴衣に着替えて寛ぐ一方で、盆の休暇を兼ねてホテルにもう一泊する予定だった笹宮伯爵が急遽、伊知地幸平と連れ立ち帰京の途についたのは、会食中に事件の一報が入ったからである。

陸軍の永田鉄山《ながたてつざん》軍務局長が青年将校に斬られ重体である——事件の報とはこれで、一大政治勢力となった陸軍を束ね、軍主導の政界再編を指揮する永田少将の遭難が惹起した激震のなか、鼠であるか、はたまた虎であるか、それはわからぬが、政界の密林に棲息する獣たる笹宮、伊知地の両名が動転して飛び跳ねたのは当然であった。現場の陸軍省執務室から病院へ運び込まれたものの容態は芳しくない。これが第二報で、このまま永田が死去する、ないし再起不能となった場合、権力の坩堝《るつぼ》でいかなる化学反応が生じるか、見極め身を処すには、なにを措《お》いても情報蒐集が肝要であり、軽井沢くんだりでうかうかしている場合ではないのだった。

軍人らしい簡素な木皮葺《こはだ》き山荘の、白樺の樹の香りが存分に漂い込むことだけが装飾とも云うべき畳座敷へ仕出しを頼んでの会食は、事件の報を境にがぜん落ち着かぬものとなった。冷静を欠いたのは笹宮、伊知地だけでなく、誰より柳沢大将その人が、とうとうやりおったか！　と手を打ち鳴らして叫んだのは、自分を予備役へ追いやった張本人が永田局長であると理解していたからで、痩身白髭《そうしんしらひげ》の予備役大将は加速をつけて酒盃を干しながら、落ち窪んだ眼窩の底の双眼を炯々《けいけい》と光らせて、見合いそっちのけで永田および永田一派への非難中傷を繰り広げ、座ると猫に似てちんまりとなる白髪頭の柳沢夫人が夫の興奮ぶりを脇からたしなめたものの、大将の気炎は鎮まらず、天罰覿面《てんばつてきめん》の語を繰り返し用いて日頃の怨念と鬱憤を吐き出した。

会食が見合いの本義から逸れたことは、しかし惟佐子にはむしろ有り難かった。事件の報が入るまでの時間は、伊知地幸平が座を保《も》たせたのだけれど、かねがね噂には聞いていたが、まさかこれほどとは思わなかった、写真で見るより実物は数等上だと、はじめて会う惟佐子の美しさを褒め称える言葉にいちいち微笑を以て報いるのが億劫で、それでも少しだけ面白く思ったのは、義父となるべき男が自分に向けてくる視線に好色の濁りがあからさまに入り混じる点で、「盆暗《ぼんくら》息子には勿体ない、私が貰えばよかったですな」との冗談口には本音の成分が間違いなく含まれていた。実際のところ、息子と較べて父親に人間的迫力が余分にあるのはたしかで、かりに実際に父親が結婚を申し込んできたとして、自分はそれでもかまわないと思うだろうと惟佐子が考えている傍らで、笹宮伯爵も同様の観察をなしていた。

紋付袴で座布団に正座し、寛く胸を張って中空を見つめる伊知地春彦《はるひこ》は、剣道三段、愛読書は『五輪書』、若いに似合わぬ敬神家で、趣味は詩吟と切手蒐集と、並べ記された釣書《つりがき》を裏切らぬ凡庸ぶりで、質問に短く答えるとき以外は口を固く結び、太くて短い眉の下の、母親から譲り受けたのだろう、長い睫毛に縁取られた眼、涙で潤むと見える子鹿のそれのごとき眼が、威を張った姿勢とは裏腹に、正面に座す娘の艶《あで》やかな晴着に弾かれ、よるべなくふらつくのが滑稽でさえあった。これは思った以上に薄のろだぞと観察した笹宮伯爵は、しかしむしろ惟佐子には丁度よい塩梅かもしれぬとも考えたのは、娘の幸せと云う、人並みの父親らしい観点――視野の外へ完全に追いやっていたわけではない観点に立った場合、どんな男だろうが惟佐子にふさわしいとは思えなかったからで、逆に、誰と結婚しようが娘の幸福の総量には微塵も変化がないと思わざるをえず、突っ込んで云うならば、惟佐子は夫を必ずや不幸にするだろうとの確信、とまで断じるのは憚《はばか》られたが、憫笑《びんしょう》と同情があい半ばする予感が否定し難くあった。

笹宮伯爵は娘の美しさはもちろん、聡明さも優秀さも十分に理解していた。だから右の所見の由来を彼自身うまく説明できなかったのだけれど、それはいつしか胸中に固く結晶していた。であるならば、変に鋭敏な男よりも、この、胸を張るしか能のなさそうな男の方が、己が不幸に陥った所以《ゆえん》を理解しないぶん、ましなのではあるまいか。いや、この男ならば、自分の不仕合わせにとんと気づかぬまま棺桶に横たわるかもしれぬ。いずれにせよすれ違うのが最上であった。その意味では、惟佐子の進む路の遠い反対端を歩く伊知地春彦は、婿として申し分ないとも考えられた。

会食は最後に柳沢大将が得意の喉を鳴らし、『高砂《たかさご》』を謡って締めとなった。ホテルへ戻る雇い自動車《ハイヤー》のなかで、惟佐子は見合いの感想を述べず、笹宮伯爵も何も訊かなかった。惟佐子を宿へ送り届けた伯爵は、自動車から降りぬまま、出迎えた秘書に荷物を運ばせ、慌ただしく駅へと向かった。
ホテルで待っていた菊枝は、いかがでした？　と惟佐子に訊ねたけれど、これも見合いの首尾を問うたのではなく、今日の惟佐子の装いの評判を訊ねたので、と云うのも、瀧子が神戸へ行って不在だったお陰で、衣裳を惟佐子自身が菊枝と相談して決められたからである。見合いである以上は娘らしい拵《こしら》えであるべきところ、振り袖が嫌いな惟佐子は、避暑地での会食である点を勘案し、思い切って色留袖を選び出した。渋い墨色の絽に撫子《なでしこ》柄を多色であしらった友禅に、眼に鮮やかな青の花菱の袋帯、編み込んだ髪に同色の花簪《はなかんざし》を差した姿は、娘らしい装いとは決して云えなかったけれど、では若妻ふうかと云えばそうではなく、玄人の匂いもなくて、つまりは斬新としか評しようがないと、着付けを手伝った菊枝は眺め、和装の通念からはみ出す奇抜な美しさにあらためて瞠目《どうもく》したが、しかしこれはどう見ても見合いの席に臨む娘の装いではないと思わざるをえなかった。いや、そもそも惟佐子と云う人そのものが、見合いの席にふさわしい場所にもはやいないのだった。

五月の中禅寺湖畔での一夜は、もちろん惟佐子と菊枝の秘密となったのであるが、驚いたことに惟佐子はさらに「秘密」を重ねて、傍らで見守る菊枝を呆然とさせた。木島柾之《きじままさゆき》からはその後もそれとない誘いがあって、しかし一夜限りと惟佐子は心に決めていたのか、応ぜず、賢明な判断だろうと菊枝が評価を下すのを尻目に、惟佐子が別方面に触手を伸ばしたから凝然《ぎょうぜん》となった。相手は大木健蔵《おおきけんぞう》と云う、『岡村』のカルトシュタイン歓迎会で同席した音楽学校の学長で、ぜひとも囲碁の手合わせを願いたく、高輪台《たかなわだい》の拙宅へお越し願いたいとの誘いを受けて、二度目の訪問から戻った惟佐子の世話をしている最中、手合わせが囲碁だけではないことに菊枝は気がついた。

思い切って惟佐子に質すと、鏡前で髪を解かれながら、ええと惟佐子は頷き、大木健蔵氏はウィーン留学時代には大層な情熱家で知られ、東洋のドンファンの渾名を頂戴したそうで、女性の扱いについては専門のチェロより遥かに自信がある、そもそもチェロと云う楽器が女性の軀《からだ》に似ているがゆえに撰《えら》んだと話していたと、外出先で耳にした噂話でも報告するかのように云うのを聞いて愕然となった。大木様はいい御歳ですよねと、鏡のなかの女に云うと、五十七歳だと教えた惟佐子が、まだまだ若い者には負けないつもりだと、ずいぶんと張り切ってらしたわと、微笑んで報告するのを聞いた菊枝は思わず笑い出し、しかし笑いはそのまま凝固した。

だが、驚くのはまだ早いのだった。自分の仕える娘が理解を絶した存在であると、菊枝が一種の恐怖とともに実感したのは、惟佐子がまたべつの人物と枕を交わしたのを知ったときである。

惟佐子付きである菊枝は、笹宮邸の離れ家を訪れる者らと接触する機会はあまりなかったが、浪士ふうと云うのか、風体《ふうてい》のよからぬ者どもが出入りするのを怪しみ、二位様はどうしてあのような人品卑しい連中と付き合うのかと、眉を顰《ひそ》めるなかにあって、黒河《くろかわ》と云う男はとりわけ気味が悪く、何をしている者かは知らぬが、ドブ鼠を想わせる薄禿頭と丸い鉄眼鏡、髭に青黒く汚れた痘痕《あばた》顔に貼り付く陰気な薄ら笑いにはぞっとなった。女中仲間の評判も最低で、あの人が来ると思うだけで気分が悪くなると告白する者もあって、黒河を見かけるたび、『恐怖城』に出てくるゾンビを菊枝は思い出した。

そのゾンビと惟佐子が関係を持ったと知った菊枝の驚きは、したがって言語を絶していた。もと陸軍士官である黒河に問いたいことがあると、惟佐子が自ら連絡をとり、上野駅前の常磐《ときわ》ホテルの喫茶室へ会いに行った際には、宇田川寿子の事件との関連で、情死した中尉のことなど質問するのだろうと菊枝は考え、けだしこれは正しい理解であったが、常磐ホテルから日暮里《にっぽり》の黒河のアパートに場所を移して詳しい話を聞いたと、帰宅した惟佐子が報告するのに接して、まさか、まさかと脳中で呟く声が聴こえはじめ、外出着を脱いで髪を解いた惟佐子の、鏡に映る薄い笑みに遇して、まさかの声は消し飛び、確信の大岩石が脳中に落下した。惟佐子は黒河にまで魔手を伸ばしていたのだ！　黒河が、ではなく、惟佐子が伸ばしたと断じて、もはや菊枝は憚らなかった。むしろ黒河の狼狽ぶりが想像できる気がして、動転する男の傍らで帯を解く娘の姿が脳裏に浮かんで空恐ろしくなった。

笹宮の家の使用人らのあいだで密かに語られる噂を菊枝がしきりに思い出したのはこの頃だ。噂とは、笹宮伯爵の母親の藤乃《ふじの》が「惟佐子は母親と弟を殺してこの世に生まれ出た」と語っていたと云うもので、「母親を殺した」が惟佐子を産んで間もなく母の祟子《たかこ》が亡くなったことを指すのは理解できたが、「弟を殺した」とはどう云うことだろうかと不審に思ったのへ、古参の女中が、じつは惟佐子は双子で、あとから出てきた片割れの男の子は死産だったのだと、このことは絶対の秘密である、知っているのは藤乃——御前様と医師と看護婦、およびごく少数の使用人だけで、笹宮伯爵さえ知らないのだからと、くれぐれも念を押したうえで、秘密を漏らすことの隠微な悦びとともに教えてくれたのである。双子が獣腹とされ、忌まれるがゆえに、死んだ赤子は供養もされぬまま処分されたのだけれど、あれは御前様の過ちであって、笹宮家に凶事が降り掛かるとしたら、水子《みずこ》の祟《たた》りに間違いないと、亡くなる数年前から何かの信心に凝っていた古参女中は語ったのだった。

惟佐子が笹宮家にとっての凶事と云うわけではない。が、惟佐子の若い肌からたちこめる不吉の匂いを菊枝は嗅がぬわけにはいかず、しかし惟佐子の「乱行」を笹宮伯爵に報告することは思いもよらなかった。報告して事態が改善されるとは思えず、と云うより、何が善で何が悪か、菊枝はわからなくなり、そのことは絶えず意識の片隅にあるのに、ことさらに問題視したり騒ぎ立てたりするような心持ちにはとてもなれなくて、実際、普段の惟佐子は以前とまったく変わりなく、菊枝はあたかも催眠術にかかった者のように、そのことを夢のなかの出来事のごとくに観じながら、惟佐子の傍《そば》にあって用を足した。

いまも菊枝は、ホテルの部屋で見合いの衣裳を片付けていた。色留袖を帖紙《たとうがみ》に包み、帯や小物類を木綿袋に仕舞う、その傍らで、先刻までそれらを身に纏《まと》っていた娘は藍の浴衣に着替えて、窓前の籐椅子で団扇《うちわ》を使っていた。二階の窓から見える、木立に囲まれた庭球場《テニスコート》で白い球が行き来するのを眺める女の佇まいには、見合いの席から戻ったばかりの娘の興奮も、羞じらいも、火照《ほて》りもなかった。夕刻から惟佐子はべつの外出の予定があり、それは怪我の療養をかねて軽井沢に滞在する槇岡《まきおか》子爵夫人への見舞いであったが、惟佐子の佇まいは出張の予定《スケジュール》を淡々とこなす勤め人のようであった。

「御見舞いの果物籠は槇岡様に手配しておきました」菊枝が伝えると、ありがとうと応じて、惟佐子はまた庭球場《テニスコート》に眼を遣《や》る。

「お召し物はいかがいたしましょう？」

鉄道手荷物《チッキ》で運んだ衣裳箱を開けて、帖紙に包んだ着物を仕舞いながら菊枝が訊くと、窓へ顔を向けたまま惟佐子は答えた。

「鹿の子染めのでお願い」

「帯はいかがいたします？」

「山吹のでいいわ。草履も合わせて頂戴」と云って惟佐子が顔を振り向かせた瞬間、菊枝は惟佐子の外出が、単なる見舞いではないことを直感した。それはお気に入りの、空色の鹿の子染めの訪問着を彼女が撰んだから、と云うだけでなく、逆光に映る女の横顔が、暗く熱した欲望を鱗粉のごとく発散させていたからで、母子の情愛めいた寄り添いはないにしても、惟佐子が一切の隠し事をせず、秘密の盾を構えぬがゆえに、ときに彼女の軀の一部分であるかのごとくに己を感じる菊枝には、渓水《けいすい》が樋《とい》に流れ込むように、そのことは誤解の余地なく了解された。

会食から戻った惟佐子に感情の波動がないのは、けだし当然であった。見合いをしたその日にべつの男と逢瀬を愉しむ――。その非常識ぶりに、しかし自分があまり驚いていない事実に菊枝はむしろ驚愕する。どんなに異常な振舞でも、惟佐子がなすと自然に思えてしまうのはなぜなのだろう？　夢を見るかのごとき遠い気分のなかで、菊枝はこれまで何回となく繰り返してきた自問をまたもしながら、箱から云われた衣裳を出していると、惟佐子が口を開いた。

「菊枝はテニスをしたことがある？」

「いいえ、ございません」

「わたしは一回したのよ。学校のお友達に誘われて。得意な方がいらっしゃるの」

「球に当たりまして？」

「当たったけれど、とんでもない方へ飛んでいったわ」

惟佐子は笑い、菊枝も笑いに同調した。

「でも、見るのは面白いわ。上手な人は球に縦の回転をかけてコートのなかに落とすのだけれど、軌道の計算はとても難しいわ。媒介変数《パラメーター》は有限だから、原理的には計算できなくもないはずだけれど」

「そうなんでしょうね」とわからぬまま応じた菊枝は、ふだん無口な惟佐子がこんなふうに自分から話をするのは、よほど機嫌がよいときだと思い、あるいは夕刻の逢瀬への期待が彼女の心を弾ませているのかもしれぬと観察した。槇岡家の別荘には今夕、休暇中の槇岡貴之中尉が祖母の見舞いで訪れることを、そしてまた槇岡中尉が来ると聞いて惟佐子が急遽見舞いを云い出したことを菊枝は知っていた。

「でも、テニスで一番わからないのは、得点の数え方」

「と申しますと？」

「零点からはじまって、十五、三十となって、でも次が四十」

「そうなのですね」

「どうして四十五じゃないの」と云った惟佐子は、団扇で顔に風を送りながら、心底疑念だと云う調子で続けた。

「五だけ減じている。どう云う法則性があるのかしら？　それがどうしてもわからないのよ」

四十六

　同じ日、真夏の暑熱のなか、牧村千代子は五月にきたのと同じ路を、日光線鹿沼駅から紅玉院《こうぎょくいん》目指して歩いていた。

　千代子が大森の家を出たのは昨日、朝早く日曜出勤して現像と写真整理の仕事をすませ、その足で浅草雷門から東武線急行に乗って、まずは宇都宮で降りて警察署を訪ねたのは、山口清太郎――日光駅前の団子屋の変死事件につき、詳しい情報を得ようと考えたからである。団子屋はどうして死んだのか？　事故にせよそうでないにせよ、問題は宇田川寿子の事件との連関である。蔵原誠治の依頼を受けた団子屋が事件を追っていたのは間違いなく、電話での口ぶりでは、「真相」に肉薄していると、少なくとも本人は信じていたと思われ、そのことが彼の死と結び付くのかどうか。千代子は心中にわかに膨れ上がった不安の錘《おもり》を一人では持ちきれず、団子屋の遭難を知ったその日に惟佐子へ電話で連絡をとったのは、蔵原不在のいま、謎を分かち持つことのできる相手が彼女しかいなかったからである。

麹町から惟佐子は軽井沢だと教えられたので、ホテルへ電話をかけると、電話口の惟佐子が、軽井沢には一週間ほど滞在する予定だと云うので、手短に団子屋の件を話すと、お盆休みはどうしているのかと唐突な質問があった。とくに予定はないと返事をすると、もしよかったら『ヴィラ軽井沢』に部屋をとっておくので、避暑を兼ねてこちらへ来ないかと誘いがあった。予定がないのは事実だったけれど、そもそも休みがとれるかどうかわからず、そんな身分じゃありませんと冗談めかせば、宿泊の費用なら心配はいらない、こちらからお願いするのだから交通費も出すと、重ねての勧誘があって、こんなふうな強引さは惟佐子らしくもないと思うと心が動いた。何より千代子自身が惟佐子と会って話がしたく、兼子所長に掛け合ってみたところ、来週末に休日当番をするのと引き換えに十二日から四日間の休みが貰えたのだった。

惟佐子が十二日の午過《ひるす》ぎまでは用事（彼女は用事としか云わなかった）があると云うので、その日の夜刻に軽井沢へ着く算段をして、十一日は、東武日光駅近くの、カルトシュタインの取材時に泊まった旅館に予約を入れたのは、惟佐子と会うまでに集められるだけの情報を集めておこうと考えたからで、軽井沢で惟佐子が待っていてくれると思うと、団子屋の死に脅かされ、とても一人で「捜査」などはできぬと、臆病な兎よろしく檻の隅で震えていた肝に少しだけ勇気が回復した。

受付で取材を申し入れた宇都宮警察署では相手にされず、しかしこれは織り込み済みで、事前に連絡しておいた下野《しもつけ》新聞社を訪ねれば、宿直だと云う初老の記者が相手をしてくれ、東京からわざわざご苦労様ですねと労《ねぎら》った記者は、木造社屋の向かいにある、東京でもそうは見かけぬ洒落た珈琲《コーヒー》店に千代子を誘い、嘘を吐《つ》くのを心苦しく思いながら、山口清太郎の親の知り合いから事情を聞いてきて欲しいと頼まれたのだと云うと、髪が薄原《すすきはら》みたいになった人の良さそうな記者は、事情を穿鑿《せんさく》せぬまま、現場の鬼怒川の採石場には四間ばかりの崖があり、死体は直下に倒れていたのだけれど、致命傷からして落ちて死んだとは考えにくく、頭を殴られ崖から落とされたと見られ、崖近くには道路もあるから、どこか別の場所で殺されて、自動車か二輪車《リヤカー》で運ばれ崖から投げ落とされた可能性が高いと、自分はこれが断然好みだと云うキリマンジェロ産の珈琲《コーヒー》を啜りながら懇切に教示してくれた。

だとすると犯人は？　との問いには、地元警察が捜査中であるが、被害者は近隣の賭場《とば》に出入りして、借金も作っていたようだから、博打《ばくち》に絡む紛争《トラブル》に見舞われたと考えられ、警察もその線で地元の博徒《ばくと》の組などに捜査の手を伸ばしているから、犯人逮捕は近いだろう、ただし本当の犯人が捕まるかどうかはわからないと記者が云うので、どう云うことかと問えば、渡世人の世界では舎弟が兄貴分の身代わりになるようなことはよくあるので、警察の方も面子《めんつ》さえ保たれれば真相には拘泥しないのだと解説があった。

「まあ、田舎と云うことですわな」と初老の記者――田中甚一と嘱託の肩書きが名刺に印刷された記者は笑った。

いずれにせよ団子屋は殺されたと見て間違いなさそうだった。話が一段落したところで、林檎液汁《ジュース》を啜る千代子に向かって、暇なのか、それとも若い女性と話すのが嬉しいのか、田中記者は雑談をはじめ、千代子が珈琲《コーヒー》が苦手なのを残念がりつつ、珈琲はサイフォン式で淹《い》れるに限る、香りが全然違うと蘊蓄《うんちく》を傾けるのへ、適当に相づちをしながら席を立つ時機を見計らううち、鹿沼の紅玉院について訊いてみることを思いついた。

「宗教みたいなことをやっている」と死んだ団子屋は電話口で云っていた。寺が「宗教をやる」のは当たり前だから、べつの含意《がんい》があると考えられ、あのときの電話で、紅玉院の他に会社の名前らしきものを団子屋は口にして、しかしそちらの方はきちんと確認せず、それがいまとなっては後悔されるが、とにかく紅玉院が手がかりのひとつであるには違いなかった。

話の隙を見つけて、鹿沼に紅玉院と云う寺があると聞いたのですがと話の水門を開くと、ああ、ありますよと、珈琲《コーヒー》好きの記者はすいと水路へ泳ぎ入ってくる。

「藤の名所だと聞きました」と続けた千代子の言葉には、しかし意外な返答が戻ってきた。

「だったんですがね、藤は伐《き》られたみたいで」

「伐ったんですか。いつの話です？」

「一ヶ月前くらいだったかな」と答えた地方紙記者は、藤の木が伐られたと聞いて取材に行ったところ、虫がついて枯れかかったので伐ったとの話で、しかし病気には見えなかったと云う証言もあって、老木は老木であるけれど、なにも伐ることはなかったのではと嘆く者が多いのは、季節には人が訪れるようになって、観光名所になりつつあったからだと教えた。

「噂ではね、あそこの住職さんが、なにかのお告げで伐らせたって云う話もあってね。ちょっと変わった人らしいから」

「紅玉院の？　あそこは尼寺ですよね」

「そう。住職さんを地元の人間は門跡《もんぜき》さんと呼んでるけど、あそこは准門跡の格だから、門跡はおかしいんでね。住職か庵主《あんじゅ》と呼ぶべきなんだね。いまの住職さんはどこかの華族の出らしいけど」

田中記者は寺格については厳密な考えを抱いているらしいと観察した千代子は続けて質問した。

「お告げと云うのは？」

「それはね、あそこの庵主さんは霊能力を持っているって話で、まあ占いとか千里眼とか、そう云う類なんだろうけど、東京や関西からも観てもらいたい人がときどききているらしいんだね」

五月に鹿沼を歩いた際に見かけた紅玉院へ向かう自動車の婦人たちを思い出しながら千代子が頷いているところへ、なかにはね、と話し好きの記者は声を潜めるようにして続けた。

「陸軍の将官の奥さんとか、貞明《ていめい》皇后様の女官をしていた人なんかもきていると云う話でね。アメノミナカヌシだったかな、その神様から庵主さんはいろいろ聞けるって云う話でね。仏様じゃないところがおもしろいと云うか、日本ふうと云うかね」

天之御中主神《あめのみなかぬしのかみ》は天地開闢《かいびゃく》のとき高天原《たかまがはら》に最初に現れた神様だったはずだと、学校で習った『古事記』を思い出した千代子は、団子屋が口にした「宗教みたいなこと」についてはこれで見当がついたと考えた。

「つまり、神様のお告げで藤の木を伐ったと云うわけですね？」

「そうらしいね。でも、本当は違うんじゃないかな」

「と云いますと？」

「単純に人がわらわらやってきて、五月蠅《うるさ》いのが嫌だったんじゃないかな」と云って珈琲《コーヒー》好きの記者は薄頭を撫でて笑った。

丁寧に礼を述べて、もう一杯珈琲を飲んでいくと云う記者を残し店を出た千代子は、とりあえず紅玉院を訪れてみようと考えたが、この日はもう時間が遅く、まずは宇都宮から日光へ向かって、五月に話を聞いた駅員と旅行案内所の男——山口清太郎の小学校同級の二人を摑まえようとしたところが、駅員は転職して七月末日で辞めたとのことで、案内所はもう閉まっていた。

旅館に泊まって翌朝、旅行案内所を覗くと、例の茶饅頭男は遅番で十一時にくると教えられたので、蔵原の云っていた跨線橋から東武線の隧道《トンネル》を潜って時間を潰した。川原に出ると、対岸正面の山森から蟬声が押し寄せ、草藻を揺らし流れる透明な水は真夏の陽射しを含んで燦《きら》めいた。白く灼けた川原石を踏んで、板屋根の倉庫小屋がぽつりと建つ採石場まで歩くと、なるほど人影はない。対岸の山森の裾に人家はあるけれど、たしかにここへ自動車がきて人を乗せても気がつかれにくいかもしれぬと、蔵原の仮説を検証したとき、団子屋が死んでいたのも採石場だったと思い出されて、この繋がりにはなにかしら意味があるのだろうかと考えたりしたが、とくに発見のないまま、肌を焦がす炎熱から避難して駅前の食堂へ入り、時間を見計らって駅へ向かうと、ご苦労にも焦茶の制服を着て大汗かいた茶饅頭が案内所に立っていたので、話を聞けば、山口清太郎は団子屋をやめて探偵になると云ったふうなことを喋っていたが、具体的に何をしているかは教えなかった、死んだのには驚いたが、もともと素行が悪く、勘当された後も鉄火場に出入りしたりしていたから、いずれこんなことになるんじゃないかと同級生は噂していたと、整理すれば整理できる形で茶饅頭は訥々《とつとつ》と語ったが、新たな情報は得られず、午前中一杯を費やすだけの価値はなくて、十二星座占いの「今月の魚座の運勢は最悪」は正しいと云わざるをえなかった。

それですぐ鹿沼へ向かおうとしたところ、こちらは運良くちょうどきた十一時四十四分発の普通列車に乗れて、しかし喜んだのも束の間、鹿沼駅前の雇い《ハイヤー》自動車会社では自動車が出払い、戻りはいつになるかわからぬと、受付の男から無情にも宣告されて、魚座の衰運を悲しく確認しつつ、とぼとぼと紅玉院へ向かって歩き出したのだった。

歩くと一時間の道のりであるが、今回は重いカメラを持っていないこともあり、二度目で心理的な距離が縮まったおかげで、思ったほど苦労なく目的地に到着できた。太陽も途中で雲に翳《かげ》り、涼風がときおり吹いて千代子を応援した。見覚えのある街道集落に入って、運送屋の角を曲がれば、外山《とやま》医院である。門から覗くと、旺盛な夏草の勢いに黒瓦の家屋は草木に埋もれ、板壁を這う獰猛な蔓草が軒にまで伸びて樋に絡んでいた。訪れたのは三月ほど前なのに、何年も経つように思えるのが不思議だった。風を入れ、草を毟《むし》っても、人の住まぬ家は迅速に頽廃する。廃墟になりつつある医院を過ぎて、畑中の砂利路を進めば、樹に埋もれた山門が正面に見えてきた。

四十七

条《すじ》をなす畑が斑模様《まだら》を描く平地に、湖沼に浮かぶ島の姿の小高い森があり、その一画が紅玉院の寺地、切妻屋根を載せた山門から左右へ林縁に沿って練塀が延び、両側とも途中で折れ曲がって傾斜のある森中へ消える。棟門は杉の大戸で閉じられていた。脇の通用口に掲げられた木板の、「御用の方はこちらへどうぞ」の指示に従い板戸に手をかけたところ、押しても引いても動かぬので、軽く叩いて、おそれいりますと声をかけたが返事はない。塀から離れ、背伸びして覗けば、檜《ひのき》や銀杏《いちょう》の梢が見えるばかりで、内の様子はわからず、油蟬の声が熾《さか》んに降りしきるばかりである。いま一度通用口に声をかけて応答がないのを確かめ、諦めて去りかけたとき、板戸がごとり鳴った。

穴鼠よろしく顔を覗かせたのは、紺木綿の作務衣《さむえ》を着た胡麻塩頭の年寄りで、拝観させていただきたいと申し入れると、いまはできないと素っ気ない返事で、では、いつならいいのかと問えば、自分にはわからないと戸を閉めようとするので、急いで名刺を取り出し、自分は東京の新聞社の者であるが、庵主さんにお目にかかりたいのだと云うと、胡麻塩頭は汚いものでも見たように顔を顰《しか》め、名刺には触れぬまま、門跡様はいまはどなたにもお会いになられませんとにべもなく、いまが駄目ならいつならいいのかと、言葉の尻尾を摑もうとした中途で板戸は閉じられた。

藤の木の件で寺は地元の批判を受けているような田中記者の口ぶりだったから、取材を嫌がっているのかもしれぬと推測した千代子は、とりあえず出直すしかないと諦め、もときた路を歩き出したとき、外山医院の方から一台の自動車が走りくるのが見えた。砂利を跳ね飛ばして畑路を進み、紅玉院の山門前に停車したのは黒塗りの雇い《ハイヤー》自動車だ。制帽の運転手と助手だけで乗客は乗せておらず、少年と呼ぶにふさわしい年齢の運転助手が自動車を降りて通用口に声をかけたところを見ると、迎えの車らしい。誰が呼んだのか、興味を抱いた千代子は、通用口を見通せる、畑路沿いの木槿《ムクゲ》の植込みの陰に身を移した。助手の少年が自動車へ戻り、入れ替わりに運転手が外に出て莨《たばこ》を吸いはじめ、しばらくは山森から溢れ出る蟬の声を耳に入れるだけの時間が続いて、滴《したた》る汗を手布巾《ハンカチ》で拭い、裸の腕や首にまつわりつく蚊を払いのけるうちに板戸がごとりと鳴った。

出てきたのは二人の男だ。頭をぶつけぬよう腰を屈《かが》めて通用口を潜った男らは、揃って麻の上着《ジャケツ》にパナマ帽の洒落た支度で、外観から判ずると、一流会社の社員か中央官庁の官員のように見える。運転手が席に戻り、助手の開けた扉からパナマ帽二つが乗り込んで、発進した自動車は門前で一度切り返してから畑中の路を去った。

桃色の花をつけた木槿の陰から出て、自動車が外山医院の先で街道に消えるのを見送った千代子が、背中に緊張の鋼《はがね》を押し当てられ、神経がぞくり冷えるのを覚えていたのは、男のひとり、薄茶の上着《ジャケツ》に深緑色のネクタイをした口髭の男に見覚えがあったから――いや、見覚えがあるとまでは断じられぬ。が、あれはたしかに見知った人間だと、切迫する観念の焔《ほのお》が脳中に青白く燃えたのは、カルトシュタインが死んだ夜の中禅寺湖畔、中宮祠《ちゅうぐうし》の停車場で見た男、小さな老婆たちに混じって乗合自動車から降りたあの男だと直感されたからである。

真夏の午後の闌《た》けに闌けた陽射しの直下、灼けた畑地に炎熱がたちのぼり、遠い山並は蒼く霞んでいた。鹿沼駅へ戻るべく歩き出した千代子は、いま見たばかりの男らの印象を反芻する合間に、あらためて情報を整理整頓して、帝大教授の息女、ドイツ人音楽家、日光駅の団子屋と、三つの死を試しに並べてみた。その場合、教授の娘と団子屋の死には、明白な、とまでは断じられぬものの、団子屋が彼女をめぐる事件を追っていたと云う具体的な繋がりはあった。他方、異国の音楽家の死は、病死であることを含め、他の二つとは結びつかぬはずだった。ところが同じひとりの男が、音楽家が死んだ晩に中禅寺湖畔に現れ、そしていま宇田川寿子の事件に係わりがあると団子屋が仄めかした紅玉院に姿を見せたことで、奇妙な暗合が生じていた。

紅玉院を中心に三つの死は結びつく――いや、結びつくと断じられるほどくっきりした幾何学図を描くのではないけれど、ひとつの磁場のなかで三つの死は互いに近接しようと浮動していた。しかもいまや千代子自身が同じ磁場のなかにいるのかもしれなかった。それは宇田川寿子の事件を自分が追っている、と云うだけではない。問題は紅玉院だ。団子屋の口から紅玉院の名前が出る以前に、自分はその存在を知ったばかりか、ほど近くまで足を延ばしていたのだ。むろんそれは紅玉院が外山医院に近いと云う偶然の産物だったわけだが、しかし本当に偶然で片付けてよいのだろうか？　自分は知らぬ間に磁場に迷い込み、紅玉院へ牽き寄せられていたのではないだろうか。そう思うことは千代子を脅かした。三つの死に続く四つ目の死――その像《イメージ》が心に粘り付いて離れず、一刻も早く紅玉院から遠ざかりたくて、千代子は汗が噴き出るのもかまわず、ほとんど駆けるようにして駅を目指した。

鹿沼駅に着いたのは午後二時二十分。ここから軽井沢へは、小山《おやま》で両毛線《りょうもう》に乗り換えて高崎へ出、高崎から信越本線で向かう。高崎発午後五時三十二分に乗れば、やや遅くはなるけれど、夜の七時二十八分に軽井沢に着けると、昨夜、苦手な時刻表と睨めっこをして調べてあった。それには小山発三時二分に乗る必要があるのも調べてあり、ところが駅で時刻表を見たら、次の列車は三時三十七分までない。己の詰めの甘さを呪い、それもこれも蔵原が満洲なんかへ行ったせいだと八つ当たりしても埒《らち》は明かず、そもそも今日中に軽井沢に着けるかどうかが心配になり、窓口で助言を求めると、東武線で栃木まで行けば両毛線と接続していると教えられた。東武線の新鹿沼駅へは乗合自動車があるとも教えられたが、駅前で雇い自動車《ハイヤー》が掴まったのでそれで向かえば、二時五十分の電車に乗れて、検札にきた車掌に訊いたところ、栃木では七分の待ち合わせで高崎行きに繋がり、五時二十二分に高崎に着くと教えられて、ああ、よかった、間に合ったと、安堵の息を吐きながら、どうかしら、わたしのこの俊敏な身のこなしはと、中空に描いた蔵原の顔に向かって自慢した。

栃木から乗った両毛線の普通列車は、盆前だけに三等車は混雑していたので、二等にして、それも混んではいたけれどなんとか席は取れて、弁当も買えたので、車中で遅い午食を摂れば、あとは軽井沢へ向かうだけだと、行楽気分が僅かながら生じ、車窓を過ぎ行く景色を愉しむ余裕が得られはしたものの、一人旅の思いは紅玉院で見かけた男たちにどうしても戻っていかざるをえない。

二人のうち、髭がないせいか若く見える方は知らぬ人物だった。問題はもう一人の口髭だ。あらためて考えてみると、紅玉院から出てくるのを見た瞬間、それが中宮祠の停車場で見かけた男だと断じられたのは、不思議と云えば不思議で、なぜなら自分は中宮祠の男の顔を判然と掴んでいたわけではないからだ。と考えると、単純に背格好が同じである点を根拠に、紅玉院の顔を中宮祠に嵌《は》め込んだだけなのかもしれぬとも思えてくる。とは云うものの、理屈を超えて、自分の直感は正しいと訴えかける声が軀を駆け巡るのを否定できなかった。

笹宮惟秀――。その名前を「顔」に与える誘惑にも千代子は駆られた。しかし根拠はなおいっそう薄弱で、中禅寺湖畔のホテルの部屋で耳にした、手足が蜘蛛めいてひょろ長い作曲家の仄めかし以外には根拠はなく、そもそも自分は惟佐子の兄を、子供時分にほんの数度見かけたばかりで、ほとんど知らぬに等しいとすれば、彼を笹宮惟秀とすることに合理的な裏付はないと考えざるをえない。にもかかわらず、確信の水が心裏に溢れてやまぬのは、そうなのだ、なにより紅玉院の男が惟佐子と似ていたからなのだ。

顔立ちは違う。いまこうして二つの顔を引き較べてみれば、男女の違いを勘案しても、決して同種の目鼻立ちとは云えぬ。二つのものは決して似ていない。けれども通用口から現れた「顔」を見た刹那に、自分が惟佐子を想った事実は否定しようがなかった。どうしてそんな連想が働いたのか、あらためて記憶を探ってみて、要するにどこか雰囲気が似ているのだと、おざなりな感想しか浮かんでこぬ一方、笹宮惟秀の名前が刻刻色を濃くするのを感じぬわけにはいかなかった。

両毛線は少し遅れて、高崎に着いたときは五時半を過ぎていたが、乗り継ぎへの配慮から長野行きは発車を遅らせると案内があった。『ヴィラ軽井沢』に着くのは八時近くになると、惟佐子に連絡を入れておきたかったが、栃木では時間がなく、お早く願いますの車掌の言葉に急かされては、ここでも電話はかけられそうになかった。飲み物も買いたかったけれど、それもできぬまま跨線橋を渡ったとき、前を行く長身の男を見て、はっと千代子が眼を瞠《みひら》いたのは、白麻の服とパナマ帽に見覚えがあったからで、中型の革鞄を提げて階段を下り、歩廊《ホーム》に待機する列車へ向かう横顔を見て間違いないと確信した。紅玉院から出てきた髭のない方の男だ。二等車の乗降口へ足をかけた男に続いて、同じ車輛に千代子が乗り込めば、いくぶん混み合うなか、通路中程の四人がけの席のひとつが空いていたので、鞄を膝に抱えて座り眼を遣れば、男は座らずに車輛の端に立っている。

列車が動き出すと、パナマ帽は窓へ視線を遣ったまま、車輛の揺れに同調して長身を揺らめかせる。右手で座席の背凭れを摑み、左手の掌を上向きにして、腰の辺りでふわりふわりと揺らすのは、思考の律動に合わせ手を動かすものらしいと観察するうち、男が左腕を顔の高さにまで差し上げて、手の甲を外に向けて揺らめかすのは、見えない楽団を指揮するようでも、舞踏の型を復習《さら》うようでもある。あるいは架空の演壇に立ち、空想の聴衆に向かって無言の演説をするようでもあり、注視するうちには、あれはたしかに演説だと思えてきて、何を語るのだろうかと、わかるはずのない想像を巡らせるうち、車輛の振動に心地よく神経を揺さぶられたせいか、いつのまにか瞼の幕が下りた。

杉の大樹が幾重にもなった、樹の梢に黄色い月が見え隠れする、どこともわからぬ森のなか、秘密の場所へ案内すると云う惟佐子——桃色の着物におさげ髪の惟佐子の後について歩くと、水音が聴こえて、あれはテムズ河、なるほど秘密の場所とは倫敦塔《ロンドン》なのだな、と思ったとたん、とうとう自分も惟佐子もジグソーパズルのなかの人物になってしまったと了解されて、パズルのなかにいる以上はパズルを永遠に解くことができぬのではないかと思い、そのことを惟佐子にも伝えた方がいいのではないかと考えていると、森の開けた場所、透明な水の流れる小川の畔《ほとり》に行き着いて、ここに死体があるのよと惟佐子から教えられて、見れば森の樹々の、どの幹の陰にも人間の死体がぎゅうと圧縮されて詰め込まれている。すると傍にいるのは惟佐子ではなく、紅玉院で見た口髭の男であり、その男が何事かを熱心に自分に伝えようとしている——と、そのような夢から喉の渇きに急かされ覚めたときには、黄昏《たそがれ》の懐かしい光に溢れていた車窓はもうすっかり闇に閉ざされていた。

普通列車は横川《よこかわ》を過ぎ、間もなく軽井沢に着くところで、それくらいなら渇きは我慢できると考えたとき、男を思い出し、見れば通路に姿がない。あ、と声が出たのは、せめて男がどこで降車したのか、それだけでも確認すべきだったと思ったからで、しかしすぐに連結口に近い座席の背板の上に見覚えのあるパナマ帽が発見された。

列車が軽井沢駅の歩廊《ホーム》に滑り込んで、千代子が立つのと同時にパナマ帽も立ち上がり網棚から鞄を下ろした。男に続いて千代子は列車を降りて、歩廊《ホーム》から改札口を抜けると、灯の煌々とする駅舎を出た男が駅前広場を右へ向かったのは、草軽《くさかる》電気鉄道の停車場へ行くのだろうと思ったとき、駅前に何台か停まっていた自動車から出た着物の女が小走りに男へ近づいて声をかけるのが見えた。咄嗟《とっさ》に柱の陰に身を隠した千代子の動悸が激しくなったのは、紺縞の紬《つむぎ》を着た女が宇田川寿子とともに消えた「着物の女」を連想させたからで、しかし駅舎の電灯の光に淡く照らされた女の顔を注視すれば、見知った人物だと気がついた。あれは惟佐子付き女中の菊枝だ。

二人の人物は相対して何事か話していたが、紺縞紬がすいと動き出すと、パナマ帽がこれに続いて、広場の左手に並んだ自動車の列へ向かい、すると一台の扉が開かれて、男が後部座席を覗き込む格好になったのは、なかの誰かと話すらしい。はっきりとは見通せなかったが、座席にいるのは惟佐子に違いなく、男が惟佐子の知り合いであることは疑いえなかった。自分を迎えるべく駅にきていた惟佐子がたまたま知り合いを見つけて声をかけた可能性は、何時に軽井沢に着くか連絡を入れていない以上ありえず、とすれば、パナマ帽の男を惟佐子は待ち構えていたことになる。

男は鞄を抱えて後部座席に滑り込み、菊枝が助手席に収まると、自動車は発進して、別荘地へ続く舗装道路へ赤い尾灯が消え行くのを夢の続きのように見た千代子は、駅舎の灯が淡く漂い流れる広場に一段と高くなった虫のすだきを聞いた。

四十八

惟佐子が槇岡子爵夫人の見舞いに槇岡家別邸を訪れたのが午後の四時半、ホテルから徒歩圏内の別荘では、白樺林に面した張出床《テラス》に紅茶とサンドイッチが英国風に用意されて、夫人とともに午後のお茶を飲む予定だったのであるが、気分がすぐれぬ夫人が失礼するとのことで、惟佐子は見舞いの辞を家令に伝えるのみで早々に辞去した。骨折の傷は癒えたものの、夫人は気鬱に取り憑かれ不調であると聞いた話は本当のようであった。同じく見舞いにくるはずの槇岡貴之中尉について訊ねると、午後に着く予定であったが所用で遅くなり、夜の七時台の列車になると連絡があったと教えられて、駅前で待つことにしたのだった。

先の尖った針の大時計の付いた瓦屋根の駅舎に午後七時二十八分着の列車が滑り込み、〈軽井沢駅〉の看板のある駅舎から人々が吐き出されるのを自動車から注視した惟佐子は、白麻の上下衣《スーツ》にパナマ帽を頭に載せ、茶の革鞄を提げた長身の男を指して、あの方よと、菊枝に云い、素早く車から出た女中は男に近づいて声をかけた。いくつか言葉が遣り取りされた後、菊枝に随《つ》いて雇い自動車《ハイヤー》まで歩いてきた男に、仄白い首を闇に浮かばせた惟佐子が、今晩は、どうぞお乗りになって、お送りしますわ、と言葉をかけると、槇岡貴之陸軍中尉は不審と警戒の色を笑顔の目元に浮かべて、しかし、よろしいのですか？　と問い、重ねて乗車を促されれば、では、御言葉に甘えましてと挨拶して、長身を座席に滑り込ませる、その一部始終を槇岡中尉の後から改札口を出てきた千代子が注視していることに惟佐子は気づいていたけれど、仕事のときとは違う小ぶりの旅行鞄を提げた千代子が駅舎の柱の陰から動かぬので、雇い自動車《ハイヤー》か電気鉄道でホテルまできてもらうしかないと思い、菊枝が助手席に収まるのを待って、行って頂戴と、運転手に発進を促した。

まばらに灯りの残る商店が軒を並べる街路をしばらく進んだところで、どうして貴女《あなた》が？　の問いに応じ、午後に槇岡家の別荘を訪れた事情を惟佐子が説明すると、それは御気遣いありがとうございましたと、槇岡中尉が折目正しく礼を述べたのに繋げて惟佐子は用件を切り出した。

「じつは槇岡様にも少しお話ししたいことがございましたの」

「私にですか？」

「ええ。よろしければ、今夜、宿までいらしていただけると。わたくしの方から槇岡様へ出向いても よろしいですけれど」

しばし黙って白樺の幹が闇中に流れ光るのに眼を遣った槇岡中尉は探るように云った。

「どんなお話でしょう?」

今度は惟佐子が少し黙ってから、いろいろございますの、と言葉を口にしたときにはもう『ヴィラ軽井沢』の傍まできてしまい、とりあえず槇岡家の別荘へ自動車を回させて、円錐形の煉瓦《れんが》屋根の車寄せに停まった車中で交渉した結果、午後九時過ぎに自分からホテルへ伺うとの、槇岡中尉の約束を惟佐子は取りつけた。自動車から降りた陸軍士官は、送って頂いてありがとうございましたと、帽子を脱いでていねいに挨拶し、迎えに出た家令に鞄を預け玄関へ消えた。

惟佐子はそのままホテルへ戻って、玄関広間《ロビー》で待てば、八時少し前に、手鞄を提げ、紺の水玉模様のつなぎ服《ワンピース》に鍔広の婦人帽を被った、服飾雑誌《ファッション》から抜け出したような姿の千代子が玄関に姿を現した。千代子が夕食がまだだと云うので、彼女の部屋にサンドイッチと果物と紅茶を運ばせて話をすることにした。部屋は西向きではあるけれど、ひとりで使うには勿体ないほど広々した双子寝台部屋《ツインルーム》で、扉脇の、百合を意匠化した装飾織物《タペストリー》下の安楽椅子《ソファー》で二人は向かい合う形になった。

夜の軽井沢はさすがに涼しい、と云うよりむしろ肌寒くて、窓を閉め切り厚地の緞帳《カーテン》を下ろして丁度よい室温だった。信越線の車中では一刻も早く湯を浴び汗と埃を洗い流したいと千代子は願っていたけれど、洗面所で手と顔だけ洗えば、清涼な夜気のせいか、膚《はだ》の不快は感じなかった。さほど空腹ではなかったけれど、塩気の効いた卵のサンドイッチがとても美味しく、鳳梨《パイナップル》の酸味も舌に嬉しかった。

食事をしながら、まずは千代子が、日光で消えた二人の女の行方につき重大情報があると、日光駅前の団子屋から電話があり、会って話を聞こうと考えていた矢先、鬼怒川の河川敷で撲殺されてしまった一件を、宇都宮の新聞社で得た情報を含め報告した。撲殺と聞いて惟佐子は甚だしく顔色を変えはしなかったけれど、眉根に緊迫の色を浮かべて、団子屋さんとはどう云う方なのかしら？　と問い、千代子が少しく困惑したのは、団子屋を「探偵」に使った蔵原の存在を惟佐子には明かしていなかったからで、仕方なく千代子は、団子屋——山口清太郎は日光で情報を提供してくれた駅員たちの仲間であり、もし何か思い出したことがあれば連絡して欲しいと頼んであったのだと申し述べて、嬉しそうにサンドイッチに齧りついたときの、子供みたいな顔とは違う、妙に取り澄ました口調と表情から、かつての「おあいてさん」が嘘を吐いているのを惟佐子は察し、嘘が容子《ようす》に現れるところは子供の頃と全然変わっていないと内心可笑《おか》しく思いながら、団子屋が手にした重大情報とは何かと先を促した。

紅玉院と云う寺が鹿沼にあり、具体的にはわからぬが、その寺がなにかしら事件に係わりがあるようなことを団子屋は電話で話していたと答えた千代子が、だから今日、宇都宮から鹿沼へ回ってきたのだと申告すると、何かわかりまして？　と身を乗り出した惟佐子から問われた千代子がまたも困惑したのは、紅玉院から出てきた男を惟佐子が駅で迎える場面を先刻目撃した所為《せい》で、もちろんあれは誰かと訊ねればいいだけの話なのであるけれど、なぜだかそうしにくい感覚が喉の辺りに蟠《わだかま》っていた。しかしそれでは話が進まぬので、千代子は意を決し、紅玉院から男が二人出てきて、そのうちの片方とたまたま高崎で一緒になり、同じ列車で軽井沢まできたのだと報告すると、勘を働かせるまでもなく事情を察知した惟佐子は、自分が駅で自動車に乗せた人物ではないかと問い、千代子が頷くと顎の黒子《ほくろ》を震わせ微笑んだ。

「千代ねえさまが駅にいるのは知っていたのですけれど、出ていらっしゃらなかったから」

「気づいてらしたのね」

「ええ。ごめんなさい」

「それはかまわないですけど、あの方はどなたなんです？」

槇岡貴之陸軍中尉であると教えた惟佐子は、「情死」した久慈中尉の親友であり、宇田川寿子と久慈中尉を結びつける媒介になった人物であると、あらためて注意を促してから、彼には一度話を訊く必要があるとかねがね思っていたところ、今日軽井沢へくると聞いたので、駅で摑まえ、会う約束をしたのだと言葉を付し、それからまた問うた。

「そのお寺――なんて云ったかしら？」

「紅玉院です」

「その紅玉院に何があるのかしら？」

「よくわかりませんが、庵主さんが霊能力を持っていると云う話は聞きました」

「霊能力？」

「ええ。千里眼とか占いとか、そう云うようなものだと思うんですけど」と云った千代子が新聞記者から得た情報を紹介するのを聞いた惟佐子が、カルトシュタインの異相を想起したのは、「霊能力」の語が、松平《まつだいら》侯爵邸のサロン演奏会で彼が弾いた不思議な音楽――『ピタゴラスの天体』が霊能力を引き出す秘曲であると、木島柾之が話していたのを思い出させたからである。霊能力とは何か？摑みようのない問いを浮雲のごとく頭に浮かべながら、とにかく紅玉院について詳しく調べる必要がありますねと、千代子が話に段落を付すように云うのを耳に入れた時点ではしかしすでに、槇岡中尉が寿子の死に直接の係わりがあるとの直覚が惟佐子のなかに芽吹いていた。そしてその直覚の根には、先刻、自動車のなかで得た感触――文字通りの感触があったのである。

雇い自動車《ハイヤー》の槇岡中尉は、前方に視線を据え、組み合わせた両手を腿の上に置く、訓練を積んだ者の正しい姿勢を崩さなかったが、槇岡邸の車寄せに自動車が停まったとき、ぜひともあなたの話を伺いたいのであると、二度目の懇願を口にした惟佐子は、言葉と同時に手を伸ばし、槇岡中尉の結んだ手に触れたのだった。それは熱意のあまり思わず伸びたと云うのでもない、ほとんど無意識の、風に遭った草の葉が揺れるような、ふとした仕草であったのだが、惟佐子が驚かされたのは槇岡中尉の反応で、瞬間、手の結ばれが解かれ、火にでも触れたような勢いで左右に分かたれ背に隠れたのだ。刹那に触れた男の手の、体毛なく滑らかなしっとり冷たい皮膚の感触と、岩陰に逃げ込む海老のごとき俊敏さが強い印象となって神経に残存していた。あの激越な拒絶の意味は何だろうか？　判然とはわからぬながら、それこそ白海老の棲む深海底のごとき仄暗い闇が男の居る車中の暗がりに連続して広がる気配があって、同じ闇のなかに寿子の遺骸が横たわる、そのような像《イメージ》が忽然脳中に浮かびあがったのだった。

紅玉院の調査をいかに進めるべきか、こうした課題なら職業探偵を雇うのもいいかもしれぬと、千代子と二人で相談しながら、指先に残存する「感触」を繰り返し反芻した惟佐子は、いま得たばかりの槇岡中尉への疑惑を千代子に伝えるべきや否や迷う、その傍らで千代子もまた紅玉院から現れたもうひとりの男、年嵩の口髭の男のことをどう惟佐子に伝えるべきか迷っていた。

あれが中宮祠の停車場で見かけた男と同一人であるとの印象は、絵姿を幾度も想起するうち、ほぼ確信と云ってよいまでに強まっていたから、絶対確実とまでは断言できないけれどと、留保をつける形で惟佐子に伝えることはしてもよかった。にもかかわらず千代子が躊躇《ためら》ったのは、笹宮惟秀の名前ゆえである。あの男が笹宮惟秀である――と、こちらは考えれば考えるほど根拠は薄弱となり、ドイツ人音楽家が死んだ翌朝、蜥蜴《とかげ》顔の作曲家の妖しい暗示が生んだ妄想にすぎないといよいよ思えてきていたが、しかしその名前ゆえに、紅玉院の口髭男を中禅寺湖畔でも見かけていたのだと、口にすることを憚らせているのは間違いなかった。

時計を見れば、時刻は八時四十五分を過ぎて、部屋で槇岡中尉を迎えなければならないからと、惟佐子が立ち上がるのへ、明日の予定につき千代子は質問した。

「お昼に御食事の予定が一つだけあります」と答えた惟佐子は、すいと片眉を吊り上げて加えた。

「そうだわ。よろしければ、千代ねえさまも御一緒してくださる？」

「御食事に？」

「ええ。ぜひお願いしたいわ。一緒に食事をする方を御紹介したいし」

「わたしはいいですけど、いったいどなたと？」千代子が問うと、惟佐子は笑みを濃くして答えた。

「伊知地春彦さん。わたくしの婚約者。今日、わたし、御見合いしたのよ」

千代子は絶句したまま、明朝八時に下の食堂で会いましょう、槇岡さんから聞いた話を詳しく報告できると思いますわと云い残し、扉から廊下へ出て行く鹿の子染めの着物を見送った。

四十九

盆休みだけあって、丸木小屋《ログハウス》ふうの素朴で落ち着いた内装外装のホテルは満室らしく、喫茶室を兼ねた食堂にはこの時間になってもまだ客が残っているのか、食器の鳴る音に入り混じる談話のざわめきが、二階の、千代子のとは反対翼にある自室へ向かって廊下を行く惟佐子の耳にまで届いてきた。自室へ戻って浴室で手を洗い、安楽椅子《ソファー》で一息つこうとしたとき、扉を叩く音がした。寝台《ベッド》脇の置時計を見れば九時にはまだならぬ。菊枝かと思い扉を開くと、意外な人物が立っていた。

「突然お邪魔して申し訳ありません」

扉の隙間から掠《かす》れ声で云って、油で固めた黒頭を下げたのは、ついいましがた千代子に名前を紹介した我が婚約者、伊知地春彦その人であった。

「いま話ができますでしょうか？　もし都合が悪いのであれば、下で待っております。待つのは何時間でもかまいません。私、伊知地春彦は何時間でも待つつもりでおります」

昼間の羽織袴ではなく、薄茶の上着《ジャケツ》に臙脂《えんじ》のネクタイを窮屈そうに締めた伊知地春彦は、恐縮の態を主調としながらも、どこか押しつけがましい調子で云うと、無駄に長い、駱駝《らくだ》を想わせる睫毛に縁取られた眼で惟佐子の顔を一瞬間見つめて、

「非常識は承知しておるのですが、どうしてもいまのうちにお話ししておかなければならない事情が私にはあるのです。非常識は重々承知のうえで、こうして参りましたのです」と言葉を足し、すぐにまた落ち着きなく眼を逸らし、断罪を待つ人のように俯《うつむ》く。少し迷ってから惟佐子は云った。

「それは時間のかかるお話なのでしょうか？」

「いえ」と顔をあげて伊知地春彦は即答する。「決してお時間はとらせませんので」

「ならばどうぞ。お入りになって」

惟佐子は来客を部屋の安楽椅子《ソファー》に導いて、少しお待ちになってと断り、三階にある菊枝の部屋へ小走りに向かい、扉から顔を見せた女中に、伊知地春彦氏が訪ねてきたので、槇岡中尉が見えられたら、下の喫茶食堂で待って頂くようにと命じてから自室へ取って返し、拳を二つ膝に揃えて俯く四角い顔と向かい合った。

相手がなかなか言葉を発しないので、

「お話と云うのはなんでございましょう？」と惟佐子が、どうしてこの人は炎天の朝顔よろしく萎《しお》れているのだろうかと訝《いぶか》りながら、剛毛を無理矢理撫でつけ固めた黒い頭に向かって云うと、下を向いたままの伊知地春彦は苦し気に話し出した。

「単直に申し上げます。私には、あれです、私には、すでに妻子があるのです」

そう云った伊知地は、相手の応答を押しとどめるように顔をつとあげて言葉を継いだ。

「もちろん正式な妻子ではありません。正式と云うのは婚姻をしておらないと云う意味であって、つまり、相手は新京《しんきょう》で知った女でして、歌謡酒場の女給をしておったのですが、と云ってもあれです、決してあばずれ者ではありません。これだけはあの者の名誉のためにぜひ申し上げておきたいのですが、立派な、とは云えぬまでも、筋目正しい、とも申せませんけれど、ちゃんとした素性の者であります。向こうでは私と一緒に暮らしておりました。子供もひとりあります。女の子です」

惟佐子に四角い顔を相対させて、しかし眼玉をあらぬかたにふらつかせつつ一気に言葉を吐き出した伊知地春彦は、固めた拳を膝にめりこませる勢いでぐいと突き、つむじを見せて深く俯く、椅子に座ったまま平伏するような格好になった。

惟佐子は眼の前に現れたつむじが、じつに大きい、形のよい立派なつむじだと感心し、座標上の螺《ら》旋《せん》の数学的表現について考えながら、そのことはお父様はご存知なのでしょうかと質問すると、俯く男は肩をいからせるようにして、「はい」と返答をする。妻子があってなお見合いをされたのでしょうかと次に問うと、今度も「はい」と、なぜそこまで明瞭に発音をする必要があるのだろうかと疑われるくらいはきはきした返事がある。そうしてまたつむじを見せつけて、斬首を待つ罪人よろしく首を差し出す格好で凝固する。

昼間見た伊知地春彦の顔は四角いと惟佐子は思い、ついいましがたまでそう思っていたのだが、こうして至近に相対して観察すると、実際はそれほど四角くはなくて、つまり七三に分けた髪が、そこまでぎっちりさせなくていいだろうと思うくらい整髪油《ポマード》で固定されて、長い方の髪がこめかみ近くで直角をなし、下方へ折り曲げられる形になっているのが、顔の輪郭が四角形と錯覚される原因であると惟佐子は分析して、するとなんだか可笑しくなってしまい、笑いの滲む声で云った。

「つまり、わたくしとの結婚をお断りにみえたのですね？」

「いえ」と否定した声は、「はい」のときとは違い、だいぶ歯切れが悪かった。

「父が申しますには、お前は正式に結婚しているわけではないのだから、そう云う者があっても全然かまわないと云うのです。まして相手は日本人ではないのだから問題ないと」

「日本の方ではないのですか？」

「はい。と云いますか、いまは日本名を名乗らせておりますが。しかしもともとは黒龍江の名家の出の者です」

「美しい方なんですね？」

「それはもう」と云ってすぐに伊知地春彦は顔を赤らめ首を横へ振った。「たいしたことはないです。あなたに較べたら、ドンゴロ草みたいなものです」

「ドンゴロ草？」

「はい。ドンゴロ草です」

「聞いたことがありません」

「そこらのつまらない草と云うことです。つまり、この場合、あなたが牡丹《ぼたん》ないし芍薬《しゃくやく》だと仮定しての話ですが。ただし馬に乗った姿はよいです」

「馬に？」

「はい。馬に乗って草原を走る姿はなかなかのものであります」

「伊知地様も乗馬を？」

「はい。満洲で習いました」

「あれでしょうか、伊知地様は、その新京の方と結婚なさりたいのでしょうか？」

「はい。と云いますか、いいえですだす」

狼狽《うろた》えたせいか伊知地春彦は変な語尾になって答え、惟佐子が噴き出すのを堪えて下を向くと、これを傷心の表現と思ったらしく、驚き慌てたように言葉を加えた。

「あなたには大変申しわけなく思っております。父からは、見合いまでに身をきれいにしておけと命じられておったのですが、とうとうできませんで、縁談は断ってもらいたいと申したのですが」

「お父様はなんと？」

「こっぴどく叱られました。そのうえで、内緒にしておけと。知られなければいいと。結婚する前に妾《めかけ》を持ったと思えばいいと。そんな者は世間には大勢いると。しかし、それでは新たに夫となる者としての節義が立ちません」

「節義？」

「はい、節義です」

惟佐子は下を向いたまま声を出さずに笑い、それから前傾姿勢の伊知地春彦の四角い――四角く錯覚される顔に向かって、で、わたくしはどうすればいいのでしょう？　と問うと、いっそう前傾姿勢を深めた男は云った。

「大変申しにくいことなのですが、あなたから縁談を断っていただきたいのです。ただし、私があなたに会って話したことは父には内緒にしていただいたうえで」

「春彦さんが」と惟佐子は相手をはじめて名前で呼んで云った。「お断りになったらいいんじゃありません？」

「そんなことをしたら勘当されます。勘当くらいですめばまだいい」

「どうなります？」

「座敷牢に入れられます」

「座敷牢？　そんなのが家にあるんですか？」

「ないです。ないですが、つまり、そう云うふうなことになると云うことです」

「それは大変」

「大変です」と答えてから、伊知地春彦は上目遣いで惟佐子を見て続けた。

「それにです。そもそも、あなたのような方との縁談を、私のごとき者が断れる道理がない。そうじゃありませんか？」

妙な理屈を口にした伊知地春彦がまたも顔を赤らめるのを見た惟佐子は、目の前の男の廉直《れんちょく》さの地下に磐《いわお》のごとき図々しさが埋設されてあるのを感じ、もう少しからかってやりたく思ったが、槇岡中尉との約束を思えば、迅速に会談を打ち切る必要があった。

とにかくこの件は父伯爵に報告して判断を委ねようと惟佐子は算段した。伊知地幸平は息子に子供がある事実を父伯爵に伝えていないはずで、これを知った父伯爵が面子を汚されたと怒るか、それともその程度なら仕方があるまいと考えるか、惟佐子には予想がつかなかった。前者なら伊知地春彦が「座敷牢」入りとなって気の毒ではあるが、しかしどちらかと云えば後者であるような気がして、その場合は縁談が進んでかまわないと考えたのは、結局のところ、鈍な図々しさを含め、伊知地春彦に悪い印象を持たなかったからである。少なくともこの人のつむじは偉大である、とそう思うと、可笑しくてならなかった。

急なことで考えがまとまらない、考える時間をいただきたいと惟佐子は云い、疲れたので休みたいと加えると、弾かれるように椅子から立ち上がった伊知地春彦は、遅くに失礼いたしました、万事よろしくお願いいたしますと、深々とお辞儀をして去った。万事よろしくとは、しかし一体どう云うつもりだろうと、扉まで見送った惟佐子はまたも可笑しくなり、扉を閉めてから、小さく声を出して笑った。

五十

惟佐子が「座敷牢」に怯える男と会談をはじめた頃、菊枝は命じられたとおり、玄関広間《ロビー》の椅子にかけて、槇岡貴之中尉の来訪を待ち受けていた。伊知地春彦がいかなる用件で惟佐子を訪《おとな》ったのか、その人となりを知らぬ菊枝には見当がつきかねたが、密室に年頃の男女が二人きりでいる危険への心配は、こと惟佐子に関しては無用であった。ましてや相手が相手である。見合いをしたその日に見合いをした当人の前で帯を解くなどと云う非常識な振舞は、いや惟佐子ならばしかねぬと、一瞬間は思いはしたものの、さすがにそれはないだろうと、不穏当な想像を打ち消して、槇岡中尉が現れたなら、お嬢様はいま着替えをされているので、少しそちらでお待ちいただきたいと、玄関広間《ロビー》に続く食堂兼喫茶室に導こうと算段をしながら玄関に注意していると、菊枝さん、と階段口に現れた牧村千代子が声をかけてきた。

「そんなところで何をなさっているの？」

千代子は東洋映像研究所から運んできた写真展の宣伝紙《チラシ》を玄関広間《ロビー》に置いてもらうよう頼みに降りてきたので、秋に上野の東京府美術館で行われる日本写真家聯盟主催の写真展には、千代子が撮った写真も兼子所長が数枚を撰《えら》んで展示作品に加えてくれ、撮影の腕前ではなく、女性写真家《カメラマン》が珍種であるがゆえの抜擢《ばってき》であることを千代子は弁《わきま》えていたけれど、これが「芸術写真家」初登場《デビュー》だと思えばやはり嬉しかった。

「お客様をお待ちしているところです」椅子から立ち上がった菊枝が答えると、千代子はすぐにまた問うた。

「槇岡中尉さん？」

はいと応じた菊枝は、そこまで知っているなら教えてもかまわぬだろうと判断して、事情を小声で説明すると、千代子は、まあ、と声をあげた。

「じゃ、いま、お見合い相手の方がいらしているの？」

肯定の返事に、そうなの、と呟いた千代子は、ならばぜひとも顔を見てみたいものだと云うふうに顔を天井へ仰向け、それから一緒にお茶でも飲まないかと菊枝を誘った。「おあいてさん」をしていた最後の頃に惟佐子付きになった菊枝と千代子は古い知り合いで、このところ何度か顔をあわせるうちに、親戚同士に似た親しみが生まれていた。

「なにか飲みたいけれど、女ひとりじゃちょっと気が引けるし。あそこからでも玄関は見えるでしょう」と云って千代子は玄関広間《ロビー》に続く喫茶食堂に顔を向けて笑った。「ここのホテルのミルクシェイクはちょっと有名なのよ」

少し躊躇《ためら》ったあと、では、ご一緒しますと菊枝は応じ、宣伝紙《チラシ》の束を観光案内の類が置かれた棚に置かせてもらった千代子と二人、玄関広間《ロビー》より少し床の高い喫茶食堂の、手摺際の卓《テーブル》に向かい合わせで座り、厨房から出てきた白い前掛けの女給仕《ウェイトレス》に、千代子はミルクシェイクを、菊枝は焙じ茶を注文した。落葉松《からまつ》林に面して、上辺が弧状《アーチ》になった窓の並ぶL字形の室には、四人がけと六人がけの木卓《テーブル》が十脚ほど置かれ、煉瓦の装飾暖炉《マントルピース》の傍に西洋人の夫婦が、中央に卓《テーブル》を寄せて遅い食事をとる七、八人の家族連れがいるほか、奥の窓前に浴衣の男が三人、傘電球の燭光下で麦酒《ビール》を飲んでいる。

惟佐子の見合い相手の素性を質した千代子が、伊知地幸平の息子だと教えられて驚いたのは、成り上がりの出自を隠さぬどころか、上州の泥亀と自称して政界に威を張る伊知地幸平と、笹宮伯爵家の息女が直ちには結びつかなかったからで、もっとも千代子は、数年前鬼籍に入った政友会きっての豪腕政治家、対外強硬派で知られた森恪《もりかく》、その後継者と目されている、と、それくらいしか伊知地幸平については知るところがなく、肝心の息子の方はどんな人なのかと興味津々問いを重ねているところへ玄関に人影が現れて、二人は視線を飛ばしたが、それはしかし目当ての人物ではなかった。絽《ろ》の着流しに麦藁の夏帽を被った男は、受付《フロント》で何事か訊ね、すると係の人間がこちらへ顔を向けて、同じくして頷いた男が籐の杖を手に近づいてきたから千代子は少々驚いた。

笹宮惟佐子さんのお付きの方ですかと、菊枝に声をかけた男は若くない年齢であったが、陽焼けした顔と恰幅のよい体軀には壮年者の精気が漲《みなぎ》り、籐の杖に凭《もた》れる立ち姿はなかなかに洒脱だと千代子が観じるなか、菊枝がそうだと答えると、小階段を上がってきた男は、自分は大木健蔵《おおきけんぞう》と云う者で惟佐子さんとは囲碁友達だと自己紹介をして、男が高輪台に住む音楽学校の学長であり、惟佐子の「御乱交」の相手のひとりだと知った菊枝は、狼狽《うろた》えつつも礼儀正しく椅子から立ち上がって、お嬢様に何か御用でしょうかと問うと、しばらく前から軽井沢に滞在しているのだが、退屈しており、笹宮惟佐子さんが当ホテルに来ておられると聞いて、囲碁の手合わせでもどうかと思い、誘いにきてみたのだと大木健蔵は述べ、彼が囲碁以外の「手合わせ」を望んでいることを即座に理解した菊枝は、お話は承りました、お嬢様にはさよう伝えておきますすと、素っ気ない口調でもって迅速な退去を促したところが、黒い夏帯を膨らんだ腹に巻いた男は、菊枝の希望とは裏腹にのっしりと隣卓に腰を下ろした。

「惟佐子さんはいまどうしてらっしゃるのかな?」

「お嬢様は」と応じてから、不安気に椅子へ腰を戻した菊枝は、向かいの千代子にちらり視線を寄越して云った。「もうお寝《やす》みになってらっしゃいます」

「ほう、ずいぶんと早いな」

「少しお疲れのご様子で」と菊枝は応じて細く溜め息を吐いた。この夜の時間に、たとえ見合い相手とは云え、男性と二人きりでいるとは伝えにくかったのだろうと、千代子は菊枝の心中を諒察しながら、いまここに槇岡中尉が現れた場合、一場をどう捌《さば》くべきか、途方に暮れてしまうだろう菊枝に同情する傍らで、ああ、なるほどそうですかと頷いた男は、で、こちらの方は?と、そこではじめて千代子の紹介を求めてきた。菊枝が双方を手短に引き合わせると、渋谷にある私立の音楽学校の学長をしていることを大木健蔵が、銀座の東洋映像研究所に勤めることを千代子がそれぞれ補足し、さらに千代子が今回は仕事ではなく惟佐子に誘われて遊びにきたことを伝えたところへ女給仕《ウェイトレス》が飲み物を運んできて、私には燗酒を頼むと女給仕《ウェイトレス》に注文した大木が懐の小袋から焦茶の喫煙パイプを取り出すに及んで、速やかな退去を望む菊枝の願いは最終的に打ち砕かれた。

「あなたも囲碁をお打ちになるんですよね?」

パイプに缶の莨葉《たばこは》を詰める男が千代子に話しかけ、ミルクシェイクを一口飲んだ千代子は、あまりの美味しさに嘆声が漏れそうになるのを堪《こら》えて、少々ですがと応じると、大木はおもしろそうに続けた。

「惟佐子さんに囲碁を手ほどきしたのはあなたなんでしょう？　惟佐子さんから聞きましたよ。子供の頃、遊び相手をしてくれた人から教わったと」

「教えたなんてとんでもないです」

「どんなふうに教えたら、あんなに強くなるんですかね。今度私にも教えていただけませんかね。あなたに教われば、私ももう少しましになるかもしれない。なにしろ私の碁は枠と云われますからね」

「わく、ですか？」

「笊《ざる》以下と云うことです」と笑った絽の着物からは微かに酒精の匂いが漂い、大木はすでに微醺《びくん》を帯びているようであった。

「しかし映像研究所ですか。と云うと、やはり写真を撮ってらっしゃる？」との相手の口調に、どうせお茶汲みなんだろうと軽侮する音色を聴き取った千代子は、ちょっと失礼しますと断って席を立ち、受付横の棚から写真展の宣伝紙《チラシ》を一枚とってきて和服の男に渡した。

「ほほう、写真展ですか。そうですか」と顎を頷かせた男は懐から老眼鏡を出して宣伝紙《チラシ》を眺め、なるほど、あなたの名前もここにあると微笑んだ。

「しかし女性写真家《カメラマン》とは珍しい。いろいろと苦労があるんじゃないですか？」

宣伝紙《チラシ》と眼鏡を懐へ仕舞い、パイプ莨に燐寸《マッチ》の火を移しながら問う大木はずいぶんと話し好きの人物のようで、自身が云うとおり、暇を持て余す様子であった。苦労と云うほどでもないが、機材が重いのが難儀で、鉄の脚立を担ぎ歩いたお陰で重量挙げの選手になれるくらい肉がついたと、しばしば人にするひとつ話を千代子が披露していると、先刻から焙じ茶には口を付けぬまま落ち着きなく視線を彷徨《さまよ》わせていた菊枝が、はっと顔色を変えて視線を動かしたのは玄関口に人影が生じたからで、しかし今度も目当ての人物ではなく、二人、三人と連なって硝子《ガラス》戸を開けたのは、最終便で軽井沢駅へ着いた人たちらしく、新来の客らは順次受付前《フロント》に並び、すると手酌の酒を口へ運んでいた大木健蔵がふいに大声をあげて、木島くん、と名前を呼んだ。

列の最後についていた、麻の上着《ジャケツ》にソフト帽の男が喫茶食堂へ顔を向けたのは、たしかに木島柾之で、驚いた表情で玄関広間《ロビー》を横切ってきた男に大木健蔵が気安く話しかけた。

「いいのかね。いま東京は大騒ぎだろう。軽井沢くんだりでのんびりしている場合じゃないんじゃないかね」

「だから逃げてきたんですよ」と応じた木島柾之は、どうしてこのような組み合わせで人々が一座を成しているのか疑う、不審の表情を微笑の仮面に隠して喫茶食堂へ上がってくると、提げていた四角い皮革の旅行鞄を床へ下ろし、帽子を脱いでから、隣卓の千代子と菊枝に黙礼して大木の向かいへ腰を下ろした。

東京で何かあったのだろうかと不審に思った千代子が質問する時機《タイミング》を窺っていると、大木が気を利かして、陸軍の永田軍務局長が斬られたのであると教えた。

「白昼に執務室で斬り殺されたんだからね。油断があったんだろうな。たいした事件じゃないふうにラジオは伝えているが、そんなはずはないだろう」

「たしかに騒ぎにはなっていますね」木島柾之は注文を聞きにきた女給仕《ウェイトレス》にウイスキー・ソーダを頼んでから話し出した。

「しかし、私などの出番じゃないですよ。あくまで陸軍内の問題ですから」

「陸軍内の問題が陸軍外へ波及するから困るわけでね」

「それはそうですが、こっちや荻窪方面に余波が届くのはまだ先でしょうから」

「それより、貴公はいつ日本へ戻ったんだい？　カルトシュタインの葬式でドイツへ行ってたんだろう？」

「先週戻りました。いやはや、日本は暑いですね。まるで蒸し風呂だ。それもあって逃げてきたんですよ」と云った木島柾之は、隣卓に顔を振り向けて、惟佐子さんはいまおられますか？　と何気ない調子で質問し、はいと答えた菊枝はいよいよ顔色を悪くしながら、お嬢様はお疲れなので寝んでおられますと、今度も千代子に目配せして返事をすると、大木健蔵が横から口を出した。

「君も笹宮惟佐子さんに用事があるのかね？」

ええと答えた木島柾之はちらと千代子に視線を向けてから、大木に向かって云った。

「君も、と云うと、先生も笹宮さんに？」

恰幅のよい音楽学校の学長は、質問者から一度眼を逸らして猪口《ちょこ》を口へ運び、それから答えた。

「囲碁の相手をしてもらおうかと思ってね。君は知っているかどうか、笹宮惟佐子さん、あの人は強いぜ。こっちが何子《し》か置かないと勝負にならないんだからな。しかし、どうもフラれたようだ」

先刻の菊枝の返答の具合からして脈がないと判断したらしいと千代子が観察しているところへ大木が語を継いだ。

「それでいま、こちらのお嬢さんを口説いているところだ。しかし惟佐子さんより一段と強いらしいから、なかなか大変だよ」

「あなたはたしか日光で——？」

木島柾之が顔を向けてくるのへ、はいと返事をした千代子が、取材でご一緒しましたと云うと、すぐにまた大木が口を出した。

「なにしろ日本初の女性写真家《カメラマン》だからね。社会進出する大和撫子の代表格だ。君は脚立なんて持って歩いたことがないだろう？　宮内省の中庭で蹴鞠《けまり》をするくらいで」

苦笑でこれを遇した木島柾之は、運ばれてきた硝子盃《グラス》を口へ運んでから質問した。

「今回も取材ですか。笹宮さんの？」

「いくら女性写真家《カメラマン》でも盆休みに仕事はしないさ」と千代子に代わって大木が応じる。「惟佐子さんに誘われて休暇でいらしている」

「つまり笹宮さんの友達と云うことですか？」

惟佐子に友達があるのが意外だと云うふうに木島は問い、惟佐子の遊び相手だったことを千代子が手短に説明すると、

「それより、君は惟佐子さんにどんな用事があるんだい。駅に着いて真っすぐきたんだろう？」と大木が床の皮革鞄に眼を遣《や》って尋問した。

「笹宮さんがここに泊まっていると、実家の方に問い合わせて聞いたものですから」と木島はさらりと応じたが、これでは答えになっていないと思ったのか、すぐに言葉を加えた。

「向こうで聞いた白雉博允氏の消息などお知らせしようかと思いまして」

「なるほどね。それで荷物も置かずに一目散にホテルまで飛んできたと云うわけだ」とパイプを吹かして大木は云い、言葉に映る皮肉の影に気づいた千代子は、卓《テーブル》に向かい合う男たちが惟佐子を巡って鞘当てのごときものを演じているらしいと観察し、二人が惟佐子が見合いを目的に軽井沢へきたのを知らぬ様子なのを見れば可笑《おか》しくて、部屋を訪れていると云う伊知地幸平の息子がいまここへ降りてきたら一体全体どう云うことになるのだろうかと、一場の劇への無責任な興味と、困惑して顔を青くしている菊枝から伝染した不安をともに抱きつつ考えたが、さすがに千代子も両者が分かち持つ惟佐子との「秘密の関係」にまでは想像が及ばなかった。

事実、大木健蔵も木島柾之も惟佐子の見合いの件は知らなかった。しかしかりに知ったとして惟佐

子への執心に変わりはなかったはずで、予想だにせぬ一度目のあと、どこか憂慮の苦みを含んだ甘美な時の余韻のなかで、狎《な》れた触手を伸ばした二度目の誘いに惟佐子が応じぬことが執心を募らせたあげく、誰もが解放的な気分に浸され、人と人の距離が縮まる避暑地であれば、密会の機会が得られやすいはずだと考えた点でも二人は共通していたが、どちらが惟佐子の官能に肉薄しているかについては、それぞれ自分が優位であると信じて疑わず、互いに憫笑《びんしょう》を投げかけ合うのはその所為《せい》だった。

「しかし、肝心の姫君が臥所《ふしど》で御寝みでは詮方《せんかた》ない。大人しく帰るしかないだろうな」大木健蔵が云うと、ええと頷いた木島柾之が菊枝に顔を向けた。

「惟佐子さんの明日の予定はどうなっています？」

はいと返事はしたものの、菊枝が言葉に窮しているのを察して千代子は口を出した。

「明日は、わたしといろいろして過ごそうと相談しています」と千代子は云ってから、これでは嘘になると思い言葉を足した。

「惟佐子さんはほかにもご用事があるようなことを仰《おっしゃ》ってましたわ。お昼にはどなたかとお食事をされるそうですし」

「もし碁を打つようなら、ぜひ私もまぜてください」と云う大木健蔵に向かって千代子は、その場合は必ずお知らせしますと答えると、大木は本気のようで、ホテルの受付《フロント》に別荘の住所を教えておくので従業員に連絡させて欲しいと重ねて頼んだ。

「では、もう一本飲んだら行くとするか」清酒の徳利を振った大木は女給仕《ウェイトレス》を呼んだ。

「君ももう一杯どうかね？」

「そうしますかね」と応じて女給仕《ウェイトレス》に注文を伝えた木島柾之が、それよりひとつよろしいですか？と、正面の男に向かって居ずまいを正すふうに云い、座は僅かに緊迫した。

「なにかね？」大木が身構えるように煙の奥で応じると、若き貴族官僚は云った。

「日本酒とパイプ莨は合わないと思うのですよ」

手にした喫煙具を眺めた大木が黙っているところへ木島は言葉を加えた。

「紙巻ならともかく、パイプ莨は脂《やに》が強いですからね。ワインにも酒にも合わない。合うのはスコッチでしょう」

「それは好きずきだろう」大木が破顔すると、木島柾之も同じく笑顔になる。

「それはそうですが、美学の観点からは感心できませんね。能舞台でヴァイオリンが鳴るようなものだ」

「そう云うが、一昨年だったか、水道橋の宝生《ほうしよう》会館で、ぼくの弟子が狂言の後ろでチェロを弾いたよ」

「その話は聞きましたが、まったく醜悪ですよ。そう云うお手軽な和洋混交と云うのは」

「君も日本主義かね。まあ、ぼくもあの会は感心はしなかったが、なんでもかでも純潔ばかりを尊ぶ姿勢はどうかと思うがね。文化は異質なものが衝突するところに生まれるんでね。ベートーベンだってトルコ音楽の影響を大いにうけている」と大木が反論して、文化創造を巡る討論が巻き起こりかけたとき、あ、と菊枝が声をあげて、見ると玄関口に男が現れて、かつかつと硬い靴音を響かせて玄関広間《ロビー》を渡り、小階段から喫茶食堂へあがってくるのは、夏だと云うのに暑苦しい鼠色の上下衣《スーツ》を着た鉄縁丸眼鏡の男だ。

なんだか気味の悪い人だなと、千代子が観察するうちにも、眼鏡猿を想わせる痘痕《あばた》顔の男は卓《テーブル》の脇へ立ち、笹宮惟佐子さんはおられますかと菊枝に訊ねたから驚いた。

いま部屋で寝んでおられますと、明らかに色の悪くなった唇を震わせて、菊枝が三度目の嘘で応じると、そうですかと頷いた男は、それでは私がきたことをお伝え願いますと云って、立ったまま上着《ジャケツ》の内袋《ポケット》から出した手帳に何か書きつけ、頁《ページ》を破いて菊枝に手渡したのは、自分が泊まる宿の連絡先のようであった。

「あなたは？」

大木健蔵が眼鏡男と菊枝を半々に眺めて問うと、すぐには答えず手帳を仕舞う男に代わって、黒河《くろかわ》八郎《はちろう》氏ですよと、木島柾之が手にした硝子盃《グラス》に視線を据えたまま教え、これはどうも、と発音した男が誰にともなく会釈すると、国本社《こくほんしゃ》や三六倶楽部で仕事をしている人ですと木島柾之が紹介を加えた。

「三六倶楽部と云うと、在郷軍人会の？」

大木健蔵が問い、そうだとの返事を木島から得ると、あからさまな嫌悪の色を陽焼け顔に浮かべて大木が云った。

「在郷軍人会の人間が、笹宮惟佐子さんにどんな用があるのかね？」

咎める調子に遭った黒河は痘痕顔を歪め、何かの発作の前兆のように唇を引き攣《つ》らせて、嫌悪を呼ばずにはおかぬ顔の動きはしかし笑いに相違なく、それが証拠に、青白い燐光を纏うように見える歯を牙めいて剝き出し吐かれた、或る種の鳥じみた甲高い声には、どこか愉悦の響きが孕まれていた。

「呼ばれたのですよ」

「誰が？」

「私がです」

「君が？　惟佐子さんに？」

「そうです」

「なんで？」

「私にもわかりませんが、ちょっと相談があるからと」

「相談？」

大木健蔵が疑惑の眼差しで男を点検するように眺め回しているところへ女給仕《ウェイトレス》がきて、すぐにも立ち去る格好でいた黒い男は、大木の視線に反発するかのように、麦酒《ビール》をくれるかね、と鷹揚《おうよう》に注文してから、わざとのように靴音を立てて歩き、千代子たちから一つ置いた卓《テーブル》へ腰を下ろした。

不愉快な顔で徳利から酒を猪口に注いだ大木健蔵は、睨むような眼を黒河に向けてまた声をかけた。

「こんなところで呑気にしていていいのかね。陸軍はいま大変なことになっているんじゃないのかね？」

人々に背を向ける形で座った黒河は首だけを捩《ね》じ曲げるようにして、そうでもないですよ、まあ永田少将は全般にやりすぎでしたからと応じると、あとは巣穴に閉じこもる野鼠めいて動かず、後ろ向きの背中が拒絶の意志を表明するのとは裏腹に、僅かに横顔を窺わせる姿勢が、人々との交流――いつでも望む時機《タイミング》に冷笑とともに断ち切れる交流への意欲を暗示して、それがいかにも中途半端な、未練がましい振舞に思えた千代子は、この人はこんなふうにして生きてきた人なのだなとの感想を抱き、それにしてもこの気持ちの悪い人に惟佐子はいったい何を相談しようと云うのだろうと、不審に思ったところへ女給仕《ウェイトレス》が麦酒《ビール》瓶と硝子《グラス》盃を盆に載せて運んできた。

三六倶楽部の男は妙に歪んだ感じのする猫背をもくもくと蠢《うごめ》かして麦酒を硝子《グラス》盃に注ぎ、とくとくと鳴る響きが天井に響いた。大木健蔵はしばらくは黙って手酌の酒を飲んでいたが、正面前方に居る男に向かって、君はあれかね、と再び話しかけたとき、玄関脇の階段口から人がぬっと現れ出て、一座の注意がそちらへ向かったのは、人体の構造からしてあり得ぬくらい首を直角に折り曲げた男の格好が眼を惹いたからで、しかも男は玄関口へは向かわず、玄関広間《ロビー》を横切ってきたので、勢い一同の注目を浴びる結果となった。新来の男は蹌踉《そうろう》の言葉がぴったりの姿で喫茶食堂へゆらめき入ってくると、黒河の横の卓《テーブル》にふらふらと腰を下ろした。

注文を取りにきた女給仕《ウェイトレス》に男は麦酒《ビール》をくれと頼み、女給仕《ウェイトレス》が置いた洋杯《コップ》の水を牛のように飲み、また深く俯く様子は、あるいは病気なのかもしれぬと、一同がなお注視するなか、驚いたことに、横の卓《テーブル》の黒河がいきなり、伊知地さんと、甲高い声をかけた。

あううと寝ぼけたような声を出して顔をあげた男は、ぼんやり濁った眼で黒河を眺め、相手が誰だかわからぬ顔で小さく頭を下げた。自分は黒河です、前に会社に伺ったと、黒河が云うと、ああ、あなたでしたか、その節はお世話になりましたと、新来の男がようやく尋常の挨拶を返すのを見た千代子は、それが惟佐子の見合い相手だと即座にはわからなかったけれど、黒河の発した伊知地の名前を耳に捉えた菊枝の、驚愕とも不審ともつかぬ、感情の影が激しく過《よぎ》る表情から、そうか、あの人が伊知地幸平の息子であるかと理解し、あらためて振り向けた好奇の視線のなかでは、自分の卓《テーブル》の瓶を手に取った黒河が、男の飲み干した水の洋杯《コップ》に麦酒《ビール》を注いでいる。

「御婚約おめでとうございます」

黒河が云うと、伊知地は注がれた洋杯《コップ》を前に表情なくぼんやりするようだったが、慌てたように盃をとって、ありがとうございますと気弱な笑いを返した。

「御結婚はいつ頃になりますか？　来春あたりですかね」

黒河の問いに、ええ、おそらくはと答えた男は、防御的な笑みを浮かべながら一度口まで運んだ洋杯《コップ》を卓《テーブル》へ戻したとたん、ダンと音をたてて倒してしまい、やはり具合が悪いのか軀《からだ》が失調するふうで、しかし内袋《ポケット》から手布巾《ハンカチ》を出した黒河は気遣う様子もなく、零《こぼ》れた麦酒《ビール》を横から拭いてやりながら委細かまわず問いを重ねる。

「結婚後は東京にお住まいになりますか？　それとも満洲に？」

どうですかね、と男が困惑気味に返答しているところへ、パイプから煙を盛大に吹き上げつつ成り行きを眺めていた大木健蔵が酔いの色の混じる声を発した。

「どなただか知らないが、婚約ですか。結婚が果たして幸せに直結するものであるかどうか、疑問なしとは云えないが、まずはめでたいと云ってよいでしょう」

黒河が口にした「婚約」の言葉と、男の沈鬱との落差を不可解に思いながら、大木健蔵は若い男に同情する気分が芽生え、彼が黒河からいたぶられているように思えて気の毒になったのである。すると椅子の黒河が半身の構えになり、こちらは伊知地春彦さん、衆議院議員の伊知地幸平氏の息子さんですと紹介し、一貫して黒河を無視し俯いていた木島柾之がはっと顔をあげたのは、「天皇機関説劇場」の役者のひとりとして、木島たちからすれば敵役として伊知地幸平が頻繁に登場していたからで、しかし息子に関心を持つ理由はなく、黒河から新たに注がれた麦酒《ビール》に儀礼的に口をつける男を一瞥しただけですぐに興味を失う一方、ほう、君が伊知地幸平氏のねと呟いた大木健蔵は、父親は名前しか知らぬが、息子の方には不思議と好感が持てるなと、酔った頭で思いながらまた声をあげた。

「こんなところで会ったのも何かの縁だ。貴君の婚約を祝して乾杯させていただこう。なあ、木島君？」

はあと、気のない返事をした木島柾之は、得体の知れぬ焦燥感を胃の腑の辺りに覚えながら、それでもウイスキー・ソーダの硝子盃《グラス》を手にし、大木に眼で促された千代子は、じつにこの大木健蔵と云う人は場を明朗にする人物であることよ、父親は酔うと陰気になるけれど、こう云うふうに楽しく酔うのはいいな、この人となら碁盤を囲んでも楽しいだろうなと考えつつ、大木の陽気に同調する笑顔を作って空になっていたミルクシェイクの硝子盃《グラス》を捧げ持ち、向かいでは、金縛りに遭った人のように軀を固くした菊枝がかろうじて手を伸ばして、すっかりぬるくなった焙じ茶の茶碗を摑んだ。

「では、伊知地君の未来に乾杯！」

大木の音頭に一同は、それぞれが手にした容器を中空に捧げる格好になった。

五十一

天皇機関説問題は、炎暑の夏が去り、秋風が吹く候になっても火勢衰えるところなく、九月の半ば、美濃部博士が貴族院へ辞表を提出して決着を図ったものの、辞職に際しての談話がかえって火に油を注ぐ結果となり、このままでは倒閣に至りかねぬとの陸海相の助言を入れて、政府は八月初頭の国体《こくたい》明徴《めいちょう》声明に続き、統治権の主体が「天皇にましまます」ことが「我が国体の本義」である点を闡明《せんめい》し、天皇機関説を「厳に之を芟除《さんじょ》せざるべからず」と宣言する、第二次声明を発するに至った。

紛擾《ふんじょう》はこれを以ていったん収まるかに見えたが、反対陣営は一木《いちき》枢相をはじめ人事面に処分が及ばぬ点を不満として、闘争はこれからだと戦意を燃やし、残暑と競う運動の熱渦中で、笹宮伯爵もまた倒閣をめあてに八面六臂《はちめんろっぴ》の活躍をなしていた。機関説を「芟除」すると云うなら、信奉者はことごとく公職から、国家社会から除かねばならぬはずだと云うのが笹宮伯爵の主張で、大小都鄙《とひ》、さまざまな会合や集会に呼ばれては口演をなし、国士ふうの叫喚とは対極の、哀感さえ漂う、内奥の熱を抑えた憂国の心情の吐露は、神社の集会所や町の劇場に蝟集《いしゅう》せる田舎郷士の熱涙を搾りとった。

神楽坂《かぐらざか》の料亭『篠田』で笹宮伯爵が伊知地幸平と秘密会合を持ったのは、第二次国体明徴声明から十日ほど経った、秋雨に紅葉が蕭然《しょうぜん》と煙る十月下旬のことであった。至急相談したいことがあるのでお運び願いたいと、午前中に伊知地の秘書から連絡があったその日は、午《ひる》に知人の結婚披露宴に出たあと、貴族院の会派と国本社の会合が続けてあり、最後に談話を求めてきた『中央公論』の記者と懇談して、笹宮伯爵が黄変した桜葉を散らす雨のなか、神楽坂へ自動車で向かったのは、午後の八時を過ぎた時刻だった。

笹宮惟佐子と伊知地春彦の縁談は滞りなく進捗し、来春三月に飯田橋の大神宮で式を執り行い、東京會舘で披露宴を開くと決定されていた。夏の軽井沢で伊知地春彦の訪問を受けた件を惟佐子から報知された笹宮伯爵は、そのときばかりはむっとなり、結婚前に蓄妾とはやはり育ちは隠せぬものだと侮蔑的に考えたものの、判断は父上様にお任せしますと云う惟佐子自身に気分を害した様子はとくになく、考えてみれば、その程度のことで傷つく惟佐子ではそもそもなくて、むしろ正直に縁談を断りにきたと云う伊知地春彦の、思ったとおりの天然の馬鹿ぶりが確認されて、このまま縁談が進んだ場合、夫は心理的負債を背に結婚生活に入ることを余儀なくされるわけで、これは妻側に有利であると計算した笹宮伯爵は、惟佐子が同じく考えているに違いないと察したのだった。

伊知地幸平は畳に額を擦り付けた。そうしながら女とは絶対に別れさせると約束した。しかし、それでは真っすぐな性格の春彦くんが納得しないのではないかと厭味を云うと、あんなものは若気の至り、一時の気の迷いにすぎない、惟佐子さんの感化があれば春の淡雪のごとく女への思いは消え行くこと疑いなしであると述べた伊知地幸平は、畳へ額をめり込ませる勢いで平伏し、笹宮伯爵は厭味を二、三付け加えたうえで謝罪を受け入れた。もっとも伊知地が心底申し訳なく思っているわけではないことは、長年政界の濁水に馴染んできた笹宮伯爵には端《はな》から理解されていて、伊知地にとって土下座は日常の挨拶、先祖の上州細民の基本姿勢とすら云えるものなのであり、伊知地は自分が土下座する、その数十倍の回数、人に土下座をさせていた。

仲居の案内であがった『篠田』の座敷で先に酒食をはじめていた伊知地には連れがあって、上座の座布団に尻をつけた笹宮氏の盃《さかずき》に紫縮緬《むらさきちりめん》の仲居が銚子から酒を注ぐのを待って、大変にご苦労様ですと挨拶して盃を捧げ持つ格好になった男は西沢禮次郎《にしざわれいじろう》、埼玉県選出の衆議院議員で、政友会「伊知地派」の参謀長格である西沢は、ほとんど二人組《コンビ》であるかのように、ないしは影のように、いつでもどこでも伊知地とともに動き回る。浄土真宗の僧侶である西沢は、もと陸軍主計少佐でもあり、軍務を辞したのち米国《アメリカ》に渡って仏道布教をしたと云う風変わりな経歴の持ち主で、政友会が幾本か保持する陸軍との管《パイプ》の一本である。年齢は四十歳代半ばだが、僧侶とは思えぬ剽軽《ひょうきん》な男で、宴席で見せる菊五郎の女形の真似は絶品、安来節《やすぎぶし》については、少なくとも政界では他の追随を断然許さない。

いなだと鯛と烏賊《いか》のお造り、土瓶蒸し、さわらの松葉焼などが座卓に並んで、しばらくは本決まりとなった惟佐子と春彦の結婚話が仲居を交えなされたが、ほどなく人払いをした西沢が、座蒲団から立って襖を開け、廊下と隣室に耳がないことを用心深く確かめてから、手首に巻いた数珠《じゅず》をじゃらりと鳴らして話を切り出した。

「じつはですね、例の機関説なんですが、そろそろ幕引きといきたいと思うのですよ」

「幕引き？　どう云うことだろう」笹宮伯爵は、数珠とはまるでそぐわぬ、仕立ての良い三つ揃いの上下衣《スーツ》に派手な紅のネクタイを締めた男に問い返した。

「この辺りで兵を退《ひ》くと云うことですな」

「しかし、なぜ？」とまた問うた笹宮伯爵が虚を衝《つ》かれたのは、今日の会合が政府をさらに追い込むべき方策の打ち合わせだと考えていたからで、事実、昨日の国体明徴達成聯盟の両院懇談会では、奸《かん》賊《ぞく》討伐に向けてなおいっそうの努力を重ねぬべしと伊知地は演説をしたので、だから笹宮伯爵はむしろ、伊知地が現内閣を潰すに足る爆弾を、たとえば去年の斎藤《さいとう》内閣総辞職の因となった帝人事件のごとき醜聞を摑んだのではないかとさえ想像していたので、「兵を退く」の言葉はまったく予想外であった。見れば伊知地は黙って酒を口へ運んでいる。

「早い話が、兵を退くのは、三宅坂の意向ですな」と自分も猪口に口をつけて西沢が云い、

「しかし、どうして？」と笹宮伯爵が疑念を漏らしたのは、天皇機関説撲滅運動の一番の推進力が三宅坂、すなわち陸軍だったからで、むろん陸軍にも機関説信奉者はあって一枚岩ではないけれど、相沢事件――永田鉄山が相沢三郎中佐に斬殺された事件からこちらの情勢は、天皇親政下の国家改造を目指す皇道派の勢力が、反皇道派の結節点であった永田少将が消えた結果、増していると観察されていたから、陸軍がいま機関説問題から手を引くのは不可解であった。

「倒閣と云うことになると陸相も辞任となる。それを避けたいと云うことがまずある」と続けた西沢は、相沢事件を引責して辞任した林銑十郎《はやしせんじゅうろう》大将の後継の川島義之《かわしまよしゆき》大将は「無色」の人物であり、皇道派の将軍らにとっては都合がよく、隊付青年将校らにも歓迎する声があるのだと述べた。

「事を起こした場合、下の者の振り付けどおりに動いてくれそうだと云うわけでしょうな。内閣総辞職となった場合は、陸相も当然辞任と云うことになる。後継内閣において、必ずしも望ましい人物が陸相になるとは限らないですからな」

「しかし、そうだとしても、いまが英米派の重臣連中を叩き潰す好機だと思うがね」と笹宮伯爵は云い、一木枢相、金森法制局長官の辞職は時間の問題であり、もう一押し二押しして国民の熱を呼び起こすなら、国家社会の中枢に巣喰う同類の者どもを一気に殲滅《せんめつ》するところまで至れるはずだと続けたところで、西沢が素早く言葉を差し挟んだ。

「そうなったところで、こっちに政権がころがりこむわけじゃないですからな」

「それはそうだが、新政権はわれわれに一定の配慮をせざるをえないはずだ」と反論した笹宮伯爵は、そう云ってみてから、「われわれ」の内実に思いを致して、にわかに不安になった。「われわれ」とはすなわち反天皇機関説陣営と云うわけで、その中心は陸軍であり、国本社のごとき右派団体であるが、そうした権力の野にあって自分はどこに位置するか？　と問いをたてたとき、運動の先頭に立っているように見えて権力基盤を欠く自分は、「われわれ」に含まれるのはたしかだとしても、自分の眼からしても狂信者としか思えぬ「国士」連中と変わらぬ、平土間《ひらどま》の末席に加えてもらえるだけなのかもしれぬと思えば心が細くなる。

立憲政友会にしても、反機関説を率先唱導するのは伊知地の派閥など一部にすぎず、その伊知地にしたところで陸軍中枢との連携を求めて反機関説の旗を振ったのは明らかで、陸軍が退くとなれば旗を降ろすのは自然であった。その辺りの力学は理解でき、笹宮伯爵自身、そもそもは貴族院内の政敵打倒の具として天皇機関説を持ち出したのであって、政治信条と云うものが権力の気圧配置下でいかようにも形を変えるべき何かであるとは弁《わきま》えていたけれど、こと天皇機関説撲滅に限っては、自分のなした活動中、これほど効果を発揮し、脚光を浴びたものはかつてなかった所為《せい》か、すっかり魂の根幹に食い込んで、一種の天職《ライフワーク》となった感があったから、突然幕引きと云われてもにわかには納得しかねた。

「われわれに配慮しない政権ならば、また潰すまでだ」不安の種子を押し潰すようにして笹宮伯爵が気炎をあげると、顔に過った薄ら笑いを直ちに消し去って西沢が口を開いた。

「宇垣《うがき》が出てくることを陸軍は懼《おそ》れているんですよ」

「宇垣一成《かずしげ》が？」

そうですと頷いた西沢は、体調を崩した牧野伸顕《まきののぶあき》が辞意を表明している内大臣の椅子に、前首相の斎藤実《まこと》が内定しているらしいとの情報をまずは披露して、これで宇垣一成に大命降下する可能性がぜん高まったのだと観測を述べた。

「斎藤が宇垣を推す公算は高い。しかし宇垣だけはなんとしても阻止したいと云うのが陸軍の総意です」

西沢の言葉に笹宮伯爵も頷かぬわけにはいかなかった。陸相時代に軍縮を断行し、現在は朝鮮総督を務める宇垣一成は実力者であり、彼が首相となった場合、軍主導の国家改造を目指す陸軍にとって難敵となることは間違いなく、皇道派も反皇道派も差別なく、反宇垣で陸軍が一丸となるだろうことは笹宮伯爵も理解していた。

「革新派の若手将校連中も、宇垣では自分らの運動が潰されかねないと考えていますからな」と西沢は言葉を添えて、笹宮伯爵の顔色を窺うように盃に燗酒を注いだ。

宇垣内閣になるくらいだったら現政権の方がまだましである。その理路はわかりすぎるくらいにわかり、陸軍との連携を重視する伊知地がその意向を無視して倒閣に邁進すべきでないことも呑み込めたものの、笹宮伯爵は幕引きには同意できず、しかしそれは急坂を下る車が直ちに停まれないだけの話であった。伊知地と結び、さらに伊知地を介して陸軍と結ぶ自分には、陸軍の意向に逆らう方策はとりようがないのだ。表情は平静を装いつつ、急停止をかけた車輪があげる摩擦熱を全身に感じながら、笹宮伯爵は盃を呷《あお》った。

伊知地、西沢もしばらくは黙って盃を口へ運んでいたが、どこからか賑やかな三味線の響きが届いてきたところで、

「来年早々に選挙になりそうなんでです」と伊知地が口を開き、政友会は内閣不信任案の提出の時機を窺っており、その場合は衆議院解散になる可能性が高いと述べた。

「云うまでもないことだが、選挙はとにかく勝たなければならんのでね」と云った伊知地が、立憲政友会の勝利はもちろんのこと、政友会内における自派の勢力拡大を目論んでいるのは当然で、落選すれば「ただの人」でしかない彼らにとって、選挙以上の関心事は他になく、それから較べたら天皇機関説問題などは些事《さじ》にすぎぬことも笹宮伯爵はよく知っていた。

「あんたには選挙は直接関係ないわけだが、しかし、ここはひとつ、われわれの勝利のために助力をお願いしたいのですよ」

伊知地は「われわれ」の語を強調するように云って銚子を差し向けてきた。とうとう自分は成り上がり政治屋の使い走りにまで墜ちてしまったかと、笹宮伯爵は不愉快になり、しかしいまは伊知地に貸しを作るのが得策だった。

「いろいろ働かせてもらいますよ」と笹宮伯爵が云うと、伊知地は大きく頷いて、よろしくお願い致しますと、深々と頭を下げた。それから話題を変えて、陸軍の隊付将校に何か動きがあるだろうかと質問したのは、笹宮氏には独自の陸軍方面への管《パイプ》があると、伊知地らが評価しているからで、その管《パイプ》が息子の笹宮惟秀大尉であると伊知地らは解しているようだったが、実際のところは、惟秀からは近頃ほとんど、と云うよりまったく連絡はなくて、陸軍関連の情報を運んでくるのは黒河や井崎と云った出入りの者らだった。

「第一師団の満洲派遣が決まったようですな」と西沢が探るように云い、そのようですと笹宮伯爵は頷いた。東京の第一師団には、野中、安藤と云った筋金入りの強硬派革新将校があって、武力行使による維新断行の企画があるとの情報は以前から伝わり、もはや一触即発であるとの話も昨秋から今春にかけて幾度かあって、しかし相沢事件を経て、革新将校と結ぶ皇道派諸将の力が増した現況下、クーデタは遠ざかったとする説と、むしろ切迫したとする説が交錯したが、笹宮伯爵が前者だと考えていたのは、革新将校らが相沢事件の公判を通じて昭和維新の正当性を世間に訴えていく方針をとりつつあると云う黒河の情報であった。そこへ第一師団の満洲派遣を軍務局が決めたとの情報が新たにもたらされて、これでいよいよ直接行動の可能性は消えたと考えていたのだが、同じ情報を手にした西沢は、部隊が東京にあるうちに事を起こすべしと隊付将校が考え、動きが早まる可能性があると、正反対の解釈をしてみせた。

　しばらくは同じ問題を巡って言葉が交わされたが、とにかくいまは情報蒐集に全力をあげるしかあるまいと云う、最初からわかり切った結論に至るのみで、話題が再び選挙対策に戻ったとき、西沢がふと思い出したように云った。

「そう云えば、一月の異動で、笹宮惟秀大尉が近衛師団に戻られるそうですね」

　息子の異動の話は笹宮氏には初耳であった。が、そうは云いにくいので、素知らぬ顔で、そのようですなと応じると、

「いまはどこでしたか？」と伊知地が問い、

「宇都宮です」と笹宮氏が応じると、西沢は儀礼的な笑顔になって云った。

「今度は近衛聯隊の参謀ですか。おめでとうございます。いよいよ出世の軌道に乗られましたな。このまま順調に行けば、いずれは大臣か参謀総長になられるんじゃないですか」

　そんな器じゃありませんと、西沢のお世辞に謙遜しながら、しかし笹宮伯爵が奇妙な感覚に捉われていたのは、たしかに経歴だけをとるならば、惟秀が将来、陸軍の中枢に据わることに不思議はないにもかかわらず、息子がたとえば軍務局長や参謀次長と云った要職に就く姿がまるで想像できなかったからで、血を分けた身内のせいだろうかと考えたとき、そもそも自分が息子の顔を思い出せないことに気がついて狼狽《うろた》えた。軍服姿は思い描けても帽子の下の顔だけが空白のままになる。子供の頃か

ら接触が少なかったとは云え、惟秀が陸軍士官になって以降は、むしろ会う機会を積極的に求めてきたから、顔がわからぬと云うのは奇妙であった。

選挙対策の話が一段落したところで、まあ、会議はこれくらいにして、少し賑やかにやりますかと西沢が手を打つと、ところでと、伊知地が笹宮伯爵に向かって云った。

「前々から笹宮さんにお訊きしようと思っとったのですが」

「なんでしょう?」

「天皇機関説と云うのは、つまり、何がいかんのでしたかね」

伊知地は冗談を云っているふうではなかった。素朴な疑問を抱いてそれを口にしたことは間違いなく、瞼の奥に隠れた眼から真率な光が放射されているのを見た笹宮伯爵は、伊知地の半睡の熊みたいな顔をしばらく凝《じ》っと眺めた。

五十二

同じ雨の夜、笹宮伯爵邸の母屋二階には、障子窓から楠《くすのき》の大樹を望む畳部屋で向かい合う、牧村千代子と笹宮惟佐子の姿があった。

夏の軽井沢のあと電話や手紙では連絡を取り合っていたものの、二人が直接会って話すのはあれ以来で、その間、宇田川寿子の事件を巡る謎の追及はそれぞれが出来る範囲で行い、双方に進展もあって、とにかく一度会って情報を交換しなければならぬと二人がともに思いながら、秋から写真家《カメラマン》として一本立ちした千代子は仕事に追われ、惟佐子は惟佐子で、結婚へ向けての挨拶回りや衣裳合わせなどが予定に組まれて、なかなか調整がつかず、千代子が麴町へ足を向けることができたのは、十月下旬の金曜日、それも午後七時過ぎの夜刻、夕食がまだだと云う千代子のためにサンドイッチと温牛乳《ホットミルク》を部屋へ運ばせて、これを食しながらの相談とあいなった。

惟佐子は畳部屋に桃花心木《マホガニー》の円卓と椅子を二脚運ばせて、これは前回の訪問の際、千代子が座布団の上で窮屈そうに脚を畳んでいたのを見た惟佐子の配慮で、正座が苦手の千代子には有り難かった。

「兄から今日、連絡があったんですけれど」

自分は砂糖で甘くした牛乳だけを飲む惟佐子が、これ、おいしいと嘆声をあげて苺ジャムのサンドイッチに齧りつく千代子に向かって話し出した。

「一月に東京へ戻ってくるそうです」

「陸軍省ですか?」

「わかりません。東京に戻ると云うだけで」と答えた惟佐子は茶碗に口を付けてから続けた。

「それでこの家に住むと云うのです」

「ここに?」

「ええ。夕方に電話で町伏《まちぶせ》に連絡があったそうで、まだ父には伝えていないようですが。住むのはいいけれど、部屋がないと、町伏は困ってましたわ」

そうですかと頷いた千代子は、もともと実家なのであるから、惟佐子の兄が住むのは不自然ではないが、子供の頃に陸軍中将の家に寄宿をはじめて以来、彼が麴町の屋敷に住んだことは一度もないはずだと考えれば、笹宮伯爵が当主として元気でいる現在、急に居を定めようとするのは奇妙と云えば奇妙な話で、惟佐子の顔に浮かんだ戸惑いの影は故なしとは云えなかった。事実、惟佐子は戸惑っていた。千代子と同じく、自分の生家なのだからおかしなことはひとつもないと思ってみても、身に合わぬ服を着たかのごとき違和感が残って、ひょっとしたら兄がこの屋敷に住むべき理由は妹である自分にあるのではないかとの、謂《い》われなき直感が違和の底にはあった。兄の考えには見当がつかなかったけれど、一方で自分はそれを知っているとの強い感覚があって、これもまた惟佐子の当惑の源となっていた。

カルトシュタインが死んだ離れ家を兄が深夜に訪れていた――。自分の眼で見たわけでもなく、陰気な作曲家のあやふやな証言以外、なにひとつ根拠はないのに、そのことが破砕《はさい》できぬ確信の結晶となって頭に居座って動かず、戸惑いはこれにも連動していた。兄は自分が秘密を他に漏らさぬよう見張るべく同じ家に起居しようとしているのではないか。奇妙な想念を惟佐子が抱く傍らで千代子もまた、中禅寺湖畔の停車場で見かけた男、そして槇岡中尉と連れ立ち紅玉院《こうぎょくいん》から出てきた男の姿を思い起こし、あれが惟佐子の兄――笹宮惟秀大尉であるとの直感は、出来事から遠ざかるにつれ溶け崩れはじめていたけれど、どちらにせよ紅玉院が問題の焦点にあるのは間違いなく、今日の話題の中心もそこであった。

紅玉院は平安中期に縁起を持つ天台宗の古刹《こさつ》であるが、長らく無住となっていたものを、江戸初期に領主となった阿部氏が再建し、鹿沼藩が廃藩となった後は日光神領下で日光山の庇護を受けた。代々の庵主は京都の公家の出で、六年前に亡くなった先代の顕妙《けんみょう》尼も京の羽林《うりん》家から出家した人と云われるが、詳細が不明なのは、尼僧の出自は公にしないのが原則だからで、現在の庵主の清漣《せいれん》尼も同じく京の羽林家ないし名家から仏門に入った人である、と云うあたりまでしかいまのところわからない――と説明する惟佐子が手にした便箋は、探偵が寄越した調査報告のようであった。

探偵を使うことは軽井沢で話したのだけれど、実際にどんな探偵をどう雇うべきか、手紙で相談した蔵原からは、知り合いに問い合わせてみたがよい探偵は見つからない、だから信頼できる人物、たとえば兼子所長のような人に相談するのがよいのではないかとの、役に立たぬ回答が、職業探偵には質の悪い者も多いから気をつけるべしとの注意とともに戻ってきただけで、千代子が動けずにいたところ、惟佐子がいち早く探偵を雇い、調査をさせたと電話で聞いて驚いたのだった。

「どこの探偵を雇ったんです？」話の腰を折るようで申し訳ないと思いながら、電話で話したときから気になっていた疑問を千代子は差し挟んだ。

「ちょっと知り合いに頼んだのです」

顎の黒子《ほくろ》をつと動かした惟佐子は曖昧に笑い、やわらかな拒絶に遭って千代子はそれ以上の追及はできなかったけれど、惟佐子が雇った探偵とは、すなわち黒河八郎であった。

あの軽井沢の一夜、槇岡中尉は結局『ヴィラ軽井沢』へは姿を現さず、翌朝、槇岡家の女中が来て、槇岡中尉の伝言を伝えた。曰く、昨夜は祖母——槇岡子爵夫人に心臓の発作が出て、病院へ運んだりした所為《せい》で失礼してしまった、お詫びに伺おうと思ったのだが、折悪しく聯隊から急な呼び出しがかかって、朝一番の列車で東京へ戻らなくてはならず、失礼してしまった、大変申し訳なく思うが、事情を諒察して勘弁していただきたい、と云うのであった。惟佐子は菊枝に云って槇岡子爵夫人の様子を確かめさせたところ、夫人が軽井沢病院に入院したのは事実で、しかしなお逃げられたとの感触は拭えなかった。

黒河が『ヴィラ軽井沢』へ姿を現したのは、頼みたい件があるので連絡が欲しいと、惟佐子から電報を打ってあったからである。もっとも電報を出したのは軽井沢へ向かう朝のことで、東京へ戻ってからのことと思っていたから、軽井沢に飄然と現れたのには驚いたが、好都合は好都合で、翌日、黒河の泊まる旅館まで自動車で出向き、紅玉院のことなど、二、三の調査を依頼したのだった。

現庵主の清漣尼は三十歳前後――と、紙片に眼を遣った惟佐子はまた話し出した。清漣尼の「霊視」の力が上層社会の一部に知られるきっかけとなったのは原田香凉と云う女流書家である。紅玉院の先代庵主、顕妙尼は書をよくし、斯界《しかい》では名を知られた人物で、その繋がりから紅玉院に出入りしていた原田香凉は、近江《おうみ》に本部のあった「神政皇玉道龍神会」なる宗教の熱心な信者であり、彼女がまだ幼女だった清漣尼の「霊力」を見いだした。「神政皇玉道龍神会」は琵琶湖の北東、坂田郡神照《かみてる》村にある龍神信仰の俗祠に伝わる古説を根基にして、近在出身の予備役海軍中佐、沖松太郎が開いた新興宗教で、沖の死後は分解消滅したものの、原田香凉ら一部信者が活動を継続した。清漣尼の「霊力」は前庵主が存命中は表に出なかったが、六年前に顕妙尼が亡くなってからは、原田香凉の手引きで、「アメノミナカヌシノカミの御霊を降ろす力」を持つ清漣尼のところへ「霊示」を求める上流夫人らが訪れるようになったのである――と、惟佐子は黒河の書いて寄越した調査報告をかいつまんだ。

「槇岡中尉も霊力を求めて紅玉院へ行ったのかしら？」

千代子が云うと、可能性はあると頷いた惟佐子は、とにかく一度は紅玉院を訪れ、清漣尼に会う必要があると云って、十ほどの名前の並ぶ便箋を次に出して見せたのは、清漣尼の「霊視」を求め紅玉院に通う人物の「名簿」で、名前の下に「元東宮御所女官長心得」だとか「陸軍大将夫人」だとかの、平凡でない肩書きが並んでいることに千代子は眼を瞠《みは》った。

「このなかに直接の知り合いはないのですが、ツテを辿れば紹介していただけると思うんです」

つまり惟佐子が「霊示」を貰う態《てい》で紅玉院を訪れ、清漣尼に面会しようと云うことだと理解した千代子が、その際には自分もぜひ同行したいと云うと、ぜひそうして欲しいと惟佐子も頷いた。

「その場合、どんなことを占ってもらうことにします？」と千代子が笑って云うと、そうね、それを考えておかなくてはね、と惟佐子は微笑で応じ、結婚のことを訊くのがいいのでは、と云おうとして千代子が口を噤《つぐ》んだのは、惟佐子の結婚については、もはや自分の手の届かぬ彼方にあると考えざるをえなかったからである。

軽井沢では婚約者と昼食を共にすると云う話であったが、伊知地春彦から急用で食事はできなくなったと連絡があり、惟佐子と千代子で駅近くの『レストラン柊《ひいらぎ》』の卓《テーブル》を囲んだのだけれど、その席で、伊知地春彦が前夜に訪れて話した内容を惟佐子は披露し、牛の尾《テール》の旨汁《スープ》に舌鼓を打っていた千代子を唖然とさせた。見合い当日に妻子ありと告白され、結婚を断って欲しいと頼まれると云う、破天荒な事態に惟佐子がさほど衝撃を受けたふうがないことにも驚かされたが、それよりなにより仰天したのは、惟佐子と伊知地春彦との縁談が順風を帆に受け、来春の婚儀が決まったと知らされたときで、結婚なるものの捉え方が自分とは根底において違う――階級の違いもあろうが、それ以上に惟佐子と云う人が身につけた思想そのものが違うのだと考えて、千代子は納得できぬところを無理に納得したのだった。

「それで千代ねえさまの方のお話は?」と惟佐子が問い、千代子が狼狽したのは、自身の結婚について訊かれたと勘違いしたからで、蔵原とはその後も手紙の遣り取りはあったが、いずれの文面も事務的で素っ気のないもので、結局は「事件」だけが千代子と蔵原を結ぶ紐帯《ちゅうたい》であり続けていた。日光駅前の団子屋から電話を貰い、直後に彼が死んだ件を報せた手紙には蔵原も驚いた様子で、やはり警察に報せるのがいいのではないかと返信してきて、千代子の身を案じる文言もあり、一瞬は心ときめいたものの、よくよく読んでみれば型通りのいたわりにすぎぬとも思えて、なにより千代子の心魂を寒からしめたのは、何気ない身辺報告の行間に「女性の影」が過る気配のある事実で、猜疑《さいぎ》に駆られた千代子は感情の水位が高まらぬよう心の弁を調節するのに苦心し、手紙を書く際には、心情の水が滲まぬよう細心の注意を払い、それでも封筒だけは湖水や蓮花をクレヨンで描いた手製のものを用いた。

もし本当に「霊力」のようなものがあるのなら、今後の仕事について、将来の結婚について、自分の未来像について、ぜひとも尋ねてみたいものだと千代子は考え、しかし惟佐子が訊いているのが「事件」のことだとすぐに気がついて、手にしていた「名簿」の便箋を返そうとしたとき、そこに書かれた名前のひとつに眼がとまった。

川北英嗣・華子（麻布《あざぶ》川北醫院々長夫妻）

他がどれも女性名のなか、これだけが夫婦である点が眼に付いたこともあるけれど、「川北」と「醫院」の文字の組み合わせが一遍に焦点を結んだ。

「この川北さんて、あの川北さんのことですよね」と千代子が云うのへ、惟佐子が不審気に顎の黒子を蠢《うごめ》かすので、カルトシュタイン氏との日光旅行で一緒だった医師だと云うと、そうだったかしらと応じたところをみると、惟佐子は気づいていなかったらしい。

「間違いないわ。川北先生も紅玉院に行っていたのね」

千代子が一人で頷くと、渡された便箋にあらためて眼を落とした惟佐子は、

「本当だわ。どうして気がつかなかったのかしら」と失策を嘆くふうに云ったけれど、川北医師はすこぶる地味な、影の薄い人物であり、旅行中に殊更な接触のなかった惟佐子が覚えておらぬのも無理はなかった。自分が覚えていたのは、今市の病院でカルトシュタインの検案結果を川北氏が報告するのを聞いたからだと考えた千代子は、ここに川北氏の名前があることの意味――驚愕すべき事柄のようでありながら、どこか茫漠《ぼうばく》として捉えどころのない意味の連関を探りながら、思惟の水底に沈んだ

惟佐子を呼びだすように話し出した。

「川北先生のことはまずは措《お》いて、いまのところ鹿沼の紅玉院が事件の焦点になる理由は、三つあります」

一つは、宇田川寿子が死の前日に訪れた日光が、鹿沼と同じ鉄道沿線にあり、距離も近いこと。二つ目は、死んだ久慈中尉の仲間で、寿子とも知り合いだった槇岡中尉が紅玉院を訪れていたこと――と、整理した千代子は、笹宮惟秀と思しき人物が槇岡中尉と一緒だった事実を明かすべきか否か少し迷ったが、ここは見送って先へ進んだ。

「ここにもうひとつ、川北氏が紅玉院に通っていたと云う話が加わるわけですけど、これは単なる偶然かもしれませんね」

考えてみれば、「名簿」に知り合いの名前があること自体は、それほど不可解な話ではなく、たとえば兼子所長の名前があったなら、驚きはするだろうが、だからと云って兼子氏と宇田川寿子の事件が結びつくわけではないだろう。

「でも、最初にわたしたちがたてた仮説、つまり寿子さんがお医者にかかりに行ったのではないかと云う仮説からすると、お医者様の登場は無視できないのではないかしら」

「なるほど、それはそうですね」

宇田川寿子は川北医師の診察を受けたのではないか。川北医院は内科、産婦人科、小児科を併設する大きな医院であるからその可能性はある――同じ仮説を惟佐子と千代子は頭に浮かべたが、根拠のある話ではなく、寿子が日光方面へ向かったこととの脈絡もつけられず、結果、二人ともそのことを口にはせぬまま、秋雨が楠の密葉を搏《う》つ響きが室に忍び入るのをしばらく黙って耳にしていたが、先に口を開いた千代子が、とりあえずこの問題は措いておきましょうと提案して続けた。

「紅玉院がなにより問題になるのは、宇田川寿子さんの事件を追って殺された、とまでは絶対確実には云えないですけれど、殺されたと見られる日光駅の団子屋さん、山口清太郎氏が紅玉院に『鍵』があると電話で話していたこと、これです」

惟佐子が頷くのを待って千代子は語を継いだ。

「紅玉院が問題になる理由は以上の三つ、川北さんのことを入れれば四つですが、でも、さらにもうひとつ、新しい情報があるんです」と千代子が続け、何かしらと、惟佐子は興味ありげに間《あい》の手を差し挟む。

「先週なんですが、女学生が会社を訪ねてきたんです」

「女学生？」

「ええ。府立の女学校の娘なんですが。わたしに話があると、急に訪ねてきたんです。そう、それで面白いのは」と一度切った千代子はいくぶん茶色がかった眼に悪戯《いたずら》っぽい笑みを浮かべ、惟佐子の顔を覗き込んだ。何かしら？　と問う黒い眸《ひとみ》に向かって千代子は云った。

「惟浩さんの紹介だって云うんです」

「うちの惟浩さんの？」

「ええ。お友達だそうで。なかなか可愛いらしい娘さんでしたわ」と云った千代子の笑顔には、弟君はなかなかやるな、との含意があったが、意表を衝かれた惟佐子は笑いには同調せぬまま、それでその方が？　と先を促した。

「鈴木奈緒美さんと云うんですけど、友達のことでわたしに相談にきて、話を聞いたんですが、そこに紅玉院、と云うか、鹿沼が出てくるんです」

「鹿沼が？」

「そうなんです。つまり今日、ぜひお話ししたいと思ったのは、これなんです」と云った千代子は、いっそう密になった雨音と樋《とい》を打つ雫《しずく》が拍を刻むなか、興奮の熱を抑えて語りはじめた。

五十三

牧村千代子が鈴木奈緒美の訪問を「東洋映像研究所」の事務所に受けたのは先週、火曜日に一度きたらしかったが、撮影に出ていた千代子は会えず、女学生が面会を求めてきたとあとから教えられて、なんだろうと思っていたところ、一日おいた木曜日の午後、撮影に出ようとしているところへセーラー服の娘が現れた。

鈴木奈緒美と名乗った娘は、自分は笹宮惟浩さんの友達であるが、牧村千代子さんに相談したいことがあると述べ、惟佐子の弟の紹介となれば千代子も無下にはできず、いまから撮影なので、歩きながら話を聞くのでいいかと訊くと、いいと云うので、二人で銀座の事務所を出た。

この日の仕事は、日米学生交流会主催になる、来日した米国《アメリカ》人学生歓迎会の撮影で、場所は日比谷の東京會舘、銀座七丁目からは徒歩で行ける。千代子が機材を収めた大鞄と脚立を抱えて舗道を歩きだすと、学校帰りらしい紺色セーラー服の女学生は運搬を手伝ってくれ、そうなると、写真の現場と云うものは一種の戦場――撮影場所の占拠と遮光器《シャッター》を切る時機《タイミング》をめぐる戦いの場であるからして、傍らにある人間が臨時の助手となるは必然、位置を決め、脚立をたて、閃光球《フラッシュバルブ》を用意し、露光や焦点を決める、一連の作業を短時間に圧縮する必要に迫られるあまり、現場までついてきた女学生に機材鞄を運ばせたり、閃光球《フラッシュバルブ》を紙箱から取り出させたりしたのは、文字通り猫の手も借りたい状況下では自然の成り行きであった。

半被《はっぴ》にねじり鉢巻きの日本人学生による和太鼓合奏、および揃いの長衣《ローブ》に十字架を抱えた米国《アメリカ》人学生らの賛美歌合唱――絶対に外せぬ情景《シーン》を無事感光紙《フィルム》に収めたところで、機材を手早く片付けた千代子は、手伝ってくれたお礼にお茶でもごちそうしたいが、時間は大丈夫かと娘に問うと、夕方から簿記の学校へ行っていることになっているので、八時までに大久保の家に帰ればいいと悪びれずに云うので、千代子は日比谷の「千寿パーラー」に娘を連れて行き、そこで改めて話を聞くことにしたのだけれど、東京會舘へ向かう時点ですでに宇田川寿子の名前が娘の口から飛び出していたから、惟佐子の弟、惟浩の友達だと云うことを含め、千代子はすらりとした細身の娘の、いくぶん色の薄い唇から出る言葉に興味津々耳を傾けることになった。

四月頃から行方知れずになっている平井《ひらい》マキ代と云う娘を捜し出したいと云うのが、要するところ、鈴木奈緒美と名乗る娘の話の趣旨で、千代子に相談にきたのは、平井マキ代の失踪と宇田川寿子の心中事件になにかしら係わりがあると考えられるからで、笹宮惟浩が千代子のことを教えてくれたのだと明かした鈴木奈緒美は、惟浩に話したのと同じ内容を卓《テーブル》を挟んで座る千代子の前で繰り返した。

「その平井マキ代さんには、捜索願いが出されているのかしら？」

話が一段落したところで、紅茶とチョコレート・ケーキを前にした千代子が問うと、奈緒美はマキ代の生い立ちを簡潔に述べ、彼女の家族は娘に関心を払っていないのだと教えた。聞きながら千代子は、いかにも都会娘らしく、夕暮れの街路を見透かす硝子《ガラス》張りの店舗のなか、もの慣れた様子で制服の脚を椅子の上で組み、檸檬《レモン》スカッシュをストローで飲む娘を観察し、ルイーズ・ブルックスふうのおかっぱ髪《ショートボブ》といい、僅かに裾を長くしたスカートといい、普通より短い一点刺繡入りの紺色靴下といい、よく見ると二色《ツートーン》になった焦げ茶の靴といい、ちょっと不良っぽい、婀娜《あだ》な制服の着こなしに感心し、女学生時代の自分もそんなふうだったなと微笑ましく思いながら、彼女をセーラー服のまま銀座のカフェや新宿の映画館、もしくは浅草の居酒屋や向島の路地に置いて撮ったら、現代の東京をそのまま写し取る、面白い組写真になるかもしれないと考え、可愛らしく整った顔立ちでありながら、ふと仄《ほの》見える表情に虚無の翳《かげ》の宿る奈緒美と云う娘への興味が腹中に湧き上がるのを覚えたが、しかしいまは「事件」について問うべきであった。

「平井マキ代さんが宇田川寿子さんの事件を気にしていて、その直後にいなくなった。それにはマキ代さんが係わる丸の内の闇組織が関与している」と千代子はいったん話を整理して、それから問うた。「マキ代さんの行方の手がかりは、彼女からあなたにきた葉書と云うことになるけど、それはいまあるかしら？」

はいと応じた奈緒美は布鞄から葉書を出し、手にして検《けみ》する千代子に註釈を付した。

「マキ代は平仮名しか書けないんだけど、宛名のところは、住所を書いたのを渡してあったから、それを写したんだと思います」

たしかに表には漢字を習いたての子供が書いたような鉛筆文字が並んで、しかし裏の平仮名も稚拙と云う点で大差はない。

「きゆにいなくなつてごめんね　どしようもなかたの。かりたおかねわかならずかえします　マキ代」

ところどころ誤表記のある文字で書かれた文言はこれだけで、ここには手がかりはなかったが、

4・15の日付のある消印を見たとたん、千代子の心臓は兎と変じてぴょんと跳ねた。そこに「鹿沼」の文字が――「鹿沼郵便局」の押印があったのである。

「そのマキ代さんと云う方がいなくなったあとに」と黙って話を聞いていた笹宮惟佐子があいづち代わりに言葉を差し挟んだ。「鹿沼から葉書を出したと云うわけですね」

「そうなりますね。もちろん鹿沼と云ったって広いし、鹿沼のどこにいたのかはわからないんですけど、でも逆に、宇田川寿子さんの事件をひどく気にしていた娘が失踪してまもなく鹿沼にいたと云うのは、偶然ではない意味があると思うんです」

「その意味が紅玉院ではないかと、千代ねえさまは考えるわけね」

「そうですね」と千代子が頷くと、しばし顎の黒子《ほくろ》を天井へ向けて考えていた惟佐子は、そのマキ代さんと云う方が、とまた話し出した。

「寿子さんの事件のことを気にしていたと云うことですけれど、それはなぜなのかが、つまり問題ですね」

「ええ。でも、マキ代さんと宇田川さんの事件を繋ぐ証拠が、じつはもうひとつあるんです」

「と云うと？」

「マキ代さんが富士山の方へ行っていた可能性があるんです。それも宇田川さんが亡くなったときに」

「その証拠がある？」

「ええ。つまり証拠というのは――」

溶岩飴なんですと、鈴木奈緒美は云ったのだった。

「溶岩飴？」

「ええ、溶岩飴です」と繰り返した鈴木奈緒美は、宇田川寿子の心中事件の直後、仲間の溜まり場に現れたマキ代が、土産《みやげ》だと云って菓子を持参したことがあったのだと話した。溶岩飴とは何であるか？　溶岩に擬して黒砂糖を固めた、富士宮の菓子舗が製造販売している菓子であると説明した千代子に惟佐子が質問した。

「そのお菓子は富士山でしか売っていないのかしら？」

「ちょっと調べてみたんですけど、卸しているのは富士山周辺の土産物屋が主で、新宿の百貨店にも卸しているみたいなんですが、でも、お土産だって云って持ってきたんだとすると、富士山方面へ行って買ったと考えるのが自然でしょう？」

「それはそうね」

思案の眼を雨音の響く畳部屋に漂わせた惟佐子は頷き、広い硝子《ガラス》窓から透かし入る街路のネオンサインの光を面《おもて》に映した女学生もまた、つまりマキ代さんが富士山の方へ行っていたと云うわけね、との、千代子の念押しに深く頷いたのだった。

「マキ代が旅行をしたなんて聞いたことがなかったから、めずらしいなと思って。遠足とか、そう云うのにも全然行ったことがないと云ってたから」と鈴木奈緒美はえくぼを穿《うが》ち淋し気に笑った。「きっと旅行が嬉しくて、お土産をみんなのところへ持って行こうと考えたんじゃないかな。あんな変なお菓子を買ってくるのがマキ代らしいんだけど」

「それが溶岩飴？」

「はい」と頷いた女学生は続けた。

「宇田川さんのことがまだ新聞に出る前だったんですけど、マキ代がお土産を持ってきて、富士山へ行ってたのかって訊くと、ちょっと誤魔化すふうに笑って。でも、お土産に溶岩飴を持ってきたんだから、富士山の方へ行ったに決まってるでしょう?」

「マキ代さんは、どこへ行っていたか云わなかったの?」

「云いませんでした。それで何日かして会ったとき、宇田川さんの心中のことが載っている新聞を持ってきて、読んでくれって」

「マキ代さんがお土産を持ってきた正確な日にちがわかるかしら」にわかに神経を緊迫させた千代子は質問した。

「四月八日です。八日の夕方」と迷いなく答えた鈴木奈緒美は、学校の始業式の日だったから覚えているのだと補足した。「八日は月曜日で、マキ代とは前の週の金曜日に会ったから、マキ代が旅行に行ってたのはたぶんその週末だと思うけど、それは宇田川寿子さんが富士の樹海で心中したのと同じときでしょう?」

　宇田川寿子が失踪したのが四月六日の土曜日。青木ヶ原で心中したと見られるのが七日日曜日。十日の水曜日に遺体が発見され、十一日の新聞に記事が載る。とすれば宇田川寿子が心中したのと同じ日に、宇田川寿子が心中した青木ヶ原の近辺に平井マキ代がいたと考えられるわけで、その平井マキ代が宇田川寿子の心中事件の新聞記事をひどく気にかけ、それからまもなく失踪したとすれば、これにはなるほど意味があると考えるのは自然だった。

　ちょうど日比谷映画劇場がはけたらしく、「千寿パーラー」前の街路には人が溢れ出し、乱れる靴音が硝子《ガラス》窓を通して耳を打った。ネオンサインの赤青の灯を浴びた人々は、一塊の黒い影になって有楽町の方へ向かう。鈴木奈緒美も千代子もしばらくはそれぞれの思考を追って黙り込んだ。大人びた格好でスカートの脚を組み、百合の花弁の形の硝子《グラス》盃へ眼を据えているセーラー服の女学生、彼女が予期せぬ形で運んできた情報が不吉な冷気となって千代子の背に貼り付き、同じ冷気が、途切れぬ雨音の幕に閉ざされた、傘電球の光漂う畳部屋に充満した。

「少し寒いかしらね」と呟いた惟佐子が椅子から立ち上がり、白足袋を閃かせて畳を踏み、襖《ふすま》を開け階下へ向かった。

ひとり残された千代子は、主が消えて不躾が許された眼で部屋を見回し、若い娘の居室とは思えぬ殺風景にあらためて苦笑した。もっとも衣裳部屋はべつにあり、習い事の道具や書画の類は押入に仕舞われているから、畳ががらんとしているのは当然で、それでも勉強机にだけは卓上灯《スタンド》やら筆立やら洋墨《インク》瓶やら物品が並ぶ。机の横の、透かし彫りで飾られた黒檀の小書棚を眺めると、数学の本や囲碁雑誌が並ぶなかに一冊だけ英語の本が紛れ込んで、背表紙の文字は『Ellery Queen : The Dutch Shoe Mystery』。探偵小説《ミステリー》を読まぬ千代子もエラリー・クイーンの名前は知っていて、「オランダの靴の謎」と頭で翻訳した表題《タイトル》を呟いてから、机上に一冊だけ出ている布張りの洋書に眼を移し、しかしこれはドイツ語らしく、表題は読めず、それでも著者名だけは解読できた。

Hiromitu Hakuchi ——白雉博允。

そこへ惟佐子が、いま火鉢を運ばせますから、と云いながら戻って、この本は？　と、千代子は手にとった洋書について質問した。

「伯父の白雉博允の本です。先週、木島さんが持ってきてくだすって。ドイツで手に入れられたそうです」と椅子に戻った惟佐子が答えた。

「どう云う本なんですか？　題は何と読むのかしら」

千代子から紺色の本を受け取った惟佐子は、Das Wiederaufblühen der großen Zivilisation und das Jahrhundert des Übermenschen と流暢なドイツ語で表題を読み上げてから云った。

「日本語に訳せば、『偉大なる文明の復活と超人類の世紀』となるそうです」

「チョージンルイ？」

「ええ。超人類です。超人類の世紀」

惟佐子の言葉を千代子は詩の一節のように聞いた。

五十四

カルトシュタインの葬儀で赴いたベルリンで入手した白雉博允の著作を、木島柾之があらためて惟佐子の元に届けたのは先週の日曜日であった。

あらためて、と云うのは、木島は夏の軽井沢へも同じものを持参したからで、『レストラン柊《ひいらぎ》』で千代子と昼食を共にした日の午後、部屋で休んでいたところを受付《フロント》から呼び出され、玄関広間《ロビー》で木島から本を受け取った惟佐子が、ドイツ語のものしかないのかと問うと、日本語版はないが、もしよければ私が読んで内容を教授しましょうかと木島が云うので、頼んであったのである。

帆艇《ボートセイリング》が趣味で、避暑と云えば海辺ばかりの木島柾之が数年ぶりに軽井沢へ足を向けたのは、云うまでもなく中禅寺湖畔の一夜を再現したいと願ったからで、白雉博允氏の消息云々は、だから口実にすぎず、実際ベルリンでは、ヴェネチアに転地していると云う白雉氏は葬儀に顔を見せず、日本を発つ前、ぜひとも会ってお話を伺いたいと心霊音楽協会《GSMV》気付で手紙を出してはおいたのだけれど、木島は木島で留学時代に世話になった教授に会うなどの予定を組まざるをえず、ほかにも音楽会やら展覧会やら、やりたいこと、やるべきことが多々あって、短い滞在日程ではヴェネチアまで足を延ばすのは難しく、それでも一日、ベルリン西郊クランプニッツ湖畔にある心霊音楽協会《GSMV》の本部へ赴き、代表のギュンター・シュルツには会えなかったものの、幾人かの作曲家、批評家と交歓し、協会の出版局から出たばかりの白雉博允の著作も手に入れたのだった。

『偉大なる文明の復活と超人類の世紀』には帰路の列車の客室《コンパートメント》で眼を通してみた。序章からしばらくは、ナチ党機関誌『民族的観察者《フェルキッシャー・ベオバハター》』主筆、アルフレート・ローゼンベルクが数年前に刊行した『二十世紀の神話』の焼き直しで、北欧の白人種であるアーリア＝ゲルマン人種の優越と、ユダヤ人に代表されるセム系人種の劣性を論じ、人類の芸術、文化、道徳の向上完成のためには、人種の保護醇化が徹底されねばならぬとのローゼンベルクの主張が、より秘教的な仕方で反復されるのみで、特別に目新しいところはなかった。

　だが、筆者の考究の核心は中盤以降の日本論にあるようで、「神的人種としての日本人」「超越的普遍宗教としての神道」と云った章題が並ぶのを見れば、近年やたら出回るようになった日本至上主義の論説、それもかなり衒学《げんがく》的かつ神秘主義的なそれと同趣向と思われ、その種のものは結局のところ西欧への劣等感の裏返しにすぎぬと看破し、嫌悪を抱く木島は、「神人の電子的遺伝子と消えた古代文明」であるとか、「神に撰ばれし超人類としての日本人およびゲルマン人」と云った奇矯かつ身勝手な章題を見ただけで中身を読む気は失せた。

　『二十世紀の神話』についても、中央公論社で翻訳出版の話が進んでおり、木島は意見を求められる機会があったが、十九世紀的感性に拘束された現代美学を批判し、新たな地平に文化芸術を導き出そうとするローゼンベルクの狙いには共感でき、蒙を拓かれるところもあったけれど、極端なまでのドイツ民族至上主義には首を傾《かし》げざるをえなかった。

　いずれにせよ白雉博允の著作は笹宮惟佐子と云う内宮への通行手形にすぎなかった。軽井沢では手形を差し出したものの、「通行」は叶わず、だから惟佐子に本の中身を教えると約束したことは、次なる機会を窺うには欠かせぬ布石で、ついでにドイツ語を教授しましょうと周到に付け加える一手も木島柾之は忘れなかった。

惟佐子が婚約したとの話は木島柾之も耳にして、相手が伊知地幸平の息子だと知ってはじめは驚いたが、しかしいかにも笹宮惟重らしい選択であると、胃の腑のあたりに悪い瓦斯《ガス》が発生するような思いになりながらも、納得できるものはあった。とは云え伊知地幸平の息子——軽井沢のホテルの喫茶食堂で見かけた、あのいかにも凡庸かつ暗愚な人物、黒河八郎あたりから軽くあしらわれてしまうあの男では、とても惟佐子とは釣り合わぬのは明白だった。

軽井沢から戻った木島は、時をおかず惟佐子を誘うつもりだったのだけれど、樹々の葉が色を変える時候になってようやく麹町の屋敷を訪れることになった理由のひとつは、公私に多忙で白雉博允の著作を読む時間が持てなかったからで、ローゼンベルクの焼き直し部分は読みやすかったが、論述が「古代日本」や「古代大和」へと移るにしたがい、ときに狂者の囈言《たわごと》としか思えぬ論理の飛躍を追うのは難しく、登場する固有名に馴染みがないこともあって、読書には時間がかかった。そもそも口実なのだから斜め読みで十分だ、とは、木島は考えず、これは彼の根にある生真面目さゆえでもあったが、いい加減な報告では惟佐子には通用せぬだろうとの懼《おそ》れがあったからで、惟佐子が自力で独文を読みこなすようになるとは思えなかった——いや、それも決して否定はできず、将来彼女が伯父に会い話を聞く機会があるやもしれぬと思えば、甘く見るのは禁物であった。が、木島が惟佐子を気軽に誘えなかったことにはべつの理由があったのである。

暑熱の東京を逃れ軽井沢へ向かった時点では、惟佐子とのことは、火遊び好きの貴族娘におつきあいする程度に木島は考えていた。食虫植物よろしく男を寝台《ベッド》に誘い込むと云う、可憐な容姿の奥に隠された悪徳の花蕊《かずい》が外に現れ出ぬように配慮したうえで、共謀の愉しみを分かち合う相手として、自分くらい適任な者はあるまいとも自負していた。ところが伊知地の息子との婚約の話を聞いて心境が変化した。とは、すなわち、政略の贄《いけにえ》となった惟佐子が気の毒に思えてきたのである。彼女は病んでいるのだ。木島は考えた。彼女は笹宮惟重と云う湿性の陰謀家の抑圧下で精神を蝕まれ、神経を病んでいるのだ。と、かように木島は結論するに至り、気の毒の念は嵩じて、幼い悪徳は病の一症状であって、であるならば誰かが彼女を救わねばならぬ、父親の支配する牢獄から解放しなければならぬ、との思いに捉えられ出した己を木島柾之は持て余し、余計な同情心を抱いても詮ない話だと考えたものの、軽率な恋の冒険《アバンチュール》ができにくくなったのはたしかだった。

　惟佐子を救う。たとえば来春に挙式予定の、自分と子爵家の令嬢との婚約を破棄し、惟佐子の婚約も破壊して、惟佐子と手をとり合い新たな生活へと突き進むこと。これは考えるまでもなく不可能だった。しかし不可能だと思えば思うほど血気の焔《ほのお》はかきたてられるようで、何ヲ馬鹿ナコトヲと、幾度も呟き、嗤《わら》いの冷水を自らに浴びせかけるのだけれど、魂の熾火《おきび》が容易に鎮火せぬまま、なにもかも捨てて、日本からも脱出して、海外で暮らすのはどうだろうか？　潮騒の鳴る海辺の寒村のようなところでひっそり月日を送るのはどうだろうか？——と、木島はそぞろ夢想し、小説を読みすぎた中学生でもあるまいしと、己を嘲笑《あざわら》うのだけれど、浪漫的な恋の幻影が、空想の愛の物語が、中禅寺湖のホテルでの官能の一夜の記憶とともに、群鳥のごとく脳中を舞ってやまなかった。

　惟佐子と伊知地春彦の婚儀の日取りが来年の三月二十二日だと知ったときには、天の配剤とも云うべき偶然に木島柾之は震えた。とは、彼自身の結婚式が同じ日に予定されていたからで、ひょっとするとこれは運命なのかもしれぬと、苦笑混じりではあったけれど、たしかに思い、ようするに花嫁を取り替えるだけのことじゃないかと考えれば、鼻の穴から太い笑いが漏れて、しかし即座に笑顔は凝固した。

木島は夏目漱石の『それから』を思った。昔読んだときは、思想に殉じるのならともかく、浪漫の幻影に野放図に捉えらるるがまま人の妻を奪いとった挙げ句、転落する主人公が魯鈍《ろどん》に思え、相手の三千代と云う女にも魅力が感じられなくて、伴侶にするならむしろ主人公の嫂《あによめ》のような、平凡だが聡明な女性こそ理想だと考えたものだったが、いまや――これまた苦笑混じりではあったけれど、主人公に共感できる気がして、しかも自分は人妻を奪うわけではないのだから「罪」は軽く、だから致命傷にはならぬだろう、木戸幸一あたりにうまくとりなしてもらえばいまの地位を失わずにすむかもしれぬ、などと妙に現実的なことを考えたりもした。

かくして木島柾之はホテルや待合いに惟佐子を気軽く誘い出すことができにくくなり、むしろ惟佐子の方から伯父の本の件はどうなっただろうかとの問い合わせを受けて、麴町の屋敷の長屋門を潜ったので、白雉博允の著作はその時点で読了していたから、教授をする用意はあったのだけれど、それがまた面倒な問題――『それから』的問題とは別種の難問を惹起《じゃっき》して木島の神経を痛めつけていた。と云うのは、『偉大なる文明の復活と超人類の世紀』には甚だしく不敬な内容が含まれていたのである。

著者は、アーリア＝ゲルマン人種と日本人種がともに、超古代に起源を持つ「神人」(Gottmensch)の子孫であるとしたうえで、しかし歴史時代に至って、この「神人」が「猿人」や「獣人」や「魚人」の種族と混交してしまい、そうした異人種の遺伝子を多量に有するのが黒人や赤色矮人やユダヤ人であると論じ、しかし純潔な「神人」の血統はドイツや日本に僅かながら残されており、それを保護鞠育《きくいく》するのが急務だと述べるのだが、このあたりは奇矯かつ独善的ではあるけれど、過激人種主義の論説としては平凡、とまでは云えぬにしても、少なくとも不敬ではなかった。

問題は「万世一系の究極の意義」と題された終章にあった。要約するなら、朝鮮半島から渡来した天皇家の先祖はユダヤ人であり、したがって天皇家には「獣人」の血が洗滌《せんじょう》不能な形で混入しているので、これを日本人が皇孫として崇めるのは誤りである以上に、日本人種の「神人性」の醇化《じゅんか》と云う観点からすると、害悪以外の何者でもないと筆者は主張したうえで、論は今上天皇にまで及び、現陛下が英米流の自由主義に固執するのは、あるいは密かにボルシェビズムに冒されているのは、血中に濃く流れるユダヤ性ゆえであると批判したのち、一度汚染してしまった血を清くすることは原理的に難しく、したがって廃さざるべからずと結論していた。

筆者は述べる。かつてノーマン・マクラウドなる貿易商が主張し、日本でも同調者を得た日猶《にちゆう》同祖論は誤りである。日本人とユダヤ人は同祖ではなく、純正なる「神人」種である日本人が住む列島へ、天皇家に率いられたところのユダヤ人種が浸潤した結果がいまの日本なのである。ユダヤの「獣人」の血に「神人」の血は穢されてしまった。それを浄化するには真の日本人種の天皇が見いだされなければならぬ。「神人」の血統を正しく伝える「純潔天皇」が発見されねばならぬ。では、「純潔天皇」はいかにして見いだされるのか、と云うなら、誰かが見いだすと云うものではない。「神人」の祖たるアメノミナカヌシ——高天原《たかまがはら》に最初に現れ出た神であるところのアメノミナカヌシノカミの直系たる高貴な人間、アメノミナカヌシの聖なる血と精液を刻された者は、大陸を挟んだ西欧におけるアーリア゠ゲルマンの人種純化運動に呼応する形で、自ずと現れ出ずにはおらぬ。「純潔天皇」の出現こそが、日本人種の「神人」醇化事業の端緒となり、新・神聖代とも呼ぶべき、日本帝国の新たな栄光の時代のはじまりとなるであろう……。

木島柾之もいろいろな文書を読んできたが、ここまで不敬なものはなかなか珍しかった。社会構築の見地から天皇制を廃すべしとする左翼の議論などは、天皇を「猿人」や「獣人」と直接結びつけ描き出す本書に較べたら、穏健だとさえ云えた。木島柾之は、まずはこの危険な書物が流布せぬようにしなければならぬと、冷汗を流しつつ算段した。心霊音楽協会《GSMV》で聞いた話では、『偉大なる文明の復活と超人類の世紀』の発行部数は二百、市販はせず、求めのあった協会員に配布するほか、大学や各種の文化研究所に送付すると云う話で、それならぜひとも日本の大学にも送って欲しいと申し入れた己の軽率を木島は後悔しつつ、京大と東大のしかるべき部署に連絡をとって、当該の本は届いていないとの回答を得るとともに、もし届いた場合は閲覧には回さず当方に報せて欲しいと手当したが、それでもドイツ滞在中の無用に奇特な人間が、あるいは中禅寺湖で会った薔薇の香水の陸軍士官のごとき、妙に勘の鋭い情報通が読んでしまわぬかと思えば不安で、この際は、日独の距離、およびしばしば批判の俎上にのせられる日本知識人の偶像崇拝——流行の思想家ばかりを追いかける性向が頼みであった。

麴町を訪れた午後は、笹宮伯爵も瀧子も不在で、木島は母屋の中庭に面した広縁に置かれた籐椅子に案内され、惟佐子は卓《テーブル》を挟んだ向かいに座って、若い男女の面談の場として無用な憶測を生まぬこの設営は、惟佐子の指示によるものであった。

女中が茶と羊羹を運んでくるのを待って、植え込みの楓《かえで》が秋日に照り映えるのを眺めながら、木島は、婚約なすったそうですねと、雑談ふうに口を開いた。ええと、返答した惟佐子がそのとき、眼に涙をみるみる溢れさせ、結婚の不当を訴え、どうか救って欲しいと膝に縋りつく、そのような場面を木島は一瞬間脳裏に思い描いたが、明朗な納戸地に紅葉を散らし、裾に田の鴫《しぎ》を染め抜いたお召しに独鈷《とっこ》柄の博多帯を締めた、いつになく古風で保守的な装いの娘は、表情を動かすことなく、楊枝に突き刺した羊羹を口へ運び、白い歯でするりと齧る、それがとても旨そうに見えて、苦笑した木島はつられるように羊羹に手を伸ばし、それからまた口を開いた。

「あなたは漱石の『それから』を読んだことがありますか？」

「いいえ。ございません」

「そうですか。それは残念」

「小説には趣味がございませんで。でも、夏目漱石は『草枕』を学校で読まされました」

「『草枕』を？　なるほど。そう云えば、あなたはあそこに出てくる女、なんといいましたかね。あの女にちょっと似ているな」

「那美《なみ》ですか」

「そうそう、那美です」

「出戻りの娘ですわね」

「ええ」

「似ているとは、どう云うところがです？」

「全体的な雰囲気ですかね」

「お風呂場で絵描きさんに裸体を見せたりするところですか？」

木島は探るように向かいの娘の顔を窺ったが、惟佐子は冗談を云うようには見えず、いくぶん戸惑いながら、まあ、そんなところですかねと、こちらは冗談めかすところへ惟佐子が言葉を重ねた。

「でも、わたくしと那美は違うと思いますわ。わたくしだったら、お風呂場へは参りません」

自分なら真っすぐに絵描きの褥《しとね》へ向かうのであると、笑いの漣《さざなみ》の微かにたつ眼が語るのを知って、木島がぎょっと虚を衝《つ》かれているところへ惟佐子が畳み掛けた。

「ドイツ語の教授はやっていただけますわね？　木島さんがご結婚なさった後も」

黒雲母《くろうんも》が陽に光るがごとき、からかうようでも挑むようでもある眼の光は、木島の中学生的夢想を跡形もなく吹き飛ばした。惟佐子は救われることなど微塵《みじん》も望んではいないのであった。いまいる場所に頑固に踞《うずくま》り、砂地から貪欲な舌を伸ばす貝のように、望む栄養を確実に手に入れようとしているのだった。唖然となりながら、傷を受けた浪漫の獣が悲哀の鳴き声をあげて去るのを嗤って見送った木島は、かりに惟佐子が病気なのだとしても、病菌は彼女の骨髄にまで喰い込んで特種な血を生産し、熱となって肌にまで染み通り、その活き活きした腐敗の力に自分はひれ伏すしかないのかもしれぬと、淫靡な快楽への期待を激しくかきたてられながら、諦念に捉えられ微苦笑する者のように考えた。

白雉博允の著作については、内容をざっと解説してから、不敬な内容が含まれる事情を話し、この本のことは決して他所《よそ》に漏らしてはならぬと云うと、どのように不敬なのかと質問されて、惟佐子には誤摩化しが利かぬのを知る木島はやむなく、茶を淹れ替えに現れる女中や落葉を掃く庭師の耳を警戒しながら、中身をほぼ正確に伝え、血の繋がる伯父の狂的な思想に遭った惟佐子がいかなる反応を見せるのか、興味とともに眺めたのだけれど、惟佐子は衝撃を受けた様子はなく、むしろ好奇の眼を卓《テーブル》上の本に注ぐのが不穏だった。

しかも惟佐子は本を自分の手元に置きたいと主張した。危険であると木島は意見したが、惟佐子は譲らず、かりにこの本が問題になった場合、伯父から贈られた姪が内容を知らぬまま保持していたとする方が安全だと理屈を述べて、押し切られた木島は、今後あらゆる局面において自分はこの堂上華族の娘からねじ伏せられるのかもしれぬと、嫌悪と愉悦がひとつになった感覚のなかで予感したのだった。

「不思議なタイトルですね」千代子が惟佐子の手にした布装丁の本に眼を向けて云うと、

「この本にはちょっと不敬なことが書いてあるようなんです」と書棚に本を差しながら惟佐子は云っ

た。

「不敬？」

「ええ。木島さんが読んでそう教えてくれたんです」

惟佐子が云ったとき、襖の向こうから声がかかって、女中が二人で火鉢を運んできた。畳に置かれた海鼠釉《なまこゆう》の火鉢から炭火の匂いが雨音のなかへ広がれば、部屋は一足飛びに冬になった。

女中らが退《さが》るのを待って、千代子はやや声を潜《ひそ》めて訊いた。

「不敬と云うのは、どう云うふうに？」

「皇室の血筋のことのようです」

かつて帝国議会でも論争になったと聞く、南北朝正閏《せいじゅん》問題と云った類のことだろうかと千代子が考えているところへ惟佐子が言葉を加えた。

「だから千代ねえさまも、この本のことは他所で云わないでくださいね」

「わかりましたけれど、そのことは笹宮伯爵様もご存知なの？」

「知らない方がいいと思いますわ」

惟佐子が顎の黒子を笑いに震わせて云うと、これもまた惟佐子から命じられたのだろう、火鉢を運んだのとは違う若い女中が日本茶と餅菓子を盆に載せてきた。

「千代ねえさまは、夏目漱石の『それから』はお読みになって？」と早速菓子に手を伸ばした惟佐子が話を変えた。

「いいえ。漱石は『猫』をちょっと読んだくらいであんまり」

「通俗だから？」

「そう云うわけでもないですけれど。惟佐子さんはお読みになったの？」

ませた。

「ええ。菊枝が持っていたので借りて」

「面白い？」と同じく菓子を口へ運んだ千代子が訊くと、ええと惟佐子はまたも顎の黒子に笑いを滲ませた。

「どう云うところが？」

「最後に世界が赤く燃えるあたりかしら。男性と云うものに、計算可能な軌跡を描いて死と破滅に収束していく性質があるのがよくわかります。それと較べると、女はずっと非線形的な存在だわ」

相変わらず人のわからないことを云うなと千代子が苦笑したとき、襖の向こうで、今度は男の声がして、惟佐子が返事をすると、黒い学生服を着た書生の御法川《みのりかわ》がそろそろと襖を開けた。

お姫様《ひい》は今日の夕刊をご覧になりましたか？　敷居際に正座した書生は問い、いいえの返事を得ると、すぐにご覧に入れた方がいいと町伏さんから云われまして、と云いながら、部屋に膝立ちで進んで恭《うやうや》しく新聞を差し出した。

御法川が示した紙面に眼を落とした惟佐子は、黙ったまま新聞を千代子に渡した。一面の左端にその見出しはあった。

――作曲家　草柳太郎、ソ連へ亡命す

四章

五十五

九月末に関東を襲った台風が平野を湖に変えるほどの雨を降らせたあと、十月は比較的好天の日が続いて、十一月も中旬までは安定した日和《ひより》が続いたが、新嘗祭《にいなめさい》を過ぎた頃から天気は愚図つき、秋の長雨の言葉のとおり、十一月最後の週は、火曜日に降り出した雨がしぶとく幕を張り続け、木曜日の夕べには一時月影が雲間に覗かれたものの、空は再び暗灰の密雲に閉ざされて、街路が霖雨《りんう》に煙る金曜日の午後二時過ぎ、霞が関の内堀通りを横切って、霞門から日比谷公園へ進み行く、二つのこうもり傘があった。

雨滴に濡れた楓の、紅色鮮やかな樹下の径《みち》を縺《もつ》れ合うように動いた傘は、雲形池の畔《ほとり》の四阿《あずまや》へ至ったところですぼめられ、青銅の屋根を叩く雨粒のたてる音響のなか、柱を囲み六角形をなす木椅子《ベンチ》の、隣り合う二辺に距離を置いて腰を下ろしたのは、木島柾之《きじままさゆき》と黒河《くろかわ》八郎——見る人が見れば意外な組み合わせの二人であったが、この日、霞が関の東亜同文会館で昭和研究会の昼食会があり、散会後、宮内省へ戻る木島を黒河が摑まえて、少しお話があるのですがと声をかけてきた黒い帽子を、木島は露骨な嫌悪の表情で遇したものの、話は笹宮惟佐子《ささみやいさこ》さんに係わることだと云われて、少しだけならと応じれば、室内では話が漏れる危険があるからと、黒河が公園まで木島を導いたのだった。

「昼食会はあれですか、幣制改革の話ですか？」傘の雫《しずく》を払った黒河が雑談風に口火を切った。

「まあ、そんなところだね」と雨外套《レインコート》の木島は応じたが、黒河の指摘は正しく、二十名ほどが参集した会では、十一月初頭に蔣介石《しょうかいせき》の国民党が施行した幣制改革についての講授《レクチャー》があった。国民党は流通する銀を買い上げ、代わって英ポンドに連動《リンク》した不換紙幣――「法幣」に通貨を統一しつつあって、これは当然なされるべき近代的通貨制度の導入であり、支那経済に安定化をもたらし、日本に益するとの見方ができる一方で、英米への従属の固定化と日本排除の懸念があるとの指摘が、気鋭の経済学者からはなされた。

「政府が通貨を管理すると云えば、自然に思えますが、英米からしたら、自分らへの隷属を強固にしようと云うわけでしょう」と黒河も慶應経済学部の助教授と似たことを口にした。「結果、日本は市場から閉め出される。三宅坂は憂慮していますよ」

「主権国家の通貨制度に口出しなどできないよ」

「理屈はそうです。しかし、このまま大人しく引っ込んでいる三宅坂じゃないですよ」

蔣政府の幣制改革には、物事を近視眼的にしか見ぬ陸軍が危機感を募らせることが予想され、大陸での新たな軍事行動を招来する契機になりはせぬかと、憂惧《ゆうぐ》を口にする者が昼食会の席にもあった。

「華北まで一遍に分捕っちまえと息巻く参謀もいますよ」

「そんなことできるわけがない」

「満洲ではやりましたからね。現地で軍隊が動いてしまえば、誰もとめられません。たとえ陸軍大臣だろうとね。たしかにそうしちまうのが話が早いですよ。英米が黙っちゃいないと云う人がありますが、どのみち英米とは事を構えざるをえないですからね」

木島は返答の代わりにふんと鼻を鳴らした。事を構えるが干戈《かんか》を交える意なら、まったく以て笑止な話で、英米の国力、とりわけ米国《アメリカ》の経済力とそれへの日本の依存を思えば戦争などできるはずがなく、いくら軍人が短慮でも、専門家の彼らがそのことを知らぬはずがないので、しかし一方では、なにかにつけ日本の進路を邪魔してくる英米が癪《しゃく》に障るのは事実で、いきなり撲《なぐ》り付けてやったらどれだけ清々するだろうと、夜郎自大《やろうじだい》な夢想にふけることが木島にもときにあったが、いかなる内容であれ、傍らの木椅子《ベンチ》にとまって嫌な咳を繰り返す、病気の烏を想わせる男に同調することだけは絶対にしないぞと固く決意しながら、背広の内袋《ポケット》から紙巻莨《たばこ》を取り出し、それで用件は何ですと、斬りつけるように言葉を吐いた。

鉄縁丸眼鏡の痘痕《あばた》面を陰気に頷かせた男は、例の草柳太郎《くさやなぎたろう》氏が亡命した件なのですが、と応じてから、自分も懐から『バット』を出して一本銜《くわ》え、燐寸《マッチ》で火を付けた。

「草柳太郎氏はご存知ですよね？」

「個人的には知りませんね」

「しかし、ベルリンで一緒だったのではありませんか？」

木島がカルトシュタインの葬儀に草柳太郎とともに出席したのはたしかで、往路のシベリア鉄道でも一緒だったが、葬儀のあと、木島がベルリンに十日ほど滞在して帰路についたのに対して、草柳太郎は夏のドイツに残り、そのまま九月半ばにソ連へ亡命した。それが公にされたのが十月末、外務省の発表および新聞報道によれば、草柳太郎はベルリン芸術大学に留学していた大正十三年から昭和三年のあいだにモスクワを訪れ、共産党に入党、連邦軍参謀本部下の情報機関GRUに所属し、ドイツおよび日本で諜報活動に従事していたと云う。亡命はこのたびのドイツ滞在中、ソ連の間諜《スパイ》数名が国家保安本部《RSHA》の手で逮捕されたことに身の危険を覚え、ソ連領内へ逃亡したものと見られた。

「ほとんど接触はなかったな。ホテルも別だったし」と木島が云うのへ黒河がまた問うた。

「中禅寺湖ではいかがです。あそこでも一緒でしたよね？」

「何が云いたいのかな？　尋問なら答える気はないぜ」

木島がいくぶんの怒気を発して鼻から煙を吐くのへ黒河は言葉を被せた。

「ご存知かもしれませんが、カルトシュタインも間諜《スパイ》だったのではないかと云う話があるんですよ」

木島は黙って莨をふかしたが、噂は耳にしていた。いや、単なる噂ではなく、当該の件については、木島自身、特別高等警察の尋問を受けていた。ドイツ国家保安本部《RSHA》に捕縛された間諜《スパイ》の何名かが心霊音楽協会《GSMV》所属の人間であり、夏にクランプニッツ湖畔の本部を訪れた際に会った評論家もなかに含まれていたから、学生時代に左翼運動に係わりを持った経歴のある木島に疑いの眼が向けられたのは、仕方のない面はあるとは云え、まったく以て迷惑千万な話ではあった。カルトシュタインについては、彼が心霊音楽協会《GSMV》の会員であること、ドイツ留学時代の草柳太郎と交流があり、日本に来てからも日光旅行への同伴を求めるなどの「親密」ぶりが疑惑を呼んだ。

「ソビエトの間諜《スパイ》であったかどうかはおくとして、カルトシュタインがドイツの間諜《スパイ》だったことは間違いないと思います」と黒河が続けるのを木島は遮った。

「何か証拠でも？」

「証拠はないが、考えたらわかるじゃありませんか。そう云う目的でもなければ日本くんだりには来んでしょう。少なくとも日本をドイツに引き寄せる役目を負っていたことは間違いない」

「そんなことを云ったら」木島は煙とともに鼻から嗤《わら》いを吐き出した。「日本に来るドイツ人は全員が間諜《スパイ》と云うことになる」

「ある意味ではそうです。総力戦の時代にあっては、外国人はおしなべて間諜《スパイ》と考える必要がある」

狂った排外主義！　低能な国粋主義！　頭のなかで木島は怒声を発し、莨を足下に投げ捨てた。

「あんたの戯《ざ》れ言《ごと》に付き合っている暇はないんでね。失礼する」木島が立ちあがると、軒から飛び去る烏めいて身を動かした黒河は、通せんぼをするように木島の太腿に手を伸ばし、少しだけ待ってください、まだ笹宮惟佐子さんのことを話していませんと云い、太腿に触れられた不愉快に我慢のならぬ木島は、無視して去ろうと思いながら再び四阿の木椅子《ベンチ》に尻をつけたのは、夏の軽井沢にも現れたこの嫌な男は、自分と笹宮惟佐子との隠密の関係を嗅ぎつけ、何かしら狙いを秘めて面談を求めてきたのではなかろうか？――との疑念の種火が燻《くすぶ》っていたからである。

「紅玉院と云う寺を、木島さんはご存知ですか？」黒河は再開した。

「知らんね」と不機嫌に答えた言葉は嘘ではなかったが、不吉な予感の魚が心の水路を泳ぎ走るのを木島は覚えた。

「つまり、カルトシュタインがドイツの間諜《スパイ》であるのはいいのですが、問題は日本側の組織《グルッペ》です」と云った黒河は、日本人のなかにドイツへの通牒をなす集団があると思われるのだと続けた。

「日独文化交流協会がそうだって云うのかね」と木島は先回りして嘲笑した。「松平《まつだいら》侯爵が間諜《スパイ》の首領《ヘル》だとでも？」

「違います」と黒河は否定して言葉を継いだ。

「協会のなかに間諜《スパイ》がいる可能性は否定できませんが、協会自体は関係ありません」

「そいつはよかった」

ええ、よかったですと、木島の皮肉に黒河は素直に頷いた。

「紅玉院と云う尼寺が鹿沼《かぬま》にあるんですが、単簡に述ぶれば、そこが間諜《スパイ》団の拠点になっていると疑われる節があるのです」と次に云った黒河は、紅玉院の庵主《あんじゅ》は霊視能力の持ち主であると云われ、陸軍をはじめ複数省庁の局長級の人物を含む上層階級の夫人らが霊示を求めて通っており、彼女らの口から漏らされる情報がドイツ大使館に通牒されているのであると語った。

黒河が右の疑念を抱いたのは、鹿沼の紅玉院についての調査を笹宮惟佐子から依頼されたのがきっかけである。付き合いのある興信所に調べさせたところ、国家の中枢に近い朝野の人物の夫人らが紅玉院に通う事実にまずは喫驚《きっきょう》させられ、続いて一覧《リスト》にひとつだけ夫婦で名前の載る人物——川北英嗣《かわきたえいじ》がカルトシュタインの主治医だと知って疑惑の水が胸に溢れはじめた。黒河は一通りの報告を笹宮惟佐子にした後も調査を継続して、川北医院が広尾のドイツ大使館にほど近く、ドイツ留学の経験のある川北英嗣が大使館員らと親しく交際しているとの報告を得るに及んで、不審の気泡が肚底にふつふつとたちはじめ、しかしそれだけでは間諜《スパイ》と決めつける根拠には弱く、さらなる調査を密度を濃くする形で進めさせた結果、疑惑の水ががぜん沸き立ったのは、紅玉院に出入りするひとりの人物——まったく意想外な人物を視野に捉えたときであった。

藪家修一《やぶいえしゅういち》——。陸軍士官学校で黒河と同期だった人物がそれである。「藪家修一」の蒼い洋墨《インク》文字を、興信所の報告書の、土色の罫線上に発見した黒河が、うへっと潰れた蛙みたいな呻き声を漏らしたのは、地獄で知り合いに出くわしたがごとき感覚に捉えられたからにほかならない。

実家が向島にある藪家は、機敏で目端の利く、成績優秀な男で、黒河と同じ歩兵第二聯隊《れんたい》に少尉として任官したものの、一年ほどで免官になったのは素行不良が原因で、極道者との付き合いが深間にはまり、阿片《アヘン》と博打《ばくち》に手を出し借金を作ったあげく、陸軍士官の肩書を悪用した詐欺《さぎ》の片棒を担いだことが発覚して馘首《クビ》になった。藪家はそのまま極道の道へ進んだと云う話で、しかし消息は聞かれず、と云うより、免官になった士官の消息に関心を持つ理由はなく、忘れていたところが、出し抜けにその名前が眼前に現れ出た因縁に黒河は思いをいたし、詳しく調べさせたところ、藪家が鹿沼の紅玉院の近所に住まい、寺から頼まれいろいろと用を足していると知って心が激しくざわめき、藪家が東京へ出るたび麻布の川北医院を訪れているとの報告を得るに及んで、ついに湯は沸騰し疑惑の湯玉が鍋からこぼれ落ちた。

川北英嗣と藪家修一は間諜《スパイ》団の一味であり、紅玉院を舞台に諜報活動をしているのではあるまいか――と、この図が頭に思い描かれたとき、麻布の名望ある医師と世間の裏街道を行く元陸軍士官の不可解な結びつきも、川北英嗣がカルトシュタインの主治医となったことも、藪家修一が紅玉院近くに住んで繁く出入りしていることも、なにもかも正しく説明できる気がした。黒河自身が陸軍を辞めたのは、痔疾《じしつ》に苦しんでいたところへ腸炎の患いが重なったせいで、藪家とは事情が違うものの、退役後の失意と屈折した己が人生行路を振り返るとき、なにかしらきっかけが与えられれば自分もまたどこかの国の間諜《スパイ》のごときものになっていても全然不思議でなかったと思えば、頭の異様に切れる一種の奇矯児であった藪家が間諜《スパイ》の一味に加わったことはきわめて筋の通った結末であると、深く腑に落ちる思いがして、黒河の脳裏で右の図はいよいよ描色を濃くした。

藪家修一の名前が飛び込んできた数日後には、黒河は鹿沼へ赴き、報告書にあった住所を訪れていた。いきなり藪家に会うことにいかなる意味があるのか、会ってどうなるのか、なにより自分の益になるのか、いずれも不明であり、普段の黒河ならば慎重に構えるところなのだけれど、ほとんど飛び出すように家を出たのは、発見の興奮に突き動かされた所為《せい》もあったけれど、それ以上に藪家に会ってみたい気持ちが強かったからで、陸士時代の藪家修一は、決して美青年ではないけれど、向島の白粉《おしろい》臭い地域の出の所為《せい》か、不思議な色気のある男で、事実、同級の者の幾人かは藪家に恋着し、なにを隠そう黒河もその一人であった。藪家と同じ歩兵第二聯隊に配属が決まったときには天にも昇る思いになり、間近に接する機会があるたびに心をときめかせて、しかし二人の間に特別な関係が生じるはずもなく、ほどなく藪家は陸軍から去った。

興信所の報告によれば、藪家が住むのは上野に事務所を構える「東栄興業」なる会社の系列会社で、紅玉院から数分のところに「東栄運送」の看板を掲げたその家はあった。「東栄興業」の会長は上原《うえはら》義治《よしはる》と云う男で、上原は北関東に縄張を持つ博徒《ばくと》――竜野組の幹部でもあり、「東栄運送」の責任者である藪家修一もまた竜野組の一員、ないし息のかかった者と推測されて、極道者との繋がりが因で陸軍を免職になった藪家が博徒と関係を保ち続けているのは、さもありなんと納得されたが、藪家ほどの切れ者が従業員三、四人ほどの、片田舎の運送屋で燻っているのは不審で、とすればやはり「理由」があって彼はそうしている、運送屋は世を忍ぶ仮の姿なのだと考えるのが理に適った。

　紅玉院の門前で、鹿沼駅から乗った雇い自動車《ハイヤー》を降り、表門が固く閉ざされた寺の様子を眺めてから、東栄運送まで歩いた黒河は、覗き込んだ己の心情の器に、利発で不良な陸士生徒への「忍ぶ恋」がいまだ燻っている事実に驚き、呆れ、苦笑しながら、会ってどうするとも目算のないまま、と云うより、本当に「理由」があって藪家が鹿沼に居を構えているのなら、いきなり正面から突貫するのは、この件をどう扱うにせよ、得策でないのは明らかであったけれど、事前に連絡を取ったのでは警戒されてしまうだろうとの計算も働き、しかしそれよりなにより素朴に旧交を温めたい――と云うほどの交わりがあったのではないけれど、自分が心を揺らめかせた同級生に会ってみたい気持ちにただ背中を押されて、鼓動の高鳴りをこそばゆく感じながら、街道に面した車庫の奥に声をかけ、出てきた女中のようでも情婦のようでもある中年の着物の女に向かって、藪家氏に会いたいのだがと用件を伝えれば、社長はいま他出中で数日は戻らないとの返事で、黒河は落胆しながらも、ほっと重い息を吐《つ》いて肩の緊張を解いたのだった。

　黒河はやや迷った後、女に名刺を渡し、連絡が欲しい旨、伝言を残した。自分の訪問を藪家がどのように考えるか、まるで読めなかったが、少なくとも藪家は自分を敵だとは考えないだろうとの直感、いくぶん希望的な観測の混じる予感を抱いたのは、不本意な仕方で陸軍を去った自分と同類の匂いをいまの境遇の藪家に嗅いだからで、ひょっとしたら藪家と一緒に面白いことができるかもしれぬと考えたのは、やはり恋情の熾火《おきび》の所為《せい》だっただろう。

藪家がすぐに連絡を寄越すとは思わなかった。黒河は気長に待つつもりだった。おそらく自分がそうしたように、藪家はこちらのことを調べ上げているだろう。そうして自分が係わりを持って損のない人間だと知ったとき、はじめて行動を起こすだろうと考えれば、いずれ藪家が接触してくるはずだと確信されたのは、藪家のごとき「稼業」の人間にとって自分ほど有益な存在はないとの自負が黒河にあったからである。藪家がドイツの間諜《スパイ》だとして、自分もまた日独の提携を推進する勢力に加担する者なのであり、その点でも藪家とは同調できるはずであった。

自分の益になるかどうかは措《お》いても、他人の秘密を知ることには隠微な悦びがある。黒河は一連の成り行きに興奮し、しかし一つだけ不可解なのは、笹宮惟佐子が紅玉院に興味を抱いた理由であった。そもそもどうして笹宮惟佐子は紅玉院の調査を依頼したのか？　彼女の依頼こそが、藪家のことを含め自分をして秘密の園へ導かしめる契機になった事実を思うにつけ、いくら考えても解けぬこの謎が、眼球の疵《きず》のように眼の前に浮遊して、黒河を苛立たせていた。

ところが、今朝のことだ。引き続き調査をさせていた興信所から紅玉院を訪れる人物の新たな一覧《リスト》がもたらされ、そこに藪家修一とはまた別の、黒河のよく知る人の名が記載されて、しかも当の名前に「川北英嗣及ビ藪家修一トノ連絡接触アリ」との註釈が付されているのを眼にしたとたん、右の疑問は一挙に氷解したのだった。

「その寺が間諜《スパイ》団の根城だとして」新しい莨に火を付けた木島が云った。「そのことと笹宮惟佐子さんとどんな関係が？　彼女も一味だなんて云うんじゃないだろうね」

「それは違います」

黒河が即座に否定するのを見て、安堵の息を莨の煙に紛らせ吐いた木島は、まさか間諜《スパイ》ではないにしても、惟佐子にはなにかしら人には明かせぬ秘密があるのではないかと自分が考えていたのを知って、胸騒ぎを募らせた。

「だったらどんな関係があるのかね？」と木島は不安を打ち払うように質問した。

「それなんですがね」と応じて、しかし黒河は言葉に詰まった。一昨日《おととい》に黒河は、それまでの調査で判明したこと、すなわち川北医師と藪家修一が紅玉院に巣食う間諜《スパイ》組織の一員であるかもしれぬとの推測を記した報告を、惟佐子の事前の指示どおり、封筒の差出人欄に『『数学世界』編集部』と書いて麴町へ郵送したのだったが、今朝になってふいに飛び込んできた、紅玉院および川北、藪家と直接繋がる人物の名前に接して、黒河には動転する気味があったのである。その人物とは——笹宮惟秀《これひで》大尉であった。

笹宮惟佐子が紅玉院を調べさせたのは、兄が間諜《スパイ》であるとの疑いを抱いたからなのだ！ それのほかに彼女が地方の寺などに興味を抱く理由は考えられない。しかも彼女の疑念は正鵠《せいこく》を得ていたのであり、黒河の調査はこれを裏付ける結果になったわけである。笹宮大尉が間諜《スパイ》であるとすれば、きっかけは欧州派遣だろう。伯父の白雉博允《はくちひろみつ》を通じて心霊音楽協会《GSMV》の人間と接触を持ったとも考えられるだろう。もっとも本人には間諜《スパイ》の自覚はなく、日独の連携を願うがゆえの行動にすぎぬのかもしれず、実際にどの程度の通牒をなしたのかもわからぬが、少なくとも彼が紅玉院に出入りし、川北、藪家の所属する組織《グルッペ》になにかしらの係わりを持つことはほぼ疑いえなかった。

笹宮惟秀が隅の首石《おやいし》に置かれた結果、全体の絵柄はがらりと様相を変えた。であるならば黒河がなすべきは、惟佐子に調査結果を知らせることであり、実際、今日の午前中、やはり惟佐子の指示通り、暗号名を使った電報を出し、折り返し貰った電話で、重大な情報があるのでお伝えしたいと、午後に上野で会う手筈をつけていた。

だが、と黒河はにわかに迷い出した。笹宮惟秀大尉が間諜《スパイ》であるかもしれぬと、惟佐子にただ報せてよいものだろうか？　そうすることはなにを惹起するのか、あるいはしないのか？　惟佐子がそれを知ったとして彼女はどうするのか？　それが見極められぬうちは報せるべきではないのではあるまいか。加えて父親の笹宮伯爵のこともあった。あなたの息子は外国の間諜《スパイ》デアリマスと、あの育ちのよい陰謀家に報せるべきやいなや。報せるならどう報せるのがよいのか。この情報は自分にとって宝なのか、それとも爆弾なのか。いや、そもそもそれは本当のことなのだろうか？

それればかりではない。黒河はしばらく前に、別筋から笹宮惟秀大尉に関する情報を入手していて、このこともまた惑いの因となっていた。情報とはすなわち、笹宮大尉が革新派の隊付将校らと密に連絡を取り合っていると云うもので、原隊である近衛第一聯隊にも同志の中尉少尉が幾人かあり、かりに歩兵聯隊が「蹶起《けっき》」した場合、笹宮大尉の指揮下で近衛の兵も動くだろうとのことで、しかし黒河がにわかに信じられなかったのは、笹宮惟秀が華族の出だから、と云うわけではなく、軍隊では華族の子弟が特別扱いされることはないし、恵まれた者がかえって窮乏する民衆に同情を寄せる傾向があるのは左翼運動に惹かれた若者たちと同然であり、実際、近衛第三聯隊で「札付」と目される中尉のひとりは父親が陸軍大将、母親が華族の出である。信じられぬのはつまり、天保銭《てんぽうせん》を胸に付け、若くして欧州へ派遣された経歴を持つ優秀な士官が、省部の中枢へ昇るべき選良《エリート》の軌道《ルート》を捨て、命も栄達も顧みず維新革命に身を投じる点にあった。幾度か遠望した笹宮大尉の佇まいにも、計算高い能吏の貌《かお》は窺えても、血気に逸る革命家の印象はなく、父親の笹宮伯爵などは、黒河が情報を伝えておらぬから当然ではあったけれど、息子が「過激派将校」であるとは夢想だにせぬ様子であった。

だが、黒河が密かに張り巡らせた蜘蛛の巣には、笹宮惟秀大尉が「近一」――近衛第一聯隊における青年将校運動の黒幕であるとの情報が繰り返しかかって、来年一月の移動で笹宮大尉が「近一」に戻ることは、過激派将校の巣窟《そうくつ》である第一師団の満洲派遣の噂とともに、事態の急迫に繋がる可能性ありとの観測がしきりに伝わってくるのだった。

これが事実であるとして、ここに笹宮大尉がドイツの間諜《スパイ》であるとの情報が新たに付け加わるとしたら、一体全体どう云うことになるのだろうか？　未来の陸相と目される選良士官《エリート》。世を憂え昭和維新に身命を賭す青年将校。外国への情報提供を密かに担う間諜《スパイ》。どれが本物の貌なのだろうか。いや、どれも正しくて、笹宮大尉は鵺《ぬえ》のごとく幾つもの姿を持つ者なのであろうか？

混乱し、迷い、すぐに言葉の出ない黒河は、木島柾之を呼び出したのは、自分が得た情報を持て余したがゆえであると、このときふいに気がついたのだった。午《ひる》に東亜同文会館で昼食会があると知って、雨中わざわざ出向いて木島に声をかけたのは、秘密を分かち持つ者が欲しかったからなのだ。その相手に木島柾之を撰《えら》んだのは、つまり木島と自分は「兄弟」だからだ！

黒河は木島と笹宮惟佐子の隠密の関係を、惟佐子自身の仄《ほの》めかしから察していた。つまり自分は「兄弟」に話を聞いてもらい、あれこれ相談したかったのだ。自分がどう振る舞うべきなのか、「兄弟」に教えを請おうと考えていたのだ。親身になって助言して欲しかったのだ。この俺がだ！　親兄弟からさえ嫌われるこの俺がだ！　腸炎が癒えたら聯隊に復するつもりが、君のような痔持ちに軍務は無理だと、軍医からも聯隊長からも同僚からも嫌われるがゆえに宣告された俺がだ！　と、そう考えたとたん哄笑の虫が腹中で騒ぎ出して抑え難く、黒河はぶおほっと、海獣のごとく鼻から声を漏らし、それを見た木島は傍らの男が発作かなにかを起こしたのかと疑い、ぎょっとなったが、顔中に蠕《ぜん》虫《ちゅう》のごとき皺を浮かべた男の、青白い歯の覗ける口から漏れ出たものが、笑い、それも毒々しい笑いだと知るや、こうもり傘を引き摑み、失敬するとだけ云い残して四阿から出た。

五十六

雨は飽かず空から降り落ちていた。曇天を映し鈍く光る池面には、雨滴の造る花弁の形の飛沫《しぶき》が次々に現れては消え、黒く濡れた青銅の鶴から繰り返し水が噴きあがるものの、雨の勢力に負けて頼りなく池に零《こぼ》れ落ちる。

黒河は木島柾之の去った四阿《あずまや》で、先刻と変わらぬ姿勢のまま、常緑の木立に斑《まだら》文様をなす銀杏《いちょう》や紅葉《もみじ》に囲まれた池の幽邃《ゆうすい》な景色を眺め、莨《たばこ》を吸い続けていた。笹宮惟佐子との約束は午後の三時。まだいくらか時間はある。惟佐子に何をどう報告すべきか、頭のなかでひとり整頓に努めた黒河は、笹宮惟秀の名前――今朝方いきなり飛び込んで置きどころなくふらついていたその名前が土台に据えられたことで、夕霧の景のように模糊《もこ》としていた図柄が輪郭を顕《あきら》かにするのを覚えていた。むろんあくまで笹宮惟秀が紅玉院の「組織《グルッペ》」に係わると仮定したらの話ではあったけれど、そうすることで散りだった情報の破片が豁然《かつぜん》として繋がり出し、推理は冴え進んで、霖雨《りんう》に閉ざされた四阿の木椅子《ベンチ》に烏めいてとまる男の痘痕顔で皺の蠕虫がしきりと蠢《うごめ》くのは、彼が発見の興奮に捉えられ、忘我の境地を彷徨《さまよ》う証拠だった。

カルトシュタインは殺害されたのではあるまいか――。推理の絵柄の一画に浮かび出た仮説は、たとえばこれであった。カルトシュタインはドイツの間諜《スパイ》であり、と云っても、先刻まで横にいた気障《きざ》な貴族官僚が云うように、間諜《スパイ》と呼びうるほどの役割があったのではないのかもしれぬ。が、少なくとも川北医師らと彼が接触し、同志として活動した、ないしする予定であったことは疑いえず、同じ結社《バンド》に草柳太郎が属していたこともまた、草柳が広尾のドイツ大使館に繁く出入りしていた事実からして疑う余地はない。ところが草柳太郎はソ連の間諜《スパイ》、すなわち二重間諜《スパイ》であったとの説が正しいとするならば、そして複数の情報源から流れ出る、カルトシュタインが同じく二重間諜《スパイ》であったとするならば、裏切りを知った仲間から抹殺されたと結論するのはさほど無理な話ではない。なにしろカルトシュタインが死んだとき、傍らには川北英嗣がいたのだ。医師ならば病気にみせかけることくらいわけはなかろうし、そもそも検案を担当したのが川北なのだからなにをか云わんやである。そう、間違いない、カルトシュタインは殺されたのだ。

「カルトシュタインさんは、殺されたのかもしれませんね」

奇《く》しくも同じ時刻、同じ仮説を牧村千代子《まきむらちよこ》が押し殺した囁《ささや》き声で口にしたのは、午《ひる》に写真事務所に惟佐子から電話を貰い、いまから会えないだろうかと、いつにない切迫した調子に促されて出向いた上野の常磐ホテルの喫茶室、そこで午前中に速達で届いたと云う探偵の手紙を惟佐子から見せられたときで、紅玉院はドイツ間諜《スパイ》団の活動場であり、藪家修一なる元陸軍士官の男や川北医師が組織《グルッペ》に属し、ソビエト亡命前までは草柳太郎も関係していた可能性があると、事務箋に達筆な文字で報告されているのを読んで、カルトシュタインがソ連の間諜《スパイ》だとの噂があると書いて寄越した蔵原《くらはら》の手紙を思い出したのである。

「カルトシュタインさんは草柳氏と親しかった。とすると、カルトシュタインさんがソ連の、あい、あれです」と千代子が云い淀んだのは周囲の耳を気にしたからである。週日の午後にしては、十ほどある卓《テーブル》は、商談をするふうの男らや、わけあり気な男女でほぼ埋まり、どうしてこんな所に惟佐子は自分を呼び出したのかと千代子は不審に思ったが、このあと探偵と約束があって、新情報を貰うことになっている、できたら一緒に話を聞いて欲しいと云われて頷きながら、菊枝《きくえ》さんは？　と聞けば、雇《ハイヤー》い自動車で待っていると返事があった。

ソ連のＳ――間諜《スパイ》の符丁を使って千代子は先を続けた。

「探偵さんの報告どおりだとすると、ソ連のＳであるカルトシュタインさんがなにされたとしても不思議じゃないですよね」

四阿《あずまや》の元陸軍士官と同じ推論の筋を辿った千代子は云い、しかしそんな小説みたいなことが本当にあるのだろうかと、ふと我に返って周囲に頭を巡らせ、当たり前の人たちが当たり前に談笑し、茶や珈琲《コーヒー》を喫しているのを眼に入れれば、いま自分の語った事柄は空虚な物語にすぎぬとの思いにたちまち捉えられてしまい、落ち着きを失う千代子の心裏は知らぬ気に、その場合の犯人は川北先生かしら？　と惟佐子が端直に問い、

「そうなりますね。ちょっと信じられない感じはあるんですけど。そもそも川北さんがドイツのＳだって云うのもね。探偵さんの報告は本当なのかしら」と千代子が虚構のよるべなさから脱しきれぬまま云うと、

「でも、川北さんがそうなら、密室の謎は簡単に解けますわ」と惟佐子は電話口での切迫の色の消えた平坦な口調で応じた。

「第一発見者である川北さんが硝子《ガラス》戸の鍵をさりげなく掛ければ、それで密室は完成しますから」

「つまり深夜にカルトシュタインさんをなにした犯人は、硝子《ガラス》戸から逃げて、朝になって川北先生が鍵を閉めたと」

「そういうことですね」

「とすると、犯人はやっぱり川北先生になるのかしら」

「この報告が正しければ、蓋然性は高いですね」と応じる惟佐子の顔を覗き込んだ千代子がすいと眼を逸らしたのは、殺害犯の可能性のあるべつの人物を想ったからである。中宮祠の乗合自動車停留所に現れ、そしてまた真夏の紅玉院から出てきた男。中禅寺湖畔の離れ家、硝子《ガラス》戸に差す常夜灯の光に暗く照らし出されたドイツ人の死体を、川北医師とともに見下ろしたかもしれぬ男。

笹宮惟秀――と断じるだけの勇気も根拠も千代子にはない、その一方で、雨に閉ざされた日比谷公園の四阿で莨をたて続けに灰にする元陸軍士官が、カルトシュタインの殺害現場には川北英嗣のほかに誰かいたのであり、その誰かとは笹宮惟秀である、と断じえたのは、ほかならぬ笹宮惟佐子ゆえであった。すなわち彼女の調査依頼は紅玉院以外にもいくつかあって、その一つが、本年五月十九日から二十日の、兄惟秀の行動につき調べて欲しいと云うもので、これはカルトシュタインが中禅寺湖で死んだ日付であり、カルトシュタインの遭難に対する兄惟秀の関与を惟佐子が疑う証拠と見做すのは自然だった。そして事実、笹宮惟秀大尉は十九日の午後に宇都宮の聯隊《れんたい》を出、二十日の夕刻に戻っていた。十九日の晩の足取りは不明だが、おそらくカルトシュタインの殺害現場に、あるいはその近傍にいたのだと、惟佐子の直感に呼応する形で黒河は推断した。少なくとも彼が十九日の晩に中禅寺湖辺で川北に会い、殺害の指示を出すなどの行動をなしたことは疑いえぬ。

「中禅寺湖のことはいったん措《お》いて、とにかく問題なのは」と千代子は笹宮惟秀の名前を封じ込めるように話を先へ進めた。「宇田川寿子《うだがわひさこ》さんの事件と紅玉院がどう繋がるかです」

昼間から麦酒《ビール》瓶を何本も並べた隣卓の関西弁の夫婦の耳を気にしながら千代子ははじめた。かりに探偵氏が報告書で推測しているように、紅玉院がドイツ間諜《スパイ》組織の活動場所なのだとしたら、それを宇田川寿子と久慈《くじ》中尉が知るに至り、秘密が漏れるのを防ぐべく殺害されたと考えることができるのではないかと、またもや甚だしい虚構感に捉えられながら千代子が符丁を使って述べると、

「その場合、一番疑わしいのは槙岡《まきおか》さんと云うことになりますね」と惟佐子は感情の淀みなく断じた。

「探偵の調査に槙岡中尉の名前は出てきていませんが、槙岡さんが紅玉院に出入りしているのを千代ねえさまが目撃している」

だからと云って間諜《スパイ》団の一味だとは決めつけられぬが、槙岡貴之《たかゆき》中尉は死んだ久慈中尉の友人であり、宇田川寿子とも顔見知りであるとすれば、少なくとも二人をおびき寄せることが彼にはできたわけだと惟佐子は続けた。

「たとえば寿子さんの軀《からだ》のことで、秘密のうちに処置してもらえるお医者様が見つかったからと云うふうにいって、来させることもできたのではないかしら。それが川北先生かどうかはともかく」

「つまり宇田川さんと久慈中尉は槙岡中尉がSだと知った。紅玉院がSの根城なのも知ってしまった。それと同時に、二人は宇田川さんの軀のことで困っていた。そこでそれを利用して、槙岡中尉が二人をおびき出してなにした」と整理した千代子は、しかしなんだかしっくりこないなと感じ、惟佐子の顔を覗けば、首を傾げ顎の黒子《ほくろ》を小さく動かした彼女も不同意らしいと見たとき、べつの理路へと思考が自然と導かれるのを覚えた。

「ひょっとしたら、宇田川さんのお腹の子は、久慈中尉の子じゃないのかもしれませんね」

思えば、惟佐子ははじめから、宇田川寿子と久慈中尉が恋人同士であるはずがないと主張していたのだ。今度は惟佐子がはっきり頷くのを見たときには、父親は槙岡中尉ではあるまいかとの憶測が心に根を張り出した。

「もしも槙岡中尉と宇田川さんがおつきあいしていたとして」と千代子は憶測の樹から枝葉を伸ばしてみた。つきあいの過程で宇田川寿子が槙岡中尉の「秘密」を知ってしまう。心配した寿子は久慈中尉に相談する。寿子を通じ「秘密」を知った久慈中尉は槙岡中尉を追及する。槙岡中尉は久慈中尉の殺害を決意し、恋人が妊娠したことを利用して、心中に偽装する計画をたてる——との筋道を、いくぶん遠回しに千代子は述べた。

「つまり槇岡中尉にしたら、一石二鳥と云うか」と口にして千代子は、よく知らぬ人をそこまで悪人と極《き》めつけるのはいかがなものかと反省されて、これはあくまで仮説ですけれどね、とあわてて付け加えるのを尻目に、

「でも、可能性は否定できませんね」と惟佐子が端的に云い、

「だとしたら、どうやって心中に偽装したのかしら」と千代子が新たな問題を提起したのへ惟佐子が応じた。

「そこは問題ですけれど、どちらにしても、とても槇岡さん一人でできることじゃないわ。やはりなにかしらの組織が係わっていると考えるべきじゃないかしら」

ええと頷いた千代子は、中宮祠の男をまた想い、笹宮惟秀と思《おぼ》しき人物が槇岡中尉とともに紅玉院から出てきた事実を惟佐子に明かすべきか否か、迷い、もう一度探偵の報告を読もうと思い、卓《テーブル》に手を伸ばした弾みに水の洋杯《コップ》を倒してしまい、それが惟佐子のお召しの膝にまで零《こぼ》れて、ああ、ごめんなさいと、大慌てで手布巾《ハンカチ》を手鞄《バッグ》から取り出したとき、濃《こま》やかに雨の降り続く日比谷公園では、サテ時間デアルカと懐中時計を覗き呟いた元陸軍士官が、四阿前の水溜りに莨を投げ捨て、木椅子《ベンチ》から立ち上がった。

笹宮惟秀大尉が紅玉院の「組織《グルッペ》」に係わり、カルトシュタイン「殺害」に関与した疑いのある事実を笹宮惟佐子に伝えるべきか否か、黒河は結論を得られぬままなお迷い、と云うより、笹宮惟佐子に会っていかに振る舞うべきか、それがそもそもわからず、一種の怖気《おじけ》さえ覚えて、そのことに微苦笑しながら、しかし自分が懼《おそ》れを抱いている事実は否定できなかった。黒河が惟佐子に会うのは、笹宮

邸で遠目に見かける機会を除けば、これが三度目、二度目は夏の軽井沢で宿泊した旅館に訪問を受け、紅玉院その他の調査を依頼されたのだけれど、このときは旅館の露台《テラス》で話し、傍には女中の姿もあったから、二人きりではなかった。あの夏の一日、御頼みしたいことがあるので都合のよい日時を『ヴィラ軽井沢』まで報せて欲しいとの電報を受け取った黒河が直ちに軽井沢へ向かったのは、木島柾之と同じく「一度目」の再現を渇望したからで、避暑地ならば機会が得やすいだろうと考えたのも木島同様であったが、しかし黒河の欲望は木島のそれとは異なる複雑怪奇な内容を持っていた。

まずはあれが現実の出来事であったのかどうか、たしかめねばならぬと云う、いささか奇妙な気持ちがあった。かつて黒河は大陸で自暴自棄の生活をしていた時代、阿片《アヘン》を常習したことがあり、その際、ちぎれた数珠《じゅず》のように夢と現《うつつ》が乱雑に散らばる記憶の混濁を体験したのだけれど、あれがそれと似たような一種の白日夢ではなかったか、との疑いが心にべっとり貼り付いて離れず、なにより不思議なのは、アパートの部屋での出来事よりむしろ、上野のホテルの喫茶室から駅まで惟佐子と連れ立って歩き、省線電車の吊革に並んで摑まり、日暮里《にっぽり》駅の改札口を一緒に出てアパートまで路地を行く——そんなことがどうしてできたのか、まさにその点であった。

面談を求めてきた惟佐子の用件は、帝大教授の娘と陸軍士官の心中事件が陸軍内でどう評判されているかを教えて欲しいとの内容で、心中した娘と自分は学校の同級であり、だから新聞で報じられる以上の事情を知りたいのだと惟佐子は云い、死んだ中尉を含め、現役の士官については、裏の顔や風評を含む、様々な情報を蒐集した資料が部屋にあるので、調べて報せようと黒河が応じると、いまから部屋まで行くので資料を見せて欲しいと惟佐子は云ったのだった。

いったいどう云うつもりなのか。黒河には見当がつかなかった。けれども、ふと気づけば、空色の着物が自分と並んで路を歩いており、白く滑らかな手が隣の吊革を摑んでおり、真昼でも裸電球の点《とも》る崖下のアパートの軋む板廊下を艶やかな白足袋が踏んでいるのだった。そこにいるはずのない人物が、あるはずのない事物が、脈絡を欠いて現れたがごとき感覚は、夜に視《み》る夢そのままだった。

心中した士官については、武断的革新を唱えて回る集団《グループ》に属し、各聯隊の過激派将校と誼《よし》みを通じて、「危険人物」と見做される、その一方で、勤務は真面目で下士官兵からの人望篤《あつ》く、だから心中事件を不可解と多くの者が見るなかにあって、シュトルムを愛読するような気質が彼にはじつはあって、恋愛の果てに情死するがごとき直情径行の振舞は情熱家ならばさもありなん、まして相手が上流階級の令嬢であるならば、貧乏寺の倅《せがれ》である彼の浪漫的感情が病的に昂《たかぶ》ったのだろうと、やや皮肉な感想を抱く同僚や同期生がいなくもない、と云った程度の情報しかなかったけれど、惟佐子は落胆するふうはなく、そもそもそれはただの口実にすぎないと思えた。

しかしだ。しかし、いったいなんの口実か？ と云うならば、すなわち、自分の部屋へ入り込む口実だ！ と、それを思うたび、黒河はヴァッハと、笑いとも驚きともつかぬ声を漏らしてしまう。そんなこと、そんなことが、そんな奇怪なことが、現実にありえただろうか？

自分はたしかめねばならない。破れ障子の下、汗と精液の匂いの染みついた万年床で腕に抱いた肌の感触――いまはもう遠い蜃気楼のごとくに思えるあの感覚が、生きた人間のものであったことをたしかめねばならない。紛い物でも、作り物でも、架空の生き物でも、ましてや幻覚でもなく、生身の、ひやり冷たくて、しかし部分部分は熱湯のように熱くもある皮袋のなかに臓物や漿液《しょうえき》や血やいろいろなものが詰まった人の軀であったことをたしかめねばならない。そしてなにより、自分の男の力を確認しなければならない。あのとき自分は勃起できぬまま精を漏らした。蒟蒻《こんにゃく》みたいにぐにゃりとなった筒の先から生温かい液が申し訳なさそうに零れた。そうして、焦りに灼かれる男の姿を、興味津々の色に染まった双つの眼が眺めていた。そうだ、興味だ！ まさしく興味の言葉が相応しい光があの眼には宿っていたので、それは地の冥闇《めいあん》から届く凝視、異世界の存在者のまなざしに思えた。森陰の見知らぬ獣の輝く眼が我が胆力精力を二つながらに削殺した。わしを嫌いんしゃい！　わしを嫌いんしゃい！　怖い眼を見返すことができぬまま、足掻きに足掻く黒河の頭蓋に声が響いた。わしを嫌いんしゃい！　わしを嫌いんしゃい！　それは邑《むら》外れの石地蔵の声、赤い涎《よだれ》掛《か》けをした地蔵の声だ。

　子供の頃、人に嫌われる黒河は、石地蔵に向かって、あんたさんだけはわしを嫌わんでくださいと祈り、けれども長じるに及んでいよいよ嫌われたあげく、むしろ徹底的に嫌われることを願い、石地蔵にも嫌いんしゃいと語りかけるようになり、すると頭のなかに嫌いんしゃいの声が響くようになり、それはやがて地蔵の声になった。わしを嫌いんしゃい。地蔵が云う。わしを嫌いんしゃい――そうなのだ、生まれてこのかた、誰からも、母親からさえ愛されなかった俺は、人の嫌悪を糧に生きてきたのだ。毛虱にたかられた最底辺の娼婦からさえも、腐乱した豚のごとき酌婦からさえも疎《うと》まれる俺は、毒黒《どす》く粘つく嫌悪の原油を肚に貯め、冷罵と嗤《わら》いの燧《ひうち》で火を点《つ》け、青白く燃焼させては力に変えてきたのだ。わしを嫌いんしゃい！　わしを嫌いんしゃい！　だが、あの眼には嫌悪の色がひとつもなく、いや、そもそも感情がなく、一度も光を浴びたことのない地下の鉱物の結晶のようだった。あるいは光の届かぬ地底湖をぬるり泳ぐ魚の眼。あんな眼に見つめられたら、それはもう自分は萎《な》えるしかありましぇん。惨めに俯《うつむ》くしかありましぇん。だが、それでいい！　それでかまわない！　俺はむしろそうなりたい。男の力を確認する？　ヴァッハ！　そうだ、俺が確認するのはむしろ男の力の欠如だ。潰裂《かいれつ》してだらしなく漏れ出る力の滓《かす》だ。俺はもう一度、いや何度でも、溶け地蔵みたいにふにゃふにゃになり、とろとろと恥辱の液を畳に漏らしながら謝りたい。泣きながら赦しを乞いたい。御赦しを願いましゅ。御赦しを願いましゅ。堪え難い屈辱に内臓を火のように燃やしながら、皮膚がしんしんと凍えるようなあの感覚を、嗚呼、俺はまた味わいたいのだ！

笹宮惟秀大尉のことはなにもかも告げよう。革新将校運動の件を含め、知ることすべてを教えよう。黒河は考える。いや、教えるもなにも、自分はそうせざるをえない。あんな眼に遭ってはなにひとつ隠すことはできぬし、眸《ひとみ》のほんの僅かな満ち欠けに胸に秘めた企みは崩れ去り、満ち潮が磯の芥《あくた》をきれいに呑み洗うように、魂の小函《こばこ》に仕舞われた秘密は洗いざらい吐き出されざるをえぬ。たとえどんなに残忍で、汚らしく、吐き気を催させるような告白であっても、闇に棲む魚の眼は色を微塵も変えることなく、冴えたまなざしで告白する者を見つめるのだ。嗚呼、俺はあの眼に灼かれたい。あの凍える刃の眼に灼かれて、恥にのたうち、悲鳴をあげ、毒々しく嗤う何者かの声を耳にしながら、湿った石の下の虫けらみたいに身を縮め、熱い涙をたくさん流したい。

黒河のさすこうもり傘が雲形池を離れ、常緑低木の植え込みの小径を動き出したとき、池の、噴水を挟んだ対岸の、銀杏の陰に佇む二つの影が動き出したことに黒河は気づかなかった。黒河の傘が日比谷門へ繫がる径を進みはじめると、影の一つが霞門へ引き返し、内堀通りの、裁判所前に停まっていた黒塗りのパッカードに滑り込み、不機嫌な排気音を漏らして動き出した自動車は、貴族院議長官舎の角から、さらに市政会館を左折して、日比谷通りを北上しはじめ、すると前方の舗道に市電の停留所へ向かう二つのこうもり傘が見えて、パッカードが傘に追いつこうとしたとき、俯き歩く黒河は背後から近づいた人から、黒河さんと、声をかけられ、振り向くと、常磐松を想わせる深緑色の雨合羽を着た男がすいと近づいて、傘の陰から歯を閃《ひらめ》かせて笑い、私ですよ、藪家修一です、陸士で一緒だった藪家ですと云い、アア藪家修一デアルカと、黒河は意想外の人物の唐突な出現をひとつも不自然に思わぬ、夢を見る者に特有の、浮遊する感覚のなか、脇に停まった黒塗りの自動車から黒い服の男が二人出てくるのを不思議に思いながら、傘の陰の人物の顔をあらためて覗き込んだ。

五十七

午後の四時を過ぎても探偵は現れず、連絡もなく、夕刻から義母の瀧子《たきこ》と東京へ出てきている瀧子の父親とともに、牛込矢来町《うしごめやらい》の斎藤龍造画伯邸で能楽を観る予定のある惟佐子は、そろそろ御時間がと、菊枝が喫茶室へ迎えにきたのを潮に、千代子を促し席を立った。なにかあったのだろうかと、惟佐子が不審気に呟く傍らで、伝票を給仕《ボーイ》に渡して支払いをする菊枝の顔にいささか安堵の色があるのは、黒河と顔を合わせるのが嫌だったからであり、なによりあの気味の悪い男が惟佐子の「身辺にある」ことを千代子に知られたくなかったからで、たしかに千代子は、惟佐子が雇ったと云う探偵氏に俳優の岡田時彦のごとき優男《やさおとこ》を想定《イメージ》していたから、菊枝の気病みはゆえなしとは云えなかった。

銀座まで送ると惟佐子は申し出たが、千代子が断ったのは、東京府美術館に寄ろうと考えていたからで、今週末まで開催の写真協会の写真展を千代子はまだ観ておらず、この機に覗いておこうと、事務所を出たときから予定していたのである。家族はみな観に行った様子で、少なくとも絵よりはだいぶいいと弟たちは揶揄《からか》い気味に感想を述べ、父親はにやにや笑い、仕事に反対した母親だけが、大したものだと手放しで賞賛してくれた。

常磐ホテルを出て惟佐子と別れた千代子は、上野公園へ向かうべく駅地下道を潜った。美術館は五時までは開いているが、千代子が急ぎ足なのは、石板《タイル》張りの通路にふと現れる面貌が、あるいは背後に乱れる靴音が、害意を抱く者であるかのように感じられてしまうからで、その度に鼓動が切迫して骨に響くのは、最前まで惟佐子と話していた事柄に神経が脅かされたせいである。

探偵氏の寄越した調査報告は、急遽の呼び出しが惟佐子からかかっただけあって、春以来の事件をめぐる謎の中核部分を解き明かすだけの内容を備えていた。加えて探偵氏の遅参のお陰と云うべきか、討論の時間が与えられた結果、かつてない進展がもたらされたのも間違いなかった。子供の頃二人でやったジグソーパズルのように、ばらばらの断片《ピース》が嵌《はま》り所を得て浮かび上がる絵柄は千代子をいたく興奮させ、しかし一方では、事件の筋書きが判然となればなるほど、自分の乗る推理の舟が現実《レアリテ》の河川から離れて、虚構の水路へ彷徨《さまよ》い込む感覚が生じた。間諜《スパイ》。謀略。殺人。偽装——。物語の水に浮かぶぶんには、それについて語り、想像を巡らせることには精神の高ぶりを呼ぶに足る刺激と戦慄があったが、ふと虚構の膜が破れて現実の大気と触れ合えば、暴虐の予感が鉄錆《てつさび》となって神経に貼りつき、堪え難い息苦しさにたちまち襲われた。

「寿子さんは富士で亡くなったのではないのかもしれませんね」

謎解きの端緒となったのはこの発言であった。惟佐子の紅を刷《は》いた唇から放たれた推理が、パズルの鍵となる一片《ピース》の置き所を決め、絵解きの呼び水になったのだった。

「どう云うことかしら？」

心中は疑っていたものの、宇田川寿子と久慈中尉が青木ヶ原で死んだとばかり思っていた千代子は意表を衝かれた。

「もしも心中が見せかけなのだとしたら、二人を富士でそうする必要はないでしょう」

「つまりべつのところでなにして、それから運んだと」

「ええ。組織が係わっているとするなら、自動車で運んだりすることはできるでしょうし」

なるほどと千代子は頷いた。四月六日の土曜日、上野午前十時発の急行に乗った宇田川寿子と久慈中尉は、午少し前に宇都宮に着き、日光線に乗り換えた。その後の足取りにはやや不明なところもあるが、二人は紅玉院、ないしその近辺で殺害されて、自動車で運ばれ、青木ヶ原で心中に偽装される。単独では到底できることではないが、複数の人間ならばたしかに可能だ。だけれどと、千代子はすぐさま言葉を差し挟んだ。

「二人は日曜の午頃に富士吉田で目撃されているわけでしょう？　と云うことは、二人が富士に来ていることは間違いないわけで」

云った千代子をぼんやり眺める惟佐子の不思議そうな顔が、こんな簡単なことがどうしてわからないのだろうと訝《いぶか》る表情であることを、ああ、そうだった、子供の惟佐子はよくこんな顔で自分を見つめたのだったなと、懐かしく思った千代子は、つまんだ断片《ピース》をしばし宙に彷徨わせたあと、惟佐子の眼に誘導されるまま然るべき位置へ据えた。

「つまり、贋者だったと？」

「ええ」とあっさり頷いて惟佐子は云った。「二人の顔がちゃんと確認されているわけではないでしょう。男物の帽子に背広の格好は目立つものではないし、女の服は、似たような服を探すか、寿子さんのを着せればいいわけですから」

その場合、死体となった宇田川寿子の服を脱がせ、偽装に利用してから、青木ヶ原の「心中現場」でもう一度着せたと云うことになると千代子は筋を追い、それが毒殺すること以上に冒瀆《ぼうとく》的な、残酷な仕業に思えて心が痛み、そのことを感情のゆらぎなく口にする惟佐子にあらためて瞠目《どうもく》したが、惟佐子にも同じ感覚はあって、友人が穢《けが》されたことへの怒りは、氷河の火山に似て、裾に菊文様のある蘇芳《すおう》色の着物に包まれた軀の深部で暗く燃えていた。

「なるほどそうですね」と認めた千代子は、日光駅に現れた着物の女のことを思い、衣服の着せ替えを女がしたのなら事は滞りなく運んだだろうと考え、そう云ってから言葉を継いだ。

「となると、宇田川さんのふりをして富士吉田に現れたのも、その女なのかしら」

千代子が云うと、惟佐子は吃驚《びっくり》したように眼を大きくし、それからまた不思議そうな顔になるのを見て、そんなはずないですよね、と千代子は苦笑してみせた。

「年齢が合わないですものね」

「ええ。若い人でないと無理です」

「ですね」と応じて千代子が何も云わずにいると、惟佐子の目元がするり緩んで、眸が小刻みに揺れて笑いの波動を伝えた。

「千代ねえさま、お気づきにならないの？」

「なにかしら？」と応じた千代子は、大石《たいせき》が死んでいるのを千代子が気づかずにいるのを、碁盤の向こうから眺める子供の惟佐子をまたも思い出しながら、降参と云って笑うと、惟佐子が云った。

「平井《ひらい》マキ代さん。その人が寿子さんのふりをしたんだと思います」

平井マキ代！　たしかにそうだ。宇田川寿子が「心中」した週末に富士山方面へ旅行したあと、事件の新聞報道を気にしていた平井マキ代の行方がわからないと、鈴木奈緒美《すずきなおみ》から話を聞いたのは自分であり、失踪中の平井マキ代が出した葉書に鹿沼局の消印があるのを発見したのも自分だったと思えば、彼女の名前に至らなかったことは我ながら迂闊《うかつ》としか云いようがなかった。

「どうして気がつかなかったのかしら」千代子が嘆くと、

「わたしはてっきり、このあいだ平井マキ代さんの話をしてくれたときに、千代ねえさまがいまの仮説を胸に抱いているのだと思ってましたわ」

「いいえ全然」と正直に告白した千代子は、しかしそうなると、平井マキ代は付き合っていたヤクザ者から云われて、理由を知らされぬまま富士吉田で宇田川寿子を演じ、東京へ戻って新聞で事件を知り、怖くなって逃げたか、あるいは、と一度切った千代子はためらいがちに言葉を吐いた。

「誰かに攫《さら》われたか」

「ええ」と伏せ目がちに頷いた惟佐子のいくぶん硬い顔が、その場合は平井マキ代の運命は芳しくないだろうと語るのを感得した千代子の心裏に凶暴な死の像《イメージ》が広がったのはそのときである。これは虚構の物語にすぎない。そう考えて膚《はだ》を刺す不安の棘《とげ》を払おうとするのだけれど、風景をたちまち埋めつくす夕霧のように、死の気配が心に満ちて抑え難いのは、河岸の崖下に横たわる日光駅の団子屋の撲殺死体が動かし難く存したからで、いや、団子屋はそもそも不良であり、駅案内所の同級生が推測したように、別の理由で殺された可能性はある、と、そう考えて、どうにか息苦しさから逃れようとするのだけれど、嘴《くちばし》を尖らせた凶鳥は黒い翼を羽撃《はばた》かせ、府立美術館へ急ぐ千代子をしつこく追い回した。

雨は途切れなく降り続いていた。野球場と小学校のあいだの路を進んで公園に入り、小松宮像の脇を抜けた千代子は、躑躅《つつじ》や沈丁花《じんちょうげ》の植え込みの小径から、あるいは密に繁る樹々の陰から、殺意を抱いた人間がいきなり飛び出し凶器をふるう、皮膚に鋭い痛みさえ覚える急迫の予感に脅かされ、砂利道で人と行き交えば、こうもり傘の陰に殺人者の凶悪な貌が隠されていると想像されて心臓が飛び跳ね、その度にこの足で警察署に駆け込んでしまいたい、駆け込んで知るところのものを洗いざらい話してしまいたいと思い、しかしかりにそうしたとして、なにをどう話せばよいものやら、間諜《スパイ》、謀略、殺人、偽装、とこう並べてみて、証拠が全然ないのではないけれど、どれひとつをとっても虚構の彩色を免れるものではないと思わざるをえず、結局のところは、子供の頃のパズルと同じく、惟佐子と二人、夢物語の絵図を組み立てたにすぎないのではないかとの疑念が心の沼に浮き沈みして、調書をとる警察官の憫笑《びんしょう》が眼に見える気がした。

石壁に稲妻めいて走る亀裂が黒々濡れた府立美術館の、正面大階段を上り、ドーリア式の円柱の脇を抜けて、総合受付で招待券を示し傘を預けて入場すれば、大広間は帝国美術協会主催の彫刻展の開催中、中央の巨大裸婦像に人が群がるのを横目に、脇の階段を上った二階が写真展の会場で、受付で記帳して入った展示室は、一階とは違い閑散として、壁に懸けられた写真が天井の灯りに白々と照らされている。

時刻は四時半を過ぎ、じっくり見て回る時間はないので、自分の写真をとりあえず探して、入口から奥へ二つ進んだ展示室右側の、「牧村千代子」（1912〜　東洋映像研究所）と書かれた紙板《プレート》の上方に三枚の写真が並ぶ壁前に立った。半切寸法《サイズ》に引き伸ばされ額に入れられた写真の一枚は、歌舞伎座の楽屋で肩脱ぎで化粧をする羽左衛門《うざえもん》、もう一枚は浅草寺の屋台見世で酒を飲む白塗りの大道芸人、そうして最後が、五月に鹿沼を訪れた際に撮影した街道集落の写真であった。

写真を撰《えら》んだのは兼子《かねこ》所長で、ことに最後の風景写真——生まれてはじめて撮った「芸術」写真が評価されたことは嬉しかったものの、千代子本人は自信がなく、しかしこうして額に嵌ればいっぱしに見え、まあ悪くないなと、とりあえず安心して、それから再び投げた視線が街道集落の写真に吸い寄せられてしまうのは、云うまでもなく、それが鹿沼だからである。この写真が展示されていることはもちろん知っていて、にもかかわらず見た瞬間ぎくりとなってしまい、動悸を抑えつつ眼を据えれば、雲のない黒い空の下、右側に藪草に埋もれた矮屋《わいおく》の列、左に土埃に汚れた商店の並ぶ砂利道を正面から捉え、画面中央から右上方に僅かにずれた位置に腰の曲がった老婆がひとり、点景に置かれる構図は、いかにも寂れ朽ちた風情を醸し、どこか異国の、忘れられた街区の雰囲気が漂うのは撮影者の狙い通りである。

道路左側の運送店の看板、その角を曲がれば外山《とやま》医院があるはずで、さらに真っすぐ進んだところに紅玉院はある、と思うだけで、背筋に冷気が過《よぎ》るのが嫌で、しかし写真からは眼が離せず、するとり路に立つ老婆がこちらへ顔を向けていることに気がついた。いや、いま気がつくなどと云うことはありえぬので、自分はこの写真を現像のときから幾度も見てきて、しかしなぜだか老婆の顔の向きにはいままで気づかなくて――しかし、そんなことがありうるだろうか？

写真に顔を寄せてあらためて精査すれば、間違いなく老婆は写真機《カメラ》の方へ顔を向けており、手拭で頭を包んだ渋柿みたいな面相にはどんな表情もない、と見えたその顔に、咎めるような、あるいは憤慨するような表情がふいに浮かんで、気味悪く思ったとき、老婆が笑い出したから仰天した。それは卑猥な冗談に笑う者のようで、歯のない口から黒い息を吐き、目脂《めやに》の溜まる瞼《まぶた》の奥の眼玉を銀色に光らせて老婆はげらげら笑う。きゃっと声をあげた千代子は逃げ出し、すると恐怖の凶鳥が羽音高く天井を飛び回って脚が竦《すく》み、疎らに散った室の人間がどれも凶悪な殺人鬼に思いなされて、ひいいいと半ば悲鳴のごとき息を喘《あえ》ぐ口から絹糸のように吐き出しながら、脚を縺《もつ》れさせ、出口に向かって駆けたとき、誰かに衝突して、千代子はきゃあとまた声をあげた。

大丈夫ですか？　突進を受け止めた人が云い、ああ、ひどい失策をしてしまったと慌て、狼狽しながら、ごめんなさい、大丈夫です、なんでもないですと千代子が謝って離れると、驚いたことに、いきなりその人が、牧村さんと、千代子の名前を呼んだのだった。

見ると紺色の雨外套《レインコート》を着た男だ。するとまた男が、牧村千代子さんと、今度は姓名を口にして、あ、と思ったときには、蔵原さんと、千代子の口からも名前が飛び出していた。無帽の蔵原誠治《せいじ》は、おどけたような笑みを浮かべながら、いったいどうしたんですと問い、千代子はなにも云わずに蔵原の胸にしがみついた。

五十八

蔵原が東京へ着いたのは昨夕、中野の姉の嫁ぎ先に泊めてもらい、午《ひる》から府立美術館を訪れたのは、牧村千代子から貰った手紙に、もし東京へくるようなことがあったらどうぞと、報知《メッセージ》を添えた招待状が同封されていたからで、しかし千代子本人に連絡することには気後れがあって、と云うのは、千代子の手紙は宇田川寿子の事件に関する報告や相談ばかりで、肝胆が披瀝《ひれき》されぬどころか、私的《プライベート》な近況は一切書かれず、その意味では写真展のことは例外であったが、いずれにせよ満洲駐在の蔵原には「事件」につき話せるような情報も発想《アイデア》もなかったから、会いたい気持ちはありながら、会う理由がない気がして、さらに云えば、男女二人で会うことが、ひょっとしたら千代子の迷惑になるかもしれぬとの気働きもあった。

ところが写真展を観て、千代子に連絡を取るべき理由が断然生じた。電話をかけた東洋映像研究所から、牧村は出ている、上野へ行くと云っていたと教えられ、ならば府立美術館かもしれぬと見当をつけて、受付でしばらく待ってみたが、姿が見えぬので、御徒町まで歩いて蕎麦屋で酒を二本ほど飲み、閉館間際にもう一度だけ覗いておこうと思い入館したところで千代子に出くわしたのだった。

いったん銀座の事務所へ戻ると云う千代子に蔵原は付き合い、省線で上野から有楽町へ向かう道すがら、二人は互いの近況をぎこちなく探り合ったのだけれど、なにより千代子が驚かされたのは蔵原が新聞社を辞めたことであった。

「辞めたんですか？」

「辞めました」

「いつ、ですか？」

「先週ですね。向こうの住まいも片付けて、いまは義兄《あに》のところに厄介になっています。義兄は歯科医をやってまして」

「シカイ？」

「歯医者ですね」

「歯医者さん？」

「ええ。米国《アメリカ》で修業をして、腕がいいのでけっこうはやっているようです。貴女も歯医者にかかるときは、ぜひ義兄のところへどうぞ」

「わたしは歯は大丈夫です」

「あ、そうでしたね」吊革を摑んだ蔵原が笑ったのは、仙台の旅館で沢庵を齧《かじ》る小気味よい響きを思い出したからである。

「なにか可笑《おか》しいですか？」

「あ、いや、べつに可笑しくはありません」

「でも、いま、笑いましたよね」

「いや、それはですね」

「なにか理由があって笑ったんですよね」と千代子がつんけんと追及したのは、先刻美術館で蔵原にしがみついたことが極《きま》り悪かったのが原因で、あんなふうに誰の胸にでも猫よろしく飛び込んでいく尻軽な女と思われたのではないかとの心配も生じ、するとかえって態度が刺々しくなった。

降参した蔵原が沢庵の件を告白すると、わたしはそんな音はたてませんと、千代子が憤然となるのに狼狽した蔵原は、しかし歯が良いのは素晴らしいことですと賞賛した。

「それに沢庵は歯にいいんです。義兄から聞いたのですが、口のなかの衛生には沢庵がいいらしいんですよ。沢庵に限らず、糠漬け全般いいらしいんですが、つまり乳酸菌ですね。ブルガリア人の長寿が乳酸菌のお陰だと云うのは真実かどうだか知りませんが、口腔の衛生には間違いなくいいそうです。虫歯菌を駆除してくれるらしい。そう云うわけで、歯の健康には乳酸菌を多量に含む沢庵がいいのです。夜、蒲団に入る前に一枚二枚齧って寝るととくにいいそうですよ」

「わたしは沢庵を齧って寝たりしません」

「そりゃそうですよね。普通はそう云うことはしない」

「普通はしません」

「しませんね。しかし、あれですよ、貴女は沢庵漬けの由来をご存知ですか？」

「知りません」

「沢庵和尚が考案したと云うのは有名な話ですが、これがいろいろと異説もあってですね」と云った蔵原は、沢庵および糠漬けに関する蘊蓄《うんちく》を傾けはじめ、それにしても久しぶりに会った者同士、どうして沢庵の話をしなければならぬのか、そう思うと千代子は可笑しくて、しかし笑うのは悔しく、黙って聞くうち有楽町に着いてしまい、一緒に電車を降りた蔵原は、今日はいまから昔の同僚と会う約束があると云い、それからいくぶん躊躇《ためら》いがちに千代子の予定を訊ね、明日は土曜日だから午後は空いていると応じると、ならば明日もう一度、府立美術館で会えないか、どうしても確認したいことがあるからと云うので、了解すれば、では明日と云い残し、紺色の雨外套《レインコート》が歩廊《プラットホーム》の雑踏へ消えるのを見送った千代子は、数ヶ月ぶりに会ったと云うのに、交わしたのは沢庵の話ばかりだったと思い、呆れ笑いつつ改札を出、傘をさして数寄屋橋方向へ歩き出したとき、暮色濃い雨空に舞い飛ぶ不安の凶鳥にまたも襲われ出したのは、このまま二度と蔵原と会えぬかもしれぬとの予感が神経の糸を震わせたからで、自分はどうして蔵原をこの手に摑まえておかなかったのかと、激しく後悔したものの、都会の人ごみに紛れた一個の影を追うことはもはや不可能だと考えれば、人と云うものがじつによるべなく、人と人の繫がりが朝露より儚《はかな》いものに思いなされ、たったいま別れたばかりだと云うのに、蔵原の面影が記憶の器のなかで急速に溶け崩れていくのを覚えて、ついに自分に残されるのは、先刻胸に飛び込んだ際に嗅いだ莨《たばこ》の匂いと、雨外套《レインコート》越しに得た軀の感触だけかもしれぬと思えば、ひどく淋しい、うらぶれた気持ちになり、銀座の事務所で用事をすませて帰った大森の家では、どこか具合が悪いんじゃないのかと母親から心配されるほど萎《しお》れていて、悶々の一夜が明けた朝はしかし、前日とはうって変わった秋晴れ、男性の不審死の記事がないのを新聞に確認してから縁側に立ち、陽光が庭の泰山木《たいさんぼく》に燦々《さんさん》と降り注ぎ、緑藻の繁る池で金魚がぬるり泳ぐのを見たら、元気が出て、元気ついでに半休をとることに決めて、近所の洗濯屋の電話で事務所にその旨を伝え、午前中は母親と一緒に洗濯をし、部屋の掃除をし、庭木の剪定をしたらさらに元気になり、茹でスパゲティーに刻んだ大根葉とバターと鰹節と醬油を和えて食べた後、外出に向けてなかなか決まらぬ洋服をようやく撰び、いつもより念入りに化粧して、それでも約束の午後二時には三十分も早く着いてしまったけれど、府立美術館の石造りの大階段にはすでに蔵原の焦げ茶の帽子があった。

「『都朝報』を辞めたって、昨日云ってらしたけれど、辞めてどうなさるの？」

上野の森で鳴き交わす鳥の声を耳に入れながら挨拶を交わせば、昨夜の悩ましさはすっかり消えていて、展示室へ向かいながら何気ないふうに質問した千代子は、これが昨夜来の一番の気がかりだったことにはじめて気がついた。

「中学時代の友人が飯田橋で小さな出版社をやってましてね。手伝わないかと前から云われていたんです」

飯田橋と云うことは東京に住むのだろうと思うと、千代子は心が一遍に晴朗になる心地がして、しかし弾む調子を極力抑えて、どんな本を出す会社なのかと質問すると、医療関係、ことに精神医学関係が中心だと簡単に応じた蔵原は、

「新聞社に較べて給料関係はだいぶ怪しいんですが、とりあえず独り身ならなんとかなるんじゃないかと思います」と笑い、「独り身」に感応した千代子の心の空はいよいよ晴れ渡り、季節外れの菜の花畑で雲雀《ひばり》が囀《さえず》り出したが、蔵原は知らぬ気で展示室を奥へずんずん進み、そんなことより問題はこれですと、写真の前に立って云い、千代子は春先にも着ていたのを覚えている茶の上下衣《スーツ》を着た男の立ち姿を、少し痩せたけれど、骨はむしろ太くなった感じがするなと、素描《デッサン》のモデルを見る眼で盗み見た。

「これは鹿沼の写真ですよね？」

蔵原が例の街道集落の写真を指して問うた。そうだと応じると、やはりそうかとの思い入れでもって深く頷く蔵原の傍らで、昨日の恐怖の瘴気《しょうき》が背筋を這う気配を千代子は覚えながら、自分が撮って現像した写真にあらためて視線を据えてみれば、砂利路の老婆はたしかにこちらを見ているようではあるが、手拭で頭を包んだ顔に表情はなく、老婆がいきなり嗤い出したのは、やはりこちらの神経がおかしかった所為《せい》だと納得して、こうして蔵原と一緒なら自分は安心していられるのだ、平穏に暮らせるのだと思ったとたんに羞ずかしくなり、赤面したのを誤魔化すべく口を開いて、表題には「街道」としか書かれていないのに、どうして鹿沼とわかったのかと訊いてみた。

五月に千代子が日光線沿線を単独で調査し、報告を受けた際、鹿沼の外山医院のある町の風情に感

興を覚え、芸術家魂を刺激されて、写真を撮ったと語っていたからだと蔵原は答えた。

「芸術家魂なんて、わたし、云ってません」

「そうでしたかね」とやや慌て気味に蔵原は応じた。「いや、しかしですね、なにかそんなふうで写真を撮ったと云う話で」

「面白いと思ったのは事実ですが、芸術家魂なんて云ってません」

「そうでしたね。それはぼくの創作と云いますか、そう云うふうに理解しただけの話です。それより、ここを見てください」と蔵原が芸術家魂問題を素早く退けて写真の一部を指差したのは、画面左手の運送店の看板である。車庫の上に掲げられたブリキ板の文字がかろうじて読み取れる。東栄運送――と読める。

「これが、何か？」

電話を借りようとして無愛想に断られた運送店の、油臭い車庫の佇まいを想起しながら千代子が問うと、

「カルトシュタインの取材に同行したとき、ぼくが日光駅の裏の採石場へ行った話はしましたよね」と話し出した蔵原は、川原の採石場の物置小屋の傍にいたら、そこへ年寄りを荷台に乗せたオート三輪が来たのだと続けた。

「その話は聞きました」と応じた千代子は、緊迫感に胃袋が縮むのを覚えながら云った。「実際に自動車《トラック》が来たのを見て、宇田川寿子さんがあそこから荷台車に乗せられて運ばれたと云う説が出てきたんですよね」

「そのとおりです。それでじつは、この写真を見るまでぼくも忘れていたんですが、川原にきたオート三輪の荷台の腹に字が書いてあったのを思い出したんです」

「字、ですか？」

「ええ。会社の名前ですね」と蔵原が云ったときにはすでに千代子にも話の筋道が見えてきていた。

「つまり、その名前というのが、もしかして」と云う千代子の言葉を蔵原が受け取った。

「そうなんです。東栄運送。それに間違いない」そう云って蔵原は写真に鋭い視線を向けた。

五十九

週の明けた月曜日、千代子と蔵原は上野発八時四十八分日光行普通列車で鹿沼へ向かった。

云い出したのは蔵原で、行ってどうするのだと訊いた千代子に、とりあえず紅玉院および東栄運送をこの眼で見てみたいのだと蔵原は答え、とりあえず程度の理由で行くのは得策ではないし、意味もないと千代子は反対したが、友人の出版社で働くのは年明けから、つまり一月ばかりは暇なので、物見遊山のつもりで足を向けたいと、蔵原が少しふざけた調子で云うのに腹が立った千代子は、ならば自分も同行すると断固宣言し、なにしろ蔵原の不在の間に「事件」解明の歩を進めたのはこの私なのであり、偶然とは云え、東栄運送の写真を撮ったのもこの私である以上、手柄を横から奪われるのは我慢ならないと千代子は述べたて、わかりましたと蔵原は苦笑しつつ頷いたが、千代子の本心はべつのところにあって、早い話が蔵原を単独で行かせるのが不安なのであった。頼り甲斐があるようで蔵原は抜けたところがある、とそう密かに観察する千代子としては、今度ばかりは迂闊《うかつ》が笑い話ではすまぬかもしれぬと思うと、心配でならなかったのである。

土曜日は府立美術館を出たあと、例によって神保町『エルム』で話をしたが、私的《プライベート》な近況にはお互いほとんど触れることなく、相も変わらず「事件」の話題に終始したことは、千代子に溜息を吐かせたものの、やっぱり東京はいいなと、呑気に珈琲《コーヒー》を啜る男に向かって語るべき事柄は、前日の惟佐子との討議を中心に多くあったのはたしかで、それが蔵原の顔色を変えさせるまでの興奮と緊張を呼び、鹿沼行きを促したのは疑いえなかった。旅行に一日おいたのは、千代子が日曜日に仕事――先月末に発足した日本ペンクラブの会合の取材撮影があったからで、月曜日に代休が貰えてこの日になったのである。

昨日の撮影には鈴木奈緒美が助手についてくれた。もちろん正式の助手ではなく、このところ日曜祭日に仕事があると、鈴木奈緒美が遊びに行ってもいいかと連絡してくるのは、平井マキ代の行方探しの進捗《しんちょく》ぶりをたしかめようと云うのではなく、写真の仕事に興味を持ったかららしく、実際彼女が居てくれると助かるので、千代子も駄目とは云わず、仕事が終わった後には御礼代わりにお茶に誘うのだけれど、用事があるからと鈴木奈緒美が必ずこれを断るのは、簿記学校へ行くからであるよりむしろ、紅茶と洋菓子を目当てに手伝うと思われるのが嫌だからのようで、昨日も島崎藤村ら作家評論家が集った文藝春秋社の会議室から出たところですぐに帰って行った。

上野の東改札口で待ち合わせ、蔵原が買っておいてくれた切符で入場してお茶を買い、二等車の昇降台《タラップ》を踏めば、車輌はがら空きではなかったけれど、四人掛けの席を二人で占領できた。師走に入って急に寒くなり、千代子は伊勢丹で買った淡茶《ベージュ》の羊毛《ウール》の外套《コート》に毛糸の襟巻き、同じく毛糸の編み帽《ニット》を被る格好なのに対して、蔵原は金曜日に会ったときと同じ雨外套《レインコート》なのがいかにも寒そうで、風邪気味なのか、しきりに鼻を啜るのが気の毒だ。厚地の外套はないのかと千代子が問うと、煎茶の陶器で掌を暖めながら蔵原は、あったのだが、満洲から戻るとき、世話になった下宿屋の主人にやってしまったのだと答えた。

「向こうじゃ外套なしではとても無理です。十月で氷点下になったりしますからね」

「日本だって冬は寒いけれど」

「満洲に較べたら大したことはないと思ったんだが、ちょっと甘かったかな」と笑った蔵原に千代子はちり紙を渡してやり、どうもと挨拶した雨外套《レインコート》の男は、歩廊《ホーム》を滑り出した列車の窓へ向かって鼻をかんでから、じつは昨日なんですが、と話し出した。

「富士まで行ってきたんですよ」

「富士へ？」

「ええ。富士も寒くて。風邪はその所為《せい》ですね」

「でも、どうして？」

「とにかく一回は現場を見ておこうと思いましてね。また抜け駆けだと叱られるかもしれないとは思ったんですが、暇だったので。それに急に思い立ったものだから」蔵原が弁解するのには構わず、なにかわかりまして？　と千代子が質問すると、頷いた蔵原は、土曜日に千代子から聞いた仮説――鹿沼近辺で殺害された宇田川寿子と久慈中尉が自動車で青木ヶ原へ運ばれ、心中に偽装されたとの説に関して、これを補強する証拠が見つかったと語った。

「心中の現場は本栖湖に近いんですが、自動車道路と現場は五十米《メートル》くらいしか離れていない。貴女の話にあったように、複数の人間が関与していたとすれば、死体を運ぶことは十分可能です」

なるほどの相づちを得た蔵原は、それからもうひとつと云って、内袋《ポケット》から黒革の手帳を出して開くのを見た千代子は、五月の仙台旅行の続きであるような錯覚を一瞬間抱いた。

「貴女の仮説では、四月七日の午に富士吉田から乗合自動車に乗った男女は、宇田川さんたちではなく、べつの人物だったと云う話でしたね」

仮説をたてたのは惟佐子だったけれど、ええと千代子が素知らぬ顔で応じると、殺害された宇田川寿子と久慈中尉は、おそらく日曜日の夜に自動車で青木ヶ原に運ばれ、一方、二人になりすました男女が同じ日曜日の午に富士吉田に現れたのであると、手帳に眼を落とした蔵原は整理してみせ、それから云った。

「その女の方が、平井マキ代と云う、行方知れずになった女性である。そうでしたね？」

「ええ」とまた千代子は頷く。

「平井マキ代は、鈴木奈緒美さんの証言によれば、月曜日の夕方には東京へ戻っている。しかし乗合自動車の車掌は」と蔵原は続けた。日曜日の午後以降に本栖湖から富士吉田へ戻る乗客中にそれらしい男女はいなかったと証言し、本栖湖からは富士身延《みのぶ》鉄道の下部《しもべ》駅までの乗合自動車の便もあるけれど、これにも男女二人連れは乗らなかったことを警察が調べた。しかし月曜日の朝に本栖湖を出れば、夕刻までに東京へ帰ってこられるわけで、平井マキ代はひとりでそうしたと考えられると蔵原が述べたところで千代子は口を挟んだ。

「男の方は？　そもそもどうしてひとりだってわかるのかしら？」

「それは土産《みやげ》を平井マキ代が買っているからです」と云って蔵原は手帳の頁《ページ》を繰った。

「富士山名物、溶岩飴でしたか」

「そうでしたけど、それがなにか？」

「つまり男が一緒だったら、土産を買うなんてことは許さないと思うのですよ。富士方面に行った証拠が残りますからね。彼女はひとりだったから土産が買えた。同じ理由から平井マキ代が自動車で運ばれたことも考えられない。男と別に行動したのは目立たないようにでしょうね。七日の富士吉田ではむしろ目立つ必要があったわけですが、帰りは目立ってはまずい。若い男女の組み合わせと云うのは、どうしても目立ってしまいますからね」

いまの自分たちこそ「若い男女の組み合わせ」だと思うと、千代子は急に羞ずかしさに襲われたが、蔵原は頓《とん》と気づかぬ様子で先へ進んだ。

「彼女はどこかの駅で、たぶん富士身延鉄道の終点の富士駅で溶岩飴を買ったんだと思います。そう、これについちゃ、貴女の調査が大いに役に立ちました」と蔵原がお世辞気味に云ったのは、溶岩飴の菓子舗に連絡して卸先を調べた一件を、一昨日の『エルム』で千代子が得々として語ったのを踏まえてのことである。もっとも富士駅までは千代子も調べていなかったけれど、蔵原は電話で裏付けをとったと云う。それにしても、つい四日前に東京へ戻ったばかりだと云うのに、蔵原の事件への食いつきは餓狼《がろう》のごとくに鋭く、事件捜査をしたいがゆえに会社を辞めたのではないかと思えるほどの熱中ぶりで、『エルム』では高所から諄々《じゅんじゅん》と教え聞かす態勢でいたと云うのに、早くも追いつかれた、いや追い抜かれた感を抱いて、千代子はやや鼻白んだ。

「でも、そうなると、平井マキ代さんは、一晩、樹海で過ごしたことになりますけど」と千代子が難癖をつけるふうに云うと、そこなんですと、いいところに気づきましたねとでも云うかのように身を乗り出すのがまた小癪《こしゃく》である。

「それで富士まで行ってみたわけです。現場百遍と云う言葉が警察の方にはあるみたいですが、いや、やっぱり現場には行ってみるもんですね」と蔵原は内袋《ポケット》から紙巻莨《たばこ》を出して云い、たっぷり時間がありながら青木ヶ原へ一度も足を踏み入れなかったのは怠慢ではないかと、そう云うつもりは莨をくわえた蔵原にはなかったけれど、千代子は咎められたと感じ、あなたと違ってわたしはこれでいろいろ忙しいんですと、心のなかで癇癪気味に異議を申し立てると、莨の煙をうまそうに硝子《ガラス》窓へ吐いた蔵原が先を続けた。

「本栖湖まで足を延ばして、あの辺は湖畔に何軒か別荘があるだけで、だいぶ淋しいところなんですが、あったんですよ」

あったって、何が？　と間《あい》の手を入れるのは業腹だが、つい相手の調子に引き込まれて、何がです？　と問えば、蔵原は勿体をつけるように鼻から煙を吐いて云った。

「槇岡家の別荘です」

「槇岡って、槇岡子爵？」

「そうです。槇岡子爵の別荘です」

伝えた情報が千代子の神経の末端まで行き渡るのを見届けて蔵原はまた口を開いた。

「槇岡子爵の息子の槇岡貴之中尉が犯人一味の可能性があると貴女は云ってましたよね」

「あくまで可能性ですけれど」と差し挟んだ千代子の註には構わず、

「平井マキ代は槇岡家の別荘に泊まったんだと思います」と断じた蔵原は、調べてみたところ、別荘には先々代の槇岡子爵の姉が住んでいたが、長らく脳を病んだその老婦人が十数年前に亡くなった後は、常住の管理人はおらず、富士吉田の不動産会社が管理を委託されているのだと報告した。

「そこでも話を聞いたんですが、たまに槇岡家の親戚や知り合いが使うようなことがあったみたいです」

「四月七日は？」

「会社には連絡はなかった。ただし別荘の鍵は槇岡家の方にもあって、連絡なく人がくるようなこともあると云ってましたから、使われた可能性はあります。平井マキ代を泊めるだけじゃなく、ほかにもいろいろ使われたかもしれない。本栖湖に拠点があれば、偽装工作には便利ですからね。と云うより、別荘があったから富士の樹海を使ったのかもしれないな」

口惜しいが、なるほどと千代子は頷かざるをえない。

「もちろんこれは槇岡中尉が犯人一味だとしたらの話なんで、そう、それで訊こうと思っていたんですが、笹宮惟佐子さんが雇った探偵と云うのはどんな者なんです?」

鹿沼の紅玉院に間諜《スパイ》一味が巣食っていると云うのは「探偵」の報告であり、それがどこまで精確なものなのか、たしかに確認する必要はあると、千代子はあらためて考えたものの、「探偵」の素性を惟佐子から教えられていない事実は正直に申告するほかなく、そうですかと頷いた蔵原は再び手帳に眼を落として云った。

「とにかく藪家修一と云う男がやっている東栄運送と云う会社が鍵を握るのは間違いなさそうだ。日光駅前の団子屋が云っていたのも、それで間違いないんでしょう?」

土曜日の『エルム』で話したのだけれど、府立美術館の写真に「東栄運送」の文字を見た瞬間、千代子の脳裏には油臭い車庫で話をした坊主頭に百足疵《むかできず》のある男の姿が浮かび上がり、同時に団子屋が電話で紅玉院と並べて口にした会社名が、トーエーウンソウではなかったかと急に思えてきたのだった。頷いた千代子は云った。

「あの頭に疵のある人が、藪家と云う人なのかしら?」

「かもしれませんね。その男はぼくも川原で見かけたんですが、どちらにしても、運送会社ならば荷台車《トラック》があるだろうから、いろいろ運んだりするには都合がいい」と云った蔵原は、ちょっとまとめてみますねと断って、宇田川寿子さんは四月六日の朝に家を出た、とはじめた。

午前十時発の青森行急行に宇田川寿子は久慈中尉と思しき男と乗り込み、宇都宮で二人は日光線の臨時列車に乗り換える。そこまでは宇田川寿子と久慈中尉は一緒に行動したと見られるが、その後久慈中尉の姿は消えて、宇田川寿子だけが終点の日光駅で目撃される。彼女は駅待合室の椅子に一時間ばかり座り、午後一時四十分に着いた普通列車で来た着物の女と連れ立ち、駅裏の大谷《だいや》川の川原へ向かった。

「ただし、この久慈中尉と見られる男は必ずしも久慈中尉とは限らない」蔵原は註を差し挟んだ。心中が偽装である以上、二人が恋人同士であるとはもはや云えぬ、宇田川寿子を妊娠させたのは別の人物――たとえば槇岡中尉かもしれぬ、とは、千代子が惟佐子との対論中に得た推理として『エルム』で話していた。

「久慈中尉は五日の金曜日には下宿から姿が消えていた。とすると宇田川さんとはべつに鹿沼へ行った可能性がある。どちらにしても、この辺からは憶測の域を出ないんですが」と云って蔵原はまたはじめた。大谷川の川原に立った宇田川寿子と着物の女を東栄運送の自動車が迎えにくる。二人は鹿沼の東栄運送へ運ばれる。

「ほかへ運んだ可能性もありますが、運送店の車庫ならば、自動車が出入りしても眼を惹きませんからね」とまた註釈を挟んだ蔵原が、上野から宇田川寿子に同行した男の方は鹿沼で列車を降りたのだろうと続けたところで、どうして別々に行動したのだろうかと千代子が問いを発した。

「やはり目立たないようにでしょうね。鹿沼で二人で降りたんでは目立ってしまう。車掌の証言にもあったように、列車でも二人は隣り合った席には座らなかったわけで」

「でも、鹿沼駅で一緒に改札を出なければいいわけでしょう」

「ええ。しかし鹿沼は降りる人間が多くないから、若い女性の洋装自体目立ってしまう。宇田川寿子さんが鹿沼へ来たとは知られたくなかったんでしょうね。それで一人で終点の日光まで行かせて、そこから自動車で運ぶことにした」と答えた蔵原は、日光駅は乗降客の数が比較的多く、近隣に別荘もあるから、若い女性がひとりで駅舎にいるところへ「家の者」が迎えにくることは不自然ではないと補足してから、物語を先へ進めた。

東栄運送の店内で、宇田川寿子は青酸カリの入った飲み物を飲まされ殺害される。久慈中尉は拳銃で撃たれて死ぬ。二つの死体は荷台車《トラック》で本栖湖へ運ばれ、樹海に置かれる。一方で平井マキ代と男が日曜日の午に富士吉田の駅から乗合自動車で本栖湖へ向かう。

「貴女の話では、平井マキ代が宇田川さんの服を着たかもしれないと云うことでしたが、そこまでしなくても、似たような色の洋服と帽子を被れば、偽装としては十分でしょう」

深夜の青木ヶ原、あやめもわかぬ闇のなか、樹海を貫く路に現れた荷台車《トラック》の前照灯が、ひねこびた樹木を折り重なる人骨のごとくに白く光らせれば、荷台車《トラック》は車輪を軋ませて停まり、激しい運動をした人の呼気に似て発動機《エンジン》を唸らせる車の運転席から出た黒い影たちが、幌のかかる荷台から布に包んだ遺骸を下ろし、提灯《カンテラ》の黄色い光に先導されて、頭と脚をそれぞれ抱えた影が梟《ふくろう》の鳴く樹林に分け入る――想像の場面《シーン》を頭に描いた千代子は、でも、と疑義を呈した。

「二人が亡くなったのが土曜日で、日曜日の午後以降に心中したと云うことだと、死亡時刻がずれないかしら?」

「それについては大学病院にいる友達に訊いてみたんですが、遺体の発見が数日後で、しかも川が溢れて水に浸かったとすると、死亡推定時刻にはだいぶ幅が出るそうです」と応じた蔵原は、それに二人がしばらく監禁ないし軟禁されていたあとで殺されたとすれば、殺害が日曜日の可能性もあると補足した。

「とにかく、いま述べたような一連のことは、複数の人間でなければできることじゃない。となると、紅玉院および東栄運送に拠点を持つ組織が当然問題になるわけです」と蔵原は続けたが、そのあたりは自分が蔵原に教えた情報なのであって、やや片腹痛く思いながら千代子は耳を傾ける。

「何人くらいの人間が関与しているかはわかりませんが、いまのところ判明しているのは」と蔵原は名前を並べた。川北英嗣。藪家修一。槇岡貴之。

「あとは日光駅に現れた着物の女」と云って手帳に眼を据える男を眺めた千代子は、それから笹宮惟秀と、胸の裡《うち》で名前を付け加えてから質問した。

「いまから東栄運送に行くのはいいけれど、行ってどうします？」

「そうですね」と蔵原は顎を指で摑んで思案する格好である。

「ただ行っても、門前払いになるんじゃないかしら」

「そうですね」とまた応じた蔵原は、ふっと表情を緩めると、

「まあ、向こうに着いてから考えましょう」と云って笑い、手帳を背広の内袋《ポケット》に仕舞って便所《トイレット》に立った。

列車はちょうど古河《こが》駅に停車して、歩廊《ホーム》に蒸饅頭売りが来たので千代子は呼び止め、粒餡の饅頭を四つ買い、発車したところで湯気をたてているのに齧りつけば、これがほどよい甘さで非常に美味い。戻った蔵原に勧めると、ありがとうと応じた蔵原はしかしそもそも甘味が好きではなく、だから折畳卓《テーブル》の饅頭には手を出さぬまま、二個目に取りかかった千代子を面白そうに眺め、視線に気づいた千代子が、なにか可笑しいですか？　と訊けば、いいえ、とくには、と応じた蔵原は慌てて莨を灰皿でもみ消し饅頭に手を伸ばしながら、この女性は男女が至近で向かい合う目下の状況において、最初の一個を食べ終わるまでこちらの視線に気づかぬほど饅頭に没頭していたのだなと観察して、可笑しくなるとともにある種の感動を覚えて饅頭を口に入れれば、餡の甘みが口中一杯に広がって、するとこれは五月の仙台行の続きではないかと、ふいの錯覚に捉えられ、それにしてもあのとき、とくに親し

くもない自分たちが二人で旅行したのはなぜだったのだろうと、大変不思議に思われて、とにもかくにも日本に戻ってきたのだなと、のびのび実感しつつ、冬空の広がる車窓に眼を遣《や》る男の横顔を千代子は盗み見た。

六十

鹿沼には十一時二十九分に着いた。午《ひる》には早いが、昼食をすませておくべきだと提案した千代子において、先刻の饅頭三個が腹勘定に計上されておらぬ点を確認しつつ、蔵原は同意して、駅近くの蕎麦屋の暖簾《のれん》を二人で潜り、地元の者らしい年寄りが二人いるほかはどれも空いた卓《テーブル》について、蔵原がきつね蕎麦を、千代子がおかめ饂飩《うどん》をそれぞれ注文した。

広くない店で殺人の話は憚られて、蔵原が新京《しんきょう》で観た『キングコング』の感想を話しはじめ、あれは本当に面白かったと高評価を下す勢いのまま米国《アメリカ》映画をやたら賛美するので、千代子も負けじと、去年観た『別れの曲』やルイス・ブニュエルを持ち出してフランス映画を持ち上げれば、『別れの曲』は知らないが、ブニュエルの『アンダルシアの犬』なら自分も観た、たしかに芸術は芸術なんだろうが、映画の本質は娯楽なのであって、通俗を厭わず質の高い娯楽性を追求する米国映画が素晴らしいのだと蔵原が主張し、これに千代子が鋭く反論する構えを見せて、しかし鰹節臭い蕎麦店を舞台にした映画芸術論争がそれ以上展開しなかったのは、奥の卓《テーブル》の客らの、亭主を交えた談話のなかに「東栄運送」の語が飛び出したからであった。もうえらいことだったとひとりが報告するのは、昨夜起こった火事の話で、「火元は運送屋みたいだな」「東栄運送かい」と云う形で会話が展開すれば、鼠の気配を知った猫よろしく二人の三角耳はぴくりとならざるをえない。

火事があったのかと蔵原が問うと、亭主がそうだと云い、火事現場を見物してきたらしい金柑頭《きんかんあたま》の老人が、酒酔いにいくぶん呂律《ろれつ》の怪しい調子で、運送屋から火が出て、周りの家が焼けたと教えた。運送屋とは東栄運送かと確かめれば、そうだと云うので、火事はいつのことかとまた問えば、昨日の夜中だと答えがある。もはや昼飯どころではなかったけれど、丼の麺を啜《すす》り込み、なるとを齧《かじ》り汁を飲み、店を飛び出た千代子と蔵原は駅前から雇い自動車《ハイヤー》に乗った。

昨日の夜中では新聞には載っていないだろうから、現場を見たあと警察署か消防署で話を聞こうと二人は算段したが、そうするまでもなく、現場に着くまでの短時間に概略を知り得たのは、同乗した運転助手があれこれ教えてくれたからである。曰く、火災発生は昨夜の午前二時過ぎ、東栄運送の倉庫から出火して、おりからの風に煽られ延焼、隣接する数軒が全焼した。

「けっこう風があったみてえでね。一昨日まで雨だったから、そんなには乾いちゃいなかったはずなんだが、なにしろあそこの商売が商売なもんだから、燃料に引火してとんでもねえことになったって話です。どかんと爆発して、五間ばかりも火柱が立ったって云うから凄まじいやね」

むっつり黙って操作輪《ハンドル》を握る若い運転手とは対照的に、話し好きの運転助手――五月に千代子が鶴田から鹿沼まで乗ったときにも同乗していた、やや崩れた感じの、灰髪を蒼《あお》い帽子からはみ出させた初老の男は語った。怪我人について訊くと、四人死んだと、残忍な笑いを浮かべて教えた男は、ひとりは斜向《はすむ》かいの乾物屋の年寄りで、脚が悪かったせいで逃げ遅れ、あとの三人は東栄運送の者らしいと教えた。

「なにしろ丸焦げで、炭になっちまって、男か女かもわからねえって云うからね。たぶんひとつは社長なんじゃねえかな。連絡がとれねえみてえだから。あとのは住み込みの女中や従業員なんだろうね。その辺は警察が調べてるんだろうけど。なにしろ炭だって云うからね」

しきりに炭を強調する男に、社長は藪家《やぶいえ》と云う人かと訊けば、たしかそんな名前だったと返事があったので、家族はいなかったのかと次に問えば、詳しくは知らぬが、あそこの社長は独り身のはずで、女房ではない若い女がときおりきていたと云うのを聞いて千代子の心臓がびくり跳ねたのは、友達の行方を心配する鈴木奈緒美の顎の細い顔が浮かんだからで、若い女とはどんな女なのだろうかと質問しようとしたとき、運転助手は耳の尖る悪魔めいた横顔を見せて口を開き、

「ありゃ、放火だね。それに間違いねえ」と云うのへ、

「どうしてわかるね？」と蔵原が身を乗り出すふうに訊いたので、千代子は問いを口にする時機を失った。

「勝手場や寝てる部屋から火が出たんならわかるが、倉庫が火元だって云うからね。倉庫には燃料なんかが仕舞ってあったって云うから、普通は気をつけるでしょう。あんなところに火の気があるわけがねえ」

「倉庫と云うのは車庫のことかい？」

「いや。道路に面した車庫じゃなくて、火が出たのは店の裏手にある倉庫だって話だね」

「そこが放火された？」

「らしいね。まあ、あそこの社長は、どうもいろいろとね」

「いろいろなんだい？」

いや、まあ、いろいろってことでねと、男が陽焼《ひや》け面《づら》ににやにや笑いを浮かべて誤魔化すのへ、蔵原は五十銭札を素早く握らせ、そのあたりの機敏で下品な身のこなしはさすが元新聞記者だと千代子

は感心した。

「あんまり大きな声じゃ云えねえんだがね」と前置きして運転助手が話したところによれば、東栄運送の社長は宇都宮あたりの博徒と盃《さかずき》を交わすような人間で、つまり堅気《かたぎ》ではなく、運送業の裏でいろいろやっていたと云う話で、そのいろいろとはなんだろうと、さらに蔵原が追及したのへは、そこまではわからぬが、人様には云えないようなことだろうと、悪魔顔の男は口を歪めて笑った。

「噂じゃ、上野のやくざ連中と揉めてて、出入りなんかもあって、恨みを買ってたって話で」

「揉めている敵方が夜中に放火したと？」

「噂ですがね。消防団のやつに聞いたんだが、ガソリン撒いて火つけたんじゃねえかって云ってたからね。ああ云う連中はやることが荒っぽいと云うか、人殺しくらいは平気だから怖いやね。可哀想なのは乾物屋のばあさんでね。巻き添えを喰っちまった」

それまで深夜の惨劇を愉快そうに語っていた初老の運転助手はふいに眼を伏せ、故人を悼むように瞑目《めいもく》する。車輪に弾かれ跳ね飛んだ礫《つぶて》が車の底板にぶつかってかつんかつんと音をたてるのをしばらく黙って耳にしてからまた蔵原が質問した。

「東栄運送で亡くなっていた人たちの身元はどうなんだろう？」

「さあね。炭になっちまったって云うからね」

「しかし、見当はつくんじゃないかな」

「だとは思いますがね。しかしなにしろ炭だからね。まあ、あそこの社長は堅気じゃないからね。いろいろと怪し気な人間が出入りしてたみたいで」

「しかし、住み込みの従業員はいたわけだろう？」

「小僧なんかはしょっちゅうかわってたみたいでね。近所の連中も誰がいたかよくわかってねえんじゃねえかな。女中が一人、ずっといたのは間違いねえみたいだけどね」

「女中と云うのはどんな者かね？」

「芸者あがりかなんかの、ちょっと垢抜けた年増でね。社長の情婦《いろ》なんだろうって噂だったんだけど、ほかの女も通ってきてたみたいだからね。その辺はわからねえです」

宇田川寿子を日光駅に迎えにきた女。千代子は思い、ちらり視線を寄こした蔵原が同じく考えているのは間違いなかった。東栄運送にあった焼死体三つのうち、ひとつがその女中のものだとして残り二つ。そこに若い女のものはなかったか。背筋を強張らせながら千代子が問うと、

「なにせ炭だからね。炭だとどうなのかな。わかるのかね。男か女かもわからねえって云うからね」

と応じた運転助手は突然の笑い顔になって続けた。

「しかしまあ、葬式で焼く手間は省けるわな」

川沿いの街道を自動車は進んで、東栄運送のある町へ入ったとたんに、窓をしめた自動車にも焦げた匂いが届いて、街道集落の入口の、煙草屋の前で自動車を降りたときには、手巾《ハンカチ》で鼻口を押さえないと息苦しいほどだったが、黄色い半被《はっぴ》に護謨《ゴム》長靴の男やら、蒼い制服やらが屯《たむろ》する火事現場に近づくにつれて鼻は馬鹿になった。朱色の消防自動車の停まる道路には縄が張られて、焼跡の直近までは近づけぬまま野次馬に混じって眺めれば、一帯は跡形なく焼け落ちて、ことに東栄運送は、それこそ炭になった柱が地面から何本か突き出すほかは建物の名残はなく、石炭殻を敷き詰めたようになった地面から煙が上がって、路に近いところに真っ黒に焼け焦げた自動車の残骸が三つ、他にも鉄樽や金属棚が溶けて黒い塊になり、裏の土塀が土台を残し崩れているのが火勢の激しさを想わせた。

冬晴れの空に、風は北から吹いていたが、昨夜は南東の風だったとわかるのは、燃えたのが東栄運送の北側数軒と、街道を挟んだ西側の家々だからである。ことに川原に続く路向こうは被害がひどく、

もともと粗末な家屋しかなかったせいもあるのか、一帯はほとんど野焼きの跡のようである。焼ける前の近辺の姿は、いまとなっては自分が撮った写真のなかにだけ保存されているのだなと、千代子は方向の判然としない感慨を抱いた。

一度煙草屋のところまで戻って、庭だか空地だかわからぬ地面を抜け出た畑路を北へ行けば、東栄運送の角から紅玉院へ通じる砂利道に突き当たる。火元の倉庫に隣接する外山医院はむろん無事では済まず、それでも風向きのお陰か、家屋の一部は焼け残って、しかし狐狸鼠の類しかもはや棲《す》めそうにない。庭の池は干上がり、常磐松が形を残したまま黒い炭になっていた。千代子と蔵原は火事現場に背を向け、畑地を渡る埃《ほこり》臭い寒風のなか、紅玉院の方へ歩き出した。

「とんでもないことになりましたね」と、そのときになってようやく千代子は感想を口にした。

寒そうに雨外套《レインコート》の襟を立てた蔵原は、ですねと頷き、振り向いて背後の火事現場に眼を遣《や》り、それから云った。

「詳しいことは新聞に載るでしょうが、しかし、どうも放火で間違いないみたいだな」

「どうしてです？」と千代子は問うたが、彼女もまた放火だろうとは考えていた。

「さっきの雇い自動車《ハイヤー》の助手が云ってたこと以上のなにかがあるわけじゃないですけどね。店で三人が死んだって云うあたりがね」

「殺されたってことですか？」

「それはわかりませんが、かりにあそこが現場だとしたら、証拠は全部消えてしまったことになる」

東栄運送が宇田川寿子と久慈中尉の殺害現場だとすれば、血痕とか指紋とか、なにかしら痕跡はあったはずで、しかしこれできれいに消えてしまったのだと蔵原は云うわけで、とすれば放火の目的はそれであり、その場合、「証拠」には例の「着物の女」と目される女中をはじめ、事件に関わった人間も含まれるのかもしれず、それもいっしょくたに「抹消」したのではあるまいかと思考の糸を繰った千代子は、「犯人」の冷血ぶりに胃が圧迫されるような息苦しさを覚える。

「藪家と云う人も亡くなったのかしら?」

「どうですかね。そこまで炭化がひどいとなると、身元の特定は難しいかもしれない。あるいは」とそこで一度切った蔵原は冬枯れの丘陵にモザイクの条里をなす畑地に眼を向ける。

「あるいは、なんです?」と男の横顔に訊いた千代子は、そのときふいに肥《こえ》の匂いを嗅ぎ、するとかえって煤が鼻孔に付着しているのが感じられて、手鞄《バッグ》からちり紙を出して鼻を拭き、洟《はな》を啜る蔵原にも一枚渡した。あ、どうもと挨拶して、洟をかんだ蔵原が云った。

「肥溜の匂いというのは、しかし懐かしい。と云うか、日本だな」

満洲に肥溜はないのかと問うと、どうだったかなと、寒そうに雨外套《レインコート》の襟をかき合わせた男は答えた。

「あるんだと思いますが、あまり気がつかなかったな。寒いから匂わないのかな」と自問してから蔵原が云った。

「貴女《あなた》はどうして肥溜を造るか知っていますか?」

唐突な問いに戸惑った千代子が、肥溜が造られるのは殺人死体を隠すためではあるまいかと、脈絡のつかぬことを思っているところへ蔵原が解答を与えた。

「発酵させるためです。発酵することで、植物に対するよい栄養素が生産される。発酵、とはつまり細菌の分解作用ですが、人間を含む動物にとって、発酵くらい大事なものはない。酒しかり、チーズしかり、ぬか漬けしかり、そして下肥《しもごえ》しかり」

「そうですか」

「そうなんです」と深く頷いた蔵原は、ふいに思い出したように話をもとへ戻した。「で、なんでしたっけ？」

だから火事場の死体の身元が特定できないと云う話だと呆れ気味に云うと、そうでしたと蔵原は眦《まなじり》を決するように云い、その様子が蟬に飛びかかる直前の猫のようで、思わず千代子は笑い出し、なにが可笑《おか》しいんです？　と訊いてくる蔵原の不思議顔がまた可笑しくて、ああ、自分はこの人でいいのだな、と千代子はふいに思い、男の横顔の向こうの空に鳶《とんび》が一羽ふわり浮かぶのを眼にしているところへ蔵原が云った。

「身元がわからなくなる形で死体を始末するために火事を起こしたのかもしれないな」

「死体と云うのは、誰の？」と問うた千代子は、焼け死んだのがセーラー服の女学生自身であるかのように、てきぱきと閃光球《フラッシュバルブ》を紙箱から出して手渡す鈴木奈緒美の姿が浮かんできて、またも不吉の思いに捉えられてしまう。

「わかりません」と応じた蔵原は莨《たばこ》をくわえ、掌《てのひら》を風よけにして燐寸《マッチ》で火をつけた。「もちろん藪家と云う男に意趣を含む何者かが火をつけた可能性もある。その辺は警察の調査を待つしかないでしょうね」

「藪家と云う人は本当に紅玉院と関係があるのかしら？」と千代子が云ったのは、先刻の髪の汚い運転助手は、藪家は紅玉院に出入りしているのだろうかとの問いには首を傾《かし》げていたからである。

「どうですかね。近所の運送屋なわけだから、荷物を運んでもらうようなことがあってもおかしくないですからね。特別な繋がりがあるのかどうか。いまのところ、笹宮惟佐子さんが雇った探偵からの報告にしか根拠がないわけですからね」

たしかにと千代子が頷いたときには、その紅玉院の山門が眼に入ってくる。夏と同様、門が閉ざされているのを千代子が確認したとき、蔵原がまた口を開いた。

「一度、僕が笹宮さんに会って聞いてみますかね」

その言葉を聞いた瞬間、心臓がびくりと跳ねるのを覚えた千代子は自分が激しく動揺していることに驚いた。惟佐子は婚約して、三月には結婚するのだ。と、あらためて確認した千代子は、そのような確認をわざわざする自分の心の働きが不可解で、しかし惟佐子と蔵原が会うと考えると、棘《とげ》を孕《はら》んだ胸苦しさが立ち上るのを否定できず、千代子がひとりで狼狽《ろうばい》しているところへ、「自動車がありますね」と云う蔵原の声が聞こえた。

見れば、雑木林の小丘を囲む、山門右手の土塀の前、葉のない欅《けやき》の下に黒塗りの雇い自動車《ハイヤー》が一台停まっている。夏に来たときと同じだと思った瞬間、千代子のなかに予感が生まれ、すると予感の通り、山門脇の通用口の板戸が開いて、なかから紅い襟章のついた外套に制帽を被った男が出て来たのは、夏に同じ戸口から現れ軽井沢行の列車に乗り合わせた無髭の男――槇岡貴之中尉に違いなく、千代子からそう教えられた蔵原がいきなり走り出したから仰天した。

すみません、ちょっと伺いたいのですが、と砂利を靴で鳴らした蔵原は声をあげて、すると制服の士官は山門前で立ち止まって、なにかに立候補する人のように右手を高く差し上げて駆け来る男を制帽の庇《ひさし》の陰から認めたものの、素早く身を翻すと、自動車の方へ動いて、自分で扉を開けて座席へ長身を滑り込ませる姿は、明らかに「逃げる人」の狼狽を示して、これに呼応して「追う人」ににわかに変じた蔵原は、自動車から三間ばかりまで距離を詰めたところで、「都朝報の記者ですが、少しお話を伺わせてください」と、発動機《エンジン》をかけた自動車に向かって声を張り上げ、車が発進すると、両手を広げて進路を邪魔する格好になり、さすがは元新聞記者、じつに強引で図々しいものだと、蔵原の新たな一面を見た思いに眼を瞠《みは》る千代子が思わず、危ない！ と叫んだのは、唸りをあげる自動車が蔵原に向かって突進したからで、しかし蔵原は撥《は》ねられる寸前で身を躱《かわ》し、そのまま車は埃を巻き上げ砂利道を進んで、街道は火事騒ぎで通行止めだからだろう、手前の農道を右折し、悪路に黒い図体を盛大に揺らして葱畑を進み、これを路傍から見送った千代子は、脇をすり抜けた自動車の硝子《ガラス》越しに見た、紅い徽章《きしょう》の制帽の庇の陰に沈んだ男の顔――一瞬間、間違いなく千代子に視線が向けられ、眼と眼を合わせた男の蒼褪めた顔が、画集で見たパブロ・ピカソの青い絵のなかの人物のようだったと考えたときには、机を這う甲虫のようにぎくしゃく移動する自動車は冬枯れの雑木林の陰に姿を消していた。

六十一

紅玉院が謎の鍵を握る。その認識を得て以来、笹宮惟佐子は紹介の手蔓《てづる》をたぐり動いてはいたものの、なかなか思うようにはいかず、なかば諦めた頃になって、むしろ紅玉院の方から招待が届いたのは、庵主《あんじゅ》に直接手紙を書いたその返信で、紹介者なく面会が叶うとは思っていなかった惟佐子はやや驚きつつ、日程や同行者につき問い合わせる書状を折り返し、日どりは年の明けた一月の十九日、同行者は何人あってもよい、ただし男性は寺内の離れ家で待っていただく、女性は本堂まで入来してもらってかまわぬが、庵主との面会は惟佐子一人に限るとの返事が届いて、惟佐子はすぐにまた了承の書簡を折り返した。

紅玉院訪問には父伯爵の許可が必要である。庵主の清漣《せいれん》尼と云う方が霊視能力を持つとの評判なので、是非一度会ってみたいのだと、事柄自体は偽りとは云えぬ物云いで惟佐子は願い出、笹宮伯爵が娘が霊視などと云い出したことに面食らいつつも許可を与えたのは、紅玉院へは陸軍大将夫人や皇室に近い子爵家の婦人なども通っていると聞いたからではなく、惟佐子が従順な娘だからなのであった。従順の殻が破れて中身が零れ出るのを懼《おそ》れる笹宮氏は、彼女の無垢《むく》な従順さを保全するためとあれば、無際限の妥協をなす用意があったのである。父娘のやりとりを耳にした瀧子は、それなら自分もぜひ一度行ってみたいものだと云い出す始末で、彼女はそもそも惟佐子に対する制動機《ブレーキ》とはなりえなかった。

同行するのは、菊枝と書生の御法川《みのりかわ》、それから梶岡《かじおか》と云う、かつて笹宮家で書生をしていた退職警官、あとは牧村千代子で、上野で待ち合わせた千代子と、一本早い列車で先発した御法川を除く三人は、上野発十時二十分発に乗るべく麴町の屋敷を出た。

紅玉院が謎の鍵を握る。八月にはじめて紅玉院の名前を聞いてから五ヶ月、惟佐子のなかで右の認識がいよいよ色を濃くしていたのは、いくつもの出来事がその間に連続したからで、ひとつは黒河八郎との連絡が不通となったことである。十一月の末、紅玉院に間諜《スパイ》団が巣食い、清漣尼の霊視を求め集う高級婦人から情報を引き出す活動をなしている、川北医師および藪家修一と云う運送店を営む人物がその一味である、との調査報告を寄越したあと、さらに重大な新発見があったので直接会ってお話ししたいと黒河から伝達があったのが十一月二十九日、ところが黒河は惟佐子と千代子が待つ常磐ホテルに姿を現さず、それ以来、黒河の消息は絶えた。父伯爵にそれとなく訊ねると、同じく連絡がつかぬ様子で、満洲を再訪したいようなことを云っていたから、おおかた旅にでも出たのだろう、ああした類の人間は風来坊みたいなものだからと、軽く片付ける口ぶりではあったが、半ば不審に思い、半ば黒河の不義理に腹を立てている様子だった。

千代子から聞いた日光駅の団子屋の運命を想うとき、惟佐子は黒河の消失を「事件」に結びつけざるをえなかったが、紅玉院に係わると黒河が伝えてきた二人の人物、すなわち川北英嗣および藪家修一、彼らもまた揃って消えた事実は闇をいっそう濃く深くした。もっとも川北医師は十一月末から夫妻で欧州旅行へ出たとのことで、「消えた」とするのは必ずしも正しくなかったけれど、千代子の調べでは、夫妻の帰国時期は不明であり、少なくとも惟佐子らの眼の届く範囲から遠ざかったのは間違いなく、藪家修一については、鹿沼の運送店の火災以来消息は絶えて、警察は焼死体のひとつが藪家であると推定しているとは、やはり千代子からの情報であった。

宇田川寿子と久慈中尉の殺害および心中偽装には「組織《グルッペ》」が関与している。であるならば、黒河が伝えた紅玉院の間諜《スパイ》組織がそれである可能性が高く、となると、川北、藪家が「消えた」いま、当の組織に係わると思《おぼ》しき人物で視野に残るのは槇岡貴之中尉一人であり、槇岡中尉だけがどうして「消えて」おらぬのかとの問いが逆に浮かんで、もちろん子爵家の跡取りであり、近衛聯隊に勤務する槇岡貴之が身軽ではないからだろうが、あるいは彼の名前が黒河の調査報告書になかった点から推して、職業的情報屋である黒河からは迫られていないと槇岡中尉が信じるがゆえであるとも考えられ、逆に川北、藪家が姿を消したのは黒河の肉迫が理由であるかもしれず、それがまた黒河自身の失踪を惹起したと考えることもできた。

いずれにせよ惟佐子たちの「本命」は槇岡中尉であり、なにより宇田川寿子、久慈中尉双方と知り合いである彼が紅玉院に出入りし、運送店火災の翌日にも紅玉院を訪れていた事実、さらには本栖湖畔に槇岡家の別荘のある事実が千代子からもたらされるに及んで、いよいよ疑惑の渦の中心に躍り出ることとなった。軽井沢で逃げられた経緯からして、直接会うのは難しいだろうと考えた惟佐子は槇岡中尉に手紙を出した。自分は寿子の心中がどうしても信じられぬのだが、寿子から貰った葉書から彼女が前日に鹿沼方面に向かったことを知り、目的は紅玉院ではなかったかと推測するに至ったと記したうえで、「久慈中尉と親しくされ、寿子さんとも面識のあられた槇岡様が何事か御存知ではないかと思ひ、不躾《ぶしつけ》は承知のうへで、敢へて筆《ペン》を執つた次第で御座います」と書いたのが十二月の半ば。槇岡中尉からまだ返信はなかった。

間諜《スパイ》組織云々とまでは書かなかったけれど、紅玉院の名前ははっきり出し、心中の偽装についても仄《ほの》めかしたわけで、となると惟佐子が紅玉院を訪れるのは危険だとも考えられ、千代子も心配したが、惟佐子が楽観していたのは、表門から、それも多人数で訪れる機会にどうこうされることはあるまいと考えたことに加えて、自分にだけは危害が加えられることはあるまいとの直覚が胸中に存したからで、直覚の根には、千代子にも誰にも明かしはしなかったけれど、兄の惟秀の姿があった。「事件」の背後に兄があるのではないか――。カルトシュタインが死んだ中禅寺湖の夜に兄の影が過《よぎ》って以来、疑惑の樹は着実に育ち、胸中に根を張り枝葉を広げていた。もしそうであるなら妹である自分は安全である、と断じる根拠は、兄妹の淡い交わりを思えば、なく、血の濃さに頼るような鈍さも惟佐子は持ち合わせなかったけれど、不思議に強固な確信があった。それでも父伯爵に云って、御法川のほかに、歳は六十歳に近いものの、警視庁の道場でいまも柔道師範を務める梶岡氏に同行してもらうことにしたのは、やはり用心したからであった。

一月の異動で近衛第一聯隊の参謀となった笹宮惟秀は、麴町の家から代官町の聯隊へ通うとの話で、実際、町伏《まちぶせ》氏の差配で、二階南側の十畳と六畳が居室に用意されていたが、部屋の主はいまだ姿を現さず、正月の三日には年始の挨拶にきたが、瀧子とともに伊知地幸平《いちじこうへい》から新春歌舞伎に招待された惟佐子は会わなかった。惟秀に用意された部屋は、笹宮伯爵の母、藤乃《ふじの》が一時期使っていた部屋で、陽当りも景観もよく、階段の上り下りが辛いからと、藤乃が一階の奥座敷へ移ったあとは惟佐子が引き移るのが自然であったが、楠《くすのき》を望む北側の部屋から惟佐子が離れようとせぬので、納戸代わりになっていたのである。そこへ惟秀が入るとなると、屋敷の二階は北と南で半分ずつ兄妹が分け合う形になるわけで、部屋の選択については兄の意向が働いたのではないのに、惟秀がごく間近に寝泊まりするのは、ひょっとして妹である自分を見張るためではないのかと、惟佐子は妄想めいた推測をしたりした。

自分は兄を懼《おそ》れているのだろうか？　惟佐子は自問してみる。懼れがあるとすれば、かりに兄に寿子の死の責任があるとして、それを肉親である自分が追及しきれるか、自信の欠如からくる不安が理由だと、理屈では考えられた。が、しかし自分が兄に抱く懼れに似た感覚――があると惟佐子は認めざるをえなかったが、それは全然別の山峡の水源から流れ出るもののようにも思えて、その源流を想像裏に辿るならば、兄は寿子の事件とは全然無縁な、そもそも自分たちとは縁の薄い、遠い世界に棲む人間、喩《たと》えるなら虚数空間にある存在のようだとも感じられた。兄は二月初旬には麴町へ移ってくるとの話であった。

十時に上野駅に着いて、待合室に入ってしばらくすると、笹宮さまはいらっしゃいますかと、呼ばわりながら現れた駅給仕が電話が入っていると伝え、駅長室へ向かった菊枝が、電話は牧村千代子からで、急用で同行できなくなったとのことでございましたと戻って伝えた。十九日は日曜だから都合がよい、ぜひ自分も行きたいし、事件につき相談している人も同行するかもしれないと話していた千代子の不参が惟佐子に少々残念だったのは、「相談している人」が千代子の思い人に類する男性ではないかと推測していたからで、夏以来いまひとつ元気がないと見えた千代子は、暮れに会ったときには見違えるように潑剌《はつらつ》として、咲き初めた桜花の色が肢体に滲《にじ》んで、それが右の推測を呼んだのであったが、子供の頃から知る「千代ねえさま」がどのような男性を撰《えら》ぶのか、一般に男性と云うものにさほどの個体差はないと、ささやかな経験から観じる惟佐子にも興味があった。秋からの惟佐子は大《お》木《お》健蔵《きけんぞう》からの再三の誘いに負けて囲碁の「手合わせ」を一度したほか、斎藤龍造画伯邸で知り合った若手能楽師から謡《うたい》の「個人教授」を、こちらも一度受け、出入りの庭師の若者と多摩川土手への野草摘みに案内してもらう約束をするなど、経験の幅を着実に広げつつあった。

十時二十分の定刻に汽車は上野を出発した。二等車の四人掛け座席に惟佐子と菊枝が向かい合わせに座り、通路を挟んだ席に座を占めた紋付袴の梶岡氏が油断なく周囲に眼を配るのは、自分が用心棒の資格で同行を求められたことを弁《わきま》えているからで、藤乃の実家の家臣筋の者で、先代伯爵に可愛がられた梶岡氏としては、ここが忠義の見せどころとばかりに、通路を歩く者があれば、濃い眉の下の十銭銅貨みたいな眼玉でじろりと睨みつけ、検札にきた車掌までが睨まれて怖そうにしたのが可笑しくて、惟佐子と菊枝は笑いを堪《こら》えるのに苦労した。人を睨みながら梶岡氏が口をつける水筒の中身は酒で、いくら飲んでも顔が赤くなることはもちろん、酔う様子はなく、眼玉がいよいよ黒々照り輝くようで、なるほど頼もしくはあった。

車中で持参の弁当を使いながら、二時間半余り乗って、午後一時前に鹿沼駅に着いて駅舎を出ると、学生服の御法川が畏《かしこ》まって一行を迎え、調達した雇《ハイヤー》い自動車に案内した。前部座席に運転手と助手に並んで御法川が座り、後部に惟佐子と菊枝と梶岡が乗って、どこを見てもくすんだ色合いの駅前を離れ、冬空の下を十分ほど行くと、街道沿いの集落へ自動車は入り、大きな火事が先頃あったと運転手が教えるので見れば、杭で囲われた地面が寒風に晒される一帯が路沿いにあって、火事跡の辻を曲がって畑中の道路を進んだ先、正面に見えてきた湖に浮かぶ島のごとき雑木の小山の、築地塀で囲われた一画が紅玉院であるとまた運転手が教えた。

瓦屋根を載せた山門は開かれて、門前に停まった自動車から御法川がひとり降りて案内を請い、ほどなく戻った学生服の書生は、入ってよいそうですと伝え、惟佐子らは山門を潜り、すると墨染めの法衣を着た若い尼僧が、こちらへどうぞと、惟佐子と菊枝を門から入った正面の本堂の、姿のよい常磐松の脇にある玄関に案内し、御法川と梶岡氏はそう云われて、手水《ちょうず》場の奥にある板壁の小舎へ向かった。

尼僧のまるい剃髪頭について、香の漂う畳廊下を、経机の奥に蠟燭《ろうそく》の点《とも》る仏壇を左手に眺めて歩き、本堂の外の板敷の渡り廊下を進んで尼僧が襖《ふすま》を開けたのは、書院の一画らしく、炭の熾《おこ》った火鉢の置かれた八畳間に導いた尼僧がここで待つよう云うので、畳に座して待てば、同じ尼僧が茶を盆に載せて運んで戻り、彼女が勧めるのを待って主従は紫縮緬《むらさきちりめん》の座布団へ腰を移した。羊毛《ウール》の和服外套は脱ぐのが礼儀かとも思ったけれど、南側の障子窓から寒気が流れ込む所為《せい》で、火鉢はあっても畳がじっとり冷えるので失礼した。桃頭の尼僧は再び消えて、焙《ほう》じ茶で軀《からだ》を温めながら二人は待った。

寺は静かだった。人の気配はもちろん、鳥声もなく、どこかで微かな水音がした。窓からは雑木の斜面を借景にした庭が見え、煤竹に縁取られた枠のなかに楠の木があった。麴町の屋敷のそれに較べると小ぶりではあるが、葉を落とした雑木を背に浮き上がる樹の形は馴染みのものと同じで、二つの樹の相似の意味を惟佐子が思ううち、尼僧が戻って、こちらへと、惟佐子ひとりを招いた。

惟佐子は外套を脱ぎ、菊枝に渡してから尼僧に続いて廊下へ出、自分より首ひとつ低い尼僧の、柔らかな青色に染まった、異国の果実のように見える頭を掌で撫でてみたい欲望にかられながら、板廊下を足袋《たび》で踏み、濡縁に出たところで、庭に下りるよう云われ、芯にまで染み通る寒気を肌に感じつつ甃《いしだたみ》を庭下駄で踏み行けば、雑木林に繫がる竹藪のなかに茅葺きの草庵があって、これが数寄屋であるのは、庵主様は御茶席でお会いになります、堅苦しくなさらずにとのことですと、去り際に尼僧が伝言したことから明らかになった。

三和土《たたき》で下駄を脱ぎ、にじり口を潜れば、四畳半の部屋の、中央に切られた炉に炭が熾《おこ》り、鉄瓶から湯気が立つ。右手に床間、横に丸窓があるのがやや珍しいが、まずは月並みな茶室である。いくぶん平凡でないのは床間の飾りで、茶室にはそぐわぬ彩色豊かな伊万里の花瓶に、なんの樹だかはわからぬ硬い葉芽をつけた木枝が一本だけ挿されているのが不思議に面白く、しかしなにより眼を惹くのは鬱金《うこん》の裂《きれ》に貼られた書の字である。梵字とも漢字ともつかぬ文字が縦一列に並ぶのが奇妙で、にじり口脇の客座についた惟佐子が、独特の作法による崩し字なのだろうかと、文字の判読にかかる、しかしその前に茶道口の戸が開いて、墨染めの僧衣を着た尼僧が現れた。

頭を寒々と剃り上げた尼僧は入室すると、ちょっと空気が悪くないですかねと、少し訛《なまり》のある言葉で云い、丸窓の障子を開け放ち、するとそこには先刻と同じ楠が違う角度で見え、惟佐子が視線を引き寄せられる間に尼僧は主人席について、無言のまま道具を手にとり、点茶の支度にかかる。作法通りではありながらどこかぞんざいな仕草で杓《ひしゃく》や棗《なつめ》を扱った尼僧は、茶筅《ちゃせん》の軽やかな音を杉板天井に響かせたあと、どうぞと短く云って黒織部の茶碗を客の方へ押し出した。いただきますと、こちらも簡略に挨拶して惟佐子は掌に黒織部を包み、正しく喫茶した後、あらためて挨拶の口上を述べようと思って顔をあげると、そこに正面を向いた尼僧の顔があって、これをはじめてまともに視線に捉えた惟佐子は、あっと声をあげ、これは茶席にはふさわしからざる音量の肉声であったが、己の無作法に狼狽《うろた》える暇もなく、惟佐子が墨染めの尼僧の顔に不躾な視線を据えたのは、それがある顔に瓜二つだったからである。

「さすがに気がついたのね」尼僧は目尻に皺を作り、青い剃り頭を微かに揺らして笑った。「知っていても気がつかない人が多いのだけれど、やはり血は争えないと云うことなのかしらね」

藤娘——最初に惟佐子が連想したのはそれだ。中禅寺湖畔のホテルの食堂、装飾灯《シャンデリア》の煌々たる光の下、ちょび髭のヒトラーと並べ置かれた羽子板の娘。剃髪と日本髪の距離を飛び超えて、二つの顔の相似が直覚されれば、そこからもう一つの顔が、亡命した日本人作曲家が示唆した男の顔が浮かび上がらぬわけにはいかぬ。

尼僧は僅《わず》かに顔を仰向ける形になり、それが吟味せよと使嗾《しそう》するかのように思えて、惟佐子は誘われるままに視線を走らせる。個々の造作をとって子細に眺めれば、そっくりそのままではない。ことに口の周りや顎の形は違う。が、そうした個々の観察を超えて、二つの顔は相似形であるとの感受の矢が真っすぐ胸に飛び込んで、すると尼僧が逆に惟佐子の顔を覗き込み、僅かに茶色がかった眸《ひとみ》の光を捉えた瞬間、それが兄の惟秀と同じものだとの認識が得られれば、眼の前の尼僧――清漣尼の名を持つ女性が、兄の惟秀の姉妹、双子の姉または妹だとの理解が動かしがたく思惟《しい》の場を占拠した。

双子が獣腹として忌まれる、京の堂上《どうじょう》貴族の間にもあった馬鹿げた風習が思い出されれば、兄の惟秀と双子のキョウダイである女性がどうして僧形《そうぎょう》となり、片田舎の僧院にこのようにしてあるのか、幾何の証明のごとくに一遍に筋道を辿った惟佐子は、祖母の藤乃の狷介《けんかい》な迷信深さに思いを致し、母の崇子《たかこ》が産んだ双子の片割れを藤乃が密殺したのであると、そんな噂を幼時に耳にしたような気もして、ひょっとしたら自分にも片割れがあるのではないかと、そんなふうに思ったとたん、樹と苔と土の匂いを惟佐子は鼻に嗅ぎ、深い森のなかにいる自分――いや、それは片割れの自分だ。

深い森の奥、蔓草の絡みに絡んだ杉の木が四方から津波のごとくに押し寄せる、どこともわからぬ地境にある、もうひとりの自分を惟佐子は幻視した。

六十二

惟佐子ら一行が上野駅の待合室に待機していた時刻、東京駅の東海道本線歩廊《プラットホーム》に牧村千代子と蔵原誠治の姿があった。

屋根下の歩廊《プラットホーム》には十時三十分発の下関行急行がすでに入線して、乗客と見送り人のあいだを弁当売りや赤帽が行き来する混雑のなか、列車の先頭近くで人群れに紛れ立つ二人がそれとなく視線を向けた先、〈とらきよう〉の看板の貼られた屋根柱の脇に、水色の襟巻《マフラー》に紺色外套の娘がひとり立つのは鈴木奈緒美、周囲の喧噪《けんそう》に溶け込むことなく、孤鳥のごとく歩廊《プラットホーム》に佇《たたず》んで、黒い靴下脚に履いた洒落た房飾りのある靴を、頸《くび》を折り曲げるようにして俯《うつむ》き見詰める女学生の横顔を眼に捉えた千代子は、絵姿の可憐な情趣に心の糸が震えて、彼女の傍らを茶色い軍服に巻脚絆《ゲートル》を巻いた出征兵士が通りかかれば、「昭和日本」をざくり切り取った情景に思えて、ここに写真機《カメラ》があればなと思ったりしたが、いまはそんな場合ではなかった。

鈴木奈緒美から蔵原が居候する歯科医院に電話があったのが朝の八時すぎ。平井マキ代から連絡があり、午前十時に東京駅の歩廊《プラットホーム》で会うことになったと云うのが電話の内容で、千代子に随《つ》いて笹宮惟佐子の紅玉院訪問に同行するつもりだった蔵原は、急遽東京駅へ行くことにし、予定変更を千代子に伝うべき方法がなくて困っていたところ、具合よく千代子の方から待ち合わせ確認の電話があったので、事情を話し、二人で東京駅へ向かうと決めたのだった。蔵原は千代子の仲介で鈴木奈緒美と一度会い、平井マキ代のことでわかることがあったら連絡して欲しいと、歯科医院の電話番号を教えてあった。

鈴木奈緒美自身が平井マキ代の連絡を受け取ったのは昨夜、寝支度をしていたところ、雨戸に小石がこつりとあたる音がして仲間が来たのを知り、戸を開けると軒下に伝言の紙片《メモ》が置かれていた。伝達人《メッセンジャーボーイ》は靖男と云う、新宿のカフェで給仕《ボーイ》をしているマキ代の弟分に違いなく、マキ代からカフェに電話があって靖男が伝言を中継したのだろうと推測した奈緒美は、マキ代が無事だったことにまずは安堵し、朝になっていくぶん迷った後、近所の公衆電話から蔵原へ連絡を入れたのは、マキ代が助けを求めてくるかもしれぬと考えたからで、電話口の蔵原には、できたら一緒に来て欲しい、ただし自分が大人と一緒にいるとマキ代は逃げてしまうかもしれないので、マキ代には気づかれぬように見張って欲しい、もちろん巡査を呼んだりは絶対にしないで欲しいと、いくつか条件を出して承諾してもらった。

約束の十時に二十分前、大久保から乗った省線を東京で降り、「下関行急行の前の方」との伝言の指示通り東海道本線の歩廊《ホーム》に立つと、列車の先頭から二両目中程に、出征兵士を見送る集団に紛れて蔵原と千代子がいるのに気がついて、と、千代子が近づいてきたかと思うや、こちらへは視線を寄越さず横を通り過ぎながら丸めた紙を落とし、そのまま車輛の窓に人を探す格好になって、あれ、おかしいなと、首を傾《かし》げつつもと来た方へ戻る、芝居のわざとらしさに内心で苦笑しながら奈緒美は紙玉を拾い、手帳の頁《ページ》を破った紙を伸ばして見た。

「マキ代さんに、できたら次の事をきいてください。①4月7日に富士吉田へ行つたとき、男性がついていかなかつたか。②ついて行つたとしたらそれはだれか。③4月7日の夜は本栖湖の別荘に泊まらなかつたか。④富士吉田へ行つたとき、青い服を着なかつたか。」

読み終えて眼を上げると、ちょうど出征兵士の見送り人らが万歳をはじめたところで、千代子は真面目な顔で万歳をしている。声も大きく出しているようで、誰よりも両腕を高く、グリコの人みたいに挙げている様子にまた可笑し味を誘われながら、了解の印に頷いてみせた奈緒美は、宇田川寿子の死を巡る疑惑の詳細は教えられていなかったものの、千代子が心中事件に疑いを持ち、マキ代がなにかしらの係わりを持つと考えて、蔵原とともに調査をしているのは察していた。撮影現場に遊びに行くうち千代子に憧れを抱くようになった奈緒美は、千代子の力になりたいと願う一方で、かりにマキ代が犯罪に手を貸したのだとして、本意ではないのは疑えず、だから彼女が警察に捕まるようなことだけは絶対に避けねばならぬとも考えていたが、とにかくマキ代の置かれた状況がわからぬ以上、会ってみて判断するしかなかった。

歩廊《プラットホーム》の駅時計の短針が十時を回り、長針が二十分を越えてもマキ代は現れなかった。二十五分に近づいて、乗客は座席に収まり、窓越しに見送り人と交歓をはじめて、結局来ないのかと諦めかけたとき、跨線橋の陰から焦茶色の外套に鼠色の婦人帽を被った女が現れて、平井マキ代だと直感した千代子の眼には、服の渋い色合いと古風な意匠《デザイン》ゆえか、聞いていた歳よりだいぶ年増に映り、今日の奈緒美の形《なり》が、太毛糸の襟巻《マフラー》のせいか、いくぶん幼い印象を与えることもあって、向かい合う二人の女を年の離れた姉妹のように千代子が観じたのとは逆に、照れ笑いを浮かべたマキ代の顔が、しばらく会わぬうちに幼くなったように奈緒美は思い、それは眼の周りに化粧がないからだと観察した。

ごめんねと、マキ代が赤く塗った唇を震わせて、マスカラもアイラインもないせいか、善良なふくらみを帯びた瞼の下で怯え甘える子犬の眸が揺らめくのを見た奈緒美は急激な怒りに駆られ、胸底からこみあげる熱力に動かされるまま左腕をふるってマキ代の頬を平手で打ち、これを屋根柱の陰から見た千代子は、肉を打つ音が喧噪をついて届くかに思えるほどの打撃の激しさに息を呑み、背中を固くして成り行きを見つめるなか、しかし娘らは何事もなかったかのように会話をはじめ、すると襟巻《マフラー》をした紺色外套の女が左腕をするり伸ばして、相対する女の右腕を摑む形になり、すると焦茶外套の女は摑まれた側に軀を徐々に傾けて、あのままでは横に倒れてしまうと心配になったとき、焦茶外套が左腕を相手の右腕に絡ませて、二人はダンスをするような格好になり、そのままじりじりと右に回転しながら、顔と顔を合わせて何事か話し続ける娘らの傍らを人々が素知らぬ顔で行き過ぎる。

踊る娘たちがちょうど半回転して、最初の位置を入れ替えたとき、紺色外套がふいに焦茶外套を両手で突き放し、それが合図であったかのように発車ベルが鳴り出した。歩廊《プラットホーム》に響くけたたましい金属音のなか、紺色外套が何事か激しく叫びながら、踞《うずくま》った女の、帽子の頭や背中のあたりを激しく叩き、これを焦茶外套が防御せぬまま甘受するのを見れば、左手でなされるせいか、ひどく不器用に見える打擲《ちょうちゃく》が、攻撃の意思に発するのではなく、相手を慰撫し励ますもののように千代子の眼には映った。さすがに驚いた人々が立ち止まって眼を留めるなか、打擲をやめて棒立ちになった紺色外套に、焦茶外套は内袋《ポケット》から出した封筒を手渡すと、三歩ほど後ずさり、白い歯を見せる笑顔になって胸の前で小さく手を振り、そのとき連結器をがたり鳴らして列車が重く動き出した。

客車へ向かおうとする女を呼んで引き止めた鈴木奈緒美は、水色の襟巻《マフラー》を外し、相手の胸にぶつかるようにして襟巻を押し付けると、舞台の踊り子が回転《ターン》をする形で友達に背を向けて歩き出し、これを見送った平井マキ代は唇を震わせて小さくなにか云い、それから歩廊《ホーム》を滑り動く列車まで駆けて昇降口の踏台《タラップ》に足をかけた。

襟巻を素早く首に巻き、手摺を摑んで身を乗り出す格好になった平井マキ代は、風に飛ばされぬよう帽子をとり、短く刈った髪を風に乱して、遠ざかる歩廊《ホーム》を名残惜しそうに見つめていたが、鉄路を列車が加速するや、水色の襟巻はほどなく見えなくなった。

柱の陰から出た千代子は鈴木奈緒美に声をかけて、駅舎に繋がる東京鉄道ホテルの喫茶室へ誘った。蔵原さんは？　と奈緒美が問い、急行に乗って行ったと教えた千代子は、平井マキ代が蔵原から追跡されることを奈緒美が嫌がるかと心配したが、そうですか、とだけ応じた奈緒美は、あとは何も云わずに千代子と並び歩き、喫茶室の入口で女給仕《ウェイトレス》から少しだけ待つように云われて佇むあいだも沈黙を続け、千代子も無理には話しかけずにいると、あの襟巻《マフラー》は、と奈緒美が口を開いた。

「わたしの手編みなんです」

「そうなの」

「そうなんです。あんな田舎臭いの貰っても迷惑だろうけど」と云って奈緒美ははじめて小さく笑みを見せた。

そこへ女給仕《ウェイトレス》が案内に現れて、二人は大きなモザイク画の飾られた壁際の卓《テーブル》につき、千代子が温牛乳と林檎パイ、奈緒美が紅茶と、千代子に勧められてやはり林檎パイを頼み、それぞれの物思いに沈むようにまたしばらくは黙って向かい合っていたが、注文した品が運ばれて、二人がともに甘いパイを齧ったところで、それで平井マキ代さんは？　と千代子は話の口火を切った。

「四月七日はやっぱり男の人と富士吉田へ行ったそうです」鈴木奈緒美は紙片《メモ》にあった事項から話し出した。

「一緒に行ったのはお父さんだと云ってました」

「お父さん？」

「ええ。お父さんに青い服を着てこいと云われて、白い帽子を被らされて、湖のそばのお屋敷に泊まったそうです」

自分らの推理はやはり正しかったのだと胸をときめかせながら、お父さんというのは？　と問うと、鳥の翼に陽が遮られたように奈緒美の顔に影が差した。

「わかりません。わからないけど、本当のお父さんじゃないと思います。お父さんは死んだって前に云ってたから」

頷いた千代子は、「お父さん」とはつまり「旦那」であり、平井マキ代は妾《めかけ》のごとき立場にあるのだろうと理解し、その「旦那」は堅気の人間ではないのだろうとも見当をつけた。

「北海道にいたみたいです」

「北海道？」

はいと応じた奈緒美は、宇田川寿子の事件が新聞に出た数日後、平井マキ代は「お父さん」に連れられて北海道へ向かい、それからは炭鉱町にあるカフェみたいな店で働いていたのだと云った。

「帯広って云ってました。マキ代は帯広が北海道だってわかってなかったみたいだけれど」と云って奈緒美は小さく笑った。

「北海道へ行く前に、鹿沼に行ったのかな？」

「旅の途中で、お父さんの知り合いの家に泊めてもらったって云ってたから、たぶん行ったんだと思います。そこで葉書を出してるわけだし」

「それで今度は西の方へ？」

「満洲へ行くそうです。下関から船で」

「お父さんと一緒に？」

「みたいです。お父さんが帯広まで迎えにきたって云ってました」と答えた奈緒美は、満洲へ行くのは平井マキ代と「お父さん」の二人だけではなく、帯広にいた娘二人《こ》も一緒だと云っていたと続けた。

「向こうのカフェで働くって。そこはすごく大きなところで、楽団《バンド》も入っていて、歌も歌わせてもらえるなんて云ってたけど」と云って黙った奈緒美は白い横顔を見せて壁のモザイク画に眼を遣り、それから暗い眼で千代子の胸元に向かって言葉を吐いた。

「きっと質《たち》のよくない店なんだと思います」

先刻見た、歳のわりに大人びて見える娘の行く末に痛ましい思いを抱きながら千代子は、丸の内の売春組織に関係していた平井マキ代が「お父さん」と呼ぶ男に命じられて宇田川寿子の役を演じたのであり、とすればその「お父さん」の素性を調べることが事件解明の突破口になると計算し、あとは列車に飛び乗った蔵原に任せるほかないが、あまり肉迫しすぎるのは危ないと心配しながら、しかしまさか満洲まで追跡することはないだろうなどと、思いを巡らせているところへまた奈緒美の声が聞こえた。

「馬鹿なんです、マキ代は。きれいだし、スタイルもいいし、やさしいし。あんなに歌もうまいのに。でも馬鹿だから、すぐ騙《だま》されて」

紺色外套を着たままの女学生は、潤み光る眼で千代子をまっすぐ見つめた。それから云った。

「わたしを牧村さんの弟子にしてくれますか?」

唐突な願いに千代子が戸惑っているところへ言葉が重ねられる。

「牧村さんは、蔵原さんと結婚したら、写真の仕事はやめちゃうんですか?」

虚を衝《つ》かれた千代子が、蔵原とはそんな関係ではないと、註釈を入れる前に奈緒美はまた云った。

「絶対にやめない方がいいと思います」

奈緒美は一筋の涙を目尻からぽろりと零し、それからすぐにえくぼを頬に穿《うが》って続けた。

「もしも蔵原さんがやめろって云ったら、わたしが続けられるように蔵原さんに頼みます」

心の一番柔らかいところを撫でられたように感じながら、ありがとうと千代子が素直に応じると、奈緒美は照れたように顔を背けて、白い横顔を見せて紅茶碗を手にした。

六十三

黒に近い暗緑の草が密に繁る斜面に灰色の樹が立ち並ぶ。濡れた苔と樹と土の濃い香りを鼻に嗅ぎながら、あたりに眼を遣《や》れば、四方に迫る樹と樹の隙間がまたべつの樹々で埋めつくされて、一帯が山霧とは違う、薄明るい靄《もや》に満たされているせいか、時刻も方向も見当がつかず、それでもいま立つところから斜面を下方へ延びる石段は、ここが孤絶した場所ではないことの証拠だ。

山の中腹にあるらしい崩れかけた石段の終点に一際丈高い杉が聳《そび》え、注連縄《しめなわ》を巡らされた大樹の陰に朽ちかけた鳥居と社《やしろ》がある。注連縄は古び紙垂《しで》は黒ずみ、人の背丈ほどの鳥居も社も青苔に覆われ羊歯《しだ》と笹に埋もれているのは、神域を長らく人が訪れておらぬ証拠である。羊歯の葉に蝸牛《かたつむり》がいた。軟らかな触角を空へ突き出す虫の殻文様は螺旋《らせん》、螺旋は永遠の時を示すのであると、古い智慧を思い出すように理解しながら樹の幹に手を置けば、鉱物に似てぶあつく堅固な樹皮を通じて音が届いてくる。耳ではなく、樹に触れた掌《てのひら》から皮膚から流れ込むのは自然の奏でる音楽――樹管を行き来する水流が作り出す音響なのだろうが、地下湖の碧《あお》い水に半透明の幾何学文様が浮かんでは消えるがごとき響きは、桜花の色を映す硝子《ガラス》戸へ差し込む春の陽のなかで聴いた音楽、異相のドイツ人音楽家が弾いた曲――『ピタゴラスの天体』と名のついた曲と同工のものと思える。

社の前の磐台《ばんだい》に、磨かれた石が七つ、大きさの順に並べられているのが眼についた。結界にあるなにもかもが古び、朽ち、森の胃袋に消化されつつあると見えるなかにあって、これらだけが石理《いしめ》も鮮やかに艶めくのはなぜなのだろう。不思議に思ってひとつを手にとり、鉱物のなめらかな肌の感触を掌に確かめていると、青苔に包まれた社の奥の暗がりに錦裂《にしきぎれ》の掛物のあるのが見えた。縦一列に並ぶ墨文字はどれも見知らぬ形象で、あれはいったいどう読むのだろうと考えたとき、アメノミナカヌシノカミと読むのよ、と声が聞こえて、それが清漣尼の名を持つ、自分と血の繋がる女性の口から出たものだと理解したとたん、幻視は遠ざかり、丸窓から楠を望む茶室にある自分を惟佐子は見出した。

「これは神代《じんだい》文字で書かれているの。神代文字は、知っているでしょう？」

清漣尼は床間の掛軸から惟佐子へ視線を戻して問うた。知らないと惟佐子が答えると、清漣尼は煎茶の方がいいわね、と云って白く小さな手で茶器を引き寄せ、素焼の急須で茶を淹《い》れながら、神代文字とは、漢字が日本列島へ伝来する以前の、日本人種に固有の文字であると解説した。

「あなたは知っているはずよ。知らないと思うのは、ただ忘れているだけのこと」

俯《うつむ》いたまま云った清漣尼は、素焼の湯呑を漆塗の小盆に載せ、粉砂糖をまぶした豆菓子とともに客前へ押し出した。

畏れ入りますと挨拶した惟佐子は、掌を暖めるようにして湯呑を包み持ち、掛軸をあらためて見遣りながら、言語の習得は後天的であり、習ったことがない以上、自分が知るはずはないと、理屈で考える一方、これを自分は知っている、との感覚が、うねる海に閃く波頭のように浮かび消えるのを否定できず、記憶の器を手探りしつつ丸窓に眼を転じれば、あの楠の奥には樹木の列が果てなく続くのではないか、一帯は羊歯と笹の下生えから伸び出た細長い樹の群れに覆いつくされ、自分は数寄屋ごと森の胎《はら》に呑み込まれようとしているのではないか、と、そのような幻影――先刻のそれとは質の異なる、頭で想像裏に描かれたものだと明瞭に自覚できる映像《イメージ》に捉えられて、するとまた音楽が、異相のドイツ人がピアノで弾いた秘密の音楽が、漂い流れる幾何学模様のようであった響の破片が数寄屋の上空にふわり浮遊し、気流に乗って丸窓から忍び入るように思えてくる。

「もっとも神代文字にもいろいろとあるのでね」と自分も湯呑に手を伸ばした清漣尼が話し出した。

「神代文字は平田篤胤《ひらたあつたね》のものが有名だけれど、あれは贋もの。朝鮮の文字を真似て作っただけのもの。他にもいろいろとあるけれど、どれも捏造《ねつぞう》よ。本物はこれだけ」

　そう云って掛軸へ眼を向けた尼僧に惟佐子は質問した。

「これが本物だと、どうしてわかるのでしょう？」

「これは白雉の家に伝わる文字なの」惟佐子の質問に直接は答えず尼僧は続けた。

「わたしの」と云った清漣尼は一度切って、掌に包んだ湯呑を口へ運び、「わたしたちの」とあらためてから、惟佐子の顔を覗き込むようにして微笑《ほほえ》んだ。

「わたしたちの母の父の父、つまり曽祖父に白雉篤恭《あつやす》と云う人がいるんだけれど、知っているかしら？」

　惟佐子が知らないと答えると、頷いた清漣尼は、白雉篤恭は家に伝わる古文書を調べ、そこに神代文字を発見した。篤恭は京の碩学《せきがく》の知識を借りつつ神代文字の研究に没頭したが、亡くなる前に研究成果を自ら封印し秘匿した。それを孫の博允――わたしたちの伯父である博允が見出したのだと、事のあらましを述べた。その説明では文字が真正である証拠にはならぬと思いながら惟佐子は、

「白雉の家に伝わる古文書は古いものなのでしょうか？」と質問を差し挟んだ。神代文字が漢字伝来以前に遡るのなら、少なくとも奈良時代より前でなければならないだろう。

「白雉篤恭が研究した文書そのものは江戸時代、明暦年間のものらしいのだけれど、白雉の家の者は代々文書を筆写して子孫に伝えてきたの。だから中身自体はとても古いわ」

明暦の人間が捏造しなかったとどうして云いきれるだろうかと惟佐子は意地悪く思いながら、しかし黙って耳を傾ける。

「天地開闢《かいびゃく》まで遡るって云うから、もちろん神武天皇即位よりずっと前、四年後が皇紀二千六百年だそうだから、それより古いことになるわね。三千年か、四千年くらいかしら」

三千年と四千年では大変な違いであるが、そのあたりの厳密さに煎茶を啜る尼僧はこだわるふうはなかった。

「伯父さまは――博允伯父さまはご存知よね？」

子供の頃に会ったことがあるらしいが、あまり覚えていないと惟佐子が答えると、清漣尼はまたひとつ頷いて続けた。

「博允伯父さまは、もっと古い可能性もあると仰《おっしゃ》ってたわ。でも、それより大事なのは、白雉の血筋が神代文字よりさらに古いと云うことね。神代文字を発明したのが白雉の家の先祖であるなら、それは当然のことだけれど」

であるならば白雉家の血筋は天皇家よりも古く、数千年にわたって連綿と続いてきたと云うわけだと考えた惟佐子は、しかし馬鹿馬鹿しいとはとくに思わず、人類の起源がいつであるかはよく知らぬが、親が子を産み、その子が親になってまた子を産んできたからには、どんな人間だって数千年、数万年を超える血の連鎖の果てに存在するのは間違いない。と、そう考えたとき、眼の前の僧形の婦人が自分と血の繋がる姉であるとの事実がはじめて胸に迫って、木皿の豆菓子を摘《つま》んで口へ入れ、かりりと奥歯で嚙んだ清漣尼が、

「どう、思い出して？」と惟佐子の顔をいよいよ覗き込んで問うてきたときには、彼女と自分は昔からこんなふうな寛《くつろ》いだ親交を――姉妹らしい交わりを結んできたような錯覚が生まれた。

「思い出すとは、なにをでしょうか？」

「この文字のことを」と云ってまた尼僧は掛軸に眼を向け、一緒に視線を動かした惟佐子は、たしかに自分はこれを知っているのかもしれぬとの感覚に依然背筋を冷たく焼かれながら、習ったことのない文字を判読はできないと、平凡に応じると、笑みを浮かべた尼僧の、惟佐子のそれと形の同じ眼の横に細かな皺が刻まれた。

「覚えているのはあなたのおつむじゃなくて、あなたの躯のなかに流れる白雉の血、それが覚えているはずよ」

血に記憶を運ぶ力はないと、これもまた平凡な事実を惟佐子が口にする前に言葉が与えられた。

「あなたには霊力がある。ひょっとするとわたし以上の。博允伯父さまがそれを証言したわ。あなたは普通の子供にはない力があった。博允伯父さまはその証拠をたしかに見たと仰っていた」

けれどもあなたはそれを隠した。隠して生きてきた。隠すうちにあなた自身がそれを忘れた。白雉の血に流れる力を忘れた。忘れて生きてきた。それでもときおりそれはあなたの躯から漏れ出て、あなたや周囲を狼狽《うろた》えさせた。けれどもその都度あなたは、知らない振りをして、人を騙し、自分を騙して暮らしてきた。でも、もうそう云うふうに隠れ棲む必要はない。あなたは白雉の血にしたがって、太古より連綿と続く流れに身を任せ、いや、むしろ流れに竿さし生きるべきなのだ。

尼僧の、全身を包み込んでくるような、柔らかくありながら輪郭の際立つ声が耳へよどみなく流れ込んで、この人のする読経はきっと素晴らしいのだろうと観察するうちには、樹と苔と土の濃厚な香りがまた鼻を撃つようになり、自分が香道の家に生まれながら鼻が利かぬのは、この匂いを、この清冽な匂いだけを嗅ぎつくすためではなかったかと思えば、森の情景が燦爛《さんらん》として瞼裏に浮かび上がり、崩れた石段の行き止まり、杉の大樹を中心にした神域に立つ自分を――片割れの自分を、惟佐子は再び幻視する。

老木の、石に似て固い樹皮から漏れ出る音楽、澄んだ水の囁きのごとき密《ひそ》やかな響のなかに、白雉の血を分かち持つ女の声が聞こえた。

――ここがどこだか、あなたにはわかるでしょう？

自分にはわかる。理屈ではなく直覚できる。そのわかり方は、たとえば数学の書物に集中するとき、日常の意識では決して直感できるはずのない数理空間を直感できたと思う、数学をやっていて一番興奮する瞬間と同じだと思考を追いながら、どこなんでしょうか？　と惟佐子が平凡に応じれば、それを予期していたように言葉が重ねられる。

――日本人の故郷。宇宙神、アメノミナカヌシノカミが降臨して棲んだ地。

――この御社は？

――アメノミナカヌシノカミを祀った社。どうしてこんなに小さくて、こんなに朽ちているのか、不思議に思うでしょう？　でも、本来の、純粋の日本人はとても質素なの。清廉で、素朴で、飾らない。野に咲く花のように可憐なのよ。華美で俗悪で虚仮威《こけおど》しなものはすべて、あとから大陸から来たものにすぎない。

――長らく祀る者がないようですが。

――ここは忘れられてしまった。

――どうして？

――異人種にこの国が支配されてしまったから。渡来人が日本人の血を汚し、純血種の日本人は消え去り、この場所を顧みる人がいなくなってしまったから。野の花は踏みにじられ、外来の毒々しい花に取って代わられたから。あそこにある花が見えるかしら？

苔と笹と羊歯に埋めつくされた斜面の、冬は雪が積もるのだろう、株元が湾曲した樹々の陰に、待針の頭ほどの白い花をつけた草の群落があった。それは誰にも気づかれず、ひそやかに森の霊気を吸い、霧のように漂い流れる光を受ける。

——純粋日本人は、あんなふうにひっそりと生きるしかない。日陰の目立たぬ場所で暮らすしかない。でも、そうして生き続けることには意味がないわけじゃないわ。

——どんな意味があるのでしょう？

——純正な日本人種の血を伝えると云う意味が。あなたはダーウィンの進化論は知っているかしら。弱肉強食、自然淘汰、そんな言葉は聞いたことがあるでしょう？

——ええ。

——純粋日本人は競争に負けて絶滅の危機に瀕している。けれども勝った方、つまり大陸からきた異人種がいつまでも繁栄を謳歌できるわけではない。恐竜が地球を支配した時代、わたしたちの先祖である哺乳動物は、木の洞《うろ》や岩陰や土中で細々と生きていた。ひなたを闊歩する巨大な爬虫類の眼を逃れ隠れ棲んでいた。でも、恐竜の時代はいつまでも続かなかった。恐竜が滅び去ったあと、細々と命脈を保っていた哺乳動物が物陰から這い出して次の時代を創ることになった——と、これはぜんぶ博允伯父さまから聞いた話の受け売りなのだけれど、あなたには思い至ることがあるはずよ。

——恐竜の絶滅がですか？

——そう。歴史時代の恐竜の絶滅。

——歴史時代の恐竜？

——大陸からきた渡来人の末裔《まつえい》たちのことよ。天地開闢《かいびゃく》に遡る日本人の純粋種を押しのけて、この国に君臨している異人種の血を持つ者たち。この国で文明を築き、繁栄を謳歌するつもりになっている人たち。彼らの絶滅は近い。それはあなたも知っているでしょう？

――わたしが？

森は消えて、あたり一面、石や錆鉄や漆喰《しっくい》の瓦礫《がれき》の隙間から捩《ね》じくれた刺草《イラクサ》が不機嫌に伸び出る荒れ地に変わり、屠《ほふ》られた動物の腸《はらわた》のごとき赤黒い雲に覆われた空から血とも膿汁《うみ》ともつかぬ液が降り注いでぬかるむ地面には、折り重なって埋まる人や獣や虫の死骸が互いに区別のない土塊《つちくれ》に変じて、滴る腐汁が地層の底へ染み落ちる、地虫の鳴くようなじりじりじりじりと云う音が響く。

――繁栄の先には滅びが口を開けて待っている。日本人の血に混ざり込んだ異人種の血が、汚れた血が、日本人を狂わせ、破滅へと向かわせる。戦争や革命が疫病や狂気と手を携えてこの国の人間を死の淵へ追いやる。分別あるべき年寄りが、御国のためと称して、若い人たちを無駄に死なせる。伸びゆく若木を伐っては薪みたいに竈《かまど》にくべる。煮炊きもなにもしない竈に若者たちの血の石炭がくべられる。その若者たちにしても、御国のためと頭から信じ込んで、無意味に、無惨に死んでいく。狂熱に駆られて崖から海へ落下する鼠の集団みたいに。火の輝きに眼を眩《くら》まされ焔《ほのお》へ飛び込む蛾の群みたいに。あなたにもそれは見えるはずよ。ただ死ぬためだけに死んでいく人たちの姿が見えるはずよ。

機銃の驟雨《しゅうう》のなか日本刀をふるい突撃する、あるいは座布団に似た爆弾を腹に抱えて戦車めがけて走る巻脚絆《ゲートル》の兵士たち、波濤が白い牙を剝く崖から零れた木の実のように落行く制服の女学生たち、湿熱の熱帯雨林《ジャングル》を武器もなく食糧もなく彷徨《さまよ》う幽鬼の群、腹を風船みたいに膨らませた死体、虫に喰われ腐り植物の根に似てくる死体、重油で黒く汚れた海原を海藻のように漂う死体、発動機《エンジン》を唸らせ黒い船の横腹に衝突する飛行機、叫びをあげて操縦桿を握る日の丸鉢巻きの操縦士、群狼に狩られる巨牛のように傷を負わされ、黒煙のなか沈みゆく巨大戦艦、天から降る火に焼かれ、逃げ惑ったあげく、干上がった開渠《かいきょ》に折り重なる死骸の列、強烈な閃光、茸《きのこ》の形の雲の下で石塀に貼り付く影に変わる人間——登場する人や船や飛行機はどれもが報知映画《ニュース》で観たものに違いなく、銀幕のなかでそれらは華々しく勇壮であり、あるいは胸のすくような明るさと清廉さを放って劇場の暗がりに浮かび上がったのに、それがそのまま悲惨で醜悪な相貌を露《あらわ》にして眼前に迫る。

——もうまもなくそれは来る。終わりのときは迫っている。いまは穏やかに見える海の底から大波が寄せくるように。静かな夜、またたく星と見えたものが、みるみる大きな火の球となって、地上に降り注ぐように。それはもう避けることはできないわ。日本人は死に絶える。あるいは国土を逐《お》われ、四散してちりぢりになる。そのとき、堆《うずたか》く折り重なった死骸の上に葦原《あしはら》は再び広がり、森の奥から種の運ばれた純粋日本人種の花がひっそりと咲く。堆《うずたか》い死骸の丘に質素な社が建てられ、これを純粋日本人種が正しく祀るのよ。わたしはね、ここへ霊視を求めて来る人たちに、このことを話してあげるの。ていねいに教えてさしあげる。みな最初は驚いて、ときには怒り出して、でも最後には必ずわたしの話を信じるわ。それはわたしの話が巧みだからではなくて、そうなることを、誰もが、密かに知っているからよ。

——だとしたら、日本人はどうすればいいのでしょうか？

——日本人と云うのは、どちらの？

——いまいる日本人です。

——どうにもできないわ。彼らは滅んでいくしかない。それこそ恐竜みたいに。耶蘇《やそ》教なら悔い改めなさいと云うのでしょうが、いくら悔い改めたって汚れた血は清められないのだから。仏道だって血を清めることには無力よ。残酷だけれど、滅びを受け入れるしかない。恐竜の絶滅を悲しんでも詮ないのと同じこと。できることと云ったら、むしろ工程を早めて迅速に滅びを招き寄せることができるくらいかしら。でも、そのことを知った人はたいがい、自らに流れる穢《けが》れた血の消滅を強く願いながら、この国に美しく清潔な時代が到来することを祈るようになるわ。

　赤黒い密雲に押し潰された、所々に罅《ひび》の入った不毛の地面に大穴があり、列をなした裸形の人間たちが、後ろの者に押し出されるように穴の縁から次々と落下しては、穴の底に折り重なり、鼠とも山羊とも蛇ともつかぬ奇怪な生き物に貪り喰われる——ふいに浮かび上がった地獄の像《イメージ》はボッシュの絵だろうか？　惟佐子は考える。そうして想像する。たしかに厄災は到来するだろう。繁華な都会の、形《スタイル》よく艶めいた胴体を持つ自動車が往来する舗装道路や、美麗で珍奇な品々が陳列された陳列硝子《ショーウインドウ》の並ぶ百貨店《デパート》や、星と競って電飾輝く舗道を着飾った男女が晴れやかに闊歩する街路に、あるいは手入れの良い植木の覗く築地塀が続く落ち着いた住宅街や、煮炊きの煙のなかで女たちが賑やかに談笑し子供らが喚声をあげて走りまわる裏路地に、厄災の種は密かに撒かれ、種が一度発芽するや、人々の狂熱を肥料にみるみる生育して、咲き誇る大輪の死の花が業苦と狂乱の花粉を撒き散らす。

　——でも、彗星が衝突して地球が全滅するのならともかく、どんな災いがきても、日本人全部が死ぬわけではないでしょう？　残りの人たちが国を受け継ぎ、それなりに生きていくのではないですか？

　頭上を乱舞する幻像の圧力を撥ね除《の》けるようにして惟佐子が言葉を吐き、あなたはそのことを知っているの？　と清漣尼が知恵を諄々《じゅんじゅん》と教え諭す人の、抑揚のない平坦な調子を捨てて、肉がふいに喋り出したように問うたときには、惟佐子は清漣尼と二人、煤竹の丸窓に楠を望む茶室に座して、流れ込む寒気を頬に感じているのだった。鳥か小獣か、竹藪をかさこそ鳴らす音が立って、書院の控え間に聴こえていた水音がここにもずっとあったことに惟佐子ははじめて気がついた。

「知りませんが、常識から考えてそうなるのではないかと思いまして」と惟佐子は答えた。清漣尼の問うたそのことの内容が把握できておらぬにもかかわらず、自分はそのことを知っているとの体感が否定しがたくあるのが息苦しい。

「あなたはやはり知っているのね」清漣尼は惟佐子の応答を無視して云った。「どんなふうなの？　いいえ、それのあとの世界はどんなふうになっているの？」

「先のことなど、わたくしにはわかりかねます」

惟佐子は答えたが、自分が何事か知っているとの感覚がますます膨れ上がって内臓を圧迫してやまず、軀に溜まる異物を吐き出すように惟佐子は言葉を継いだ。

「それでも、たとえば日本がこの先、戦争をして、敗れて、国土が荒廃したとしても、日本人がいなくなるとは思えませんが」

このいかにも常識然とした常識が、常識とは感じられぬのが奇怪だと思う惟佐子の内心を見透かすかのように、清漣尼は目尻に皺を寄せて笑った。

「あなたはずいぶんと理屈屋なのね。でも、国体《こくたい》が変わってしまえば、日本人はもう日本人でなくなるわ」

「たとえば革命が起きて、日本が共和制になったとしても、その国に住む人たちはやはり日本人なのではないでしょうか？」

清漣尼は今度は額にすいと疵《きず》のような皺を作って惟佐子を凝視した。

「そうなるの？　あなたの知っている未来の日本はそういうふうになっているの？」

「たとえばの話です」

「そうなるのね」尼僧は惟佐子の返事を聞かず一人合点し、それから低く抑えた声で云った。

「わたしには戦争の災いしか見えていない。わたしに見えているのは、日本人がことごとく死滅するとしか思えない火と熱の出来事、それから死骸が堆く積まれた豊葦原の瑞穂の国の姿だけ。でも、あなたにはべつのものが見えているのね？」

「べつになにも見えているわけでは」と応じながら、そうだ、たしかに自分はそれを見たのだとの思いが胸を圧してくる。火に焼かれ焦土となった都市は復興し、折り重なる死骸の上に築かれた繁栄の街を人々は冷たい横顔を見せて行き過ぎる。中身のない、軽い影のように、素知らぬ顔で行き過ぎる。

「それは本当に日本なのかしら？」清漣尼が問い、すぐに自答した。「きっと違うと思うわ。日本は滅んでべつの国になっているんじゃないかしら。たとえば外国に支配されて、日本は日本でない国になっているのよ。でも、それはいまだって同じこと。異人種の血に国体が穢されていると云う意味ではね。かりにあなたの云うとおりだとして、遠からず、日本人はまた同じことをするわ。同じことを繰り返す。自ら進んで滅びの道を選ぶのよ。選ぶとも思わずに、傲慢な熱狂に駆られて自滅していく。劫火《ごうか》を呼び寄せ、自ら焼かれ死んでいく。軀に流れる異人種の血がそうさせないわけにはいかない。軀をどんどん大きくして、その果てに滅んだ恐竜のようにね。わたしたちはいくらでも待てるわ。だってもう何千年も待っているのですからね」

街路や公園に群れ集う影たち、笑いさざめく人々の姿を遠い蜃気楼のように眺めながら、狂信の熱も歪みもなく吐かれる尼僧の言葉が清流のごとく胸に流れ込むのを打ち消すように、惟佐子ははじめて相手の発言を遮る形で口を開いた。

「白雉篤恭と云う方が亡くなったのはいつ頃でしょうか？」

ふいに座敷に投げ入れられた固い果実のような質問に、小さく首を傾げた清漣尼は答えた。

「けっこう長生きされたみたいで、明治の中頃までは存命だったと思うけれど。それがどうかしたかしら？」

「白雉篤恭が御自分の神代文字の研究を封印されたのは、それが不敬だったからではありません？」

白雉篤恭の研究を孫の博允が発掘したのだとすれば、木島柾之から教えられた博允の著作の内容から推して、そうであることはほぼ確実だった。天皇家は大陸からきた「獣人」の血で穢されているわね――。清漣尼は手を伸ばして惟佐子の湯吞を取り、煎茶を淹れ替えながら、そう云うことになると、俯いたまま返答を寄越した。それから明朗な笑顔になって云った。

「いまの天皇家が渡来人の血を濃く引くのは間違いないわ。そのことは多くの学者が認めている。純粋な日本人種をこの国から消し去ったのは、天皇家を中心とした異人種の人間たち。いわゆるヤマトたち。その意味では日本人が滅ぶとき、真っ先に滅ぶべきは天皇だと云うことになるわね」

テンノウと云う裸の言葉が胸に打ち当たる衝撃を感じながら、惟佐子は血の繫がる姉の言葉に黙って耳を傾ける。すると、逆に訊くけれどと、清漣尼が目尻の皺をいっそう深く刻んで質問してきた。

「あなたの知るところでは、大戦争の後、日本は共和制になるのでしょう？　だったら天皇はもういないのではないかしら？」

答えようがなく、惟佐子が頰を強張《こわば》らせていると、素焼きの湯吞に急須から茶を注いだ尼僧は真顔になって言葉を継いだ。

「でも、それは日本じゃないわ。日本の国体には、神の血を受け継ぐ天皇の存在は不可欠よ。純粋な日本人種の血を持つ真の天皇がね。共和制は長くは続かない。日本人が日本人であるためには、本物の、純粋天皇が祀られなければならないわ」

畳に押し出された湯吞を一礼して手にした惟佐子は、白雉の血を持つ者がそれだと？　と無言のうちに問い、頷くでもなくこちらの眼を見つめた尼僧が、きれいに剃った頭を巡らせ、花瓶に挿された灰色の木枝に眼を遣るのを見つめた。

「わたしはね、花が嫌いなの」床間へ顔を向けたまま、湯吞を包み持つ尼僧がふいに云った。

「先代の庵主様は花がお好きで、境内にいろいろな花を植えられていたんだけれど、わたしが段々と抜いたり伐ったりしたのよ。梅も木蓮も百日紅《さるすべり》も全部伐らせてしまった。藤の木は近所でも有名だったんだけれど、それも伐らせたわ」

尼僧は惟佐子に顔を向け戻して微笑みかけた。それからまた云った。

「あなたも花は嫌いでしょう?」

惟佐子は小さく頷いた。

六十四

「とにかく笹宮さん、あんたには推薦人から降りてもらうしかないでしょうな」

西沢禮次郎《にしざわれいじろう》が云うのを、桃花心木《マホガニー》の肘掛椅子に座り、葉巻を燻《くゆ》らせた笹宮伯爵は虚《うつ》ろに聞いた。

衆議院は週の前半には解散となる見込みで、各政党各候補者の選挙戦はすでに酣《たけなわ》、天皇機関説問題で勇名を天下に轟《とどろ》かせた——とは、笹宮氏の陰性な人柄にふさわしい評語ではないけれど、いずれにしても政界の一論客として耳目を集め、立憲政友会伊知地派に属する候補者らの推薦人となった笹宮惟重伯爵は、各地の立会演説会に引っ張りだこ、決して獅子吼《ししく》せず、切々と聴衆の臓腑を抉《えぐ》る口演は評判が高く、予定表は投票日と目される二月二十日前後までびっしり埋まって、八面六臂《はちめんろっぴ》の大活躍、となるはずだったところが、はたと風向きが変わったのは、正月明けに発覚した『皇道日本』の醜聞《スキャンダル》が原因であった。

『皇道日本』は、笹宮邸に出入りする菊池政則《きくちまさのり》が発行する週刊新聞であり、昨春から笹宮伯爵は菊池の頼みで主筆の席に就き、機関説問題を主たる武器に、岡田内閣および英米派に対する激越な指弾攻撃の論説で気を吐いたのだったが、同じ頃、菊池は経営する皇道日本社で「歴代天皇事蹟大全」なる企画を立ち上げ、これは神武から大正に至る百二十三代の天皇の業績を、人となりや逸話とともに紹介する、全百二十巻の大叢書であり、四年後の皇紀二千六百年に刊行完了の触れ込みで予約注文を受け付け、予約金および協賛金の名目で結構な額を集めた、そのカネを菊池が持ち逃げした。

本企画に協力せぬのは愛国心を欠く証左に他ならぬと、菊池は脅迫めいた言辞でカネを集め、大小の企業経営者、各官庁の上級官吏、貴族院議員らがこぞって予約注文をしていたから、問題は大きくならざるをえず、新聞の取材で、執筆者一覧に名前のあった研究者の大半が皇道日本社から連絡を受けておらず、つまり企画の中身が空っぽである事実が判明した段階で、叢書の宣伝冊子《パンフレット》に写真入り推薦文を寄せたばかりか、「貴族院議員伯爵笹宮惟重」の署名で協賛依頼の手紙を各方面に出していた笹宮伯爵は打撃を被った。しかも、追い打ちをかけるように、上海に逃げたと思しき菊池が、持ち逃げした資金を国際共産主義団体に渡したとの、出所の怪しい噂が広がるに及んで、笹宮伯爵は窮地に陥った。

選挙応援の依頼者は伝染病を恐れる人のように去り、推薦人の名前だけが残っていたものを、この日、伊知地派の参謀である西沢が、猫の首に鈴を付けるべく麴町の屋敷を訪れてきたのだった。もっとも笹宮伯爵にはもはや鼠を襲うだけの力はなかったから、鈴は要らず、それでも伊知地派としては、選挙が終わるまでは大人しくしているようにと、猫に一度は云い聞かせる必要があったのである。

日曜日の午後、楠《くすのき》の樹の陰になった「執務室」の、大机に向かって座る西沢が申し述べた、推薦人を降りて欲しいとの要求に、葉巻の煙に顔を顰《しか》めながら笹宮伯爵は頷いてみせた。それを上目遣いで確かめた西沢は、先刻女中が運んだ藤村の羊羹を楊枝《ようじ》に挿して口へ放り込み、嗽《うがい》でもするように茶を喫してから、黙って葉巻を燻らす室《へや》の主に向かって軽浮な調子で話しかけた。

「しかし菊池と云うのはとんだ食わせ物でしたな。黒河八郎もそうだが、あんたのところの飼い犬はどれも狂犬病らしい。平気で飼い主の手を噛むのですからな」

十一月の末に姿を消した黒河についても、菊池の背後に黒河があって、一足先に上海に渡った黒河こそが国際共産主義団体への橋渡しの黒幕であったと、まことしやかに噂されて、共産主義云々はともかく、菊池と黒河が何かしらの共謀関係にあったとは笹宮伯爵も苦く憶測するに至っていた。

「笹宮さん、とにかくあんたもずいぶんと迷惑を被ったもんだ」西沢は朗らかな笑いとともに云った。

そうだ、自分は被害者なのだ。そのことを笹宮氏は世間に切々訴えたかったけれど、云えば己の間抜けぶりが露呈するだけだと思えば、腹が膨れるに任せるしかなく、いまも笹宮氏は西沢の言葉に物憂く頷いてみせた。

「まあ運が悪かったと云うことですな」

西沢は慰めるように云い、阿《おもね》るような笑顔の裏にはしかし、冷嘲の毒が存分に含まれているのを笹宮氏は察していた。能力がない、人望がない、門地がない。それよりなにより、運がないことが、政治家にとって致命的な欠損であることを笹宮氏は弁《わきま》えていた。

「『皇道日本』は廃刊になりますかね?」

「そうなるだろうね」

西沢の問いに笹宮氏はようやく言葉で返した。菊池が消えてなお皇道日本社が残る理屈はない。手首に巻いた珊瑚《さんご》の数珠を鳴らしながら、僧侶でもある洒落者の議員がひとつ頷いて、

「東洋新聞の論説の方はどうです?」と質問を重ねたのは、笹宮伯爵が不定期で執筆している「政界

観測気球」なる囲み欄《コラム》のことで、長くない行数ではあったけれど、ここでも笹宮氏は『皇道日本』と同工の論調でもって英米派知識人を縦横に斬っていた。

「なにも云ってきていないから、続くのじゃないですかね」

笹宮氏が答えると、西沢は数珠をまたじゃらりと鳴らした。

「あれもしばらく休んでいただくのがいいでしょうな」

「なぜです？　べつにそちらとは関係ないでしょう」

推薦人を降りた以上、もはや伊知地派の迷惑にはならないはずだ、閉門蟄居でもあるまいし、との含意で笹宮氏が問い返したのへ、銀の光沢のある背広に鮮やかな青色のネクタイを締めた、議員よりむしろ芸能人のように見える男は、硝子《ガラス》戸越しに庭の修竹へ眼を遣り、青磁の茶碗を手に取って云った。

「じつはこれは、われわれではなく、三宅坂の意向なんですよ」

「三宅坂の？　どうして？」

「つまりですな、あんまり武断、武断と煽らないで欲しいと云うことでしょうな。笹宮さんがそう云うのは、その辺のチンピラ評論家が云うのとは重みが違いますからね」

武断を煽るなと陸軍が云う。どう云うことか？　その意味するところが笹宮氏はにわかには掴めない。昭和改元頃の、憲政会政権下に展開された英米協調外交を徹底批判するところにはじまって、満洲事変から満洲国建国をひとつの頂点とする、軍部主導の対支強硬路線を援護射撃してきた実績が自分にはあると、笹宮氏は自負していた。いずれ日本が東洋を束ね、英米を代表選手とする西洋文明と雌雄を決するのが世界史の運命であるとすれば、そのとき矢面に立つのは陸海軍であり、したがって軍が、後顧の憂いなく思う存分戦いうる環境を、政治経済から国民生活に至るまで、あらゆる方面において整えることが急務であるとの主張は、「政界観測気球」でも展開していた。軍主導による総力戦体制の迅速なる整備の必要性は笹宮伯爵がつとに鼓吹《こすい》するところであった。外交面についても、英国との結びつきを深める蔣《しょう》政府は膺懲《ようちょう》されてしかるべきであり、満洲国の保全の観点からも、華北に「一撃」を加えることが必要であるとの論を唱え、軍務局や陸軍省の課長級の者らから、大いにやってもらいたいと激励を受けていただけに、西沢の言葉はだいぶ意外であった。

「武断を煽るなとは、どう云うことだろう？」笹宮氏が率直に問うたのへ西沢は爪を眺めながら応じた。

「陸軍も台所事情はそんなに盤石ではないと云うことでしょう」

「しかし予算はある程度はとれているはずだが」

「予算と云うことで云えば」西沢は茶を一口啜って云った。「陸軍は——海軍も同じですが、さあ喧嘩だ、喧嘩だってんで、軍縮の流れを覆して予算を増やしてきたわけです。しかし、いざ本当に喧嘩をする段になれば慎重にならざるをえないのでね」

「それは当然だ」

「その当然が当然でなくなることを陸軍は恐れているんですよ。いまや世間の方が軍よりもよっぽど戦闘的になりつつある。ようし、やれやれ、やっちまえと云うわけです」

「しかし煽ったのは陸軍だろう」

「たしかにそうです。戦争になるぞなるぞと脅かしておかないと、軍隊に存在感は出ないですからな。軍人も官僚である以上、どんな手を使ってでも自分らの権益を拡大しようとするわけで、まあ役人連中の縄張根性、領土拡大への貪欲さが、アメーバ並みなのはご存知のとおり。帝国主義とは役人官僚が誰より信奉する原理だと云えます。むろん軍人だって同じです。しかし、戦争になるぞなるぞと脅かすのと、実際に戦争するのではえらい違いだ」

「いまさら弱気かね」笹宮伯爵が揶揄《やゆ》するように云うのを遮って西沢が言葉を差し挟んだ。

「かりに支那問題がこじれて日本と米国《アメリカ》が事を構えたとする。その場合、太平洋で戦うのは主に海軍ですが、仮想敵国を米国《アメリカ》に据えて巨額の予算をとってきた海軍が、米国《アメリカ》とは戦争できません、なんていまさら云えますかね？」

「云えるわけがない」と笹宮伯爵が応じるのに間を置かず西沢は語を継いだ。

「しかし、米国《アメリカ》とは戦争はできない」

「なぜかね？」

「勝ち目のない喧嘩をする馬鹿はない」と云った西沢が真宗伝道の志を抱き米国《アメリカ》で活動したことを笹宮伯爵は思い出し、それがためにむしろ負け犬根性が身に染み付いているのかもしれぬと、軽侮の心持ちが肚底から湧き出るのを覚えたが、まずは黙って相手の話に耳を傾ける格好になった。

「遠い将来はともかく、米国《アメリカ》と本気で戦争しようなんて考えている人間は陸軍にも海軍にもいませんよ。よほどの誇大妄想狂以外はね。しかし世間は、それで云うなら、誇大妄想になりかかっているわけで、それを陸軍は恐れているんでしょう。大衆がやっちまえと大合唱したとき、やるぞやるぞと威勢を張ってきた手前、いまさら弱気なところは見せられないですからな。世間があんまり冷たいんで、油を撒いて火をつけたのはいいが、自分の家まで焼けそうになって慌てている、と云ったところですかね」

「まるで馬鹿じゃないか」

「同感ですな。しかし、このまま火勢が強まると、軍も大衆の誇大妄想に呑み込まれる恐れがあるのは事実でしょう。いやもう呑み込まれかかっているかもしらん。とにかく世間には、無敵皇軍なんて標語を頭から信じ切った人間がわらわら出てきていますからな。標語で勝てるなら世話はない。しかし軍のなかにも誇大妄想に染まりつつある者があったりするから、危ない話だ」

そこまで云った西沢は、ふいに談話を断ち切って、それではそろそろ御暇《おいとま》しますと席を立った。

「それじゃ、新聞の件はお願いしましたよ」と最後に念を押した芸能人ふう僧侶政治家は玄関で靴を履きながら、これから地元まわりですわ、選挙がなけりゃ政治家も悪い商売じゃないんですがね、まあ自分は選挙区がわりに近いんで助かりますがと、見送りに出た笹宮伯爵に愚痴《ぐち》めいたことを口にし、それではと挨拶して、玄関戸から去った。

薄暗い「執務室」へ戻り、元の椅子へ腰を下ろした笹宮伯爵は、灰皿に載せておいた葉巻を手に取ったが、火はすでに消えていた。机に探った箱に燐寸《マッチ》も切れていて、「密談」中は遠ざけていた女中を内線電話で呼んだものの、呼び出し音が虚しく鳴るばかりなので、椅子へ戻り、冬枯れの庭を眺めるでもなく眺めた。

休日の午後三時、冬の陽はもう翳《かげ》りはじめて、それでも春の気を含んだ淡い光を浴びた楠の葉叢《はむら》に向かって、凝固した寒天のような眼を据えた笹宮伯爵は、彫像に変じたかのごとくに動かない。

六十五

修竹に鳥影が過《よぎ》った。はっと我に返った笹宮伯爵は、桃花心木《マホガニー》の椅子に深く凭《もた》れた自分が、いまのこの時間をなにも考えず過ごしていた事実に気づいて狼狽《ろうばい》した。就寝中以外で、こんなふうに頭が空白になったことはかつて一度もなく、樹の葉に広がる病斑のように脳髄が空洞に侵食され老耄《ろうもう》し枯衰していく、と、そのような像《イメージ》に脅かされれば恐ろしく、それっと勢いをつけて椅子から立ち上がったものの、することがなにもない事実に思いあたり、呆然とまた椅子へ尻を戻した。天皇機関説問題が下火になってからと云うもの、「執務室」を訪れる者はめっきり減って、そこへ降って湧いた『皇道日本』の事件が、築きあげてきた人脈の網を大風に遭った蜘蛛の巣さながらちぎり砕いたのだった。

それでも数日前までは事件の後始末で忙しかった。笹宮伯爵がなにより恐れたのは華族を監督する宗秩寮《そうちつりょう》の処分で、まさか「除族」になることはないにしても、訓戒を受け隠居を勧告される懼《おそ》れはあり、貴族院についても、「除名」はないにせよ、なるべく軽い処分を求める必要があって、方々駆け回ったものの、一度けちがついた人間に対して華族仲間は冷淡で、参っていたら、意外な方面から援軍が現れた。と云うのは娘の惟佐子で、木島柾之に力を貸してもらったらどうかと勧めたのである。なるほど木島柾之ならば宗秩寮総裁の木戸幸一や貴族院議長の近衛文麿に近く、とは云え機関説問題では敵対陣営にあって渡り合った相手であるから、気後れしていたところ、惟佐子が自分で電話をかけて木島を麹町まで呼んでくれたばかりか、ぜひとも御力添えをと、母屋の表座敷に通された男に挨拶したから驚いた。木島も予想外に協力的で、効率よく動いてくれたらしく、宗秩寮は「注意」だけで済み、貴族院では、厳しい処分を主張する一派もあったようだが、こちらも厳重注意で済みそうな見通しが得られた。

とは云うものの、次期の互選で議員に選ばれる可能性は低いと考えざるをえず、落選は己が政治生命にとって致命的打撃となると思えば、焦燥の冷液が血管を駆け巡った。救いは選挙が三年先までない点で、その間に失点を挽回すればいいわけだが、すでに自分は相撲で云う死に体と見做された気配があって、それが証拠に、とうに発送されて然るべき惟佐子と伊知地春彦《はるひこ》の結婚披露の案内状はいまだでき上がらず、伊知地幸平からはその後、選挙で忙しいこともあるのだろうが、うんともすんとも云ってこなくなった。このままなし崩しに破談となった場合、面目は丸潰れであるが、伊知地を面詰したところで、蛙の面にいささかなりとも変化が生じるとは思えず、むしろあんたの頓馬《とんま》のせいでこうなったのだと開き直るのは眼に見えていた。妻の瀧子は、意外なことに、夫の失策を詰《なじ》らなかった。と云うより、秋口に実家の父親が脳溢血で倒れてからと云うもの、月に一度神戸まで見舞に行く瀧子は、妾腹を含め多数ある兄弟たちのあいだで勃発した相続争いに首を突っ込み、笹宮家の運命などには関心を払う余裕がない様子だった。たしかに瀧子と折り合いの悪い次男が実権を握った場合、瀧子への「仕送り」が大幅に減額される恐れがあり、彼女にとっては死活問題なのであった。肝心の惟佐子本人はどうかと云えば、花見が雨で流れた程度にしか思わぬ様子で、娘の器量ならほかにいくらも貰い手はあると思えるのが唯一の救いだった。

所在なくラジオの電源を入れると、ジャズの賑やかな音楽が流れ出て、いつもなら顔を顰めてスイッチを切るところなのであるが、笹宮氏はそうせぬまま、酒でも飲もうと思い、電話をすると、今度は女中が出たので支度を命じた。からすみを肴《さかな》にスコッチを生《き》で飲み、新しい葉巻に火を付けていると、からからと玄関戸の開く音がして、室に顔を覗かせた女中が、惟浩《これひろ》さまがいらっしゃいましたが、お通ししてよろしいでしょうかと云い、コレヒロとは誰かと、不審に思ううちにも、女中の後ろに学習院の制服が現れた。ああ、そうか、息子の惟浩デアルカと、なにか呆然とするような思いで認めたときには、制服の坊主頭は敷居をまたいで、女中と入れ替わり敷居に立っていた。

ただいま戻りましたと、惟浩が立ったまま挨拶するのを、笹宮伯爵が不思議に眺めたのは、それがまるで見知らぬ者に思えたからで、青々刈り上げられた頭部から張り出した耳の上辺が突兀《とっこつ》として尖り、首筋が羚羊《れいよう》のそれのように厳しく張っているのも面変わりの一因だったが、一番違うのは口元で、頬から顎にかけての肉が削げ落ちた結果か、口が前より倍は大きく見え、頬に深い疵《きず》のような皺《しわ》が一本、縦に刻まれているのが眼に付いた。

「まあ掛けなさい」笹宮伯爵が云うと、大口の制服学生は一礼して大机の向こうへ腰を下ろした。

「背がまた伸びたかね?」と笹宮伯爵が問うたのは、机から伸び出た胴についた頭が、やけに高い位置にあるように見えたからで、しかし惟浩は、いいえ、去年と変わりませんと応じ、つまり背筋を伸ばした姿勢のせいで上背があるように見えたのだと理解した笹宮伯爵はやや気圧《けお》される感じになりながら、君もなにか飲むかね? と訊き、結構ですの返事を得て、敷居際に控えていた女中を下がらせた。

ラジオからは変わらずジャズが流れて、惟浩が耳を傾けているのを察した笹宮伯爵は、親しみの色の混じる声で云った。

「真藤師の塾では、ラジオは聞けないんじゃないかね」

「いえ。時間を限って聞くことはできます」

惟浩は直接視線を寄越さず、眼をいくぶん上方へ差し上げる、天井の梁のあたりへ視線を向けた格好で答えた。

「音楽もかね」

「音曲の類は聞けません。講話やニュースだけです」

「それはちょっと淋しいだろう」笹宮氏は息子の貧しく固い首筋を眺め、呟くように云った。惟浩は無言のまま応えず、しばらくは賑やかな音楽だけが「執務室」に満ちた。ウイスキーを新たに硝子盃《グラス》に注いで笹宮伯爵はまた口を開いた。

「これはなんと云う曲だろう。知っているかね?」

はいと頷いた惟浩は、早口で英語の題《タイトル》を云い、聞き取れなかった様子の父親に向かって、

「訳せば、大通りの、陽の当たる側にて、となると思います」と解説してから、「トミー・ドーシーと云う米国人《アメリカ》の楽団です」と加え、余計なことを云ってしまったとでも云うように顔を顰めた。

なるほど大通りの陽の当たる側デアルカと、硝子盃《グラス》に唇を寄せながら口のなかで呟いた笹宮伯爵は、自分は生まれながらの日陰者、陽の当たる側を歩くことは一生ないのだとの思いが脈絡なくこみあげ、原色の幟《のぼり》をたてた屋台見世が並ぶような、華やかで活気に溢れた音楽とは裏腹な、いや、音楽が派手やかであるがゆえにむしろ際立つ陰鬱な悲哀に捉えられたとき、ラジオを消して頂いてよろしいでしょうかと問う惟浩の声が聞こえた。

「消すのはかまわないが」笹宮伯爵は椅子から立って云った。

「しかし、君もたまにはこう云う音楽を聴きたいんじゃないかと思ってね」

そう云って伯爵がラジオを切った瞬間、聴きたくありません、と惟浩が鋭く云い、輪郭の明瞭な言葉の尾が、迅《はや》い鳥のように音の消えた室を舞い飛んだ。

なにか勝手が違うのを肌に感じながら、笹宮伯爵は椅子へ戻り、親し気な態度は改めて、いつもの父親らしい威厳を前面に押し出し、息子に正対する形になった。

「勉強の方はどうかね」

「進んでおります」

「受験の準備は？」

「今年八月に海兵を受験したく思います。真藤先生から、あらためて父上の許可を得てくるよう云われて参りました。お許しを願います」

そもそも海兵の受験のために真藤の塾に入れたのであるから、許すもなにもない。もちろんだよと

応じた笹宮伯爵は続いて問うた。

「それで、どうかね、受かりそうかね？」

笑いを含んだ口調にうっすら纏《まと》われた揶揄と、落ちるなら落ちてもいいのだよと囁く寛容の色を相手にせず、斜め上方に視線を向けたままの惟浩は云った。

「落ちたときは、腹を斬ります」

惟浩は冗談を云うふうではなかった。とは云え「腹を斬る」が比喩であることは疑いえず、陳腐な文句を平然と口にする息子の態度が笹宮伯爵の癇に障った。海兵受験に失敗して母親から匕首《あいくち》で迫られた記憶の棘《とげ》が疼《うず》くからか、人がときに口にする腹を斬ると云う紋切り型が笹宮氏は嫌いだった。

「腹を斬るなんて簡単に云うもんじゃない。人はそうそう腹なんて斬れるもんじゃない」

父親の叱責を固く口を結んで受け止める息子を眺めた笹宮氏は、しかし少なくとも彼に不退転の覚悟があることだけは認め、苦しかった自身の受験時代が思い出されれば、板のように背中を張り、拳を膝に揃え置いた息子が、半年ぶりに顔を合わせた我が子が不憫になり、

「しかし、その覚悟はよろしい」と云って、脇の棚の引き出しから札入れを取り、壹圓札《いちえんさつ》を三枚出して、これを使いなさいと云って机に置いた。

これは？　と惟浩が視線で問うのへ、小遣いだよと笹宮伯爵が笑うと、惟浩の顔に青い影が過った。

「必要ありません」

「なぜかね？　カネはあって困るものではないはずだ」

「必要ありません」と再度云った惟浩は、問うような父親の顔に向かって言葉を足した。

「必要のないものは一切身辺から遠ざけるつもりでおります」

「必要と云うのは、海兵合格のための必要だろう？　だったら参考書を買ったりするカネは要るので

はないかね」

「わたしが申し上げる必要とは、畏《おそ》れ多くも天皇陛下にこの一身を捧げ奉ること、その一事であって、ほかの一切が無用と考えます。承詔必謹《しょうしょうひっきん》、一臣民として詔勅にしたがい奉ることだけが、わたしのいまの必要であると考えます」

淀みなく云う惟浩の言葉に笹宮伯爵がなにより衝撃を受けたのは「わたし」の発音だった。「わたし」はごく尋常な一人称にすぎない。にもかかわらず甚だしい違和の塊となって軀《からだ》にぶつかってきて、かつての惟浩が自らをどう呼んでいたか、記憶を探ってみたけれど、どうしても思い出せない。

「父上にひとつお訊ねします」と惟浩が父親に視線をはじめて向けて云った。

「何かね？」

相手の直截な視線に眼を弾《はじ》かれながら問うた笹宮伯爵は、「父上」の呼び方にも甚だしい違和感を覚えて、以前の惟浩が自分をどう呼んでいたか、想起しようとして果たせず、そう思うと、生まれてから一度も息子は自分を直接に呼んだことがなかったような気がした。

「父上は」とまた云った惟浩は、しばし迷うように視線を散らしてから語を継いだ。

「父上は、臣民の道をいかにお考えでしょうか？」

真っすぐに見つめてくる息子の眼に宿る瞋恚《しんい》の光にそぞろ脅かされた笹宮伯爵は、懼《おそ》れを打ち消すように抑えた声色で応じた。

「君はどう考えるのかね？」

「四大にあまねく道義に基づく秩序をもたらすべしとの、皇祖の神勅を奉じしろしめ給う、肇国《ちょうこく》以来の皇室の天業を翼賛し、ただひたすらに皇謨《こうぼ》を扶翼し奉ることであります」と惟浩は淀みなく整頓された仕方で赤心《せきしん》を披瀝《ひれき》してみせた。

「そうだ。そのとおりだ」と頷いてみせながら、笹宮伯爵は息子の言葉の空疎さに衝撃を受けていた。息子は頬の肉だけでなく、中身と云う中身をことごとく吸い出され、代わりに空虚に光る物質を詰め込まれているのだった。息子は制服を着た無内容だった。短期間のうちに、ここまできれいに人から中身を奪う真藤栄の教育力に笹宮伯爵は舌を巻いた。皇民教育は満三歳から、『教育勅語』の暗唱よりはじめられるべきであると主張し、自ら幼稚園を経営して教育界に旋風を巻き起こす真藤栄だけのことはあるのだった。いまの惟浩ならば、乾いた砂のごとくに受験に必要な知識や技術の水を吸い込んでいくだろう。生簀《いけす》の餓えた魚さながら餌を呑み込むだろう。人間を空にする――。これは最も効率のよい受験指導であり、人としての幅や奥行きなどは海兵に受かってから、後からゆっくり充塡すればいいだけの話だ。とそう考えた笹宮伯爵は、息子を『鶏頭塾』に入れた判断はやはり間違っていなかったのだと、不安を払いのけるように考えた。

「なかなかしっかりした考え方が身についたようだね。普通はそうすぐには言葉が出てこないものだ」と笹宮伯爵は褒め、すると言葉を中途で遮った惟浩が鋭い声をあげた。

「父上はどうして腹を斬らないのです？」

絶句した笹宮伯爵は、目の前にいる制服の人物が云う「腹を斬る」が比喩でないことを直ちに理解し、それこそ眼に見えぬ匕首を腹に突きつけられたかのように軀をびくりと震わせた。驚いて見返した惟浩の眼が燃える火矢《ひや》となって眸《ひとみ》に突き刺さる。

「どうしてわたしが腹を斬らなければならんのかね」笹宮伯爵が掠れた声で云うと、惟浩はみるみる眼に熱い涙を溢れさせた。

「父上が詐欺を働いたと聞きました」

「詐欺などしていない！」笹宮伯爵は悲鳴に似た声で応答した。詐欺の語が鋭い鞭となって笹宮伯爵を打ち、真っ赤に焼けた憤怒とともに震える唇から語が放たれる。

「息子が父親を詐欺漢などと、よくも云ったものだ。誰がそんなことを」

「みんな云っています」

蒼白になった父親の怒りの発作に感応するところなく、涙の粒を頬に一筋零《こぼ》して惟浩は応えた。

「みんなとは誰だ？」

「みんなはみんなです。塾の者はみな云っています」

「真藤栄も云っているのか？」

惟浩はこれには答えぬまま、噴き零れた涙とは裏腹な、乾いた声で云った。

「わたしは口惜しくてなりません。たとえ詐欺ではなくとも、畏れ多くも皇室を私利私欲のために利用する、そのようなことがあってよいものでしょうか。まして皇室の藩屏《はんぺい》たるべき者がです。それは詐欺よりもずっと罪が重い」

弁明しようとした笹宮伯爵は、しかしどうして息子に弁解などしなければならぬのだと、怒りで軀が熱せられ、唇が痙攣したように震えるばかりで声にならずにいるところへ、さらなる糾弾の言葉が届いてくる。

「父上はいまがどんなときかご存知でしょう？　八紘《はっこう》をして一宇《いちう》に纏《まと》むべき皇室の天業《てんぎょう》がいよいよ顕《あらわ》けくなりゆき、これを邪魔する米英の邪鬼どもを討伐すべきときは近い。われら臣民は、一億一心、肇国の使命を奉じたてまつり、滅私奉公を貫かねばならぬのです」

「米国《アメリカ》と戦争なんてできんよ」笹宮伯爵は声を出した。

「なぜです？」と問うた惟浩の涙はもう乾いて、頬骨の目立つ顔で父親を見据える。

「勝ち目のない喧嘩をする馬鹿はいない」と云ったときには、自分の口から出た言葉を他人の声のように笹宮伯爵は聞いた。「米国《アメリカ》と日本では国力が違い過ぎる。陸軍でも海軍でも、米国《アメリカ》と戦争しようなんて云っているのは、阿呆な誇大妄想狂だけだ」

激しい憎悪の影が制服の学生の顔を過り、白目の多くなった眼が笹宮伯爵を睨みつけるや、肉の薄い顔のなかで冷笑に似て歪《ゆが》む口から言葉が吐きだされた。

「あなたは敵だ。皇国の敵だ！」

「敵」よりむしろ「あなた」の言葉に鈍器をふるわれたかのような打撃を笹宮伯爵は受け、桃花心木《マホガニー》の肘掛けを両手で摑み、腕を屈伸させて尻をふわふわ上下させた。

「戦いにおいてなにより恐ろしいのは味方の裏切りです。味方に紛れた敵こそが一番の敵。君側《くんそく》の奸《かん》こそが皇国に巣くう最悪の敵であらざるをえない。いまなにより剪除《せんじょ》しなければならぬ害毒にほかならない。皇室の威を借り、ユダヤ資本と裏で繫がり私腹を肥やす腐り切った者ども。あなたもその一部だと認めるしかない」

激高の破綻のない、余命を宣告する医師のごとき声の手に鷲摑みされて笹宮伯爵の肝は凍える。惟浩は正しい姿勢を崩さぬまま、むしろ湧き上がる喜悦を抑え込む表情で言葉を継ぐ。

「潔く腹を斬って下さいますか？　でなければ、あなたは遠からずくびきに繫がれ、処刑されることになる。これは決して脅しではありません」と云った惟浩は、机の上の壹圓札に眼を遣り、感情の揺らぎのない声で云った。

「蹶起《けっき》の軍がまもなく君側の奸を斬り、畏れ多くも陛下の御親政が布《し》かれることになるはずです」

その情報の出所はどこなのだろうと瞬間考えた笹宮伯爵は、そんなことはいまはどうでもよいではないかと己を嗤《わら》い、まだ海兵にも受かっていないのにすでに士官のように振る舞う惟浩は、片腹痛いよりはむしろ頼もしく、将来有為の士として海軍内で重きをなしていくに違いないと思われて、それは父親である自分にとって益になるだろうと計算し、しかしいまはさような観察をしているときではないと己をまた嗤いながら、底知れぬ恐怖に震えていたのは、自分と云うものがいまや消滅しつつある、跡形なく消えつつある、そうした危機に瀕しているのだとの感覚が全身を激しく駆け巡るせいで、危機をもたらした者があの惟浩、暗弱で、愚図で、見栄ばかりの泣き虫だと思えば、馬鹿馬鹿しいと一蹴すべきなのに、戦慄と焦燥はむしろ嵩じて、なにか云えば言葉は悲鳴となって迸《ほとばし》ってしまいそうである。

「そうなる前に父上には潔く腹を斬って頂きたい。これは父上の息子である僕からのお願いです」

ボクの言葉の響きに涙を誘われた笹宮伯爵は、感情の堰《せき》が決壊したあげくに恥の汚泥にのたうつ己が姿を予覚し、あらためて覗いた息子の顔が藤乃のそれに重なるのを見たとたん、嘔吐の発作に襲われて椅子から跳ね上がり、たたたたたと爪の固い犬みたいな足音をたてて便所へ駆けた。

六十六

下関行急行列車に飛び乗った蔵原はどうしたか、牧村千代子はもちろん気がかりで、まさか下関から満洲へ渡りはしないだろうが、事件へののめり込み具合からしてないとは云えず、危険もあるかと思えば懸念は募ったが、東京に残った千代子としては連絡を待つしかなく、日曜日の残りの時間、ひとりでいても落ち着けそうにないので、鈴木奈緒美を誘って日比谷で映画を観て帰り、夜刻になって中野の歯科医院に電話をすると、なんのことはない、蔵原はもう戻っていて、義兄と晩酌をしていた。

まったく心配して損したと、内心で毒づきながら、電話では長話もできないので翌日会う約束をして、月曜日の夕刻に『エルム』で話を聞けば、三等車に席をとった平井マキ代は二人の若い娘と一緒で、近くに立って話を盗み聴くに、娘たちは奉天へ働きに行く様子だったとのことで、これは鈴木奈緒美の話と合致した。

「満洲へ行くらしいとわかったところで、それ以上の追跡は無理だと思って沼津から戻ってきたんです。仕事を勝手に休むわけにいかないですからね。姉にも夕食までには戻ると云ってありましたし」

蔵原は正月明けから飯田橋の出版社で働きはじめ、いつまでも義兄のところに居候するわけにもいかないと云いながら、住処《すまい》をなかなか見つけぬのは、お姉さんがなにくれと世話をしてくれるのが居心地よいかららしく、姉が、姉がと、蔵原がしきりに口にするのが千代子はやや不愉快だった。

それで蔵原の報告である。平井マキ代が鈴木奈緒美に話したことが正しければ、娘らには引率の「お父さん」がいたはずで、この点を質《ただ》すと、男の存在には気がつかなかった、そいつはしまったなと、蔵原は失策を嘆くふうになり、この辺りの迂闊ぶりがこの人の困ったところなのだと、千代子が内心で批評する傍らで蔵原はすぐさま態勢を立て直し、とにかく平井マキ代の証言から、青木ヶ原の心中偽装が事実であることは裏付けられたと宣言し、東京駅で質問を書いた紙玉を落とす算段をした自分の手柄にあらためて注意を促す辺りの我褒《われぼ》めぶりが、この人の憎らしいところなのだと千代子が内心で非難するのも知らず、となると問題はやはり東栄運送ないし紅玉院に巣くう「組織《グルッペ》」一味の正体と云うことになりますと、蔵原は澄まし顔で述べて、そんなことはわかりきっていると、片腹痛く思いながらも千代子が頷けば、東栄運送の火災で死んだ三人なのですがと、蔵原は話を進めた。

「地元の新聞社に問い合わせてみたんですが、三人のうち一人は、住み込みの女中で間違いないらしい。しかしあとの二人ははっきりしていない。ひとつを社長の藪家修一だと警察は考えているようですが、焼け死んだと偽装して逃げた可能性はある」

「逃げたと云えば、川北さんも欧州へ行ってしまいました」

「ええ。ほかにも殺人および偽装に係わった人間、あるいはそれを知っていた人間がいたんでしょうが、全員が逃げて消えるか、焼死体になってしまった」

「焼死体と云うのは、つまり口を封じるために？」

平井マキ代がそうされてしまったのではないかと密かに考えていた千代子は、しかし安堵する気持ちにはならず、むしろ顔が冷え冷え蒼褪めるのを覚えながら問うと、蔵原もまた千代子の眼を不安気に覗いて、そうですねと応じた。

「事件に関係した人間を薬か何かで眠らせて焼いてしまえば証拠は残らない。その場合、藪家修一自身が火を付けた可能性はありますね。または竜野組の人間の仕業か」

「竜野組と云うのはなんでしたっけ？」

「藪家が所属しているヤクザ者の組です。東栄運送は竜野組の息がかかっていた。竜野組の人間が藪家を介して『組織《グルッペ》』の下請として動いた可能性は高い」と云った蔵原は、日光駅前の団子屋の殺害事件についても、竜野組の若い者が逮捕されたと、地元の新聞社から聞いたと報告した。

「賭博場での揉め事から争いになって、と云うことなんですが、ああ云う連中の場合、本当のところはわからない。事件に係わったせいでそうなったんだとしたら、彼には本当に悪いことをしてしまった」

莨《たばこ》の煙の向こうで顔を顰めた蔵原は団子屋の死に責任を感じる様子で、暮れには今市まで墓参りに行った。団子屋が事件ゆえに遭難したかどうかはわからず、かりにそうだとしても、あなたが彼を無理やり「探偵」に仕立てたわけではないのだからと千代子は前にも慰め、いまも同じことを口にすると、蔵原は顎を頷かせて、それから気を取り直したように話し出した。

「とにかくこうなると、紅玉院の『組織《グルッペ》』に関係すると目される人物で残るのは槇岡貴之中尉だけですが、そっちの方は笹宮さんがやっているんですよね？」

「ええ。手紙を出して。返事はまだないみたいですが」

「揺さぶりをかけたと云うわけだ」と云って新しい莨に火を付けた蔵原が、昨日紅玉院へ行った笹宮さんはどうでしたかねと、呟くように云うのへ、夜にでも電話をしてみるつもりだと千代子が応じると、あ、そうだ、忘れるところだったと、急に重大事を思い出したふうに蔵原が鞄をごそごそ探って卓《テーブル》へ取り出したのは所々に油染みが浮いた新聞包みである。事件に係わる証拠品なのだろうか、薄汚く、生臭い匂いもするようで、千代子がぎょっとしているところへ蔵原が言葉を添えた。

「お土産です」

「お土産？」

「干物です。魳《かます》と鯵《あじ》かな。沼津で買ったんです。昨日、姉と義兄と食べたんですが、脂が乗ってなかなか旨いですよ。余ったんで貴女にもと思いまして」

この時機《タイミング》で干物を出すかな、と呆れ、わたしには余り物ですか、といくぶん気を悪くしつつ、それでもいちおう礼を云うと、蔵原は非常に嬉しそうに続けた。

「魚の干物は微生物の働きで発酵していますからね。新鮮な刺身ならともかく、そうでないなら、干物の方が旨いし、栄養もある。いまの時期なら数日は保《も》つと思いますが、なるべく早く食べた方がいい」と云う蔵原の勧めにしたがい、汚れた新聞包みの運搬を迷惑に思いつつ家に帰って、早速母親に焼いてもらって夕食で食べれば、これがまったく旨くない。弟たちも父親も口を揃えて旨い旨いと云うのに、自分だけ不味《まず》いのは変だなと思っていたら、夜中に熱が出た。

翌日には熱は上がって、往診に来てもらったところ、扁桃腺炎の診断で、それから三日間、高熱に浮かされた千代子は、深く暗い森を、霧に煙る倫敦塔《ロンドン》を、あるいはルノワールやボッシュの絵のなかを、桃色の着物にお下げ髪の惟佐子に伴われ彷徨《さまよ》い歩く夢を繰り返し見たあと、四日目の朝には投薬のお陰もあって平熱に復したものの、喉の痛みと節々のだるさがとれず、結局十日近く寝込んでしまい、ようやく蒲団から起き上がって銀座の写真事務所に出たときにはすでに暦は如月《きさらぎ》になっていた。

兼子所長や事務所の先輩は、働き出して以来の溜まった疲れが出たんだろうから、ゆっくりやったらいいと云ってくれたけれど、休んだ分を取り戻すべく千代子は忙しく働き、だから惟佐子には、大森の家に届いた見舞の果物籠と浮世絵の画集の御礼を兼ねて電話をしたものの、会って話す機会が持てず、紅玉院訪問の話を詳しく聞くこともできずにいて、「事件」はなお気がかりではあったけれど、とりあえずは平井マキ代の無事が確認できて、鈴木奈緒美が安堵する顔になったことが、千代子の気分をいくぶん軽くしていた。

その鈴木奈緒美も花を持って見舞にきてくれた。蔵原もきて、これが牧村家で大評判になったのは当然である。蔵原の訪問は昼間、千代子は薬が効いて眠っていたから、会ったのは母親だけで、見た目も感じも悪くない人だったたと、母親がまずまずの評価を下したのは、千代子もとりあえず安堵したことだった。母親は蔵原から仕事のことや家庭の事情など素早く聞き出したようで、金沢で食品問屋を営む旧家の次男であることや、早稲田を出て出版社に勤めていることなど含め、父親に報告するのを聞いた千代子は、母親の敏腕ぶりに舌を巻くと同時に、それなら悪くなさそうだな、今度は俺が会おうと、父親ががぜん積極的な姿勢になるのを見れば、自由放任主義を貫きながら、娘の結婚を心配する父親の密かな心情を知ったのだった。蔵原は桃の缶詰のほかに、自製だと云う鶏や大蒜《にんにく》や生姜や朝鮮人参を煮込んだ汁を持参して、これは満洲で教わったもので、滋養の点では申し分ないから是非とも病人に飲ませてやって欲しいとのことであったけれど、茶色く濁った液体は得体が知れず、千代子に代わって弟たちが面白がって飲んだ。

蔵原とは仕事に復帰した週の土曜日に会った。蔵原が働き出した出版社は医療関係が専門であるが、今度新たに社会時評と文芸の雑誌を出すことになり、責任者に就いた蔵原も忙しく、「事件」について気にはなりながら思うように動けぬのは千代子と同様であった。宇田川寿子と久慈中尉が「組織《グルッペ》」の暴虐の贄《いけにえ》となったのは疑えず、筋で云うなら、罪科が明るみに出され、加害者は司直の手に委ねられるべきであった。しかしそもそも笹宮惟佐子からの依頼で千代子が動きはじめ、千代子が蔵原に相談した経緯を踏まえれば、犯罪者の告発を含め、ここから先は——と云うか、いままでもそうだったのであるが、惟佐子に主導権を渡すほかないと二人は相談したけれど、実際に官憲に訴え出るなどの手段をとるとして、確固たる証拠を提出できるかどうかと問われるならば、関与したと目される者が消え、あるいは遠ざかった現在、はなはだ心もとなかった。いずれにしても惟佐子から要請のあった段階で尽力しようと二人は決めた、と云うより、そうせざるをえなかったのである。

二月に入って東京は寒い日が続き、四日には雪が降り、翌日は快晴になったものの気温は上がらず、数日後にまた曇天から白いものがちらちらと舞い落ちたりした。千代子が惟佐子付きの女中、菊枝の訪問を銀座の写真事務所に受けたのは、長らく消えずにいた雪が、塀際や日陰に残るだけになった十三日木曜日の午《ひる》であった。

惟佐子の手紙を届けるのが菊枝の訪問の目的で、用件はすぐに済んでしまったが、ちょうど弁当を使い終えたところで、午後は差し迫った仕事はなく、夕刻に京都へ出張する蔵原を東京駅に見送る予定があるだけの千代子が菊枝を資生堂隣の甘味処に誘ったのは、惟佐子の様子を訊ねようと考えたからで、と云うのも、この時点でもまだ紅玉院訪問の報告を千代子は聞いておらず、電話では惟佐子と何度か話したのだけれど、どことなく様子がおかしい、とまでは云えぬにしても、いくぶんよそよそしい、とも単純には云えぬ、判然とせぬ感触の変化があって、とにかく一度は麴町へ出向こうと思いながら果たせずにいたからである。

　菊枝から渡された封筒は大振りのもので、妙に思いつつ、店で借りた鋏で封を切れば、なかには便箋のほかに、もうひとつべつの封筒――封の切られた和封筒が入っていて、表書の宛名は「笹宮惟佐子様」、差出人に「槙岡貴之」の文字があるのを見た千代子は、はっと眼のなかに閃光が走るのを覚えながら、まずは見慣れた青黒《ブルーブラック》の洋墨《インク》の文字が並ぶ、水色の美濃和紙の便箋に眼を落とした。

「千代姉様　挨拶もなくいきなり用件のみをのべる無作法を御赦しください。きのふ槙岡貴之様より手紙がとどきました。内容は読んで頂ければわかると思ひますが、なか／＼尋常の事ではなく、いかに理解すべきか、ともかく一刻も早く千代姉様に読んで頂きたく、菊枝に託しました。手紙の内容はよそに漏らさぬやう御願ひいたします。と申すまでもなく、千代姉様も是を扱ふに慎重を期すべしとの御考へに至られることと存じます。菊枝にも手紙のことは御内密に。余計な心配をかけたくありませんので。読んだあと、槙岡様の手紙はしばらくの間、千代姉様に御預かり願ひたく存じます。以上くれぐれもよろしく御願ひ申し上げます。まづは御願ひのみにて。かしこ。

惟佐子

追伸　近く御目にかかりたく存じます。また御連絡いたします」

便箋から眼をあげた千代子は、すぐにも槇岡貴之の手紙を読みたかったけれど、「菊枝にも手紙のことは御内密に」と書かれていては、いまはしにくくて、ちょうどあんみつが運ばれてきたので、まずは食べましょうかと云って、寒天と餡を匙で掬《すく》えば、同じ品を前に、しかし匙を持たぬまま菊枝が問うてきた。

「惟佐子さまはなんと？」

どう応えるべきか、寒天を口に入れた千代子が迷っていると、菊枝は問いを重ねた。

「紅玉院のことでございましょうか？」

ええ、まあそんなところですと、曖昧に頷いた千代子は、向こうからその名前を持ち出してくれたお陰で話を進めやすくなった。

「菊枝さんも紅玉院へは行ったんですよね？」

千代子が逆に質問したのへ、紺鼠の着物外套を着たままの中年婦人は頷いた。どんなふうでした？と千代子が問いを重ねたのへ、どうといわれましてもと、今度は菊枝の方が困惑したふうに言葉を滞らせた。

「最初のときは御本堂の控えの間まで御一緒しましたが、二度目からは駅前の旅館で待つように云われましたので、なんとも」

「二度目って、また行ったんですか？」

千代子が驚いて問うたのへ女中は頷き、すでに三度訪れ、二度目からは書生も伴わずに菊枝だけを連れて鹿沼まで行ったのだと教えた。

「今日も朝から行かれています」

「おひとりで？」

「いえ。秋葉《あきば》さまと御一緒です」と答えた菊枝は、秋葉さまとは元女官長の秋葉凞子《ひろこ》であると補足した。つまり合計では四回、惟佐子は紅玉院を訪れたわけで、一月弱で四回になると考えた千代子はまた驚き、惟佐子と自分がなかなか会えなかったのは、彼女の方にも時間がない事情があったのだと知った。

「どう云う目的があってのことなのかしら?」

「どんな話を?」

「庵主様とお話しなさっているようです」

「存じません。私は庵主様とはお目にかかっていませんので」

「惟佐子さんはなにも仰らないの?」

「お話しなさいません」と応じた菊枝は苦し気に顔を顰めて言葉を継いだ。「お嬢様は私にはほとんど隠し事をなさらないのですが、今度ばかりはなにも云ってくださらないのです」

ここにおいて菊枝の不安の肝を摑んだ気がした千代子は、紅玉院の庵主の清漣尼と云う人が霊視能力を持ち、人々を集めているとの話を思い出し、惟佐子が庵主の人格と力に惹かれ、清漣尼を教祖としてあがめる、秋葉凞子のごとき人々の群れに身を投じつつあるのかもしれぬと考えたけれど、その種の宗教に帰依する惟佐子の姿は千代子のなかで像を結びにくかった。ほかにあるとすれば、紅玉院の「組織《グルッペ》」の内情を探るべく庵主の懐にあえて飛び込んだ可能性であるが、それならば自分に相談があって然るべきで、あるいは惟佐子はそうするつもりだったのに、こちらが扁桃腺炎に罹《かか》り、仕事で忙しくした所為《せい》で連絡がとれなかったのかもしれぬと思えば、惟佐子ひとりを危険に晒しているのではないかと、千代子はにわかな胸騒ぎに襲われた。

「菊枝さんに心当たりはないの?」

口の脇の皺を深くして俯く女中の、紅を塗った唇が乾いて、細かな皹《ひび》が刻まれているのを観察しながら千代子が訊けば、それなのですがと応じた菊枝は、もしかするとなのですが、と続けた。

「お嬢様は出家なさろうとしているのではないかと」

出家？　千代子は言葉の意味がにわかには摑めず、しかしまもなく理解が訪れれば、まさかそんなと、否定の言葉が口をついて出た。

「だってそんなことをする理由がないでしょう？」と続けたとき、笹宮惟佐子と伊知地春彦の婚約が解消になったと、新聞の消息欄に書かれていたのを思い出した千代子は、傷ついた貴族の娘が身の置きどころなく髪を下ろす、と云った物語を古い簞笥の奥から引き出してみたものの、誰が、と云って、そのような物語の主人公となるに惟佐子ほど相応《ふさわ》しからざる人物はない、とは思いながら、千代子が婚約解消の件を遠慮がちに口にすると、菊枝は即座に、そんなことが原因であるはずがございませんと、強い口調で応答した。

「わたくしはそもそも、失礼ながら、伊知地さまはお嬢様には相応しくない方だと思っておりましたから」と宣した菊枝は、お嬢様ほどの器量ならば貰い手はいくらもあるのだと続け、千代子も同感だった。しかし、だとしたら、どうして菊枝は出家を思ったのか。当然の疑問を千代子が口にしたのへ、なにかそのような雰囲気を感じるのだと、伊知地春彦を否定し去った口調とはうって変わり、はっきりしない返事を菊枝は寄越した。

「雰囲気と云うのは、どのような？」

「よくはわからないのですが」と応じてから、呉服屋などの店先に置いたら商売を仕切って力を発揮しそうな中年婦人は、慎重に言葉を選ぶようにして云った。

「どう申しますか、この世の者ではないような雰囲気があると申しますか」

「この世の者ではない、って、お化けじゃないのだから」と千代子は冗談めかしたが、菊枝は笑いに同調できぬまま、なるほどたしかに惟佐子は美しいお化けなのかもしれないと、瞬間考え、そもそも自分が惟佐子のことをなに一つ理解していない事実、昨夏にはじまった惟佐子の「御濫行《ごらんぎょう》」の遥か以前から、お下げ髪の幼女の頃からすでに理解できていなかった事実、それをあらためて鼻先に突きつけられた気がして、もしも自分の仕える娘が、こんなふうに難しい相談をしながらも、あんみつを美味しそうに口へ運ぶ、目の前の女性のようであったらどれほど助かっただろうかと思い、いや、どのみち自分は雇い人にすぎぬのであって、仕事さえ的確にこなしておれば理解するしないなどはどうでもいいのだ、むしろ理解しないからこそ付き人として滞りなく振る舞えるのだと思い直し、しかしなお憂惧《ゆうぐ》の消えぬままに云った。

「出家は考え過ぎだとは思いますが、とにかく千代子さまには一度お嬢様に会って頂きたいんです」

もちろん千代子はそうするつもりだったが、菊枝の不安が伝染したのか、胸騒ぎの波動が焦燥の熱を生み、あるいはもう二度と惟佐子とは会うことができぬのかもしれぬ、かりに会えてもそれはもはや自分の知る惟佐子ではないのかもしれぬと、なぜだか思えてきてしまい、そもそも自分の知る、あるいは知っているいると思う、笹宮惟佐子と云う名を持つあの人はいったい何者なのだろう？　との疑念が、土中に埋まる磐《いわお》のように己が心の一角にあるのを、いまさらながらに発見せざるをえなかった。

今日の夜か明日の朝、麴町へ電話して惟佐子と会う段取りをつけると約束すると、菊枝がいくぶん肩の荷を降ろしたふうな顔になって帰るのを見送った千代子が事務所へ戻ると、午後から日比谷公会堂で行われる、衆議院議員立候補者の立会演説会、その模様を撮影するはずだった先輩写真家《カメラマン》が奥さんの出産で急に行けなくなったとのことで、急遽千代子が行かされることになった。急げ、急げの声に急かされて、機材と脚立を抱えて事務所を飛び出し公会堂へ向かった千代子は、終盤を迎えた選挙戦の熱気を浴びたせいか、真冬だと云うのに額を汗で光らせながら三脚を通路に据え、写真機《カメラ》を構え、閃光球《フラッシュバルブ》を光らせ、遮光器《シャッター》を切り、しかしそうしながらも、鞄に仕舞った「槇岡貴之」の手紙が、あるいは紅玉院へ足繁く通う惟佐子の姿が心から離れず、ふと手が空いたりすれば、客席に蝟集《いしゅう》した男らが、演台の演者の話に歓呼したり、拍手したり、罵声を浴びせたりする、眼前に展開する狂騒の一場が、自分とは遠い、どこか別世界の、映画の一場面のように感じられて、ぼんやり放心してしまい、その度に千代子は気合いを入れ直し、より迫力のある、より生々しい角度《アングル》を求めて動き回った。

一時間ほど撮影して、とりあえず必要なぶんは撮ったものの、まだ帰るわけにはいかぬのは、五時過ぎまで続く予定の演説会で何事かが起こる――たとえば先年実際にあった、敵対陣営の支援者同士が乱闘するなどの、撮るに価する事件が起こる可能性があるからで、まずは一息ついた千代子は、鞄から例の封筒を取り出すと、二階席の最前列に機材を置いたまま、人の疎らな後部座席へ移った。

膨らんだ和封筒から、七、八枚はある便箋を取り出し、膝に広げた千代子は、熱風にざわめく砂丘のごとき歓呼と怒号のなか登壇した、社会大衆党の候補者が岡田内閣の優柔不断ぶりを糾弾する拡声器の声と、それに呼応する応援の声、あるいは反感の野次が会堂の天井に反響し交錯するのを遠い潮騒のように耳に入れながら、便箋に並ぶ洋墨《インク》文字を読みはじめた。

五章

六十七

前略失礼致します。

御手紙を頂戴してから、かうして御返事を差し上げる迄、随分と時が経つて仕舞ひました。先づは深く御詫申し上げます。併《しか》し、以下に私（といふ些か礼を失つした主語で以てかたることを御赦し下さい。成る可く真率に告白したく存じますが故に）が記すところのものを御読み頂ければ、私が是を書くにどれ程の困難が伴つたか、勇気が要つたか、御理解頂けるものと信じます。是を記す我が痛苦、懊悩は実に並大抵ではなく——いや、左様な小説めいた修辞は余計でせう。軍人らしく、事実のみを、飽くまで事実のみを、簡潔に御伝へしたく存じます。

はじめに端的に申し上げます。宇田川寿子さんの死は自殺でありました。但し、自殺の原因を造成したのが私であり、且つ、恐らく貴女《あなた》が推察されて居られる通り、心中に見せかけ、遺体を樹海に置いたのがこの私である以上、私は宇田川寿子さんの死に多大なる責任を有する者であります。其の点はいま此処《ここ》に明記いたします。

併し、其の事を御話しする前に先づ、私と紅玉院との係はりにつき説明すべきかと存じます。必要な限りで此処に述べておきます。一昨年に亡くなつた私の生母、富美子は、川村男爵家から嫁《か》して来た人ですが、川村家は北近江《きたあふみ》の出で、其の関係から同じく近江出身の女流書家、原田香涼と云ふ方と母は親しくして、原田香涼の帰依する宗教団体とも関係を持つてをりましたが、其の原田香涼が、紅玉院の現庵主、清漣《せいれん》様に不思議な力を見出し、霊示を求め集まるやうになつた人の輪のなかに母も居りました。子供の頃の私は喘息持ちで身体が弱く、二十歳まで生きれば御《おん》の字だと医者から宣告される程だつたのですが、庵主になられる以前の清漣様に、母が原田香涼を介して相談し、助言を貰ひ実行したところ、私の健康がみるみる改良されたこともあつて、母は清漣様をすつかり信頼するやうになり、子供の私も母に連れられて鹿沼を訪れては清漣様と親しみ、今では私にとつて姉のやうな存在となつてをります。

扨《さて》、肝心の宇田川寿子さんとの事です。寿子さんとは渋谷の教会で時折顔を合はせる間柄でしたが、私は寿子さんに密かな恋心を抱いてをりました。私が基督《キリスト》教会へ行つたのは、祖母の御供でさうしたので、基督教の信仰にはさしたる関心はなかつたのですが、其のやうな私が繁く教会へ足を運んだのは、寿子さんに会ふのが目的だつたことを私は否定しません。今思へば、正式な形で寿子さんに結婚を申し込む事も可能でした。併《しか》し、私には許嫁《いひなづけ》が、内々の形ではありますが、十二の歳に親が決めた、さる宮家筋の許嫁があり、其の約束を破壊してまで恋心に殉じるだけの胆力を私は欠いてをりました。私は寿子さんに恋心を打ち明けることはもちろん、親しく言葉を交はすこともなく、ただ教会の椅子に座つて賛美歌を歌ひ、祈りの言葉を唱へる寿子さんの姿を目に入れるだけで満足でした。

状況に変化が生じたのは、一昨年の秋、久慈亮二が教会へ来たことです。私が久慈を教会へ誘つたのは、自分は基督教会といふものを知らない、だから一度見学してみたいとの願ひを容《い》れたからです。あの時のことは貴女も同席されたから覚えてをられると存じます。あの日はとくにどうといふ事はなく、久慈は夕刻に帰つて行きましたが、其の時点ですでに久慈は寿子さんへの激しい恋心を抱いてゐたのです。

後日寿子さんへの恋情を私に打ち明けた久慈の姿は、全く以て熱病に罹つた男のそれでありました。

陸士からずつと一緒だつた私は、久慈のなかに左様な情熱が存することを知つてはゐましたが、其れがたつた一度会つただけの寿子さんに向かふとはまさか思はず、大変に驚き、衝撃を受けました。相手は帝大教授の娘、片や此方《こなた》は貧乏寺の倅《せがれ》、とても釣り合ふものではないだらうと、苦し気に久慈が問ふのへ、そんなことは決してない、封建時代でもあるまいし、恋愛は自由だと私は励まし、微力ながら貴君の恋を応援したいと私は約束さへしました。だが、其の一方で私は自分では制御できぬほどの、激しい嫉妬に見舞はれてゐました。久慈自身が言ふ通り、寿子さんと久慈が身分の垣根を越えて結ばれるのは難しいだらうとは思ふものの、其れこそ封建時代ならざる開明的昭和の御代《みよ》、ひよつとするとの考へがふと生まるれば、私はひどく胸が騒いでなりませんでした。

私は久慈から託された恋文を握りつぶし、抑へきれぬ欲望のままに寿子さんを誘惑しました。寿子さんとは教会で毎週顔を合はせてゐましたから、誘ふ機会は十分にあります。今となつては不幸なことに、寿子さんは私を好いてゐてくれました。寿子さんの大人しい性質の奥に鋼《はがね》のごとき芯の存することは貴女もよく御存知だと思ひますが、驚くほどの情熱と大胆さをもまた彼女は秘め隠してゐたのです。私がたぢたぢとなる程の熱力で以て、寿子さんは私の求めに応へてくれました。私達がどこでどんな風に逢瀬を重ねたか、具体的な詳細は述べなくてもよいでせう。

寿子さんが身体の変調を報知してきたのは、昨年の三月末のことでした。寿子さんは当然のやうに私との結婚を望み、併し、私にはさうはできぬ事情があるわけで、私は青くなりました。先づは信頼できる医師に診察を仰ぎ、妊娠してゐるなら、其まま堕胎してしまふ、といふのが私にとつて一番よい筋道でしたが、寿子さんに納得して貰はねばなりません。寿子さんは、かりに自分が妊娠してゐて、すぐに私と結婚ができぬのなら、密かに子供を産んで養子へ出す算段まで、どこまで具体的であつたかわかりませんが、すでに講じてゐました。

あの日、四月六日の土曜日、私と寿子さんは渋谷の教会の近くで待ち合はせ、鹿沼へ向かひました。鹿沼へ行つたのは清漣様に寿子さんを説得してもらふためです。私は直面する問題の一切を清漣様に告白し、助言を仰いでゐました。清漣様は、かりに女子が生れて、自分のやうに僧院へやられたりするのは忍びない、むしろ生れぬ方がよい場合もあると仰り、説得を引き受けて下さつたのです。其ればかりか、信者の一人である医師に出向いてもらひ、堕胎まで一遍に済ましてしまふのがよいと、さう手配するやう指示してくださり、私は言はれた通りに致しました。この段階では、寿子さんが本当に懐妊してゐるかどうかわかりませんでしたが、彼女が妊娠し、子供が女の子であると、清漣様は霊視で以て確信する御様子でした。

宇都宮には十四師団があり、見知つた者に出くはさぬとも限らぬので、私と寿子さんは、連れとは見えぬ形で列車に乗りました。鹿沼で降りたのでは目立つてしまふ恐れがあるので、寿子さんを一人で日光駅まで行かせ、其処《そこ》へ自動車が迎へに行く手筈をつけてありました。自動車のことは紅玉院の近くにある運送店の主人が万事手配しました。できる限り目立たぬよう寿子さんを運ぶ算段もしてくれました。運送店の主人は、やはり清漣様の信者の一人で、医師と共に協力をしてくれたのです。

紅玉院に着いた寿子さんは、清漣様と三十分ばかり話をして、奥の部屋から出てきたときには（私は別室に控へてゐました）、顔面は蒼白になり、何も喋りませんでしたが、診察で妊娠とわかつた場合は、引き続き手術を受け容れる覚悟ができてゐるやうに思へました。紅玉院から自動車で数分の所に運送店はあるのですが、店の奥の六畳間が臨時の診察室になりました。運送店の隣は無住になつた医院で、運送店の主人が管理を任されてゐた御陰で、必要な器具を揃へるのは容易でした。この日は、主人の親戚だといふ女中以外の従業員には休みをとらせ、店に他に人はゐませんでした。医師は早速診察をして、やはり妊娠であると診断を下しました。医師が堕胎にかからうとすると、寿子さんは少しだけ待つて欲しい、私と二人で話がしたいと言ひ、私の考へをあらためて確認しました。卑怯なことに私は、自分からは堕胎を口に出さず、何もかも清漣様に御任せしてゐたのですが、この時も私は、全ては庵主様の思し召しの通りであるとだけ答へました。すると寿子さんは隠し持つてゐた薬瓶の蓋を開け、いきなり中身を口中へ投ずると、コップの水とともに嚥《の》んだのです。止める間もない、一瞬の出来事でした。

医師がすぐに処置しましたが、致死量を大幅に超えた量の青酸カリを嚥んだのでは、助かる筈はありません。寿子さんは私が自分と結婚するつもりがないことを察し、それが判然となつた時には、自決する覚悟で家を出てきてゐたのでせう。

私は窮地に陥りました。何より避けねばならぬのは、清漣様に迷惑がかかることです。其の気持ちは運送店の主人も医師も同じでした。寿子さんの死が紅玉院に係はりがあるとは見られぬやうにしなければならない。朝に渋谷で会ふまで、寿子さんは目的地が鹿沼だとは知らず、だから誰かに話した気遣ひはない。日光駅からは自動車を使つたので、人に見られた可能性も低い。ことに運送店では車庫に自動車が直接出入りするので、誰が店を訪れたか、近所の者に知られずに済んだはずだと考へた我々は、寿子さんの遺骸を遠くへ運ぶことにしました。青木ヶ原を思ひついたのは、私の実家の別荘が近くにあり、私が地理に詳しいこともありましたが、青木ヶ原が自殺の名所であるのを思ひ出したからです。恋に苦しんだ女が青木ヶ原で毒を嚥んで自殺したと、見做されるのを狙つたわけです。さうさう上手くいくものか、私は全く不安でしたが、運送店の主人がトラックで運ぶと請け合つてくれれば、他によい手段は見当たりませんでした。かりに筋書通りになつたとして、寿子さんの恋人が誰であるのか、穿鑿《せんさく》されるのは必至ですが、私が当の者であると知られてゐないとの確信は、半ば希望的ではあるものの、秘密裏に事を進めてきた私にはありました。

私達は寿子さんの身体が傷つかぬやう、敷布で丁寧にくるみ、トラックに乗せました。途中東武線の駅で医師を降ろし、其処からは私と主人で富士へ向かひました。出たのは夜の十九時、朝の四時前には着ける目算で、暗い裡《うち》に遺体を山林に据ゑる予定でしたが、途中、川越に来たあたりでトラックのエンヂンに故障が生じるなどして、手間取つてしまひ、結局、目的地に着いたのは朝の七時に近く、すでに富士吉田と本栖湖間の乗合自動車が走る時刻になつてをり、私達はトラックを一旦別荘の敷地に停め、夜になるのを待つことにしました。別荘は、友人らが急に使つてもよいやうにと、勝手口の鍵が石灯籠に隠してあり、家に入つた私と主人は地下倉に仕舞つてあつた葡萄酒や缶詰を探し出すなどして、夜まで休む支度をしました。ところがです。そこで予想外の事が起こりました。久慈が別荘に現れたのです！

どうして久慈が本栖湖に来たのか。経緯はかうです。久慈は、土曜日の朝、寿子さんの高樹町の家に行つたのです。千葉の歩兵学校にゐる久慈は、前日の夜に東京市内で遊んで朝帰りになり、その日は学校は休んでしまふつもりだつた。左様な勝手はむろん許されないのですが、地方聯隊の活動家のなかには勤務を放置して東京の会合に出る者などもあり、久慈も度々さうした気儘《きまま》な行動をとつてきました。久慈は抑《そもそも》聯隊勤務への熱心な忠勤ぶりとは裏腹に、術科学校を軽く見てゐるところがありました。

久慈が高樹町へ行つたのは、寿子さんを訪ねようといふのではなく、もしも寿子さんが一人で外出するやうなことがあれば、偶然を装ひ、声を掛けるつもりだつたのです。すると、慥《たし》かに寿子さんが一人で門を出て来た。跡を追つた久慈は、うまいタイミングで声を掛けようと思ひながら、できぬまま渋谷まで来て、其処《そこ》で寿子さんに待ち合はせの人物があることに気づいたわけです。其のまま久慈は私と寿子さんに気づかれぬやう跡を追つた。

宇都宮に着いて、寿子さんを予定通り日光線の列車に乗せると、私は駅を出て、ハイヤで紅玉院へ向かひました。鹿沼駅にもハイヤ会社はありますが、自動車が出払ふ場合があるので、宇都宮からにしたのですが、人の少ない鹿沼駅で目立つのが嫌だつたこともあります。どうして私と寿子さんが別々になつたのか、久慈は不審に思つたことでせう。久慈は迷つたでせうが、私に話を訊かうと考へたのでせう、宇都宮で降り、併し声を掛ける暇なく私が自動車に乗り、去つてしまつたので、ハイヤ会社で訊ね、私の目的地が鹿沼の紅玉院であるのを知つたのです。久慈は宇都宮から汽車に乗り、鹿沼から歩いて紅玉院へ来ました。ハイヤを使はなかつたのは、持ち合はせがなかつたからでせう。

久慈が紅玉院に着いたとき、ちやうど庵主様との面談を終へた寿子さんと私が門を出て、待機してゐた自動車で運送店へ向かふところでした。咄嗟に身を隠した久慈が、大いなる疑惑を抱いたことは疑ひありません。自動車は紅玉院から直進して、旧街道を右折する。其まま街道を進み行くなら、自動車はやがて集落を抜けて鹿沼方面へ走り去る筈である。ところが一向に自動車が見えてこない。実際のところ自動車は街道を曲がつた角にある運送店の車庫に入つたわけですが、街道まで歩いた久慈も其のことに気づいたのでせう。車庫の戸の隙間を覗いて、先刻の自動車があるのが見えれば、疑ふ余地はない。

運送店の外に立つて様子を窺つた久慈は、何か只ならぬ事が行はれやうとしてゐるのを感じてゐた。店に踏み込まうと何度も考えたさうですが、久慈は我慢強く見張つた。もしかすると今この時に、私と寿子さんが愛し合つてゐるのではないかと思ふと、嫉妬の火に焼かれてしまひ、却つて戸を叩く勇気が出なかつたと、久慈は後で語つてゐました。かといつて立ち去ることもならぬまま、結局、久慈は十九時に運送店からトラックが出るまで見張ることになつた。其の間に寿子さんは服毒死してゐたわけですが、変事の出来《しゆつたい》を察しながらも、さすがに其処までは久慈も考へなかつたやうです。久慈はトラックの助手席に私が乗つてゐるのを見た。である以上、幌のかかつた荷台に乗つた寿子さんがゐる（これは或る意味正しいのですが）と考へたのは自然です。

久慈が我々の行先を知つたのは、車庫からトラックが出た際、運転席の主人が店に残る女中へ指示を与へるのを盗み聴いたからです。富士の本栖湖の言葉が耳に入れば、久慈が私の家の別荘を想定するのは自然です。久慈は家の別荘へ、一度だけでしたが、遊びに来たことがありました。

すぐに久慈は本栖湖へ向かつたのでせう。鹿沼発二十時台の汽車に乗れば其の日のうちに上野へ戻れる。さうして翌朝、電車を乗り継ぎ、富士吉田から乗合自動車で本栖湖まで来た。久慈が別荘に着いたのは朝の九時頃でした。今度は久慈も疲れてゐたのか、隠れ潜むやうなことはせず、別荘の呼び鈴を直ちに鳴らしました。玄関に久慈の姿を見出した私の驚愕、恐怖、狼狽は察して頂けるでせう。窓から湖を見渡す応接間で久慈と話した私は、久慈が鹿沼まで追つてきてゐたことを知り、もはや逃れられぬと観念しました。私は洗ひざらひ、一切を告白しました。話し終へて、赦しを請ふこともできぬまま、私が椅子でうなだれてゐると、久慈は拳銃を背広の内袋《ポケット》から出し、銃口を向けてきました。私は覚悟を決め、目をつむりました。安全装置を外す音がカチリと鳴つて、愈々《いよいよ》だなと思つた次の瞬間、発射音がして、ところが私は撃たれてゐない。的を外す距離ではないので、土壇場で狙ひを逸らしてくれたのだなと思ひ、目を開けば、火薬の匂ひのなか、久慈が椅子で崩れ落ちるのが見えました。久慈は自分の左胸に向かつて引金を引いたのです。すぐに駆け寄つて、併し、銃弾は心臓を撃抜いてをり、久慈はまもなく絶命しました。

どうして久慈が自殺をしたのか。私には多くを語る資格はありません。其れでも、敢て述べるなら、友人の裏切りと、恋する婦人の死が衝撃だつたことは疑ひありませんが、併し、其れだけでは説明できないやうに私には思へます。久慈は農家が窮乏する日本の現状に深く絶望してゐました。其のことが彼を革新運動へ駆り立ててゐたのですが、久慈には過分に浪漫的な、どこか現実離れした矯激《けうげき》なところがあり、其の所為《せい》で運動組織内で孤立する傾向があるといふ話も耳に届いてゐました。一刻も早く蹶起すべしと主張する、其の一方で恋情の虜《とりこ》となつた自己への嫌悪があつたのかもしれません。久慈は淋しい男でした。生ひ立ちを詳しくは語りませんでしたが、幼時に寺へ養子に出され、養父母から愛されず、少年時代には何度も家出を試みたと、左様な話を酔つてポロリと漏らしたこともありました。陸士時代も、誰とでも隔てなく付き合ふやうに見えて、ふとした折りに見え隠れする孤独の色は濃く、精神に巣くふ暗い影のごときものから目を逸らすべく勉強に打ち込む、そんな風でした。任官後も同様で、久慈があれ程までに聯隊勤務に没頭したのも、身体へ滲み出す暗い力から逃れるためだつたやうに私には思はれてならないのです。

だからと云つて私に久慈の死の責任がないのではありません。私が責任逃れのために左様なことを書いたと思はれては心外です。抑《そもそも》私が久慈を拳銃で撃つたのであると考へられても仕方がない状況であり、私が捕縛され、官憲から追及を受けた場合、久慈が自らを撃つたのだと、不器用に応じる以外、私には抗弁のしやうがありません。まして其の後、寿子さんの遺骸と久慈の遺骸を林に並べ置いて、心中に見せかけたのですから、尚更言ひ訳はできない。

其の方策を提案したのは運送店の主人でした。夜になるのを待ち、我々は二つの遺骸を樹海へ運びました。遺書もなく、自殺の方法も異なるのでは、心中と見做されるのは難しいだらうと、主人が青酸カリの薬瓶や拳銃や銃弾などをそれらしく按配するのを見ながら、私は半ば諦めてゐました。ところが二つの偶然が私にとつて好都合に作用しました。一つは翌日の夜に雨が降り、沢が溢れて遺骸を押し流し、現場の状況が曖昧にされたこと。もう一つ、決定的だつたのは、日曜日の午頃《ひるごろ》に、富士山麓電気鉄道線の終点、富士吉田の駅から、一組の男女が本栖湖方面に向かつたことです。これは全くの偶然で、ことに女が寿子さんと似たやうな年齢服装だつたことは、幸運（との言ひ方はむろん正しくはありませんが）でした。後の警察の捜査で、帰路の乗合自動車に同じ男女の姿がなかつたとされて、心中の見込が補強されたのですが、おそらく其の男女とは、どちらかが湖畔の別荘の人間で、秘密裏の関係にあるのだと思ひます。彼らは別荘に泊まり、後に寿子さんの心中事件を知つたでせうが、男女の秘密の発覚を恐れて証言をしないままになつたのだと推測できます。

いづれにしても、事件は心中といふことで、決着しました。罪を深く意識しながら、私が先づは安堵したことは想像して頂けるでせう。其処へ貴女の手紙が届いたのです。実を申せば、軽井沢で貴女から話があると言はれたときすでに、貴女と寿子さんが親しくされてゐるのを知る私は不安を抱いてをりました。あの時、所用が生じたのは事実ですが、其れにかこつけて私は貴女とは会はずにすむやうにしました。東京へ戻つた後は何もなく、稍《やや》安心してゐたところへ今度の手紙です。思へばあの日、鹿沼へ向かふことを寿子さんが家族に報せる心配は、私との関係が秘密である以上、ありませんでしたが、貴女との約束は気になつてゐたのですね。あの日は婦人科医院で診察を受けるといふことで渋谷で待ち合はせたのですが、寿子さんは診察だけなら午前中には終はるはずだと考へたのでせう。突然鹿沼まで行くと聞かされて、急いで葉書を書いたのでせうが、私は其のことには全く気づきませんでした。

些《いささ》か長くなりましたが、以上が私の告白です。初めにも申しました通り、一切の責任は私にあります。医師や運送店の主人は協力者、其れも消極的な協力者にすぎません。ましてや清漣様が罪と無縁であることは御理解頂けると存じます。私は万死に値する罪を背負ふ者です。其の罪の責任を私は果たすつもりでをります。ただ思ふに、本件を司直の手に委ねるのが得策かどうか。白日の下に晒された真相に世間の好奇の目が集中し、猟奇趣味の好餌《かうじ》となるは必至であり、さうなれば、すでにさんざんに貶《おとし》められてしまつた寿子さんの名誉が、あらためて傷つけられるのを私は恐れます。かう申すのは、責任逃れをしようといふのでは決してありません。具体的な責任の取り方についても、私には腹づもりがあります。貴女にも必ず納得して頂ける形で責任を果たす所存です。併《しか》し、少しだけ待つて頂きたいのです。少しがどれくらゐかと問はれると、困つてしまふのですが、長くて半年、いや、一、二ヶ月の裡に決着はつくものと思はれます。其のことは誓つて申し上げます。時が来た暁には、今かうして私が些か曖昧に語る事柄の意味が、貴女にも直ちに御理解頂けるでせう。さうして、其の時には、私は屹度《きつと》、責任を果たし終へてゐるでせう。どうか私を信じて下さい。寿子さんをあのやうにしてしまつた私を信じろといふのが無理な願ひであることは重々承知してをります。併し、其処を押して、私に時間を与へて下さい。どうか御願ひ申し上げます。

　この手紙の処置については貴女に御任せします。聡明な貴女が適切な判断をされることを私は信じます。草々不一。

槇岡貴之［印］

西暦千九百三十六年二月九日

笹宮惟佐子様

六十八

「全体として真実かどうかは別にして、一ヶ所、明らかな嘘がありますよね」

紅茶を飲み、茶碗の底の輪切り檸檬《レモン》を嚙んでいた千代子は、手紙を読んだ蔵原が演技を終えた体操選手よろしく、ふううううと長い息を吐くのを待ちかねて話し出した。電話で概略は話してあったのだけれど、手紙の現物を蔵原が手にとったこの日は、千代子が菊枝の訪問を事務所に受けた四日後、間があいてしまったのは、京都へ出張した蔵原が、続く週末、祖父の法事のために金沢へ帰っていたからで、蔵原と千代子がようやく顔を合わせたのは二月十七日月曜日の夕刻であった。

午後の五時、この時刻にしては閑散とした『エルム』の卓《テーブル》へついて珈琲《コーヒー》を注文するなり、いやもう冬の京都の寒いことといったら、満洲も顔負けですよと、蔵原が呑気な調子ではじめた旅の話を遮り、土産の瓶詰柴漬を受けとるのももどかしく、槇岡貴之の惟佐子宛の手紙を千代子は卓《テーブル》に出したのであった。

明らかな嘘がある。千代子の言葉に、たしかに、とだけ応じた蔵原が手紙を読む間ずっと指に挟んでいた莨《たばこ》に燐寸《マッチ》で火をつけ、それからまた吟味するように便箋に眼を落とすのを尻目に千代子は続けた。

「気がついたと思いますけど、嘘と云うのは、平井マキ代さんのことです。この手紙には平井マキ代さんのことが全然出てこないでしょう」

便箋に眼を据えたまま、たしかにと同じ文句を繰り返す蔵原に向かって千代子は、四月七日日曜日の午頃《ひる》、平井マキ代が「お父さん」と一緒に富士吉田から乗合自動車に乗ることで心中偽装に一役買ったことは、鈴木奈緒美の証言からして確実であるにもかかわらず、文中で男女の登場が偶然とされているところに嘘があると整理してみせた。そんなことは端《はな》からわかっているとでも云いた気に、便箋から眼を離さぬまま、うんうんと青黴《あおかび》みたいな無精髭の生えた顎を頷かせる蔵原を小憎らしく思いながら千代子は語を継いだ。

「富士吉田に現れた男女を別荘で密会した人たちだなんて推測までしてみせてますからね。そこにはっきりした嘘がある以上、全体の信憑性もだいぶ疑わしくなるわ」

たしかにと三度目に云った蔵原は、そこではじめて顔を上げて鼻から煙をぷうと吐いて云った。

「しかし、そこのところを除けば、辻褄《つじつま》は合っていなくもない」

「だとしても、どうして平井マキ代さんのことだけ嘘を書いたのかしら？」

「ひとつは」と蔵原は天井へ上る煙を眼で追って云った。「槇岡氏がそのことを知らなかった可能性がありますね」

手紙に登場する「運送店の主人」が藪家修一であるのは間違いないが、手紙が語る通り心中に偽装したのが藪家だとすれば、槇岡中尉の知らぬうちに藪家が「お父さん」に連絡を取り、偽装工作への協力を仰いだ可能性はあると蔵原は整理してみせた。

「手紙に真実が語られているとあくまで仮定しての話ですが、目の前で久慈中尉に自殺された槇岡中尉は呆然自失となってしまった。そこで藪家が槇岡中尉にはかまわずどんどん工作を進め、知り合いに協力を頼んだ。別荘に電話はなくとも、荷台車《トラック》で電話のあるところまで行けば連絡はできますからね。しかし可能性はもうひとつあります」

「と云うと？」

「平井マキ代のことはわざわざ述べる必要がないと槇岡中尉が考えた可能性です」

云われた意味がわからず、千代子がきょとんとしていると、茶碗の珈琲《コーヒー》を啜ってから蔵原は云った。

「そもそも平井マキ代の存在を我々はどうして知ったか」と問いをたてた蔵原は、それは友達の失踪を心配した鈴木奈緒美が千代子に相談に来たからであり、鈴木奈緒美がなぜ千代子に相談したかと云えば、鈴木奈緒美が惟佐子の弟の惟浩と知り合いだったからだと自答した。

「つまり鈴木奈緒美さんが惟佐子さんの弟と平井マキ代の両方と知り合いだった。考えてみると、これはまったくの偶然ですよね。この偶然がなかったら我々は平井マキ代の存在を知りようがなかった」

それはそうだと千代子が頷くと、新しい莨に火をつけて蔵原は続けた。

「つまり、槇岡中尉は、笹宮惟佐子さんが平井マキ代のことを知るはずがないと考えて、わざわざ名前を出す必要はないと判断したのかもしれない」

なるほどと頷いてから千代子は問うた。

「と云うことは、蔵原さんは、そこを除けば、この手紙には真実が書かれていると考えるのかしら？」

「どうですかね」と蔵原はまた手紙に眼を落として応じた。「最初の方に小説うんぬんと云うことが書いてありますが、全体に小説的な雰囲気はありますね。それでも実際に起こったことからまったく外れてはいないようにも思えます。ただし、ここにはひとつ、はっきり隠されていることがある」

何かしら？　と間《あい》の手を入れた千代子にも蔵原が云わんとするところのものはすでに了解されていたから、組織《グルッペ》のことですと蔵原が云うのへ、それですねと、共謀する人のように頷いてみせた。

心中偽装工作に関与した人物——槇岡中尉、藪家修一、川北医師の三人は、清漣尼の霊能力に惹かれて紅玉院に集う人々であると手紙ではされている。他方、惟佐子の雇った探偵の調査では、彼らはドイツの間諜《スパイ》組織の人間だと指摘されていたわけで、つまり「組織《グルッペ》」の影がきれいに洗い流されていると云うわけだ。

「もしも間諜《スパイ》組織が本当にあるとしたら、そのことは隠されていることになる」と続けた蔵原は、日光駅前の団子屋、山口清太郎《やまぐちせいたろう》氏のこともここには書かれてないと指摘したうえで、ひょっとしたら「組織《グルッペ》」の存在の隠蔽がこの手紙の一番の目的だったのかもしれぬと加え、しかし、と話を先へ進めた。

「間諜《スパイ》組織の存在を指摘したのは探偵氏だけですからね。それをどこまで信用してよいのか。探偵についで笹宮惟佐子さんはなにか云ってましたか？」

聞いていないと千代子が答えると蔵原は問いを重ねた。

「そもそも笹宮惟佐子さんは、槇岡中尉の手紙をどんなふうに考えているんでしょうかね？」

蔵原の言葉に千代子が顔を曇らせたのは、惟佐子とはまだ連絡がとれていなかったからで、菊枝と約束したこともあり、槇岡中尉の手紙を読んだ木曜日の夜に笹宮邸に電話をしたところ、惟佐子はまだ戻っていないとの返事で、電話に出た書生に、ならば菊枝さんを呼んで欲しいと頼むと、しばし待たされた後、いま手が離せないと言葉が返ってきた。翌日の午に再度電話をかけたときには、惟佐子は在宅の様子だったが、やはりしばし待たされた後、来客中で出られないと云われた。さらにまた土曜日に連絡をすると、今度は菊枝が出てきて、惟佐子は今日も鹿沼へ行っているとのことで、菊枝はなにか云いた気ではあったが、電話では長く話すこともできなかった。

惟佐子との不通がどうにも落ち着かぬ千代子は、その翌日、つまり昨日の日曜日、午後に麴町まで出向いてみた。長屋門の事務所で案内を請うと、惟佐子も菊枝も留守とのことで、無駄足だったかと落胆していたら、笹宮伯爵が会いたいとの仰せであると云われ、意外に思ったものの、断る理由もないので、案内されるまま「執務室」と呼ばれる楠《くすのき》の陰になった離れ家に向かったのだった。

「おあいてさん」時代を含めて、千代子が笹宮伯爵と言葉を交わす機会はほとんどなく、人となりは新聞雑誌から知るのみで、その意味では撮影の仕事で会う政治家と変わらなかったが、写真機《カメラ》が手にないせいか振舞い方がわからず、いくぶん緊張しつつ、千代子は薄暗い室の、紫檀の長卓《テーブル》前の椅子に座り、硝子《ガラス》戸に面した書机の椅子に座る笹宮氏と面談したのだけれど、「陰性の政治家」なる笹宮惟重への世評の正しさをあらためて確認する一方で驚かされたのは、笹宮氏が著しく老けたことだった。以前見かけたときと較べて容姿に激甚な変化があったのではない。が、間近で接してみれば、政治家に特有の肌を圧してくる粘性の気がなく、紬《つむぎ》の着物も上等ではあるけれどなんだか薄汚れて、胸元から覗いたネルの襦袢《じゅばん》が爺むさく、喋る言葉がときに滞る姿には隠しようのない老耄《ろうもう》の色が漂った。

笹宮氏が皇室に係わる詐欺事件で指弾され、これが原因で惟佐子の縁談が毀《こわ》れたことは千代子も知っていたが、打撃が思う以上に激甚だった事実を、対面した政治家の木乃伊《ミイラ》めいた表情の平板さと煮《に》凝《こご》り状に動かぬ眼が物語っていた。女中が茶と菓子を運んで、九谷焼の湯呑の縁が僅かに欠けているのを眼にしたときには、笹宮氏の落魄《らくはく》ぶりを象徴するように思えて、千代子は粛然とすらなった。

「それで、あれなんですが、あなたにちょっと伺いたいんだが、惟佐子は、つまり、この頃どうなんですかね」

笹宮伯爵ははっきりしない調子で切り出し、それでも彼が自分を呼んだのは娘について問うのが目的であると千代子は理解できた。千代子がこのところ惟佐子と密に交流していると菊枝から聞いたのだろうとも推察した。

「あれの縁談がなにしたことはご存知だと思うが、それは、つまりどうなのだろうね。若い娘からしたら」

惟佐子がしきりに紅玉院へ通うのを見て、心に傷を受けた娘が出家を願い尼寺へ通う、そのような大時代な物語を眼前の政治家もまた考えているのかもしれぬと推測した千代子は、

「惟佐子さんは全然気にしていないと思います」と即座に応答した。

「惟佐子さんほどの器量よしなら、欲しがる方はいくらもあるでしょうし」

「その通りだ。まったくもってその通りだ」と頷いた笹宮氏は、そのときだけ笑顔に――翁《おきな》の面を貼付けたような笑顔になり、あとは黙って硝子《ガラス》戸の外へ眼を遣《や》ってしまい、戸惑った千代子は、惟佐子さんは外出ですかと、こちらから質問した。いや、たぶん、そうなんだと思うがと、曖昧に応じる政治家に向かって千代子は単刀直入に云った。

「鹿沼の紅玉院ですか？」

笹宮伯爵はびくりと肩を震わせてから、そうらしいね、たぶんそうなんだろうねと、こちらへは顔を向けずに云い、熱のない、どこか投げやりな応答に苛立ちの胆汁が喉元に粘つくのを覚えた千代子は直進する言葉を投げた。

「惟佐子さんは、なにをなさりに紅玉院へ行かれているんでしょう？」

「わからんよ」と笹宮伯爵はふいに激した調子で云い、自分の声の大きさに驚いたように眼をまるくし、それからいかにも責任逃れをする人の素っ気なさでもって云った。

「惟佐子のことは惟秀が考えていてくれるからね。ぜんぶ惟秀に聞いてほしい」

それから笹宮伯爵は老耄者に特有の気分の急激な変転を示して、ふいに気味の悪いほどの温顔になった。

「息子の惟秀が帰ってきたのですよ。二階の南側の部屋に寝泊まりしているんです」

「そうなんですね」千代子が困惑を深めて応じると、笹宮伯爵はふと立ち上がり、机の横に置かれた脚のある箱から突き出た把手《ハンドル》をぐるぐると廻したのは蓄音機である。なんだろうと千代子が訝《いぶか》るうちにも、部屋の主は脇の棚から録音盤《レコード》を取り出し、おぼつかぬ手つきで回転卓《ターンテーブル》に据えると、金属の腕《アーム》を円盤に下ろした。蓄音機の布張りの胴から流れ出た音楽は軽快なジャズだ。椅子に戻った笹宮伯爵は机に頬杖をつき、音楽に耳を傾ける格好になって、頬杖のまま千代子に顔だけ向け、これを知っていますか？ と問い、知らないと千代子が答えると、得意気な表情になって云った。

「ベニー・グッドマンと云う名前の米国《アメリカ》の楽師です。なかなかいいでしょう？ ピアノがいい。なんといったかな」

笹宮伯爵は棚から紙片を取り出し、これを覗いて、そう、テディ・ウィルソンだと、日本語ふうの発音で教えた。

「蓄音機を運んだ業者が教えてくれたんだが、このテディ・ウィルソンと云う男は黒人だそうだ。白人と黒人がこうして仲良く演奏をやっているとすると、米国《アメリカ》は侮れない。そうは思わんかね？」

千代子がなんとも答えられずに戸惑っていると、笹宮伯爵はまた紙片を覗き込んで、曲はエニシング・ゴーズであると、なおいっそうの日本式発音で教え、Anything Goes なら聞いたことがあると千代子が思う傍らでジャズを聴く男はまた言葉を発した。

「なんでもいいと云うことですよ。なんでもいいんだ。要するになんでもいいと云うことだよ」

笹宮伯爵は湿気に溶け崩れる砂糖菓子のような笑みを浮かべ、彼が口にした「なんでもいい」がAnything Goes の和訳だと千代子が理解するうちにも音楽は終了し、針が溝を擦る音が続くようになったとたん、室は先刻にも増して暗鬱な空気に閉ざされる。硝子《ガラス》戸に映る庭の修竹が風に騒いだ。立って腕《アーム》を円盤から外し、椅子へ戻った笹宮伯爵は、いまはじめて来客を認めたとでも云うふうに、表情のない顔を千代子に向けてくると、事務的な調子で申し渡した。

「私はまだ隠居はしていないが、惟佐子のことはぜんぶ息子の惟秀に任せたので。だから私に訊いてもまったく無駄です。惟秀に訊いていただきたい」

はあと、千代子が要領を得ぬまま頷くのへ、いままで動かずにいた眼玉をはじめてぎろり動かして千代子を見た男はまた云った。

「惟佐子と惟秀、あの兄妹は非常によく似ている。双子のように瓜二つだ。あなたもそうは思わんかね？」

惟佐子と惟秀は十《とお》は歳が離れているはずで、双子は無理があるけれど、二人が似ていることについては千代子も同感であった。しかし考えてみれば、千代子は惟秀の顔をよく思い出せぬのであるから、似ていると思うこと自体奇妙であったが、いつの間にやら千代子は、中禅寺湖畔は中宮祠の停車場で見かけた男を、あるいは蟬声のなか紅玉院から槇岡中尉と連れ立ち現れた男を想うとき、その面差しを惟佐子のそれと重ね合わせていた。あれが惟佐子の兄、惟秀であったとの印象は、根拠のないままいよいよ強く、そう思うとき、槇岡中尉の手紙の告白にはまた別に隠された真実があるのではないかとの認識に千代子は導かれる。槇岡中尉が述べる鹿沼と本栖湖を舞台にした劇にはもうひとりの登場人物があったのではないか？

そのことは、しかし蔵原には云わず、千代子が惟佐子とはまだ話ができていないことを右の経緯《いきさつ》とともに報告すると、蔵原はふうむと唸るような声をあげてから、惟佐子が足繁く紅玉院へ通う理由はなんだろうと問いを口にしたが、千代子こそがそれは一番知りたいところであった。

「笹宮伯爵もわからない様子だったと」

「そのようでした」

千代子は自分と話す笹宮伯爵が右手の親指で唇を撫でる仕草を機械みたいに繰り返していたのを想起しながら首肯した。莨を灰皿でもみ消した蔵原は、惟佐子さんのこともあれですけれどと、当の問題をいったん退けて、再び槇岡中尉の手紙に眼を落として云った。

「この告白で一番気になるのは、槇岡中尉の云う、責任の果たし方ですよね」

それは千代子も同感であり、文中の「具体的な責任の取り方」が自決であろうとは、蔵原と同様見当がついていた。

「槇岡中尉が一人で罪を被って責任をとる。果たしてそれでいいのかな」と新しい莨に火をつけた蔵原は呟き、釈然とせぬ思いは千代子にも同じくあったけれど、文中にもあるように、たとえばこの手紙を然るべき筋に提出したとして、よい結果を生むとは思えず、そもそも惟佐子の許可なく勝手はできなかった。そしていまや肝心の惟佐子との連絡がつきにくくなっている——。

「今日は何日でしたっけ？」蔵原が訊いた。

「二月十七日です」

「二十日が衆議院選挙か」

「ですね」と相づちをうった千代子は、先刻よりも客が一段と少なくなり、白い前掛《エプロン》の女給仕《ウェイトレス》が所在なく佇む店内を眺めて、この同じ場所で蔵原と話してからほどなく一年になるのかと、とくに感慨なく考えているところへ蔵原が云った。

「とにかく一、二ヶ月の裡《うち》に決着はつくと手紙にある以上、しばらくは静観するしかないのかもしれませんね」

この決して前向きとは云えぬ結論を抱えて千代子は、これから会社に戻って仕事ですと笑う蔵原と神保町の停車場で別れて家に帰り、槇岡中尉の手紙は簞笥の抽斗《ひきだし》に仕舞った。

週の残り、千代子は自分からは惟佐子に連絡をとらなかった。惟佐子の聡明さを信頼する千代子としては、必要があれば惟佐子の方から連絡があるはずだと考えるほかなく、槇岡中尉の手紙にあった一、二ヶ月の期間を過ぎてなお状況が動かぬようなら、そのときにまた方針を思案しようと思い、胸騒ぎを抑えて日々の仕事を淡々とこなしてみれば、一連の事件は自分からは遠い、異世界の物語のごとくに感じられるのだった。このまま自分は惟佐子と会うこともなく、事件のことも忘れて、平凡な、しかしそれなりに波乱がないではない明け暮れに日々を過ごしていくのかもしれないと、不思議に甘く明るい、いくぶん淋しい気持ちを抱きはじめていたのだったが、しかし一、二ヶ月を待つこともなく、千代子は再び物語の近傍へ連れ戻されることになったのである。

六十九

清漣尼の云う霊能力の言葉が納得できたのではなかったけれど、森の奥の巨樹の陰、崩壊した石段と朽ちた社《やしろ》の神域に子供の頃から幾度も立ってきたことを惟佐子は否定できず、それは主には夜視《み》る夢での出来事で、しかしときに白日の夢想に現れることもあって、きっと前世に眼にした風景なのだろうと、前世なるものの在処《ありか》も実体も知らぬまま、深く考究することなく過してきたのだったが、あの場所の由来を清漣尼から教えられるに及んで、神域の幻像は輪郭をがぜん鮮明にするふうであった。もっとも清漣尼が口にする降臨のアメノミナカヌシノカミを祀る純粋日本人の故地——そのようなものは妄言《もうげん》としか思えなかったけれど、楠の見える茶室で、あるいは書院や庫裏《くり》の一室で、ときには竹林の木戸を出て雑木林の小径《こみち》を散策しながら、清漣尼と対話するたび神域の像《イメージ》は質感を増すようにも思えて、惟佐子は幻像の奥に存する実体を、風景の書割《かきわり》が裂け現れるものを見極めたいとの抜き差しならぬ欲求に駆られた。

清漣尼が催眠術のごとき技を使い、暗示をかけているのではあるまいか。その疑いはあった。実際、三度目の訪問時には、元女官長の秋葉《あきば》凞子《ひろこ》や沢村《さわむら》陸軍大将夫人の沢村彰子《あきこ》をはじめ、五人の「信者」が紅玉院を訪れて、墨染めの僧服を着た庵主の「説法」に耳を傾ける様子を、襖を隔てた隣室から惟佐子は窺ったのであるが、清漣尼の声は魔術の魅惑に満ち、催眠的な効果でもって一座の人々を夢幻の境に彷徨《さまよ》わせるふうであった。

話そのものは惟佐子が最初に茶室で聴いた中身と同工、異人種の血で穢れた現日本人は滅び、死骸の上に広がる豊葦原《とよあしはら》の瑞穂《みずほ》の国にアメノミナカヌシノカミの血を引く純粋日本人が現れると云うものであり、惟佐子に不思議であったのは、説法を聞く人たちは誰も異人種の血で汚れた者であるとされ、本人らもさように認識しているらしい点で、つまり彼女らには滅びの運命だけが待ち受けているのであり、なにひとつ希望がないように思えるにもかかわらず、何事か深く祈念する人のように清漣尼の言葉に聞き入り、頷き、ときに感極まった嘆声を女たちはあげているのだった。客観から筋を辿れば、彼女らの生には純粋日本人種が生育する土壌の肥やしになることくらいしか意味はありえず、実際に清漣尼の説法には、現日本人には「進んで肥やしになる道」しか残されていないと云う文句も登場したが、それを一種の救いのように集う女たちは受け取る様子で、それもこれも清漣尼の話しぶりの卓抜と人柄の魅力ゆえに違いなく、彼女の力の源泉を見極めたいとの欲求もまた惟佐子を紅玉院へ惹き付ける一因であった。

しかしなにより惟佐子が紅玉院へ繁く足を運んだのは、そこがなぜだか懐かしく思えるからであった。冬枯れの雑木林も、麹町の屋敷のそれより小ぶりな楠も、数寄屋《すきや》を囲む竹林も、太鼓橋の架かる池も、線香の匂う本堂の暗がりも、小径の甃《いしだたみ》も、記憶にかかるものはひとつもないのに、子供時代の、愉快で、少し淋しい思い出が染み付くように思えるのが不思議だった。

二月の初頭には、紅玉院に一泊した。書院に繋がる庫裏《くり》が住居になって、清漣尼のほかに若い尼僧が二人と盲目の老尼が一人住み、境内の別棟に老夫婦が住み込んで用を足し、通いの雇人も数人いるらしかった。枕が変わっても平気な惟佐子は、夜は書院の一室で夢を視ることもなく眠り、朝は障子に射し込む陽で目覚め、尼僧が運んでくれた湯で口を漱《すす》いで縁に出、囀《さえず》り交わす鳥声と、年寄りが庭を掃く音を聞きながら清冽に澄んだ冬空を仰いだときには、長年住み慣れた場所に居るかのような錯覚が、一瞬間ではあったけれど、生じた。

黒河八郎が伝えてきた間諜《スパイ》組織の影は、少なくとも数度の訪問の機会には見えなかった。宿泊の夜には、人の出入りがないか注意していたところ、寝支度をしていた十時過ぎ、数寄屋の奥の木戸が鳴った気がして、縁に出てみたら、揺れる灯火が庫裏へ忍び入るのが眼に入り、厠《かわや》へ行った帰りに近づいて窓から様子を窺えば、部屋から漏れ出る音と気配が疑いもなく男女の交情に伴うものだと理解されたとき、いつのまにか背後に近づいていた若い尼僧から腕を摑まれた。翌朝、一緒に膳について粥《かゆ》を食べていると、尼僧から惟佐子の行動を聞いたのだろう、清漣尼は悪びれることなく、昨夜忍んで来たのは近在の村の若者であると自分から教え、仏道は色道を超えるものであるが、決して否定するものではないと説いて恬然《てんぜん》笑った。

惟佐子が驚いたのは、清漣尼が若い尼僧と同性愛の関係にあることを隠さなかったからでもあって、色道肯定の明朗な笑いに乗じてその点を質すと、性愛の相手は男でも女でも自分は差別ないと清漣尼は云い、あなたもそうでしょう？　と逆に問われたのは笑みに紛らわしたが、なるほどそうなのかもしれぬと惟佐子は考え、かつて熱烈な恋文をくれた下級生は相手にしなかったけれど、たとえば寿子に対しては、唇や胸に触れてみたいと思ったことはたびたびあって、槇岡中尉の手紙の、寿子が服毒して死んだ場面に昏《くら》い情欲が疼《うず》いたことも事実だと認めれば、自分が女性と性愛を交わすことは不自然ではないと思われた。

「男女別なく相手を求めるのは白雉の血のゆえなのよ。だからあなたもそのはずよ」と云った尼僧は、惟佐子の欲望の果芯を覗き込むようにしてまた笑った。

寿子の事件を忘れたのではなかったけれど、二度三度と通ううちには、深い森の奥の場所――アメノミナカヌシノカミの神域とされた地境の風景が心の積を占め、胸の古沼から浮かび上がる像《イメージ》に気を奪われて、それを惟佐子の軀《からだ》に流れる白雉の血に潜む「霊能力」の発現だとする清漣尼の言葉は腑に落ちなかったものの、たしかに一種の予知と呼んでよいかもしれぬ力の湧出が感じられる瞬間もなくはなくて、惟佐子は数学の難問を解くときと同じく、息を潜めるようにして清漣尼の言葉に耳を傾け、意想外の動きを見せる自身の感覚に集中した。

だからなのか、紅玉院への四度目の訪問直前に槇岡貴之中尉から告白の手紙を受け取ったときには、拍子抜けの感覚、パズルの答えが予想していたものより遥かに単純なのを知ったときに似た、最初から知っていた事柄をわざわざ明かされたような心持ちを味わった。手紙には清漣尼も登場する。惟佐子が端直に質問してみたところ、子供の頃から親しみ弟のように可愛がる槇岡中尉から相談を受けて、宇田川寿子に堕胎手術を受けるよう説得したと、ほぼ手紙にあった通りの返答があった。

「滅ぶために生まれる必要もないですからね。不幸の種をわざわざ植える必要はないと思ってね」

「寿子さんが自殺したことは？」

「だそうね。気の毒だけれど、どのみち滅ぶのだから、ある意味では賢明だと云えると思う」

寒さよけの木綿頭巾を被り、冬枯れの雑木林を朽ち葉を踏む足音を残しながら散策する尼僧が恬淡と口から漏らす言葉に感情を乱された惟佐子は問うた。

「日本人はことごとく自殺すべきだと云うのでしょうか？」

「そうね」惟佐子の語調の変化には応じぬまま単直に尼僧は返答を寄越した。それからまた朽ち葉を踏む音をたてて言葉を継いだ。

「日本人はほどなく誰もが自殺する。日本人は死にたがっているのよ。異人種の血の支配から逃れたいのに逃れられない。死ねば逃れられますからね」

「実際には生きたいと願う人の方が多いようですが」尼僧を小径に追いながら惟佐子は云う。

「表向きはね。でも、心の奥では死を望んでいる」と応じた清漣尼は、惟佐子が問いを重ねようとするのを制して、あなたは、と言葉を発した。

「あなたは全部が死ぬわけじゃないと云うのでしょう？ たしかにまもなく到来する厄災では日本人が全部滅びるわけじゃない。しかも日本は国体を保って、生き残った人たちはなお日本人であり続けると、あなたは云う」

小楢《こなら》や櫟《くぬぎ》の間に拓かれた小径を登り切ると、赤松が何本か並ぶだけの、葉を落とした枝間から陽の存分に射す林にあって一段と陽気の溜まる草原に出る。焚き付けに使う松毬《まつかさ》を清漣尼は拾って木綿袋に入れ、惟佐子も手伝い松葉の絨毯にころがる枯れ乾いた球果を拾った。

「あなたの云うのがきっと正しいのでしょう」清漣尼は作業をしながら再開した。「でも、何度も云うようだけど、それはいつまでも続かないわ。異人種の血を嫌う日本人は必ず滅んで行く。そのことにはあなたも同意してくれるでしょう？」

これは紅玉院へ通うようになって以来、千篇一律《せんぺんいちりつ》、何度も聞いた話であった。同意するともしないとも云わぬまま惟佐子は、かりに日本人がことごとく死滅するのだとしても、そのことと寿子の死とは話の水準が違うと考え、だからと云って小腰を屈め松毬を拾う尼僧の責任を問うても仕方がないとも思わざるをえない。
二、三の質問を重ねた惟佐子は、清漣尼が心中偽装の詳細については知らず、そもそも久慈中尉を知らない点を確認した。槇岡中尉の手紙について、服毒自殺した寿子の遺骸が富士へ運ばれた前後の経緯については事実の感触を得ながら、告白後半の、久慈中尉が本栖湖の別荘まで追ってきた件《くだり》には何とも云えぬ虚構感を覚えていた惟佐子は、その辺りの感触を清漣尼に探ったが、青木ヶ原の「心中事件」は新聞で知り、その後槇岡中尉から報告されたとのことで、報告の中身は手紙とほぼ一致するようだった。川北医師について訊ねると、川北夫人が紅玉院の常連で、夫の方もやがて出入りするようになったとの話は予想の範囲内だったが、木綿頭巾の尼僧の続く言葉は惟佐子を驚かせた。
「川北先生には、わたしが手術をしてもらったことがあるのよ。二回ばかり」

「手術と云うのは？」

「だから中絶の手術」

ごく当たり前のように云って松毬を拾う尼僧を眺めた惟佐子は、白雉の血が純日本人の血を伝える貴重種であると云う説と堕胎は矛盾するのではないかと思い、そう仄《ほの》めかすと、それはたしかにそうだと清漣尼は認めたうえで、

「でもねえ、尼さんが大きなお腹をしているわけにもいかないでしょう。そう云う意味では、女を相手にする方が無難だわね」と云って笑った。

手紙に登場するもうひとりの人物である「運送店の主人」については、藪家修一の名前とともに清漣尼が自分から口にした。惟佐子に意想外だったのは、藪家修一が清漣尼の霊能力を見出した女流書

家、原田香涼の子供だと云う点であった。近江の貧農の家に生まれた原田香涼は幼女時代に向島の芸者置屋の養子になり、芸妓時代に修一を産み、息子を出入りの燃料店に預ける一方、近江に戻り書家となった。原田香涼は陸軍士官になった修一と再会し、その縁で修一は紅玉院に出入りするようになり、彼が陸軍を辞めたとき、先代庵主が力を貸して近所に運送店を開かせたのだと清漣尼は物語り、そこに感慨と呼んでよい感情のゆらぎがあるのは、藪家修一が死んだと彼女が信じる故であった。遺恨を抱く者の放火による火災で藪家修一が死んだとする警察発表を清漣尼は疑わぬ様子で、あの人もいろいろと悪さをしていたみたいだから仕方がないわね、と呟く声が潤みを帯びているのを知った惟佐子は、藪家修一が清漣尼の「色道」修行の相手の一人であることも理解した。

自身が出家した経緯についてはは、物心ついたときにはすでに寺に居たと語る清漣尼は知らなかったが、おそらくは祖母の藤乃の実家筋になにかしらの縁があったのだろうと推測する惟佐子が観じるところ、父伯爵は清漣尼の存在を知らなかった。菊枝をはじめ、いまいる女中たちも知らぬようであった。では、清漣尼とは双子である惟秀はどうか。

兄の惟秀は予告の通り、二月初旬に麴町の屋敷に越してきた。と云っても大型の革鞄と梱《こり》一つが運ばれただけで、ほとんど身ひとつで来た惟秀は、母屋二階の惟佐子の居室と衣裳部屋になった六畳間を挟んだ隣に寝泊まりして、そこから代官町の近衛聯隊まで通い出したが、食事も別で、朝早く家を出て夜は遅い惟秀と惟佐子が顔を合わせる機会はほとんどなく、家内ですれ違う際に、「やあ、惟佐子、元気そうだね」「お兄様も」と云った挨拶を交わす程度で、まとまった話をする機会も、惟佐子が兄をじっくり観察する場面もなかった。ならば清漣尼に訊いてみるしかあるまいと思い、松毬拾いから戻って、御苦労様、御茶でも飲みましょうと誘う尼僧に続いて竹林の数寄屋へ入り、炉を挟み斜《はす》向《むか》いに座って、煎茶の支度が整ったところで直截に質問してみれば、清漣尼はきれいに剃った青頭にまで広がるような微笑を浮かべて答えた。

「兄様とは、アメノミナカヌシノカミの御社でよく会ったわ。子供のときから」

双子の兄を語る清漣尼の顔が急に幼く、甘える子犬めいた表情になるのが驚きだった。兄様とはよく一緒に遊んだわ。わたしが木の洞《うろ》や羊歯《しだ》の葉の陰に隠れる。ずいぶんとうまく隠れたつもりなのに、兄様はすぐに見つけてしまうのね。それで今度はわたしが探す番になると、わたしが探しやすいように、兄様はきっと杉の木の陰に隠れてくれるの。兄様はきれいな石を拾ってきてくれて、わたしたちはそれを笹の葉で磨いて御社の前に並べたわ。わたしたちは出来ばえにとても満足して、並べた石をずっと見ていた。あそこは時間があるようでないから、長いあいだなのか、本当はわからないけれど、でも、長いあいだ、わたしたちは岩に並んで腰掛けて見ていた。御寺には友達がいなかったから、御社に来てくれる兄様だけが友達だったのよ――微細にふるえる綿毛みたいな声を聴く惟佐子は、いつのまにか杉の樹の陰に立ち、そこから羊歯に埋もれた社を覗けば、二人の子供が岩に腰掛け、男の子は白い半洋袴《ズボン》の水兵服に水兵帽、おさげ髪の女の子は浅葱《あさぎ》色の着物に黄色い帯を締めて、二人仲良く並んで背中を見せるすぐ脇の羊歯の葉に蝸牛《かたつむり》がいて、軟らかな触角を出し引きさせて扇葉を這う。

女の子が白いか細い腕を伸ばし、社前の磐台《ばんだい》に並んだ石の一つを手に取って、これを掌《てのひら》で慈しむように撫でれば、男の子もべつの石を手にする。すると女の子が石を磐台に戻し、今度は別の石を手に摑み、男の子も同じくする。なにをしているのだろうと不思議に思い、自分も仲間に加えて貰いたくて、惟佐子が樹の陰から出て行くと、青苔に覆われた社殿の暗がりに錦裂《にしきぎれ》の掛物が見え、それは正方形に近い不思議な形をしていて、三行に分かち書かれた文字をアメノミナカヌシノカミと読んだとたん、水兵帽の男の子が振り向き、やあ、惟佐子、よく来たね、と云い、清漣尼とそっくりの微笑の浮かぶ顔が兄の惟秀のものだと認識したときには、丸窓から楠の見える茶室に戻っていて、四角い炉の前、床間の掛軸を真正面に見る位置に、紅い徽章《きしょう》を襟につけた制服の士官がひとり、胡坐《あぐら》の形でいることに気づいた惟佐子は、そうだ、その人はいましがた茶道口の戸を引いて入室し、影のように畳を踏んでそこへ腰を下ろしたのだったと、夢の中の出来事を反芻するようにして思い、坊主頭の士官が森の奥の神域にいた少年と同じ微笑を浮かべて云うのを聞いた。

「やあ、惟佐子、よく来たね」

お兄様、と惟佐子は声を出し、しかし後が続かないでいると、清漣尼が素焼の急須から黒織部の湯呑に煎茶を注ぎ、これを朱盆に載せて惟秀の前に押し出した。それから二人の客を等分に眺め、黙礼して立ち上がると、墨染めの僧衣は茶道口を去る。開け放しの丸窓から竹葉を鳴らす風が流れ込んで、床間の掛軸がかたりと音をたてれば、白い灰の衣を纏《まと》った炉の炭が赤く輝いた。

この場面を自分が体験するのははじめてではない。その感覚に強く捉えられて、鉄瓶からあがる湯気の筋を凝視した惟佐子は、今日ここで兄と会い、話すのは前々から決まっていたこと、河の水がやがて海へ流れ出るのと同じ、自然の道理に沿う出来事であると観じながら、掛軸の文字——こちらは縦一列になった文字に眼を据えて、端座する士官の言葉を待った。

七十

その夜、鹿沼から戻り、麴町の屋敷の、いつもの北向きの畳部屋で横になり、楠の大樹が風に鳴る、潮に揉まれる魚群の鱗《うろこ》が擦れあうのに似た響きを一晩中聴いた惟佐子は、夢うつつに森の奥の神域へ幾度も連れ出され、兄と——軍服を着た大人でもあるような、白い水兵服の少年でもあるような兄と、会った。その都度、兄は魅惑的な声で惟佐子に言葉を与え、それは主として鹿沼の午後に竹林の数寄屋で聞いた話の反復であったが、惟佐子より先に紅玉院を出、遅れて家に帰った兄、寺院めいた黒瓦の屋敷の二階、六畳の衣裳部屋を挟んだところで自分と同じく蒲団に横たわる男が、いまこのときに話しかけてきているのだ、と、そのように感じられもして、しかし惟佐子はそれを不思議とも思わず、水に浮かぶ草の葉のように夢幻の湖を漾《ただよ》った。

　惟佐子にはもう何も云う必要はないと思うんだが、つまり、おまえはすでになにもかも知っているからだ。俺は多くを語るつもりはない。その必要もない。おまえはただ白雉の血にしたがえばいいので、いや、俺がわざわざ云うまでもなく、おまえはそうするしかないのだ。白雉の血についておまえは清漣から教えられたと思うが、あれが云わなかったことを少しだけ補足するなら、アメノミナカヌシノカミに繋がる純粋日本人種の血統とは、すなわち「神人」の血統、ドイツ語で云うなら、Gottmenschの血統と云うことになる。太古、ユーラシアの北方、北極圏に降臨したカミの子孫たち、すなわち「神人」が世界各所に広がり、清く慎ましく暮らしていた。ところが土から生まれた先住の「獣人」どもが「神人」と交わり、醇風《じゅんぷう》を毀損《きそん》し血を汚したばかりか、「神人」を迫害して文明世界から逐《お》い、「神人」の血脈は式微《しきび》を極めることと相成った。だが「獣人」の文明はまもなく終わる。いや、終わらねばならない。ドイツではじまった民族醇《じゅん》化の運動、劣勢人種を剪除《せんじょ》し、「神人」に繋がるアーリア＝ゲルマン人種の血を醇化する運動は、欧州における「神人」の再興を目指すものであり、これに呼応して日本でもそれは起こらねばならない、いや必然的に起こるだろう。欧州において「獣人」の代表格であるユダヤ人が抹消されねばならぬのと同様、黄土の大陸から渡来したヤマト人が駆逐されねばならぬ。それにはまずヤマトの首領であるところの天皇家を廃さねばならぬ。「神人」

たちが正しく、廉潔にカミを祀る美しい国が建てられなければならないのだ。いや、それは自ずと建たずには居られないだろう。この穢れた文明の廃墟の上にそれは建たずには居られないのだ。

（兄は何をしようと云うのだろうか？　天皇家に取って代わろうとでも云うのだろうか？　しかしそんなことは、荒唐無稽と云うもおろかな妄想ではないか？）

嗚呼《ああ》、惟佐子には見えているんだね。ヤマト人が狂熱に駆られて自滅したあとの世界が。ヤマト人が互いを喰い合ったあとの世界が。その世界の姿はたしかに俺にも予感されている。厄災のあと、ヤマト人が異国の支配下でこの国を牛耳っていく。異国の支配者の顔色を窺い、媚を売り、諂《へつら》い、数々貢ぎ物を差し出して、この惨めな国に君臨する。混凝土《コンクリート》の塀に囲われた猿山に穢れたヤマト人どもがなお主人顔して居座るのだ。惟佐子に見えているのはそのような国の姿なのだろう？　それが俺には我慢ならない。そうなるくらいなら国土が消滅する方がましだと思う者だ。惟佐子は清漣の説法を聞いただろうか？　清漣の言葉に、人々が魂を揺さぶられ、涙を流すのを見ただろうか？　ヤマト人は必ず滅びなければならぬ。彼らがその宣告に素直に頷くのはなぜか、惟佐子にはわかるだろうか？

それは彼らのなかに「神人」の血が、僅かながらでも流れているからだ。彼らのうちに潜む「神人」の血が、清漣の言葉に感応して、魂に働きかけるのだ。彼らは自らの血に混じる「獣人」の血を嫌悪し、恥じ、自ら死を望むようになるのだ。

（白雉の血と云うけれど、自分にしても、兄たちにしても、父親は白雉の血とは無縁の笹宮なのであって、「獣人」の血が混じると云う点では、兄の云うヤマト人と変わらぬのではないだろうか？）

たしかに純然たる「神人」はもはや存在せず、血の濃淡があるだけだ、と云うことはできるだろう。白雉の家が純潔を保ってきたのは、紀州や京にあって、「神人」の血を濃く引く者らの集落から配偶者を探し、得てきたからなのだ。われわれの伯父である白雉博允の話では、紀州和歌山の奥地や信州飛騨の山地にはアメノミナカヌシノカミを祀る村がかつて存在し、いまなおあると云うことだ。あるいはそこには純粋に近い「神人」がいまもあるのかもしれない。であるとしても、彼らはそのことを忘れてしまっているのだろう。

(だとしたら、わたしたちはもうすっかり「獣人」の血に染まっているのではないだろうか?)

それはそうだ。白雉の家がいまどうなっているか惟佐子は知っているか? われわれの母親である崇子《たかこ》が亡くなって以後は疎遠になったから知らぬかもしれないが、一度断絶した白雉家は、奈良の神職の血筋の者が入って再興され、しかし新しい当主は白雉の血とは無縁の人間だ。彼の妻も伏見の商家の娘。つまり白雉家における「神人」の血は途切れたのだ。そうなった一番の原因は、崇子の祖父である白雉篤恭《あつやす》にある。篤恭は維新の後、明治大帝の支配が固まりつつあった時代、白雉の血がアメノミナカヌシノカミに繫がる事実を究明しながら、帝の威を畏れ、真理を封印し、白雉における「神人」の血の消滅を謀ったのだ。だからいまや白雉の血を濃く継ぐ者は崇子の血を受け継ぐわれわれ兄妹だけになってしまった。

(博允伯父さまは? ほかの親戚の方々は?)

彼らは森の奥の神域、アメノミナカヌシノカミの社を知らない。惟佐子も俺たちもあそこを知っている。あそこが忘れられたアメノミナカヌシノカミを祀る御社であることは、惟佐子、おまえも理解しているだろう? 博允伯父はそれをついに見つけられなかった。だが俺たちは、俺たち兄妹は、はじめから知っていた。俺たちがあそこを知っていること、すなわち一種の霊能力を持つ者であることの発見が、博允伯父が白雉の血統の研究に向かうむしろきっかけだったのだ。おそらくこの国に棲む「神人」はそうした力を自然に身につけていたのだろう。ヤマトの血に、「獣人」の血に汚されてしまっていても、それが精錬され醇化されていくならば、この国に棲む人々はわれわれが持つような力を再び取り戻すことになるだろう。

（精錬？　醇化？　でも、いったい、どうやって？）

「神人」の血をより濃く引く者同士が交配していくことで。それを幾世代にもわたり繰り返すことによって。泥水を何度も何度も濾《こ》して清水に変えるように。種牡馬牝馬《しゅぼばひんば》を細心な管理下において優秀なサラブレッド種を生み出すように。そのためには「獣人」の血が混じらぬよう慎重を期さねばならない。「獣人」をていねいに、化学殺菌するように剪除《せんじょ》しなければならない。実際ドイツでは「獣人」の殲滅《せんめつ》は組織的な仕方ではじめられている。ドイツ人の計画性と意志を貫徹する強情さにはまったく舌を巻くほかないよ。われわれがあそこまで徹底できるか、大いに不安になるところだが、まもなく来る厄災がまずは「獣人」を大量に処分してくれるだろう。それは「神人」の国の到来の大いなる機会になるはずだ。いや、必ずそうしなければならない。

（しかし、厄災のあとも、兄の云うヤマト人の支配は、たとえ外国の傀儡《かいらい》であるにしても、続くのであるし、「神人」の醇化などは土台無理な話ではないだろうか？）

惟佐子、おまえに見えている未来、おまえの霊能力がおまえにもたらす未来の姿、矮小な「獣人」どもが下品に戯れる、ぞっと身の毛のよだつような未来を俺は破壊したい。いや、破壊する。自分にできる力の限りをつくしてそうするつもりだ。いま自分にできること。そう問うたとき、いまこのときに自分が近衛聯隊へ戻されたことには深甚なる意味があると考えてよいと思うのだ。ヤマトの頂点に君臨する現天皇家を廃すること。俺のすべきことはこれだ。惟佐子に見えているように、ただ放置すれば、大勢のヤマト人が自滅し死に行く厄災のなか、天皇家だけは姑息にも「獣人」国の傀儡となって生き延び、醜悪な支配をこの国で続けていくことになる。俺はそれを阻止する。俺がやろうとしていることは、つまりそれだ。在京の歩兵聯隊の叛乱が起こるならば、いや、それが起こることは確実なのであるが、そうなれば、近衛聯隊が天皇の警護を名目に宮城を占拠することは容易だ。俺は少数の兵を率い、宮城の奥へ分け入り、天皇から三種の神器を奪い、語の真の意味での、維新をなしとげる。「獣人」の国から「神人」が正しくカミを祀る国への維新を宣する。俺はべつに天皇に成り代わろうと云うのではない。そうしたいわけでは全然ない。もしも「神人」の血をより正しく継ぐ者が現れたなら、すぐにでも神器を譲り渡し、祭主の地位を譲るつもりだ。むしろそれまでの、暫定的な、繋ぎとして、そうするにすぎない。惟佐子、おまえは俺の云うことが、まるで荒唐無稽な、狂人の戯《たわ》言《ごと》だと思うのだろう？　それは無理もないが、しかし俺は正気だ。俺は、たとえば、アメノミナカヌシノカミが事の最中に現れて奇跡を起こしてくれる、と云った希望に恃《たの》まない。カミなるものが、ときにきわめて無情であり、人間の営為に無関心であるのを俺はよく知っているつもりだ。もちろん正直に云えば、全然期待がないわけではない。奇跡に、聖書の神がモーセの群のために紅海の水を割ったような奇跡に、期待がないわけではない。「獣人」の宗教を持ち出すのはまったく滑稽な話だが。いずれにせよ俺にはたしかな計画があるのだ。それを、惟佐子、おまえにも知っておいて欲しいのだ。

（三種の神器を天皇から奪う？　「神人」の国への維新？　兄は何を云っているのだろうか？　兄は夢でも見ているのだろうか？）

　俺は夢を見ているのではない。むしろ日本と云う国が見ている夢を俺が終わらせるのだ。俺が恃みとするひとつは、「神人」の再起が日本だけの現象ではない事実だ。ドイツをはじめとする欧州でも、印度でも、イランでも、西蔵《チベット》でも、「神人」は世に現れつつあり、もし極東日本でわれらが立つならば、彼らは必ず呼応して動き出すだろう。それはついに世界規模の革命を惹起せずにはおれないだろう。実際のところ「神人」の世界的連帯ははじまっている。ドイツの心霊音楽協会《GSMV》こそは彼の地における「神人」醇化運動の一拠点であり、カルトシュタインの日本派遣は日独における連帯の証だった。

カルトシュタインは、惟佐子、おまえが白雉の血を継ぐ者、「神人」の血を濃く持つ者であり、いずれ豊葦原の瑞穂の国にあって祭主となるべき者だと知っていたのだ。むしろカルトシュタインは、欧州には稀な、「神人」の血を純潔に保つのかもしれぬわれわれと間近に接し、その清新な息吹を身に浴びたくて、日本へやってきたのだ。結果は不幸なことになってしまったがね。どちらにしても、今度のわれらの蹶起《けっき》は、やがて到来する「神人」の国、その魁《さきがけ》となるであろう。もちろん俺は海外からの支援が迅速に届くはずだ、などと云う甘い見通しは持ってはいない。俺はもっと冷静な、具体的な計画、軍人らしい緻密な作戦を有している。これは、惟佐子、おまえにも知っておいて欲しいのだが、俺は天皇を人質にとるつもりだ。天皇を盾にして俺は時間を作る。その段階で、俺の真の目的を知った近衛の士官、下士官兵らは俺の敵になるだろう。しかしそのときにはすでに俺は、少数の腹心の者ら――「神人」の国の到来を心より待ち望む者らとともに奥宮を占拠し、天皇を盾にして、来るべき「神人」の国の国体を説くだろう。宮城内の正殿、あるいは豊明殿《ほうめい》に、新聞社の人間、ラジオ局の人間を集め、いや、一般の者らに集まってもらってもよい。そこでわれわれは日本の国体の改まりについて語るだろう。天皇を人質にとる限り、誰もわれわれに手出しはできない。われわれは繰り返し語るだろう。最初それは狂人の妄言としか思われず、激しい憎悪と恐怖と反発を呼び起こすことだろう。だが、俺は呼びかけることをやめないだろう。俺が呼びかけるのは、「神人」の血を持つ者に向かってであり、もっと正確に云うなら、「神人」の血そのものに向かって俺は呼びかける。濃淡はあるものの、少なからぬ日本人の軀に「神人」の血は流れているのであって、俺はそれに直接訴えかけるつもりだ。俺自身の「神人」の血が滾《たぎ》るままに吐かれる熱誠の言葉に、日本人が分かち持つ「神人」の血が、アメノミナカヌシノカミの血筋が感応することだろう。清漣の言葉に涙する人々の姿を、惟佐子、おまえも見たはずだ。彼らは自らの軀に流れる「獣人」の血を恥じ、浄化を求めて泣くのだ。

そのことが国中で津々浦々で起こる。「獣人」の血を濃く持つ呪われた者らの妨害はあるだろう。だが、ついに「神人」の血は勝利し、「神人」の血を濃く持つ者らの群が宮城に押し寄せ、新しく、いや、それはじつは古いものの復活なのだが、清く慎ましい国体を打ち立てるだろう。もちろんこれはあくまで机上の計画であって、目論《もくろ》み通りに行かぬ場合もあるだろう。作戦が失敗したときは、俺はヤマトの首領たる天皇と刺し違えて死ぬつもりだ。かりになにひとつ達成できなかったにしても、それだけでも意味はあるはずだ。「神人」の国の到来にとって意味はあるはずだと俺は考える。巻き添えになる惟佐子には、まことにすまないと思う。しかし、これはアメノミナカヌシノカミの血を濃く伝える者、白雉の血を受け継ぐ者の運命だと考えて欲しい。いや、おそらく、惟佐子、おまえは自分の運命をとうに知っていたんじゃないのか？　ずっと小さいときから、おまえはこれから起こることを、自分のなすべきことを知っていたんじゃないか？

「お兄様は、わたくしに、何をしろと仰《おっしゃ》るの？」

楠の見える丸窓から風が吹き込み、炉の炭が色をまた変えた。まだ暮れる時刻ではないが、空気には翳りが孕《はら》まれ、畳が一段と冷えた。以前に一酸化炭素中毒になりかかったとかで、炉に火があるときは、清漣尼は必ず窓を開け放しにした。お召しの裾を手で押さえ立ち上がった惟佐子は丸窓の障子を閉めた。

「惟佐子には、俺と一緒に宮城へ入ってほしい」

炉に向かって胡坐をかいた制服の士官は、当然の提案であるかのように、相手が断るとはかけらも思わぬ平明な口調で、惟佐子が座に戻ると同時に云った。

「むろん清漣にもきてもらう。蹶起が近づいたら、宮城の近くに宿を用意するから、そこに清漣とともに居てほしい」

炉の鉄急須が音を変え、湯が蒸発しきったのを知った惟佐子が布巾で鉉《つる》を摑んで急須を火から外したとき、風に鳴る竹林のざわめきがふいに已《や》み、深い静寂のなかで、数寄屋ごと神域の森に運ばれて草葉と土に埋もれる感覚を惟佐子は味わった。

七十一

千代子が菊枝の訪問を受けたのは二月二十四日の月曜日、前日の東京は積雪三十五糎《センチメートル》を記録する、「歴史的」の見出しが新聞を飾るほどの大雪になり、休日を返上して、千代子は白一色に染まった市街の撮影をした。二十四日の朝には雪は已《や》んでいたが、陽は姿を見せず、街路には大量の雪が残っていた。午前中、衆議院選挙の与党大勝を受け、「新たな決意を胸に国政の舵を執る岡田首相」を官邸に撮影して、銀座の事務所へ戻ったところへ、風呂敷包みを抱えた和服外套の菊枝が現れ、ちょっとお話があるのですがと、訴える様子がただならず、落ち着いて話せる場所へ連れ出そうとしたら、お使い途中で時間がないと云うので、建物《ビル》の入口脇で立ち話をした。

惟佐子と会って話をして欲しい。菊枝の話とは要するにそれで、十日ほど前、手紙を届けにきた菊枝に惟佐子に会うと請負いながら、いまだ約束を果たせていないのを極《きま》り悪く思いつつ、都合がつけばいつでも会うと千代子が応じると、今日はどうかと云うので、三時には退出できるので、遅くとも四時には麴町へ行けると応じると、惟佐子は一昨日《おととい》から帝国ホテルに宿泊していると云うので、どう云うわけかと問えば、惟秀様の御命令でそうしたもので、紅玉院の庵主様も御一緒だと答えた菊枝は、しかし自分には目的はわからない、だからこそ千代子に惟佐子の存念を聞き出して欲しいと云うのだった。

惟佐子が兄の指示で帝国ホテルに滞在するとすれば、たとえば見合いの席が用意されることなどが考えられたが、しかしそれなら菊枝が知らぬのはおかしく、なにより紅玉院の庵主が一緒と云うのが不穏だと、顳顬《こめかみ》に葉脈めいて青い血管の透けた女中の顔から放射される不安が伝染した千代子も考えぬわけにはいかなかった。いますぐに行くと返事をした千代子は、早退の許可を貰い、そのまま雪の残る街路を日比谷まで菊枝と連れ立ち歩いた。

泰明《たいめい》小学校の脇から省線の跨道橋を潜れば、雪に埋もれた緑地の向こうに帝国ホテルの煉瓦《れんが》外壁が見えてくる。本館裏の出入口からなかへ入って、廊下を抜けて臙脂《えんじ》の絨毯の広間《ロビー》を受付卓《レセプション》に向かっていると、観葉植物の陰の、素焼の石壁に沿って置かれた椅子から立ちあがり声をかけてきた人があって、焦茶の背広に黒い別珍の帽子を被り、縞のネクタイを締めた男が誰であるか、千代子は最初わからなかったが、男が自分から伊知地です、伊知地春彦ですと名乗ったので、惟佐子の元婚約者だと了解された。笹宮惟佐子さんの御付きの方ですよね、と問われた菊枝がはいと応じると、惟佐子さんにお会いになるのでしょうかと、今度は千代子と菊枝を等分に見て伊知地春彦は問い、仕方なくそうだと千代子が答えると、自分もぜひ惟佐子さんにお会いしたいので、伊知地がさよう申していたと御伝言願いたいと、上州の黒鯰《くろなまず》と渾名《あだな》される父親と似た造作にあって、それだけが質の異なる眼——駱《らく》駝《だ》めいて長々しい睫毛に縁取られた濡れ光る眼で頼んできた。伝言はできるが、受付卓《レセプション》で取り次いで貰った方が早いのではないかと云うと、そうしたのだけれど、会えないと返事があったのだと、眼をいっそう濡らすようにしばたたかせて伊知地春彦は申告した。どうしてお嬢様がここにいるとお知りになったのですかと菊枝が訊いたのには、じつは一昨日麹町の屋敷を訪問して、惟佐子さんが自動車で出かけるのにちょうど行き逢わせて、そうするつもりはなかったのだけれど、帝国ホテルまで尾行する形になって、昨日までは遠慮していたものの、我慢しきれず先刻面会を求めたのだと答えた。

「どうしても一度お目にかかってお話がしたいのです。伊知地は何時間でも待つと申していたと、どうか惟佐子さんにお伝えください。お願いいたします」

あらためて懇請し、黒く濡れた駱駝の眼で千代子を見つめ一礼した黒帽子が観葉植物の陰へ戻るのを見送ってから、千代子が受付卓《レセプション》で惟佐子への面会を申し込んだところ、内線電話で話した燕尾服の係員は、いまはお目にかかれないそうで、牧村様には後ほど女中に手紙を持たせるので、今日のところはお引き取り願いたいとのことでございましたと、慇懃《いんぎん》な調子で伝えた。

それでは仕方がないなと千代子が思う傍らで、菊枝はいつにない真剣な面持ちで、お嬢様が会えないはずはないのですと、憤然とした声色で呟き、中空を睨んで思案した後、では、よござんすと、表情を変える具合になって、いまから着替えを惟佐子の部屋に持参するので、強引に千代子が惟佐子と会えるよう計らいたいと提案したのには驚かされたが、紺鼠の和服外套から発揮された気迫には逆らい難く、云われるままに千代子はライト館南翼二階にある客室へ向かった。

重厚な大理石の階段を上がって、装飾灯《シャンデリア》の吊られた廊下を進み、一室の扉前で菊枝が声をかけると、開いた扉から惟佐子が顔を覗かせて、すると菊枝が背後にいた千代子の手首をいきなり摑んで部屋へ引っぱり込んだのには、握力の強さとともに肝を潰したが、惟佐子の方は千代子の入来を予期していたかのごとく、慌てた様子も咎める素振りもなく迎え入れてくれたので、まずは安堵の息を吐きつつ、勧められた民芸調の来客椅子に腰を下ろして、菊枝から受け取った風呂敷包みをたしかめる惟佐子を観察した千代子は、彼女の異様な美しさ、妖艶と形容したくなるような佇まいに眼を瞠《みは》った。編み込んだ黒髪との対照鮮やかな白面は百合の肌あいに輝き、衣裳も外の雪に合わせたような白い厚地の紬に、菊花を作因《モチーフ》にした銀、碧《あお》、黄の文様が裾辺に散る着物は、眼の奥へ強引に割り込んでくるかのような、烈しいまでの鮮麗さで、雪の純白とはまた違う、幾重もの階層をなすような、底深く翳りある色質が白蛇を連想させ、あるいは死装束との結びつきが思われて、どこか不吉でもあった。

部屋は寝室と居間が別になった続き部屋《スイートルーム》で、菊枝が寝室の棚に衣類を仕舞う間、惟佐子と二人になった千代子は、何をどう話すべきか、自分が用意をしていなかった事実に気づいて慌てながら、とてもいいお部屋ねと、まずは無難な挨拶を口にしたが、中庭に窓の開いた部屋の内装や調度が、異国趣味の面白さを生かしながら落ち着いた質感に統一されて見事なのは事実だった。ええ、とてもいいお部屋なのと、書机の椅子にかけた惟佐子が雪に飾られた中庭を眺めて返事を寄越し、それきり話の接《つ》ぎ穂《ほ》を失った千代子は、伊知地春彦を思い出し、いま下で会って伝言を受け取ったと伝え、すると窓へまた眼を向けて思案した惟佐子が菊枝を呼んで、伊知地氏に部屋まで来て貰うよう指示をしたのは、千代子にはまったく意想外であったが、惟佐子には惟佐子の計算があったので、つまりホテルの部屋で自分が会った人物が千代子だけになるのは拙《まず》いと判断したのである。

惟佐子が帝国ホテルに入ったのは、一昨日の夕刻、兄の惟秀に云われて上野駅に清漣尼を迎え、自動車をホテルにつけたとき、暮れた空から雪が一片二片、花弁のように落ちはじめた。秋葉凞子と海運会社経営者の未亡人にともなわれて鹿沼から出てきた清漣尼は、惟佐子の隣の部屋に入り、付き添いの二人は同じ棟の三階に集結した「信者」らと一緒に収まって、惟佐子が部屋で一人になったときには、雪は本格的に降り出していた。

竹葉の鳴る数寄屋で「計画」を聞いて以後も、麹町の屋敷で兄と顔を合わせる機会は何度かあったけれど、いつに変わらぬ調子で短く挨拶を交わすのみで、兄の語った蹶起の話は、或る種の冗談——ではないにしろ、虚構の物語か、そうでなければ、現実の時間とは異なる時間に属する出来事、たとえば森の奥の神域がそうであるように、夢に似た位相の出来事だったように思えて、上野駅に着く清漣尼を迎えに行き、そのまま帝国ホテルに滞在するよう指示したときにも、兄はごく当たり前のお使いを頼む調子でそう云い、惟佐子もまた物見遊山に上京した親戚を迎えるように振舞って、夜刻にホテル内の食堂で清漣尼および「信者」数人と食卓を囲んだ後、清漣尼の世話を秋葉澗子らに任せてホテルの部屋で一人になり、降りしきる雪を窓に見てはじめて、不安の灰汁《あく》が軀に巡りはじめた。あのことを兄は本当にやるつもりなのだろうか？　問うたびに馬鹿馬鹿しいと嗤《わら》う蟲《むし》が涌《わ》いて出るのだが、夜、慣れぬ寝台《ベッド》に横になれば、街路に積もりはじめた雪を踏む軍靴の響きがいまにも聞こえてくる予感に捉えられ、夜が深くなるにしたがい、兄の「計画」が、そのありうべき場面場面が、それは本当に起こってしまったのだと云う、驚愕とも恐怖とも諦念ともつかぬ感情を先取りしつつ、輾《てん》転《てん》する惟佐子の想像裏を駆け巡った。

　兄の指示にしたがわねばならぬ理由はいささかもなかった。命ぜられたままホテルに居続ける必要はなかった。朝になったら、いや、夜のうちにでも自動車を呼んで家に帰ることはできる。が、家に兄がいれば、どうして帰ってきたのかと問われるのは間違いなく、そのやりとりが惟佐子は嫌だった。だが、何が嫌なのか？　懼《おそ》れる気持ちはあった。叱責が怖いのではない。そうではなくて、自分が兄の命に背き、兄の云う白雉の血を拒み、兄の企画を否定したとき、兄が見せるだろう狼狽、憤怒、失望、悲哀、寂寥、それらがひとつになった貌《かお》を惟佐子は懼れた。妹が自分の編む物語の登場人物となることを兄は信じて疑っていなかった。少年が自分の発案した遊戯に幼い妹が嬉々として加わるのを当然と見做すように。兄の歪みのない鏡の貌が歪み、歪んだ鏡に映る自分の像を惟佐子は懼れた。

　翌朝、雪は已《や》んでいたが、窓から見る中庭は雪で埋め尽くされて、部屋に届けられた新聞には「記録的な大雪」の活字があった。部屋で朝食をとった惟佐子は隣室を訪れ、写経に時を過ごしていた清漣尼に兄の「計画」について問うてみれば、ホテルに用意させたのだろう、寄せ木の書机の前に正座し、襦袢《じゅばん》の上に厚地のスエーターを着、剃り頭に丸い玉のついた毛糸帽を被った、珍妙な格好で経木に極細の筆を動かす尼僧は、兄様、そんなことを仰《おっしゃ》っていたわねと、他人事《ひとごと》のような応答を寄越して、自分が宮城の近くへ身を移したことの意味は理解しながら、それこそ物見遊山にでも来たような気分が円い笑顔から放たれるのを見れば、彼女が一心同体である兄になにもかも委ね、運命を共にする覚悟――と云うほどの心の活動を欠いたまま、沢の魚が流れのままに淵へ泳ぎ込むように身を処しつつあるのを惟佐子は知ったのだった。

それにしても、兄の語ったことは本当のことなのだろうか？　彼は本気でそれをしようとしているのだろうか？　惟佐子は繰り返し問い、そんなことは無理に決まっている、荒唐無稽な幻想譚にすぎぬと、その都度否定して遠くへ追いやり、しかし問いはまたいつの間にか意識の庭先に駆け戻ってきて、このように問いが反復されること自体、そこに「真理」の影が過《よぎ》るからに他ならぬと、数学との類比で考え、とにかくこうしてただ考えていてもはじまらぬ、そのときになって、数学の問題を解いて立たぬ見通しのなか勘を頼りに方向を定めるように、直感にしたがって動こうと、とりあえずの方針――とも云えぬ漠とした心づもりを定めたのだった。

兄が同意なしに自分になにかをさせることはない、できないとの確信が惟佐子にはあり、しかし一方では、いざそのときになって、兄の物語の圏域から自力で逃れることができるかどうかを思うとき、自信があるとは云えず、そんな具合に不安の水流に思考が晒され続けるのを嫌った惟佐子は、菊枝に運ばせた『数学世界』の懸賞問題を解いて時をやり過ごした。今号の〈A水準〉――円錐曲線上の二つの動点の距離に関する問題は珍しくすんなり解けて、人生も数学のように明晰ならどれほどいいだろうかと惟佐子は思い、いや、違う、いま自分が彷徨い込んだ迷宮は、むしろ数学的とも云うべき抽象原理に貫かれている点にこそ妖しさがあるのではないか、純粋に透明な結晶は眼に見えず、夾雑《きょうざつ》物《ぶつ》の濁りが混じってはじめて眼に映るのではあるまいか、などと考えるうちにひょっこり千代子が部屋へ現れたのだった。

受付卓《レセプション》から連絡があったとき、惟佐子が千代子との面会を避けようとしたのは、かりに兄の云うような事態が出来《しゅったい》した場合、千代子に累が及ぶのを避けたかったからである。菊枝についても、普段なら身近に置くのであるが、日比谷が麴町から遠くないことを理由に屋敷にとどめ、用事のあるときだけ呼ぶことにしたのは、なるべく巻き込まぬ要心からで、菊枝にはそもそも紅玉院での出来事は話しておらず、彼女が不満に思っているのは知っていたけれど、そうするのがよいとの判断が惟佐子にはあった。だから菊枝に導かれて千代子が部屋へ現れたのには困惑し、伊知地春彦が玄関広間《ロビー》に居ると知って呼び寄せたのは、千代子が罪のない《イノセント》来客のひとりにすぎなかったとの証拠を残そうと算段したからで、さような配慮をしながら、しかしこのときの惟佐子は兄の「計画」が実行されるとは必ずしも信じているのではなかった。

入室してきた伊知地春彦は帽子をとり、急にお邪魔をして申し訳ありませんと挨拶して、壁に沿って三つ並んだ椅子の、千代子の右隣に勧められて腰を下ろした。それでどのような御用件でしょうか？　と反対側の壁に寄せた書机に座った惟佐子が問うと、横にいる千代子に視線を投げた伊知地春彦は、できたら二人だけでお話ししたいのですがと遠慮がちに云い、隣の部屋にいますのでと千代子が申し出ると、いいえ、千代ねえさまはここに居てくださいと、惟佐子が妥協のない調子で応じ、伊知地春彦は苦し気に頷いた。

「あんな形で新聞に記事が載ってしまい、貴女《あなた》を大変に傷つけてしまったことを、まずはお詫びいたします」

椅子の伊知地春彦は深々と頭を下げ、偉大なるつむじを眼にとめた惟佐子は、いつそれが現れるか、先刻からわくわくしていたので、ああ、期待に違《たが》わず立派だな、模範つむじだなと、あらためて感心した。近頃の惟佐子は男性に会うとついつむじに注目してしまうのだが、いま見るそれより堂々としたものにはいまだお目にかかっていなかった。

「婚約を解消するにしても、筋を通すべきなのであって、まことにあいすみません」

たしかに正式の婚約解消の申し入れはなく、伊知地家側が漏らしたと思われる破談の情報が小さく記事になったものが事実上の婚約破棄の通達になっていた。

「もう頭をおあげになって」惟佐子はもっとつむじを見ていたいと思いながら云い、なおもつむじを晒す男に言葉をかけた。

「わたくしは気にしておりませんから。いまのお言葉で、そちら様の御意向はたしかに受け取りましたので。もうお気になさらぬよう」

「いえ、違うのです」つむじが視野から消え、代わって黒い四角い顔が現れる。

「私は婚約を解消したつもりはないのです。婚約解消は父の意向であって、私は違います」

「でも、伊知地さんは、前には婚約を断ってほしいと仰《おっしゃ》っていたじゃありませんか?」

少々からかってやりたくなった惟佐子は云い、絶句した伊知地春彦は苦しそうに顔を歪めた。

「あのときは、つまり、まだ貴女をよく知らなかったのですから、仕方がなかったのです。しかし貴女を知ってしまった以上、私にはもうどうすることもできません。貴女以外にはもはや考えられない」

烈々として熱を帯びた言葉に、横で聞く千代子は、まあと思わず声を漏らした。ここまで直截な愛の告白は映画でも観たことがない。千代子の嘆声を激励と受けとったらしい伊知地春彦はいっそう熱を込めて声を放つ。

「いまの私ではあまりにもだらしがない、貴女の夫に相応《ふさわ》しくないと、貴女から見られても仕方がないことは重々承知しています」

そう云った伊知地春彦は惟佐子を盗み見て、反対壁の娘が黒子《ほくろ》のある顎を頷かせるのをたしかめると、またひっそりと眼を伏せて、膝に揃え置いた拳にぐいと力を込めて云った。

「一年。一年待っていただきたい。一年のあいだに私は父から独立を果たすつもりです。そのときにあらためて結婚の申し込みに参る所存です。一年、いや、半年でいい。半年待っていただきたい」

父親の意向とは云え、一方的に婚約を破棄しておきながら待っていろとは、厚かましい男だと千代子が憤然となる傍らで、もしこの人が兄が自分にさせようとしていることを、占拠した宮城の内殿に座すかもしれぬ自分を知ったなら、いったいどんな顔になるのだろう、それでもなおつむじは偉大なままなのだろうかと、惟佐子は可笑《おか》しく思いながら、御返事はいまはいたしかねますと返答をしたとき、扉を叩く音がした。

七十二

屋敷へ戻った菊枝に代わって千代子が扉を開けると、薄茶の上着《ジャケツ》の男が新聞社の名前を云い、笹宮惟佐子さんにお会いしたいと用件を述べるので、いかがいたしますかと、惟佐子に意向をたしかめる間にも男は部屋へ踏み込んでいて、なんて図々しい人だろうと咎める視線を投げつけた千代子は、男の被る深緑のベレー帽を見て、五月に日光へ向かう列車のなかで話をした園田と云う名の新聞記者だと思い出し、いよいよ嫌な気持ちになった。ちょっとばかりお邪魔をしてよろしいですかねと、輪郭の丸い童顔に愛想笑を浮かべた園田は惟佐子に向かって直《じか》に問い、にべもない拒絶がその唇から放たれるのを千代子は期待したが、千代子の無罪《イノセンス》を確実にするにはむしろ好都合だと考えた惟佐子は、どうぞ、お座りになってと、伊知地春彦の隣の椅子を勧めて、結果、樺《かば》の木肌を生かした民芸調の来客椅子には、扉近くから順番に、園田、伊知地、千代子が並び座ることになった。

園田は伊知地春彦の顔を知らぬらしく、こちらの方は？　と問うのへ惟佐子は、伊知地春彦さん、元の婚約者の方ですと簡明に紹介し、えっと頓狂な声を出した園田が椅子からぴょんと跳ねる具合に驚愕したのを壁の反対側から眺めた惟佐子は、この人が兄の「計画」を知ったらどうなるだろう、天井に頭をぶつけるくらいじゃすまないだろうと思い、園田と伊知地が鹿爪《しかつめ》らしく名刺交換をする様子もなんだか可笑《おか》しくて、鼻から小さく笑いを漏らし、これを眼にとめた千代子は、一度は破談となった婚約者があらためて結婚を申し込む最中に闖入者が現れると云う、月並みの神経ではとても平静ではいられぬ場面で笑う惟佐子にあらためて瞠目《どうもく》した。

「それでご用件は？　と云うより、どうしてここがおわかりになったのかしら？」

「そこは蛇の道はなんとかでして。一般に、雇い自動車《ハイヤー》をお使いになる方は、立ち回り先が知れてしまうと思うべきでしょうね」

椅子に戻ったベレー帽の記者は笑みを絶やさずに答え、それから隣の伊知地春彦の方へ顔を向けて、お邪魔でしたでしょうかね？　とあらためて問い、なにをいまさら、邪魔に決まっているだろうと千代子が内心で毒づく一方、いいえと軽く応じた惟佐子が用件はなにかと再び眼で促せば、園田はやや困った顔になる。

「いえ、用件と云うほどのものではないのですが、あれですか、伊知地さんとの婚約は解消したと云うことでよろしいんですかね？」

園田が職業的な無遠慮さを露《あらわ》に問うと、はいと、惟佐子はあっさりと応じて、伊知地春彦は拳を膝に置く格好で背筋を固くする。その伊知地へ新聞記者は声をかけた。

「しかし伊知地さんも大変でしたな。まさか落選するとは思っていなかったでしょうからね。伊知地派は空中分解ですか？」

先日の選挙で政友会が議席を減らすなか、伊知地幸平が落選したことは千代子も知っていた。園田は肥えた餌食を見つけた鼬《いたち》よろしく横の男に食らいつく。

「今回は選挙粛正がうるさかったですからね。以前のようにカネをばらまけなかったのが痛かったのだと推察します。しかも落選候補者には選挙違反の追及が厳しくなる傾向がありますからね。踏んだり蹴ったりとはこのことです。選挙資金の回収もままならないし、これからが大変だ。しばらくはおちおち寝てもいられないんでしょうな」

まったく嫌味な男だ、だいたい父親の落選と息子は関係ないじゃないかと、千代子はますます不愉快を募らせ、なにか一言云ってやろうと思うところへ、惟佐子が先に口を開いて、それで、わたくしへのご用件は？　と重ねて質問した。ええ、つまり、それなんですがねと、椅子の上でいくぶん居ずまいを正すようにしたベレー帽の記者は、童顔に貼付けた笑みを一段と濃くして、しかしそれだけは笑わぬ、陶《すえ》の作り物めいた眼玉で惟佐子を見つめた。

「つまりですね、私にも囲碁の教授をお願いしたいと思いまして」

なんて厚かましい男！　そんなことのために雇い自動車《ハイヤー》運転手を探偵したあげく、ホテルの部屋まで押しかけてきたのかと思うと、千代子はもう我慢がならず、横から口を出した。

「あなたは碁が打てるんですか？」

「私ですか」とベレー帽は伊知地春彦の頭越しに返答する。「ほとんど打てませんね。ルールがわかるくらいです」

その程度でよく惟佐子に碁を打ってもらいたいなどと思ったものだと、いよいよ怒りに駆られた千代子は、あなたなどを惟佐子が相手にするものではないとの含意で以て、

「あなたは、惟佐子さんがどれくらい強いか、ご存知なの？」と云うと、ベレー帽の記者は青黴《あおかび》みたいな髭剃り跡が目立つ丸顔を下卑《げび》た笑いに歪めて応じた。

「じつはよく知りません。しかし大変にお好きだとは聞いております。いや、聞いたと云うのは正確じゃないな。あくまで私の推測です。それから、そうだ、私は謡曲も少し齧《かじ》ったことがありましてね。そちらの方でもお付き合いできます。いかがですかね？」

再度正面の惟佐子へ眼を向けた男は、しかしなんて奇麗な女なのだろうとあらためて感嘆し、誰かがこの女を自由にしたのだと思うと、欲望の酸が血流中で烈しく沸き立つのを覚えて、しかし一方では、着物の深い白に負けぬ、古風でありながら奇抜に結った黒髪との対照で、玲瓏《れいろう》輝くと評したくなるような面貌に気圧《けお》されてもいて、しかも自分が投げつけた皮肉の毒をたっぷり含んだ言葉に、知らぬ外国語で話しかけられた人さながら、動揺も狼狽《ろうばい》も羞恥も影すら見せぬ女の、薄い笑みの刷《は》かれた美仮面の奥から何者かが興味ありげに覗いてくる気配に気が詰まって、いや、もちろん冗談ですよと、甲高い声で云ったとき電話が鳴った。

着物の袖を押さえて机の電話機をとった惟佐子が短く応答して、ちんと音を鳴らして受話機をもとへ戻したところで、木島柾之さんが下にいらしているそうですと報告し、木島先輩が、と声をあげた園田が、それは僕が教えたんだとすぐに報告した。

「午《ひる》に一緒に飯を食いましてね。午後から帝国ホテルで笹宮惟佐子さんを取材すると教えたんです。しかし、どうして来るかな」

木島柾之と神田の『藪』で蕎麦を啜った園田は、これは絶対に内密の情報だと念を押したうえで、笹宮惟佐子と伊知地春彦の破談は笹宮惟重の失脚が原因ではなく、笹宮惟佐子の「乱淫」が真の理由ではないかと云う話をし、木島は一瞬ひやりとしたが、園田が摑んでいるのは惟佐子と大木健蔵《おおきけんぞう》及び若手能楽師との関係であるらしく、まずは安堵して、とくに興味のないふうを装い別れたものの、午後、宮内省へ戻って事務仕事をするうちに落ち着かなくなり、園田の熊みたいな毛むくじゃらな短軀と、惟佐子の白蛇の軀《からだ》が絡み合う情景が瞼に浮かべば居たたまれなくなった。帝国ホテルへ急行した木島は、惟佐子の本性を知りながらなお彼女を排他的に所有したいとの欲望を自分が捨てきれていない事実に気づいたのだった。

叩いて開かれた扉からなかへ入ってみれば、意外なことに、園田のほかにも人がいて、これなら園田と惟佐子がどうこうなる気遣いはないと安堵して、すると今度は、息せき切って駆けつけたことの言い訳をする必要が生じた。

「お貸しした本を返していただこうかと思いましてね。あれはやはり私のところで預かった方がいいと思います」

木島が云うと、本とは何かと園田がすかさず質問して、後輩から譲られた来客椅子に腰を落とした木島は、この男がいたんだったと、失策に内心舌打ちをしながら、いや、なに、ドイツの心霊音楽協会《GSMV》に関する本でね、軽井沢でお目に掛かったときにちょっとお貸ししたのだと誤魔化したが、その程度のことでわざわざ帝国ホテルまで来るのが妙なのは明らかだった。

「自宅にございますので、あとで届けさせます」と惟佐子が応じるのへ、そうして頂きましょうかと云った木島が、雪の白さを想わせる着物に白銀の帯を締めた惟佐子の形《なり》の凄艶《せいえん》なまでの美しさにあらためて撃たれ、棒立ちになっていると、洗面所から自分で運んだ丸椅子に尻をつけた園田が嫌な笑いとともに追及した。

「本当にドイツの本なんだろうね？　囲碁の本だったりはしないだろうね」

「囲碁の？」

「そうさ。ひょっとしたら木島先輩も、笹宮さんから囲碁の手ほどきを受けようと思ってるんじゃないかと思ってね」

「なにを馬鹿な。だいいち僕は碁は打てない」

「本当かな。だいぶ怪しいぜ」

木島が惟佐子と褥《しとね》を共にしたとまでは園田は考えてはいなかったけれど――いや、ひょっとしたらの疑惑はベレー帽を載せた頭を過《よぎ》り、いずれにしても木島が惟佐子に対して昏《くら》く熱した欲望を抱いているのは疑えず、そう思うと淫欲の血はいよいよ騒ぎ出し、毛穴と云う毛穴から黒い液汁が漏れ出るように感じれば皮膚が冷えた。

「しかし、木島先輩も、笹宮さんの手ほどきを受ければ、すぐに上達するんじゃないかな。いや、是非習うべきだよ」と軽口を叩くふうに云った園田は別方面に言葉をかけた。

「伊知地さんはいかがです。囲碁はおやりになる？　あなたも笹宮さんに手ほどきをして欲しい組でしょう？」

どうしてこの男はやたら人に惟佐子と碁をさせたがるんだろう？　不審に思った千代子が、ベレー帽の撒き散らす嫌な空気に顔を露骨に顰《しか》めたとき、木島の到来以来、人体の構造上ありえぬくらいに首を極端に折り曲げ俯いていた伊知地春彦が、つと椅子から立ち上がり、あ、つむじが動いたなと惟佐子が思い、とうとう居たたまれなくなったのだなと千代子が推測した次の瞬間、新聞記者の正面に立った男は、右肘を弓のごとく後ろに引くと、腰をきれいに回転させて、相手の顔面に巨大な拳固《げんこ》を叩き込んだ。背もたれのない椅子にかけていた男は仰向けに転げ、跳ね飛んだベレー帽が放物線を描いて絨毯に落ちた。

七十三

夕刻、惟佐子は麹町の家に戻った。普段着の結城《ゆうき》に着替えて簡単な膳で夕食をすませ、それからは机に向かって、取り寄せてあったヒルベルトの『幾何学原理』の翻訳を読みはじめた。清漣尼の傍にいて行動を共にせよと云う、兄の命令を忘れたわけではなかったけれど、客らの去ったホテルの部屋にひとり佇み、窓の雪を眺めたら、楠《くすのき》の見える部屋が恋しくてならず、菊枝に連絡して雇い自動車《ハイヤー》で迎えに来て貰った。

急に里心がついたのはどうしてか、自らの心の動きを惟佐子は捉えかねたが、原因のひとつが午後に訪れた人々の演じた一場の笑劇にあるのは疑いえなかった。園田は前歯が折れ、口と鼻から血を流してぐったりしているのを木島と伊知地が医者に見せると云って連れて行き、あとに残った千代子としばらく話をしたのだけれど、惟佐子は可笑しくて仕方がなかった。なにが可笑しいのか、偉大なるつむじも、いまさらながらの結婚申込《プロポーズ》も、淫欲に濁る眼も、水平に動く杵《きね》みたいな拳固も、天井まで飛んだ帽子も、鼻からぴゅうと二筋零《こぼ》れた血も、啞然となって口を開けた千代子の顔も、真剣な面持ちで倒れた男の脈をとった木島の姿もなにもかも、思い返せば哄笑《こうしょう》の蟲《むし》が草叢《くさむら》から跳ね出て騒ぎ回り、笑いの運ぶ軽浮な気分が帰心を呼び起こした。

なんのために帝国ホテルに居るのかと問う千代子には、上京した紅玉院庵主に付き添っているとだけ惟佐子は話し、清漣尼が兄惟秀の双子の妹であることも、紅玉院が黒河八郎が報《し》らせたような間諜《スパイ》組織の根城ではなく、アメノミナカヌシノカミを奉じ、「神人」の血の醇化を目指す者らの集う場所である――と、こうあらためて言葉にすると、なんて突拍子もないのだろうと、惟佐子はいまさらながらに呆然の思いに捉えられたが、もちろんそのことも口にしなかった。千代子に荷を負わせず無罪《イノセンス》を護るためには、兄の「計画」を彼女に知らせてはならなかった。千代子は不満を押し隠す憂い顔になったけれど、槇岡中尉の手紙の件を含め、惟佐子が「事件」について語るつもりがないのを知ったあとは、そのことには触れぬまま、部屋へ運ばせた紅茶を飲みながら当たり障りのない話題でしばらく時を過ごせば、「主人」である惟佐子の気持ちが自然と忖度《そんたく》される、千代子が「おあいてさん」だった頃の気分――距離のある親しみとも云うべき気分が帰ってくるのを二人は覚えた。

中庭に残る雪を眺めた千代子は、麴町の屋敷の庭に積もった雪で書生がかまくらを造ってくれ、雪洞で蜜柑《みかん》を一緒に食べたことがあったと云う昔話をはじめ、自分が小さかった所為《せい》もあるのだろうけれど、子供なら五人も六人も入れそうな、吃驚《びっくり》するくらい立派なかまくらだったと云うと、同じく窓へ眼を遣《や》った惟佐子が応じた。

「千代ねえさまが奥に床間を作って、蠟燭《ろうそく》をたてて」

「惟佐子さんが掛け物を持ち出して、下げたりしてね。楠の木の陰だったせいか、何週間も消えなかったのを覚えてるわ」

「そうでしたわね」同意した惟佐子は笑った。「でも、あれは私が夜に水をかけたんです。毎晩。かまくらが消えてしまうのが残念で。早朝には気温は零下になるから凍らせて」

「そんなことをしてたのね」

「ええ。ただ水をかけたんでは、かえって溶けてしまうから、如雨露《じょうろ》を使って、少しずつ丁寧にかけて」

「どうりでずっと消えなかったわけだわ。惟佐子さんが大事に育てていたのね」

　育てていたと云う千代子の言葉がまた可笑しくて笑った惟佐子は、どうして寿子がここにいないのだろうと出し抜けに思い、異国趣味《エキゾチシズム》を巧みに生かした造りの、木の香りのする暖かい部屋で、彼女もまた甘い紅茶を飲みながら談話に加わるべきだったのだ、とそう観念されれば、寿子の不在に、かつてないほどに強い、空へ伸び上がる青竹のような悲しみを覚えた。それとともにあの日――松平侯爵邸のサロン演奏会で会うことを約した日、午前中に医師の診察を受けた寿子が、結果はどうあれ、そのことを自分に告白し、相談するつもりだったことを確信した。

　人に会う約束があるからと千代子が席を立ち、惟佐子が扉まで見送ると、ひとつだけ訊いてよろしい？　と千代子が口を開いた。なにかしらと惟佐子が問い返すと、仕事で被る鍔《つば》の短い帽子を帽子掛からとった千代子が、いくぶん躊躇《ためら》う素振りを見せてから云った。

「惟佐子さんは、出家なさるつもりじゃないですわよね？」

　出家？――質問の脈絡が摑めず、少し考えて、足繁く紅玉院へ通う自分の行動がさような憶測を呼んだことを理解した惟佐子は、声に出して笑おうとして、しかし「森の奥の神域」を、あるいはそこに繋がると思える紅玉院を懐かしい場所と観じ、惹きつけられる自分は、なるほど出家者に近い感覚を抱いているのかもしれぬと考え直した。それなりの明け暮れが送れるなら、自分は結婚をしなくていいし、世間との交通を断つこともかまわない。世俗の交際に惟佐子は未練はなかった。だが、この世から抜け出た先は紅玉院ではなく、ましてや醇化された「神人」の国などではない。そのことをいまはっきり知った気がした。しかし、であるならば、自分はいったいどこへ行くのだろう？　死の幽《くら》い洞《うろ》がいずれは待ち受けているのだとしても、そこへ行き着くまで自分はどこに居たらいいのだろう？　惑いの小径に思考を辿らせながら惟佐子は、出家はしませんわと笑って見せ、それから逆に千代子に質問した。

「千代ねえさまは、いつ結婚なさるの？」

帽子を手にした千代子に向かって惟佐子は問いを重ねた。

「いまから会う方と、おつきあいなさっているんでしょう？」

惟佐子の勘はいつものように正しく、夜行で関西へ出張する蔵原と丸ビルの洋食屋《レストラン》で夕食をともにする約束が千代子にはあった。蔵原からはまだはっきりした申込《プロポーズ》はなかったけれど、来週の日曜日に父親が蔵原と会う予定で、病気見舞を分水嶺に結婚へと向かう自然な流れができつつあるのは間違いなかった。じつはそうなんですと、千代子は素直に頷き、しかしまだ具体的な日程にはなっていないのだと報告して初々しくはにかむ「千代ねえさま」を好ましく思いながら惟佐子は云った。

「結婚式には、ぜひ呼んでくださいね」

「もちろんですわ」

千代子が血色のよい頬を輝かせ応じた瞬間、そうだ、少なくともそのときまでは自分はこの世界に留まるだろう、それがどれほど馬鹿げていようと、嗤《わら》うべき俗臭に満ちているにしても、ここにいるべきだ――いや、いたいのだと惟佐子は思い直せば、寿子もまたこの世にいましばらくはあるべきだったのだとの、無念の思いが再び心の水面にぽかりと浮かび上がるのを覚えた。どこか哀しみの成分を含んだ幸福の余韻――と、そのように名付けてよい気分を残して千代子が去ってまもなく、惟佐子は菊枝に電話をしたのだった。

ヒルベルトは難解で、しかし理解の及ぶごく僅かな範囲内でも、幾何学の公理系を直観から切り離し、記号化して記述する方法には、湖沼しか知らぬ魚が大海に泳ぎ出したかのごとき解放感を覚えた。自分が数学を好きな理由は、論理の美にあるのではなく、論理の力で構築された記号の高塔から、ひとつひとつが無限の広がりを有する天体の無数に存する宇宙を望みうることにあるのだと惟佐子はあらためて思い、自分がいま棲《す》む数学の宇宙は、再び水の比喩にしたがうならば、ほんの小さな水溜まりにすぎぬこともまた実感した。

火鉢で部屋を暖め、机の下で足を湯たんぽにつけても、庭の残雪から凜冽《りんれつ》の気が立ち上るせいか、部屋は沈々《しんしん》と冷えた。それでも惟佐子が窓の雨戸を半ばまで開いておいたのは、裏門の気配に注意していたからである。夜遅く帰宅する場合、兄が裏門を使うことを惟佐子は知っていた。兄が帰館したら、母屋の玄関に立って女中らと一緒に兄を迎えようと惟佐子が心づもりしていたのは、云い付けを守らぬ妹に対して兄がどのような対応をなすのか、まるで予想がつかぬがゆえに、玄関先に兄を迎えて機先を制し、顔色を窺ったうえで対処しようと考えたからである。部屋の襖《ふすま》をいきなり引き開けた兄から、どうして家にいるのだと詰《なじ》られる――とは限らぬが、いずれにせよ予想のつかぬ兄の反応に、二人きりの場でいきなり直面する展開だけは避けたかった。

時計の針が十一時に近づいた頃、がらがらと重く鳴る音が聞こえたのは、滑り止めの鎖を車輪に巻いた自動車であり、裏門を管理する庭師夫婦の住む小舎《こや》の戸が引かれる音がこれに続いて、窓から覗くと、庭師のものらしい懐中電灯が木戸へ向かうのが見えた。兄の帰宅であり、しかしまもなく庭師は小舎へ戻り、裏門を潜る人の姿もない。妙だなと思った惟佐子は、防寒外套を羽織ると、階下へ下り、玄関脇の通用口から雪下駄を履いて庭へ出た。

洋館の傍に幾つかあるほか庭に常夜灯はないが、雪のお陰で辺りは仄明るく、除雪された小径を辿れば歩くに難儀はない。北庭へ続く径は黒い影の塊をなす楠まで続き、そこからまた離れ家や裏門へ向かって幾筋かに分かれる。楠の下に立った惟佐子は午後に千代子と話したかまくらを思い出し、ふと疑問が浮かぶのを覚えた。かまくらが造られたと思しき辺りは樹葉の陰になって雪がない。とすると、いったいどうやって建てたのか？　むろん書生が脇から雪を運んだわけだが、雪の積もる場所に造成するよりも手間なはずで、それを押して楠の下にしたのは何故だったのだろう？　ことさらに考え込むような問題ではないのに、疑問は記憶に残る雪洞の像《イメージ》を中心に渦を巻いて、しかしいまは別事に意識を集中すべきだった。

裏門まで歩いて、発動機《エンジン》の唸る音が築地塀《ついじべい》の向こうから聞こえてくるのは自動車が停車しているからで、いよいよ不審に思った惟佐子は、庭師の小舎の戸を叩いて事情を訊けば、惟秀様はちょっと散歩してくるとのことでございましたと、酒臭い息で教えた庭師に木戸を開けてもらい、外へ出てみると、塀際に自動車が停まって、車を待たせている以上、兄はすぐにまた出かけるつもりなのだろうが、いずれにしても夜の雪中散歩とは酔狂な話で、しかし兄が考えごとをするときに歩く癖があることを、ここ数週間同じ屋根の下に住んだ惟佐子は知っており、近所で彼が行くとすれば裏手の八幡神社だろうとも見当がついていた。

路の向かいは隣家の黒板塀が続いて、左の四谷方向へ歩いて四つ辻を過ぎ、二つ目の辻を右へ折れた突き当たりに神社はある。家に戻って兄を待とうと考えた惟佐子はそのとき、四つ辻の電柱についた街灯の幽光に照らされた雪道――交通が稀なせいか乱れの少ない雪に、足跡が二つ、点々と刻されているのに気がついた。自動車の窓を叩いて、莨《たばこ》の火を闇に光らせた運転手に訊くと、兄には連れがあって、二人で歩いて行ったと云う。積雪のお陰で手元明かりなしでも歩けそうだと判断した惟佐子は足跡を追って歩き出した。

辻を曲がると、いっそう踏み跡の少ない雪に二つの足跡は歴然、正面の神社森まで寄り添うように真っすぐ伸びている。足袋の先が冷えるのを我慢して、重い雪下駄の足音をたてぬように注意しながら、枝葉に積もる雪が斑《まだら》文様を描く神社森の、木立に埋もれた鳥居の脇に立ったとき、先刻来疾《はや》い動きを見せていた雲が割れて、月の光を浴びた雪面が燃え立つように輝くなか、短い参道の奥、社殿前に惟佐子は人影を認めた。瓦屋根に雪を厚く載せ、軒から氷柱《つらら》が垂れ懸かる社《やしろ》の、拝殿に上がる段の途中にある人らは、まるで雪で造った階《きざはし》に立つかのようで、それはいかにも脆く、いまにも崩れ落ちそうに見える。惟佐子は鳥居の柱に身を寄せ、注視した。人影は二つ。ともに長靴に草色の軍隊外套を着、紅い徽章《きしょう》のある帽子を目深に被る姿のひとつは兄の惟秀、その右側で横向きに立つ人物は誰だろうと眼を凝らしたとき、一度隠れた月が再び天空に現れ、舞台に差す照明のごとき光に浮かんだ横顔は——槇岡貴之中尉のそれに違いなかった。

二人の陸軍士官は、雪の階段に半間ほどの距離を保ち、両腕を胴横に据えた同じ姿勢で相対して言葉を交わす姿は、たしかに舞台に立つ俳優を想わせるものがあり、自分はかつてそのような芝居を観たことがあるのだと云う、贋《にせ》の記憶を惟佐子はしばし脳中に探った。

雲が流れて、二つの軍服は闇に溶け、が、また銀幕の映像のように皓然《こうぜん》と浮かび上がって、明滅する光のなか、両者は位置を変えぬまま、右側の人が片腕を差し上げて、向かいの人に手の甲を向けると、ゆるやかな円を描くように、風に遭った草の葉のように、動かす。すると左側の人が狩りの猫の素早さで揺らめく手の小鳥を左手で捉え摑むと、勢いのまま軍服を引き寄せ、右手を腰に回して抱き込み、上方から覆い被さる形で軍帽の顔を近づけた。ひときわ強く射し込んだ月光のなか、相対する顔と顔は、帽子の庇《ひさし》同士がぶつかるのを避けて、首を十字に交差させる格好で密着する。この場面もやはり舞台で観た、とそう感じながら、抱き合う男たちの、熱い鉄炉の息遣いと、腕や腿や背や首から放たれた力——撚り合わせた鋼の剛《つよ》さと夏草のたおやかさがひとつになった力の波動を身に受けながら、機械仕掛けで動く人形のようにも見える軍服の男らが、長い長い時間接吻するのを凝視した惟佐子はそのとき、人の声が、場面の記憶が、風景の断片が、抽象具象の記号が、一塊《いっかい》となって脳中無数に溢れ出し、渦巻く言葉と像《イメージ》の洪水のただなかであらゆる疑問が、疑問であるとはいままで思っていなかった疑問までもが、内から破裂する木の実のように、あるいは水に落ちた雪塊が溶け崩れるように、一遍に解《ほど》かれるのを覚えて、と、次の刹那、月影は雲に隠れ、接吻する男たちを乗せた舞台は暗転した。

七十四

その夜、兄の惟秀は家に戻らなかった。裏門の自動車が走り去る鎖の音を窓に聞いたときには、階段を上がる足音がいまに聞こえてくるだろうと身構えたが、屋敷が夜闇に沈然静まり返ったままなのは、兄が槙岡中尉とともに再び出かけたからに違いなかった。けれども惟佐子は月下の八幡神社から戻った時点で、兄を懼《おそ》れる気持ちを遥かに上回る神経の昂《たかぶ》りに捉えられていた。長らく解けぬ数学の問題が、或る箇所で鍵が開かれたとたん、錯綜して思考に絡み付く論理の蔓《つる》がするりするり解かれていくときの感覚にそれは似て、しかし興奮の熱の底に肝の凍える戦慄の冷気が孕《はら》まれている点が数学とは違っていた。

屋敷へ戻った惟佐子は冷えきった軀《からだ》や足先を暖める間を惜しんで菊枝を呼び、子供時代の品を出すように云った。衣服や玩具、学校時代の作文などは余すところなく仕舞われているはずで、学校にあがる以前に絞って探すよう云うと、菊枝は納戸部屋の押入から惟佐子の「おしるし」である楓《かえで》の図柄の付いた茶箱を二つ引き出した。火鉢を運ぼうかと訊く菊枝に首を横へ振って下がらせ、火の気のない部屋で蓋を開いた最初の箱には、産衣《うぶぎ》をはじめ着物や帯や履物が唐紙に包んで重ねられ、二つ目には人形や手鞠や絵本などが収められて、目当てのものがあるとすればここだと思う間もなく、惟佐子はそれを発見していた。

象牙《ぞうげ》の軸に金紗の裂《きれ》の掛軸——唐紙に包まれた筒を手にした時点で惟佐子はすでに、裂に表具された書の中身が記憶の映写幕《スクリーン》に明滅するのを覚えていたが、それでも唐紙を解いて現れたそれを実際に眼にしたときには息を呑んだ。アメノミナカヌシノカミの神代文字——紅玉院の茶室にあったのと同じ文字だ。こぶりの掛軸は正方形で、紅玉院のとは違い、字は三行に分かち記されている。

掛軸が記憶の沼底から浮かび上がった契機は、午後に千代子が語ったかまくらだ。楠の下で「育った」雪のかまくら、そして雪洞の「床間」に掛けられた書の像《イメージ》。あのとき、居室にもどこにも掛けられることのなかったこれを自分が持ち出し雪洞に飾ったのだ。なぜそんなことをしたのか、掛軸の小ささがちょうどよいと考えたのか、思い出せぬが、なんと書いてあるのかと聞いた「千代ねえさま」に、アメノミナカヌシノカミと教えた記憶が甦れば、紅玉院で見た神代文字を自分が知っていると感じた理由は明らかであった。

掛軸を惟佐子にくれたのは、茶箱に入った他の玩具や絵本と同じく伯父の白雉博允であり、アメノミナカヌシノカミの読み方も、しばしば麴町を訪れ自分と遊んだと云う白雉博允が教えたに違いなく、そう考えたとき、彼が自分に教えたことはそれだけだったのだろうかとの疑念が浮かんで、部屋の冷たさとは別種の寒気に頬が痺れるのを覚えた惟佐子は、何者かに導かれるようにして箱を探り、セルロイドの西洋人形、銀糸の手鞠、花の絵柄の木組パズル、ドイツ語の絵本、回転盤の踊り子が動く自鳴琴《オルゴール》——次々と手に触れるそれらはどれも、子供時代を懐かしんで自己愛に耽《ふけ》る趣味とは無縁の惟佐子にとっても、濃淡はありながら幼時の記憶にかかって郷愁の情を呼び起こさぬでもない品々であったが、なかにひとつ誤って紛れ込んだような異物の手触りを与えたのは——石だ。鶏卵に似た形の石。茶褐色の表面に白い石理《いしめ》の判然と浮かぶ石の肌を撫でたとき、ひとつの像《イメージ》が、すなわち「森の奥の神域」の、社前の磐台に並べ置かれた石の像《イメージ》が脳裏に走り、烈しい切迫感のなか、再度探った茶箱からは見覚えのない西洋封筒が出てきて、焦燥に急かされつつ取り出した中身は、写真だ。黄変し、ところどころに染みがついた数枚の写真——それらを眼にしたとたん、懐古とは全然違う水路から記憶の水が溢れ出した。

　写真は全部で六枚。黒い森山の遠景。森の奥の羊歯《しだ》と笹の斜面に延びる崩れかけの石段。石段脇に聳える注連縄《しめなわ》の巻かれた杉の巨木。羊歯に埋もれた鳥居と社。苔生《む》した社の前の磐台に大きさの順に並ぶ七つの石。そして羊歯の葉を這う蝸牛《かたつむり》。

　痺れるような直感の矢に刺し貫かれた惟佐子は自室へ戻り、手元灯の下から鍵をとり、鍵の掛かる机の抽斗《ひきだし》を開けて、白雉博允の著作を抜き出した。『偉大なる文明の復活と超人類の世紀』。机前に座り、頁《ページ》を繰る。後半が太古の日本の話だと教えた木島柾之の言葉を思い出し、本の後ろの方を探れば、予感のとおり、図版のある頁が発見された。図は二つ。石段脇の杉の巨木。そして羊歯に埋もれた鳥居と社。自分がいま手にする写真と同じものだ。図版は活字の列を割って並べ置かれ、下には〈Die Heimat von 〝Amenominakanusinokami〟〉の解説文字が置かれている。独語辞書を引くまでもなくHeimatが「原郷」の意味であることは明らかだった。アメノミナカヌシノカミの原郷——。

自分が子供の頃から繰り返し夢に見てきた、あるいは想像裏に観じてきた「森の奥の神域」とは、宿世《すくせ》の夢でもなんでもなく、幼時に人から吹き込まれた「虚構」なのではあるまいか？――必然の道筋を思考が辿ったとき、艶のある石を手に撫でる自分に白雉博允と思しき人が囁きかける場面の像《イメージ》、あるいは同じ人に手を引かれ、仄暗い樹下を歩む記憶像が、楠の樹葉が鳴る響きのなか閃《ひらめ》いて、幼女の自分の身に降り掛かったと聞く「神隠し」、あるいはそれも白雉博允に係わりがあったのかもしれぬと思えば――いや、そればかりでない。嵌《はま》りどころなく宙を舞う断片《ピース》は次々に位置を得て、思考の鳥が気儘に飛び交わすのを眼前にした惟佐子は、月下の社での抱擁を目撃したときにはじまった、目《め》眩《まい》に似た感覚の揺動にいっそう強く襲われて、胸の骨にあたる鼓動の打音を耳の奥に聞きながら、机の前で瞑目《めいもく》し、呼吸を制御した。

断片《ピース》が嵌り完成した絵柄。そのひとつは、兄の惟秀も自分同様、白雉博允から話を聞かされ、「森の奥の神域」を幼い心に刻印されたのではないかとの疑念ないし憶測であった。もしそうだとすれば、アメノミナカヌシノカミの故地も、白雉に流れる「神人」の血もなにもかも、異端の稗史《はいし》に憑かれたひとりの狂人の頭から飛び出した妄念であったことになりはしまいか。

時刻は深夜の零時を過ぎて、眠らぬまま兄を待とうと考えた惟佐子は、厨房から消し炭を入れた壺を運んで、火鉢に炭を継ぎ足し、五徳に掛けた鉄瓶の湯を飲んだ。湯たんぽに湯を入れ直して、机で再びヒルベルトを開いたが、記号の列は頭を素通りした。兄に問うべき疑念の数々が惟佐子の意識を占領し、写真の発見が導いた「森の奥の神域」をめぐる謎は次第に裾野を広げて思考を呑み込んだが、その一方で、五月の中禅寺湖以来胸にはびこり、先刻の月下の社で確信となって結晶した疑惑が、兄の帰宅を待つ無為の時間のなか細かな事実の成分を吸収して育ち、醇化し、やがて確固たる物語の鉱物を形成した。

寿子を孕ませたのは兄の惟秀である。結晶の核にあるのはこの確信だった。恋の御相手であるとか、お腹の子の父親であるとかの表現でなく、孕ませたと、直截《ちょくせつ》な言葉で惟佐子が考えたのは思惟《しい》が昏《くら》い怒りの焔《ほのお》に炙《あぶ》られたせいである。寿子を孕ませたのは兄――直接の証拠はなにひとつないけれど、この直感の岩石ばかりは打ち砕きようがないと思えた。槇岡中尉が女色に興味がない人間であることは、先刻の出来事ばかりでなく、二度ほど接した男から直接に得た感触の回想において、促成ながら性経験を積んだ惟佐子の生理に発する観察であった。他方、兄の惟秀については、男女別なく相手を求めるのは白雉の血のゆえであると語った清漣尼の言葉が直ちに参照され、しかしなにより決定的だと思われたのは槇岡中尉の手紙だ。あのような虚偽の手紙を槇岡中尉に書かせることができる人物があるとすれば、「情人」である兄の惟秀以外に考えられない。情人――たしかにそう呼ぶに相応《ふさわ》しい熱の籠る親密さが月下で抱き合う男たちにはあったのである。

兄が槇岡中尉に手紙を書かせたのは自分が寿子の死に不審を抱き、調べているのを知ったからだろう。妹を納得させる物語を兄は編み、槇岡中尉に書かせた。手紙前半の、寿子の自殺の経緯は事実に近く、兄自身が、あるいは兄の代理で槇岡中尉が寿子を鹿沼まで連れて行き、手紙に書かれたのと似た出来事が引き続いたのだろう。手紙後半は虚構であり、おそらく久慈中尉は、槇岡中尉を通じて笹宮惟秀大尉の「計画」を知るに至り、それがゆえに殺害されたと見るべきだろう。拳銃で心臓を撃ち抜くのなら、本人以外の誰かが引き金を引いたと見るのが自然だ。四月六日に久慈中尉が鹿沼へ行ったのはたぶん事実であり、ただしそれは寿子への恋情ゆえではなく、おかしな行動をとる友人を心配してのことで、結果、「計画」の前に立ちはだかる障害となった久慈中尉は胸に銃弾を受けることになったのだ。後の始末は藪家修一が――清漣尼の、そしておそらくは兄の惟秀の「信者」である男が、犯罪を厭わぬ配下の者らを使ってしたのであり、黒河八郎も日光駅前の団子屋も彼らの手で同じく始末されたのだろう。

細部には不明な部分はなお多くあったけれど、寿子の死に対して兄に責任のあることだけは疑いようがなく、しかしその一方で、惟佐子は兄と寿子が恋人同士であった事実がとても信じられなかった。二人が顔を合わせる機会は、寿子が麴町に遊びにきたとき、女学校で近衛聯隊を見学したときなどにあった。二人は会えば軽く会釈し合う間柄ではあった。が、そこを超えた関係を二人はいつ、どのようにして結んだのだろうか？　惟佐子は気づいていなかった。いま振り返ってみて、思い当たる節と云うようなものもない。もっとも寿子と兄が接近したのが去年の正月以降であったなら、寿子と直接会う機会はなかったから、気づかなくても仕方がない。そう思ってみてもしかし慰めにはならず、自分の知らぬところで寿子と兄が、と考えると、湿った怒りの焰は黒い煙をあげて燃えあがり、怒りの矛先の向かう先が兄なのか、寿子なのか、それとも自分自身の迂闊《うかつ》へなのか、惟佐子にはわからなかった。いや、そもそも寿子が兄の情人であったなどと云う事実はないのだ、寿子の妊娠は知らぬ第三者によるものなのだと、幾度も考え直してみたけれど、仮説は証明の手続に入る前に瓦解し、考えれば考えるほど、性愛の水に戯れる兄と寿子の姿は想像裏で鮮明になった。

時刻は午前二時を過ぎ、屋敷も街も寝静まって、ときおり聞こえた犬の吠え声も已《や》んだ。兄は今夜は戻らぬのかもしれぬ。惟佐子はいったん寝《やす》むことにして、菊枝が敷いておいてくれた蒲団にぬるくなった湯たんぽを入れ、寝間着に着替えて横になった。とても眠られぬだろうと思い、無理には眼を瞑《つむ》らずに、電灯を消した暗闇を見つめるうち、しかしいつのまにか眠り込んで、夢を見ることもない深い眠りから菊枝の声に眼を覚ましたときは、朝の七時を過ぎていた。兄様は？　と訊けば、まだお戻りにならないと答えがあったので、まずは安堵して起き上がり、菊枝が雨戸を引き開けた窓から外を見れば、ここ数日とはうって変わった晴天である。陽を受けた雪が眼に眩しかった。朝の明朗な光を浴びて、しかし昨夜の出来事は、溶け消えぬ雪のように、さまざまな感情や思惟の屈折を伴い惟佐子の心裏にぶあつく堆積していた。

身支度をして、朝食をとって、机上の日捲《ひめく》り暦《こよみ》を繰ると、日付は二月二十五日火曜日仏滅。惟佐子が帝国ホテルにいないと知れば、必ず兄から連絡があるはずで、いま自分にできることは待つことだけであると結論した惟佐子は、午前中から昼食を挟んだ午後まで、庭師が鉢の植え替えをするのを神戸に帰っている瀧子に代わって手伝い、風呂に入って菊枝から髪をして貰って、それから千代子に手紙を書いた。この先事態がどのように推移するか、予断はできぬが、現段階で自分の知る事実を書き記しておくべきだと急に思えて、とすれば書いたものを預かってもらう相手は「千代ねえさま」以外に考えられなかった。手紙を受け取ることが千代子を危険に晒す懼《おそ》れはあったけれど、真実――少なくとも真実と思われる事柄が埋もれ消えてはならぬとの念に強く背を押されて、郵送せず直接菊枝に届けさせれば手紙の存在は秘密にできるだろう、と、そう考えた惟佐子は美濃紙の便箋を机に置いて万年筆を手にしたものの、いつになく書きあぐねているうちに兄から電話がきた。

いますぐ帝国ホテルへ戻れ。兄の命令をうけて、しばし考えた惟佐子は、書きかけの便箋を火鉢で燃やすと、菊枝に雇い《ハイヤー》自動車を呼ぶよう命じた。

七十五

惟佐子が帝国ホテルに着いたのが午後五時二十分。扉を叩く音がして、兄の惟秀が部屋に現れたのが午後七時十五分。開かれた厚樫の扉から外の寒気をそのまま引き連れ入来した陸軍士官は、無言のまま靴を鳴らして歩き、壁際の応接椅子《ソファ》に腰を下ろすと、長靴を履いた脚を組み、それで惟佐子が訊きたいこととはなんだろう？　と問うた口調は、いきなり切りつけるふうではないものの、どこか怒りの色が滲んで、惟佐子は血が冷えるのを覚えた。

会って話がしたい、訊きたいことが二、三あるからと、惟佐子が電話口で云ったのはたしかで、しかし、いざこうして向かい合うと、言葉の辿るべき道筋がわからなくなり、しかも兄の軀からは冷気とともにいつにない凶暴な力が発散されているようで、気圧された惟佐子は、まずは外套をお脱ぎになってと、衣紋掛《えもんかけ》を持ち出し、ひやり重たい軍隊外套を腕に受け取れば、目の粗い布地からは濃い草の匂いが立ち上った。

外套を軍帽と一緒に帽子掛に吊るした惟佐子は、お兄様もなにかお飲みになります？　と訊き、わたくしは紅茶を頂きますけれどと断って、内線電話をとったのは、圧せられ縮んだ気持ちを立て直すための時間稼ぎであったけれど、惟佐子の問いかけに惟秀はふっと力を抜いたふうに笑みを見せ、それじゃあ珈琲《コーヒー》を貰おうかと応えて脚を組み直した。

「しかし、あれだな、惟佐子とこう云うふうにしていると、子供の頃を思い出すな」

惟秀は云ったけれど、少年時代に家を離れた兄と過ごした記憶は惟佐子にはなかった。そうですわねと、形だけ同意して、書机の椅子に腰を下ろし、次に発すべき言葉を忙しく探っていると、すでに暮れた窓へ眼を向けた惟秀が先に口を開いた。

「また降ってきた」

「降ってきました？」

「降ってきた。しかし大雪にはならない。明日の行動には支障はないだろう」

明日の行動の言葉に惟佐子がはっと胸を衝かれると、惟秀は視線の矢で妹を射た。

「そう云うことだ」惟秀は視線を動かさぬまま言葉を継いだ。「明日に決まった。明日の早朝だ。歩一と歩三からは大部隊が出る。近衛も近歩三から出る」

「そうですか」惟佐子が応じたのへ惟秀は喉を震わせて笑った。

「惟佐子は驚かないんだね。まあいまさら驚いても仕方がないか。早朝に近衛の下士官が迎えにくる。今津と山室と云う一曹だ。彼らの指示に従って清漣と一緒に動いてくれ」

それだけ云うと惟秀は立ち上がり、扉へ向かって靴を鳴らした。珈琲《コーヒー》がまだですがと惟佐子が制すると、しかし、おまえの訊きたいことはこれで明らかになっただろうと応じた惟秀が帽子掛の外套をとろうとするので、訊きたいことはまだありますと発した惟佐子の声はいくぶん高くなった。

「なんだろう？　いま教えたこと以外に訊きたいことがあるとは思えんがな」

すべては決したのだ。賽《さい》は投げられ、後戻りの効かぬ、人知の及ばぬ時が到来するのをあとは待つだけなのだとの含意《がんい》で以て惟秀は云い、もう一度お座りになってと頼んだ惟佐子の言葉に、訝《いぶか》し気な、しかしなにかしらの予感に捉えられた顔になって、外套を掛け戻し、いまはそれどころじゃないんだが、まあ、珈琲《コーヒー》が飲みたくなくもないしなと笑って、再び椅子に戻り、それだけが笑わぬ双眼で惟佐子を鋭く見た。

「五月の中禅寺湖に」と惟佐子は切り出した。「お兄様はいらしたのでしょう？　カルトシュタインさんに会うために」

口から飛び出した言葉に惟佐子が自身で驚いたのは、それは準備していた問いではなかったからで、しかし意表を衝かれたらしい兄の顔に淵を過る魚の背のような青黒い影が差すのを見た瞬間には、カルトシュタインと兄が衆道《しゅどう》の関係にあり、ドイツ人音楽家が旅行先に日光を望んだのは、いや、そもそも日本へ来たのは兄ゆえであったのだとの認識が浮上して、迅速に脳裏に位置を占めた。あの日の出来事についても、カルトシュタインが湖畔の離れ家にひとり宿泊したのは、忍んでくる「情人」を人知れず迎え入れるためであったのだと、他なる可能性が微塵も入り込む余地のない形で理解された。惟秀は探るような眼で惟佐子を見、それから視線を横へずらして口を開いた。

「前にも云ったが、フリッツ――カルトシュタイン氏は、白雉が神人《ゴットメンシュ》に非常に近い血筋だと認めて、尊敬していてくれてね。日光までくると聞いて会いに行ったんだが、夜しか時間がなくてね。人に云わなかったのは、公式な訪問となると、いろいろ堅苦しくなって面倒だと思ったからだ」

「それでカルトシュタインさんは？」

「元気だった。少なくとも俺が会ったときは元気だった。しかし軀は悪かったんだろうね。あんなに急に亡くなるとはね。驚いたよ」

嘘だ！　僅かに瞑目する形になった兄惟秀に向かって惟佐子は無言で叫んだ。夜にしか時間がなかったのは本当だとしても、表敬訪問なら深夜に人目を忍ぶはずがない。ドイツ人音楽家の死についても、心臓の不調が原因であるのは事実にせよ、発作が起こったのは兄と「会う」最中の出来事であり、おそらくは寝台《ベッド》の上でのことに違いなく、「恋人たち」の逢瀬を手引きした川北医師が後始末をしたのだ。具体的な証拠を一切欠いたまま、しかし正面のつるりとした微笑の仮面がそのことを淡然と語ると思えた。

「おまえが訊きたいことはそれだけかね？」

微笑したままの兄が云うのへ、もう一つありますと、相手の眼を見返した惟佐子が直截に云い得たのは、中禅寺湖畔の夜について、明らかな虚偽を含む、どこか弁解がましい調子の兄の声に圧迫を跳ね返すだけの力が与えられたからである。

「宇田川寿子さんのことです」

惟佐子はその名前を口にし、どんな表情の変化も見逃すまいと、兄の顔に眼を据える。二つの視線は中空で衝突して絡まり合い、しかし先に視線を逸らしたのは陸軍士官の方で、これを逃さず追うように惟佐子は言葉を放った。

「寿子さんを妊娠させたのは、お兄様ですね？」

自分でも驚くほど端的な、余分のない質問が口から飛び出し、取り返しのつかぬ事をしでかしてしまったとの思いに惟佐子は竦《すく》み、しかし次の刹那には、言葉の矢が核心を射抜いた手応えに戦慄を覚えた。向かいの壁前にある顔がふいに石の仮面に変じ、歪んだ口元に亀裂が生じれば、みるみる罅《ひび》は広がり仮面は破れて、嗤う男の貌《かお》が奥から現れたとき、室《へや》の扉を叩く音がした。

惟佐子が立って返答すると、お飲物をお持ちしましたと云う声が聴こえて、開いた戸口から入来した給仕人《ボーイ》が、扉脇の小卓に銀盆に載せた茶器を置いた。隣の寝室からキリムの手鞄《バッグ》を運んで、財布を出した惟佐子から心づけ《チップ》を貰った若い給仕人《ボーイ》が去ると、惟佐子は銀の洋急須《ポット》から葡萄柄のジノリの茶碗《カップ》に珈琲《コーヒー》を注ぎ、砂糖とミルクはどうするかと訊ね、砂糖だけの返事を受けて、壺から二匙の砂糖を投じた珈琲茶碗を皿ごと兄へ渡し、自分の紅茶碗にもたっぷりの砂糖を溶かしてから席に戻った。

それからしばらくは兄妹ともに黙って、壁のこちらとあちらに相対する形でそれぞれの飲物を飲んだ。口を開くのは兄の番だと考えた惟佐子は言葉を待ったが、向かいの軍服はなにも云わず、珈琲《コーヒー》に集中すると見える。ふと気配を感じて窓へ眼を遣ると、黒地に碧い筋の入った尾の長い鳥が一羽、桟にとまって、すぐにまた蹴り音を残して小雪のなかへ飛び出していく。

珈琲《コーヒー》を飲み終えた士官は、茶碗を載せた皿を床へ置き、軀を折り曲げたままの姿勢で口を開いた。

「惟佐子は、知っていたんだね」

罪のない悪戯《いたずら》を告白する調子で兄は云った。

「寿子さんから聞いたのかい？」

俯き加減の顔から盗み見るように投げられた視線に向かって、惟佐子は黒子《ほくろ》のある顎を僅かに動かして見せた。

「あんなことになるとは思わなくてね。いまさら弁解するつもりはないが。一昨年の秋頃かな、吉澤竹葉先生の書画展でたまたま会って、それから吉澤先生の滝野川のお宅でまた一緒になったりしてね」

書があったのだ。兄と寿子を結びつけるものがなんであるか、不思議に思っていた惟佐子は、ソウカ、ソレデアルカと、盲点を衝かれた衝撃のなかで理解し、声に出さず呟いた。兄が書をよくし、近衛聯隊でも能書家で知られているのだと云う話は、それこそ書道に嗜《たしな》みのある寿子本人から聞いたことがあったではないか。これだけ聞けばもう十分だと惟佐子は思いながら問いを重ねた。

「寿子さんと結婚するようなことはお考えにならなかったの？」

云ったとたん、なんて俗な、土産物屋の店先でひなたに晒される名産品みたいな質問なのだろうと惟佐子は呆れたが、いや、そこにはなにかしら厳粛な思想が孕まれてもいるのだと思い直して返事を待てば、椅子の士官の顔はどこか道化《どうけ》たような笑いの色に染まった。

「明日の朝、俺がしようとしていることを考えてみてくれ。この俺が結婚なんかできるかね。ましてなんの関係もない女を巻き込めると思うかい？」

紅茶を飲み終えた惟佐子は、自分の茶器を小卓に戻し、それから兄の足下のそれも同じくした。兄はうなだれるように俯いて、惟佐子が椅子へ戻ると、つと顔を上げて、いま何時だろうと問い、書机の置き時計と自分の腕時計を順番に見て、七時四十分かと呟き、少し疲れたなと言葉を継いで立ち上がると、隣の寝室へ向かい、双子寝台《ツインベッド》の一つに靴のままごろりと横になった。

「十五分だけ寝る。万が一起きなかったら、起こしてくれ」

あとについた惟佐子に笑いかけて惟秀は、仰向けで右腕を眼に被せる格好になる。隣の寝台《ベッド》に惟佐子は腰を下ろした。

「もうひとつだけ訊いてもよろしい？」

「ああ、いいよ」と惟秀は眼を覆ったまま唇を動かす。

「黒河さんのことですけど」

「黒河？」

「二位様のところに出入りしていた人です。紅玉院のことを調べていたはずなんですけれど。お兄様、あの人の口を封じましたね。それから日光駅の団子屋さんも」

「団子屋？」と兄は呟くだけだったが、返事を聞くまでもなく真相を直感する惟佐子は、「口を封じる」などと云う文句はまったく探偵小説《ミステリー》の読み過ぎだと思い、探偵小説と云うなら、カルトシュタインのことも、寿子のことも、黒河のことも、なにもかも論理ではなく霊感で事件を解き明かす自分は探偵失格だと嗤い、しかし得られた直感の正しさは、証明ずみの定理のように、あるいは完成されたジグソーパズルのように、どうにも動かしようがない。

「藪家と云う人がお兄様に云われて働いたのでしょう？」

「藪家修一は清漣の頼みならなんでもしてくれる。われわれにとって大いに役に立つ男だ」

「その人も亡くなったの？」

「いや、死んでいない」

「火事に遭ったのでしょう？」

「あれはああした連中がよく使う手でね。身元を眩《くら》ますのさ。藪家は隠れている。そのうち出てくるだろう。そのときには世界は一変しているわけだが。惟佐子、俺は寝るぜ」

「はい」

「十五分で起きる」

惟佐子は眼を隠した男の、細い筋をなす鼻梁と、凄愴《せいそう》とすら思えるほどに固く締まった頬から顎の線を上から見つめた。それから再び、お兄様は、と声をかけた。

「神人《ゴットメンシュ》の血筋などと云うことを、本当に信じてらっしゃるの？」

しかしもう兄から返事はなく、低い鼾《いびき》が漏れはじめた。短時間睡眠は軍人に必須の技術、十五分と決めれば必ず十五分で眼が覚めるよう訓練しているのだと、惟佐子は兄から聞いたことがあった。しかし、いまの兄の眠りは十五分で終わることは決してない。最短でも十二時間、彼は眠り続けるだろう。先刻、キリムの手鞄《バッグ》から取り出して珈琲《コーヒー》に混ぜ込んだ睡眠剤は、不眠に悩む義母の瀧子が出入りの医師から特別に貰ったもので、瀧子にただ与えるのは不安だと考えた医師から、薬の扱い方と量に応じた効能のほどを惟佐子は教えられていた。

惟佐子は棚から予備の毛布を出して兄の軀にかけ、隣室へ戻って電話を外線に繋ぎ、自動車で迎えに来てくれるよう菊枝に伝えた。それから茶器の銀盆を廊下へ出し、和服外套と襟巻、さらに手鞄《バッグ》を手にして、「起こさないでください／Do Not Disturb」と書かれた板《プレート》を扉外に掲げてから、部屋の照明を消すと、寝室はもう覗かずに廊下を歩き出した。

玄関広場《ロビー》へ下りる階段まできた惟佐子は窓に眼を遣った。格子枠のある硝子《ガラス》に映る人の顔、その仄暗い輪郭のなかを、空虚を万遍なく埋めるように雪片が次々と過《よぎ》る。雪は非定型な軌跡を描いて降り落ちていた。もし雪が球体ならばもっと規則正しく運動するだろう。だが雪の結晶は複数が絡まり合い、不揃いな鳥の形をなすがゆえに風を孕《はら》んで滑走するのだ。しばし足を止めて雪を眺めた惟佐子が考えたそのとき、ちょうど室《へや》から廊下へ出てきた西洋人の老夫婦があって、窓の女に眼を留めた銀髪の夫人が、なんて美しい人なのかしらと嘆声を漏らし、燕尾服の夫に同意を求める間もなく、白い横顔は階段口の暗がりへ消えた。

七十六

青年将校に率いられた歩兵第一聯隊、第三聯隊を中核とする千五百名あまりの蹶起《けっき》部隊が首相官邸をはじめ府内数ヶ所、および湯河原の旅館を襲撃したのが二十六日未明から早朝、斎藤内大臣、高橋蔵相、渡辺教育総監ら重臣と警備の巡査を殺害した蹶起軍は、警視庁と陸相官邸を占拠し、東京朝日新聞社などを襲撃したのち、陸軍省、参謀本部を含む永田町、霞ヶ関一帯を制圧し、これに対し翌二十七日の午前三時五十分、枢密院の決定で東京全市に戒厳令が施行された。

牧村千代子が事件を知ったのは、二十六日の朝、出勤途中の省線内で岡田首相が襲われたらしいとの話を聞き、九時前に着いた東洋映像研究所に、武装した陸軍の大部隊が外堀通に展開しているとの報を赤坂見附に住む所員がもたらして、写真機《カメラ》を摑んだ先輩写真家《カメラマン》が次々と飛び出して行くなか、千代子も愛用のライカを手に現場に出たかったが、電話番と連絡係を命じられて、口惜しく銀座の事務所に居残った。午《ひる》の十二時過ぎ、ラジオが臨時ニュースを流したものの、事件について直接には触れず、新聞夕刊にも報道は出ず、それでも午後に再び降り出した雪に帽子を濡らして戻った所員らが伝える情報を綜合するに、かねてより噂された陸軍のクーデタに間違いなく、夜、帰宅して聞いた八時過ぎの臨時ニュースではじめて、陸軍部隊による重臣らの襲撃と、岡田首相、斎藤内大臣、渡辺教育総監の死亡、および鈴木侍従長、高橋蔵相の重傷が伝えられた。

　翌二十七日も千代子は留守番で、この種の荒事は女子供の出番ではなかろうと、興奮漲《みなぎ》る顔が言外に伝えてくる先輩諸氏を恨めしく思いながら事務所に待機した。兼子所長も久々に報道写真家《カメラマン》の血が騒いだのか、戒厳令下、銃剣や機銃を構えた兵士が土嚢《どのう》を積んで警備する一帯へ食糧運搬車に便乗して入り込み、弁当屋の股ぐらから密かに遮光器《シャッター》を切ったと得意気に語ったりした。岡田内閣は総辞職、蹶起軍が占拠した陸相官邸、陸軍省、山王ホテルでは、クーデタ後の体制をめぐって慌ただしい動きが続く模様であったが、報道を管制する戒厳司令部から公式発表はなく、情報は錯綜して、夕刻に事務所ではじまった会議兼酒盛りでは、在京部隊の蹶起に呼応する地方部隊に不穏な動きがあり、弘前《ひろさき》の聯隊から秩父宮殿下が上京中であるとの情報が伝えられる一方で、皇軍の私兵化に憤る石原莞《いしはらかん》爾《じ》大佐が叛乱軍鎮圧に兵を動かす準備をなし、聯合艦隊の艦が東京湾に入って艦砲射撃の構えでいるとの話もあって、皇軍相撃つの事態が出来《しゅったい》するかもしれぬと、大いに緊迫し、しかし二十八日の早朝には、叛乱軍兵士に対し原隊復帰を促す奉勅命令が戒厳司令部に下ったとの報道がラジオから流れて、命令に背く者は逆賊と見なすと報じられれば、クーデタの失敗は明らかとなった。とは云うものの、叛乱軍は速やかには帰順せず、依然皇軍相撃つ危機の続くなか、ようやく千代子は現場へ出して貰った。

　この日はまた雪がちらついて、日曜日の大雪以来、街路から雪は消えず、まるで雪国だと思いながら、毛糸の襟巻《マフラー》をぐるぐる首に巻き、写真機《カメラ》を入れた鞄を抱えて、護謨《ゴム》長靴で雪を蹴散らし日比谷へ向かって歩けば、省線の跨道橋《ガード》を潜った晴海通には戦車や運搬車輛《トラック》が停まって、日比谷公園の周囲や桜田門へ続く路には点々と銃剣を構えた兵士が踞《うずくま》る。反乱軍将兵が屯《たむろ》する山王ホテルや中華料亭『幸楽』の近くまで行ってみたいと思い、新橋方向へ一度戻り、田村町の裏路地を選《よ》って進めば、そっちには行けないぞと、警備にあたる在郷軍人の男に叱られるくらいは平気だったが、電車路に出る四つ辻で銃剣を構えた兵士から鋭く咎められれば、それ以上近づくのは難しかった。山王ホテル近くには新聞記者が隠れ潜むと云う話で、研究所の先輩諸氏も貪欲に遮光器《シャッター》を切ったのは間違いなく、いまさら自分が叛乱兵士の写真を撮るのは意味がないとも思えて、諦めた千代子は戒厳令下の街を歩ける範囲で歩き、午後までに何枚か撮った写真を後日現像してみたところ、警備の兵士の脚に野良犬が纏い付く一枚が自分らしいと思えた。

蹶起部隊への武力鎮圧の決定がなされたとの戒厳司令部発表が報じられたのが二十九日朝六時三十分、地域住民への避難勧告も発令されて、八時四十八分には「兵に告ぐ」にはじまる帰順を促す放送が続いた。この日は千代子は兼子所長の指示で、避難する人々に写真機《カメラ》を向け、避難所になった日本劇場の座席に座る年寄りや赤子を背負った主婦の姿をフィルムに収め、午にいったん事務所に戻ったときには、叛乱軍兵士の帰順はほぼ完了したと云う話で、噂されていた岡田首相の無事も確認された。

事件は山場を越えて、弛緩した空気の流れる事務所に、近衛の士官が別の士官を撃ち、自決したと云う話が届いたのは、叛乱軍の鎮圧完了を伝える午後三時の臨時ニュースの直後だった。知り合いの新聞記者から聞いた話であるとして情報をもたらした先輩によれば、事を起こした二人の士官は、近衛第一聯隊に所属し、今回の行動には直接加わってはいないとのことで、蹶起の青年将校らは全員自決することになるのだろうと話していた事務所の人々が、新たに伝えられた出来事もまた今度のクーデタ未遂事件に連動するものだと当然のように考えるなか、ただひとり千代子だけが別の可能性を思い、全身を走る冷気に胃袋がきゅうと縮むのを覚えた。

撃たれた士官は誰で、自決した士官は誰か。千代子は知り合いの記者に電話をかけて訊ねたが、思うように情報は得られず、それでも夜刻までには、撃って自決したのが槇岡貴之中尉であり、撃たれて重傷を負い衛戍《えいじゅ》病院に入院したのが笹宮惟秀大尉であることが判明した。

千代子が蔵原と大森駅で待ち合わせたのは、翌三月一日の日曜日、午後一時の少し前に改札を抜けてきた蔵原を千代子は迎え、蔵原が昼食がまだだと云うので、二人で駅近くの鮨店へ入った。

この日は蔵原が千代子の実家を訪れ、父親と面談する予定が前々から組まれ、約束は午後の三時であったが、早めに来られないかと千代子が電話で云ったのは、二十四日の夜行で関西へ出張して昨日戻った蔵原と、事件――四日間にわたって帝都を揺るがした事件ではなく、今朝の新聞では大事件の陰になっていくぶん小さな扱いになったもうひとつの事件について語るためであった。

新聞によれば、二十九日朝、近衛第一聯隊の営内で槇岡貴之中尉が笹宮惟秀大尉を拳銃で撃ち、直後に銃口を口に銜《くわ》えて引き金を引いた。槇岡中尉は即死、笹宮大尉は胸を撃たれ重体であったが一命をとりとめた。二人の士官は叛乱を起こした急進派将校らと連絡があり、今回の行動をめぐって争いが生じた上での事であろうと記事は推測していた。

開店したばかりの小さな鮨店の、白木の長台《カウンター》から離れた卓《テーブル》に向かい合った二人は、麦酒《ビール》と上鮨一人前を注文すると、麦酒《ビール》は遠慮して茶を飲んだ千代子がまずは間近に見聞したこの数日の出来事を簡単に話し、続いて蔵原が、今回の関西出張は作家の谷崎潤一郎や京都帝大の学者らに面会を求め、新雑誌での執筆を依頼するのが目的で、まずまずの成果があがったと思うと報告したあと、それにしてもこんな大事件の際に現場に不在であるとは、つくづく自分は報道家《ジャーナリスト》の才がないと笑い、その意味では新聞社を辞めたのは正解だった、今後は五年十年ではなく、百年二百年の単位でものを考え仕事をしていきたいと、慎ましく所信を述べた。

「今回の陸軍のこともそうですが、日本に嫌な雲が広がりつつあるのは間違いない。そのうち嵐がくるかもしれない。だからそんな場合のために避難所をいろいろな形で作っておきたいんです。僕は無力ですが、百年後の人間に恥じないように行動したい」と云った蔵原は、千代子の共感の眼差しを得ると、それで槇岡中尉の自殺のことなのですがと、注文の鮨が運ばれたところで本題に進んだ。

「手紙で予告された決着と云うことになるわけですが、笹宮惟佐子さんのお兄さんが撃たれたのには驚きましたね」

蔵原は云ったが、笹宮惟秀大尉の登場は千代子には意外ではなかった。五月の中禅寺湖で、そして夏の紅玉院に影が過るのを見て以来、彼《か》の人が謎《パズル》の鍵をなす一片《ピース》ではないかとの疑念は胸奥に仕舞われていたから、ここでの登場はむしろ自然にすら感じられた。思えば宇田川寿子の「心中事件」以来、惟佐子とは幾度も会い、幾度も話をしたけれど、二人の口から笹宮惟秀の名前が出たことは一度もなく、しかし兄が事件になにかしらの係わりを持つと、惟佐子が一貫して考えていたことは明らかだと、いまにして千代子には思われた。とは云うものの、笹宮惟秀がパズルのどこに嵌るべきかについては見当がつかない。

惟佐子さんはどうしておられますかと蔵原が訊いたのには、神戸にいらっしゃるようですと千代子は答えた。惟佐子から速達の葉書を貰ったのが二十七日、中央郵便局二十六日の消印のある、東京駅で書かれたと思しき葉書には、前々からの熱心な誘いに応じて、しばらく義母の実家に滞在することにした、例のことについては自分が東京へ戻ったところでゆっくりお話ししたいと書かれていた。

「しかし、お兄さんが撃たれて入院したとあっては、急いで帰って来られるんじゃないですかね」

「どうですかね」と千代子は応じたが、しばらく惟佐子は東京へ戻ってこないのではないかと、何故ともなく考えた。

「じつは今朝、昔の同僚と電話で少し話したんですが」と云った蔵原は、聯隊の中隊長である槇岡中尉が蹶起軍に呼応する形で近衛兵を動かそうとしたのを、参謀の笹宮大尉が阻止しようとして争論になり、ああ云う結果になったのではないかと推測を述べた。

「槇岡中尉はあの手紙を書いた段階で、近々に蹶起があるのを知っていた。そこを自分の死に場所にするつもりだった。ところが笹宮大尉に阻止されて、撃った。だいたいそんなところなんじゃないでしょうか」

蔵原の推理は的外れではないかと千代子は思い、しかし代替えの仮説もないので黙って頷き、たしかにこの人には報道家《ジャーナリスト》の才能はないのかもしれないと可笑しく思いながら、とにかく自分たちがあれこれ考えても仕方がない、どちらにしても惟佐子の話を聞くしかないのだから、と思いを定めた。惟佐子がパズルを完成していることを千代子は疑わなかった。子供の頃、迷う千代子に向かって一片《ピース》の置かれるべき場所を眼で誘導したときのように。惟佐子の神戸滞在がどれくらいになるのかわからぬが、少なくとも半年以内には会えるはずで、なぜなら葉書には「千代ねえさまの結婚披露宴にはかならず呼んでくださいね。とても楽しみにしてゐます」と書かれていたからである。

表戸の磨硝子《すりガラス》から春の陽が射し込む鮨店に、千代子たちのほかに客はないけれど、出前の注文があるらしく、白い板前半被《はっぴ》を着た職人は長台《カウンター》の向こうで鮨を握っては桶に並べて行く。主人と揃いの板前半被に護謨《ゴム》長靴を履いた小僧が、ぎこちない手つきで急須から湯吞へ茶を注ぎ足すのを待って千代子は、鈴木奈緒美さんのことなんですが、と話題を変えた。

「彼女は簿記の学校に通いながら、うちの事務所に見習いで入ることになりました。わたしが所長にお願いして、四月から」

「それはよかった」と笑顔で頷いた蔵原は、寿司桶の烏賊《いか》をつまんで口に入れ、よかったら小鰭《こはだ》を食べないかと勧めた。小鰭が嫌いなのかと訊くと、蔵原は首を横へ振った。

「ひかりものは全般に嫌いじゃないんですが、じつは酢がね。酢がちょっと苦手で。酢飯は好きなんです。つまり酢が原料である米と一緒になるのはいいんですが、青い魚との組み合わせがどうもね」

「そうなんですね」と頷いた千代子は、魚と酢の組み合わせと云うなら、鮨と云うものが全般にそうではないかと思って可笑しくなり、蔵原がやたら発酵を礼賛していたのを思い出して、酢も発酵食品ではないかと指摘すると、蔵原は苦笑する顔になった。

「そうなんです。そこが僕が抱える絶対矛盾なんです」

蔵原の大袈裟な云い方が可笑しくて千代子が笑うと、矛盾というならばと、蔵原は軽い調子で続けた。

「じつは今日これからお宅へ伺って、娘さんをいただきたいと申し入れるつもりなんですが、しかし肝心の娘さんの方にはそのことをまだ伝えていないんです。これこそ最大の矛盾じゃないですか？」

「そうですね」と千代子が相づちを打つと、やや困った顔になった蔵原は、そう云うことでいいですかね？　と云って千代子の顔を覗いた。

「そう云うこととは、つまり、どう云うことです？」千代子が意地悪く問うと、

「つまり、あれです、結婚していただきたいと云うことです」と蔵原は真面目な顔になって云った。

返事をする前に千代子は小鰭を指でつまんで口へ運び、酢の爽やかな酸味が口一杯に広がるのを覚えながら、俯いて麦酒の硝子盃《ビールグラス》に口をつける男の、青々した髭剃り跡の残る顔を見た。


（完）

初出『中央公論』二〇一六年三月号〜二〇一七年一〇月号
単行本化にあたり、改稿しました。

装幀　鈴木久美
装画　ミヤケマイ

奥泉光

1956年山形県生まれ。86年「地の鳥天の魚群」が『すばる』に掲載されデビュー。93年『ノヴァーリスの引用』で野間文芸新人賞、94年『石の来歴』で芥川賞、2009年『神器』で野間文芸賞、14年『東京自叙伝』で谷崎潤一郎賞を受賞。他の著書に『「吾輩は猫である」殺人事件』『グランド・ミステリー』『坊ちゃん忍者幕末見聞録』『シューマンの指』『ビビビ・ビ・バップ』など多数。12年より芥川賞選考委員。近畿大学教授を務める。

雪《ゆき》の階《きざはし》

2018年2月10日　初版発行

著　者　奥《おく》泉《いずみ》　光《ひかる》

発行者　大橋善光

発行所　中央公論新社

〒100-8152　東京都千代田区大手町1-7-1
電話　販売 03-5299-1730　編集 03-5299-1920
URL http://www.chuko.co.jp/

ＤＴＰ　ハンズ・ミケ
印　刷　大日本印刷
製　本　大日本印刷

Published by CHUOKORON-SHINSHA, INC.
Printed in Japan　ISBN978-4-12-005046-6 C0093

定価はカバーに表示してあります。落丁本・乱丁本はお手数ですが小社販売部宛お送り下さい。送料小社負担にてお取り替えいたします。